[illegible] a tenuit [illegible]

[illegible] obsequentibus anni [illegible]

Possessiones in fine [illegible] in ecclesia [illegible] in quieta possessione [illegible]

[illegible] in [illegible] cum [illegible] in [illegible]

Cubeselle. Okkenemle. Kiwemale. Curhogle. [illegible]. Hosekule. Cimisle.

[illegible]. Esterimale, Langele. Terram huius parrochie [illegible] in longit[illegible]

[illegible] in [illegible] in [illegible] in [illegible] in Le[illegible]

[illegible] Predium in Lamegare cum agris et molendinis suis. Insula Osmesare [illegible]

[illegible] quedam bona [illegible] liberum [illegible]

[illegible] in duabus provinciis. [illegible], Dondangen [illegible] villa [illegible]

[illegible] quinquagenta in Semigallia et xl. mansos. [illegible]

quarta parte in insula Osmesare. Preterea [illegible]

[illegible] possessionibus vos [illegible]

in [illegible] Anno domini millesimo ducentesimo quadragesimo [illegible]

EL JUICIO DEL AGUA

JUAN FRANCISCO
FERRÁNDIZ

EL JUICIO DEL AGUA

Grijalbo

Papel certificado por el Forest Stewardship Council®

Primera edición: marzo de 2021

Printed in Spain – Impreso en España

ISBN: 978-84-253-5980-4
Depósito legal: B-588-2021

Compuesto en La Nueva Edimac, S. L.

Impreso en Liberdúplex
Sant Llorenç d'Hortons (Barcelona)

GR59804

A Stella, cómplice en este viaje hacia lo ignoto,
por las miles de historias compartidas
que se han fundido en una sola;
por dos tesoros hallados juntos,
y por toda una vida que me ha dado vida.

Pues así como el ser humano, cuando alcanza su perfección, es el mejor de los animales, así también, apartado de la ley y la justicia, es el peor de todos; porque no hay cosa tan terrible como una persona injusta con armas y poder.

ARISTÓTELES, *Política*

Glosario

Aequitas rudis: Equidad pura existente en la naturaleza. Materia para inspirar leyes justas.

Albats: Niños aún sin uso de razón. Se documenta una ordalía de *albats* en el siglo XI en una disputa jurídica entre el señor de Castellet y el monasterio de San Cugat del Vallés.

Àrsia: Mal uso vigente ya en el siglo XII. En caso de incendio de una masía, el siervo que la trabajaba debía indemnizar a su señor con un tercio de sus bienes.

Bausia: Delito de felonía cometido por el vasallo o siervo que traicionaba o agredía a su señor feudal.

Caluña: Multa pecuniaria e importante fuente de ingresos para reyes y señores.

Castlà/castlana: Vasallo que gobernaba el castillo y sus dominios en nombre de su señor feudal.

Clam: Demanda que iniciaba un procedimiento judicial.

Corpus Iuris Civilis: Recopilación completa del antiguo Derecho romano. Estuvo perdido durante siglos y su recuperación está teñida de leyendas. La escuela de glosadores de Bolonia lo dividió en varias partes, llamadas *Digestum Vetus, Infortiatum, Digestum Novum, Codex, Instituta* y *Novellae.*

Digestum o Digesto: Recopilación jurídica ordenada por el emperador Justiniano, hecha en Beirut y publicada en el año 533 d.C. Sus cincuenta libros son el cuerpo principal del *Corpus Iuris Civilis*, y se divide en *Digestum Vetus, Infortiatum* y *Digestum Novum.*

Dominium mundi: Concepto medieval de supremacía del poder terrenal que provocó un largo conflicto entre el Papa y el emperador de Sacro Imperio Romano Germánico.

Infortiatum: Parte central del *Digesto.* Ciertos autores consideran que recibió este nombre por las dificultades de su hallazgo en la Edad Media. Dicho misterio ha servido para crear la ficción de esta novela.

Iudex palatii: Cargo de herencia visigoda. Con esta calificación firmaron varios jueces adscritos a la administración de justicia del conde de Barcelona.

Ius commune: Así llamaban los glosadores medievales al antiguo Derecho romano, pues su influencia llegó a todos los dominios del imperio.

Ius maletractandi: Derecho de un señor feudal a ejercer la violencia, detener a sus siervos o confiscar sus bienes. Se incorporó a la ley escrita a principios del siglo XIII.

Legum doctor: Doctor en leyes, grado máximo concedido por el *Studium.*

Liber Iudiciorum: Cuerpo de leyes del rey visigodo Recesvinto que durante siglos se usó en los reinos hispanos como derecho complementario a los fueros.

Nutrix Legum: Escuela jurídica de Beirut, referente para los juristas romanos hasta su desaparición a consecuencia de un terremoto acaecido en el siglo VI.

Pubilla: Título de heredera de los bienes y derechos familiares. El equivalente masculino era el *hereu*.

Quadrivium: Cuatro de las siete artes liberales que se estudiaban en la Edad Media: Aritmética, Geometría, Música y Astronomía.

Querimonia: Denuncia contra un noble. Contenía un inventario de agravios y daños al objeto de fundamentar la reclamación.

Saig: Oficial de justicia. Encargado de citar, detener y ejecutar las sentencias.

Summa: Obra didáctica de estilo enciclopédico; en este caso, de materia jurídica.

Territorium: Zona alrededor de Barcelona que comprendía campos, masías y poblados.

Trivium: Las tres primeras artes liberales que se estudiaban en la Edad Media: Gramática, Lógica y Retórica. Esta última incluía los rudimentos del derecho y la justicia.

Universitas scholarium: Comunidad estudiantil con estatus y privilegios propios. Desde el siglo XII, en Bolonia estaba la ultramontana, para los estudiantes de más allá de los Alpes, y la cismontana, para los italianos.

Usatges de Barcelona: Regulación formada por usos y costumbres de los dominios del conde de Barcelona. Tras una primitiva redacción en el siglo XI, se ampliaron y extendieron a toda Cataluña, hasta el siglo XVIII.

Albats

En el castillo de Olèrdola iba a ocurrir algo horrible.

El rumor se había extendido por todo el Penedés en las vísperas del día de Santa Eulalia del año 1170.

El *castrum Olerdula* era una antigua fortaleza situada sobre un amplio cerro rocoso protegido por riscos, así como por una muralla en la única zona accesible. En el recinto interior se alzaban el castillo, la iglesia de San Miguel y las casas de los vasallos. En el exterior, la pequeña ciudad se asomaba a la cornisa de levante. Por su proximidad a la *estrada* Moresca, que seguía el trazado de la antigua calzada romana, Olèrdola había sido clave para proteger la cuenca del río Llobregat y el *territorium* de Barcelona de los ataques de los sarracenos procedentes del sur. Y si bien desde la primera torre que los romanos levantaron conoció tanto victorias como terribles derrotas, ese día aciago sus habitantes iban a presenciar una de las batallas más sombrías.

Tras la ventisca que arreció durante la noche, el paisaje amaneció con una fina capa de nieve. Era un día gris, gélido y desapacible; aun así, decenas de payeses caminaron durante toda la noche para ser testigos del ritual que tendría lugar dentro del castillo.

Cuando se abrieron las puertas de la muralla, los soldados dejaron entrar a la silenciosa muchedumbre. Todos envueltos en capas y con aire funesto, cruzaron el núcleo de casas de la fortaleza y ascendieron la pedregosa senda hasta la iglesia parroquial de San Miguel de Olèrdola, que se alzaba solitaria al borde del risco.

La campana tañía con insistencia. El rezo había terminado. Del interior de la iglesia surgieron dos filas de clérigos con las manos ocultas en las mangas. Precedía la comitiva un joven capellán tonsurado que portaba una cruz de plata. Los dientes le castañeteaban por el frío. Detrás de él, grave y tenso, iba el *castlà*, el señor del castillo de Olèrdola, Ramón de Corviu, vasallo del señor feudal de aquel territorio, Guillem de Santmartí. Tenía treinta años y el aspecto fiero de los guerreros curtidos en numerosas campañas. Su rostro se veía afeado por una cicatriz en una de las mejillas que le partía en dos la negra barba. Lo acompañaba su nueva esposa, Saura, una joven de diecisiete años que era la hija bastarda del poderoso vizconde de Cabrera. Sus rasgos afilados le conferían una belleza extraña, inquietante, y los habitantes que se acercaban preferían evitar sus ojos brillantes e incisivos. Bajo la capa de pieles, se erguía altiva, aunque caminaba con cierta dificultad puesto que hacía cuatro semanas que había parido a su primer hijo, Arnulf, un niño sano y de llanto fuerte al que tenía en el castillo, a resguardo del intenso frío.

Muchos de los presentes pensaban que la llegada del hijo varón del *castlà* Ramón de Corviu había precipitado la terrible situación que iba a vivirse.

En el recuerdo de todos estaba Leonor de Corviu, la primera esposa de Ramón, muerta hacía poco más de un año. Ella era la legítima *castlana*, la poseedora del apellido Corviu y heredera de los bienes, mientras que él había sido un hidalgo segundón, un caballero cuyas únicas posesiones eran su caballo y su espada. Leonor era huérfana desde niña y el señor feudal la casó con Ramón para compensar sus servicios de armas. El guerrero adoptó el apellido de su esposa por ser más elevado y asumió el gobierno del castillo.

Leonor de Corviu había fallecido tras dar a luz su única hija, Blanca, y Ramón no esperó para casarse con Saura. Ahora que ya tenía el ansiado hijo varón, todos entendían que se hubiera desentendido de su hija, pero nadie podía imaginar lo que estaba dispuesto a hacer con ella para acrecentar su poder.

Una esclava salió de la iglesia con la pequeña Blanca de Corviu envuelta en una manta. No paraba de llorar, como si presintiera lo que iba a ocurrir.

Cuando el séquito del *castlà* comenzó a descender por el camino rocoso alejándose de la iglesia, en el arco de la puerta apareció una mujer con su hijo en brazos. Nadie en Olèrdola olvidaría la imagen de Oria de Tramontana bajando de San Miguel con la capa azul azotada por el viento ni el crujido de la nieve helada bajo sus pies. Aferraba a su pequeño y musitaba una dulce canción de cuna.

Oria era la *pubilla* de la masía de Tramontana, lo que significaba que era la heredera de una vasta propiedad que era la joya más codiciada por los barones y los nobles con intereses en aquellas tierras. El predio distaba de Olèrdola apenas tres millas en dirección hacia el norte, y contaba con una gran extensión de trigales y viñedos, de olivares, encinares y árboles frutales, así como una rica huerta. Aquellas tierras eran de los Tramontana desde hacía dos siglos. Quince familias de payeses y decenas de siervos vivían de una de las mejores tierras del condado de Barcelona. Pero nada sería igual a partir de ese gélido día. Su heredera, sin parientes ni esposo a causa de una epidemia, se enfrentaba sola a la prueba más terrible.

Mientras descendían por el camino, uno de los clérigos del séquito, un hombre entrado en la cuarentena, enjuto y de mirada profunda, se acercó al *castlà* Ramón de Corviu. Tenía la piel pálida y profundas ojeras de desvelo. No podía disimular su angustia.

—Mi señor, debéis detener el ritual. La tierra es cosa de los hombres. Dejad fuera de este asunto a Dios.

Ramón miró al hombre con ojos de guerrero y calibró la fuerza del ruego. Se señaló la cicatriz que le bajaba de la sien al mentón.

—*Iudex* Guillem Climent. Ésta me la hicieron en la toma de Lleida. Allí, ahora suenan campanas donde antes se oía al almuédano llamando a los infieles al rezo. Mi sangre manchó aquella muralla… ¿Acaso no merezco, pues, que Dios me recompense con mejores derechos? ¿Os creéis con autoridad para negármelos?

El clérigo dirigió una funesta mirada hacia Oria de Tramontana, quien seguía al séquito unos pasos por detrás, ajena a aquel último intento, y bajó la cabeza avergonzado.

Llegaron a un amplio espacio rocoso en suave pendiente en el que había una gran cisterna rectangular que, en tiempo de los romanos, fue excavada en la roca viva. Estaba llena de agua y durante la noche se habían formado algunas placas de hielo. Cientos de almas aguardaban en la explanada con el aliento contenido, soportando las gélidas ventadas. El séquito se detuvo delante de la cisterna y hasta el último de los murmullos cesó. Incluso la pequeña Blanca de Corviu, en brazos de la esclava, enmudeció. Tan sólo el suave canturreo de Oria rompía el tenso silencio.

El juez Guillem Climent, desalentado, alzó la voz.

—Habitantes de Olèrdola, vasallos del señor feudal Guillem de Santmartí y de su *castlà* Ramón de Corviu. La paz del valle se ha visto alterada por una disputa legal entre éste y la *pubilla* de la masía de Tramontana, Oria, viuda del payés Robert de Piera. El *castlà* sostiene que la *pubilla* le negó el derecho de hospedaje cuando pasó con su hueste por sus tierras camino de Barcelona. Oria alegó no estar obligada, pues la masía es un alodio libre de cargas, ya que sus ancestros lo obtuvieron por derecho de *aprisio* hace siglos.

—Abreviad, juez Climent —lo apremió el *castlà* ante el frío mordiente.

—Dado que los testimonios jurados son contradictorios, conforme a los usos de esta tierra el tribunal ha decidido someter la cuestión a una ordalía. —El *iudex* esperó a que se acallaran los murmullos para continuar—. Entre un caballero y un payés no cabe batalla judicial, pero las partes poseen algo de igual valía y se llevará a cabo una ordalía de *albats*.

Oria gritó como un animal malherido cuando un soldado

le arrebató a su hijo y lo entregó a uno de los clérigos del séquito. Otro religioso, pálido, tomó a Blanca de Corviu de los brazos de la esclava. Ambos infantes apenas habían cumplido el año de edad. Ramón, ceñudo, miraba la cisterna llena de agua. A su lado, la joven Saura se veía crispada, como si todo dependiera de lo que ocurriese.

El cielo plomizo amenazaba lluvia, incluso nieve, y las madres, estremecidas, abrazaban a sus pequeños por instinto. Varios clérigos rezaban inclinados sobre los dos niños al tiempo que otros dos les quitaban las mantas. Descubiertos, el frío los hizo llorar mientras su delicada piel adquiría un tono rojizo. La gente exclamó espantada cuando los alzaron desnudos.

—El hijo de Oria de Tramontana y la hija de Ramón de Corviu representan los intereses de sus respectivas casas. Como dicta la costumbre, el niño que se hunda en el agua será el elegido por Dios. Y el que no lo haga será el condenado.

Alguien se atrevió a gritar que se dieran prisa, o ninguno de los dos pequeños sobreviviría. Sus bocas exhalaban volutas de vapor. Un siervo quebró la fina capa de hielo que cubría la superficie de la cisterna.

—*Exorcismus aquae frigide* —comenzó el juez para purificar el agua de la ordalía.

Los monjes descendieron los peldaños excavados en la roca de la cisterna hasta el borde del agua.

—¡Dios mío! —gritó una mujer, incapaz de soportar el llanto ahogado de los dos niños. Señaló al clérigo—. ¡Sois juez! ¿No podéis evitar esto? ¿No tenéis alma?

El hombre se encogió ante aquella pregunta. Abrevió la oración, y los clérigos dejaron a los niños en el agua. La dentellada del frío cortó sus berridos. Al instante, ambas criaturas tenían los ojos desorbitados y la cara contraída. Agitaban los bracitos, indefensos. Los testigos los vieron entrelazarse, como si quisieran ayudarse o buscar juntos su destino. De pronto, la hija de Ramón de Corviu se hundió.

El juez se llevó las manos a la cara.

—¡Sacadlos! —ordenó.

La pequeña Blanca salió amoratada, pero comenzó a boquear y a gemir, aunque sin fuerzas. La esclava bajó los peldaños y la envolvió en la manta. Miró con odio al juez Climent y comenzó a subir por el sendero hacia el castillo, en el cerro. A nadie se le escapó el gesto de frustración de Saura.

El otro clérigo ya había cogido al niño de Tramontana. En el agua había dejado de llorar y moverse. Tenía la piel tumefacta y los bracitos le colgaban inertes. Se lo entregó a Oria, que seguía retenida por los soldados. La mujer lo tomó, desconsolada. Incluso el *castlà* se quedó sobrecogido. El pequeño no respiraba.

—No, no, no...

Oria se rasgó el brial para colocarse al niño sobre el pecho. No se oía ni un suspiro cuando comenzó a cantar mientras frotaba con brío el cuerpo del pequeño pegado a su piel.

—¡Maldito seáis, Corviu! —gritó una anciana entre la gente.

Ramón miraba ofendido los gestos de amenaza de los payeses. Sus hombres asían ya el pomo de las espadas y esperaban la orden de desenvainar. Todos en Olèrdola conocían el carácter de su *castlà*. Sabían que no dudaría en dar esa orden si se sentía amenazado.

Oria seguía ajena a la tensión circundante, y su canto se trenzaba con el silbido del gélido viento entre los matorrales del cerro de Olèrdola. La melodía tenía una cadencia atávica, de una belleza que encogía el corazón. Eran versos en occitano, la lengua de los trovadores, y hablaban de luz y alegría.

Una niña corrió hasta la *pubilla* y le dio un pequeño lirio de invierno. Antes de que los guardias reaccionaran, se había mezclado entre la gente. Aquello rebajó la crispación. Oria miró la flor azul y, a pesar de su tristeza, cantó con más ánimos y presionó el pecho del niño con energía.

Al momento, la criatura vomitó agua y tosió. Los presentes alabaron al Altísimo y se persignaron agradecidos. Incluso los soldados parecían aliviados.

—Dios ha decidido —concluyó el juez Guillem Climent cuando consiguió recuperar el habla—. Desde hoy y para siempre, la masía de Tramontana y sus dueños quedan obligados por los derechos que el *castlà* de Olèrdola, Ramón de Corviu, reclamaba.

Muchos bajaron la cabeza, abatidos. El niño vivía, pero las consecuencias de la ordalía de *albats* cambiarían el futuro de todos para siempre.

Tramontana era un símbolo para los payeses del Penedés y de buena parte del condado de Barcelona, pues era una gran propiedad que había logrado permanecer libre del yugo feudal. Constituía el último vestigio de la libertad que todas las masías tuvieron antaño por privilegio real y que habían perdido, tras décadas de violencia y rapiñas, a cambio de la protección de los señores feudales. Los ancestros de Oria resistieron durante generaciones las cabalgadas y las amenazas de nobles y enemigos, pero esa gélida mañana Dios había rechazado al último *hereu*.

El propio juez, conmovido, ayudó a Oria a enderezarse. Ella clavó en su rostro sus ojos azules y le susurró algo al oído. El hombre palideció y respondió, aunque nadie llegó a oír lo que dijo. Luego, dos esclavos sarracenos de Oria, un hombre y una mujer, se acercaron y la sostuvieron para acompañarla hacia la puerta de la muralla, desde donde abandonaron el recinto soberano de la fortaleza.

Nadie podía saber si el pequeño resistiría las tres millas hasta Tramontana. Tal vez, se decían, habría sido mejor que muriera y enterrarlo en el cementerio del *pla dels Albats*, junto a la iglesia de Santa María, en el poblado exterior de Olèrdola. Vivo o muerto, su destino había quedado sellado aquella gélida mañana de febrero, y ya para siempre se lo conocería como Robert de Tramontana, el Condenado.

PRIMERA PARTE

LA PROMESA

[illegible]

Guillem Climent se despertó [illegible] Em-
vuelto en tinieblas [illegible] para apartar la
sombra que veía a los pies [illegible] sus
gos, pero le parecía que [illegible] en
en brazos. Lo habían [illegible] y no
respiraba. El clérigo oía [illegible] sobre las
baldosas.

Habían pasado doce años [illegible] Guillem
Climent vivía torturado [illegible]
pesadilla.

La sombra lo señaló [illegible]
se incorporó y gritó. [illegible]
halló temblando bajo la [illegible]

—¿Os encontráis bien [illegible]? ¿De nuevo [illegible] mal
sueño?

El brillo del candil [illegible]

—¡Bendito sea Dios! [illegible]

Se descubrió, y se pasó [illegible] la barba
grisácea. Dirigió la mirada [illegible] que había sobre
la mesa. Se estremeció [illegible]

—¿Deseáis que os [illegible]
intrigado.

La pesadilla

Barcelona, 25 de abril de 1182

Guillem Climent se despertó sobresaltado en su celda. Envuelto en tinieblas, agitaba las manos para apartar la sombra que veía a los pies de la cama. No distinguía sus rasgos, pero le parecía que aquella figura negra sostenía un niño en brazos. Lo habían sacado de una gigantesca cisterna y no respiraba. El clérigo oía el caer de las gotas de agua sobre las baldosas.

Habían pasado doce años. Doce años en los que Guillem Climent vivía torturado por la culpa y asediado por aquella pesadilla.

La sombra lo señaló con un gesto acusador, y al fin el juez se incorporó y gritó. Un diácono de la *seu* entró alertado y lo halló temblando bajo las mantas.

—¿Os encontráis bien, *iudex* Climent? ¿De nuevo ese mal sueño?

El brillo del candil hizo reaccionar al clérigo.

—¡Bendito sea Dios! —jadeó.

Se descubrió, y se pasó las manos por el rostro y la barba grisácea. Dirigió la mirada hacia el pergamino que había sobre la mesa. Se estremeció nada más verlo.

—¿Deseáis que os acerque la misiva? —preguntó el joven, intrigado.

—¡No! —exclamó el juez, aún alterado—. Déjala donde está.

—Esa carta os tiene desasosegado desde que llegó ayer —insistió el diácono—. ¿Es otro pleito en las baronías? ¿Quién os la envía?

—Es una vieja deuda... Que Dios me ampare —respondió con aire ausente Climent—. Estoy bien, Joan. Puedes retirarte, no tardarán en llamar a laudes.

El diácono respetaba demasiado al juez para seguir acuciándolo, de modo que dejó el candil en la mesa y, en silencio, salió de la austera celda.

Climent miraba absorto la carta. La había traído un arriero desde Vilafranca, y su contenido había revivido la vieja pesadilla: esa noche, la figura lo había señalado, acusadora. Era la advertencia de un alma atormentada que le exigía cumplir una vieja promesa.

En cuanto posó los pies descalzos sobre las rasillas del suelo, el frío lo despejó. Se levantó lentamente de la cama, pero, aun así, sus anquilosadas rodillas le dolieron. Iba camino de los sesenta años y cada vez le resultaba más molesta la humedad de Barcelona. Su vista y su salud mermaban; sin embargo, Dios aún tenía tareas para él.

Como pudo llegó hasta la mesa, de donde tomó la carta de Oria de Tramontana. Nunca compartió con nadie cuán demoledora le resultó la experiencia en el castillo de Olèrdola. Cada día revivía el abrazo de los dos infantes desnudos, amoratados, sumergidos en el agua gélida de la cisterna. Había dirigido la ordalía de *albats*, y para conjurar la culpa que lo concomía se dedicaba en cuerpo y alma a impartir justicia. A pesar de todo, no había sido suficiente.

Acercó el pergamino a la llama y observó cómo ardía. No era un hombre valeroso y sus fuerzas iban menguando, pero no podía ignorar el ruego de la *pubilla* de Tramontana. Sabía que causaría la ira de hombres poderosos y que el cielo le cerraría sus puertas por desafiar a Dios, pero sólo así hallaría un poco de paz en el invierno de su vida.

Sopló para esparcir las cenizas y se lavó la cara con agua de una jofaina. Aunque era noche cerrada aún, tenía mucho que hacer.

Una de las funciones sagradas del rey de Aragón y conde de Barcelona era impartir justicia en las ciudades y las villas bajo su dominio directo. También era, entre los nobles, *primus inter pares*, árbitro en un precario equilibrio de fuerzas, y sus decisiones podían causar ríos de sangre, o bien evitarlos.

Juzgar era una tarea compleja, a menudo tediosa y sobre todo muy delicada, por eso los reyes y los nobles confiaban en el consejo de los jueces y los sabios para fundamentar sus decisiones. Era necesario conocer los fueros y las franquezas de las ciudades, las costumbres y las normas del antiquísimo *Liber Iudiciorum*, el magno texto legal de los visigodos que muy pocos dominaban. Con tales conocimientos se podía limitar el arbitrio y los abusos de aquellos que tenían poder y podían ejercer la violencia sobre otros.

A Guillem Climent, criado en el monasterio de Ripoll, se lo consideraba el último representante de la respetada escuela jurídica de Barcelona, de tradición secular, y su talento se equiparaba al de juristas como Bonsom o Ponç Bofill. Era clérigo tonsurado y *doctor parvulorum* que ejercía como maestro de Retórica en la escuela catedralicia de la Ciudad Condal. Y además de ser un profundo conocedor del *Liber*, también lo era de los *Usatges de Barcelona*.

Con los años, se había convertido en el primer juez de la curia del veguer de Barcelona, el órgano que administraba justicia en nombre del rey en la ciudad y el *territorium* circundante. Climent firmaba en las sentencias como *iudex palatii*. No obstante, su prestigio como sabio en derecho también lo llevaba a arbitrar en las baronías feudales y en la corte del conde de Urgell. En ocasiones, acudía a la prestigiosa escuela jurídica de Jaca e incluso a la curia del rey Alfonso VIII de Castilla.

Con todo, su mayor logro, el que le granjeó la amistad del

rey Alfonso de Aragón, era la redacción de la histórica constitución de la Paz y Tregua firmada en Fondarella en 1173. Muchos caballeros, guerreros e incluso nobles vivían del saqueo y la extorsión en masías y otros dominios, aun en tiempos apacibles. Durante dos siglos, sólo los obispos y abates habían promulgado aquellos documentos para proteger las iglesias y las sagreras que las rodeaban, así como para mantener la paz en ciertas fechas del calendario jurídico.

La de Fondarella era la primera Paz y Tregua del rey de Aragón. Prohibía las cabalgadas y la violencia contra los súbditos de toda condición, desde Salses hasta Tortosa y Lleida. Muy pocos nobles con tierras se habían adherido, pero para el *iudex* Climent era el único modo de detener los abusos de los señores. Por aquel entonces sólo habían pasado tres años desde la ordalía de *albats* y seguía obsesionado con proteger a los más débiles. Eso serenaba su espíritu.

Desde Fondarella, el rey no era sólo el jefe de los ejércitos, dedicado a expandir su territorio; ahora era también el garante de la paz y protector de sus súbditos. La Paz y Tregua debía cambiar la manera de vivir en aquel territorio.

A partir de entonces, el *iudex* Guillem Climent formó parte del limitado círculo de consejeros del rey Alfonso y gozaba de una excelsa reputación en Barcelona. Cuando aquella mañana anunció que se retiraría por un tiempo en el monasterio de San Cugat del Vallés, sorprendió a los oficiales del palacio Condal, pero el rey estaba en Zaragoza y nadie fue capaz de disuadirlo, ni siquiera el obispo Bernardo de Berga.

El día siguiente, al alba, celebró misa con el cabildo catedralicio y descendió a la cripta de Santa Eulalia, dentro de la *seu*. En el silencio de la oscura capilla, se echó en el suelo y lloró ante la tumba de la mártir. Nunca se había permitido hacerlo, pero la incertidumbre lo reconcomía.

Una ordalía era la manifestación de la voluntad divina; sin embargo, el propio Dios lo había condenado a una vida ensombrecida por el remordimiento. ¿Cuál era entonces Su voluntad? ¿Se manifestaba o no en las batallas judiciales? Y la cuestión más angustiosa: ¿debía respetar el juicio de Dios o enmendar lo que consideraba un error?

Se sentía al borde de un abismo. Los peregrinos que pasaban por Barcelona explicaban que en otros lugares del orbe el pensamiento cambiaba. En los monasterios se traducían del árabe obras de un antiguo filósofo griego apenas recordado hasta entonces, Aristóteles, y nunca se habían suscitado tantas dudas sobre el proceder de Dios. ¿Podía la humanidad regirse por la razón en vez de por el *timor Dei*?

En la cripta de Santa Eulalia, Guillem Climent tomó la decisión más importante de su vida. Cogió su cayado y se marchó para asumir el misterioso destino que Dios había dispuesto para él en el ocaso de su vida.

La condena

Tres días después de salir de Barcelona por el Portal Nou y seguir hacia el sur por la *estrada* Moresca, el juez Guillem Climent avistó el cerro de Olèrdola que dominaba las colinas de encinares y los extensos campos de cultivo.

El fértil territorio al sur del río Llobregat pertenecía en su totalidad al rey, pero desde hacía siglos estaba bajo el dominio feudal de los Santmartí y de varios *castlans* a cargo de los castillos y torres de defensa. Con el tiempo, se había conformado una intrincada red de señores unidos por vasallaje y parentesco, con extensas clientelas de caballeros e hidalgos. Los señores constituían un estamento militar que necesitaba de muchos recursos y rentas para mantenerse, lo que facilitaba los abusos y la violencia sobre las masías y aldeas, que, para protegerse, aceptaban someterse como siervos de la gleba.

Guillem miraba apenado masías arrasadas, con sus campos abandonados. No tardarían en ser entregadas a nuevos payeses, pero en peores condiciones serviles. Había ocurrido durante las cuatro últimas generaciones en todas las tierras que los barones y otros señores gobernaban. La paz de Fondarella estaba lejos de cumplirse.

El *iudex* ascendió el deteriorado camino hacia el cerro de Olèrdola. Llegó a la pequeña ciudad de casas de piedra, delante de la recia muralla del recinto del castillo. Dentro estaba la parroquia de San Miguel, el castillo y la cisterna excavada, pero no tenía intención de entrar. Se limitaría a preguntar a algún vecino cómo llegar a la masía de Tramontana y a confirmar si los sombríos rumores que había oído eran ciertos.

El deterioro del emplazamiento extramuros lo sobrecogió. Transitó por una calle abrupta y pedregosa. Había demasiadas casas vacías, muchas reducidas a escombros.

Una niña totalmente desnuda y sucia surgió de una esquina y se quedó mirándolo sorprendida. Detrás llegó una anciana harapienta con la cara medio oculta bajo un pañuelo. Al ver al juez frunció el ceño, recelosa. Lo escudriñó con descaro y de pronto su rostro se retorció de odio.

—¡Me acuerdo de vos! —Escupió y se llevó a la niña tirando de ella.

Aunque era mediodía, Guillem no vio a nadie más, de modo que siguió a la anciana. Debía hablarle. Llegaron a la iglesia de Santa María, en el extremo del poblado. Alrededor, el suelo era rocoso y estaba lleno de tumbas excavadas. Las pequeñas losas delataban que se trataba de sepulcros de niños recién nacidos, y entonces recordó que llamaban a aquel lugar el *pla dels Albats*. Se estremeció.

La anciana se detuvo entre los sepulcros y se volvió hacia el clérigo. Tenía una mirada febril, y el hombre no se acercó más. Había mujeres terribles, ajenas a los dictados de la Iglesia, y aquélla podía ser una de ellas, se dijo.

—Hace años permitisteis que la miseria llegara a esta tierra, juez... ¿Para qué habéis vuelto?

—Busco a Oria de Tramontana —respondió con cautela—. Sé que aún vive.

La anciana profirió una risa cascada, llena de desdén.

—¿Vivir? ¿Qué es vivir?

—¡No he venido a escuchar desvaríos, anciana! —espetó el juez disimulando la turbación—. ¡Podría ordenar que te cortaran la lengua!

—A veces vivir se parece más a estar muerto. ¡Mirad el poblado! ¿Diríais que en él hay vida?

—¿Qué ha ocurrido?

—Desde el juicio del agua, el *castlà* Ramón de Corviu y su

maldita esposa se creen llamados a mayores honores. Su ansia es insaciable. Las cargas que imponen a los lugareños son insostenibles y la gente huye durante la noche. Id a la muralla y lo veréis. ¡Esas almas os esperan para llevaros al infierno!

La anciana se descubrió. Tenía la cuenca de un ojo vacía. Guillem retrocedió.

—Los clérigos de aquí llaman a esto *ius maletractandi*, el derecho del señor banal a castigar y mutilar a sus siervos si abandonan las tierras asignadas o no cumplen con sus pagos. Mi familia se arriesgó a huir, pero los soldados nos alcanzaron. Sólo se salvó mi nieta, y a mí el *castlà* me dejó así.

—¿Dónde está la masía de Tramontana? —inquirió sin querer responder a la pregunta que le quemaba como hierro candente.

—Ramón de Corviu no ha logrado apropiarse aún de esas tierras, pero las ha castigado tanto que han enfermado junto a su *pubilla*. Ahora allí todo son sombras y podredumbre.

La anciana se acercó al clérigo con una mueca espantosa.

—¡Apartaos! —exclamó el *iudex*, y retrocedió tropezando entre las tumbas.

—¡Os maldigo, juez Guillem Climent! Si habéis venido en busca de un poco de paz, no la encontraréis. ¡La culpa os roerá incluso cuando vuestros huesos sean polvo!

El *iudex* cayó en la cuenta de que no veía a la niña. Sólo estaban ellos dos entre las pequeñas losas sepulcrales. Y, aterrado, huyó del *pla dels Albats*.

Se dirigió a la muralla, y cuando vio las cabezas clavadas en picas sobre el muro, se le heló la sangre. Huir de las tierras y las casas dadas en tenencia a los siervos de la gleba era la mayor de las faltas, pues mermaba el sustento de sus señores.

Desde la torre circular que se alzaba junto a la puerta de la muralla, un soldado le señaló qué sendero debía tomar al llegar al llano. Climent, aturdido y agotado, comenzó el descenso.

Al atardecer, en la vasta llanura del Penedés se levantó viento. El juez Guillem Climent coronó una colina con dos esbeltos cipreses en la cima, símbolo de que se ofrecía hospitalidad a los viajeros. Según el soldado, hasta donde alcanzaba la vista era Tramontana. Ahora los dos árboles eran vigilantes de un reino de sombras.

La anciana tuerta se lo había advertido, pero el clérigo no se esperaba encontrar semejante desolación. Compungido, oteó los campos yermos, llenos de maleza. Los viñedos y los olivares estaban cubiertos de matorral. Los bancales de manzanos y almendros se veían agostados, y el encinar que llegaba hasta el barranco frente al cerro de Olèrdola era un bosque enmarañado e impenetrable.

Sólo se oía el aullido del viento cuando pasó ante cercados y cobertizos derruidos. El camino atravesaba una pequeña aldea donde habían habitado las familias de payeses encargados de las tierras. Incluso tenía una pequeña ermita. En el pasado se pensaba que la aldea recibiría del rey una carta puebla, pero la carta nunca llegó y fue abandonada, aunque las casas seguían en pie.

Climent sintió miedo. Todavía estaba a tiempo de regresar a Barcelona y proseguir con su vida privilegiada de *iudex palatii*. Sin embargo, la carta de Oria le pesaba en el alma. Debía de habérsela redactado un clérigo casi iletrado, pues mezclaba el latín con la lengua vulgar; aun así, la petición salía de las entrañas de la mujer: si salvaba a uno, salvaba a todos los que vivieron allí.

Siguió adelante por la vieja calzada y, tras un cuarto de milla, dobló un recodo y vio al fin la masía de Tramontana. La casa estaba fortificada, pues se había construido cuando el lugar era aún frontera con Al Ándalus. Era un rectángulo recio con techumbre a dos aguas, unido a una soberbia torre de defensa. La fachada contaba con aspilleras, ventanas lobuladas y las esquinas estaban reforzadas con grandes sillares. A la entrada principal se había añadido un soportal con cuatro arcos sostenidos con antiguas columnas de piedra. La maleza lo invadía todo y la frondosa enredadera que cubría el lienzo de la torre se había secado. También había corrales y graneros, en ruinas. La única señal de que la masía no estaba abandonada era una estrecha senda, abierta entre los matojos a base de pasar por allí, que llegaba hasta el pórtico y al pozo de piedra con abrevadero.

El juez creyó ver a alguien en una ventana de la torre, una mujer, pero una ráfaga de viento lo cegó. Al mirar de nuevo, la halló cerrada con tablones de madera. Sobrecogido, se dirigió hacia el soportal. Las piedras tenían marcas de juegos infantiles, surcos de afilar y varias cruces. Signos de una vida rebosante arrebatada. Seguía bajo la arcada cuando la enorme puerta remachada con cabezas de clavos se abrió con un chirrido. Climent dio un respingo. Del oscuro interior salió un recio sarraceno de unos cincuenta años. Tenía la tez olivácea y vestía un albornoz pardo. El clérigo se preguntó si sería el mismo hombre que sostuvo a Oria tras la ordalía; no podía asegurarlo.

—Ella os espera —dijo, con el semblante hosco y un extraño acento.

Antes de que Climent pudiera abordarlo, se alejó por la senda como si tuviera un cometido urgente.

El juez, nervioso, accedió a una estancia en penumbra, grande como la de un castillo. Reparó en las gruesas vigas del techo. Era una masía formidable. Al fondo, vio un enorme hogar de piedra apagado y una mesa larga con banquetas. El polvo lo cubría todo. De una puerta surgió entonces una figura.

Climent se estremeció. Era una mujer madura vestida al modo sarraceno y cubierta con un velo. Le señaló una puerta invitándolo a pasar, y el juez accedió por ella a la torre. Había toneles y un viejo lagar para pisar uva. De allí una escalera de madera permitía subir a la primera planta.

Una vez arriba, supo que la había encontrado. Estaba en una estancia cuadrada y diáfana donde reinaban las sombras y olía a polvo. Los tablones del suelo crujieron cuando avanzó hasta un camastro con dosel, ocupado por una mujer inmóvil.

Conmovido, contempló a Oria de Tramontana. Habían

transcurrido doce años desde la última vez que la vio. No habría alcanzado la treintena aún, pero su melena era ya blanca como la nieve. Sus rasgos angulosos apenas conservaban la belleza que Climent recordaba y tenía la piel macilenta, con profundos cercos oscuros alrededor de los ojos. Su extrema delgadez llamaba la atención bajo la túnica verde. Estaba enferma, y el clérigo no habría sabido decir si respiraba o no.

—¿Oria? —preguntó con la garganta seca.

La mujer no se movió. Sin embargo, cuando el juez se disponía a insistir, Oria ladeó la cabeza y alzó los párpados. En sus pupilas, de un azul profundo, el hombre vio un cerro nevado y una cisterna. En su mente resonaron los chillidos infantiles y se afligió.

—Por fin estáis aquí… —murmuró la mujer, enigmática—. Ha llegado el momento.

De pronto Climent notó una punzada en la baja espalda que le dolió. Alguien lo presionaba con la punta de una lanza o una espada. Se quedó inmóvil, desconcertado. Pensar que todo podía ser una simple venganza lo desalentó.

—Robert, baja la azcona —ordenó Oria con voz débil, pero en tono imperativo—. Este hombre es el juez Guillem Climent de Barcelona, y es nuestro invitado.

El mensajero

Era un día extraño en Olèrdola. Blanca de Corviu lo presintió cuando un soldado anunció la llegada de un clérigo de Barcelona que se dirigía a la masía de Tramontana. A sus trece años, todo lo que tenía que ver con aquella masía le interesaba.

Había subido a la torre romana anexa al castillo y por la ventana del norte veía, más allá del barranco que rodeaba el cerro de Olèrdola, toda la fértil planicie hasta las lejanas montañas de Montserrat. Allí estaban las tierras de Tramontana, una mancha parda de campos descuidados; una tierra herida.

Blanca se miró las manos. En la izquierda le faltaba el dedo anular y una falange del índice; en la derecha, dos falanges del meñique y una del corazón. También le faltaban algunos dedos de los pies. Eso y sus pupilas de un azul muy claro eran las secuelas de haberla sumergido con sólo un año en las aguas gélidas de la cisterna romana. Estuvo a punto de morir; fue un milagro que únicamente hubiera sufrido la congelación de los dedos.

Compartía tales estragos con el otro niño de la ordalía de *albats*, que vivía en Tramontana y tenía, como ella, trece años. Las ancianas contaban que ambos se abrazaron en el agua y que eso los había unido para siempre, como dos mitades, pero Blanca jamás había visto al muchacho. Los soldados del castillo decían que tenía los ojos incluso más claros que ella, tanto que su mirada causaba inquietud. Se llamaba Robert de Tramontana, pero en Olèrdola lo conocían como el Condenado, pues

Dios lo rechazó del agua exorcizada. Aunque Blanca sí se sumergió, nunca se había sentido bendecida en su familia.

Sólo una vez estuvo cerca de la masía. Se escapó y llegó hasta la colina de los dos cipreses, pero tuvo miedo de adentrase en las tierras desoladas y no se movió hasta que los soldados la encontraron. Su madrastra, Saura de Cabrera, la castigó con el fuste.

Unas voces la sacaron de sus pensamientos. Desde la ventana, vio ante la puerta del castillo a un hombre recio vestido a la manera sarracena. Adusto, pedía a la guardia hablar con el *castlà* Ramón del Corviu. Al oír que venía de Tramontana, Blanca se abalanzó hacia la escalera de mano para bajar de la torre. Algo estaba ocurriendo.

El castillo de Olèrdola era pequeño y austero. La planta baja era una única aula comunicada con la torre, donde hacían vida los señores y se celebraban las audiencias; bajo ella sólo había un sótano que utilizaban como almacén. Frente al hogar, Blanca halló a su padre y a su madrastra, así como a su hermanastro, Arnulf, de doce años.

El *castlà* de Olèrdola la miró con expresión severa, pero fue Saura la que habló.

—Nadie te ha llamado, Blanca. Vuelve arriba.

A Blanca ya no le afectaba la frialdad de su voz. No recordaba una palabra cálida ni un gesto de afecto por parte de Saura. Era una dama acomplejada por su condición de bastarda, algo que le impedía sentirse como una igual en la poderosa familia de los vizcondes de Cabrera. Y había transmitido su arrogancia a su hijo, Arnulf. El muchacho jamás había tenido a Blanca como hermana; ella sólo era el obstáculo para ser el siguiente *castlà* de Olèrdola, así como el señor de todas las tierras y los siervos de la familia. Estaba pactado que la primogénita renunciara a sus derechos de *pubilla* cuando firmara esponsales con algún caballero y se marchara para siempre. Pero sus manos mutiladas causaban un recelo supersticioso en los candidatos, y la cuestión se retrasaba a pesar de que estaba, prácticamente, en edad núbil.

Consciente de su destino, Blanca era cada día más osada, y Saura destilaba odio.

—Viene un hombre de la masía de Olèrdola y quiero oír qué dice —replicó

Tras un espeso silencio, Saura se acercó. Lucía una túnica negra y una toca. A Blanca le repugnaba su rostro anguloso y aquella tez tan pálida que revelaba las venas azuladas bajo la piel. La hija bastarda del antiguo vizconde de Cabrera rozaba ya los treinta años y había perdido la lozanía que hechizó a Ramón tras enviudar de Leonor de Corviu. Su delgadez extrema y su aspecto de ave rapaz causaban inquietud.

—Te he dicho que éste no es tu sitio, niña —espetó, y sus ojos verdes la miraron con rechazo.

—Es mi castillo —opuso Blanca, demasiado altiva.

Saura le propinó una sonora bofetada. Arnulf dejó escapar una risita. Blanca miró a su padre con ojos temblorosos, pero Ramón, sentado ante el fuego, apartó la mirada sombrío. Su indiferencia era lo único que la joven aún no había logrado superar. Durante años la había desgarrado verlo jugar y atender a su otro hijo mientras ella sólo recibía alimento y frialdad. Había llorado muchas veces sobre el sepulcro de su madre, en la iglesia de San Miguel, hasta que decidió rebelarse contra aquel desprecio.

—Tu única tarea aquí es que ensayes los modales para agradar al nuevo candidato que llegará en dos semanas, Pere de Rades. Ni Olèrdola ni Tramontana te incumben, niña.

—¡Tramontana sí! —replicó la muchacha alzando las manos mutiladas.

—¡Retírate, Blanca! —ordenó su padre, cansado de aquel pulso.

En la puerta aguardaba el sarraceno para entrar. Blanca notó que el *castlà* estaba nervioso; parecía conocer al visitante. Se resistió a obedecer. Toda su vida había girado en torno a una ordalía rodeada de enigmáticas cuestiones que nadie le respondía. Ahora dejaba atrás la infancia y necesitaba saber quién era.

Alguien, a su espalda, le colocó las manos en los hombros.

—Vamos, Blanca, no ofendas a tu padre.

Era Jacob de Girona, un siervo judío que administraba los bienes del *castlà* y se dejaba la vida para evitar que Ramón y Saura causaran la ruina en las finanzas del castillo. Para Blanca, el anciano judío era lo más parecido a un padre en cuanto a afecto y apoyo.

—¿Por qué? —gritó Blanca, a punto de llorar—. ¿Qué ocurre?

Entonces, sin permiso, el esclavo sarraceno entró en el aula y habló en voz alta.

—Es la legítima *pubilla* del castillo de Olèrdola. Tal vez sí deba saber que Oria de Tramontana se está muriendo.

—¡Fuera de aquí, he dicho! —estalló Ramón, puesto en pie con la cara contraída.

Blanca, afectada por la cólera de su padre, salió del castillo llorando.

Una antigua promesa

Robert, baja la azcona —ordenó Oria con voz débil pero en tono imperativo—. Este hombre es el juez Guillem Climent de Barcelona, y es nuestro invitado.

Me resistí a obedecer.

El desconocido que había entrado en nuestras tierras se hallaba ante el lecho de mi madre, que llevaba postrada muchos días, aunque no era la primera vez. No obstante, esa recaída parecía peor y no dejaba de toser. Yo estaba muy asustado.

Tenía al intruso a mi merced. Aquel hombre no podía buscar refugio en esa estancia de la torre, donde sólo estaba el lecho. Así la azcona con más fuerza y separé las piernas para mantenerme equilibrado, como me había enseñado nuestro esclavo Hakim; el sarraceno había sido almogávar y sabía de lo que hablaba. El clérigo ni siquiera se atrevía a moverse.

—Obedéceme, Robert —insistió mi madre, y buscó mis ojos.

—¿Y si quiere haceros daño? —pregunté, confuso.

—Ha venido porque yo se lo pedí. Es un juez del rey y debes tratarlo con respeto.

El hombre se volvió hacia mí. Era un anciano de constitución débil, aunque de aspecto saludable. La tonsura le abarcaba casi toda la cabeza y su escaso cabello era blanco, como su fina barba. Tenía la piel del rostro pálida y arrugada, pero sin mostrar los estragos del viento y el sol. El polvo del camino se le había adherido al hábito y parecía agotado. Al verme, su mirada brilló con intensidad.

—Sus ojos... —musitó.

—De un azul muy claro, como el hielo de la cisterna —añadió mi madre, mordaz.

Su gesto de sorpresa no me extrañó. Mis pupilas causaban esa impresión en la gente la primera vez que las veía. En Olèrdola, algunos me temían.

—Mirad también sus manos —siguió mi madre—. No pudieron resistir el frío. Cuando llegamos a la masía ya tenía los dedos muy mal. Un galeno tuvo que amputar... Fue horrible.

No me gustaba que me las miraran. Me faltaban las primeras falanges del meñique, el anular y el corazón de la mano izquierda; en la derecha, todo el anular y dos falanges del meñique.

El clérigo contrajo el gesto, pero no por repulsa; más bien percibí en él dolor, como si le hubiera clavado hasta el fondo la punta de la azcona.

—Contemplar a este muchacho es un milagro —adujo el hombre, conmovido.

—Robert vive, pero Tramontana murió ese día —afirmó mi madre con voz cansada—. El *castlà* Ramón de Corviu hizo uso del derecho de hospedaje para forzarme a que le cediera la propiedad, como habían hecho las otras masías. Él y sus hombres venían a menudo; a veces eran decenas y tomaban cuanto se les antojaba. Esquilmaban las bodegas, los graneros, los corrales... Y eso sólo fue el principio. —Parecía a punto de llorar, pero no lo hizo; mi madre nunca lo hacía—. Cuando Robert tenía tres años, Ramón afirmó tener más derechos sobre la masía y también a los malos usos, *mals usos*, que los nobles imponen a los siervos de la gleba. Ya no se molestó en invocar un juicio; se creyó que estaba en el derecho de cabalgar hacia la masía. Atacó la aldea de los payeses y se llevó cautivos a varios. Para liberarlos, claudiqué y acepté a Corviu como señor banal, ya sabéis, como dueño de rentas y derechos, pero no de la propiedad de Tramontana. Ese yugo ha ido devorando lo que teníamos.

—Un señor no puede destruir la fuente de su sustento.

—Lo que quiere son las tierras para dárselas a sus vasallos, como hacen los señores feudales. Habréis pasado por delante de la aldea y los cobertizos. Los payeses se marcharon a Olèrdola y a Vilafranca. Aquí no queda nada, pero las tierras siguen siendo de los Tramontana.

Mi corazón latía con fuerza. No recordaba a mi madre hablar tanto desde hacía mucho tiempo. Todo era muy extraño y sus palabras me asustaban. Ella hizo amago de incorporarse y el clérigo se acercó al lecho. Estuve a punto de atacarlo de nuevo con la azcona, pero sólo la ayudó a acomodarse.

—He visto la tierra condenada —musitó el clérigo.

—¿Os acordáis de lo que os susurré el día de la ordalía, juez?

—Me preguntaste por qué Dios te castigaba de ese modo.

—Entonces dijisteis una palabra.

Climent bajó el rostro, estremecido.

—*Iniquitas*, eso es lo que dije: injusticia.

—Desde aquel momento me he preguntado por qué a un juez de vuestro prestigio le resultaba injusta una prueba de Dios. Necesito saberlo, pues el tiempo se me acaba.

El clérigo frunció el ceño y tardó en responder.

—Flaqueé —dijo al cabo, y vi que se angustiaba—. Desde hace siglos se habla de la ley de los tres órdenes: la humanidad se divide en *oratores*, al servicio Dios; *bellatores*, que son los hombres de la guerra; y *laboratores*, labradores cuyo cometido es procurar sustento a todos. El payés debe proporcionar al señor feudal lo que requiera a cambio, simplemente, de que éste lo defienda de los enemigos.

—¡Un equilibrio que los nobles han corrompido para esclavizar a los *laboratores*!

—En aquel instante, ante la cisterna, recordé que no siempre ha sido así —aseguró el juez Guillem Climent con gravedad—. Los juristas sabemos que en la antigüedad las gentes libres recibían el mismo trato ante la ley, todos bajo la autoridad del emperador romano. Los jueces buscaban la verdad mediante pruebas y principios, sin ordalías ni batallas judiciales. Existe una ciudad en Italia donde desde hace unas décadas se estudian de nuevo esas leyes, y quizá algún día el mundo vuelva a recibirlas como un regalo de Dios.

Yo no entendía nada, pero mi madre asentía pensativa. No me gustaba su gesto interesado. La sensación funesta de que iba a ocurrir algo era cada vez mayor. Deseaba que el clérigo se fuera y que regresara el ambiente silencioso de siempre.

El juez prosiguió. Le temblaban los ojos.

—Aquella mañana, en el juicio del agua, mi alma se quebró. Habíamos invocado a Dios, pero no sentía su presencia. ¡Sólo era un ritual sin sentido, un acto aberrante más próximo a la superstición que a un proceso judicial! —Unas lágrimas aparecieron en sus ojos—. ¡Yo dirigía una injusticia amparada en leyes caducas que ya no merecen serlo!

—Era un juicio de Dios; dudar de él es grave —indicó Oria con el ceño fruncido.

—Temo haberme condenado por falta de fe —reconoció el hombre—, pero ni un solo día he dejado de lamentarme por haberlo permitido.

—Ambos sabemos lo que pasó antes...

—¡Un juez no puede ser cobarde, y yo lo fui!

Guillem Climent se cubrió el rostro con las manos y se echó a llorar. Mi madre calló, me miró con intensidad un instante, para luego perderse en el ambiente umbrío de la vieja torre. En una casa donde reinaban el silencio y los secretos, yo había aprendido a descifrar los pensamientos en los gestos y las miradas, aunque no supiera ponerles nombre ni describirlos. Los esclavos sarracenos decían que era mi don. Por eso estaba tan asustado: enseguida iba a saber lo que ocurría.

—¿Para qué me has pedido que venga, Oria? —preguntó el juez cuando se serenó.

—Debía saber si al recordar el juicio aún sentíais la *iniquitas*. Me estoy muriendo, juez Guillem Climent, y quiero que os hagáis cargo de Robert, que lo eduquéis para que pueda comprender algún día que lo que le ocurrió no fue por su culpa... ni voluntad de Dios. Fue una injusticia nacida de la crueldad y la codicia del *castlà* Ramón de Corviu.

De la impresión se me cayó la azcona.

—¡Madre!

Me ignoró. Sentí un arrebato de odio hacia el juez. Por su culpa, tenía unas manos mutiladas y me llamaban el Condenado. Debí haberlo ensartado con la azcona apenas lo vi. La rabia anegó mis ojos mientras seguían hablando, ajenos a mí.

—Pero ahora los Tramontana ya no sois libres —advirtió el juez—. Robert es el *hereu* y no puede dejar la tierra sin que el señor banal lo redima de sus servidumbres. La muralla del castillo de Olèrdola está llena de cabezas de siervos en picas.

Eso sí podía entenderlo. Los ajusticiados eran siervos que habían abandonado las tierras que trabajaban sin pagar. El cura de Santa María de Olèrdola decía que, como eran propiedad del señor, éste podía hacer lo que le placiera con ellos. Era justo.

—Necesito convencer a Ramón de Corviu para que redima a Robert a cambio de parte de las tierras y podáis llevároslo —dijo mi madre con determinación, y el terror me dominó—. Vos negociaréis en mi nombre por ser hombre del rey... Confío en que el *castlà* cederá. Tomaréis a mi hijo bajo vuestra tutela y dispondréis de los depósitos que guarda un banquero de Barcelona para pagar su manutención y sus estudios. Quizá algún día siga vuestros pasos y se convierta en juez. Él sí posee el valor que a vos os falta.

—¿Estás segura de entregármelo?

—Los únicos parientes que Robert tiene viven en algún lugar entre Castilla y León. Otros en la frontera de Tortosa. Jamás los he visto.

Mi madre se cubrió la boca con la mano y tuvo un acceso de tos. Luego trató de ocultar sin éxito el esputo de sangre que había en su palma.

—Mi hijo pronto se quedará huérfano —señaló llena de tristeza.

El juez me miró con lástima. Mi madre se apagaba como una lámpara sin aceite. No existía para ambos más camino que aquél. El miedo y la incertidumbre me atenazaron. Quise protestar, pero ella me lo impidió con un gesto seco. No quería escucharme.

—*Iniquitas*... —señaló el juez al fin—. Cumplir tu voluntad será mi redención, Oria de Tramontana.

Mi madre se dejó caer en el jergón, exhausta pero aliviada. De los pliegues de la sábana cogió un lirio. Solía tener siempre cerca alguno.

—Rezad conmigo, juez Climent. La noche se acerca...

—¡Madre! —exclamé, lloroso y angustiado—. ¿Por qué no me escucháis?

La veía sufrir, y creí que rectificaría, pero al final sus palabras me helaron el alma.

—Debes prepararte para marchar, hijo. Será para bien, confía en mí.

Bajé la escalera llorando de rabia y miedo, ajeno a los crujidos de la madera carcomida. Tramontana agonizaba, pero yo tenía trece años y no pensaba irme. Escapé hacia el encinar que se extendía detrás de la masía. Quería pensar que, cuando regresara, aquel maldito anciano se habría ido de nuestras tierras para siempre. Sin embargo, la intuición me decía que no sería así.

El sepulcro de Leonor de Corviu

Blanca entró en la iglesia de San Miguel de Olèrdola, vacía y en penumbra, y se dirigió hacia el lado del evangelio. Era un pequeño templo de nave única y cabecera cuadrada construido sobre la roca y decorado con viejas pinturas al fresco. Allí se hallaba la tumba de su madre, un sarcófago de piedra con los pigmentos cuarteados colocado en el muro lateral, un arca con un sencillo relieve de flores.

De nuevo habían dejado un lirio blanco sobre ella. En invierno eran azules y en primavera blancos. No había conseguido averiguar quién los dejaba, pero eran muchos los habitantes de Olèrdola que apreciaban a Leonor de Corviu. Tanto su madre como su abuela, que también se llamaba así, habían tratado de devolver al castillo y a la ciudad la prosperidad perdida tras el ataque de las hordas almorávides a principios de siglo. Concedieron tierras y exenciones para retener a los payeses. Exigían los pagos en las fechas convenidas según la costumbre, pero sin ejercer el *ius maletractandi*.

Durante mucho tiempo, los señores de Corviu y los Tramontana tuvieron una estrecha relación. Estos últimos proveían el mercado de Olèrdola y pagaban el portazgo y otros privilegios, sin ser molestados.

La muerte de la madre de Blanca lo cambió todo. Su padre, Ramón, llamado de Picalquers antes de casarse con Leonor, seguía siendo el hidalgo segundón de carácter tosco de siempre, el guerrero que veía la vida como un combate. Consideraba deshonroso administrar bienes, como los judíos. A su entender, lo natural era tomar lo que necesitara para mantener su casa y a su soldada; lo merecía por haber luchado en la cruzada contra el infiel, como *bellator* que era.

Ramón nunca se entendió con Leonor. El enlace fue una imposición del señor feudal de Olèrdola a dos de sus vasallos. Según los siervos, se detestaban, y él ya estaba encamado con Saura de Cabrera antes de que Leonor falleciera. Ramón acompañaba a su señor Guillem de Santmartí cuando éste visitaba a su primo el vizconde Ponce III de Cabrera en su castillo de Montsoriu, en el corazón del condado de Girona. Allí conoció a Saura, la hermana bastarda.

Blanca podía entenderlo. Ella tampoco se casaría por amor. Sin embargo, lo que no lograba entender era por qué su padre no la quería. Era su hija primogénita y la había expuesto a la muerte en una cisterna helada. A pesar de haber vencido en la ordalía que resultó tan beneficiosa para el *castlà*, ella siempre había tenido la sensación de ser un estorbo para él.

Ahora no podía dejar de pensar en el sarraceno con aspecto de guerrero que había llegado de la masía de Tramontana. El hombre no se había amilanado ante su padre y le había anunciado que Oria se moría. Desde ese momento, la muchacha tenía el presentimiento de que todo iba a cambiar.

En el silencio oyó un tintineo y, sorprendida, se volvió. Vio a su padre bajo la luz vespertina que entraba por la puerta. Iba cubierto con la cota de mallas y calzaba las huesas de montar.

—Aquí estás.

Entró. Llevaba la cofia de anillas echada hacia atrás. Olía a cuero y metal. Acudía a menudo a San Miguel, pero Blanca jamás lo había visto acercarse a la tumba de su primera esposa. Prendió una vela con la lámpara del sagrario y la dejó junto al sarcófago.

Luego se aproximó a su hija y le tomó las manos. Blanca se quedó quieta. Estaba confusa; no recordaba una caricia de aquel hombre rudo e indiferente. Le miraba los dedos mutilados y ella hizo amago de retirarlas.

—Los galenos creían que perderías las manos, pero tenías ganas de vivir.

Bajo la dura coraza de su carácter, Blanca notó un rastro de emoción.

—Padre, ¿os aflige algo?

—Aunque te habrán dicho lo contrario, yo apreciaba a tu madre. Pero Leonor era una *domina* de la tierra, no entendía el modo de vida de los caballeros. —Ramón no era capaz de mirar a su hija a los ojos—. Tuve que hacerlo, necesitaba más hombres, caballos...

—¿Os referís a la ordalía?

Jamás había hablado con su padre de ello. Hablar del juicio de los *albats* estaba prohibido en el castillo. Blanca ya no era una niña, y veía a su padre devorado por una culpa que le impedía acercarse a ella. Era incapaz de zafarse del influjo de Saura.

—Hoy cambiará todo por fin —dijo el hombre, y la soltó.

Blanca sintió que los nervios la corroían. Deseaba preguntarle qué significaban sus palabras, qué iba a ocurrir en Tramontana para que hubiera tenido aquel gesto con ella, pero no se atrevió; hacía demasiado tiempo que se sentía rechazada. El hombre abandonó el templo.

Con la espalda apoyada en la jamba de la puerta observó a los jinetes. Descendían por el camino pedregoso portando a los caballos de la brida. Ramón se llevaba a su hijo Arnulf, quizá por deseo de Saura. A sus doce años, el niño se creía el *hereu* y se comportaba de un modo altanero y déspota como su madre. Con ellos iban dos de los mejores caballeros del castillo.

Blanca se sintió esperanzada. Había descubierto una actitud nueva en su padre. Deseaba saber la razón y, sobre todo, que le cogiera las manos más veces. No le importaba la herencia de su madre, sólo quería ser parte de su familia.

El acuerdo

Robert, sabía que estarías aquí —me habló la anciana desde abajo.

En el bosquecillo que había detrás de la masía, una encina centenaria se había convertido en mi refugio desde niño. A horcajadas sobre una rama, miré enfadado a Fátima, la sarracena, y le lancé bellotas. Ella aguantó mi rabieta sin inmutarse. La quería como a una abuela, igual que a Hakim. Eran los únicos siervos que se quedaron en Tramontana cuando la ruina fue absoluta, y hacía años que se sentaban a la mesa con nosotros. Pero en ese momento deseaba estar solo.

—¿Te acuerdas del nido de herrerillo? —Fátima señaló la copa del árbol, con su habitual gesto sereno—. Nacieron cuatro polluelos.

—Se marcharon hace semanas —dije sombrío, sin ganas de conversar.

—Hay cosas que deben ser así, es la ley de Dios.

—¡Pero mi madre está sola y sois viejos! ¿Quién vigilará las tierras?

—Vamos, Robert, baja, que ya no eres tan niño.

Sentí vergüenza y bajé en silencio.

—¡Estás más alto que yo! —exclamó con una sonrisa—. ¡Maldita sea!

Fátima había servido en Tramontana desde niña. Crio a mi madre y ahora a mí. A través de sus ojos, la veía luchar contra su propia pena e incertidumbre.

Yo notaba esas cosas. Al asomarme a las miradas ajenas y observar sus gestos, me hacía idea de lo que otros sentían; a veces, incluso, sabía si me mentían o no. Fátima estaba conforme con mi madre aunque eso la desgarraba. Entonces me asusté de verdad y me aferré a ella.

Desde siempre había vivido aislado en la vasta masía, sin hermanos, y casi no recordaba a los últimos niños que se marcharon con sus familias. De pequeño recorría campos y encinares en soledad, como una sombra al acecho; era el último Tramontana. Observaba la naturaleza, tanto los hormigueros como los estorninos en campo abierto. Me ayudaba a no pensar en mi madre, en su eterna tristeza y la expresión distante de sus ojos, pues eso me hacía sentir culpable. Lo era, dado que no me había hundido en el agua exorcizada de la ordalía. Lo había escuchado mil veces.

Cuando crecí, el objeto de mi curiosidad pasó a ser la gente. Oculto entre los matorrales, observaba a los arrieros y los peregrinos que se dirigían a Barcelona. Espiaba sus campamentos, atento a sus conversaciones. Los había visto comer, defecar, discutir e incluso agitarse abrazados bajo las mantas.

Con once años comencé a ir a Olèrdola. Me acercaba a la recia muralla que separaba la ciudad del recinto del castillo. Me horrorizaban y a la vez fascinaban los cuerpos maltrechos de los ajusticiados. Sabía que detrás de aquel lienzo estaba la cisterna excavada en la roca donde todo comenzó. Pero nunca la había visto.

Cuando los soldados de las torres me increpaban, retrocedía y me iba por las calles tortuosas hasta la iglesia que estaba rodeada de tumbas pequeñas. Observaba a sus sombríos habitantes. Veía miedo y desolación en sus miradas. Al principio, me tomaron por un niño abandonado o vagabundo; luego, sin embargo, quizá por Fátima, que subía de cuando en cuando a Olèrdola, supieron que era el hijo de Oria. Algunos se acercaban a mí con cautela, me daban un mendrugo y me preguntaban por mi madre, pero otros me rehuían. A veces seguía a otros críos, y me contagiaba de su alegría, hasta que sus padres me veían y se los llevaban.

Hakim, siempre sincero y crudo, fue el que me reveló la razón: eran siervos de la gleba que querían marchar hacia las prósperas ciudades, pero no eran libres. La situación había empeorado mucho tras la ordalía, y algunos me culpaban.

Era Robert, el Condenado.

En ocasiones me subía a la encina e increpaba a Dios entre lágrimas. Si era culpable, ¿por qué no me había dejado morir de frío? Estuve a punto, decían. Mi madre no me respondía; vivía sumida en su oscuridad, postrada en el jergón o mirando la llanura desde la ventana de la torre. Fátima la excusaba y se hacía cargo de mí.

Con doce años había ido a Vilafranca. Espiaba las conversaciones de los lugareños sin dejarme ver. Me fijaba en sus reacciones y decidía si mentían. La gente no se comportaba como las criaturas del bosque; ocultaban su miedo y se aprovechaban unos de otros; al ocultar sus miserias, las revelaban.

Fátima me conocía bien y por eso no se molestaba en esconderme el miedo.

—Debes prepararte, Robert, ser fuerte para lo que vendrá.

—¿Es cierto que mi madre se muere? —Deseaba una mentira.

—Me temo que sí, hijo, y pido a Alá que le conceda consuelo.

—¡Se muere de pena, por mi culpa! —exclamé angustiado.

Me acarició el pelo rubio. Ya me llegaba más abajo de los hombros.

—Debería cortarte un poco esas greñas —señaló Fátima con una sonrisa nostálgica.

—No lo harás. Me gusta así —repuse retador.

Cada vez le discutía más, pero Fátima no se inmutaba.

—Te estás haciendo un hombre. Ahí fuera hay un mundo inmenso y, ¿sabes qué?, te necesita a ti, Robert. —Me cogió la cara entre las manos. Sus ojos verdes eran lo más dulce que había visto. Debió de ser muy bella de joven. Me besó la frente—. Obedecerás a tu madre. Algún día lo entenderás y desaparecerá ese peso.

Me tocó el pecho con el dedo, justo donde sentía el dolor.

Cogí mi azcona, que había dejado apoyada en el tronco de la encina centenaria, y, cabizbajo, seguí a Fátima hacia la masía.

Anochecía cuando llegamos a casa. Hakim conducía al establo cuatro caballos percherones de patas cortas y pelaje azabache, bien alimentados. Sólo Ramón de Corviu y sus mejores caballeros poseían esas monturas de batalla. El sarraceno me indicó con un gesto que escondiera la azcona. Era un mal día y se pondría peor.

Nervioso, me acerqué al soportal. El olor a cuero y sudor era el hedor de los problemas. Cuando el *castlà* de Olèrdola y sus soldados aparecían por Tramontana, tomaban nuestra comida y derrochaban el vino. Nos gritaban y trataban con desprecio. Mi madre lo soportaba con la mirada abstraída y luego pasaba varios días sumida en una profunda melancolía.

Si aún seguíamos vivos era por Hakim. Incluso los soldados sentían respeto por el silencioso sarraceno. Ramón de Corviu quiso hacerlo su mercenario, pero Hakim jamás aceptó. Había combatido en el ejército del Rey Lobo en Xarq al-Ándalus, hasta que, por algún motivo del que nunca hablaba, huyó a la frontera y se unió a una horda de moros almogávares. Lo capturaron, y mi abuela lo compró como esclavo. A pesar de que, mil veces, tuvo ocasión de marcharse, siguió con nosotros, y aunque no estaba casado con Fátima, a mí me lo parecía.

Él me había enseñado a defenderme y, a escondidas de Fátima, habíamos practicado algunos lances con el pesado alfanje que Hakim mantenía oculto en el sótano de la torre. Pero cuando el *castlà* estaba en la masía, se mostraba sumiso para no provocarlo.

Ese día Ramón de Corviu había acudido sólo con dos caballeros. Oí desde fuera la voz ronca del señor; discutía con mi madre y el juez. Todo era muy extraño. Quise entrar, pero uno de los soldados me agarró de los hombros y me lanzó hacia atrás.

—No puedes pasar hasta que se te diga.

—Suéltalo, Genís. —Hakim lo miraba de un modo tal que estremecía—. Respeta al *hereu* de Tramontana.

—Por poco tiempo, me temo —espetó cáustico, y se alejó.

La tensión me devoraba. No sabía qué hacer. Miré a Hakim alarmado y me pidió calma con el gesto; la oscuridad de sus ojos presagiaba algo terrible.

Entonces apareció Arnulf. A sus doce años era tan fornido como su padre y tenía la mirada altiva de su madre. Me escudriñó con atención. Los dos soldados lo flanquearon.

—El famoso Robert el Condenado... —Se echó a reír con desprecio—. ¿A ver esas manos? ¡Son tan repugnantes como las de Blanca!

—¿Qué hacéis aquí? —demandé contenido.

—¡Mi padre va a quedarse tus tierras!

Sus palabras me estremecieron.

—Los Tramontana no somos siervos —repuse—. Sólo os debemos hospedaje.

Tenía ganas de llorar y me di la vuelta para alejarme.

—¿Adónde vas? ¡Yo te enseñaré cómo se presta homenaje a tu señor!

Ignoré a Arnulf, y corrió para enfrentarse conmigo.

—¡He dicho que te detengas! —rugió, y sacó una daga.

—Deja que me vaya —le pedí luchando contra la rabia.

—No. Quiero que te arrodilles, ahora...

Me resistí, y colocó la punta de la daga en mi cuello. Fátima gritó. Hakim avanzó un paso hacia nosotros y los soldados, en respuesta, asieron el pomo de sus espadas. Arnulf me miraba retador. Sólo era un niño jugando, al que le complacía la sensación de poder.

—Arnulf, no es el momento —dijo uno de los caballeros, incómodo.

—¡Cállate! —Me pinchó y, al ver mi gesto de dolor, se enardeció más—. Jura fidelidad. Apréndelo para cuando tu madre muera...

No debió decirlo. Atrapé su muñeca como Hakim me había enseñado y se la retorcí. Gritó de dolor y se le escurrió la daga, pero no lo solté hasta que dobló las rodillas y cayó al suelo. Arnulf tenía los ojos desorbitados; no entendía mi reacción. Yo era un payés y él era el hijo del *castlà*. Ocupábamos nuestro lugar en el orden divino.

Él jugaba, pero yo no.

—Aún soy libre y esto es Tramontana —le mascullé al oído.

—¡Robert! —exclamó Hakim, imperioso.

Al fin lo solté, y me mantuve erguido mientras Arnulf lloriqueaba y se alejaba gateando. Los dos caballeros vinieron hacía mí, pero Hakim se interpuso. De un empujón, derribó al primero y le arrebató la espada. Con un par de mandobles hizo retroceder al otro. Los tres se quedaron inmóviles y tensos. En un suspiro el sarraceno los tenía a su merced.

—¡Basta!

Mi madre estaba bajo la arcada del soportal. Llevaba una túnica negra y estaba más pálida que nunca. Tras varios días en cama, iba del brazo de Fátima para no caerse. La sombra que vi en sus ojos me angustió; las burlas de Arnulf no iban desencaminadas.

—¿Qué ocurre aquí? —bramó Ramón de Corviu tras ella—. ¡Arnulf, levántate!

—Robert, ayuda al muchacho y pídele perdón. Tú, Hakim, vete —ordenó Oria.

Le tendí la mano de mala gana. Arnulf, humillado, se levantó y me empujó. Enseguida contó a todos lo que había pasado. Lo miré con los ojos anegados por la impotencia.

—Os imploro perdón por la actitud de mi hijo, Ramón —rogó mi madre.

—¡Merece un castigo por agredir al futuro *castlà* de Olèrdola! —Sonrió artero—. Además, mi hijo tiene razón. Arnulf será su señor. Ya os he dicho dentro que no habrá redención.

Mi madre se contrajo, dolida. Algo no iba bien; advertí la angustia en sus ojos.

—Ramón, os imploro que recapacitéis. ¡Os he ofrecido la mitad de Tramontana para que Robert pueda irse a Barcelona con el juez! ¿Cómo podéis despreciarlo?

—No insistas, Oria. ¿Por qué he de conformarme únicamente con la mitad? —añadió con suficiencia—. Cuando tú mueras, Robert se quedará solo e indefenso. No tendrá más opción que someterse como siervo de la gleba. ¡Toda esta tierra acabará siendo mía! Y también lo serán los fondos que tienes en un cambista de Barcelona. Estoy informado.

—Redimir las servidumbres es una potestad del señor y nadie puede forzaros a hacerlo —intervino el juez, en un tono apocado—, pero el pago que ofrece Oria por su hijo es mucho mayor que el acostumbrado, y… tal vez así podáis lavar vuestra culpa, como yo...

—¡Callaos, *iudex*! —rugió el *castlà* iracundo, y un brillo oscuro apareció en sus ojos—. ¡No hay redención! Robert se quedará hasta que Tramontana claudique y entonces ya veré si lo dejo marchar. ¡Basta de hablar! Ahora quiero que nos sirváis una buena cena, es mi derecho.

Ramón entró en la masía seguido por sus hombres. Mi madre me miraba cabizbaja, sin lágrimas. Advertí algo lóbrego en sus pupilas, como un fuego negro de rabia.

—¡Madre! —grité mientras la tensión me presionaba el pecho.

Apoyada en Fátima, se acercó a mí. Sus abrazos solían ser flojos y silenciosos, pero esa vez lo hizo con fuerza. Noté su corazón y su cuerpo tembloroso.

—Hace dos siglos un Tramontana llegó y, donde nadie se atrevía a hacerlo, levantó una masía con sus manos. —Cogió las mías, mutiladas. Por primera vez en mucho tiempo, una lágrima rodó por su rostro—. Eres especial, Robert. Tienes un don, puedes asomarte al interior de la gente, por eso sé que llegarás tan lejos como nuestros ancestros, aunque no será arando la tierra. Tu camino es otro y ruego a Dios que lo bendiga.

—¿Es por mi culpa? —gemí aterrado—. ¿Qué ocurre, madre? ¿Puedo quedarme?

—Perdóname, Robert.

Me dio un beso, y me estremecí.

El heraldo de la muerte

Las tinieblas se cernieron sobre Tramontana. Era una noche distinta. Ramón de Corviu, su hijo Arnulf y los caballeros estaban sentados alrededor de la gran mesa del salón de la masía, donde durante generaciones se habían reunido los miembros de mi familia. Mi madre presidía el ágape y el *castlà* se hallaba sentado frente a ella. Parecía extenuada, pero resistía. Aunque sonreía y trataba de mostrarse cortés, yo notaba la tensión en su mirada y en sus gestos.

Ramón de Corviu, enardecido por el exceso de vino, no ocultaba su dicha ante el grave estado de mi madre. Se relamía ante la perspectiva de poseer la valiosa Tramontana cuando yo me arrastrara hasta él pidiendo protección. Sus palabras me llenaban de angustia. Llegó a decir que una parte la vendería para dotar a Blanca y no mermar las posesiones de los Corviu, y que el resto generaría suculentas rentas que lo ayudarían a rivalizar con linajes mayores, como los Santmartí o los Cabrera.

Al final, dejé de escuchar y me limité a mirar a mi madre. Me desconcertaba su expresión ausente, como si no le importara el aciago destino de nuestra propiedad.

Fátima y Hakim sirvieron lo que nos quedaba de queso y embutidos. Luego sacaron el hidromiel que mi madre elaboraba. El fuerte olor a alcohol y miel se expandió por el gran salón. No era la primera vez que los hombres lo probaban y se mostraron entusiasmados.

—¡Bebamos por Robert el Condenado! —exclamó el caballero que más había abusado del vino—. ¡El payés que quería cambiar la azada por la pluma! ¡Ingenuo!

Rieron y bebieron, enardecidos como su señor.

—Ahora lo haremos por Oria de Tramontana —señaló Ramón con una sonrisa artera—. Una leyenda de estas tierras. Ordenaré celebrar misas por tu alma, lo prometo.

Mi madre asintió impasible mientras todos apuraban sus cuencos.

—No desearía que os sintierais ofendido por mi hijo, joven Arnulf —dijo entonces ella. Su inesperada sonrisa me heló la sangre—. Ambos descendéis de viejas familias del Penedés. Robert es un buen muchacho, él os servirá del último tonel de hidromiel que guardo. El mejor que tengo.

—¡Sea pues! —gritó Ramón, ebrio.

—¡Madre! —exclamé con incredulidad, sin entender por qué me humillaba así.

—Ve al granero a por el último tonel, hijo, obedece.

Nadie lo percibió, pero yo sí. Tras su sonrisa congelada había algo oscuro y siniestro. Arnulf golpeó la mesa y me sacó de mis pensamientos. Había bebido como los adultos y la cabeza le iba de un lado al otro mientras me gritaba algo incomprensible. Me levanté de la mesa con las mejillas encendidas. Cuando llegué a la puerta, oí a mi madre dirigirse al clérigo.

—Hablad con él, juez Climent. Está rabioso y podría causar problemas. Hacedle entender cuál es su lugar en el orden, os lo ruego.

Guillem Climent salió conmigo. Durante la cena no había ocultado su incomodidad. Los silencios llenos de tensión traslucían viejos secretos que nadie pronunció. La ordalía estuvo presente en todo momento, aunque nadie la mentara.

Fuera era noche cerrada y hacía frío. Oía las risotadas de los hombres y me enfurecí. En vez de obedecer la orden de mi madre, rodeé la casa y me senté debajo del nogal que teníamos detrás, a donde también ella solía acudir y perderse en reflexiones.

El juez se acercó. A punto estuve de escupir a sus pies.

—¡Que se sirvan ellos! ¡O que lo hagan los esclavos, que serán suyos también!

—Hace mucho que Hakim y Fátima dejaron de ser esclavos —dijo con voz serena—. ¿No lo sabías? Tu madre me ha dicho que los liberó hace años.

—¿Y qué hacen aquí? —pregunté desconcertado.

—Cuidaros.

—¡Eso es lo que haré yo: cuidar a mi madre! Prefiero que no me dejen marchar.

—No te alegres —replicó el juez Climent—. No puedes marcharte porque los derechos que sobre ti tiene Ramón de Corviu te lo impiden. No eres libre, como desea tu madre. Cada uno ocupa un lugar y eso es inmutable.

Iba a protestar, pero oímos un grito y el ruido de algo que caía al suelo. Procedía del interior de la casa. Temí por mi madre, indefensa entre aquellos hombres ebrios y enfebrecidos. Corrimos hasta la puerta principal. Lo que vi me dejó paralizado y no me atreví a entrar.

Arnulf estaba en el suelo junto a la mesa. Se agitaba con la boca llena de una baba parda. Su padre lo sacudía para hacerlo vomitar, pero también él parecía enfermo. Uno de los caballeros vomitaba encogido y el otro se arrastraba hacia la puerta. Éste, al vernos en el dintel, alzó la mano. Tenía la piel cérea y estaba cubierto de sudor. Se ahogaba.

—Veneno... —alcanzó a musitar, y cayó en un agónico sopor.

Busqué con la mirada a mi madre y la vi tras la mesa, de pie sin ayuda, con la túnica negra y la melena alba suelta. Contemplaba con frialdad la agonía de los cuatro, como un heraldo de la muerte. Abrí la boca para llamarla, pero entonces llegó Hakim, me apartó y cerró el portón con un tablón, dejando a mi madre atrapada en el interior de la masía.

—¿Qué haces? —le increpé, y comencé a golpear la madera llamando a mi madre.

El sarraceno me miró con lágrimas en los ojos, y deduje que cumplía un ruego de ella. Los había encerrado a todos excepto al juez y a mí. Ver llorar a Fátima junto al pozo fue el peor de los presagios.

Hakim nos obligó a alejarnos de la masía. Lo maldije y lo empujé. De pronto, noté olor a humo. Unas volutas escapaban entre las juntas de la puerta.

—¡Fuego! —exclamé horrorizado.

—Es la venganza de tu madre contra Ramón de Corviu por todo lo que os ha hecho —gruñó Hakim—. No debió negarse a redimirte.

—¡Abre esa puerta ahora mismo! —exigió el juez con voz atiplada.

El sarraceno lo ignoró mientras me sujetaba con fuerza. Pataleé y grité, pero no logré zafarme de él. Los alaridos del interior nos helaron la sangre. El resplandor de las llamas asomó entre las tablas de la puerta. Las vigas con siglos de antigüedad prendían con rapidez. Las voces de dentro quedaron ahogadas por el rumor de las llamas en la noche. Al final, el juez dejó de insistir.

Fátima se acercó a mí, desconsolada.

—Fue su voluntad que todo acabara así. Que Dios la perdone.

La masía de Tramontana ardía. De pronto mi madre apareció en la ventana de la torre, donde estaba su jergón. Tras ella, el fuego lo devoraba todo. Sonrió, cálida, con una ternura que muy pocas veces me había mostrado. Quizá había perdido el juicio.

—¡Madre!

Señaló al juez y asintió. Logré zafarme de Hakim y corrí a los pies de la torre. Quería trepar, pero el mortero se soltaba. Una enorme llamarada surgió de repente por la ventana y todo el edificio tembló. El suelo de madera se había hundido y mi madre había desaparecido de la ventana. Sólo veía resplandor. Llovieron ascuas y el humo se hizo irrespirable.

Hakim me cogió del suelo y me rendí. Mi madre me había abandonado. Había vengado así la desgracia que yo traje a la casa. Debí ser yo el que ardiera.

—Los soldados de Olèrdola vendrán pronto. Debéis marcharos —dijo Fátima al juez, con la voz entrecortada.

—Toma este cuchillo, Robert —me ofreció Hakim. Nunca lo había visto tan afectado. Estaba a punto de llorar—. Es pequeño, para esconderlo en una manga. La empuñadura es de jade, te protegerá.

—¡No quiero dejaros! —gemí aterrado. Aún no podía asumir la tragedia.

—Aquí ya no queda nada, Robert. Tu nueva vida está en Barcelona.

La huida

Blanca esperaba el regreso de su padre en la cima de la torre romana del castillo de Olèrdola, por eso vio antes que nadie el resplandor anaranjado brillando en la noche allá en la llanura. Era Tramontana, y bajó angustiada para avisar a la guardia del castillo.

El primer hombre en aprestarse para salir fue su primo Andreu de Picalquers, de la familia de su padre. Era un joven apuesto y aguerrido que llevaba unos meses en el castillo adiestrándose con el *castlà* y sus hombres para ser armado caballero.

La trataba con afecto, y a Blanca le gustaba su aspecto gallardo, así como sus ojos brillantes y profundos que siempre estaban mirándola.

—Puedes venir conmigo si lo deseas —le dijo a Blanca en la puerta del castillo—. Confiemos en que Ramón y Arnulf se encuentren a salvo.

La joven habría preferido recibir la invitación en otras circunstancias, pero necesitaba saber qué había ocurrido y si su padre estaba bien.

Descendieron casi a la carrera el sendero rocoso hasta unos establos de madera, situados cerca de la cisterna romana. Andreu ensilló un caballo y la ayudó a montar. Él subió detrás. Cuando salieron de Olèrdola al trote, el poblado despertaba alterado por la noticia. A lo lejos el resplandor era una brillante luminaria en medio de las tinieblas. Nada causaba mayor miedo que el fuego, que siempre traía destrucción y años de miseria.

Ambos jóvenes llegaron a la colina de los dos cipreses, y ante ellos pasaron los caballos percherones del *castlà* y sus caballeros. Huían espantados hacia Olèrdola.

—Algo terrible ha ocurrido —musitó Blanca con la tensión aferrada a su estómago.

Siguieron por la maltrecha vía de Tramontana hasta divisar la masía y la torre. Vomitaban llamas. Se quedaron mudos, observando con espanto la tragedia. No se veía a nadie alrededor, y la huida de los caballos vaticinaba lo peor.

—Espera aquí, Blanca.

Andreu desmontó y se dirigió hasta la explanada que había delante de la casa. El ambiente frío retenía el humo y costaba respirar. Tampoco allí había un alma que respondiera a sus llamadas. Luego se acercó al pórtico ennegrecido. La puerta de la masía estaba calcinada y en el interior las vigas, muchas caídas, aún ardían. Le pareció distinguir una forma humana quemada en el suelo, con una espada cubierta de hollín al lado.

Andreu regresó hasta donde Blanca aguardaba con el corazón encogido.

—Me temo que no ha sobrevivido nadie —informó con gravedad.

La hija de Ramón de Corviu sintió una punzada de dolor. A pesar de todo, no podía concebir la vida sin su padre; era su única familia, la única que sentía como tal. Pensar en la suerte de Arnulf, en cambio, le causaba un vacío incómodo.

Andreu montó a su espalda de un brinco.

—Lo lamento —musitó él, afectuoso.

Una oleada de incertidumbre asaltó a Blanca. Nunca se había sentido tan perdida, pues su futuro estaba sellado desde hacía mucho tiempo.

—¿Qué pasará ahora? —demandó.

—Lo que tú desees, Blanca —dijo el joven sin rastro de pena—. Eres la *pubilla* de Olèrdola y ahora ya no está Arnulf para disputarte la herencia.

Era cierto. Blanca jamás había imaginado que ostentaría el título; sin embargo, no le gustó el tono de su primo Andreu. Tampoco la manera en que le rodeaba la cintura con los brazos.

—Saura tratará de invocar los derechos de su hijo muerto —repuso ella.

—Hay una manera de evitarlo... Casarte. Tu esposo y tú seréis dueños de todo.

Un destello de sospecha se abrió paso en medio del dolor. Aunque Blanca no sabía casi nada de los hombres, la mano de Andreu en su cadera la incomodaba.

—Déjame bajar, te lo ruego —dijo disimulando el miedo.

—Muy pronto cumplirás catorce años, Blanca. No esperes a comprometerte...

Estaba aturdida y asustada, pero intuyó las intenciones de su primo. Andreu tenía veinte años y era el tercer hijo varón de su casa; no tenía, por tanto, derecho a la herencia familiar ni opciones a casarse con alguien de igual rango. Como muchos jóvenes hidalgos, su destino era armarse caballero y poner su espada al servicio de otros, o bien ganar fama y riqueza como campeón de torneos y justas. De pronto tenía la oportunidad de ser el señor de Olèrdola junto a la *pubilla*, pero no tardarían en disputársela otros nobles de mayor rango que él. Sólo había un camino para evitarlo.

En otro momento, quizá Blanca habría apreciado la propuesta, pero su padre y su hermanastro acababan de morir calcinados. Notó las manos del joven en sus muslos. Andreu estaba seguro de su sumisión.

—¡Suéltame! —gritó ella con miedo.

—¡Entiéndelo, Blanca! Ahora estás sola... Conmigo tendrás futuro. Vamos, no quiero hacerte daño ni forzarte.

A pesar de su corta edad, había oído contar que a la doncella que perdía la honra a la fuerza sus parientes la obligaban a casarse con el agresor o con alguien de igual rango que él aportara. Era la costumbre. Andreu quería asegurarse allí mismo de que sería su consorte y el beneficiario del castillo.

Blanca forcejeó mientras Andreu dirigía al caballo hasta un bosquecillo.

—¡No seas necia!

Sin esperarlo, aparecieron cuatro figuras entre los árboles. El corcel corcoveó asustado y Blanca notó que su primo aflojaba la presión de sus brazos. Entonces le propinó un codazo con todas sus fuerzas. Andreu perdió pie en los estribos y cayó de espaldas. Su grito enmudeció tras el seco golpe contra una roca.

Hakim sujetó las riendas para que el caballo no saliera espantado. La muchacha, aturdida, descabalgó. Miraba a los recién llegados asustada.

—Blanca de Corviu, me temo que vuestro padre ha muerto —dijo Hakim al reconocerla.

Ella se encogió, sumida en un mar de dudas. Aún le palpitaban las sienes por la tensión del momento, pero se acercó a Andreu, inmóvil en el suelo. Sus ojos vidriosos miraban la noche estrellada con un gesto de sorpresa congelado en la cara. La roca de debajo de su cabeza se teñía de sangre.

A Blanca no le salían las palabras. Al final, se encaró con el sombrío sarraceno.

—Eres el hombre que esta mañana vino al castillo. ¿Qué ha pasado?

Con él iban una anciana, un clérigo exhausto y un muchacho de su edad que la miraba con los ojos muy abiertos. Jamás lo había visto. Aun así, supo que se encontraba por fin ante Robert de Tramontana. Y el mundo se detuvo.

Miserere nobis

Cuando oí que Hakim pronunciaba el nombre de Blanca de Corviu, me estremecí. Nos envolvía la oscuridad, y me acerqué para ver a la vencedora en la ordalía de *albats*. Desde la infancia la había maldecido; la odiaba tanto que en mi mente era una criatura horripilante. Sin embargo, la muchacha que tenía delante de mí estaba tan asustada como yo.

Blanca era más alta y parecía mayor que yo, a pesar de que tenía mi edad. Ya se le notaban los pechos. Su rostro ovalado, contraído por la angustia, me recordaba al de la Virgen de madera de peral que estaba en la ermita de Tramontana. Su melena trigueña se derramaba por su espalda, alborotada tras la cabalgada desde Olèrdola. Vestía una túnica sencilla y una capa de lana cruda.

Busqué sus ojos para averiguar más de ella. Estaba oscuro, pero la luna me permitió apreciar unas pupilas casi tan claras como las mías. Me sentí extraño; era como si la conociera, y se me aceleró el corazón. Luego miré sus manos y ella las mías. Los dos sabíamos lo ocurrido en el juicio del agua. Me asaltó un pensamiento: Blanca eran tan culpable o tan inocente como yo. Yo acababa de perder a mi madre; ella, a su padre y a su hermanastro. El odio se diluyó y lamenté la angustia que le causábamos.

—Si eres Blanca de Corviu, ¿quién es ese joven? —demandó el juez con gravedad.

Fue como si ambos despertáramos de un sueño. En ese momento supe que, por muy lejos que me llevara la vida, nunca olvidaría a Blanca.

—Es mi primo Andreu de Picalquers —respondió nerviosa—. Vino a Olèrdola hace unos meses para formarse como caballero. Al ver lo ocurrido, quería que yo…

No fue capaz de seguir, pero al parecer todos la entendieron, menos yo. El clérigo se inclinó sobre el cadáver, hizo la señal de la cruz y le cerró los ojos.

—Hemos visto lo suficiente. Quería tomar lo que el derecho le negaba —concluyó Climent.

—¿Qué ha pasado en la masía? —preguntó Blanca con la voz temblorosa.

El juez iba a hablar, pero Hakim avanzó hacia ella con una daga en la mano.

—Un accidente tan desafortunado como el que le ha ocurrido a vuestro primo, Blanca. No debisteis venir, y lo lamento. Nadie puede saber que Robert está vivo.

Me recorrió un escalofrío al adivinar sus intenciones.

—¡No le hagas daño! —grité acercándome al sarraceno.

—Si Saura de Cabrera lo descubre te acusará de *bausia*… y te colgarán.

Lo miré aterrado, sin entenderlo.

—Es cierto, Robert —siguió el juez, ceñudo—. La ley dice que si un vasallo o un siervo ataca a su señor eso es *bausia*, el delito más grave contra el orden divino. La misma suerte correremos los que huimos contigo.

Un silencio espeso nos rodeó. El juez tenía el semblante sombrío. Todo lo ocurrido lo angustiaba. Era un hombre del rey, recto y severo, que se había visto envuelto en un turbio asunto de venganzas entre nobles y payeses. Yo intuía que barajaba la idea de marcharse sin mí y tal vez revelar lo ocurrido, pero había hecho un juramento ante mi madre.

Sin pensarlo, me situé al lado de Blanca. Algo me impulsaba a impedir que corriera la misma suerte que su padre. Ella advirtió mi gesto y, siguiendo un impulso, me cogió las manos asustada.

—¡No debéis tocaros! —gritó Fátima fuera de sí, y las separó de un golpe.

En ocasiones la anciana decía cosas extrañas, vaticinios y advertencias, pero nunca la había visto tan alterada. Sus ojos brillaban de una manera que me erizó la piel.

—El día que os depositaron en el agua os abrazasteis, flotasteis entrelazados. Dios dudó y el orden del mundo se agrietó. Sois dos seres opuestos, almas que se enfrentan, y cada vez que os toquéis sufriréis aún más. Así será hasta que dejéis de luchar.

Estaba confuso y me encogí, pero Blanca retrocedió aterrada; debía de haber comprendido mejor que yo la advertencia de Fátima.

De pronto, oímos el retumbar de los cascos de unos caballos por el camino de Olèrdola. Venían soldados.

—Explicadme cuanto ha pasado en Tramontana —demandó la muchacha, acongojada.

Fátima terminó de relatarle lo sucedido. Blanca bajó el rostro; su padre acababa de morir en un acto de venganza. Luego alzó los ojos hacia mí; percibió mi dolor y comprendió que yo nada tenía que ver. Entonces quiso escapar, pero el sarraceno le cortó el paso, cuchillo en mano.

—¡No lo hagas, Hakim! —le pedí de nuevo—. Ya no eres esclavo, por eso te lo imploro.

El antiguo guerrero dudó. Lo que se proponía hacer era un crimen vergonzoso.

—Jurad por vuestro Dios que no revelaréis a nadie este encuentro, muchacha —reclamó con voz grave.

Blanca me miró. Ambos teníamos la vida del otro en nuestras manos. Observó el cadáver de su primo; debía tomar la decisión sola. Y lo hizo:

—Juro guardar el secreto… Pero no regreses nunca, Robert de Tramontana.

Hakim dejó que se marchara a la masía. El juez me cogió por los hombros. Mi reacción lo había conmovido, y supe que había tomado una decisión.

—Tu madre tenía razón; tienes un don, pero no es tu habilidad para intuir lo que otros piensan, sino que es el valor. Entre tanta muerte, has salvado una vida a pesar de que eso podría ser tu perdición. Por eso yo salvaré la tuya. Desde ahora serás Joan de Salses, el hijo de una sobrina mía que vive en Navarra. Te criaré como mi pupilo y te educarás en la escuela catedralicia de Barcelona. Tendrás futuro.

—¡No quiero ese futuro! —repliqué, pues mi mundo era cuanto alcanzaba a ver.

—Oria quería que te liberara del peso que llevas a cuestas —dijo el clérigo, como si ya fuera mi tutor—, y juro por Dios que lo intentaré. Quizá llegues a convertirte en juez y combatas la *iniquitas* como yo no pude hacerlo.

—Debes ir con el *iudex*, Robert —indicó Fátima entre lágrimas—. Tu madre nunca superó la tragedia y el deseo de venganza la consumió, por eso no ha dudado en acabar con Ramón de Corviu cuando él se ha negado a redimirte. Pero tu camino es otro... Quizá encuentres la manera de evitar tanto dolor. —Me acarició el pelo—. Hakim y yo diremos a todos que has muerto entre las llamas. Cavaremos tu tumba al lado de la de tu madre, bajo su nogal. Pero vivirás.

—¿Y qué será de vosotros? —demandé angustiado.

—Nos refugiaremos en el encinar, no te preocupes. En Olèrdola nos conocen y la gente nos protegerá de la ira de Saura.

Hakim se acercó y asintió. Como siempre, su gesto firme y sereno me calmó.

Llorando, seguí al juez hacia un destino incierto.

Blanca se detuvo delante de la masía. Los recios muros y la torre habían resistido, pero el techo había ardido. Se sentía acongojada: allí dentro su padre acababa de morir. Había pagado sus abusos y se había llevado el secreto de las últimas palabras que le dirigió junto al sepulcro de su madre.

Los soldados del *castlà* llegaron y exigieron saber lo ocurrido. Pero Blanca calló. No fue capaz de delatar a Robert. Existía un vínculo singular entre ellos y, a pesar de la advertencia de la vieja sarracena, presentía que algún día volverían a encontrarse.

Muy pronto llegaron también los habitantes de Olèrdola, así como los de las masías vecinas.

—Venganza —cuchicheaban entre sí.

Blanca reparó en que todos estaban pendientes de ella. El *castlà* y su hijo varón habían muerto, y ella era la *pubilla* del castillo de Olèrdola. Entre los siervos de los Corviu apareció un atisbo de esperanza. La familia materna de la muchacha había gobernado con rectitud, sin las presiones y las violencias de Ramón. Ella representaba un tiempo nuevo.

Quiso aprovecharlo, y su primer gesto fue colocarse en la fila que acarreaba cubos de agua del pozo. Todos tenían interés en salvar la masía. Más adelante se abriría un proceso ante el señor feudal Guillem de Santmartí para determinar el destino de Tramontana, pues sus tierras podían mantener a varias familias.

—¡Aquí! —gritó alguien desde la parte posterior de la casa.

Blanca, con el corazón encogido, siguió a los demás. En la fachada trasera había una puerta que había sido devorada por el fuego. Delante, sobre la hierba, yacía un cuerpo ennegrecido. Alguien había logrado salir de aquel infierno. No podía saber quién era.

—¿Está muerto? —preguntó alguien a su espalda.

Dejaron pasar a Blanca. Sobrecogida, pidió al cielo que fuera su padre. Observó la piel llagada de la cara y el cuerpo maltrecho. Era demasiado pequeño para ser un hombre.

—¿Arnulf? —musitó, y se estremeció.

El niño abrió los ojos espantado.

Nueva vida

Barcelona, septiembre de 1187

Tras el verano, el inicio de septiembre fue fresco y lluvioso en la Ciudad Condal. Eso no le gustaba al viejo *iudex palatii* Guillem Climent. La humedad que le calaba los huesos era un suplicio, sobre todo en el sombrío claustro de la catedral de Barcelona. A la hora tercia avanzaba con dificultad con el grupo de alumnos del penúltimo curso de Artes.

La *schola* de la *seu* era la más importante de la ciudad y él se encargaba de la parte de la asignatura de Retórica relativa al Derecho. Encaminaba a sus alumnos, la mayoría de ellos clérigos o novicios, hacia los oficios de notario o letrado.

Apoyado en su bastón, se detuvo bajo la columna de siempre. Se decía que el propio Climent la había costeado. El capitel estaba cincelado con esmero y las figuras estaban pintadas. Se veía a una mujer sentada debajo de una palmera que, con una mano levantada, se dirigía a varios hombres que lucían tocados judíos. Era Débora, la única mujer jueza de Israel, descrita en el Libro de los Jueces. Su sabiduría y su valor salvaron a su pueblo y le trajeron una paz de cuarenta años.

Bajo la arcada, el maestro Climent reflexionaba en voz alta sobre la función sagrada de la figura del *iudex* para limitar la violencia. En la cara opuesta del capitel estaba representada la matanza de los Santos Inocentes; «el mundo sin justicia», afirmaba siempre Climent. «La furia de Aquiles», murmuraba para sí a veces, sin explicar el sentido de esas palabras. Sus alumnos se preguntaban qué experiencias lo llevaban a hablar así, todos salvo uno, el mismo que esa mañana había faltado a la lección.

—Seguimos con las *Etimologías* —indicó—. Hace cinco siglos, Isidoro de Sevilla escribió que no merece ser llamada «ley» una orden en la que el pueblo no participe. ¿Puede ser así?

—*Magister* Climent. El egregio pensador no tuvo en cuenta los tres órdenes en los que se divide la humanidad. El temor de Dios mantiene el equilibrio. No todos los hombres están llamados a regir. ¿Cómo va a hacer leyes el pueblo? ¡Es blasfemo!

Hablaba el joven clérigo Miquel de Queralt, hijo de una de las pocas familias nobles que aún residían en Barcelona. Era un alumno aventajado, a quien el rey Alfonso había promocionado, y en unos años asumiría un importante cargo en la curia, pero no quería esperar tanto.

—Incluso Dios permite ciertos cambios llegado el tiempo, Miquel. Hay un *studium*, en Bolonia, donde se cuestiona dicho orden y se estudian las antiguas leyes romanas. Leí un fragmento en el monasterio de Ripoll que decía que todos los hombres libres, de cualquier condición, se sometían a una única ley y a un único señor: el emperador.

—Maestro, hoy en día ni siquiera el rey tiene potestad en todo su territorio. El reino se sostiene con alianzas, vasallajes y dominios. Una ley común traería el caos.

—Tienes razón, Miquel. No obstante, pensad todos esto: hace cien años, los nobles de Catalonia dejaron de respetar a los jueces del rey; rechazaban los procesos y las sentencias, y recurrían a acuerdos y *convenientias*. Sin embargo, en la actualidad los jueces vuelven a ser respetados. Los tiempos cambian y los juristas debemos hacer que la justicia allane el camino al reino de Dios; si es necesario, enmendando leyes que ahora parecen inmutables.

Aún no se había extinguido la voz del viejo *magister* cuando apareció el deán de la catedral Ramón de Caldes. Su gesto grave alertó a Guillem Climent.

—Lamento interrumpir la lección, pero el rey desea reunir al consejo privado enseguida. En el sótano del palacio Condal...

El *iudex* palideció. Era la prueba de que algo muy grave había ocurrido. Se puso nervioso. Cada vez veía menos y apenas podía leer. En las reuniones de la curia necesitaba la ayuda de ojos jóvenes para abordar los documentos legales.

—¿Dónde está Joan? —preguntó a los alumnos—. ¿Por qué tampoco ha venido hoy?

—Estará estudiando... —respondió uno.

Los demás se echaron a reír. El juez montó en cólera.

—¡Miquel, búscalo y tráelo aquí, aunque sea a rastras! —Luego añadió—: Si no lo encuentras, regresa, que me acompañarás tú al consejo... esta vez y las demás. ¡Ya estoy harto!

El joven de Queralt se alejó dichoso. Tenía ya veintiún años y había completado los estudios de Artes. Ahora se especializaba en Retórica, además de estudiar los *Usatges de Barcelona* y el *Liber Iudiciorum*. Convertirse en los ojos del viejo *iudex* en las sesiones con el rey era la gran oportunidad que esperaba y un honor para su linaje. Hasta el momento, gozaba de ese privilegio el sobrino del juez, un joven de dudoso origen llamado Joan de Salses. Sólo tenía dieciocho años, y no merecía tal distinción. No se llevaban mal, aunque rivalizaban a menudo. Miquel no tenía la menor intención de encontrarlo. Si pudiera sustituirlo sólo una vez, seguro que Climent lo preferiría a él.

Un estudiante más joven se acercó. Era Ernest de Calonge, un huérfano criado en el hospital de la Seu al que la catedral daba educación por caridad.

—Miquel, yo sé dónde está Joan. ¿Vamos?

—Ya me lo imaginaba —repuso desdeñoso—. Lo sigues a todas partes.

—¡Eso no es cierto! —Ernest sonrió con malicia—. Hoy no podía acompañarlo. Ven conmigo.

La barca

A veces, si me concentraba en algo me mordía la lengua sin darme cuenta. Los nudos de aquel brial eran más complejos de lo que había imaginado, y el nerviosismo no ayudaba. Bajo la tela, advertía la forma de los senos, que subían y bajaban al compás de la respiración agitada. El ansia de tocarlos me hacía más torpe.

—Se me hace tarde —dijo Guisla, divertida, cuando estaba a punto de desanudárselo.

—¡No, espera! —le imploré, pues el deseo me ahogaba.

Nos dimos un beso largo, infinito. Mis manos recorrían su pecho y con disimulo regresaron a los cordones. Ella abrió los ojos, sonrió con malicia y se apartó.

—Mi padre me matará si no regreso al taller ya. No se tarda tanto en ir y volver del mercado.

Frustrado, tuve que separarme de ella para que se arreglara el vestido y me golpeé contra una cuaderna de la barca. Guisla se echó a reír al ver mi agitación y me besó de nuevo.

—Tal vez deberías salir y meterte en el mar —dijo con sorna.

Estábamos debajo de una barcaza volcada en la playa que esperaba a ser reparada. En el agua podía llevar a media docenas de pescadores y ahora era nuestro discreto refugio sobre la arena. El viejo casco hedía a pescado y salitre, pero en aquel reducido espacio con Guisla Quirol me sentía en el paraíso.

Tenía dos años menos y unos ojos del color de la miel que

hechizaban. Pero además tenía algo que también me interesaba: un futuro para mí, el que yo había decidido.

Había conocido a Guisla hacía unos meses en el mercado del Portal Vell. Bernat Quirol, su padre, era un menestral dedicado al esparto y tenía una bancada en el *maell* de la playa, frente a la puerta de Regomir, donde vendía esteras y capazos. Vivía en el burgo de los menestrales, muy cerca de la playa. Un pequeño poblado aislado con varias calles estrechas y una plaza central.

El rey les había arrendado esas parcelas a artesanos de oficios diversos dedicados a abastecer a los barcos: carpinteros, cordeleros, veleros y otros suministradores. El burgo prosperaba y cada puerta era un taller o un almacén donde también vivían las familias. Los Quirol, que procedían de Ribagorza, iban camino de ser los mejores esparteros del puerto.

Si los rumores eran ciertos, pronto se comenzaría la construcción de una flota mercante, que financiarían los prohombres y los comerciantes de Barcelona. Se decía que la ciudad podía convertirse en una urbe próspera y rica como Génova o Pisa, con sus galeras y *llaüts* de vela triangular surcando el Mediterráneo. Guisla contaba emocionada que los talleres estaban preparándose y que se necesitaría mucha mano de obra.

—¿Has hablado con tu padre? —le pregunté animado.

—¿De verdad vas a dejar la escuela de la catedral? Tu tío no te lo permitirá.

—¡No es mi tío! Ya te lo conté.

Guisla asintió. Una sombra de confusión pasó por sus ojos. Unas semanas atrás se habían cumplido cinco años de la muerte de mi madre en Tramontana. Ese día, Guisla notó mi tristeza y me sinceré con ella. Le expliqué también, avergonzado, por qué tenía las manos mutiladas. Lloró conmigo, impresionada por mi historia. No me rechazó ni mostró recelo por haber tejido mi vida en Barcelona a partir de una mentira. Sus ojos brillaban, enamorados, y lo único que yo quería era tenerla entre mis brazos. Me veía con ella el resto de mi vida.

—Joan de Salses... o Robert de Tramontana, da igual —adujo seria—. Ese clérigo juez es como tu padre. Debes respetarlo y obedecerlo.

—¿Tú también? —repliqué disgustado—. Yo sólo deseo ser aprendiz de espartero, llegar a menestral con taller propio y tener una familia con muchos hijos.

—¿Muchos?

La atraje hacia mí.

—Muchos.

Guisla cogió mis manos y me las miró. Muchos alumnos de la *seu* mostraban repulsa. Ella, en cambio, nunca se mostró impresionada, lo que me hacía sentir aún mejor.

—Tienes la piel más blanca y fina que la mía —dijo pesarosa.

—¡Eso me avergüenza! Me había propuesto ser juez porque era lo que mi madre quería. He estudiado más que ningún otro alumno y ya estoy en el *quadrivium*, pero ¡lo que deseo de verdad es ser espartero con tu padre!

Guisla volvió a mirarme de ese modo que me molestaba tanto. En el fondo, ella no creía que fuera a dejar la escuela. Le demostraría que estaba equivocada.

Desde hacía un tiempo discutía por cualquier cosa con mi tutor. Guillem Climent se quejaba de mi falta de interés por todo. Los maestros me auguraban una carrera brillante como clérigo y luego juez, pero hacía tiempo que le trasladaban mi mala actitud. Sólo me interesaba ser artesano.... y desabrochar el brial de Guisla.

—¿Qué me respondes? —insistí.

—Mi padre no cree que un escolar pueda aguantar todo el día retorciendo esparto.

No oculté mi decepción. Guisla me abrazó. Su sonrisa diluyó mi pesar.

—Ten paciencia. Insistiré cuando empiece a hacer falta más gente. A mí también me gustaría que fueras aprendiz y pidieras mi mano a mis padres. —Sus ojos destellaron—. ¿Te lo imaginas?

La besé y me contuve hasta que, de nuevo, me enfrenté a los dichosos nudos de su brial. Guisla, que parecía haberse olvidado de las prisas, me dejó hacer con los ojos cerrados y las mejillas sonrojadas.

Resonaron unos golpes secos en el casco de la barcaza y dimos un respingo. Ella se apartó, aterrada, y yo estuve a punto de sacar mi cuchillo de jade.

—Joan, sé que estás ahí debajo. He venido con Miquel de Queralt. El maestro te requiere.

Al reconocer la voz de Ernest, ambos nos tranquilizamos.

—¿Quién es ese Miquel? —susurró Guisla.

Imité una pose altiva y ella se tapó la boca para ocultar la risa. Yo no quería salir de la barcaza. Con Guisla era feliz, me había ayudado a olvidarme por fin de Tramontana y de la pesadilla que había vivido hacía cinco años.

Mi llegada a Barcelona entonces fue terrible. Nunca había visto una población más grande que Olèrdola o Vilafranca. Vomité al cruzar el Portal Nou, y supe que jamás lograría adaptarme del todo. El juez me explicó que entre los habitantes del interior de la ciudad amurallada, los burgos y los pequeños poblados diseminados por la extensa llanura, llamada el *territorium*, sumaban más de once mil almas. No podía concebir que siquiera el mundo tuviera tantos habitantes.

Había pasado mi vida aislado en los campos de Tramontana y Barcelona me pareció un lugar sucio, sin espacio, repleto de caras desconocidas. Ante el estupor de los viandantes, Guillem Climent me arrastró hasta la catedral, por unas calles tortuosas y abarrotadas de gente, y me presentó a los clérigos como su sobrino.

Al principio, todo en la ciudad me repelía. Me escapé varias veces y llegué a encerrarme en un cobertizo de la *seu*. El *iudex*, severo y quisquilloso, toleraba mal mis accesos de rabia y rebeldía. Muchas veces probé su fuste y el del maestrescuela que lo ayudaba en la labor de educarme.

Nadie se explicaba por qué el prestigioso *iudex palatii* se tomaba tantas molestias conmigo, y se llegó a decir que yo debía de ser un hijo bastardo de Guillem Climent. Otros creían que al final me abandonaría en el hospital de la Seu, pero se mantuvo fiel a la promesa que le hizo a mi madre.

Tuvo una ayuda providencial que fue mi tabla de salvación: una familia de orfebres y mercaderes judíos lo asistieron conmigo. El cabeza de familia, Benevist ben Abraim, y su esposa, Abigail, eran buenos amigos del juez. Ellos sí conocían mi secreto, y quizá por eso tuvieron tanta paciencia, sobre todo Abigail. El rico judío era a su vez prestamista del rey Alfonso y lo aconsejaba en asuntos de finanzas. Tenía una enorme casa con taller en el *call*, con muchos parientes y siervos. Me trataban como Hakim y Fátima, y eso me ayudó a confiar. Con ellos tuve el afecto que el juez no sabía mostrarme y dominaron mi ira.

Fui serenándome, y mi tutor hizo conmigo lo que mejor sabía: enseñarme. Aprendí muy rápido a leer y escribir, y también los rudimentos de la aritmética. Con quince años me uní a los educandos de la escuela catedralicia y pasé a dormir en la celda común.

Mi maestro Climent comenzó a llevarme al palacio Condal para asistir a ciertos encuentros en la curia y a algunos juicios. Me pedía que observara, y luego me preguntaba sobre lo que había visto en los presentes y evaluaba mis deducciones. Aunque muchas veces erraba, el *iudex* consideraba que así agudizaría mi capacidad de observación. Los consejeros y los *honrats* eran más opacos que las gentes de Olèrdola, pero en sus miradas anidaban los mismos miedos y anhelos.

Con los años, aprendí a vislumbrar otros matices: la codicia, la manipulación y los complejos rituales de la negociación, pues buena parte de las decisiones debían pactarse entre los hombres del conde, los nobles y los *honrats*.

Guillem Climent decía que para un juez las leyes importaban menos que el alma humana. Las primeras eran textos que podían aprenderse; mutables y caducos. En cambio, el interior de una persona era una caverna donde anidaban secretos, la verdad y la mentira. Saber orientarse allí era esencial para impartir justicia.

Mientras él me hacía estudiar los textos legales vigentes en Barcelona, los *Usatges* y el *Liber Iudiciorum* visigodo, yo afilaba mi instinto para el futuro. Pero conocí a Guisla y decidí que ese futuro sería distinto.

Me arrastré para salir de debajo de la barcaza. La luz del sol hirió mis ojos. Ernest esperó a que me acostumbrara a la claridad. Detrás salió Guisla, roja de vergüenza; sin mirarlos, corrió por la arena hacia las primeras casas de pescadores.

—¡El sobrino del *iudex* Climent retozando bajo esta apestosa barca! —me espetó Miquel con desdén—. ¿Quién era esa pordiosera?

Enfurecido, lo agarré del cuello de la toga. Miquel, siempre obediente y adusto, era incapaz de comprender lo que yo sentía.

—¡Esa chica será la madre de mis hijos, así que cállate o te cortaré la lengua!

El hijo de los Queralt me apartó de un empujón y me miró con altivez.

—Si no fueras el sobrino del maestro, mandaría que te sacaran esos ojos horribles.

—¡Ya basta! —clamó Ernest, y se interpuso entre nosotros.

Ernest siempre lograba calmarnos. El huérfano era un año más joven que yo y cuatro más que Miquel de Queralt. Sensible y leal, congeniamos desde el principio. Vivía conmigo en la celda de los estudiantes sin privilegios ni sangre noble. Quería ser juez, el primero que surgiera del fango de las calles, pues de allí lo recogieron después de que lo abandonaran siendo un niño. Su tesón era una lección para todos, aunque su condición sólo le permitiría ser sacristán o levita de la *seu*.

Durante dos años Ernest procuró que los tres fuéramos amigos. Él era el nexo que hacía posible que Miquel y yo nos toleráramos.

—¿Qué ocurre? —pedí hastiado.

—El maestro te reclama en el palacio Condal. Hay una reunión urgente con el rey, en el sótano, ha dicho el deán.

Eso captó mi atención. El palacio, como cualquier curia,

estaba lleno de oídos indiscretos y allí abajo sólo se discutían asuntos delicados. Guillem Climent estaría furioso por mi ausencia. La tensión entre nosotros iba en aumento, y debía explicarle de una vez lo que ocurría para que supiera que no quería seguir sus pasos.

—Está bien. —Miré a los dos estudiantes—. Gracias.

—Joan, no mereces asistir al *iudex* —soltó Miquel, celoso y frustrado.

Entonces se me ocurrió una idea. Por fin podía hallar una solución a mi dilema.

—Es cierto, no lo merezco. Tal vez podríamos hacer algo...

—¿Qué tramas?

—Yo deseo liberarme de esa carga y tú deseas asumirla. Quiero que mi tío me deje ser aprendiz de espartero. Ayúdame y le propondré que me sustituyas.

Miquel abrió los ojos desmesuradamente. Luchaba sin éxito por ocultarme la emoción que lo recorría. Enseguida recompuso su gesto altivo; en sus pupilas apareció la duda.

—No lo permitirá. Eres su pupilo y ha empleado demasiados esfuerzos en ti.

—Le prometió a mi madre que me educaría y ya lo ha cumplido. Ahora soy un hombre, un ciudadano libre de Barcelona, y tengo derecho a decidir.

En realidad, yo no era más que un fanfarrón al que le hervía la sangre por Guisla, pero estaba dispuesto a hacer lo que fuera para que el juez me dejara volar. Le demostraría que ya no era el niño indefenso que salió de Tramontana.

La reunión

Para entrar en la ciudad de Barcelona por el Portal Vell, crucé el poblado llamado Vilanova de la Mar y el burgo de los menestrales. La actividad en los talleres era intensa. En uno de ellos los Quirol ganaban fama trenzando esparto. Miquel de Queralt y Ernest de Calonge iban detrás de mí.

Barcelona había vivido durante dos generaciones sin ataques sarracenos y la frontera con Al Ándalus estaba más allá de Tortosa, muy lejos al sur. En ese tiempo, se habían irrigado más marjales para ampliar el *territorium* y los campos de cultivo. Los burgos iban creciendo casa a casa y los viejos caminos se convertían en calles. Sin embargo, desde el rey hasta el más humilde burgués, todos sabían que Barcelona no había prosperado como otros puertos de Italia. La Paz y Tregua que el monarca estableciera en Fondarella en 1173 no se respetaba, y los poblados y las masías más aislados habían sufrido cabalgadas de caballeros segundones y de nobles arruinados.

La ciudad acogía a los siervos de la gleba que llegaban huidos, si bien muchos eran capturados y devueltos a sus señores. Se perseguía hasta la muerte a familias enteras y muchas cabezas aparecían clavadas en picas como castigo ejemplar. Aquel éxodo clandestino era uno de los conflictos que enfrentaba al conde de Barcelona con los barones. Los siervos de la gleba no podían abandonar las tierras sin que antes se los redimiera, algo que sólo dependía del señor y que era infrecuente dado que, en épocas sin guerra, éste subsistía de lo que producían sus tierras.

Yo era uno de esos fugados. No me había redimido del derecho de hospedaje y otras obligaciones ante las que mi madre tuvo que ceder cuando la ruina nos cercaba, pero en todos esos años nadie vino de Olèrdola a buscarme ni me relacionaron con los Tramontana. Mi tutor jamás hablaba de ello y yo no me sentía en peligro. Deseaba vivir extramuros, donde el aire era más limpio, se pagaban menos tributos y había poca vigilancia.

Tras cruzar el puente de la riera Merdançar entramos por el Portal Vell, donde estaba la casa del veguer de Barcelona. En aquel edificio recio de dos plantas levantado en piedra se celebraban los juicios en nombre del conde. Por una amplia calle se llegaba a la plaza del palacio Condal, ocupada por un *maell* lleno de bancadas que ofrecían equipamiento militar para sus hombres, así como sedas y bordados para las damas más pudientes.

Sobre el lienzo del palacio colgaba el pendón con las barras encarnadas del rey Alfonso. En la plaza vi numerosos soldados con sus cotas de malla, conversando en grupos junto a sus monturas. De las sillas colgaban escudos con emblemas heráldicos. Eran vasallos, lo que significaba que sus señores estaban en el palacio con el rey.

—Es extraño —señalé—. El juez no quiere que lo asista si comparecen nobles.

En la cara de Miquel apareció una fina sonrisa despectiva.

—Han interrumpido su lección en el claustro para avisarlo. Quizá aún no lo sabía.

Dudé, pero al final me decidí a entrar. Los soldados de la escalinata me conocían y me dejaron pasar sin mudar su gesto imperturbable. Ernest y Miquel se quedaron fuera. El último no disimulaba su decepción; le habría gustado acompañarme.

El palacio del conde de Barcelona era vetusto, oscuro y frío. Había sido la sede condal desde su conquista a los sarracenos hacía casi cuatro siglos, y aunque se había ampliado hasta tocar la muralla, continuaba siendo una fortaleza austera y con escasas comodidades. El rey no solía pasar mucho tiempo allí. Seguía la tradición de recorrer sin descanso sus territorios para mantener la fidelidad de sus súbditos y cobrar los tributos.

Otros dos soldados, ante la puerta del sótano, me franquearon el paso sin hablarme.

Sólo había bajado hasta aquel lugar en las pocas veces que el rey quiso reunirse con máxima discreción. Allí abajo estaban los cimientos del edificio, con sepulcros y otros restos romanos encastrados. Se sentía el peso del tiempo.

La mayor parte del espacio bajo las bóvedas lo ocupaban tijas de grano y toneles, pero al fondo vi la luz de los candelabros y hasta mí llegó la conversación.

Se hallaban reunidos una veintena de hombres, sentados en sillas plegables de cuero. Formaban dos facciones: el consejo privado del rey y el grupo de los nobles recién llegados. Sólo conocía a algunos, pero todos pertenecían a los grandes linajes de los condados de Catalonia. Varios portaban la armadura y tenían aspecto de haber hecho un largo viaje.

En una silla de respaldo alto, diferente de las demás, se hallaba sentado el rey Alfonso de Aragón, de cabellos dorados, sin corona, recio y más alto que los otros. Aunque no hacía frío, lucía una fabulosa capa de armiño. Lo flanqueaban, de un lado, el senescal Ramón de Montcada, encargado de los asuntos militares de los condados, y del otro, con el mismo cargo para el reino de Aragón, el mayordomo Sancho de Horta. También estaba el veguer de Barcelona, Berenguer Bou; el obispo de Barcelona, Bernardo de Berga, y el juez Guillem Climent. Enfrente tenían a un grupo de nobles y caballeros llegados de fuera. Reconocí a algunos como Ermengol VIII, conde de Urgell.

Guillem Climent palideció y, con un gesto disimulado, me pidió que me retirara. En ese momento, no obstante, me vio el propio rey. Sabía de mi cometido, y con expresión severa me indicó que me acercara a mi tutor sin interrumpir. Los nobles me miraron inquisitivos. Cohibido, me situé a la espalda de Guillem.

—No hables ni alces la mirada —me advirtió entre dientes el juez—. ¡Y esconde las manos!

Aunque sólo los había visto una vez de lejos, en la catedral, reconocí entre los magnates a Guillem de Santmartí, el señor de Olèrdola, y a su primo, el poderoso vizconde Ponce III de Cabrera, hermanastro de Saura. Ambos sabían lo ocurrido en Tramontana, pero nunca me habían visto y, para todos, Robert llevaba cinco años muerto. Fuera como fuese, el juez estaba tenso y me arrepentí de encontrarme allí.

La gravedad de las caras de todos me inquietó.

—Debemos enviar partidas de búsqueda por todo el *territorium* —señaló el conde Ermengol de Urgell tras la fastidiosa interrupción—, pero con mucha discreción.

Todos se mostraron de acuerdo y hablaron entre ellos. No nos miraban.

—¿Qué ocurre, maestro? —le susurré entonces.

—El conde de Urgell acompañaba a Barcelona a alguien muy importante que se halla en peligro, con el fin de protegerlo, pero a la altura de Sant Pau del Camp ha desaparecido mientras orinaba. Sospecha que unos mercenarios enviados desde Castilla lo han secuestrado.

—¿De quién se trata? —pregunté.

—Escucha al veguer.

—El *saig* organizará la búsqueda dentro de la ciudad para no levantar sospechas —dijo Berenguer Bou—, pero pueden estar ocultos en cualquier burgo o haber embarcado. Sin saber su identidad, será difícil identificarlo.

—¡Si se revelara quién es, muchos más se lanzarían como lobos a darle caza! Su captura podría cubrir de oro a algunos y sumir en una guerra a varios reinos.

Me sobrecogí. El conde de Urgell hablaba muy afectado.

—¿Y una descripción física?

—Es un muchacho joven, de cabellos rubios y bien parecido; su edad es similar a la del sobrino del juez Climent. Sus captores serán tres o cuatro, a lo sumo, para no despertar sospechas.

Todos me lanzaron miradas fugaces, y me encogí.

—¿Qué podría ocurrir si no lo encontramos o está muerto? —preguntó el obispo.

—Como he dicho, se entablaría una guerra entre reinos cristianos de Hispania —afirmó el conde Ermengol con extrema gravedad.

La siniestra amenaza llenó el sótano de lóbregos presagios.

—Eso podría tener terribles consecuencias para todos, ahora que las tribus almohades anuncian desde Al Ándalus la yihad más sangrienta que se recuerde —advirtió el rey Alfonso, que sí sabía quién había desaparecido.

Todos habíamos oído hablar de los almohades. Habían llegado en sucesivas oleadas desde la costa africana décadas atrás. De costumbres rígidas, querían reconquistar Hispania y habían comenzado por aplastar a los gobernantes andalusíes y almorávides para tomar el control de todas las taifas de Al Ándalus. El siguiente paso del califa Abu Yúsuf Yaakub al Mansur era la cristiandad.

—¿Habéis pensado que los captores podrían ser almohades? —preguntó el vizconde de Cabrera—. Tienen informantes en todos los reinos hispanos.

—¡Dios no lo permita, Ponce! —exclamó el conde Ermengol de Urgell. Luego se paseó entre ambos grupos—. En su momento, todo se sabrá y entenderéis mis reservas. Ahora ruego al rey, a vosotros, magnates de estos condados, y a la ciudad, que juntos hallemos al joven.

—Que Dios lo proteja allí donde esté —señaló el obispo Bernardo persignándose.

En cuanto reanudaron la conversación, me incliné hacia Guillem Climent.

—Os ruego permiso para marcharme, tutor —le dije, pues siempre me dirigía a él así.

—¿Adónde vas, muchacho? —me preguntó ceñudo mientras sus ojos no dejaban de vigilar a Guillem de Santmartí y a Ponce de Cabrera.

Yo pensaba en otra cosa: había pedido una oportunidad y Dios me la ofrecía.

—A encontrar a ese joven —contesté retrocediendo al ver su disgusto.

—¡Ven aquí! —rezongó airado.

—¿Qué ocurre? —demandó una voz gruesa a mi espalda. Era el rey Alfonso.

Hinqué la rodilla y, nervioso, hablé sin pensar:

—Mi rey, deseo participar también en la búsqueda. Conozco bien la ciudad.

—¿Por eso discutís?

Antes de escuchar la negativa me precipité.

—Si traigo a ese joven de vuelta, deseo el permiso de mi tutor para abandonar la *schola* de la *seu* y aprender el oficio de espartero.

Alfonso abrió los ojos, sorprendido. Me conocía casi desde que llegué a Barcelona. Siempre me había tratado con afecto, pues creía que yo era el sobrino del juez.

—No le hagáis caso —dijo el juez—. Ha perdido la cabeza por una muchacha.

El rey, con una sonrisa, abrió los brazos y asintió comprensivo.

—No hay nada más digno que perder el juicio por el ser amado. Algo que este buen clérigo no ha experimentado como nosotros, ¿verdad, Joan? —añadió malicioso.

Alfonso era un afamado trovador, maestro en las reglas del amor cortés, y nada le conmovía más que los sentimientos puros de un joven en sus primeros lances de amor. Tras la tensa reunión, mi atrevimiento inconsciente le divertía.

—Tu viejo tutor es testarudo, pero bondadoso. Prefiere que sigas sus pasos, pues dice que tienes grandes capacidades y el valor necesario. Quizá podamos hacerle entender tus sentimientos… Aunque será en otra ocasión —resolvió con un matiz de advertencia—. Este asunto te excede, muchacho. Canta poemas a tu amada si lo deseas, pero olvida lo que has oído aquí.

Cuando se alejó, el juez me miró furioso.

—¡Eres un insensato! Mientras haya nobles en la ciudad

que conozcan lo ocurrido en Olèrdola debes ser discreto. ¡Lo sabes de sobra! ¡Enciérrate en la celda ahora mismo!

—¡Aquí nadie me conoce! —protesté mientras la rabia se me aferraba a la garganta—. Y no soy vuestro siervo.

Climent me levantó la mano y me mostré desafiante. No me pegó. Vi su pena al sentir cuánto nos habíamos distanciado en los últimos tiempos. Había llegado a estimar a aquel hombre severo y frío, pero estaba harto. Ser el pupilo de Guillem Climent había sido duro. El viejo *iudex* nunca tenía suficiente. Llegué a Barcelona con trece años y analfabeto, y ahora escribía en latín con fluidez, y había leído obras de Isidoro de Sevilla y de San Agustín. Incluso sabía de memoria muchas fórmulas legales de la cancillería. Sus castigos no eran azotes, sino memorizar párrafos de los *Usatges* o del *Liber Iudiciorum*.

Me exigía más que al resto de los alumnos de la catedral y, encima, muchos me tildaban de ser un privilegiado por la labor que realizaba a su lado.

Con Guisla, en cambio, todo era distinto, lleno de color, dicha y proyectos.

—Soy un hombre y haré lo que hacen todos en la ciudad: prosperar.

Salí del sótano desoyendo la voz de mi maestro, sin hacer caso de las advertencias, pues no tenía miedo. Robert había muerto en un incendio y yo era Joan de Salses, muy pronto aprendiz de un menestral: la fuerza que empujaba Barcelona.

La búsqueda

Miquel y Ernest me vieron salir del palacio Condal con la cara enrojecida y se acercaron intrigados.

—El juez Guillem Climent necesitará un nuevo asistente muy pronto —anuncié con hosquedad.

Miquel frunció el ceño. Aunque le beneficiaba, su sangre era noble y le desconcertaba mi rebeldía y que deseara trabajar con las manos.

—¿Tanto amas a esa muchacha, Joan? —me preguntó sin acritud.

No le dije que me hervía la sangre cuando la acariciaba y nos besábamos bajo la barcaza de la playa. Tampoco le confesé que mientras siguiera con el juez Climent estaría atado a la promesa que le hizo a mi madre y a una herida no sanada. Necesitaba alejarme de los fantasmas de Tramontana, dejar de tener pesadillas que olían a humo. A veces pensaba en Blanca de Corviu y me preguntaba qué sería de ella. Seguiría adelante, zarandeada por Dios. Yo haría lo mismo, trenzando esparto.

Aparté aquellos pensamientos y miré a Miquel.

—Sé cómo conseguir lo que los dos queremos. Han secuestrado a alguien al parecer muy importante. El rey y el conde de Urgell están inquietos. ¡Imaginaos si fuéramos nosotros quienes encontráramos al desaparecido!

—¿Acaso has perdido el juicio? —exclamó Ernest, agitado—. ¿Vas a inmiscuirte en un asunto de nobles?

Miré a Miquel de Queralt. Rumiaba mis palabras. Igual que

yo, veía una oportunidad única para distinguirse ante la curia.

—Reuniré a los siervos del palacio de Queralt y registraremos la ciudad.

—Eso levantaría sospechas y el rey no te lo perdonaría —le advertí.

—Joan tiene razón —señaló Ernest—. Si vamos, debemos ser discretos.

A Miquel le molestaba que Ernest se pusiera siempre de mi lado, pero esa vez lo aceptó. Le describí lo poco que sabía del aspecto del joven y nos alejamos de la plaza.

Éramos tres estudiantes de la *seu* y no llamábamos la atención. En primer lugar recorrimos los alrededores de la puerta de Regomir, la que miraba al mar. Era donde más forasteros se concentraban, y por los callejones o en las sórdidas tabernas resultaba fácil ocultarse. No vimos a nadie de mi edad y salimos hacia Vilanova y los callejones de la iglesia de Santa María de las Arenas.

Pasamos por la plaza del burgo de los menestrales. De lejos, vi a Bernat Quirol con sus aprendices. Parecía tratarlos bien, sin golpearlos. Estaba también Guisla y sus dos hermanos, ordenando capazos ante la puerta del taller; ella era la mediana. Me habría gustado acercarme para pavonearme de que cumplía una misión para el rey Alfonso.

—¿Seguimos buscando o te has propuesto echar raíces?

Miré malcarado a Miquel y nos alejamos.

Las horas pasaron. Recorrimos el burgo campesino desde Santa Eulàlia del Camp hasta el hospital del mercader Bernat Marcús, el más próspero de Barcelona. Era inútil, pues sin saber a quién debíamos buscar no lograríamos dar con él, pero me movía la ilusión. La noche nos sorprendió cerca de la pequeña atarazana donde se construían las barcas de los pescadores y alguna *fusta*. Barcelona tenía pocos barcos: las galeras del rey y unas cuantas naves de los nobles que sobre todo se usaban para la piratería en las costas sarracenas. Aún seguía pendiente el gran proyecto de construir una flota mercante que impulsara el comercio de ultramar.

—¿Qué hacéis fuera de los muros? —demandó una voz familiar—. ¿Qué buscáis?

Teníamos detrás a Guisla, envuelta en un manto. Nos miraba risueña.

—¿Tú cómo sabes que buscamos algo? —le espetó Miquel, despectivo.

—Toda la ciudad os ha visto deambular de un sitio a otro —dijo sin amilanarse—. Sólo os faltaba dar voces. No sois los únicos, hay muchos soldados. ¿Qué ocurre?

A pesar de llevar años en Barcelona, aún me sorprendía que la hija de un artesano se dirigiera a un noble sin temblar, aunque éste fuera el hijo segundo y estuviera consagrado a la Iglesia. Ella se sentía orgullosa de pertenecer a una familia de artesanos libres. Ellos y los mercaderes eran el corazón de la ciudad. Su importancia se traducía en cargos en el gobierno e intervenían en el consejo privado del rey. Eran tan importantes que reivindicaban participar también en las curias regias, junto con los nobles y el clero.

—¿Qué haces tú aquí? —le pregunté, movido por la preocupación.

—Sentía curiosidad —señaló divertida—. En casa creen que duermo.

Me acerqué a ella. Estaba oscuro y quería besarla, pero me detuvo con un gesto.

—Dímelo —dijo, y parecía intrigada.

Ignoré a Miquel y le expliqué lo poco que sabía. Guisla conocía bien la ciudad y a mucha gente. Aunque era casi imposible tener éxito en nuestra empresa, se unió a nosotros e incluso llamó a la puerta de algunos conocidos, pero nadie pudo darnos pista alguna.

Cerca del monasterio benedictino de Sant Pau del Camp divisamos un campamento de nobles llegados a petición del conde de Urgell y el rey. Varios hachones encendidos iluminaban las tiendas, y en una de ellas vimos el pendón de la cabra negra sobre fondo de oro: el emblema del vizconde de Cabrera. Me detuve y oculté mi incomodidad.

—Sería mejor buscar en otro lugar. Aquí es absurdo.

—Conozco a algunos vasallos del vizconde —señaló Miquel—. Preguntaré si ya lo han encontrado.

—Y después deberíamos regresar a la *seu* —dijo Ernest, ya cansado.

Guisla y yo aguardamos amparados en la oscuridad mientras ellos se acercaban hasta los soldados del campamento. Era el momento de robarle unos pocos besos, pero mi mirada se posó por casualidad en una de las tiendas de lona.

En la puerta estaba Blanca de Corviu. El corazón se me aceleró.

Conversaba animada con otra dama joven. Parecía contenta. Sus rasgos no habían cambiado, pero se había convertido en una doncella espigada. Lucía un elegante brial carmesí que destacaba su cabellera rubia recogida en trenzas. Un soldado tocó la flauta, las dos jóvenes se pusieron a bailar entre risas y para mí el mundo se detuvo. Sólo tenía el recuerdo de su rostro contraído por el dolor y el miedo, y verla así fue como la inesperada ola que se interna muy adentro en la playa, pero hasta mi corazón.

Como si hubiera notado la intensidad de mis sensaciones, Blanca oteó la oscuridad en mi dirección. Me invadió el miedo y me agaché.

—Parece que hayas visto un fantasma —me dijo Guisla.

No me salían las palabras. Si Blanca me descubría, todo volvería a empezar. El niño de Tramontana regresó e, incapaz de dominarme, eché a correr sin pensar adónde iba.

—Espera —me rogó Guisla, espantada, casi en un susurro.

No lo hice. Me metí en la marjal que rodeaba la laguna Cagalell, una gran charca entre la montaña de Montjuïc y la ciudad. Era un humedal infecto y lleno de mosquitos que, poco a poco, el trabajo de los campesinos convertía en huertas para abastecer Barcelona.

Exhausto, me detuve por fin. No sabía dónde estaba. Sólo tenía clara una cosa: debía volver a la catedral y esconderme en la celda hasta que los nobles se marcharan. Entonces creí oír susurros detrás de un cañar. Nadie en su sano juicio acamparía allí, menos aún sin encender una fogata. Me acerqué con sigilo. La luna creciente me permitió ver a tres hombres que, sentados en el suelo, se pasaban un pellejo de vino y conversaban en una voz tan baja que no alcanzaba a entenderlos. Tampoco esperaban a nadie por allí. A unos pasos estaban sus caballos, mordisqueando la hierba ensillados, y un muchacho atado a una de las monturas, también en el suelo.

Me estremecí; debía de tratarse del joven que buscábamos. Podía retroceder sin hacer ruido y dar la alarma a la guardia del veguer, pero tal vez no conseguiría regresar a aquel lugar o ya se habrían marchado.

Me arrastré con cuidado, como hacía en Tramontana para ver de cerca los corzos. El croar de las ranas del humedal me ayudaba.

Rocé unas ramas secas. Los tres hombres callaron al oír algo y me quedé pegado al lodo sin atreverme a respirar. Sentía la tensión en el estómago. Al fin, la queda conversación se reanudó y poco después logré llegar hasta el joven. Me miraba en la penumbra, espantado. Le indiqué con un gesto que guardara silencio y saqué mi cuchillo con el mango de jade.

Nada cortaba más que los filos de Hakim. Lo había conservado bien, y liberé al joven con facilidad. Tendría mi edad, quizá un poco más joven. Se frotó las articulaciones, dolorido, y asintió en señal de agradecimiento. Nos arrastramos por el lodo con cuidado y el alma en vilo; no tardarían en advertir su ausencia.

Cuando ya habíamos rodeado una parte del cañar, oí un zumbido y sentí un intenso dolor en el muslo. Una flecha me había rozado y hecho una herida. El asta quedó clavada en el lodo.

—¡Corre! —grité mientras me ponía en pie.

Salimos disparados. Los captores nos increparon, pero estaban muy atrás. Con la exigua ventaja, corrimos hacia la costa orientados por la muralla que se veía por encima del cañar. La pierna me dolía. Dos flechas más pasaron zumbando por encima de mí. Al joven no le disparaban. Al fin, salimos a la playa y cojeé hasta la barcaza volcada. El muchacho confió en mí y se ocultó conmigo debajo del casco. Estaba oscuro y no le veía la cara.

—¿Quién eres? —preguntó al modo de las gentes de Castilla—. ¿Un novicio?

—Un estudiante de la *seu*...

—¿No hay caballeros ni soldados en Barcelona para buscarme?

Su desdén no me gustó. Esperamos un tiempo en silencio. De pronto, oí voces fuera y le tapé la boca a la fuerza.

—Cállate —susurré apretando mi mano más de lo debido. Sentía rabia y me dolía la pierna.

Alguien removió la arena fuera. Iba a colarse debajo de la barcaza, y me dispuse a lanzarle una cuchillada con la daga. Pero reconocí a Guisla y suspiré aliviado.

—¡Dios mío, aquí estás! —dijo aliviada—. Ya no sabía dónde buscarte. ¿Estás bien?

Al ver a mi acompañante en las sombras, jadeó. El joven rescatado tampoco salía de su asombro.

—Un estudiante y una muchacha, menudo comité de bienvenida.

La ira me invadió y traté de golpearlo, pero me atrapó los dedos y me inmovilizó con una facilidad pasmosa poniéndome el codo en el cuello. Tenía la mano encallecida de empuñar armas. Le complació el grito de angustia de Guisla.

—¿Prefieres que te rompa un diente o la nariz? —siseó. A pesar de su actitud, percibí nerviosismo en su voz.

—¡Basta! —gritó Ernest apenas entró. Estábamos hacinados allí debajo—. ¡Esos hombres os buscan!

—A mi te dirigirás con respeto, estudiante —amenazó el rescatado.

Estuve a punto de gritarle que ojalá no lo hubiera encontrado, pero callé. Guisla y Ernest miraban mi pierna herida, con la sangre apelmazada ahora por la arena.

—No es nada, la flecha sólo me ha rozado.

—Si nos encuentran, lo que te harán será algo más que un roce —indicó el joven con voz grave—. Os matarán, no lo dudéis. No tenéis ni idea de en qué problema os habéis metido.

—¿Qué hacemos? —demandó Guisla, muy asustada.

—Imagino que no os habréis molestado en borrar las huellas de la arena hasta la barca. Nos cazarán en este cascarón podrido.

Nos miramos aterrados.

—Guisla, tu casa está cerca —se me ocurrió—. Ocúltalo en el taller mientras pedimos ayuda.

Bastaba una carrera para llegar al burgo. Guisla dudó. La situación la angustiaba.

—Mis padres ni siquiera saben que me he escapado...

—No tardaremos. —La abracé—. ¡A lo mejor aparece el rey en persona!

Al fin asintió, aunque sin entusiasmo. Salimos de debajo del casco, y Miquel, que vigilaba en la oscuridad de la playa, se reunió con nosotros. Le expliqué lo que nos proponíamos hacer y me miró con preocupación.

—Si es tan peligroso, deberíamos dejarlo aquí. Esto ha sido un error.

—¡Lo lograremos! ¡Vamos! —dije tratando de parecer firme ante todos.

A la luz de la luna miré a aquel joven altivo. Era apuesto, de cabellos rubios, y sus ojos brillaban con un atisbo de gratitud, pero lo único que me importaba era que ninguno de mis amigos, y menos Guisla, sufrieran daño por su culpa. Me escocía la herida por la sal impregnada. Me quedaría una cicatriz en el muslo para recordarme la osadía.

El burgo de los menestrales

Mientras Ernest y Guisla llevaban a aquel arrogante joven hasta el taller de Bernat Quirol, me dirigí al Portal Vell para pedir que nos dejaran entrar en la ciudad. Me acompañaba Miquel, que quería participar de la gratitud del rey y los nobles.

Cuando nos identificamos, la guardia de la puerta nos franqueó el paso y corrimos hasta la catedral para advertir a mi tutor. El juez Climent salió de la cripta de Santa Eulalia en cuanto lo avisaron y nos reunimos en el claustro. Lo hallé abatido. Solía pasar la noche en la cripta cuando yo lo desafiaba. Había renunciado a mayores honores junto al rey para quedarse conmigo en Barcelona y cumplir su promesa, pero últimamente no lográbamos entendernos como antes y sentía que había fracasado conmigo. Al verme la pierna herida se alarmó.

—¡Maestro, hemos encontrado al joven que busca el rey! —anuncié con orgullo.

Abrió los ojos desmesuradamente y dio un paso atrás. Creí que iba a desplomarse.

—¿Qué has hecho, insensato?

Confuso, miré a Miquel y lo vi tan desconcertado como yo.

—Nos hemos adelantado a las partidas del veguer y lo hemos rescatado —expliqué menos efusivo, pues la palidez en la cara del juez había borrado mi entusiasmo.

Guillem Climent me zarandeó. Jamás lo había visto tan alterado y me contagió el miedo, por eso no me atreví a revelarle que, además, había vislumbrado desde la distancia a Blanca de Corviu.

—¡El desconocido está a salvo! —añadí aturdido—. Lo hemos ocultado.

—Tú no lo entiendes... —Mi tutor me soltó; temblaba—. ¡Has cometido el mayor error de tu vida y cargarás para siempre con la culpa! ¿Dónde está ese joven?

—En el burgo de los menestrales, cerca de la playa. Se oculta en el taller del espartero Bernat Quirol. Ernest de Calonge está con él.

—¡Dios mío...! ¡Tendría que haberte encerrado esta mañana! ¡Vamos al palacio!

Miquel se mantuvo aparte. Confiaba en compartir el mérito, pero ante la nefasta reacción del juez prefería ser una sombra en la oscuridad del claustro.

Aunque el asunto debía llevarse con discreción, el hecho de que en plena madrugada apareciera el propio rey ataviado con cofia de malla y espada alarmó a todo el personal del palacio. Se abrieron los establos y en la plaza se formó una *host* de unos veinte jinetes armados. Al frente estaban el veguer y el *saig* de Barcelona.

Miquel y yo permanecimos al pie de la escalinata sin decir nada. El juez Climent, alterado, hablaba con el senescal y el conde de Urgell. Ambos sostenían sus monturas de las bridas. Se cruzaban miradas sombrías y se cuidaban de que nadie pudiera oírlos. Entonces trajeron ensillado el corcel del rey y se prepararon para salir.

—Jamás debiste meterte en asuntos de la nobleza, Joan —me espetó Miquel con acritud.

En esa ocasión no repliqué. Tras las reacciones, sabía que era cierto. Sólo esperaba que se llevaran de una vez al insolente joven y que todo se olvidara pronto.

La orden de partir quedó interrumpida cuando resonó un cuerno. Todos nos quedamos callados, expectantes. Un grito desde las torres de la muralla rasgó la noche.

—¡Fuego en el burgo de los menestrales! ¡Parece un ataque!

Se me aflojaron las piernas. Desde la escalera, el juez Guillem Climent me miró. Fue mucho peor ver la pena en sus ojos; habría preferido ver ira.

La *host* partió por una de las calles hacia el Portal Vell sin mantener la formación. Corrí tras ellos, a pesar del dolor en la pierna.

Entramos por una calle tortuosa hasta la plaza central. Al llegar la hueste del monarca, los agresores escaparon al galope hacia campo abierto, por detrás del burgo. Habían saqueado varios talleres y en la plaza ardían dos casas; todo por mi inconsciencia. Muchos vecinos luchaban para sofocar las llamas, pero otros deambulaban sin rumbo, heridos y confusos. Jamás se recuperarían del todo.

Al ver los destrozos, tuve el lejano recuerdo de una cabalgada que arrasó el poblado y la ermita de la masía de Tramontana. Evoqué el baile de antorchas en la noche: los soldados embozados, el sonido hueco de los cascos de los caballos, los golpes y gritos mientras destrozaban todo en busca de objetos de valor o dinero. Los incendios servían para evitar la persecución, pues era más importante salvar lo que se pudiera.

Dudaba que los jinetes del rey encontraran a los agresores en el vasto *territorium* durante la noche. Sin embargo, éstos no habían vuelto a capturar al joven que ocultamos en casa de Guisla, pues vi a tres guardias del veguer llevárselo con disimulo.

Cuando llegué al extremo de la plaza reparé en que una de las casas en llamas era el taller de Bernat Quirol. No podía respirar de la angustia. Al fin vi a Guisla en medio del caos. Estaba sentada en el suelo, cubierta de hollín. Tenía en su regazo a Ernest. Miquel, a mi espalda, gritó horrorizado y corrió hacia ellos.

Al acercarme me sobrecogí. Ernest estaba irreconocible por la soberbia paliza que le habían propinado. Tenía el brazo roto y la cara hinchada. Respiraba con dificultad, sin duda por culpa de algunas costillas hundidas.

—Ernest, amigo… —musité compungido y con la voz entrecortada.

Quiso decir algo y escupió sangre. Guisla alzó la cara y clavó en mí sus ojos del color de la miel; había en ellos un abismo de negrura y supe que la había perdido, como mi futuro.

—Mi madre y mi hermano mayor han muerto —dijo con una voz carente de matices, incapaz de asumirlo.

Algo se rompió dentro de mí. Mi época de púber quedó atrás, y con aquellas muertes cargué un peso sobre mi alma que me acompañaría para siempre.

—¿Cómo ha pasado? —pregunté con un hilo de voz.

—Quizá nos vieron salir de la barca, no lo sé. Eran ocho jinetes, armados con espadas y mazas. Gritaban un nombre: Alfonso…

Me extrañó, pues en la laguna Cagalell sólo vi tres captores, pero no se lo dije. A mi alrededor, los lamentos aumentaban a medida que la gente salía de las casas o regresaba de los campos donde se habían ocultado del ataque. Pronto llegaron los nobles, entre ellos Ermengol de Urgell, Ponce de Cabrera y Guillem de Santmartí. Sus caballeros partieron como los del rey a buscar a los perpetradores, a pesar de que se temía que fuera en vano.

Siete cadáveres quedaron tendidos en la plaza, y además había una docena de heridos y tres jóvenes no aparecían. Las caras de abatimiento sobrecogían. Pasaban los años, y la violencia contra los burgos y las masías no remitía, ni siquiera en tierras de realengo, como era el caso del *territorium* de Barcelona. Las cabalgadas y la inseguridad eran una pestilencia.

—No debiste inmiscuirte, muchacho —dijo una voz a mi espalda.

Era el rey Alfonso. Me miraba disgustado y no supe qué decir. El juez Guillem se acercó y habló entre dientes, muy afectado.

—Ve a la catedral y quédate en la celda. Cuando esto pase, imploraremos perdón.

Lo miré decaído y de pronto me abrazó. Jamás lo hacía, y me asusté aún más.

—Lo lamento, maestro. Tenéis razón —reconocí al fin—, debisteis encerrarme.

Miquel, arrodillado junto a Ernest, lloraba desconsolado. El huérfano era su obra de piedad, pero me sorprendió verlo tan afectado. Al percatarse de que nuestro maestro aún me trataba con compasión, lo poseyó una rabia incontenible.

—¡Ha sido por culpa de Joan, el sobrino del juez Climent! —gritó, con tal fuerza que llamó la atención de toda la plaza—. ¡Él tuvo la idea de esconder en este burgo a un joven y atrajo a los agresores! —Me señaló—. ¡Mira lo que has hecho, Joan!

La angustia me ascendía desde el vientre. Los habitantes del burgo me miraron con odio, entre ellos Bernat Quirol, abatido junto al cadáver de su esposa y el de su hijo.

—Ni siquiera se llama así —intervino entonces Guisla, de manera inesperada—. Se llama Robert de Tramontana y es un fugitivo de Olèrdola. Él mismo me lo dijo.

Me quedé sin aliento. Guisla me había delatado. Busqué sus ojos, pero rehuyó mi mirada.

Los nobles, hasta ese momento ajenos a nuestra tragedia, se interesaron. Guillem Climent me miró con cara de espanto.

—¿Es eso cierto? —demandó el vizconde Ponce III de Cabrera, sorprendido—. Se cuenta que el *hereu* de Tramontana murió siendo niño en el incendio de su masía.

—¡Logró escapar! ¡Es él! —insistió Guisla cabizbaja—. Me lo confesó hace algún tiempo.

El señor de Olèrdola y su primo el vizconde me miraron y el pánico me dominó.

—Hay un modo de saberlo —afirmó Ponce—. Mi hermanastra me contó que el muchacho no tenía los dedos completos.

—¡Miradle las manos y vos mismo lo comprobaréis, mi señor! —Guisla lloraba envuelta en su espiral de traición—. ¡Él me obligó a traer a ese joven al burgo!

Rompió a llorar con amargura. Desde la marcha de Tramontana, nunca me había sentido tan acorralado. Me asomé a sus ojos y ya no vi a la muchacha risueña que me besaba con dulzura debajo de la barca. Con el alma quebrantada y consciente de que le aguardaba un futuro miserable, Guisla trataba de eludir su parte de culpa. Yo habría dado la vida por ayudarla, por compensar el daño que le había causado. Y habría llorado junto a ella por su madre y su hermano, pero su traición me destrozó. Me había condenado de nuevo.

En medio de un tenso silencio y bajo las miradas inquisitivas de los presentes, alcé las manos. Una parte de mí, la más ingenua, la que aún urdía sueños con entusiasmo infantil, murió en la plaza del burgo. El espíritu humano era quebradizo ante el miedo. Mis dedos mutilados elevaron exclamaciones entre la concurrencia. La historia de la ordalía de los *albats* y la venganza de los Tramontana era conocida porque los juglares y los arrieros de todo el condado la contaban..., aunque con un final distinto: me daban por muerto.

—¡Es cierto! —exclamó Guillem de Santmartí.

Como señor feudal de Olèrdola, tenía derecho a acusarme de *bausia*, pues el relato que corría era que mi madre, Oria de Tramontana, había quemado la masía con su señor banal, el *castlà* Ramón de Corviu, dentro, para vengar la ordalía de *albats* y los abusos posteriores. Aunque los juglares lo cantaran como un hecho memorable y para muchos payeses fuera un símbolo, ante la ley era un execrable crimen contra el señor que debía castigarse conforme a la costumbre a fin de que cundiera el ejemplo.

El rey miró a Guillem Climent sin dar crédito.

—¿No es éste tu sobrino Joan de Salses, *iudex*? Responde.

—No, mi rey. Este joven es un error que juré enmendar.

Mientras el juez revelaba su secreto, la verdad se extendía como un óleo viscoso. El burgo se llenaba cada vez más de curiosos, alertados por los incendios. Guisla me eludía, consciente de que me esperaba la horca. Nos habíamos destrozado la vida.

—Robert de Tramontana es culpable de *bausia* contra quien fue el señor banal de sus tierras en Olèrdola —proclamó uno de los nobles—. Además, huyó de Olèrdola sin redimirse de los derechos contraídos con su señor.

—Aquello pasó hace años, vizconde —alegó el monarca, preocupado—. Ahora es ciudadano de Barcelona y está protegido por sus privilegios.

—¡Ese crimen no ha prescrito! —clamó Ponce de Cabrera, casi divertido ante aquel inesperado giro—. Como la castellanía de la *pubilla* Blanca de Corviu está bajo nuestra tutela hasta que se case, Robert de Tramontana debe responder ante sus dos tutores.

Se refería a él y a Guillem de Santmartí. Me sentí perdido. El silencio que siguió delataba la tensión entre ambos nobles y el rey Alfonso. El incidente sólo era una anécdota que les servía para sacar a relucir el grave problema que se vivía en todo el territorio desde hacía más de un siglo: el rey no tenía autoridad efectiva sobre la nobleza feudal.

—Si no hay castigo ni redención, los payeses podrían rebelarse —añadió el señor de Olèrdola a modo de advertencia, con la mirada puesta en el monarca.

Don Alfonso miró con aire funesto al juez Climent. A pesar de la arrogancia de los viejos linajes de la nobleza, dependía de ellos en las campañas bélicas y para sostener la corona condal sobre su testa. Como *primus inter pares*, debía medir con cautela cuándo imponer su autoridad y cuándo ceder.

—El pecado de un *laborator* y el de un clérigo por desafiar el orden divino no pueden ser negados por el rey. Debe haber justicia y reparación para la *pubilla* de Olèrdola, la hija del señor asesinado.

Mientras me llevaban a empellones hacia el calabozo del veguer, la gente me increpaba por la tragedia. Crucé una mirada sombría con Miquel y vi a Guisla junto a su padre, velando los cadáveres de sus familiares. No pude más y me quebré. Por la ciudad corrió de boca en boca mi verdadero nombre para ser maldecido: Robert el Condenado.

Alfonso

Llevaba ya varios días encerrado en la cárcel del veguer, ubicada en el sótano de su palacio junto al Portal Vell. Sin noticias del exterior y bajo las milenarias losas, durante ese tiempo recorrí el laberinto tortuoso de mi alma y reviví cada momento de mi vida. A veces la rabia me hacía golpear las paredes y blasfemar. Si gritaba que todo había sido para proteger a un joven llamado Alfonso, el carcelero me fustigaba hasta dejarme postrado en el suelo cubierto de paja. «Alguien te cortará la lengua, si insistes en nombrarlo», me amenazaba antes de dejarme.

Al fin, la tempestad remitió y repasé las intersecciones del destino donde pude ser más prudente y reflexivo. Rezaba por la recuperación de Ernest, consciente de que su muerte me resultaría insoportable.

Los días pasaron lentos. La herida del muslo se cerró gracias a que el judío Benevist solía enviarme un galeno para desinfectarla. Una tarde, casi al anochecer, la puerta se abrió y se plantó ante mí un individuo con una capa elegante. Lo reconocí: era el joven que había salvado; aquel de quien no debía hablar. Vestía una túnica corta de paño negro bien teñido, unas calzas y un cinto remachado. Miré la empuñadura de plata de su daga. Intuyó mi intención de quitársela y atacarlo, por eso se la cubrió con la mano.

—Si vienes a darme las gracias, ahórratelo —le espeté sin el respeto debido—. Llevo días escupiendo tu recuerdo.

—Me contaron tu historia, Robert. ¿Qué pretendías ayudándome?

Allí podía observarlo mejor. Era apuesto y con el cabello como el oro viejo de los altares, de rasgos suaves, agraciados. Yo tenía las manos atadas con cadenas al muro, pero me puse en pie. Él me sacaba una cabeza. Me miró con superioridad, aunque compasivo. Fuera quien fuese, estaba libre gracias a mí y no quise humillarme.

—Si no hubieran atacado el burgo, me habría casado como Joan Salses con Guisla Quirol —le recriminé, lleno de rencor—. Habría adoptado el apellido de su familia y todo lo que te han contado de mí habría quedado atrás. Sólo pretendía una vida como las demás. Tal vez no lo entiendas...

—Lo entiendo perfectamente, pues a mí tampoco me queda nada.

Bajo su petulancia apareció un destello de dolor que me resultó curioso.

—Debes de ser muy importante si reyes y condes se alían para protegerte, pero advierto que no hay nadie más solo en este mundo que tú —deduje tras asomarme a sus pupilas azules.

Noté que mi visitante no quería hablar de él, pues puso su atención en mis dedos mutilados.

—En el palacio Condal no se habla más que de tu suerte, y me preguntaba por qué un payés resulta tan incómodo. Ahora lo sé.

—¿De verdad? —dije con sarcasmo.

—Tu maestro y tú habéis desafiado la voluntad de Dios que se manifestó en aquella ordalía. Los nobles os ven como una infección que debe atajarse para que no se extienda, pero es una muestra más de los cambios de la era en que vivimos. En mi lugar de origen, hace tiempo que empezó, por eso lo sé.

—No entiendo tus palabras. Si vas a mofarte de mí, debería saber quién eres, Alfonso...

—Tal vez te consuele saber que mi secuestro sólo ha sido un intento más de asesinarme. En menos de un año estaré muerto.

—Yo tampoco saldré vivo de ésta —musité funesto—. Cuando los dos estemos enterrados en sepulcros sin nombre, seremos iguales.

Ante tan fatídico vaticinio nos miramos, y al instante comenzamos a reír de manera absurda. La situación diluyó la animadversión que sentía por él. No podía culparlo de lo ocurrido y, a pesar de su altanería, en realidad era un joven vulnerable y frágil como yo. Las dificultades hacían que encarase su incierto futuro con esa máscara de arrogancia. Por la puerta de la celda se asomó el conde de Urgell y, al vernos reír, nos observó con expresión confusa.

—La galera del rey está lista para partir. Es hora de embarcar.

Sorprendido, miré al joven. Había gratitud en sus ojos y me estrechó la mano.

—Tal vez Dios tenga otros planes y volvamos a encontrarnos.

—Te llamas Alfonso… —insistí, intrigado.

—Así es.

—Como el rey…

—Sí, como tu rey.

La condena

Pasé quince días en aquel agujero, pues mi destino era objeto de una agria disputa. Mi tutor quería evitar el juicio por *bausia* y por huir de mis tierras sin haber redimido las servidumbres que los Tramontana habíamos contraído con los Corviu. Según la costumbre, el juramento de nobles como Guillem de Santmartí, de Saura de Cabrera, incluso de Blanca bastaban para condenarme sin necesidad de escucharme ni atender a otras pruebas, puesto que su condición superior a la mía era suficiente.

Desperté sobresaltado cuando el resplandor de una llamita se aproximó en las tinieblas de mi celda. Maldije a quien me había arrancado del sueño después de horas agobiado por los picores de las chinches y los piojos. Por el ventanuco no entraba luz, era noche cerrada, y temí que finalmente hubieran decidido acabar conmigo.

—Robert, despierta.

El inesperado anuncio hizo que me envarara y me dolió la piel tirante de la herida del muslo. Quien me visitaba a esa hora intempestiva era el judío Benevist ben Abraim, el amigo leal y confidente del juez Climent, a pesar de profesar distinta fe.

—¿Qué ocurre? ¿Y mi tutor…? ¿Por qué no ha venido aún a verme?

Benevist, con un candil, me miraba con el rostro impenetrable.

—El *iudex* Guillem Climent ha tenido que huir de Barcelona.

—¿Por qué? ¿Tiene algo que ver con el ataque al burgo? —Desesperado, miré al judío—. Cuando aquella noche Miquel y yo fuimos a avisarlo, se puso furioso. Creo que intuía lo que iba a ocurrir.

Benevist era un mercader experto y sabía ocultarme sus dudas y temores. No pude averiguar si yo tenía razón. Me habló al oído para que no lo oyeran desde las celdas contiguas.

—Se ha marchado porque la muerte lo persigue y podría ponerte en peligro. No hay otro modo de protegerte ahora, Robert.

—¿Qué pasó en el burgo? ¿Quién atacó? —Necesitaba oír que la tragedia no había sido por mi culpa.

—¡Basta! Te has inmiscuido en algo que está muy por encima de ti, pero dado que tienes ojos, puedes ver lo que has causado. —Nunca lo había visto furioso—. Tu terquedad ha costado siete vidas, tu amigo Ernest de Calonge está medio muerto y toda Barcelona maldice tu nombre. ¡Esta vez cumplirás la voluntad de Guillem Climent y sin hacer preguntas, o acabarás en el cadalso! —Bajé el rostro, atribulado, y me habló más calmado—. Tu formación seguirá adelante, pero en otro lugar y con otro maestro.

—¿Y las acusaciones contra mí? Ahora soy de nuevo Robert de Tramontana —dije apocado—. Mi único futuro es la horca.

—Por eso estoy aquí. Me temo que no eres tan importante, Robert. Es cierto que huiste de tus tierras, pero también has prestado un gran servicio a la Corona, y por ese motivo se ha llegado a un acuerdo con los tutores de la futura *castlana* de Olèrdola.

—Blanca de Corviu —musité, perdido en el recuerdo de aquella bonita joven que salía riendo de la tienda de Ponce de Cabrera. Fue sólo un instante, pero no podía olvidarla—. ¿Qué va a ser de mí?

—Miquel de Queralt, Ernest de Calonge e incluso Guisla Quirol ya han jurado que no hablarán con nadie del joven que llegó con el conde de Urgell. Ahora deberás hacerlo tú, y para evitar el juicio por *bausia*, el rey ha dictado tu destierro de Barcelona para siempre. Lo ha concedido por el aprecio que siente por Guillem Climent. —Los ojos de Benevist ardían—. La alternativa, como bien has dicho, es la horca.

Me quedé sin habla. El destierro era un castigo mucho más laxo, pero me devoraban el miedo y la incertidumbre.

—¿Ya no podré regresar a esta ciudad? —pregunté desolado.

—Seguirás vivo, que en tu caso es un privilegio.

—¿Y Tramontana?

—Es un lugar abandonado y yermo... Aunque con el tiempo el señor banal la ocupará. Pero eso no debe preocuparte. No volverás allí.

—¿Adónde iré?

—Tendrás que confiar en Dios y en la voluntad de tu tutor; él lo ha dispuesto todo antes de su partida. Hizo una promesa a tu madre y la cumplirá.

Pensé en Guisla y recordé el pozo abisal de sus ojos. Su madre y uno de sus hermanos estaban muertos y nunca me perdonaría. De pronto, Barcelona era un lugar extraño, hostil. Asentí en silencio. Deseaba salir de allí y quitarme los piojos.

—Bien —añadió el judío—. Mañana será un día triste, pero dormirás en mi casa.

El día siguiente, tras la hora tercia comparecí en el salón de audiencias, en la planta superior de la casa del veguer. Me sentía solo y desamparado sin la presencia del juez Climent, a pesar de que el judío Benevist no se separó de mi lado. Su estrecha relación con el rey Alfonso era mi escudo en ese momento.

En presencia de una veintena de *honrats* de la ciudad y algunos magnates, juré no mencionar nunca más al misterioso joven que había conocido. A continuación, me presentaron un documento, con la rúbrica de Guillem Climent, en el que aceptaba mi destierro. Los nobles Guillem de Santmartí y su primo Ponce III de Cabrera permitían que me marchara de Barcelona sin tomar represalias en nombre de su pupila Blanca de Corviu, futura señora del castillo de Olèrdola. En su mirada arrogante leí que dejarían de respetar el pacto si así les convenía, pero yo sólo quería salir de allí.

Tras la firma llegó el senescal del rey, Ramón de Montcada, y confirmó que don Alfonso, antes de su partida a Zaragoza tres días antes, había dispuesto mi destierro.

El pulso entre los nobles y el rey terminaba sin un vencedor y con el honor intacto.

De camino hacia la casa de Benevist sentí el odio de la ciudad. El desastre en el burgo de los menestrales había sido más grave de lo que pensaba. Muchos artesanos se habían arruinado y también sus inversores. Como no se había atrapado a los perpetradores, el miedo a nuevas cabalgadas afectó a los otros burgos dispersos extramuros. Ningún mercader forastero querría hacer tratos en un lugar donde jinetes desconocidos actuaban con impunidad. El comercio iba a resentirse, y algunas voces clamaban la necesidad de establecer una nueva Paz y Tregua más sólida.

Caras que durante años me resultaron amistosas ahora me increpaban furibundas. Soporté que me lanzaran hortalizas podridas. Los niños corrían delante de mí avisando a gritos para que todos salieran a la calle y vieran a Robert el Condenado.

La casa del orfebre judío estaba en un estrecho callejón del *call*, entre otras de las callejas que había cerca del Portal Nou. Allí vivían la mayoría de los sefardíes de Barcelona. El *call* estaba bajo la protección directa del rey, por lo que el gentío no pasó de las primeras viviendas. Al entrar por fin en el tranquilo patio interior de la casa, me derrumbé sobre el suelo llorando.

Abigail, la esposa de Benevist, salió con paños, aceite y un recipiente lleno de agua. Con lágrimas silenciosas de madre y con la ayuda de una criada, me lavó y despiojó, y luego me dio una toga limpia. No sé qué habría sido de mí sin ellos.

Al día siguiente saldría para siempre de Barcelona, pero Benevist mantenía en secreto mi destino. Pasé toda la tarde frente al fuego en el salón de la primera planta. Aunque era septiembre tenía frío, un helor que parecía instalado en mi alma.

Seguía allí cuando cayó la noche. Oí pisadas suaves a mi espalda. Me volví, y el corazón se me aceleró. A pesar del velo sarraceno, reconocí a Blanca de Corviu. Nos miramos cautivados. Ver que ella no me culpaba fue un bálsamo para mi maltrecha alma. Abigail y Benevist nos dejaron a solas, y entonces Blanca se apartó el pañuelo de la cara. Su belleza era delicada y sus ojos irradiaban la serenidad que yo tanto anhelaba.

—Guardé tu secreto, Robert, durante años, pero la verdad ha salido a la luz.

—Alguien me dijo hace poco que mi maestro y yo habíamos desafiado a Dios. Creo que sí estoy condenado —afirmé sobrecogido.

Calló. Sus ojos claros se volvieron hacia el fuego del hogar.

—Mis tutores no saben que he venido. Vivo en el castillo de Montsoriu, la fortaleza principal de los Cabrera. Estoy bajo la protección de uno de ellos: el vizconde Ponce de Cabrera.

—Es joven. —Recordé su planta, los rasgos apuestos y la mirada desdeñosa.

—Sólo tiene diez años más que nosotros... —Volvió la mirada para ocultarme que había algo más entre el tutor y la pupila—. Están buscándome un esposo entre los caballeros vasallos. Seremos los nuevos *castlans* de Olèrdola y de otros castillos.

—¿A qué has venido? —la corté, incómodo. A pesar de todo, era la hija de Ramón de Corviu.

—Me gustaría que Tramontana fuera un predio que cultivara la gente de Olèrdola.

No lo esperaba, pero enseguida recordé la codicia de su padre.

—Era lo que siempre quiso Ramón de Corviu —alegué con acritud.

—¡Olèrdola se muere sin todas esas tierras cultivadas! Haré que regresen las familias de payeses. Respetaré Tramontana, igual que mi madre respetaba a la tuya.

—¿Qué deseas de mí, Blanca? Eres la *pubilla* del castillo, puedes ocupar Tramontana si te place... ¿Quién va a defenderla?

—Nadie quiere entrar en esas tierras y no deseo hacerlo por la fuerza. Tus ancestros las vigilan —afirmó repitiendo, quizá, lo que los payeses decían. Luego me miró directamente a los ojos—. Deseo transmitirles de viva voz el consentimiento del último de los Tramontana, el muchacho al que todos creían muerto. Eres la sangre de aquella tierra.

—No soy más que un fantasma desterrado.

—Eres el *hereu*, y una palabra de tus labios podría devolver a la vida aquel yermo. ¿No te gustaría que los payeses regresaran a la aldea? ¡Tú la viste poblada!

—Ya no serían libres, sino siervos de la gleba. —Ante el incómodo silencio, añadí—: ¿Evitarás imponerles malos usos?

—Es la costumbre. —Le extrañó que en mi situación le fuera con exigencias—. Sin embargo, no invocaré el *ius maletractandi*. No habrá látigo.

Apenas conocía a Blanca, pero a pesar de su apariencia frágil, su mirada audaz y sincera me indicaba que era capaz de hacer lo que se proponía. Luchaba desde niña por encajar en su mundo, marcada por un hecho terrible, sola como yo.

—Únicamente te ruego una cosa, señora de Corviu —le dije al fin—, y es que otorgues la redención a los que quieran marcharse. Los seres humanos deben ser libres por derecho.

Pareció sorprendida. Abandonar las tenencias concedidas por un señor era un grave delito; los *laboratores* no podían privar del sustento a los *bellatores* por voluntad propia; aunque algunos nobles permitían la redención, sólo era una gracia.

—Consentiré por un tercio de los bienes, según la costumbre —respondió al cabo de un instante—. ¿Aceptas, Robert de Tramontana? Responde.

Me estremecí. Me pareció que generaciones de mi familia me observaban desde la oscuridad de los rincones de aquella estancia. En vez de hablar, me levanté y fui hasta el despacho de Benevist. El judío escuchó mis palabras, grave, y él mismo me tendió el pergamino en el que escribí un breve documento de cesión. No era válido sin las firmas de nuestros respectivos tutores, pero quizá para los payeses fuera suficiente. No podía ofrecer más a Blanca de Corviu.

Se lo tendí.

—Te pido una sola cosa —le dije sin soltar aún el pergamino—. Protegerás a Hakim y a Fátima, los sarracenos que mi madre liberó hace años. Permíteles habitar en Tramontana en paz y sin abusos el resto de sus vidas. A cambio, sé que te ayudarán.

Blanca tomó el documento. Sabía leer, y al final me miró con los ojos humedecidos. Su sonrisa llenó de luz mi alma atribulada y supe que cumpliría. Si algo recordaría de aquella joven era la serenidad de su mirada clara; ésa era su gran virtud y jamás la olvidaría.

Emocionado, miré las llamas del hogar.

—¿Qué pasó tras el incendio? —Necesitaba saberlo—. ¿Se encontraron los restos de mi madre?

—Saura hizo que lanzaran su cuerpo a un barranco, pero las familias la enterraron en secreto bajo el nogal de la masía. Unas lascas señalan su tumba. La he visitado en varias ocasiones. En cuanto a ti, se creyó que habías quedado bajo los escombros.

Me estremecí. Cada vez pensaba menos en mi madre, para escapar del dolor. Me alivió saber que descansaba en su lugar favorito.

—Alguien deja lirios en su tumba —añadió—. ¿Sospechas quién puede ser?

La pregunta me sorprendió. Blanca parecía muy interesada.

—Era su flor preferida. Las traía del encinar, pero no sé dónde las cultivaba —expliqué haciendo memoria—. Sólo puede ser alguien que conoce el lugar del sepulcro.

—Sé que no son los payeses vecinos, y lo extraño es que a veces también aparecen en el sepulcro de mi madre, Leonor de Corviu, en San Miguel de Olèrdola.

—Ambas fueron amigas, quizá es alguien que las quería de verdad...

Nos miramos paladeando aquellas palabras. En el fondo, mi madre, una mujer ausente y melancólica, siempre fue un misterio para mí. Eso me obligó a crear mi propio mundo, dejando preguntas sin formular.

Blanca me miraba con calidez. Trataba de insuflarme ánimos para mi incierto futuro, y por un instante todo mi pesar y angustia desaparecieron.

—Dicen que actuaste así por la hija de un artesano, que ibas a abandonarlo todo por ella.

—¡Quería dejar el estudio, aprender un oficio y casarme! —aduje abatido y algo cohibido por expresarlo en voz alta—. Creí que si prestaba un gran servicio al rey, mi tutor me lo permitiría... Pero he destrozado la vida de la que debía ser mi esposa.

Me sonrió con admiración y piedad.

—Creo que eres el hombre más valiente que he conocido... Y el más inconsciente.

Ya no teníamos trece años. Estiré la mano, pero Blanca no se atrevió a tocarme. La profecía de Fátima pendía sobre nosotros.

—Que allá adonde vayas Dios te guarde. Y no, no creo que estés condenado.

—Prefiero que seas tú la que rija el destino de Tramontana —dije al fin. Lo sentía de verdad—. Mi madre afirmaba que de haber vivido tu madre, doña Leonor, todo habría sido distinto.

Aquello la afectó más de lo que creía y una lágrima se deslizó por su mejilla. Esta vez fue ella la que quiso coger mi mano, pero se abrió la puerta y entró Abigail.

—Es hora de marcharte, Robert.

—¿No iba a ser mañana? —pregunté sorprendido.

—Eso es lo que cree la ciudad y los que pretenden castigarte por su cuenta. Siento que tengas que escapar de nuevo como un ladrón en la noche, pero es mejor así.

Al ponerme en pie deseé retener en mi memoria la belleza de Blanca. Su mirada clara y carente de rencor atemperaba mi espíritu. Quizá no volvería a verla.

—También he venido para advertirte de algo —dijo entonces con voz vacilante. Su expresión cambió—. Mi hermanastro, Arnulf, sobrevivió. Está en el monasterio de Valldemaría, al cuidado de su madre. Ponce de Cabrera, mi tutor, lo aprecia y vamos a hacerle una visita pronto. Temo que cuando sepa que un Tramontana está vivo, Arnulf enloquezca de rabia y desee venganza. —Tragó saliva, angustiada—. Sé muy cauto, Robert, pues su alma es oscura. Ocúltate.

El hechizo se rompió, y salí de la estancia con una intensa sensación de peligro.

La Compañía Roja

A Benevist ben Abraim le costó lograr que su esposa, Abigail, me soltara de su abrazo. Toda la familia se había reunido en el patio. Los hijos y demás parientes del orfebre eran como mi familia, pero las raíces de nuestra relación sólo habían podido crecer durante cinco años.

Benevist me devolvió el cuchillo de jade de Hakim, que me habían requisado al detenerme. Era mi única pertenencia de un pasado cada vez más lejano y sombrío. Me entregaron una capa de viaje, una muda y una bolsa de monedas de plata que no reconocí.

—No dejes que te las roben, las usarás en tu destino —me explicó enigmático.

Antes de alejarme de Barcelona para siempre, había tratado de arreglar las cosas, y escribí una carta a Ernest de Calonge en la que rogaba por su recuperación. Me aliviaba saber que en la celda de estudiantes pobres de la *seu* sanaba poco a poco. También quise despedirme de algún modo de Guisla, y encomendé a un siervo del judío que le recitara unas palabras memorizadas. No serviría de nada, pero necesitaba pedirle perdón de nuevo. Rezaba por su madre y su hermano; había asumido que estaban muertos por mi culpa.

Miquel de Queralt, en cambio, no me perdonaba que Ernest hubiera estado a punto de morir. Me lo confirmó su gesto esquivo cuando apareció en el *call* justo cuando me disponía a marcharme. Traía el decreto de expulsión de la *schola* de Artes de Barcelona, firmado por el obispo Bernardo de Berga, y no quiso escucharme.

Salí de madrugada, acompañado por los siervos de Benevist. Recorrimos las calles a oscuras y con discreción me abrieron el portillo del Portal Nou. Avanzamos a pie por la *estrada* Moresca mientras el horizonte se teñía de añil, y a la salida del sol estábamos en los molinos que el rey Alfonso había mandado construir junto al Llobregat. Las grandes norias rodaban lentamente y con cierto aire majestuoso, dispuestas una detrás de otra. Era una obra soberbia, capaz de moler la harina que Barcelona necesitaba. La explanada ya estaba atestada de carros cargados con sacos y los hombres formaban una larga fila.

Desde la carretera, nos internamos por una senda hacia la orilla del río. Temí que los siervos me robaran y me dejaran allí tirado, pero, al parecer, tomar aquel sendero era parte de las instrucciones que el judío les había dado. Al fin, señalaron un cañar próximo a la ribera y se marcharon. Durante todo el trayecto no les había arrancado ni una palabra sobre lo que me esperaba; órdenes de Benevist.

Tras el espeso cañar, alejado de miradas, había un pequeño campamento. Cinco tiendas de tela con bandas rojas muy vistosas. Distinguí dos carruajes y cuatro bueyes atados, pastando. Todo estaba tranquilo y la hoguera del centro se había extinguido.

Me acerqué a una de las tiendas y oí la respiración profunda de alguien que dormía. Como no sabía qué hacer, me encaminé hacia el río. El Llobregat formaba allí un remanso tranquilo, de modo que me lavé la cara para despejarme.

Al percibir un chapoteo cerca, me escondí detrás de unos juncos. Entonces la vi.

Me quedé sin aliento ante aquella joven que salía del agua. Jamás había contemplado un cuerpo desnudo de mujer. Alguna vez Guisla me dejó hurgar bajo su camisa, pero apenas había entrevisto nada. Aquella desconocida tendría algo más de veinte años, y su figura era esbelta y sensual, aunque en ese momento yo ignorara el sentido de tales palabras. Me recreé en cada centímetro de su piel, clara y brillante, en sus formas y curvas. Caminó con gracia hacia su ropa. En vez de retirarme, seguí atrapado en el movimiento de sus pechos colmados y sus caderas.

—Pensaba que a los estudiantes sólo les gustaba la piel si estaba curtida.

Di un respingo y al tratar de retroceder caí de espaldas. Jamás en mi vida me había sentido tan torpe. La joven dejó escapar una risa cantarina. Era ella quien estaba desnuda y yo quien me moría de vergüenza. No se mostró pudorosa mientras se secaba y se cubría con la camisa. Luego se puso una larga túnica roja sin mangas y se atusó la larga melena, que todavía le chorreaba.

—Deberías meterte en el agua y relajarte —me dijo viendo mi turbación—. Nos espera un largo viaje, Robert de Tramontana.

—¿Me conoces? —me atreví a preguntar, sin mostrarme aún.

—Alguien ha pagado para que la Compañía Roja te lleve. Somos juglares. —Me lanzó una especie de trapo grueso, con agujeros y un tacto áspero—. Es una esponja de mar. Lávate un poco. Aunque parezca una aberración, me gusta que los hombres no huelan.

—¿Cómo te llamas?

Me miró altanera. Tenía un rostro felino, y los ojos verdes y brillantes. Su sonrisa con la boca entreabierta aceleraba el pulso.

—Puedes llamarme Salomé, como la mujer que pidió la cabeza de san Juan. Ya me habrás visto antes.

—¿Dónde? —pregunté sorprendido—. Me acordaría.

—Yo canto y bailo, y los maestros canteros me esculpen en ménsulas y capiteles como advertencia de los pecados de la carne... Salomé, las llaman. —Puso los brazos en jarras en actitud retadora—. Ésa soy yo.

Se marchó divertida ante mi estupor. No podía ser cierto.

Cuando llegué al campamento, aliviado después de refrescarme, el grupo ya había avivado el fuego y asaba tiras de carne. Salomé me presentó a los demás componentes de la Compañía Roja.

—Ese hombre sombrío que podría aplastar tu cabeza como lo haría con una nuez es Valence, un antiguo cruzado francés de pocas palabras y corazón grande.

El tal Valence, que calculé que habría rebasado los cuarenta años, me hizo un leve gesto, adusto, y me recordó a Hakim. El modo en que Salomé lo miraba me hizo sospechar que había algo entre ellos. A su lado estaba un hombre enjuto vestido con un hábito negro; tenía un aspecto extraño, casi repulsivo. Clavó sus ojos claros en mí mientras pasaba una moneda entre sus dedos con una habilidad pasmosa. De pronto, la pieza desapareció y él sonrió ante mi desconcierto.

—Es Natán, el prestímano. Antes fue clérigo.

—Era goliardo y estudié el *trivium* en París —dijo con una voz cavernosa que sobrecogía y un acento gutural franco—, pero luego abandoné la Teología por otros intereses… más oscuros e interesantes.

Intuí que se refería a conocimientos que los maestrescuelas de la *seu* de Barcelona execraban, como la alquimia o la magia, aunque con los juglares nunca se sabía.

—Sus trucos y engaños parecen sacados de los relatos caballerescos del rey Arturo. Algún día, lo llevarán al cadalso —afirmó Valence, impasible.

Salomé me condujo luego hasta lo que parecía una familia completa, con tres hijos. Se mostraron amistosos, pero cautos.

—Son los Siurana, excelentes músicos, además de narradores de historias.

—Mi nombre es Gastó —dijo el padre. Alzó la cara y vi sus ojos blancos. Era ciego—. Ella es mi esposa, Antiga. Y ellos son mis hijos, Gastó, Arnau y Maria.

—Disfrutarás oyendo sus cantares de gesta —afirmó Salomé con orgullo.

Por último, llegamos junto a dos muchachas un poco mayores que yo. Me miraban y cuchicheaban divertidas. Me regalaron unas sonrisas zalameras y mi timidez las hizo reír.

—¡Tienes ojos de brujo, estudiante! —dijo una—. Nunca había visto unos tan claros.

—Es cierto, igual me los quedo —señaló Natán, efusivo.

Ante mi gesto alarmado profirieron una carcajada descarada.

—Ellas dos son Romea y Ángela. Bailan conmigo en las funciones.

—Salomé no es bailarina —me aclaró Romea—. Es la mejor juglaresa de toda Hispania.

La aludida se alejó hacia el fuego. Por las miradas que las dos muchachas le dirigieron, descubrí que, a pesar de su juventud, lideraba aquel extraño grupo de trotamundos. Sin saberlo, ya me había unido a la fascinación que Salomé causaba en todos. Sus maneras delicadas y su forma de hablar eran fruto de una educación esmerada, por eso me intrigaba que fuera juglaresa.

Había visto muchas compañías como aquélla actuar en Barcelona. Tenían mala fama, y los canónigos de la *seu* nos prohibían hablar con ellas, sobre todo con las soldaderas y bailarinas, para que el diablo no nos poseyera. Sin embargo, apenas conocí a la Compañía Roja, deseé descubrir los avatares que habían entrelazado los destinos de aquel grupo dispar.

—¿Adónde iremos? —pregunté.

—Eso nunca se sabe —dijo Salomé, enigmática—. La plata que guardo en la limosnera señala la ciudad de Jaca, pero sólo tú decides dónde detendrás tu caminar.

Me quedé pensativo. El *iudex* Climent tenía profundos lazos con sus homólogos de la escuela jurídica de Jaca. Los denominaban foristas, pues interpretaban el Fuero de Jaca. Gozaban de tanto prestigio que recibían embajadas y juristas de los reinos vecinos para escuchar sus dictámenes. Su fuero servía de modelo para las cartas pueblas y las leyes de las poblaciones recién fundadas en las tierras de frontera, no sólo de Aragón, sino también de otros reinos.

—Tu destino depende, al final, del valor que tengas, Robert —dijo Valence con un extraño acento.

—En mi vida, el valor me ha salido muy caro.

Tras un largo silencio, Antiga, la mujer de más edad del grupo, se acercó y me llevó del brazo con un gesto maternal que agradecí.

—Siéntate con nosotros y come algo. Nos espera un largo viaje y muchas funciones.

Salomé se sentó delante de mí. El pelo se le iba secando y el sol arrancaba reflejos cobrizos en las largas ondas. Tenía el ceño fruncido y me miraba con intensidad e interés, como hacía yo con ella. El recuerdo de su cuerpo desnudo me turbó y bajé el rostro azorado.

Romea, con una sonrisa pícara, me dio un trozo de pan que había tostado para ella sobre las primeras brasas. Parecía fascinada con mis ojos.

—Así que tú eres Robert de Tramontana, el *albat* al que las aguas rechazaron… Por la cara que pones, parece que eso sólo fue el principio.

—Sí.

—¡Somos juglares y nos gustan las historias! —exclamó Salomé—. Nos echamos a los caminos en pos de las mejores. ¡Cuéntanos la tuya!

El largo camino

Tras desnudar mi alma ante el silencioso grupo, los juglares me acogieron sin reservas ni temor supersticioso. Ellos tenían sus propias sombras en la vida. La Compañía Roja no sabía adónde había ido mi maestro Guillem Climent, y Salomé sólo tenía un nombre de Jaca que facilitarme, el de un clérigo, el *iudex* Martí de Ripoll.

Viajaría con ellos y al llegar decidiría qué hacer con mi vida.

Desde la tragedia en el burgo de los menestrales hasta mi destierro habían pasado poco más de dos semanas, aunque a mí me había parecido una eternidad. Era finales de septiembre cuando dejé los molinos del rey junto a aquel animado grupo y comenzaron los mejores días de mi vida hasta entonces. Nuestro primer destino fue la ciudad de Tárrega, donde tanto la población como los nobles conocían a la Compañía Roja. El *castlà*, de la familia de los Pinós, admitió nuestra entrada y no tardó en aparecer para invitar a Salomé a su castillo.

Me uní a los preparativos de la función con entusiasmo. Ayudé a Antiga y a su hija Maria, de catorce años e incapaz de mirarme sin enrojecer, a preparar las gasas con las que bailaban las jóvenes. Cargué los cuchillos que Valence lanzaba y los extraños artilugios de Natán. Después de pasar años sumido en los arduos textos de Guillem Climent, me fascinaba aquel mundo de color y destrezas imposibles para el resto de los mortales.

Cuando llegó la hora, al atardecer, una animada música atrajo a la gente a la plaza, donde se alzaba una tarima de madera. Me uní a la muchedumbre. Subió a la tarima Gastó Siurana padre, vestido con una túnica de retales de colores, y silbó para reclamar la atención de la concurrencia.

—¡Guerreros, hechiceros de Oriente, contadores de historias y las más bellas soldaderas han cruzado valles, desiertos y montañas para venir a Tárrega! ¿No se merece eso un gran aplauso?

La música elevó los ánimos y comenzó la función juglaresca de la Compañía Roja. Gestas rimadas, combates, ejercicios de destreza, trucos de escamoteo y coloridos fuegos me transportaron a un mundo donde la pena y la culpa no tenían cabida. Liberado, sentía ganas de llorar de dicha. Cuando oscureció, ayudé a encender antorchas, ya que aún faltaba la última parte de la función, la más esperada. Gastó volvió a subir a la tarima, y su voz profunda y bien modulada resonó con fuerza. Era imposible sustraerse a su influjo.

—¡Cae la noche y es hora de soñar! Después de tantas emociones, llega el momento que habéis estado aguardando desde nuestra última visita. ¡Espero que se note cuando pase este viejo gorro!

La gente comenzó a alborotar. Yo estaba igual de expectante que los targarinos.

—Desde los mágicos reinos de Oriente llega la bella Salomé, descendiente de aquella que pidió al rey Herodes la cabeza de san Juan Bautista. ¡Id con cuidado, no perdáis la vuestra!

La blasfema proclama desató el entusiasmo. Los tres hijos de Siurana tocaron una cadencia melosa, una *nuba*; Gastó hijo con el laúd, Maria con el rabel y Arnau con el tambor. Natán provocó un humo blanco que yo había ayudado a preparar llevándole paja seca y trozos de una resina llamada pez de Castilla. El efecto mágico hizo estremecer a los espectadores, que enfebrecieron de entusiasmo en cuanto la espesa bruma se disipó y apareció una figura cubierta con una capa carmesí.

Salomé dejó caer la capa al suelo y se mantuvo inmóvil, con

la espesa melena pelirroja cubriéndole la cara. Vestía un ajustado brial azul, acabado en una falda con vuelo, y sostenía entre las manos un pandero de piel. Cuando la música alcanzó un punto álgido, alzó la cabeza con un seco movimiento que elevó su cabellera como una ola embravecida. Quedé cautivo como si me hubiera lanzado un encantamiento. Puso los brazos en jarras y retó al público con su mirada sensual. Tras un contoneo, cuando la música lo exigió, arqueó la espalda hacia atrás de un modo casi imposible. La melena le rozó el suelo, pero se inclinó aún más, apoyó las manos y acabó con una graciosa voltereta que estremeció a todos en la plaza.

A su belleza salvaje se unió un baile sinuoso y enérgico que hechizaba. Parecía que fuera la propia Salomé quien creaba la música con su danza. Sus caderas se movían vertiginosas, y cada cimbreo y vuelta rebosaba sensualidad. Sus largas piernas aparecían y se ocultaban cortando el aliento de los hombres. Había visto otras soldaderas actuar en Barcelona, pero nunca había sentido aquel embrujo que me hizo temer por mi alma.

En una de las vueltas sus ojos se encontraron con los míos. Fue un instante, pero vi fuego en ellos. Entendí que el baile no era sólo su oficio; era un canto de libertad, de rebeldía. Salomé también tenía secretos, sombras en su pasado que conjuraba moviéndose en sintonía con la música y el cosmos.

Las jóvenes Romea y Ángela se unieron al baile girando a su alrededor. Aprendían de su maestra, y su gracia juvenil nos cautivó. Bailaron tres piezas con ritmos distintos. Al acabar, los reunidos en la plaza de Tárraga enloquecieron. Las bailarinas jadeaban, sonrojadas por el esfuerzo, con una enorme sonrisa y orgullosas. Igual que los villanos, también esperaba la siguiente función para volver a verlas.

Como los demás, y gracias a mis conocimientos en letras, hice una aportación a la limosnera que nos mantenía, pues, a cambio de comida o unas piezas de cobre, hacía de amanuense para la gente que no podía pagar a un escriba. La labor me ayudó a integrarme y a olvidar lo que había dejado atrás.

Mientras el otoño avanzaba, recorrimos aldeas y pueblos. Poco a poco, fui vinculándome a los miembros de la compañía de otro modo y me contaron sus historias, todas de fracaso y huida.

Valence, el cruzado, escapó de la ciudad de Tiro después de que lo acusaran de asesinar a un caballero flamenco. Nunca me aclaró si fue culpable o no, pero la herida de su alma, causada por el deshonor y el rechazo de los suyos, no sanaba. A Natán, oscuro y frío, el arzobispo de Narbona lo perseguía por hechicería. Los Siurana eran conversos que tenían en Tarragona un taller de instrumentos de cuerda, pero tras una epidemia acabaron desahuciados por un cambista. Romea y Ángela, por su parte, habían huido juntas del monasterio de Vallbona de les Monges después de que sus padres se las quitaran de encima como a muchas otras hijas sin posibilidad de casamiento.

Mi historia de fracaso, sin hogar, encajaba, y día a día iba tejiéndose entre nosotros un extraño tapiz. Únicamente Salomé silenciaba su misterioso origen. Tampoco pude arrancar una palabra a ninguno de los demás acerca de éste. Quizá aún debía ganarme su confianza.

Pasaron las jornadas, y llegué a olvidarme de todo. Sin embargo, existía un compromiso. La Compañía Roja había recibido un pago por llevarme hasta Jaca, y una mañana soleada y fría de finales de octubre avistamos la ciudad.

Lejos de allí, el monasterio femenino cisterciense de Valldemaría se estremecía con los alaridos que surgían del interior de una celda aislada, al fondo del claustro. Una monja a la que habían estampado contra el muro y roto la nariz gateó hasta la puerta. Llorando, se alejó por la arcada mientras dejaba un reguero de sangre en las losas. Las demás sórores que aguardaban en la galería la llevaron al pequeño refectorio.

El muchacho que cuidaban desde hacía cuatro años se enfurecía a menudo, pero jamás lo habían visto así. Todo había comenzado la víspera, con la llegada de una comitiva de nobles desde Barcelona.

Hasta el remoto monasterio habían arribado el joven vizconde Ponce III de Cabrera con su aún más joven pupila Blanca de Corviu y un pequeño séquito de caballeros. Se dirigían al castillo de Montsoriu, pero se habían desviado de la ruta para visitar a la hermana bastarda del vizconde, Saura de Cabrera, encerrada en Valldemaría para cuidar a su hijo. Las novedades que traían habían causado una honda impresión en Arnulf de Corviu, al que habían sanado en el cenobio.

Tras agonizar durante semanas, Dios obró el milagro y el muchacho se salvó, pero el fuego de Tramontana le había llagado parte del cuerpo, y arrasado su alma. Su madre lo había llevado a aquel monasterio donde ya había cumplido diecisiete años, consciente tanto de que había sido apartado del mundo como de su repulsivo aspecto. Su padre había muerto antes de convertirlo en el *hereu* de la castellanía de Olèrdola y no tenía nada, sólo un pozo insondable de odio y frustración.

Con el paso del tiempo y los remedios de las monjas, únicamente las cicatrices de su piel le recordaban la tragedia sufrida. No obstante, Arnulf solía tener accesos de ira, y esa mañana, con la visita, estaba fuera de sí.

—Lleva dentro al diablo —musitó la abadesa, pálida, ante la hermana golpeada.

Blanca de Corviu fue la segunda víctima esa mañana. Había entrado con la monja en la celda de su hermanastro con la intención de explicarle lo ocurrido con mayor detalle, además de ofrecerle techo y sustento en Olèrdola. El muchacho la empujó contra el muro y le apretó el cuello. Blanca veía los brazos llenos de cicatrices, pero era la cólera de sus ojos pardos lo que la aterraba; no tenía intención de liberarla.

—Arnulf... —jadeó sin aire—. Espera.

Pataleó y agitó los brazos. Saura, al fondo de la sombría celda, no se movió. Blanca vivía en el castillo de Olèrdola mientras ella se pudría en aquel sombrío monasterio, con su maltrecho e irascible hijo. Eso le recordaba que sólo era una bastarda. Ver sufrir a la joven la satisfacía más que los quejidos de la monja golpeada.

—¡Basta! —gritó el vizconde Ponce de Cabrera desde el dintel de la celda.

Apartó a Arnulf de un empujón. Blanca se deslizó hasta el suelo tosiendo.

—¡Debo castigar a Robert el Condenado! —graznó el muchacho. Apenas se le entendía—. ¡Debió morir en la casa con su maldita madre!

—Ya no importa. Ese asunto está zanjado —señaló el vizconde mientras zarandeaba por los hombros a su sobrino.

Arnulf temblaba de ira cuando se apartó y se cubrió con la capucha para ocultar las marcas de su cara.

—Hermano —comenzó Saura, llena de veneno—, el hijo de Oria huyó sin ser redimido de sus obligaciones. ¡Ni cien masías de Tramontana pueden reparar esto!

Ponce recogió del suelo a Blanca con dulzura. A Saura le reconcomía aquella estrecha relación entre él y su pupila. A ella no la trataba así desde hacía mucho, encima la vida austera del cenobio había hecho mella en su aspecto.

Tras el incendio de Tramontana todo fue de mal en peor. Su rudo esposo había muerto antes de hacer firmar a Blanca la renuncia sobre el castillo de Olèrdola y sus tierras. Madre de un hijo sin derechos ni herencia, se le escurría la vida cuidándolo, esperando que su poderoso hermanastro le concediera un nuevo marido.

Ponce pareció captar su frustración y se acercó. Saura aspiró el olor a cuero y metal de la vestimenta militar del noble. Era tan apuesto que no le extrañaba que Blanca hubiera caído seducida. Saura sabía bien lo fogoso que era, pues una vez llegó a tomarla. Sucedió muchos años atrás, cuando estaba casada con Ramón, durante una cacería en el bosque de Montsoriu. Ahora la miraba con indiferencia y prefería a la joven Blanca. Su hermanastro y Guillem de Santmartí desposarían a la bella *pubilla* con un vasallo acorde a su condición, mientras que ella seguiría allí, olvidada. Lamentaba que su hijo no hubiera acabado de estrangularla.

—Para un payés no hay peor castigo que perder su tierra, y para un ciudadano, ser desterrado de su urbe —señaló el vizconde—. Nadie quiere volver a oír hablar de Robert de Tramontana, y nosotros tampoco. Blanca y el esposo que elijamos para ella se harán cargo de Olèrdola y la sacarán de la ruina que tú y tu esposo causasteis, hermana.

—¡Maldigo Tramontana y maldigo Olèrdola! —estalló Arnulf.

Salió al claustro como enloquecido y comenzó a destrozar el huerto. Las sórores de la comunidad se refugiaron en la iglesia. Saura alcanzó a Arnulf y lo abrazó mientras lo consolaba en su amargura. Blanca los miraba sobrecogida desde una esquina del claustro. Sospechaba que Saura no aceptaría la decisión de su hermanastro.

—¡Quiero su sangre! —sollozó Arnulf—. ¡Robert debe morir quemado!

—Cálmate, mi niño. Ese payés está condenado desde antes de que nacieras.

—Pues quiero lo que es mío, madre. No permaneceré ni un día más en este maldito lugar. Soy el hijo varón de Ramón de Corviu, soy el *hereu*... ¡Lo prometió!

—Te prometo que convenceré a tu tío Ponce para que recapacite. Dios te salvó por un motivo, y de alguna manera recuperaremos lo que debió ser nuestro.

—¡Y castigaremos al payés! —insistió Arnulf ansioso.

—Lo haremos, hijo, lo haremos.

Blanca se estremeció. Tras años de olvido, los ojos de la bastarda brillaban con el deseo de participar de nuevo en los juegos de poder de los Cabrera. En aquel apartado claustro, comprendió que si quería conservar la herencia de su madre, Leonor, debía comportarse desde ese momento como la legítima señora de Corviu.

El festín

La Compañía Roja acampó fuera de la ciudad de Jaca, en las ruinas de una antigua ermita. Esa temporada habían empezado su periplo a finales de marzo, y habían estado en el Reino de Navarra, luego en Zaragoza y después en los condados de Urgell y Barcelona. Llevaban meses recorriendo caminos peligrosos, aldeas y ciudades donde a veces no eran bienvenidos, por eso tenían la costumbre de celebrarlo cuando terminaban la campaña y Dios los había protegido.

Los Siurana se habían acercado hasta el mercado y compraron cordero, queso y embutidos. Natán, por su parte, consiguió un pequeño tonel de vino dulce. Todo era alegría.

Cuando sonó la música, me alejé para contemplar el paisaje. Mi corazón latía con fuerza y aspiré el aire fresco y limpio. La luz declinaba y los colores otoñales de los bosques adoptaban un matiz encarnado que impresionaba. Yo venía de una tierra donde dominaban los encinares y los robledales, pero en el norte las montañas de pinos, hayas y abedules se teñían de verdes intensos, ocres y hasta rojos.

—Emociona, ¿verdad? —dijo Salomé a mi lado—. Yo tampoco me canso de mirarlas.

—Siento deseos de correr y perderme en el paisaje, como cuando era niño.

—Ése es el río Aragón —me explicó—. Jaca está en una importante encrucijada. El camino que cruza el puente lleva a la tumba del apóstol Santiago, hacia el oeste. Estás en un lugar de paso para ir a Navarra y Castilla, o a Occitania a través de Somport —añadió, y señaló el ancho valle que teníamos al frente, engullido entre sombras.

Había una cuestión que me roía:

—¿Dónde pasa la compañía el invierno?

Salomé sonrió, pero no me respondió, siempre enigmática. Nunca hablaba conmigo acerca de sus planes.

Seguía sin saber nada de ella, pero ya formaba parte de mi vida. La juglaresa era carismática y fuerte. La aceptaban como líder por su habilidad para convertir la desesperación del que se había visto empujado a una vida errante en una palpitante aventura, en una segunda vida. Salomé, quienquiera que fuese, amaba esa clase de libertad que no tenía reputación ni honor. No la avergonzaba su condición, y a esa gente, perseguida y fugitiva, la hacía sentirse una familia.

Yo había bebido de aquella fuerza y tampoco quería alejarme de su lado.

—¿Ya has decidido si entrarás en Jaca?

—Es lo que dispuso mi maestro Climent, pero lo que deseo es continuar con vosotros.

Salomé siguió mirando el paisaje, sin manifestar qué le parecía mi deseo. Me decepcionó un poco. Creía que se alegraría, pues yo ya me consideraba parte de esa singular familia.

—Hoy es un día especial para la compañía. Hemos terminado la temporada ilesos y sanos. Nos ha ido bien y este invierno no pasaremos penurias. Quiero que sea una celebración inolvidable.

Regresamos al campamento. Cuando cayó la noche nos reunimos en torno a una gran hoguera, resguardados del cortante viento por muros resquebrajados. Tras el banquete de carne asada en las brasas y buen vino, Gastó y Arnau Siurana tocaron una pieza improvisada con sus flautas de caña mientras las dos bailarinas enseñaban a la joven Maria un sinuoso contoneo. Me ensimismé mirando a Romea, con sus rizos oscuros y su bonita sonrisa. Se movía con gracia, con una mano en la cadera. Se dio cuenta, y desvié la cara con el pulso acelerado.

Poco a poco, Salomé y yo nos unimos al jolgorio. Bailamos

y cantamos, animados por el vino dulce que Natán había comprado para la ocasión y por la alegría de estar juntos. Nunca me había sentido así. Reíamos y gritábamos. No creía que pudiera doler el estómago de tantas carcajadas.

Danzaba alrededor de la hoguera mientras Natán lanzaba unos granos oscuros que provocaban estallidos de chispas doradas, cuando de pronto una mano me agarró de la muñeca y me arrastró hacia la oscuridad. Los rizos de Romea brincaban ante mí y me dejé llevar hasta una de las tiendas. Noté una fuerte tensión en el vientre, una mezcla de deseo y nervios, pues intuía lo que iba a pasar. Lo deseaba y al mismo tiempo me daba un poco de miedo.

Los ojos de Romea estaban llenos de deseo y ternura. Intuía que yo era virgen y con la mirada me preguntó si quería hacerlo. Bajo la lona empecé a robarle besos, como hacía con Guisla, pero la bailarina me atrapó con uno apasionado, tan húmedo y profundo que me quitó el aliento y me erizó la piel. Casi no pude aguantar más.

Mirándome a los ojos hizo que la desvistiera. Al contrario que Salomé, la única mujer que había visto desnuda hasta ese momento, Romea era menuda y delgada, con un cuerpo fibroso y unos pechos pequeños. Tocar su piel, suave y cálida, me excitó tanto que sentí ahogo. Entonces comenzó a quitarme la ropa, vio mi agitación y sonrió.

—Confía en mí, tranquilo.

Sentí vergüenza cuando me quedé desnudo. Romea me miraba sin reparos y sonreía complacida. Se acercó para tocarme, y me estremecí con el placer que sus manos me hicieron sentir. Parecía anticiparse a mis sensaciones. No tenía prisa.

—Ven... Dame tu mano.

Nos recostamos y me ayudó a descubrir su cuerpo. Mis manos mutiladas y mis labios la estremecían. En la *schola* hablábamos de las formas de una mujer, Guisla me permitió rozarlas apenas y Salomé me dejó verlas, pero Romea fue mi maestra y guía por aquel territorio de los sentidos, y nos perdimos entre caricias, risas cómplices y gemidos.

Sus ojos me daban seguridad, me advertían o animaban. Al fin, cuando mi excitación era casi dolorosa, decidió que cruzara la frontera y dejara atrás la niñez. Al penetrarla me sorprendió el calor de su interior, y sentí allí un hormigueo que fue convirtiéndose en un placer incontenible. Romea me susurraba y jadeaba mientras me movía en su interior, y me abrazó con fuerza cuando no pude contenerme más, cubriéndome de besos.

—¿Qué tal? —dijo al fin, y se echó a reír ante mi expresión de felicidad.

—Yo...

—No hables. —Me selló los labios con un beso y me acarició—. Serás un buen amante, Robert.

Era la primera vez y jamás podría olvidarlo. Ella también estaba satisfecha, como si hubiera cumplido un anhelo. Se levantó con las mejillas sonrosadas y se atusó los rizos.

—¿Volvemos?

Me quedé tumbado y callado, observándola mientras se vestía. Noté que volvía a excitarme, pero Romea me guiñó un ojo y salió. Aspiré profundamente; quería retener aquel instante. Me sentía como si no fuera el mismo que dejó Barcelona proscrito y despreciado.

Oí aplausos cuando los demás vieron a Romea y brindaron por ambos. Me sobrecogí al pensar que ya lo sabían. No era extraño, pues aquellos juglares entendían el sexo de una manera distinta a la de los maestrescuelas de la *seu*.

Con el vino y la sensación de calma, poco a poco me amodorré. Desperté al notar que alguien me tocaba el brazo. Recostada a mi lado estaba Salomé, que sonreía maliciosa.

—Te dije que sería una noche inolvidable. Ahora vístete.

Bajo la manta estaba desnudo. Ella se encogió de hombros, divertida, y no se movió; tal vez por lo sucedido en el río. Cohibido, comencé a vestirme bajo su mirada atenta.

—Ahora ya eres un hombre, y te aseguro que no tienes nada de lo que avergonzarte.

Al ver que me ardían las mejillas soltó una carcajada.

Dejamos la tienda. Junto al fuego, los Siurana tocaban una

melodía suave. Oí gemidos procedentes de otra tienda, pero no identifiqué las voces. Salomé, seria y despejada, me llevó de la mano detrás de las ruinas.

Allí estaba Valence, sentado ante una pequeña hoguera. Había cenado con nosotros, pero luego se había ausentado. Lo hacía a menudo, perdido en sombríos pensamientos. Era leal y buen guerrero, y nuestra integridad en los caminos se la debíamos en buena medida a él. Yo tenía nociones de esgrima y practicábamos con espadas romas. Eso nos había granjeado cierta confianza. A pesar de su carácter melancólico, lo admiraba, al extremo de que me habría gustado ser como él.

Salomé pasaba mucho tiempo con Valence. Compartían las decisiones de la compañía y quizá el lecho, pero seguro que no habían hecho votos secretos porque la había visto marcharse con el *castlà* de Tárrega y volver al amanecer. Y no fue la única vez. Aquello me escandalizaba; no en vano había pasado cuatro años en una escuela catedralicia escuchando anatemas contra las mujeres poco virtuosas y el sexo. Sin embargo, en la compañía se reían, sorprendidos ante mi ignorancia en tales cuestiones. Vivían una vida al margen de las normas, y esa noche sentí que ya era también la mía.

Valence señaló un sillar para que me sentara y Salomé se situó a su lado. Era momento de confidencias.

—Te has integrado bien. Todos te apreciamos, hasta el excéntrico Natán. Pero ahora estamos en Jaca y desde aquí es posible viajar a varios reinos.

—Mi reino ahora es el mismo que el vuestro —afirmé. Había entendido el sentido de sus palabras.

Salomé sonrió.

—¿No te has preguntado por qué el *iudex palatii* te dejó con un puñado de juglares? —Sí lo había hecho, pero esperé. Salomé continuó—. A veces, Dios entrelaza los destinos de un modo extraño. Estábamos cerca de Barcelona cuando ocurrió el ataque al burgo. Supe que tu maestro Climent estaba implicado y fui a la *seu*. Dios había escuchado su plegaria. Desesperado, me contó tu historia y me pidió ayuda. Él desaparecería por un tiempo y quería que siguieras tu formación como prometió a tu madre. Pensaba que con nosotros viajarías de incógnito, más seguro.

—¿De qué conocías a mi maestro? —pregunté sorprendido.

Sus ojos se oscurecieron y por primera vez atisbé fragilidad en ellos.

—Hace unos años juzgó en Jaca un espinoso asunto en el que me vi implicada. El otro juez era un clérigo más joven, Martí de Ripoll, el que será tu nuevo maestro.

—Entonces, cuando aparecí en los molinos, ¡ya lo sabías todo de mí!

—Sí, pero la mejor historia que uno puede contar es la suya —afirmó sonriente—. Ha merecido la pena traerte hasta Jaca. Has sido un buen compañero de camino.

—¡No quiero otro maestro! —Comencé a agobiarme.

Salomé y Valence se miraron.

—Creemos que la Compañía Roja no es tu camino —afirmó Valence.

—¡Dijisteis que yo elegiría dónde detener mis pasos!

—En aquel momento no te conocíamos —terció Salomé, serena. Se acercó a mí y, cariñosa, me arregló los largos mechones—. Ahora sé que el juez Climent tenía razón. Posees un don: puedes asomarte al interior de las personas y actúas cuando crees que debes hacerlo. Eso es importante ahora.

—¿Importante para qué? —pregunté.

—Para encontrar algo que se perdió hace siglos: la justicia.

La tenía tan cerca y era tan bella que me cohibí. Valence me miró y volvió a hablar:

—Tu historia se torció al año de nacer, pero has de saber que el caballero Ramón de Corviu no propuso la ordalía de *albats* por crueldad. La orden de caballería posee un complejo mundo de símbolos para mantener los ideales del honor y la defensa del débil.

—¡Los Tramontana éramos débiles!

—¡Te equivocas! En nuestro código, los débiles son otros nobles en apuros. Los *laboratores* no lo sois, no formáis parte del mundo caballeresco. Por eso los malos usos y las violencias no son injustas si sirven al fin de sostener a los *bellatores* para que puedan defender la fe y acrecentar la fama del linaje. Por eso la ordalía, los ataques y las cabalgadas se consideraban una manera de tomar lo que necesitaban, según la ley divina.

—¡Fue un acto injusto! —afirmé severo—. ¡Hasta el juez Climent lo decía! Por esa razón se promulgó la Paz y Tregua del rey. No somos una propiedad. ¡Todo hombre debería ser libre y respetado!

—A eso me refiero, muchacho —siguió el caballero—. Los tiempos cambian y esas viejas ideas se resquebrajan. Muchos payeses huyen a las ciudades para liberarse de un yugo que hasta ahora se ha considerado sagrado. Por su parte, los nobles tratan de atar a sus siervos con malos usos, pues la frontera está demasiado lejos y dependen de sus tierras. Salvo durante las campañas bélicas, viven ociosos en sus castillos, aferrados al pasado. Empuñan el látigo para obtener lo que no pueden conseguir con la espada.

—Mi madre decía una palabra: *iniquitas*, y mi maestro comenzó a dudar de la ley de los tres órdenes. Pero vos sois caballero armado... ¿Por qué me decís todo esto?

—Aprendí hace años que un *milites* gana el cielo en guerra justa o en Tierra Santa. ¡Prefiero ser juglar que saquear a gente indefensa y sin espada!

Estaba afectado, era un asunto espinoso para él.

—El *iudex* Climent te abrió los ojos —continuó Salomé—, pero no pudo ir más allá, y te ha encomendado a otro maestro, más joven y con conocimientos que te permitirán avanzar. —Sus ojos verdes brillaban—. Es como el periplo de un caballero errante.

—¿Y por qué un maestro de Jaca? —insistí disgustado.

Salomé regresó junto a Valence y se quedó de pie.

—En esta ciudad ocurre algo único gracias al Fuero de Jaca, y ésa es la razón por la que estás aquí. Debes unirte a los foristas, los miembros de la escuela que lo interpreta en los tribunales.

—¡No! Quiero seguir con vosotros. Leo y escribo mucho

mejor que Natán y puedo ayudar a Valence en los combates...

Mis palabras murieron ante la actitud grave de ambos. Me sentía desolado.

—¿Sabes lo que es la *baraka*? —preguntó al fin Valence—. En Tierra Santa, un buen amigo árabe me enseñó que cuando un hombre destina todo su valor, ímpetu e inteligencia a un fin loable, se derrama sobre él la *baraka*, una energía que fluye sin parar desde la divinidad hasta el alma y que lo impulsa con mayor fuerza a lograr su fin.

Salomé lo miraba con devoción. Me habría gustado que me mirara igual a mí.

—He conocido a pocos hombres que hayan alcanzado ese don —continuó el guerrero—, y todos tenían algo en común: al principio eran débiles y estaban perdidos, como tú, pero algo los hacía distintos.

—¿Qué? —pregunté sin ganas. Estaba disgustado.

—Una herida que sanar. El dolor es lo que mueve el mundo, y tú tienes mucho.

Salomé asintió emocionada; se sentía parte de algo importante.

—Aún no sé bien la razón, pero tengo fe en ti, Robert de Tramontana —dijo—. Creo que, algún día, la *baraka* te ayudará a cambiar la ley de los tres órdenes por justicia verdadera.

—¿Por qué yo? ¡Sólo quiero estar aquí! —Se me quebró la voz—. Sentirme así...

Salí de allí corriendo para que no me vieran llorar. Primero mi madre, Hakim y Fátima, luego el juez Climent y Ernest, y ahora ellos. Todos decían que tenía algo y lo único que yo creía tener era culpa. Ahora que había vuelto a sentirme feliz, querían deshacerse de mí.

Atribulado, fui hasta la tienda que compartía con los dos hijos varones de Siurana. Metí en el hatillo mis pocas pertenencias y me escapé por una oscura senda que conducía a los pies de la muralla de Jaca. Las lágrimas descendían por mis mejillas mientras la distancia iba ahogando las risas y las canciones jocosas de la Compañía Roja.

Jaca

Pasé la noche temblando bajo la capa, con la espalda apoyada en la gruesa madera de la puerta de San Ginés. Al amanecer, en medio de una gélida niebla, entré en la ciudad con los campesinos y arrieros congregados. Caminaba entumecido por una calle enfangada, arrepentido de la reacción que había tenido ante Salomé y Valence. Ahora me avergonzaba regresar.

El bullicio de la ciudad me distrajo. Hombres y mujeres de toda condición —cristianos, judíos y algunos esclavos musulmanes— deambulaban entre los puestos y talleres. Sabía que las monedas de plata que Benevist me había dado en Barcelona eran dineros jaqueses. Los guardaba en el zurrón. Compré pan recién horneado y queso de montaña. Por la calle Mayor llegué a la explanada de la soberbia catedral de San Pedro. En la fachada pude admirar unos extraños frisos hechos con piedras cuadradas. Bajo el pórtico, un grupo de niños con hábito calentaban las voces repitiendo antífonas bajo las órdenes del *caput scholae*.

Las campanas anunciaron el rezo de laudes. Todavía no sabía si buscar a Martí de Ripoll o pagar a un arriero y marcharme. Podía seguir la ruta hacia la tumba del apóstol en Galicia, aunque se acercaba el invierno y era peligroso no tener alojamiento.

En un extremo de la plaza vi un corro. Varios de los reunidos portaban hábito, pero no parecían tener prisa por acudir al rezo. Debían de ser estudiantes. Alguien parloteaba en el centro. Era un hombre andrajoso que movía con rapidez tres cubiletes sobre una vieja banqueta. El trilero no tenía la habilidad de Natán, pero los engañaba con facilidad.

—No te conozco, ¿acabas de llegar a Jaca? —preguntó un tipo malcarado a mi lado.

Hedía a vino y protegí mi zurrón. Fue un error, pues delaté que llevaba algo de valor.

—Me he confundido —me excusé, dispuesto a alejarme.

—¡Un recién llegado! ¡Vamos, juega! —me animó el trilero desde la mesa.

—En otro momento —repuse, y me aparté escamado.

—Por tu acento, debes de ser de Girona o de Barcelona.

Uno de los estudiantes que había apostado me siguió por la plaza y al final me volví con recelo. Le calculé unos veinte años. Su hábito era de buena lana teñida de negro, pero estaba manchado y le confería un aspecto desaliñado.

—¡Haces bien en no caer en sus embustes! A mí me han engañado —dijo. Apestaba a vino—. Mi nombre es Rodrigo de Maza. —Al parecer, esperaba que lo reconociera. Ante mi gesto impasible, añadió—: Estudio Artes en la catedral. ¿Buscas a alguien?

Otros dos estudiantes se situaron detrás de mí. Aparenté calma. Quise demostrar que no estaba tan perdido.

—¿Dónde puedo encontrar la escuela de los foristas?

La pregunta los sorprendió, y Rodrigo sonrió artero.

—Los jueces se reúnen en el cementerio de la catedral después de la hora tercia, pero hoy es domingo y no hay audiencias. Puedes venir mañana... Aunque si te presentas con ese aspecto, no te dejarán entrar.

Me había lavado en cada río junto al que habíamos pasado, como le gustaba a Salomé, pero después de dormir al raso estaba cubierto de polvo.

—Te recomiendo los baños que están junto a la aljama. Son para cristianos, aunque los regenta un judío. Calienta el agua, y por tres dineros jaqueses te da una camisa limpia.

—Gracias —dije, e intenté dejarlos. Tenían malas intenciones, seguro.

—¿Has venido solo? —insistió el llamado Rodrigo.

—Soy estudiante. Hay un maestro que me espera: Martí de Ripoll —indiqué para no mostrarme tan desamparado.

Se miraron incrédulos. Sin duda lo conocían. Rodrigo se me acercó más.

—Oye..., ¿podrías prestarme unas monedas? He tenido un mal comienzo con el trilero, pero eso va a cambiar. —Ante mi desconfianza, añadió—: Mi padre es cambista. Pone su banco cada día junto al pórtico de la catedral. Mañana te lo devolveré allí.

Para evitar que me lo robaran todo, abrí la limosnera y le di dos dineros.

—¿Qué te pasó en las manos?

—Nada, un accidente cuando era niño.

Me alejé, consciente de lo solo y desamparado que estaba en Jaca.

Mucho más tarde, cansado de deambular, me dirigí a los baños. Ansiaba el sosiego de sumergirme en agua humeante. Siguiendo el paso de unos judíos con sus turbantes cuadrados, llegué a la aljama. Pregunté, y hallé la puerta con el marco pintado de azul que buscaba, en una calle tortuosa. Dejé tres dineros jaqueses en la mano del regente y descendí por una resbaladiza escalera hacia la balsa, en el sótano. Una tenue luz se derramaba a través de tres lumbreras de vidrio verde en forma de estrella situadas en lo alto de la bóveda de cañón. La tonalidad me recordó los ojos de Salomé. Los echaba mucho de menos.

El aire era fétido debido a la humedad, como en todos los baños, y el agua estaba turbia, pero un esclavo no cesaba de echar cubos de agua que calentaba en una caldera.

Era el único cliente en ese momento. Me desnudé y dejé la ropa en la bancada. El agua casi quemaba, y lo agradecí. Me froté con fuerza con una bola de esparto; quería arrancar las amarguras que cargaba y volver atrás, a Tramontana y su mágico encinar, donde el tiempo no existía.

Mi desánimo se esfumó cuando recordé la noche anterior con Romea. No imaginaba que yacer con una mujer fuera tan maravilloso. Sumergido hasta la nariz en el agua caliente, el recuerdo del tacto de su piel y el calor de su cuerpo entrelazado con el mío era vívido y excitante.

Alguien apareció por la escalera y descubrir quién era me sacó del ardiente ensueño. Rodrigo de Maza caminó hasta el borde de la balsa.

—Lo siento, amigo, pero no era suficiente.

Sus dos adláteres rebuscaron en mi hatillo y cogieron la limosnera.

—¡Malditos seáis! ¡Ladrones! —grité para que me oyeran los de arriba.

Salí del agua, pero el estudiante me empujó y caí a la balsa de espaldas.

—¿Qué ocurre ahí abajo? —clamó alguien.

Los tres enfilaron escalera arriba y alcancé a oír sus risas en la calle. Nervioso, caminé con torpeza por las losas resbaladizas hasta mi ropa. Si no recuperaba las monedas, esa noche tampoco dormiría bajo techo, y no iba a permitirlo.

Recorrí Jaca buscándolos. Fui de nuevo a la puerta de San Ginés y a la de la iglesia de Santiago, pero los vigilantes me ignoraban en cuanto denunciaba el robo. Nadie me conocía. A Rodrigo de Maza sí, en cambio, y no querían intervenir. Pregunté en las tabernas donde jugaban a los dados, pero por toda respuesta hallé silencio y expresiones de desprecio.

La noche engulló las calles, y mientras las campanas anunciaban el cierre de las puertas, salí de Jaca por la de San Pedro.

Llegué a un poblado junto al camino de Francia, el Burnao, donde vivían artesanos y comerciantes. Los talleres habían cerrado, pero por fin los encontré: los tres salían de una taberna, entre risas y trastabillando por el exceso de vino.

—¡Tú! —grité.

Enfurecido, fui a por ellos. Un clérigo apareció en la oscuridad y me aferró el brazo. No le veía bien la cara, pero él parecía saber quién era yo.

—¡Espera, detente! Eres el joven que ha venido con Salomé, ¿verdad?

Me zafé, rabioso. Llevaba todo el día buscando a aquellos ladrones y no se me escaparían. Corrí tras ellos hasta un lóbrego callejón, pero, en cuanto entré, una hábil zancadilla me hizo rodar por el suelo lleno de basura.

—¡Eres terco, estudiante! —dijo la voz maliciosa de Rodrigo.

Le atrapé la pierna y recibí una patada en la cara que me llenó la boca de sangre. Me rodearon, y comenzó la lluvia de golpes. Sólo pude cubrirme la cabeza. Una voz los increpó a lo lejos, pero la ignoraron. Fue lo último que oí.

La bailarina y el juez

Sentí un cosquilleo en la mejilla. Intenté parpadear, pero sólo pude abrir uno de los ojos. La luz me deslumbró y al enfocar por fin la vista vi el bonito rostro de Romea. Me sonreía mientras jugaba a pasar uno de sus rizos oscuros por mi cara.

—No debiste marcharte así del campamento —me susurró con voz dulce—. Tenía muchos juegos más que enseñarte, y mira cómo estás ahora...

Me pasé la lengua por los dientes y noté aliviado que los tenía todos, pero me dolía cada palmo del cuerpo.

—Ya lo tenemos de vuelta —anunció la bailarina a los demás.

Traté de ubicarme. Estaba sobre una estera cubierta de mantas. El toldo de rayas rojas que veía sobre mí me resultaba familiar, y aquel olor a lavanda era inconfundible. Estaba en la tienda de Salomé. Quise moverme y fue un suplicio. Me rodearon caras conocidas, entre ellas el de la juglaresa, un ángel con pelo de fuego y ojos como esmeraldas.

—Estás horrible, Robert, pero me alegro de verte —dijo Salomé, aliviada.

—Aprendiste a luchar con un almogávar sarraceno, ¿no es cierto? ¡Debiste defenderte! —adujo Natán con su cinismo habitual.

—Tampoco los otros eran muy diestros —siguió Valence, ceñudo—. Si le hubieran dado ahí y ahí, no lo cuenta.

—¡Valence! —exclamó Antiga, la esposa de Siurana. Traía un cuenco de vino caliente con pieles secas de limón. Me miró apenada—. ¡Dejad en paz al muchacho! Bastante tiene.

Bebí y me escocieron las heridas de la boca, pero aquel vino estaba endulzado con miel y me suavizó la garganta. Todos me observaban conmovidos. Por sus caras, mi aspecto debía de ser lamentable.

—Toda Jaca se enteró de que un muchacho forastero no hacía más que preguntar por Rodrigo de Maza —señaló Salomé, disgustada—, y pasó lo que tenía que pasar.

—Me dijo que era estudiante, el hijo de un cambista, pero era un simple ladrón.

—Pues no te mintió —apuntó Gastó Siurana—. Rodrigo es el segundo hijo de Blasco de Maza. Su familia es importante en Jaca, y es verdad que son cambistas, además de ser los encargados de recaudar tributos en nombre del rey. Él estudia en la catedral, pero dicen que prefiere el vino y los problemas a los libros y los sermones.

—Si no tienes nada roto es porque alguien se interpuso —explicó Salomé, y miró hacia el fondo de la tienda.

Por el único ojo que tenía abierto vi, aunque borroso, a un clérigo de hábito oscuro. Me resultó extraño que un religioso se acercara a un campamento de juglares.

—Llevábamos tiempo esperándote, muchacho —dijo afable. Su habla vulgar era parecida a la de mi tutor—. El maestro Guillem Climent te ha encomendado a mí.

—¿Sois Martí de Ripoll? —pregunté intrigado.

No respondió enseguida.

—Hace dos años, el *magister* Climent nos mandó una extensa carta sobre ti. Iba a enviarte a Jaca cuando completaras Artes. Sin embargo, al final la voluntad de Dios ha sido otra.

Sorprendido, traté de moverme, pero el dolor era agudo. Me tocó el hombro.

—Descansa, Robert. En unos días vendrás al olmo y conocerás nuestro tesoro.

Se marchó enseguida y me dejó profundamente intrigado.

Salomé salió con él. Los vi hablar con familiaridad, lo cual acrecentó mi extrañeza.

Cinco días más tarde me encontraba mucho mejor y ya deambulaba por el campamento. Todo seguía igual, y los juglares se preparaban para partir. Romea se comportaba como siempre, jovial y despreocupada. Traté de hablar de lo ocurrido entre nosotros, pero se limitó a acariciarme el rostro con ternura. Había querido enseñarme a amar, ser mi guía la primera vez, y ahora cada uno debía seguir su camino, dijo. Para mí había sido lo más maravilloso que me había sucedido y ella me propuso guardarlo como un tesoro.

Ese año pasarían el invierno en Huesca y yo me quedaría en Jaca. Eso me desoló.

El sexto día, cuando el sol estaba bien alto aunque apenas calentaba, apareció en el campamento un monje tonsurado de unos sesenta años, corpulento y con la barba grisácea. Salomé me hizo salir de la tienda. El clérigo nos miró con cara de reprobación; no le gustaban aquellos pecadores irredentos. Luego me señaló.

—Soy fra Cosme de Ovarra, maestro de Retórica y pastor de jóvenes descarriados —dijo hosco—. Debes acompañarme. Por cierto, puedes elevar una demanda contra los que te atacaron. Blasco de Maza desea escarmentar a su hijo Rodrigo más que tú.

—¿Dónde está Martí de Ripoll? —demandé intrigado.

—¡Silencio! Habla sólo cuando te pregunten, muchacho. Empiezas mal.

Detrás de mí estaba Salomé. Para mi desconcierto, contenía la risa.

—Volveremos a vernos, Robert de Tramontana. —Me lanzó un beso al aire—. Búscame en los capiteles y las ménsulas de las iglesias. ¡Bailaré para ti!

—¡Hija del demonio! —gritó el monje, iracundo—. Si no te protegiera el juez Martí...

—Que el sendero de estrellas te señale la ruta, como a los peregrinos de Santiago —dijo ella, impasible, y se metió en su tienda ignorando al monje.

Me quedé inmóvil. Solía despedirse siempre con aquella extraña frase que tenía cierto regusto pagano. A pesar de sus palabras, no sabía si volvería a verla ni si la Compañía Roja se cruzaría de nuevo en mi camino. Deseaba irme con ellos, pero lo habían dejado claro: debía seguir al malcarado monje hacia un territorio ignoto, en busca de un remedio para el mal que había destruido Tramontana.

El sol estaba casi en su cénit y la plaza de la catedral de San Pedro bullía de actividad. Comerciantes y cambistas cerraban acuerdos delante de la fachada sur del templo y anotaban cuentas sobre pequeñas mesas. Más allá, tejedores y peleteros medían sus varas en una marca esculpida en el muro que era la medida válida en la ciudad. Así habría sido mi vida en Barcelona si no se hubiera cruzado aquel enigmático joven, Alfonso, del que no me estaba permitido hablar.

—¡Vamos, no te retrases! —exclamó fra Cosme al entrar en la catedral.

Después de cruzar la animada plaza, la penumbra y el silencio del interior del templo me resultaron un remanso de paz. Tenía tres naves con bóvedas de cañón, y la central era la más ancha y elevada. Admiré las pinturas en los muros y los ábsides. Disponían el ánimo para el largo camino que el peregrino debía emprender hasta Santiago de Compostela.

Pasamos al claustro, donde un maestrescuela guiaba a un grupo de escolares. Se detuvieron bajo un capitel para seguir con la lección, como hacíamos en Barcelona.

Al doblar una esquina me topé de frente con los tres jóvenes que me habían robado. Se sorprendieron tanto como yo y al ver a fra Cosme palidecieron.

—Rodrigo, Sancho y Arnaldo... De camino a la biblioteca, supongo.

—Así es, maestro Cosme —respondió Rodrigo, contenido.

—Si fuera así, sería una novedad —replicó el monje con acritud.

Apreté los puños. Los veía inquietos; sabían que podía causarles problemas.

—¿Ocurre algo? —demandó el maestro, atento a nuestra tensión.

Abrí la boca y vi que Rodrigo se estremecía.

—No —dije al fin—. Era estudiante en Barcelona y me alegro de conocer a otros alumnos.

—Espero que fueras más aplicado que estos demonios. Sigamos.

Rodrigo de Maza se quedó observándome, entre sorprendido y receloso. No aparté la mirada. En Barcelona resolvíamos los problemas entre nosotros y allí no sería distinto.

—Veo que prefieres valerte por ti mismo —comentó el monje sin detenerse—. Espero que sepas lo que haces.

Desde el claustro accedimos al cementerio y caminamos por la hierba entre sepulcros cubiertos de verdín. Ante mí apareció un olmo soberbio. Tres personas no podrían abrazar su tronco. La fría brisa otoñal derramaba hojas amarillas sobre las tumbas y las tres bancadas dispuestas cerca del árbol. En ellas conversaba un grupo de hombres, casi todos ancianos. Vestían togas negras y birretes cilíndricos de un rojo muy vivo, semejantes a los que, en ciertos actos solemnes, lucía la curia, incluso el rey.

Con mi llegada, cesó la conversación. En un extremo reconocí a Martí de Ripoll. Ahora podía verlo mejor. Calculé que no habría cumplido aún cuarenta años. Era un hombre nervudo, de rasgos finos y unos ojos azules de mirada inquieta. No hizo ningún gesto al verme, y eso me escamó.

Todos me observaban con la severidad de un tribunal. Hasta mí llegó el olor de carbón. Detrás del olmo, dos siervos calentaban en un brasero una pesada barra de hierro de varios palmos y gruesa como una muñeca. Uno de ellos la alzó con las pinzas; el hierro estaba al rojo vivo. Comencé a inquietarme.

El juramento debajo del olmo

Una ráfaga de viento derramó una lluvia de hojas de olmo sobre las tres bancadas que ocupaban los jueces. En el centro se hallaba sentado un anciano que parecía tener el honor de presidir la reunión. Mientras llegaban estudiantes y maestros de la *schola* para ver lo que ocurría, el anciano se puso en pie.

—Soy Pedro de Isla, canónigo de la catedral y juez. Presido este año la escuela de los fueros de Jaca. ¿Eres tú Robert de Tramontana, pupilo y asistente del juez Guillem Climent de Barcelona?

—Lo soy —respondí confundido. Miré a Martí, pero permanecía tan impasible como el resto.

—El *iudex palatii* de Barcelona nos habló de ti y de tu talento. Sin embargo, han llegado turbias noticias sobre tu condena al destierro de la ciudad de Barcelona.

—Señor, he de informaros de que...

—¡Silencio! ¿Acaso en Barcelona un estudiante habla sin permiso?

Incliné el rostro, abrumado.

—Este viejo olmo vive alimentado con los huesos de nuestros padres —siguió el viejo juez, solemne—. Estaba aquí cuando Jaca era un poblado de cabañas... Y aquí sigue ahora que cincelamos palabra a palabra derechos y libertades para esta ciudad y otras. Bajo sus ramas nos sentamos los *bons homes* y jueces de la escuela de foristas, pues aquí firmó nuestro rey Sancho Ramírez el Fuero de Jaca hace cien años. Por eso sólo hombres honestos merecen estar bajo su sombra. ¿Lo eres, joven Robert de Tramontana?

Cosme seguía a mi lado y me señaló el brasero.

—Lo que se calienta es el badajo de una de las campanas de la catedral. Como ordena el fuero, si juras en falso te marcaremos con él una cruz en la frente.

El miedo se coló en mi vientre. Me acercaron una Biblia de tapas plateadas y un crucifijo. Pedro de Isla tomó la palabra de nuevo.

—Sabemos que en Barcelona se llegó a un acuerdo para enterrar este asunto, pero estás ante la justicia, por eso todos queremos escucharte. ¿Juras tocando los santos Evangelios que eres inocente de la muerte del *castlà* Ramón de Corviu y de que huiste como fugitivo para ocultarte en Barcelona?

—Lo juro —afirmé con determinación, aunque abrumado. Desde que salí de Barcelona, había pensado mucho en aquella acusación—. Sólo era un niño e ignoraba lo que mi madre se proponía hacer, y si bien es cierto que dejé las tierras sin redimirme de las obligaciones contraídas por la masía, las propiedades de las que soy heredero han quedado a merced del señor como pago por tal delito.

Era la primera vez que me lo preguntaban directamente, y no me atreví a responder otra cosa. En vez de escandalizarse por mi atrevimiento, otro juez preguntó:

—La acusación del vizconde de Cabrera ante el rey don Alfonso y el veguer de Barcelona ¿se realizó tocando los sagrados símbolos como ha hecho aquí Robert de Tramontana?

—No hubo juicio, sólo un acuerdo de destierro —dije, confuso y cohibido.

Se hizo el silencio y miré con aprensión el badajo al rojo vivo.

—Cabe pensar, entonces, que no se realizó un juramento formal y sagrado —concluyó Pedro de Isla—. Dado que Robert ha jurado y no consta si el vizconde lo hizo, confiaremos en su inocencia por el momento.

—Disculpad, *iudex* Pedro de Isla —me atreví a intervenir, presa del estupor—, pero no os he entendido...

—El Fuero de Jaca considera iguales a labradores, comerciantes y caballeros —explicó con orgullo—. Ante los tribunales jaqueses, sus juramentos valen lo mismo. Si sólo uno ha jurado, su razón debe prevalecer. En este caso, ése eres tú, aunque el otro sea el poderoso vizconde de Cabrera. —Sonrió, afable por primera vez—. Tal vez ahora comprendas por qué el *iudex* Climent quería que prosiguieras tus estudios con los foristas.

A mi desconcierto se sumó un alivio inmenso y algo que creía perdido: ansia por saber más de aquellas leyes que parecían dar esperanza a quien en otros lugares no la tenía. Hasta que apareció Guisla, estaba convencido de convertirme en juez, soñaba con desterrar injusticias como las que los Tramontana sufrimos, evitar que otra mujer como mi madre no viera en la venganza la reparación a una injusticia, poder marchar en libertad.

Intuí que en Jaca me aguardaban muchas sorpresas y pensé en Salomé, agradecido.

—Deseamos ahora que nos expliques con detalle las razones del abandono de la curia de Barcelona por parte de Guillem Climent y tu destierro de la ciudad de Barcelona. Recuerda que sigues bajo juramento.

Expliqué mi historia con franqueza. Varios estudiantes de la catedral se habían acercado al olmo y observaban el insólito juicio. Entre ellos se hallaba Rodrigo de Maza.

Pedro de Isla me señaló con su bastón.

—El rey Alfonso ensalza el Fuero de Jaca por ser una inspiración para las villas fundadas en Castilla y Aragón a medida que la frontera sarracena retrocede. Atendemos delegaciones y consultas legales llegadas de los lugares más dispares. Tu maestro Guillem Climent respetaba profundamente nuestra labor y nosotros la suya en Barcelona. Fue valedor de nuestras leyes y disipó las reticencias del rey Alfonso sobre nuestros privilegios fiscales. Estamos dispuestos a acogerte como es su voluntad, pero aún eres muy joven. Seguirás Artes y Aritmética en la *schola* de la catedral. Los que muestran mayor aptitud pueden estudiar el fuero. ¿Qué aprendiste con el juez Climent?

Mi maestro me había preparado con afán durante años para responder justo a esa pregunta:

—Mientras cursaba el *trivium* en la catedral, aprendí las fuentes de la justicia del *Breviario* de Alarico y las *Etimologías* de Isidoro de Sevilla. Como amanuense de mi tutor, copié cartularios, *convenientias* y laudos, por eso conozco las clásicas fórmulas jurídicas del *Liber Iudiciorum* y los *Usatges*. Creo que puedo ser un digno estudiante de vuestro fuero.

No esperaban mi respuesta y debatieron. Uno de los jueces se puso en pie.

—¿Y el canon? A todos se exige la suma convenida. Hay familias que empeñan campos y bienes para que un hijo pueda estudiar aquí.

—Ese pago ya está realizado —señaló entonces Martí de Ripoll—. Consta en el libro de los foristas. Lo mandó el *iudex* Climent, su tutor, hace cinco años.

Me recorrió un escalofrío.

—Debe de haber un error —dije confuso—. Hace esos mismos años que dejé Tramontana.

—No lo hay. Las dos libras de plata nos fueron entregadas por un banquero de Barcelona a través de su corresponsal en Jaca. Cursó la orden Guillem Climent en nombre de una mujer, Oria de Tramontana. —Martí de Ripoll clavó sus ojos en mí; eran grises y vívidos—. Tu madre hizo el depósito al banquero cuando sobreviviste a la ordalía y aguardó durante años hasta que, llegado el momento, te entregó al juez. Cuando dejasteis Tramontana esa noche, tu tutor ya tenía las instrucciones para disponer del fondo y pagar este canon. Así me lo explicó en su carta. Como te conté, llevábamos mucho tiempo esperándote.

No supe qué decir. Aquel día aciago escapé al encinar sin presenciar los detalles del acuerdo entre mi madre y el juez Climent. Tras un breve debate, Pedro de Isla se dirigió a mí.

—Tendrás una oportunidad, joven Robert. En su carta, Guillem Climent me encomendó a mí personalmente tu tutela hasta que alcances la edad de veinticinco años, como es costumbre. He aceptado. Espero que te comportes con honestidad y que comprendas el honor que supone unirte a nosotros. Debes respetar nuestras normas y costumbres.

El hecho de que mi madre hubiera allanado el camino me había impactado. Aún tenía dudas, no obstante. Los demás veían una cualidad en mí que yo no notaba. Sólo me limitaba a observar e interpretar sus miradas y gestos. Todos aguardaban mis palabras, y tomé una decisión: no aprendería el oficio de espartero ni sería juglar.

—Pondré todo mi empeño y espero hacerme digno de vuestra *schola*.

—Serás acogido con un rito solemne tras la misa del domingo, en la cripta de Santa María Baxo Tierra de la iglesia de San Ginés, en presencia de los sabios en derecho y foristas de Jaca. A partir de ese momento, serás estudiante con el maestrescuela fra Cosme de Ovarra.

La reunión había terminado. Miré a Martí de Ripoll, pero hablaba con otros togados.

Los jueces y los estudiantes se dispersaron por el cementerio hasta que una campana señaló la hora sexta. Con los nervios a flor de piel, me dejé envolver de la calma y la suave caída de las hojas de otoño. No sabía muy bien qué hacer ni adónde ir.

—Has sido inteligente al no delatarme —señaló Rodrigo de Maza a mi espalda.

Esta vez no teníamos a ningún maestrescuela pendiente de nosotros, y de un empujón lo tiré al suelo. Lo agarré del cuello del hábito y se le borró la expresión soberbia de la cara.

—Te veo por dentro, Rodrigo. ¡Sé que no irás lloriqueando a tu padre, eso sería demasiado vergonzoso! Así que te lo advierto: ¡déjame en paz!

—¡Necio! ¡En Jaca no eres nadie! ¿Así vas a empezar tus estudios aquí?

Era cierto, pero estaba harto de humillaciones.

—¡No soy nadie ni aquí ni en ningún sitio! —Le mostré mis dedos—. Me preguntaste por ellos, ¿te acuerdas? ¡Los tengo así porque Dios me condenó! Llegué a Jaca desterrado, y no puedes tener peor enemigo que uno que ha perdido hasta su alma.

Saqué el cuchillo de Hakim y lo volteé en la mano como Valence me había enseñado. Ante mi habilidad, Rodrigo palideció. Imité la sonrisa maligna de Natán cuando puse la punta bajo su ojo.

—¡Espera! ¿Qué quieres? ¡Te devolveré el dinero!

—Me parece bien, pero también puedes hacerlo tuerto.

—¡No lo hagas!

—Me han dicho que tu padre está decepcionado contigo. —Vi la sombra de la frustración en su mirada—. Debe de ser duro no lograr complacerlo de ninguna manera.

Me miró dolido por hurgar en su alma. Sin embargo, cedió.

—¡Qué sabrás tú! Para él sólo existe mi hermano mayor. Es quien continuará los negocios, mientras que a mí me ha arrumbado en la tediosa *schola* de la catedral.

—Yo he vivido todos estos años pensando que mi madre me culpaba de todas nuestras desgracias y hoy descubro que parte de la riqueza de Tramontana la tenía un banquero para pagar mis estudios. —Me lo pensé, y al final aparté la daga y le tendí la mano en un gesto amistoso. Rodrigo no era como había pensado, lo intuía—. Puede que tu padre no te desprecie tanto como crees y que considere que los estudios son una oportunidad para ti y toda la familia Maza.

El primer impulso le hizo rechazar mi mano con ademán hostil, pero al fin la aceptó.

—Pues ahora sí tienes mucho que perder —adujo taimado—. Eres de los nuestros.

Nos quedamos frente a frente, serenándonos. Apareció Martí de Ripoll, y en cuanto habló supe que nos había estado observando con atención, aunque sin intervenir.

—El *magister* Climent estaba en lo cierto al afirmar que tienes intuición, Robert. Tu tutor será Pedro de Isla, pero estarás bajo mi dirección por voluntad de tu antiguo maestro de Barcelona. —Nos miró a ambos con intensidad. Destilaba entusiasmo—. Os propongo que os unáis a mi *schola* en San Genís. De las rivalidades a veces surgen grandes logros. Seguiréis con los estudios de Arte en la catedral bajo la inquieta vara de fra Cosme, pero podréis comenzar la iniciación en el estudio de la justicia y las leyes. Sé que ambos, cada uno a su manera, seréis útiles en la búsqueda…

Rodrigo abrió mucho los ojos y aceptó sin dudar. Yo no me inmuté, pues aún no sabía que ser discípulo de Martí era la aspiración de la mayoría de los estudiantes de la catedral. Fue tiempo después cuando averigüé la razón.

Al final, asentí a mi vez. Rodrigo parecía dichoso de aquella oportunidad y la achacaba a mi intervención. En su mirada percibí que llegaríamos a ser amigos.

—Eres el primero que tumba a Rodrigo de Maza —me dijo con una sonrisa arrogante—. Tienes valor, Robert. ¡Bienvenido a esta ciudad donde alguien como tú es igual a mí!

SEGUNDA PARTE

LA INICIACIÓN

[illegible]

Blanca asistió a la misa [illegible] San [illegible] de C[illegible]dola, dentro del recinto [illegible] de color azul y un fino velo [illegible] su madre, Leonor de Corviu [illegible] edad la reconocieran. [illegible] larla. Rezó un instante [illegible] puerta del templo. A continuación [illegible] cerro.

Bajo el escalón de la entrada [illegible] de Girona, con bonete y capa [illegible] algunos siervos del castillo [illegible] La miraban curiosos. No [illegible] doncella tan joven, aunque [illegible]

Los tutores de Blanca [illegible] martí, proponían formar [illegible] con un noble que su [illegible] Uno [illegible] convertiría en la castellana [illegible] de los Corviu con su [illegible] conversación entre Saurez [illegible] maría; Blanca temía que [illegible] decidió adelantarse.

Blanca había sorprendido a [illegible] su llegada a mediados de [illegible] convencer a Ponce de que [illegible]

La *iova*

Blanca asistió a la misa en la iglesia de San Miguel de Olèrdola, dentro del recinto del castillo. Portaba un brial raído de color azul y un fino velo que le cubría la cabeza. Era ropa de su madre, Leonor de Corviu, y esperaba que los lugareños de más edad la reconocieran. Quería dar a entender su deseo de emularla. Rezó un instante ante su sepulcro y se dirigió hacia la puerta del templo. A comienzos de diciembre, hacía frío en el cerro.

Bajo el escalón de la entrada aguardaba el judío Jacob de Girona, con bonete y capa. En el pedregoso camino esperaban algunos siervos del castillo con varias mulas cargadas de sacos. La miraban cautos. No les había resultado fácil obedecer a una doncella tan joven, aunque fuera la *pubilla*.

Los tutores de Blanca, Ponce de Cabrera y Guillem de Santmartí, proponían firmar la próxima primavera sus esponsales con un noble que sirviera a sus alianzas. Una vez casada, se convertiría en la *castlana* de Olèrdola y señora de los dominios de los Corviu con su marido. Sin embargo, tras escuchar la conversación entre Saura y su hijo en el monasterio de Valldemaría, Blanca temía que pretendieran sus bienes, de modo que decidió adelantarse.

Blanca había sorprendido a los habitantes de Olèrdola con su llegada a mediados de noviembre. Lo hizo sola, después de convencer a Ponce de que le permitiera hacerse cargo de sus dominios antes de la boda y mejorar las rentas. Ponce se lo concedió; no solía negarle nada.

Su regreso fue bien acogido en la fortaleza, y sin la alargada sombra de su madrastra ni la indiferencia de su padre, el castillo comenzó a ser su hogar de verdad.

Con ayuda del judío Jacob, reunió a los cabezas de familia de Olèrdola y, a pesar de su juventud, hizo valer sus derechos y anunció las fechas de costumbre para los pagos y los cumplimientos.

Había llegado el día señalado para realizar una de las obligaciones a las que los payeses de Olèrdola estaban obligados. La comitiva descendió desde la iglesia hasta la puerta de la muralla que cerraba el recinto del castillo. Fuera, en la bruma matutina, aguardaban en silencio cuarenta hombres con azadas y picos. Uno de los clérigos de San Miguel asperjó a los payeses y rezó una oración de protección.

Eran hombres unidos a la tierra por vínculos profundos, y Blanca quería preservarlos de todo mal ante lo que se proponía hacer. Se quitó el velo y dejó ver la larga trenza del color del trigo. Hizo un gesto al judío. Éste fue nombrando las distintas casas y, tras comprobar que había un hombre por cada una, cedió la palabra a Blanca.

—Hoy es el día de la *iova*. Según la costumbre, vuestras casas ofrecen sus yuntas y brazos para trabajar durante cuatro jornadas al año las tierras del *castlà* de Olèrdola.

Blanca avanzó por el camino que atravesaba la población. Todos la siguieron con sus bueyes, pues era una de las condiciones para vivir allí. Con el recuerdo de Leonor de Corviu aún vivo, confiaban en que su hija sacara de la ruina a Olèrdola y sus dominios.

El estupor llegó cuando Blanca se desvió del camino que bajaba a los olivares de los Corviu en la llanura y enfiló hacia la colina de los dos cipreses. Varios hombres se santiguaron.

—Este lugar está condenado, *domina* —dijo un labrador, aprovechando que tenía delante a la muchacha—. Estamos obligados a trabajar vuestras tierras y éstas no lo son.

—Son tierras fértiles que Olèrdola necesita —dijo Blanca con determinación—. Su *hereu*, Robert de Tramontana, jamás volverá a ellas.

Todos habían oído la sorprendente historia del estudiante de Barcelona.

—Puede que él o sus parientes lejanos la reclamen algún día.

Ya en Tramontana, Blanca entró en un campo yermo. Pretendía hacer allí el anuncio. Se sacó un pequeño pergamino de una manga, lo desplegó y leyó en voz alta:

—«Yo, Robert, hijo de Robert de Piera y de Oria, *hereu* de la masía de mi familia materna de Tramontana, en Barcelona y en vísperas de mi destierro, cedo, a los payeses que la ocupen y cultiven, las tierras y los frutos de sus campos y bosques. Aquellos que las cultiven quedarán bajo la guarda y protección de la *pubilla* Blanca de Corviu y sus herederos, a cambio de las rentas y los usos para el señor banal según la costumbre de Catalonia y los *Usatges de Barcelona*. Ninguno padecerá el derecho a maltratar y todos podrán redimirse de sus obligaciones, incluso de permanecer en la tierra, con un pago en sueldos en justa proporción a su condición y valor como hombre, mujer o niño. Dios es testigo. Robert.»

Los hombres se miraron sobrecogidos. Era la voluntad del hijo de Oria.

—Es auténtico —añadió Blanca, nerviosa ante el silencio—. Así lo juraré con la mano sobre los Evangelios. Estas tierras volverán a estar cultivadas y la aldea habitada, bajo mi protección. Tendrán prioridad los antiguos payeses que ya estaban con los Tramontana, pero otros también pueden optar si aceptan.

—¿Y la masía? —demandó uno de ellos.

No hubo respuesta. Blanca no se atrevía a decidir sobre la casa. Corrían lóbregos rumores sobre las ruinas de los Tramontana y la gente era temerosa.

De manera simbólica, Blanca tomó una azada y la clavó con fuerza en el suelo. Todos fueron conscientes del símbolo: Blanca causó la caída de Tramontana y sólo ella podía librarla de su condena.

De la tierra no manó sangre, como auguraban los más supersticiosos. Era oscura, húmeda y bien drenada. Los payeses se miraron. Bastaba eso para saber que pisaban el mejor suelo de la llanura. Seguía allí, bajo la maleza, abandonado.

—Cuando termine la *iova*, dividiremos las tenencias para cada familia y la tierra común.

Algunos hablaron en grupos, reticentes, pero otros empezaron a desbrozar el campo elegido. Ni todo un año bastaría para limpiar el predio entero, pero era un comienzo. Desde la linde del encinar, dos sombras observaban con inquietud lo que ocurría. Blanca supo que eran Hakim y Fátima. Envió al judío Jacob a hablar con ellos para comunicarles la promesa que había hecho a Robert.

Un hombre con el rostro picado se situó junto a Blanca. Era Joan Margarit el cabeza de una de las últimas familias que abandonó Tramontana, según el judío Jacob.

—Todos rezamos para veros convertida en la *castlana* de Olèrdola y señora de Corviu. Pero dicen que Arnulf se ha recuperado. Tememos que reclame vuestros derechos...

Blanca ocultó la inquietud. Las noticias llegaban con rapidez, incluso hasta los payeses.

—Nunca dejé de ser la *pubilla* por herencia de mi madre. No ocurrirá, con la ayuda de Dios y la vuestra —afirmó disimulando el temor.

—¿Y qué pensará de esto vuestro futuro esposo? Actuáis sin la autoridad de nadie.

Blanca torció el gesto. Aún no sabía a quién habrían escogido sus tutores.

—Cuando llegue ya habremos recogido la lenteja —dijo al fin.

—¿Lentejas? ¡Es una legumbre de miserables! ¿Eso queréis que sembremos en la *iova*?

Era lo que transportaban las mulas. Entonces hubo protestas. Las lentejas sólo las comían los más pobres. Eran despreciadas en la Biblia y se cultivaban para los animales. Cuando el judío Jacob logró que callaran, Blanca les habló:

—A Montsoriu llegó un abad cisterciense muy letrado que aseguraba que la mortandad en las tierras del monasterio se había reducido desde que las consumían.

—¿Lo creísteis? —gritó alguien, mordaz.

Ella se encogió de hombros. Era la futura señora y prosiguió, cortante:

—Id al *pla dels Albats* de Olèrdola, contad las tumbas de niños y decidme si no vale la pena intentarlo.

El rumor se acalló. Las exigencias abusivas del padre de Blanca, Ramón de Corviu, y el posterior abandono en manos de procuradores y bailes temporales habían provocado una gran hambruna y mermado los semilleros de Olèrdola. Muchos habían escapado hacia el sur, al campo de Tarragona, donde se gozaba de mayor libertad, pero los que fueron capturados acabaron con la cabeza clavada en una pica sobre la torre romana.

En el descanso de mediodía, visitaron la aldea abandonada donde habían vivido los labradores de Tramontana. La mayoría de las casas eran habitables con unos pocos arreglos. La ermita de Santa María, de sillares y con tejado a dos aguas, estaba intacta.

—Los Margarit pediremos una tenencia —afirmó Joan mirando la casa donde habían vivido tres generaciones de su familia.

Alguien se acercó. Era Hakim, ceñudo. Unos pasos por detrás iba Fátima, que no disimulaba su recelo. Tras años rodeados de silencio y abandono, les resultaba difícil concebir lo que ocurría. Blanca los miró erguida, sin apartar la mirada.

El judío los conocía de toda la vida y les había hablado por ella. Los sarracenos escudriñaron de cerca a Blanca y se miraron. Se hablaban sin palabras. Fátima asintió al fin y Hakim se situó al lado de la *pubilla*. Señaló una extensión rectangular detrás de un bosquecillo de chopos, a un tiro de flecha. La tierra tenía una tonalidad distinta, más parda.

—Para las lentejas, sembrad en ese campo que hay detrás de la acequia. El suelo es más húmedo.

Blanca asintió, agradecida. Fue un simple gesto de dos siervos sarracenos desahuciados, pero de pronto sintió que de verdad había tomado posesión de Tramontana y que podía lograr cultivarla.

Los campesinos de Olèrdola pasaron así cuatro días y, poco a poco, el temor supersticioso remitió. Fue un nuevo comienzo. Admiraban la fuerza serena de aquella joven de aspecto delicado. Resistir los pulsos y las tiranteces de la nobleza no le resultaría fácil.

La azada que había clavado Blanca de Corviu quedó hincada en la tierra y nadie volvió a tocarla.

Ferre calt

Finales de febrero de 1188

A pesar de la nieve y el frío, la plaza de la catedral estaba atestada de curiosos, pues sólo unos pocos habían podido acceder al interior de la catedral para asistir al desenlace de la ordalía del *ferre calt.*

El juicio había tenido lugar una semana antes. Un caballero hidalgo, Ramón de Blanes, fue acusado de violar a una niña de trece años. Su padre, un pastor de Jaca, juró por ella, pero el acusado juró lo contrario. A pesar de que, según el fuero, ambas palabras tenían el mismo valor, a falta de otras pruebas se planteó la difícil cuestión de decidir a quién dar la razón. El Fuero, la ley de Jaca redactada hacía un siglo, bebía de costumbres visigodas, por eso el alcaide que presidía el tribunal ordenó la batalla del hierro candente.

Esa gélida mañana, el padre de la niña iba a someterse a la prueba.

—¡Es un juego! —clamaba furioso Martí de Ripoll, en la sacristía de la catedral—. Así lo concebían nuestros ancestros. ¡Forzamos a jugar al propio Dios, es blasfemo!

—No os entendemos, maestro —dije.

Rodrigo de Maza y yo lo observábamos mientras caminaba en círculos con el ceño fruncido y tocándose la fina barba cobriza. Eso lo ayudaba a pensar.

—¡Los juristas de hoy parecemos esclavos de las leyes! Ya

no buscamos la verdad ni la justicia, seguimos las costumbres. El miedo y las supersticiones nos velan la razón. ¡Nos confundimos y ofrecemos a Dios las monedas del césar!

—¿Pensáis que la violación no debería someterse al *ferre calt*? —preguntó Rodrigo.

—¡Las ordalías dan o quitan la razón como lo harían los dados! —añadió el juez—. ¡Eso no siempre fue así, pero la humanidad lo ha olvidado!

Estaba muy afectado desde que se le encomendara la acusación contra Ramón de Blanes. Después de varios meses de sentirnos deslumbrados por su carisma, nos resultaba desconcertante verlo de esa guisa. Había algo personal en aquel asunto que no nos revelaba.

Durante el crudo invierno, el maestro Martí había despertado en mí un verdadero deseo de aprender leyes y usos. De día, seguía mis estudios en la *schola* de Artes, con especial interés en las lecciones de Retórica, y al caer la noche Rodrigo y yo cruzábamos las calles nevadas de Jaca hasta la oscura cripta de Santa María Baxo Tierra de la iglesia de San Ginés. Allí, Martí de Ripoll impartía sus *lectiones* a siete alumnos que en el futuro serían jueces.

Si Guillem Climent había adiestrado mi capacidad para memorizar normas y complejas fórmulas, el maestro de Ripoll trataba de hacernos reflexionar, comprender su sentido e incluso cuestionarlas. En el grupo había jóvenes adultos, entre ellos Artal, a punto de unirse a los foristas. Yo era el de menor edad, y todos compartíamos el deseo casi sacrílego de cuestionar lo escrito y bendecido.

—Recordad: lo que hará justas las leyes es la manera de juzgar —decía Martí al terminar la lección de cada noche—. La justicia es dar a cada uno lo suyo.

Era una máxima antigua que repetía una y otra vez.

El maestro, a pesar de no tener aún cuarenta años, destilaba sabiduría. Era uno de los jueces más jóvenes del tribunal de los foristas. Desde el monasterio de Ripoll, donde había sido alumno de Guillem Climent, había viajado a varios reinos y estudiado en el mítico *Studium* de Bolonia, de donde procedían sus ideas renovadoras.

Sus maneras eran delicadas, casi afeminadas a veces; sin embargo, se mostraba agudo y vehemente en los debates. Yo lo admiraba profundamente y me parecía que el maestro sí tenía la *baraka* a la que Valence se refería, pues luchaba por formar una generación de jueces que antepusieran la razón a la tradición.

A menudo, Martí solía entrar en discusiones con los foristas más ancianos por no ceñirse al fuero y buscar la intención última de la ley, algo que estaba reservado a Dios. Aseguraba que en sus viajes había advertido señales de que la humanidad caminaba hacia una renovación, con nuevas técnicas de cultivo, el crecimiento de las ciudades y la traducción de los escritos de un filósofo antiguo llamado Aristóteles. Según el maestro, el intelecto y la razón comenzaban a primar frente al *timor Dei*.

En nuestros encuentros en la cripta, con su lengua afilada nos emocionaba, enardecía o hacía reír. Su capacidad de convencer, sin rudezas, había seducido al propio rey Alfonso y se había ganado su protección. Era difícil sustraerse a sus ojos azules, de un brillo febril, y todos ansiábamos regresar un día más para seguir escuchándolo.

Sin embargo, aquel pleito lo había afectado más de lo habitual. Había tratado de evitar la ordalía del *ferre calt* y había fracasado. Ahora debíamos asistir al rito.

Las partes estaban presentes, y presidían el alcaide y el arcediano del obispado. Cuando acabaron las oraciones y los exorcismos, el juez Martí me hizo una señal. Yo estaba paralizado. Insistió imperioso y tomé una madeja de lino. Me habían elegido para aquella parte del ritual por ser el asistente más joven. Un capellán bendijo el fuego del brasero y los sayones sacaron con las pinzas una pequeña barra de hierro de un palmo. Noté el calor que desprendía.

—Acerca el lino al hierro —ordenó el capellán—. Si prende es que está listo para la prueba.

La fibra humeó, pero no prendió. El pastor que debía coger la barra candente suspiró aliviado.

—No ha ligado —señaló el alcaide—. Situad el hierro en otro lugar.

Si el lino no prendía en llamas, no podía realizarse la ordalía. Era la segunda vez que se intentaba y sólo quedaba una oportunidad. El sayón buscó brasas más brillantes y colgó de nuevo la barra. La espera fue angustiosa.

Todo estaba llevándose a cabo como se describía en el Fuero de Jaca. Tres días antes, se marcaron con tinta las cicatrices y heridas que tuviera el pastor en la mano antes de la prueba, luego se la vendaron con lino y quedó sellada con media nuez de cera. El caballero Ramón de Blanes se había encargado de traer buena leña para calentar el hierro, pues así lo mandaba la ley.

El pastor temblaba y su hija lloraba abrazada a la madre, junto a sus hermanos. Enfrente, el presunto agresor hablaba distraído con sus caballeros. Lanzaba miradas al juez con desprecio. Deseé coger el hierro candente e hincárselo en un ojo.

—Acerca el lino por tercera vez —me indicó el capellán, tenso.

Era el intento definitivo. Si el lino no prendía, la ordalía habría terminado, pero si ardía, el sayón dejaría caer la barra en la mano del sometido, que debía dar dos pasos y soltarlo al tercero. Se le vendaría la mano y tres días más tarde se comprobaría su estado: si la piel mostraba quemaduras, habría perdido.

Por el rabillo del ojo vi una figura cubierta con un manto que se situaba detrás de la familia de la muchacha. La reconocí, sorprendido: era Salomé. Se me aceleró el pulso. Hacía meses que no sabía nada de la Compañía Roja. La vi distinta, pues sus bellas facciones estaban contraídas por la frustración. A mi lado, Martí también la vio, se incomodó y bajó el rostro. El gesto me intrigó. Entonces el capellán me gritó:

—¿A qué esperas, joven? ¡El lino!

El hierro salió de las brasas, y cuando la fibra prendió, su llama iluminó mi angustia. El sayón tendió la pinza. El pastor balbuceaba algo incomprensible cuando, temblando, extendió la mano. La barra cayó sobre la palma y el alarido estremeció el templo. Dio dos pasos mientras el metal siseaba y lo soltó. El tintineo se mezcló con sus chillidos y el olor nauseabundo a carne quemada. La quemadura en la palma era muy grave. La piel parecía carbonizada. Sentí el deseo de correr hacia la cruz y blasfemar.

El caballero Ramón de Blanes miraba a Martí de Ripoll con aire triunfal. El maestro lo señaló y no se contuvo:

—Algún día te enfrentarás a la verdad de tu conducta. ¡Lo juro ante Dios!

El otro rio despectivo y aún se permitió mirar a la desconsolada hija del pastor. Vi cómo se relamía con el recuerdo. Lo había hecho; la había forzado.

Resonó un grito nacido de las entrañas de una mujer herida. Nos quedamos todos paralizados mientras Salomé, presa de la ira, se acercaba hacia Ramón de Blanes por el centro de la catedral. Jamás la había visto así. El caballero sacó su daga; parecía conocerla.

Dos sayones quisieron detenerla. Salomé los esquivó con facilidad, pero estaba demasiado alterada; iba hacia la muerte. Sin pensar, corrí hacia Ramón de Blanes y lo golpeé con fuerza en la mano. El caballero perdió el arma. Me miró sorprendido e hizo una mueca de disgusto. Apestaba a vino. Estaba ebrio.

Se abalanzó sobre mí ciego de rabia. Nos enzarzamos, pero los sayones nos separaron. Se formó un escándalo enorme en la catedral. Me sangraba el labio. Ramón, enfurecido, buscaba su daga en el suelo. Hasta nosotros llegaron Pedro de Isla y el arcediano.

—¡Estamos en sagrado, Ramón de Blanes! ¡Dejad ahí el arma o acabaréis excomulgado!

El caballero rechinaba los dientes de ira.

—¡Esto no va a quedar así! Tú, muchacho...

Calló de pronto. Me miraba las manos. Las escondí, como hacía ante los desconocidos, pero fue tarde. Ya sonreía taimado, y supe que mi reacción me había llevado a cometer un terrible error.

—Esos dedos... ¡Eres el hijo de la payesa que mató a Ramón

de Corviu en Olèrdola! —Soltó una risotada que me heló la sangre—. Sí, seguro que eres tú. ¡Aquí, en Jaca, quién lo diría! ¡No sabes a cuántos les encantará saber dónde vives desterrado!

Martí de Ripoll me envió al claustro. Todos estaban inquietos y disgustados con el incidente. Hasta ese momento, nadie más allá de los foristas sabía quién era y mi oscuro pasado.

Pedro de Isla habló con el semblante grave:

—Elevad el *clam* y este alumno responderá por haberos agredido. Pero ahora abandonad la casa de Dios, os lo exijo en nombre del cabildo.

Antes de cruzar la puerta que daba al claustro, me volví. Ramón de Blanes tenía una sonrisa inquietante. Estábamos muy lejos de Barcelona, pero las redes entre los nobles de toda la Corona eran intrincadas. Presentí que se acercaban tiempos turbios.

En el claustro vomité. Creí que jamás dejaría de oler la carne quemada.

—¿Has perdido el juicio? —dijo mi amigo Rodrigo de Maza a mi espalda—. ¿Por qué te has expuesto?

A pesar de nuestro encontronazo inicial, habíamos aprendido a respetarnos. El joven aprovechó la oportunidad que el maestro Martí de Ripoll le ofreciera, y había abandonado los dados y otros malos hábitos, aunque su padre seguía sin confiar en él. Yo lo ayudaba con los estudios y nos divertíamos en los tugurios de Jaca cuando escapábamos del riguroso Cosme, el maestrescuela de la catedral.

—Ese caballero lo hizo, Rodrigo. ¡Forzó a la niña! —exclamé alterado.

—No hay nadie en Jaca que no lo sospeche.

Ante mi cara de sorpresa, se encogió de hombros.

—Tal vez para Dios un *bellator* debe quedar siempre impune. Ellos combaten al infiel.

—*Iniquitas!* —grité, y mi voz recorrió las arcadas del claustro.

Al momento llegó Martí, pálido y con los ojos enrojecidos. Había llorado.

—¿Qué ha ocurrido, maestro? ¿Qué tiene que ver la juglaresa con ese hombre?

—Todos cargamos nuestra cruz, Robert. Quizá ella te lo cuente algún día.

—¡La niña fue forzada y su padre se ha destrozado la mano! ¿Cuál es el veredicto entonces? —espeté con acritud, y vi la angustia en sus ojos—. ¿De qué sirve nuestro oficio de jueces?

—He empeñado mi vida en conocer la respuesta, Robert. El hecho de que nos surjan dudas ya es algo nuevo y bueno. —Asintió con tristeza—. Es un indicio de cambio. ¡Por eso debemos perseverar, estudiar y ganar prestigio entre los foristas! Algún día podremos imponer una manera distinta de juzgar el Fuero de Jaca y cualquier otra ley.

Las últimas dudas sobre si aquél era mi camino se disiparon. Me convertiría en juez, si Dios me lo permitía. No dejaba de ver la maligna mueca en la cara del caballero Ramón de Blanes.

Tramontana

Hakim ascendió la suave pendiente desde la masía hasta la era, una de las tres que Tramontana tuvo en sus años de esplendor. Estaba cubierta de maleza, pero pretendía despejarla y ese verano volvería a trillarse en sus piedras.

Allí estaba Blanca de Corviu. Contemplaba el campo de lentejas y los trigales verdes con los ojos entornados para proteger sus delicadas pupilas. Al anciano sarraceno ese gesto le recordó a Robert; hacía lo mismo.

—La primera cosecha no será abundante —dijo Blanca sin volverse, animada—, pero trabajaremos la tierra como recomiendan los monjes cistercienses.

Blanca, aconsejada por el judío Jacob, hizo que Hakim y Fátima dejaran la cabaña del encinar que habían habitado durante aquellos años y que se instalaran en un cobertizo próximo a la masía en ruinas. Nadie conocía mejor esas tierras y habían ayudado mucho a los payeses instalados en la aldea. Tras las lentejas, plantaron trigo y cebada, y ya limpiaban varios viñedos.

La joven *pubilla* iba a menudo a Tramontana. Ambos sarracenos la habían aceptado por respetar la voluntad de Robert y le brindaban una ayuda inestimable.

Hakim la miró con orgullo casi paternal. Blanca había llegado con ideas novedosas que, al principio, los cabezas de familia de la aldea escucharon con reticencia. Ella las había oído a su vez de los peregrinos que pasaban por el castillo de Montsoriu, quienes afirmaban que estaban implantándose en tierras de Francia y más allá.

Una de esas ideas novedosas consistía en cambiar la costumbre del barbecho. En vez de dividir los campos en dos parcelas para dejar que una descansara, los partió en tres: una para cereal de primavera, otra con grano de invierno y la tercera para que los ganados pacieran. La rotación trienal en otros reinos había aumentado las cosechas.

Luego empeñó varias piezas de la vajilla de plata del castillo de Olèrdola para adquirir hoces y guadañas más anchas, de hierro, y también algo que causó tanta admiración que llegaban gentes de Vilafranca y otras tierras para verlo: las colleras para los caballos, hechas de cuero relleno de paja. Eso les permitía tirar de los arados o los carros con una fuerza inusitada y moverlos con mayor rapidez y agilidad que los bueyes. Se había logrado arar el doble de campos de los que se previó ese primer invierno. A pesar de todo, las arcas de los Corviu tardarían años en salir de la ruina.

Tramontana recuperaba parte de la actividad que una vez conoció, pero nadie se acercaba a los restos de la casa principal ni cruzaba el dintel de piedra de la torre. A Blanca se le ponían los pelos de punta si se asomaba. Se sentía una intrusa. Tan sólo se acercaba al nogal que había detrás, donde aún aparecían lirios, sobre la tumba de Oria.

—¿Ocurre algo, Hakim?

El hombre disfrutó un instante más de la paz que el paisaje ofrecía desde allí. Su intuición de viejo guerrero le decía que en cuanto despegara los labios todo daría un vuelco, tal vez para siempre.

—Se acercan jinetes, Blanca. Llevan el estandarte del vizconde de Cabrera.

Blanca se sorprendió. No había recibido noticias de su tutor en todo el invierno.

—¿Viene con su séquito? —preguntó con cautela.

—No, son más. Y en dos mulas van vuestro hermano Arnulf y su madre.

La joven notó la tensión que se le aferraba al pecho y enfiló la cuesta hacia la explanada frente a la masía. Los vio aproximarse con un profundo malestar. Eran una docena de jinetes a caballo, más Saura y Arnulf en mula, y un segundo grupo llegaba detrás.

Ponce y sus hombres se detuvieron ante el soportal ennegrecido. Los soldados, cubiertos de polvo, descabalgaron. Mientras unos estiraban la espalda, otros orinaban a los pies de la vieja torre. Blanca sintió que mancillaban el lugar. Se alisó el brial y se irguió en medio de ellos; quería mostrarse como la *domina*.

—¡Mi pupila! —Ponce III de Cabrera saltó ágil del caballo—. ¡Cada día más bella!

Se atusó la cabellera rubia y esperó a que su pupila corriera hasta él. Blanca recordó la impresión que le causó la primera vez que lo vio. Era el joven más apuesto que había visto jamás. El carácter fuerte y la gallardía de Ponce la fascinaron, y él se aprovechó de su inocencia. Blanca se inclinó reverente, pero el vizconde la levantó en volandas y la estrechó entre sus brazos. La muchacha forzó una sonrisa mientras las manos del hombre recorrían su espalda hasta más allá del decoro. Se sentía incómoda ante todos los presentes, pero debía ser cauta.

—Bienvenido a Olèrdola, mi señor. Es un honor. —Trataba de parecer contenta, pero intuía problemas—. ¿A qué debo la visita?

Hasta ellos se acercaron Saura y Arnulf. El muchacho se cubría con una capucha. Tenía un aspecto macilento y no quería mostrar las cicatrices de su cara. Llevaba años sin apenas salir de la celda y le costaba adaptarse a los espacios abiertos. Se mostraba nervioso e irascible; más aún en ese lugar que le traía aciagos recuerdos.

Blanca se inclinó cortés.

—Bienvenidos.

—Maldigo este lugar —rezongó Arnulf, y escupió.

—Sin duda es cierto lo que he oído contar —dijo Saura—: pareces más una payesa que una *castlana*.

El comentario provocó la risa despectiva de algunos caballeros. Blanca se irguió.

—Sólo trato de devolver a la casa de Corviu su esplendor tras unos años nefastos —replicó desafiante. Saura ya no tenía ningún derecho sobre Olèrdola.

—Eso acabará hoy, mi querida pupila —terció Ponce—. ¿Tienes vino aquí? ¡Hemos de celebrar algo!

Llegó la segunda comitiva. Media docena de jinetes mercenarios rodeaban a un hombre enorme a lomos de una mula. Tras él, iban varios siervos. Vestía una amplia túnica a rayas rojas y verdes. Contempló la masía con la boca torcida y negó con la cabeza.

—¡Esto es una ruina, vizconde!

—Éste es Pere Moneder —anunció el propio Ponce—, banquero de Girona. Su fortuna en maravedíes pesa casi tanto como él.

El aludido ignoró las risas despectivas. Para los caballeros, los hombres que sólo se movían por dinero eran viles. Pere Moneder, como respuesta, alzó la mano y dejó ver unos gruesos anillos de oro. Valían la fortuna que jamás poseerían aquellos jocosos caballeros. Por mucho desprecio que sintieran, cada vez dependían más de los créditos.

Dos siervos lo ayudaron a bajar del agotado animal. No era anciano, pero los excesos lo habían debilitado y aquel simple esfuerzo lo hizo jadear.

—Así que esto es lo que queríais que viera... —dijo indiferente—. Piedras quemadas en medio de campos yermos o a medio cultivar. Está bien, vamos a calcular el valor.

—¿Qué ocurre, mi señor? —demandó Blanca, inquieta, mientras Moneder y sus siervos se alejaban hacia los campos.

—Una gran oportunidad para ti, Blanca. Dentro de unas semanas cruzará nuestro reino Conrado de Hohenstaufen, el quinto hijo del emperador del Sacro Imperio Romano Germánico, Federico. Sólo tiene quince años y viaja a Castilla para firmar los esponsales con Berenguela, la heredera del reino. —Ponce abrió las manos—. Se va a celebrar un gran torneo de caballería en su honor en el vizcondado de Bearne. ¡Me he alistado para participar! —exclamó con orgullo, y acarició el pelo de Blanca—. Y creo que es el momento de que los Corviu vuelvan con la nobleza con más esplendor que nunca, junto a la casa de Cabrera y los Santmartí.

Blanca comenzó a comprender.

—¿Queréis hipotecar las tierras para poder costearlo?

Era lo que hacían todos los barones.

—Hay que llevar siervos, vestidos, vajillas, ofrecer banquetes... Vendrán caballeros de todos los reinos vecinos de Europa. Allí seleccionaremos al mejor candidato para que se convierta en tu esposo, uno acorde con el esplendor que mostrarás, Blanca de Corviu.

La joven se quedó helada. A un lado, Saura temblaba de envidia.

—Creía que ibais a elegir a uno de vuestros vasallos para casarme.

—¡Mírate, Blanca! Eres la doncella más bella de los condados y esta masía vale más que todas las tierras juntas de los Corviu. Has hecho bien en poseerla; la uniremos a tu dote y podrás optar a un pretendiente más elevado.

—Espero que estés a la altura, Blanca —espetó Saura con acritud.

La joven seguía pendiente del vizconde, escamada. Ponce quería hacer una gran exhibición para subastarla entre las casas más importantes, algo común entre los nobles, pues se había perdido la costumbre de casarse entre parientes. Se acercó con el aire sumiso que a él tanto le gustaba. Sabía manejarlo.

—No deseo sino complaceros, mi señor, pero ¿por qué ir a Bearne? Aquí podríamos ofrecer esos banquetes, exhibir mi dote...

Ponce la miró sin ocultar el regocijo de verla complaciente.

—Porque está fuera de la Corona de Aragón y lejos del rey Alfonso, quien, desde el ataque al burgo de Barcelona, trata de obligarnos a firmar una nueva Paz y Tregua. Piensa que así devolverá confianza a sus súbditos, pero eso a los nobles no nos concierne. Es momento de reunirnos y plantar cara a un rey obsesionado con dominarnos.

—¿Vais a pactar una rebelión? —demandó Blanca, espantada. Comenzaba a comprender la intención secreta del torneo.

—¡Silencio! —ordenó Ponce. Había hombres del banquero cerca—. Sí, vamos a desafiar al rey, pero una dama como tú no debe preocuparse. —Le acarició el rostro—. ¡Tu labor es deslumbrar en Bearne para lograr un gran aliado que nos apoye!

Blanca mantuvo la sonrisa sin mostrar su angustia. La entregarían al noble que proporcionara más guerreros para desafiar al rey de Aragón, y su dote, también Tramontana, sería pasto del conflicto. Los Cabrera o los Santmartí eran grandes casas, y aunque resultaran vencidos obtendrían el perdón real a cambio de promesas de fidelidad y compensaciones. Para ella, sin embargo, todo era incertidumbre. Maldijo su condición de mujer y *pubilla*.

Deseó perderse en el encinar, pero la mano de Ponce la retenía. Apareció Pere Moneder balanceando su corpachón y cubierto de sudor tras recorrer los campos cultivados.

—He visto suficiente. —Sus ojos expertos brillaban codiciosos—. Esta tierra es buena. Según el vizconde, poseéis un documento de cesión del *hereu* de Tramontana, ¿no es cierto, Blanca de Corviu?

La joven asintió con la cabeza. Jamás debió revelárselo a su tutor, pensó inquieta.

Llamó a Fátima y organizó a las mujeres de la aldea para preparar un ágape al séquito del vizconde. Todas estaban preocupadas; aquello no traería nada bueno.

Sentados a la larga mesa, bajo la torre ruinosa de Tramontana, los guerreros de Ponce hablaban entusiasmados del torneo. Se celebraban justas en Francia e Inglaterra, y sus campeones inspiraban cantares. Los reinos hispanos, sumidos en la cruzada contra la media luna, no podían distraerse en juegos bélicos que desataban pasiones en Europa, pues causaban lesiones y muertes entre los mejores guerreros. Por eso el que tendría lugar en Bearne era excepcional, una oportunidad única.

Arnulf, aislado y alterado, miraba a Blanca como si el hecho de cultivar Tramontana la hiciera cómplice de su desgracia. Saura lo percibió y se inclinó hacia él.

—Caerá, hijo, caerá y yo sé la manera.

Mientras el vino corría, Blanca advertía la amenaza que se tejía en torno a ella, pero en ese momento su joven tutor, sentado a su lado, comenzó a acariciarle la entrepierna. Ella, ruborizada, bajó el rostro mientras todos simulaban no darse cuenta. Al fin, Ponce se la llevó de la mano detrás de la masía. En Montsoriu acababa igual.

Tras la torre, dejó que la besara. El vizconde le levantó el vestido y la poseyó. Blanca conocía su fuego. En la fortaleza de los Cabrera la había seducido y ella había accedido a entregarle la virginidad, lo que suponía dejar su futuro en manos del noble, pero tras meses sintiéndose libre en Olèrdola, rigiendo su destino, ahora le producía rechazo.

Ponce la sostenía por las nalgas y la embestía contra la pared. Blanca cerró los ojos para pensar en otra cosa. Mientras el vizconde llegaba al clímax y jadeaba con fuerza entre espasmos, la joven oyó pasos. Al mirar descubrió a Saura pendiente de ellos desde la esquina de la casa, con la cara ruborizada y contraída por los celos.

—Blanca —comenzó, fría—, se nos ha olvidado contarte algo. Dicen que Robert de Tramontana vive en la ciudad de Jaca. —La turbación de la otra le hizo sonreír—. Como está cerca de Bearne, podríamos organizar un encuentro entre viejos amigos, ¿no crees?

Ponce se apartó de su pupila, satisfecho, y rio la ocurrencia. Blanca bajó la cara para que no la vieran a punto de llorar y se arregló el brial. Avergonzada y preocupada, maldijo entre dientes a su madrastra.

La choza del pastor

El 25 de marzo, tras la celebración solemne del día de la Anunciación del Señor, el maestro Martí de Ripoll y yo pusimos en un hatillo pan y un pellejo de vino y salimos de Jaca. Había pasado un mes desde la ordalía que destrozó la mano del pastor cuya hija, que se llamaba María, habían violado. Desde ese día, el maestro visitaba el cobertizo donde la familia vivía con su ganado. Era un deber de caridad y yo lo acompañaba a menudo.

La cabaña de piedra estaba en las afueras de Jaca, en la sagrera de la iglesia de San Esteban, junto al pequeño cementerio. Me gustaba ir allí, en parte para respirar aire puro y admirar el paisaje. A finales de marzo, las nieves sólo se mantenían en las cumbres del norte y la primavera cubría de belleza cada rincón.

Cruzamos el umbral sin puerta. El humo de la pequeña hoguera formaba una bruma irrespirable. Doce almas se hacinaban en aquel espacio humilde que compartían con unas pocas ovejas. Pero ese día había alguien más: Salomé.

Nos brindó una sonrisa desvaída. Desde la ordalía, no había sabido nada de ella. No entendía qué relación tenía con aquellos humildes pastores. Martí, en cambio, no pareció sorprendido.

El pastor, echado sobre la paja, se agitaba y murmuraba, consumido por la fiebre. La quemadura, que le habían destapado a los tres días de la ordalía, se le había infectado y ahora su vida estaba en manos del Altísimo. Pero era un hombre fuerte, curtido, y a pesar de las semanas transcurridas, aún se aferraba a la vida. Su extensa familia no se separaba de su lado y eso me conmovía. El hombre poseía un tesoro que no a todos se nos había concedido.

La madre agradeció las viandas. Me acerqué a Salomé, que estaba con la muchacha.

—Es un ángel —susurró María admirando la belleza de la juglaresa—. Nos ha traído emplastos para la herida de mi padre. ¡Creo que Dios lo salvará!

La niña tenía una bonita sonrisa, pero en sus ojos claros veía la sombra del quebranto. Martí destapó la venda. Tenía algunas nociones de sanar, aprendidas en el herbolario del monasterio de Ripoll. Me sobrecogió ver la mano negra. Olía mal.

—Hay que cortarla —señaló Salomé, sombría.

—No podemos pagar a un galeno —se lamentó la esposa—. Está en manos de Dios.

Martí y Salomé se miraron. Había algo entre ellos que no lograba entender.

—Mañana vendrá Azriel de Daroca —señaló el maestro.

—¿Un judío? —exclamó uno de los hermanos de María.

—Es el mejor galeno de Jaca para sanar heridas de guerra y sabe más cirugía que los barberos. Aunque vuestra madre tiene razón: está en manos de Dios.

María se abrazó a Salomé con fuerza. Lloraba atrapada en un recuerdo terrible e indeleble. No habíamos podido hacer justicia. Me ahogaba y salí de la cabaña. Me hinché los pulmones con el aire fresco y me serené. La tarde declinaba.

—Me alegra verte, Robert de Tramontana —dijo la juglaresa a mi espalda—. Cada día te pareces más al hombre que creo que serás.

Se acercó y se abrazó a mí como si temiera caer. Salomé ahora olía a humo y a oveja, como yo. No hice nada, sólo sostenerla en aquel momento de debilidad. Le acaricié los largos mechones rojizos. Me sentí profundamente unido a esa enigmática mujer.

—Esa niña, María... —susurró—. Ya no ha sangrado.

—¿Está preñada? —pregunté espantado.

—¡Quién sabe! Maldito sea Ramón... —Se apartó de mí—. Debes de hacerte muchas preguntas, ¿no es así? La compañía sigue en Huesca. Sólo he venido yo, acompañada de Valence, para asistir al juicio. Y sigo aquí.

—¿Por qué? —No disimulé mi ansia; necesitaba una respuesta.

—Ramón de Blanes es mi esposo —reveló con un matiz de vergüenza—. Bueno, lo era, pues me repudió cuando lo abandoné.

Me quedé estupefacto. Sus ojos verdes se habían oscurecido. Me dio la espalda.

—¿Quién eres, Salomé?

—Una vez te dije que me gustaban las historias —Se volvió para mirarme y torció el gesto—. Mi nombre es Beatriz de Aisa. Mi padre, de condición hidalga, era el baile de la aldea cuando sucedió. Ramón de Blanes suele prestar su espada a nobles de Aragón y Navarra, y pasó por el camino con sus vasallos de siempre. Me sorprendió en el río. —Le temblaban los ojos—. Pudo haberle ocurrido a cualquiera, pero me ocurrió a mí... Tenía catorce años. Nadie se enteró hasta que regresé a Aisa llorando y gritando.

»Los cabezas de familia pidieron ayuda a Jaca y llegaron tres foristas. Dos eran Guillem Climent y Martí de Ripoll, de eso los conozco. ¡Pasó como ahora! Ramón y sus hombres juraron en falso, sin temor de Dios. Yo sólo tenía mi palabra.

—Y se propuso la ordalía —indiqué, sobrecogido ante la amargura de su voz.

—¡Dios no está presente en esas pruebas! ¡Me forzó, como a esa pobre niña!

—¿Alguien se sometió al *ferre calt* de tu parte? —insistí.

—Era la menor de cuatro hijas más y no valía la pena. Mi padre reunió mi dote: una casa que incluía una jovada de pastos en Aisa, varios vestidos y doscientos dineros jaqueses. Según el fuero, la *puncella* forzada puede ser casada con alguien de su honor, incluso con el agresor, si lo es. Ramón aceptó sin dudar; su estatus de segundón, de caballero a sueldo, le vetaba una esposa con bienes y por fin lograba cierto patrimonio.

—¿Cómo lo abandonaste?

—No dejó de actuar como mercenario ni cesó su ansia depredadora... Mi sierva lavaba de sus calzas la sangre de los virgos que arrebataba a otras niñas. No pude soportarlo y a los pocos meses me marché. Lo perdí todo, y tanto él como mi familia me repudiaron. —Sus ojos destellaron desafiantes—. ¡Cada día doy gracias a Dios por esta libertad, por amar y ser amada allá adonde voy! ¡Pero esa daga sigue clavada aquí! —Se tocó el pecho—. Tu maestro ha tratado por dos veces de detener a Ramón de Blanes y no lo ha logrado.

—¿Acaso Martí de Ripoll te ama? —me atreví a preguntarle—. Está destrozado desde la ordalía.

—Tu intuición aún no ve los secretos del amor. —Salomé sonrió y me acarició la cara—. Para eso, eres aún un niño.

—¡Sólo soy seis años más joven que tú!

—¿Seguro? —Su mirada burlona escondía mil vidas recorridas desde que dejó la primera atrás—. Tu maestro únicamente es un buen juez en busca de una buena justicia. Libra una cruzada contra la violencia. Ramón de Blanes representa lo lejos que está de conseguir que un juicio consista en buscar la verdad y no sea un simple ritual.

—¡Yo lo haré! —exclamé, cautivo en sus ojos—. ¡Declararé culpable a tu esposo algún día!

Salomé asintió con una sonrisa triste. Entonces me besó los labios. Noté los suyos tan cálidos y suaves que al separarse me dejó sin aliento, y con una presión en el pecho.

—Por esa fuerza que irradias, Valence y yo pensamos que debías unirte a los foristas.

Alguien carraspeó. Desde una esquina de la choza nos observaba Martí de Ripoll, entre sorprendido y divertido.

—Es hora de regresar, Robert.

Salomé sonrió.

—Nos veremos pronto, Ojos de Brujo —dijo con su tono jocoso de siempre—. Romea habla de ti a menudo...

Avergonzado, seguí al maestro. Mi pensamiento estaba en Salomé, en su beso y en lo que me había revelado. Cuando vimos los muros de Jaca le hablé al maestro:

—Es necesario que la justicia deje de ser un juego.

—¿Tú también crees que la ordalía es un juego? —preguntó poniéndome a prueba.

—Creo que Dios no interviene —musité mirándome las manos.

Martí me observaba. El debate devoraba horas en la cripta de San Ginés.

—Me alegro de que pienses así y de que te hayas unido a mis alumnos —respondió—. Muy pronto os mostraré algo que podría cambiar para siempre la justicia. Este verano haremos juntos un viaje que tal vez dure años.

—¡Maestro! —dije estupefacto ante la noticia—. ¿Y los foristas?

—Seguirán ahí, pero hay otra senda que debéis conocer. —Sus ojos destellaban—. Creo que sois los adecuados para la renovación.

Iba a insistir cuando nos salieron al paso dos hombres embozados y armados. Saqué mi daga de jade, pero Martí me tocó el brazo para que me mantuviera tranquilo. El maestro era un clérigo criado en Ripoll y no era capaz de reaccionar ante la violencia.

De un bosquecillo junto a la senda llegó Ramón de Blanes.

—¿Cómo está hoy el padre de la niña? —preguntó con una sonrisa helada.

—¿Qué quieres, malnacido? —le espeté, ante el espanto de Martí.

Ramón disfrutaba del temor del maestro. Fue a por su caballo, oculto entre los árboles, y nos lanzó dos capas de viaje. Se carcajeó al vernos tan confundidos.

—No temáis, juez, no es mi venganza, sólo cumplo un encargo. El resto llegará en su día —afirmó siniestro—. Ahora en marcha, queda mucho camino.

—¿Adónde vamos? —preguntó Martí, inquieto.

—Lleváis demasiado tiempo entre fueros y jueces. Es bueno de vez en cuando recordar el lugar que cada uno ocupa en el orden del mundo.

Martí bajó el rostro, resignado. Pensé en escapar para pedir ayuda, pero temía que si se quedaba a solas con aquellos hombres le hicieran algo peor que darle una paliza.

Dejamos atrás la ciudad de Jaca y enfilamos hacia el norte, siguiendo el pedregoso camino que llevaba al paso nevado de Somport. Nos alejábamos sin que nadie supiera lo ocurrido, pensé sombrío.

El día agonizaba y la oscuridad nos envolvió de camino hacia lo desconocido.

Bearne

Caminamos toda la noche sin apenas detenernos, y aún seguimos hasta que el sol se encontró en lo alto. Fue una ascensión terrible y agotadora. Al llegar a la cima del paso de Somport, las majestuosas montañas me sobrecogieron. Jamás había visto un cielo tan azul. La nieve deslumbraba y me conmovió tanta belleza. Se oía el rumor de los torrentes en pleno deshielo. La vida se abría paso con la fuerza de esas aguas y se respiraba serenidad, aunque nuestro destino fuera un misterio.

—Aquí acaba Aragón —indicó Martí, extenuado—. Esto es el vizcondado de Bearne.

Nuestros captores decidieron acampar. Martí no podía continuar. A mí, en cambio, el espacio abierto me hacía retroceder a la infancia y me mantenía el ánimo, a pesar de todo.

—Deberías ser arriero, payés —dijo Ramón de Blanes, también agotado.

—Dinos adónde nos llevas —insistí con acritud.

—Hay alguien que se alegrará de verte, Condenado —repuso indiferente—. Disfrutad del majestuoso paisaje. Aquí se os quitará el hedor a pergamino.

Limpiamos de nieve un espacio donde acampar al raso y encendimos un buen fuego que debía durar el resto del día para no morir de frío. Al atardecer, comimos trucha ahumada y pan negro. Yo sabía muy poco de Bearne, sólo que era un vizcondado que se había sometido a la potestad del rey Alfonso de Aragón hacía escasos años.

Al preguntar a Martí, incluso los mercenarios se aprestaron a escuchar su explicación:

—Es un buen ejemplo de cómo los símbolos lo impregnan todo. Hace diecisiete años, la *pubilla* María de Bearne, señora del vizcondado, rindió homenaje a nuestro rey y aceptó casarse con Guillem de Montcada a cambio de que se respetara el Fuero de Bearne y que la vida de sus gentes no cambiara. El noble catalán no cumplió y hubo una rebelión. María rechazó a su esposo y huyó con sus hijos gemelos a un monasterio. Poco después, los barones de Bearne la visitaron. Querían a uno de los gemelos para convertirlo en el futuro vizconde. La dama les mostró las cunas donde los niños dormían y les ofreció elegir.

—¿Qué hicieron? —preguntó uno de los mercenarios, interesado.

—Escogieron al que dormía con las manos abiertas, pues pensaron que sería más liberal y tolerante en su gobierno.

—¿Y así fue? —quise saber.

—Ese niño es ahora el joven vizconde Gastón VI de Bearne, señor de todo lo que veis, pero aún tiene dieciséis años —terció Ramón, impasible—. Como bien dice el juez, los símbolos ayudan a interpretar el juego de fuerzas que rige el destino.

—Para la nobleza, todo es un juego de fuerzas —repuso Martí con desprecio.

—¿Sabéis por qué? Todo en la vida de un caballero emula la guerra, en la que puede ocurrir cualquier cosa, como en el juego. En medio de tanta incertidumbre, sólo hay una ley inquebrantable, que es la misma que rige la Creación: el fuerte somete al débil. Es una escalera sagrada e inamovible en la que cada uno ocupa su peldaño.

Más que las palabras, me sobrecogió su convicción. Ramón era un hidalgo y se sentía investido de razón. Pensé en María, la hija del pastor, en Salomé o en mí; éramos los débiles, los sometidos, como lo serían nuestros hijos y nietos, para siempre. Martí de Ripoll, un simple monje, también lo era, pero meditaba acerca de cómo provocar el cambio con la fuerza de la ley. Yo era joven y su determinación me deslumbraba.

Descansamos y al amanecer volvimos al camino. Ateridos de frío, bajamos una trocha pedregosa, y cuando el sol por fin comenzó a calentarnos divisamos los primeros abetos. El paisaje verde y florido conmovía por su belleza. Jamás imaginé que vería algo así. La senda transcurría junto a un riachuelo crecido por un valle ancho y ondulado.

—No estamos lejos —se limitó a informar Ramón de Blanes.

Ya habíamos desistido de preguntarle más. En la pradera de pastos aparecieron los primeros cobertizos y cercados para guardar ganado.

—¡Mirad! —exclamé.

Allá delante, en un repecho del sendero, vimos aparecer a una joven de mi edad con la camisa hecha jirones y sucia. Bajó la suave pendiente entre tropiezos, pero al vernos profirió un gritó de espanto y huyó hacia una arboleda. Parecía la víctima de una agresión. Oímos el rumor de una muchedumbre que venía detrás de la colina.

—¡Esa muchacha estaba asustada! ¿Qué ocurre? —pregunté alarmado.

Entonces aparecieron en la colina tres ancianos y una pareja joven que también parecían huir, aterrados. El hombre llevaba en brazos a un niño pequeño con la cara ensangrentada. Tenía una brecha en la frente. Al ver a Ramón de Blanes y a sus hombres armados se alejaron encogidos de miedo. Pude cruzar una mirada con la mujer, y la falta de expresión de sus ojos me recordó a la de mi madre cuando Ramón de Corviu venía a la masía.

Se me encogió el alma. Algo funesto aguardaba tras el repecho.

Caos

El viaje acaba aquí —anunció Ramón de Blanes, divertido—. ¡Sigamos!

El rumor que se oía detrás de la colina era ensordecedor. Era un griterío al que se sumaban tintineos metálicos y el trotar de caballos. Al coronar el repecho, la escena me dejó sin aliento.

—¡Bienvenidos al torneo de Bearne! —anunció nuestro captor, eufórico.

Teníamos delante un profundo valle de praderas y bosquecillos. Sobre un pequeño promontorio había un grupo de casas de piedra en torno a una antigua iglesia. Se había trazado con postes un amplio perímetro alrededor de la aldea, y más de un millar de personas se agolpaban en tribunas y toldas, o bien sentadas en las pendientes del terreno. Por doquier ondeaban pendones con dos toros encarnados superpuestos.

—¡Dios mío, ésa es la aldea de Borza! —exclamó Martí de Ripoll, y señaló los pendones—. Ese emblema es el de la casa de Bearne.

Detrás de la aldea, hasta la montaña, vimos cientos de tiendas de campaña, algunas grandes como palacios, cercados para los caballos y numerosos puestos de venta.

Señalé el perímetro con el corazón desbocado.

—¡La población está en medio! —Tenía el recuerdo de los que huían aterrados.

—Forma parte del *campo* de combate —exclamó Ramón, exultante—. Combatir en las calles puede resultar más emocionante que en campo abierto, y es costumbre en los torneos incluir una aldea o poblado. —Resonó un cuerno y el caballero sonrió—. Hemos llegado en buen momento. ¡Va a empezar una nueva batalla!

Una formación de unos cien caballeros montados entró en el *campo* bajo un inmenso griterío. Lucían armaduras impresionantes; desde los escarpes de los pies hasta los ricos yelmos, todo el metal resplandecía. Los caballos iban pertrechados con bardas, testeras y otras piezas de metal. Nunca había visto nada igual y me quedé atónito. Bajo el sol, eran seres brillantes de aspecto invencible.

Era el efecto buscado, y la muchedumbre jaleó con entusiasmo. Se separaron en dos bandos de unos cincuenta guerreros cada uno. Nada parecía dejado al azar. Con un dominio absoluto de los caballos, se dispusieron en filas paralelas y se quedaron inmóviles, enfrentados. Los escudos lucían el colorido emblema de la casa combatiente.

—Aguardan a que el anfitrión anuncie el inicio de la batalla —explicó el maestro.

En la tribuna principal ondeaba un enorme pendón con un águila. La presidía un muchacho de quince años con una capa de armiño. Observaba la escena absorto. A su lado, otro joven igual de elegante miraba con atención las evoluciones en el *campo*.

—¿Quiénes son? —demandé intrigado.

—El que está debajo del águila del emperador del Sacro Imperio Romano Germánico ha de ser Conrado de Hohenstaufen, hijo de Federico Barbarroja. Se sabe que va a Castilla para firmar los esponsales con la princesa Berenguela, de ocho años. Si Dios quiere, heredarán el trono castellano cuando alcancen la edad. El otro muchacho es Gastón VI de Bearne, el que dormía con las manos abiertas.

—Creía que el rey Alfonso de Aragón prohibía los torneos.

—Son trampas del diablo que distraen a los nobles de la única guerra legítima: la cruzada, pero los magnates los avalan. —Entornó los ojos—. Esto es un gesto de desafío.

—Parece que lo vais entendiendo, juez —dijo a nuestro lado Ramón.

El joven vizconde de Bearne alzó la mano y resonó un cuerno. Entonces nuestros tres captores nos empujaron. Martí y yo rodamos colina abajo hacia el *campo* y quedamos demasiado cerca de los jinetes. Desde el repecho, Ramón rio.

—¡Será mejor que busquéis refugio! Alguien vendrá a por vosotros...

La primera fila de jinetes de cada bando avanzó lentamente hacia el centro y al segundo toque de cuerno pusieron las monturas al trote. El suelo temblaba bajo mis pies.

—¡Tenemos que salir de aquí! —chillé, horrorizado, por encima del griterío enardecido.

Con el tercer toque de cuerno picaron espuelas y desenvainaron. La tierra saltaba a nuestro alrededor. Arrastré a mi aterrado maestro hasta un grupo de abetos cercanos. El mundo se estremeció con el choque de fuerzas a unos pasos de nosotros. Hierro contra hierro. En medio del fragor de la batalla y la polvareda, volvió a resonar el cuerno y la segunda fila avanzó.

Entraban en lid siguiendo un orden estricto, pero después de las primeras acometidas todo se convirtió en una batalla brutal y caótica. Estábamos demasiado cerca y el ruido era atronador. Las armaduras sonaban como campanas, entre relinchos y gritos. Los caballeros se movían con dificultad por las arrobas de hierro que sostenían, pero se lanzaban terribles golpes con espadas romas y mazas. Luchaban en grupos o en combate singular, y cuando se agotaban entraban en cercados neutrales donde recuperaban el aliento y bebían vino sin mesura. En realidad, aquello era un festejo.

—¡No es como las justas que se celebran en Jaca durante Navidad! —grité.

Ante nosotros, un jinete perdió los estribos y cayó con estrépito. Comenzó a chillar con la pierna cubierta de hierro en una extraña posición. Llamó demasiado la atención, pues pasó un jinete al galope y le golpeó el yelmo con una maza. Sus siervos lo recogieron inconsciente, tal vez muerto.

—¡Así se pierden los mejores guerreros de la cristiandad! —explicó a mi lado Martí entre gritos—. Por eso prohíben los torneos. Miles de jóvenes se dedican a ellos.

—¡Por mí que se maten todos! —repuse.

—Observa y entenderás parte de nuestra lucha, Robert.

Parecía haber recuperado el temple y ya reflexionaba sobre lo que presenciábamos.

La violencia se había desviado hacia la aldea de Borza. Combatir en poblados reales era uno de los atractivos del *campo*. Los caballeros se perseguían por las calles y cuestas, incluso dentro de las casas. Las monturas llegaban a derribar muros. Una anciana salió de un cobertizo y fue arrollada por un caballo con pechal de hierro que no se detuvo.

—Se ha convertido en una cabalgada —dije horrorizado.

—Son *bellatores*. Combaten y toman lo que necesitan. Todo es juego.

A medida que la batalla transcurría y los caballeros apuraban las jarras de vino en los cercados, el interés de muchos derivó en registrar la aldea o robarse entre sí. Si alguno caía inconsciente, el rival tomaba piezas de su armadura y escapaba. Un caballero ebrio salió de un cobertizo cubierto sólo con la camisa acolchada. Se tocó la entrepierna y dos compañeros lo jalearon. Se marcharon hacia un cercado, dejándome el alma encogida.

—Puede que el vizconde de Bearne compense a estos aldeanos —señaló Martín, sombrío—, pero jamás pagará por el quebranto que esto causará en sus almas.

El suelo vibró bajo nuestros pies. Absortos en el torneo, no habíamos advertido que un grupo de jinetes cabalgaba hacia nosotros. Sólo uno llevaba armadura completa. Su escudo de lágrima mostraba una cabra negra sobre fondo dorado.

Ramón de Blanes ya habría informado de nuestra llegada. El caballero de hierro venía directo hacia mí. Sentí que el pasado me alcanzaba cubierto con una coraza.

El pánico me hizo salir de entre los árboles y me vi en medio de la batalla. Cegado por el polvo, a duras penas lograba esquivar los cascos. Me dieron un golpe terrible en la espalda y rodé por el suelo. Entre la densa polvareda apareció la armadura. Retrocedí a rastras, pero me puso el escarpe del pie sobre el pecho y me hundió en la hierba fangosa, llena de excrementos de caballo. Sus hombres lo jalearon ante la humillación.

Cuando alzó la visera, me miraba lleno de burla y desprecio.

—Don Ponce de Cabrera —musité.

La cabra negra

El vizconde encabezó la marcha hacia la salida del campo como si regresara de una cacería. El maestro y yo íbamos detrás de la poderosa montura, flanqueados por sus vasallos. Martí había amenazado a Ponce en nombre del rey, pero al noble le resultó indiferente.

Nos condujeron al campamento sin emplear malas maneras. Los soldados nos explicaron que ésa era la cuarta mañana de torneo y que habíamos presenciado la batalla entre la nación angevina y una liga de caballeros hispanos. Con ellos combatía el joven y gallardo vizconde de Cabrera. Decían, admirados, que su padrino de armas fue Guillermo el Mariscal, el más afamado campeón de Inglaterra.

Al describirnos el fastuoso séquito que Ponce había traído desde sus dominios en Girona, mencionó a Blanca de Corviu. El corazón se me desbocó.

—¿La *castlana* de Olèrdola ha venido? —demandé desconcertado. Jamás creí que volveríamos a encontrarnos.

—Es uno de los principales atractivos. El vizconde aprovechará el torneo para cerrar un acuerdo de esponsales con un noble acorde a su honor —explicó un soldado—. Blanca es la *pubilla* más codiciada de las damas que asisten, y dicen que se anunciará el enlace en el banquete de clausura.

Perdido en viejos recuerdos y sensaciones, tardé en prestar atención a cuanto me rodeaba. Una parte de mí ansiaba verla, pero era la pupila de nuestro captor. Todavía no sabía qué hacíamos allí, y aun así la situación me inquietaba.

El campamento era extenso y reinaba el bullicio. Los escuderos repasaban las armaduras para aceitarlas, cambiaban correas rotas y repintaban los escudos. Algunos bardos actuaban ante los grupos de damas, e incluso vimos un puesto de libros. El vendedor anunciaba los relatos del rey Arturo y una novedad: *Li contes del graal*, del afamado monje Chrétien de Troyes. Martí de Ripoll se interesó de inmediato.

Llegamos a un grupo de tiendas donde colgaban dos escudos con la cabra de los Cabrera. También había un cercado para los caballos. Junto a la carpa principal, grande y redonda, aguardaba una figura cubierta. Lo reconocí bajo la sombra de la capucha.

—¡Debiste arder conmigo! —musitó Arnulf de Corviu, mordaz.

—¡Yo perdí a mi madre y me lo habéis quitado todo! ¿No he pagado bastante?

Me aparté de él, inquieto. Dos escuderos ayudaron a Ponce a desprenderse de la aparatosa armadura. Entramos en la tienda y él apuró una jarra de vino. Luego sirvió en dos copas de plata y nos las ofreció. En una silla plegable estaba Saura de Cabrera, más pálida y delgada de lo que la recordaba. Me miró asqueada. Lucía un brial oscuro de valiosa seda. Su presencia significaba que Ponce sentía gran aprecio por su hermana bastarda. También estaba el detestable Ramón de Blanes con una bolsa de cuero llena de monedas.

—¡Bienvenido a mi humilde tienda! —dijo el vizconde. Apenas me miró, y centró su atención en Martí—. Consideraos mis invitados durante lo que queda de torneo.

—Si queríais ser cortés, no era necesario mandar a un sicario a raptarnos —repuso el maestro, enérgico a pesar del cansancio. Había insultado a Ramón de Blanes.

—Todo debe llevarse con discreción, al menos hasta que concluya el torneo.

—¿Os referís al rey Alfonso? ¿Creéis que no se enterará del torneo?

Los ojos del vizconde centellearon y su sonrisa se tensó.

—Dada la gran amistad que os une con nuestro amado rey, mejor que nadie le relataréis todo lo que veáis y oigáis estos días.

—Así que es eso... —Martí supo interpretar lo que a mí se me escapaba—. Queréis convertir este torneo en un desafío. ¿Qué tramáis, vizconde Ponce de Cabrera?

—Desde el ataque al burgo de Barcelona el pasado otoño, don Alfonso y mi señor, el conde de Urgell, quieren obligarnos a suscribir una Paz y Tregua, como si tuviéramos algo que ver. —Torció el gesto—. El rey busca reforzar la Corona, por eso hay que recordarle que su poder no es mayor que el que los barones y señores le otorgamos.

—Esas palabras hieden a conspiración —dijo Martí acariciándose la fina barba.

—La función de juez os ciega —se burló el noble—. ¡Sólo estamos agasajando al hijo del emperador del Sacro Imperio que va de camino a Castilla!

—¿Y es necesario hacerlo en un torneo clandestino? ¡He visto a las gentes de Borza huir y a una anciana aplastada! ¿Dónde están vuestros votos sagrados de caballero?

—Lleváis demasiado tiempo en monasterios y tribunales. ¿Olvidáis a quién ha escogido Dios para defender su fe? —La sonrisa de Ponce había desaparecido—. Os he dado mi protección, pero no me provoquéis. Observad bien la fuerza de la alianza que está forjándose aquí, pues deberéis explicar al monarca que el acero es la ley.

Cuando pasó ante mí, compuso una extraña mueca.

—En cuanto a ti, payés, cumple tu destino.

Lo vi mirar a Saura, ella sonrió taimada y tuve un lóbrego presentimiento.

Blanca

Ponce cumplió su palabra. Nos acomodaron en una de las tiendas de los siervos y tuvimos libertad para movernos por el campamento. Me sorprendió que apenas nos prestaran atención; era difícil escapar sin ser visto por alguien, y más con Martí de Ripoll. Decidí confiar en la palabra del noble y aproveché para descubrir aquel fascinante mundo de la caballería, al menos hasta que pudiera hablar en privado con el maestro y decidir qué hacer.

A mediodía, fui con varios sirvientes del vizconde de Cabrera a presenciar una justa de lanzas por parejas con campeones de renombre. Se mostraron amables, pero no pude sonsacarles nada de aquella alianza ni averigüé dónde estaba Blanca de Corviu, a la que quería ver.

A Martí de Ripoll le interesaba más el puesto de libros que los combates. Regresó a la tienda de los siervos al caer la tarde, emocionado como un niño. Traía entre las manos una copia del *Li contes del graal*; había logrado que el vendedor se lo prestara por un día.

—Esto es muy extraño, maestro —le dije cuando nos quedamos solos en la tienda.

Martí, sumido en la lectura, se molestaba si le hablaba.

—¿Estás en disposición de hacer algo? —señaló—. Pues entonces sosiégate.

—Deberíamos escapar, maestro —sugerí para tantearlo.

—No llegaríamos ni a un tiro de piedra. Ya has oído: nobles de Catalonia y de Aragón están aquí para algo más que agasajar a Conrado de Hohenstaufen.

—¿A qué os referís?

Inspiró hondo antes de hablar con gravedad.

—Aunque Ponce sólo ha hablado de una alianza de nobles para exhibir su fuerza, sospecho que tanta inversión oculta una rebelión armada contra el rey. Debemos averiguarlo, y entonces nos marcharemos para informar, no antes. El rey es mi amigo.

La sospecha del maestro me pilló desprevenido y creció en mí la sensación de peligro.

—Sois un religioso y yo un estudiante de Artes. ¡Son cosas de nobles que no nos incumben!

Martí me miró con disgusto, pero luego inspiró hondamente, como solía hacer, antes de exponer una reflexión.

—Te equivocas, muchacho. La renovación de la que os hablo no será posible sin monarcas fuertes que puedan controlar la violencia y el arbitrio de su nobleza. —Cerró el libro y se puso en pie—. En este final de siglo, se libra un combate por la supremacía y está en juego la justicia de los hombres. Algún día serás juez, por eso hoy debes tomar partido. No podemos marcharnos sin saber qué se gesta, para informar a Alfonso de Aragón.

—¿Y qué hay de mí? Arnulf de Corviu y su madre traman algo.

Vi resignación en sus ojos y eso me hizo sentir aún peor.

—Intenta eludirlos, Robert; hay que ganar tiempo. Confiemos nuestra vida a Dios.

Eso no me consolaba en absoluto. Nunca habíamos discutido así, y abandoné la tienda alterado e inquieto. No me fiaba de las intenciones de los Cabrera. Podía huir al caer la noche, pero decidí que no lo haría sin Martí. Nos rondaba también Ramón de Blanes, y aunque el maestro no se daba cuenta, quizá estaba más en peligro él que yo.

Para distraerme exploré el campamento. El *escandalo* que anunciaba el torneo había llegado a varios reinos y competían más de doscientos caballeros, acompañados de escuderos y siervos. Cientos de tiendas cubrían la pradera hasta los bosques cercanos. Los participantes procedían de los reinos hispanos, de Bretaña, Flandes, Borgoña, Champaña e Inglaterra. La mayoría de los caballeros eran hijos de nobles sin herencia, de vida ociosa, endeudados para pagar el caballo y las armas. Los torneos eran una manera de vivir y de entender el mundo, alejada de la realidad y de la verdadera guerra. Entrenaban y bebían sin pensar por un momento siquiera en las consecuencias de su violencia.

El evento lo patrocinaban magnates de la alta nobleza. Ocupaban el centro del campamento con sus grandes séquitos y familiares. Allí estaban Gastón VI, vizconde Bearne y anfitrión, y otros como Ponce de Cabrera o el conde de Flandes, Felipe de Alsacia. El torneo era un ritual de unión e independencia frente a las pretensiones de los reyes de Europa.

No faltaban cambistas y maestros armeros. Me uní a la gente que admiraba una armadura colocada sobre un trípode ante la tienda de un herrero. El hierro estaba tan bruñido que brillaba como la plata y todas las piezas tenían filigranas doradas. El yelmo lucía un tocado de plumas de cuervo, con la visera en forma de pico. Valdría una fortuna.

En la parte opuesta a la aldea acampaban trovadores, goliardos y prostitutas. Sentí nostalgia de aquellos días alegres con la Compañía Roja.

Pregunté por Blanca aquí y allá hasta que, al fin, uno de los siervos de Saura me dijo que la *pubilla* de Olèrdola solía ir por las tardes a la aldea de Borza con otras damas. Me resultó extraño, pero no obtuve ninguna información más.

Fui a Borza antes de anochecer. Sólo eran cuatro calles tortuosas y enfangadas que morían en una pequeña plaza delante de la iglesia. Los combates habían derrumbado muros y destrozado huertos.

La aldea permanecía silenciosa, ajena al bullicio y el humo de las parrillas del campamento. Los pocos habitantes que quedaban deambulaban como sombras furtivas. Se me encogía el alma al verlos. Estaban allí atrapados, pues eran sus casas, tierras y pastos. No tenían otro lugar al que ir ni había nadie que los protegiera de su propio señor feudal.

Recordé a mi madre, a Hakim y a Fátima recogiendo los destrozos que provocaba Ramón de Corviu tras hacer uso del derecho de hospedaje. A eso se refería el maestro Martí. Contener la violencia era el primer paso hacia una justicia para los más débiles. Dios nos había situado ante el dilema de formar parte o no de esa silenciosa lucha legal.

La iglesia estaba abierta y entré. Muchos aldeanos se habían refugiado allí. Ancianos y heridos yacían entre mantas. Tosían y se quejaban. Un grupo de damas del campamento los atendían con piedad cristiana.

Allí estaba Blanca de Corviu, como me habían informado. El corazón se me aceleró. Sólo habían pasado unos meses, pero la noté cambiada. Vestía una sencilla túnica azul que dejaba ver las mangas blancas de la camisa. No llevaba velo, y su melena trigueña estaba recogida en una trenza. Daba de beber a una anciana ojerosa.

Desprendía serenidad, y pensé que sería capaz de sosegar hasta la peor tempestad del alma. Intuyó mi presencia y me miró con esos ojos casi tan claros como los míos. Sonreí con el corazón acelerado y ella también. Teníamos un vínculo, profundo, tejido con hebras de destino, y ambos lo sentíamos aún con más fuerza.

Yo seguía en la puerta de la iglesia, ensimismado, cuando los aldeanos del interior gritaron sobresaltados y señalaron detrás de mí. Las damas retrocedieron asustadas. Con la piel de gallina, me volví. A mi espalda estaba Arnulf de Corviu. Me miraba con odio y llevaba un garrote en la mano. Lo acompañaban dos siervos de Saura. Uno era el que me había indicado dónde encontrar a Blanca. Había caído en la trampa como un necio.

—¡Hermano, no lo hagas! —gritó ella.

Arnulf me golpeó sin piedad mientras sus dos acompañantes me sujetaban. El mundo se tornó blanco a mi alrededor y acto seguido me envolvió una oscuridad infinita.

Odio

Lo primero que noté fue que algo helado resbalaba por mi piel. Me habían arrojado un cubo de agua para despertarme. Todo el cuerpo me dolía. Poco a poco tomé consciencia de la situación. Me habían desnudado y tenía los brazos encadenados a una viga del techo. Estaba en un cobertizo cochambroso hecho de piedra basta. Debía de ser de noche, y la única luz procedía de una vela de sebo colocada en un saliente. Se oía música a lo lejos, en el campamento. Deduje que estaba retenido en alguna de las casas de Borza.

Hacía calor y el aire era irrespirable. Me volví y vi a Arnulf de Corviu con el torso desnudo delante de un brasero. Ya tenía dieciocho años y era grande como su padre. La gelidez de sus ojos azules me espantó más que las cicatrices de su cara y su torso. Un lado de su cabeza carecía de pelo y se lo cubría con los mechones largos del otro lado.

—Arnulf, ¿qué vas a hacer? —pregunté aterrado—. ¡Tu tío el vizconde garantiza mi protección!

—No sabe que estás aquí y no le importará tu suerte. Sólo le interesa ese monje con aspecto sodomita que ha venido contigo.

—¿Y tu madre?

Su gesto agrio reveló que había urdido mi captura por su cuenta, y me inquieté más.

Se acercó y tocó mi piel. La acarició, incluso llegó a olerla y a pasar su lengua como si quisiera probar el sabor. Mostraba una impropia mezcla de lascivia y locura. Me horrorizó, pero no me moví para no provocar su ira.

—Sientes placer cuando te tocan, ¿verdad? —musitó perdido en sus pensamientos—. Mi piel, en cambio, sólo es desecho. Las doncellas me rehúyen, les doy asco.

—Lamento lo que te pasó, Arnulf. Ni tú ni yo merecíamos aquello.

—Eres Robert el Condenado, pero mírate y mírame, ¿quién de los dos lo es? —Se acercó al brasero y cogió una rama cuyo extremo era una brasa ardiente—. Hasta hoy.

—¡No lo hagas! —le imploré.

Su cara permaneció inexpresiva mientas aproximaba el extremo ardiente a mi pecho. Antes incluso de que me tocara la piel, el dolor me resultó insoportable y grité.

—Duele, ¿verdad? ¡Así lo sentí yo en todo el cuerpo, atrapado en tu maldita masía!

Siseó al aplastar la brasa contra mi pecho. El olor de mi propia carne quemada me aturdió.

—Duele durante mucho tiempo… —aseguró Arnulf, impasible.

Volvió a quemarme, esa vez en el hombro. Al asomarme a su mirada atormentada, el pánico pudo conmigo. Se disponía a hacerlo una y otra vez, sin compasión. La orina resbaló entre mis piernas y Arnulf se rio, cruel. Me cogió el miembro y me temí lo peor.

De pronto, la puerta astillada se abrió de golpe. Entró Saura de Cabrera, seguida de Blanca y dos soldados del vizconde. Chillé e imploré.

—¡Basta! —gritó Blanca, horrorizada—. ¡Suéltalo, en nombre de mi tutor!

Arnulf se revolvió furioso, aún con la rama humeante en la mano.

—Obedece, hijo —ordenó Saura, y se acercó con cautela para calmarlo.

—¡Quiero que tenga la piel como la mía!

—¡Sé lo que has sufrido! —terció Blanca sin aspavientos.

Quería mostrarse serena—. Eras un niño y fue injusto, pero Robert también lo era.

—Un payés muerto no vale nada, hijo —señaló Saura como si yo no estuviera—. Sé paciente. Dios pondrá cada cosa en su sitio...

Saura parecía complacida al ver la angustia de Blanca por mí. Sus palabras encerraban algo siniestro, y tuve el pálpito de que se tejía una fina tela de araña a nuestro alrededor, pero el dolor de las quemaduras y el alivio velaron mi intuición.

Arnulf agitó la rama ante mis ojos, sonrió cruel y la lanzó a un rincón.

—¡Da las gracias a mi madre! Algún día no tendrás tanta suerte.

Los hombres soltaron las cadenas y caí al suelo, incapaz de sostenerme en pie. Me dolía todo. Blanca cubrió mi cuerpo desnudo con su capa y le sonreí agradecido. Saura, atenta, entornó la mirada. Se fijaba en cómo me trataba su rival.

—Cura tú a este payés, Blanca, ya que tanto te conmueve.

Se llevó a su hijo por los hombros. Arnulf rezongaba con el gesto contraído.

—¿Qué ha pasado? —pregunté a Blanca, avergonzado.

—Arnulf quería vengarse por su cuenta, te ha atrapado y llevado a esta casa abandonada de la aldea. Lo tenía preparado. He ido al campamento a pedir ayuda a mi tutor Ponce. Por suerte, Saura ha entrado en razón. —Sus ojos claros temblaban por la tensión—. Cuando un siervo nos ha traído, no sabía lo que iba a encontrarme...

—Me has salvado, Blanca, una vez más —le dije, perdido en su rostro.

Ella se ruborizó, estaba aliviada. Aun así, enseguida expresó su inquietud.

—Sólo has ganado tiempo. Arnulf vive consumido por la rabia, pero me inquieta más su madre. Saura siempre ha mantenido una relación estrecha con Ponce y sabe influir en él. Creo que pretende recuperar el estatus que perdió cuando murió mi padre y planea algo, Robert, por eso te han traído al torneo también a ti. —Me miró asustada—. Debes abandonar el campamento, alejarte de nosotros...

—Lo haría, pero no sin mi maestro. El vizconde quiere que presencie el torneo. Sospechamos que se prepara una rebelión.

Blanca torció el gesto y así delató que lo sabía. Una lóbrega sombra se instaló en mi pecho.

—Durante el torneo estaréis a salvo, Robert, pero la promesa de Ponce expirará cuando concluya. Tú estarás en manos de Saura y su hijo, y tu maestro en las de Ramón de Blanes. Los siervos murmuran que ese caballero ha prestado vasallaje a mi tutor a cambio de que al final se le entregue a tu maestro. Hay algo pendiente entre ellos, ¿verdad? Corren rumores muy feos sobre el de Blanes...

—¡No puede ser! —exclamé sin atenderla—. ¡El vizconde dice que nos liberará para que vayamos a informar al rey! Es parte de su desafío.

Blanca asintió. No obstante, advertí inquietud en sus ojos.

—No sé qué han acordado entre ellos, pero créeme, Robert, no estáis a salvo.

Tras un silencio lleno de dudas, hablé primero.

—¿Cuál es el mejor momento para huir?

—Mañana por la noche se celebra el banquete de clausura para agasajar a Conrado de Hohenstaufen, el futuro rey de Castilla. Hasta el último siervo tendrá permiso para celebrarlo y habrá poca vigilancia. Tras la misa del alba se entregarán los premios a los campeones, se desmontará el campamento y se desvanecerá la promesa de protección.

—Me han dicho que en ese banquete se anunciará el nombre del noble con el que te desposarás —me atreví a comentarle con timidez.

Con la cara seria, Blanca recogió mi ropa tirada y me la lanzó para que me vistiera.

—Así es. Para eso he venido —dijo incómoda, sin ganas de hablar del tema—. Vamos, Robert. Hay que curar las heridas y pensar en cómo sacaros de aquí.

Asentí. Me fascinaba. No era la muchacha asustada que viniera a la casa de Benevist.

—¿Por qué lo haces? ¿Por qué quieres salvarme?

—Fui yo la que me hundí en el juicio del agua y causé vuestra desgracia. Quiero librarme de ese peso. —No era del todo cierto. Sus ojos claros me lo revelaron antes que sus labios—: Es raro, pero necesito saber que estás bien...

—Tú también lo sientes, ¿verdad? —me atreví a insinuar—. Es como sí...

—Como si fueras alguien muy próximo... —terminó ella, con una sonrisa que me emocionó hasta lo más hondo. Me comprendía—. A mí me ocurre lo mismo.

Por primera vez, no me sentí tan solo. Fue extraño y luminoso. La manera de hablarnos y mirarnos me hacía olvidar su condición elevada y a ella no parecía importarle.

Era noche cerrada cuando salimos con cautela de aquella casa en ruinas situada en un extremo de Borza para ir a la iglesia, donde tenían emplastos para las quemaduras y vendas limpias. Las otras damas hacía mucho que se habían marchado, pero Blanca, sin prisas, me trató las dos quemaduras con aceite de hipérico. Cruzábamos furtivas miradas.

—¡Creía que te habías ido lejos! —me dijo al fin—. Debiste ser más cauto en Jaca y no delatarte ante Ramón de Blanes. Aseguran que querías agredirlo tras una ordalía. ¿Cuándo dejarás de buscarte problemas?

—Parece que no puedo escapar de mi pasado —aduje con tristeza.

—Mira a Arnulf, o mírame a mí. Tampoco podemos hacerlo.

Su tono cómplice fue una bendición que me sanó de la terrible experiencia vivida.

—¿Cómo están mis tierras? —le pregunté entonces.

Su cara se iluminó.

—¡Hakim y Fátima viven en la masía! También los Margarit y otras familias.

Le pedí que me diera detalles, y su relato me calmó más que

el aceite. Tramontana resurgía para devolver la prosperidad a toda Olèrdola. Yo bebía de su entusiasmo y afloraban sentimientos nuevos. Creía que había amado a Guisla Quirol, me embelesaba Salomé y me excitaba sólo con pensar en la noche que había pasado con Romea, pero mi corazón iba entrelazándose con el de Blanca de Corviu de un modo distinto, más intenso. Miré sus labios, su pecho agitado al gesticular, y ansié besarla. Ella se daba cuenta y disimulaba.

—Ojalá pudiera ver las tierras —dije nostálgico—. Mis raíces no morirán del todo.

—Cuando estoy allí me acuerdo de ti, siempre.

—¿Aún aparecen lirios en las dos tumbas? —pregunté al recordarlo.

—Sigue siendo un misterio, pero sí, alguien honra a nuestras madres, Oria y Leonor.

Al verla emocionada me atreví a entrelazar mis manos con las suyas. Blanca las apretó como una señal. Nos quedamos mirando nuestros dedos maltrechos. Una sombra se asomó en el portal de la iglesia. No la vimos, pero nos soltamos; fue como si me dejara caer al vacío.

—¿Quién se acordará de nosotros, Blanca? —le pregunté sin esperar respuesta.

Estuvo largo rato en silencio.

—Es tarde. Tu maestro debe de estar preocupado.

Amor

Esa noche, junto al maestro Martí, dormí con un ojo abierto temiendo sentir el filo de la daga de Arnulf de Corviu en mi cuello. Pero la palabra de Ponce era ley y vimos un nuevo amanecer.

El campamento despertó con fanfarrias y la voz de los heraldos. Se anunciaba que, tras el rezo de maitines y la bendición de armas, combatiría la facción de los francos con un selecto grupo de Borgoña. La convocatoria fue coreada con vítores y aplausos. Todos eran afamados caballeros. Los escuderos se pusieron manos a la obra para tener listas cuanto antes las armaduras y los pertrechos.

Era el último día de combates. Esa noche se celebraría el banquete de clausura, y el día siguiente se entregarían los reconocimientos y el pago a los campeones.

Antes del torneo, los caballeros más jóvenes, recién armados, luchaban cuerpo a cuerpo delante de las mesas donde los nobles desayunaban. Exhibían su potencial a la caza de patrocinadores. Busqué a Arnulf con la mirada; prefería saber dónde estaba en todo momento. Lo vi con los vasallos de Ponce, cubierto con la capucha. Los nobles lo miraban con repulsa; ser el sobrino del poderoso vizconde era lo único que evitaba que lo echaran de allí como a un perro. A pesar de lo que me había hecho, sentí un atisbo de lástima.

A media mañana comenzó el combate por naciones. Fue aún más violenta que la del día anterior. Una casa de Borza se derrumbó hasta los cimientos levantando una gran polvareda y dos jóvenes pastores fueron arrollados mientras trataban de proteger un cobertizo con ovejas, su único sustento.

Blanca estaba en la tribuna del vizconde. En su papel de *pubilla*, hablaba y reía con otras damas y acogía con cortesía los halagos de los jóvenes caballeros. La sentía lejana, pero sabía que una parte de ella estaba conmigo, un simple payés.

Mi maestro también se hallaba con ellos. Miraba el combate con el semblante grave, hastiado, con el libro prestado entre las manos. Era un juez enérgico, agudo y locuaz, un hombre de letras apasionado de los combates y batallas, siempre y cuando fueran orales. Le aterraba encontrarse en un lugar donde lo único que se valoraba de verdad eran las espadas.

Yo esperaba con ansia que llegara la tarde para a reunirme con Blanca. Ella conocía los hábitos de la gente del vizconde y me había prometido ayuda para escapar esa noche.

A mediodía el toque del cuerno señaló el cese de la batalla. Habían vencido los francos, y dos caballeros borgoñeses se debatían entre la vida y la muerte. Los espectadores se marcharon al campamento para refrescarse, y cuando el polvo volvió a asentarse sobre la pradera, las damas salieron y enfilaron la cuesta hacia Borza.

Eran mujeres de alcurnia que también tomaban parte en el torneo, pero sin empuñar armas. Ellas combatían para lograr acuerdos matrimoniales beneficiosos para sus familias. Después de más de un siglo de uniones entre parientes, la presión de la Iglesia había hecho que se optara por otros linajes, incluso de otros reinos; sangre nueva que aportaba hijos más sanos y fuertes. Los actos de caridad eran una buena oportunidad para conocerse entre ellas y tantear otras casas.

Blanca iba entre aquellas damas. Parecía ausente. Esa misma noche se anunciaría al noble con el que se casaría. Iba a ser el último día de nuestras vidas que podríamos vernos.

Desde el pórtico de la iglesia, la observé repartir pan y truchas ahumadas a los aldeanos con aquel aire sereno, delicado, que escondía un carácter audaz. Le silbé, pero me ignoró. Salí varias veces de la aldea, indeciso, y luego regresé. Quizá Blanca había cambiado de opinión y había decidido que nos mantuviéramos alejados por prudencia. Era un día clave para su vida.

A media tarde las damas propusieron marcharse. Entonces Blanca les dijo que se adelantaran mientras terminaba de vendar a uno de los pastores arrollados. Cuando las mujeres desaparecieron me miró, y el corazón se me aceleró. Se despidió afable de los aldeanos y salió de la iglesia, de nuevo ajena a mí. Caminó por la calle y se metió en una casa. Sentí una comezón en el estómago y entré tras ella con disimulo.

Blanca estaba apoyada en el muro. Quería hablar y conocerla más, pero no era eso lo que me pedían sus ojos. No lo dudé, no tendríamos otra oportunidad. Fui hasta ella y la besé. Creía que se sorprendería ante mi ímpetu inexperto o que me recibiría con besos tímidos, como Guisla, pero tras unos escarceos me atacó con un beso largo y profundo que me hizo arder la sangre.

Me quedé desconcertado cuando noté sus manos descendiendo hasta mi entrepierna.

—¿Tu...? —comencé cohibido.

—Sí —dijo entre besos y sonrisas maliciosas—. He yacido... Ven aquí, payés.

Nos desnudamos sobre una estera de esparto. La mirada de Blanca brillaba ardiente. No sentíamos pudor. Ella me deseaba y me pedía caricias con los ojos.

Arrodillados uno frente a otro, dejamos todas las tribulaciones entre nuestras ropas arrugadas. Blanca tenía el cuerpo menudo y la piel nívea, la más suave que había acariciado. Romea me había enseñado ciertas habilidades que la hicieron estremecer. Me miró enrojecida, con los ojos como platos. No se comportaba con ese aire delicado que la envolvía, sino que vibraba y gozaba sin pudor.

—¿Y tú? —dijo entre jadeos, con el pelo alborotado y sonrojada.

—También, con una juglaresa.

—¡Ahora lo entiendo! —exclamó, y se echó sobre mí.

Blanca era apasionada. Nos entendíamos con las caricias, y

los besos llegaron a cada pliegue de nuestra piel. Al fin, agitada, me invitó a entrar en ella. Jadeó, ajena al riesgo que corríamos allí, mientras yo gozaba con sus palpitaciones. Me susurraba al oído palabras cálidas que hablaban del *joy*, el goce de los verdaderos amantes que cantaban los trovadores más apasionados. Se movía con ardor, activa. Quiso llegar al clímax sobre mí, viajando en libertad. Sentí que el éxtasis llegaba con una fuerza desmedida. Mis movimientos se unieron a los de ella cuando arqueó la espalda. Entrelazados, dejamos que el placer estallara y lo colmara todo.

Después se quedó echada sobre mí. Aún la notaba estremecerse.

—¡Dios mío! —exhaló jadeante—. ¿Qué ha pasado?

—¿Nunca... has sentido eso?

Me miró extrañada, aunque enseguida comprendió e hizo una mueca desdeñosa.

—El vizconde embiste, pero no es hábil como un juglar.

—¿Ponce? ¿Fue con él? —dije incrédulo.

Le molestó la pregunta y dudó si darme explicaciones. No quise que se quebrara ese momento único para ambos y alejé sus turbios pensamientos con un beso.

—Nunca te olvidaré, Blanca de Corviu, pase lo que pase.

Me correspondió, y seguimos entrelazados con los ojos cerrados. La tarde avanzaba. Al volver a mirarnos, las sombras habían pasado.

—Si nos viera Fátima... Ella no quería que nos tocáramos ni las manos.

Asentí con una sonrisa tímida. Conocía bien a la sarracena y quizá no debíamos tomar a broma sus palabras. Sin embargo, en ese momento nada nos importaba.

Teníamos una conversación pendiente para planificar cómo dejar el campamento Martín y yo, pero quedó aplazada un poco más, pues, lentamente, nuestras caricias tranquilas y malintencionadas nos hicieron enzarzarnos de nuevo. Mientras tanto, en otro mundo, el sol declinaba y el campamento se disponía para el gran banquete.

El banquete

Llegué a la tienda ya de noche. El maestro iba a reprenderme, pero vio una luz en mi rostro que lo turbó. De camino hacia el banquete, me escudriñaba entre el estupor y la envidia. Le expliqué que la *pubilla* de Corviu nos ayudaría a salir del campamento durante el final del festejo; lo habíamos planeado antes de regresar de nuestro furtivo encuentro. Martí asintió, si bien intranquilo. Después le dije que Blanca había corroborado que se avecinaba una rebelión y, además, le conté lo que se rumoreaba acerca de Ramón de Blanes. No hubo más que hablar.

El banquete se celebró en un extremo del campamento. Hachones y pebeteros iluminaban una veintena de mesas alargadas, con manteles de lino y guirnaldas de flores coloridas cogidas allí mismo. Se había invitado a trescientos comensales, entre ellos a los nobles y los caballeros destacados de las diferentes naciones, además de damas, clérigos y mercaderes pudientes. Presidían la mesa principal los jóvenes Conrado de Hohenstaufen, futuro rey de Castilla, Gastón VI de Bearne y Ponce III de Cabrera.

Según me había explicado Blanca, había financiado la mitad del ágape con un préstamo sobre sus dominios concedido por un banquero de Girona llamado Pere Moneder.

Ponce de Cabrera nos había colocado en una mesa alejada, con los capellanes y confesores de algunas damas. Los siervos la colmaron con fuentes de cerdo salvaje asado. Había variedad de quesos, pan blanco traído desde Pau y montañas de castañas. Lo más aplaudido fueron quince toneles de vino de Borgoña que arrastraron hasta allí en yuntas de bueyes. Un ejército de siervos y esclavos se encargaban de que nadie tuviera su copa vacía.

Busqué a Blanca con la mirada. Estaba en la mesa principal, junto al vizconde de Cabrera. No había tenido mucho tiempo para arreglarse, pero destacaba sobre el resto de las damas con un vestido de seda verde y hebras de plata, con mangas anchas y un cinto que resaltaba su figura esbelta. Sus esclavas le habían recogido la larga melena dorada con una redecilla, sobre la que lucía una tiara con perlas. Parecía una reina. Martí de Ripoll me observaba y se barruntó lo ocurrido.

Cada vez que la *pubilla* me sorprendía mirándola, me hacía discretos gestos para que disimulara. Sabía que nuestro juego era peligroso, para ambos, pero me reconcomía pensar que no la vería más.

Al final de la cena, Ponce de Cabrera pidió permiso al anfitrión para hablar. El vino enardecía los ánimos y costó imponer silencio en todas las mesas.

—¡Ésta es una gran noche, amigos! —anunció a voz en grito para que todos lo oyeran—. Una noche en la que se honra a los *bellatores*, caballeros de la nobleza, defensores de la fe y del orden. Guerreros con alma de plata, dirían los antiguos sabios. Descendemos de los *milites* que arrebataron estas tierras al infiel, y pedimos a Dios que nos conceda perpetuar el renombre y la dignidad de nuestros linajes.

»No hay mayor gloria para un mortal que blandir su espada, vivir con honor y tener descendencia. Por eso, esta noche, a la dicha de nuestra unión se añade la de saber que dos de los nuestros formarán pronto una nueva gran familia. En mi nombre y en el de mi primo Guillem de Santmartí, ambos tutores de Blanca de Corviu, *castlana* de Olèrdola, entregamos su mano al honorable caballero Asbert de Santa Oliva, vasallo de mi primo, hombre de honor y leal a nuestras casas. ¡Alcemos nuestras copas!

Todos estallaron en júbilo. Se habían hecho apuestas durante días y al final la noticia complacía a la mayoría de los presentes.

Asbert, sentado cerca de su futura esposa, se levantó. Calculé que superaba a Blanca en más de veinte años. Vi el gozo en su cara oronda, con barba espesa y pajiza como su pelo. Lucía una túnica elegante, de buen paño. Agitó los brazos triunfal. Aunque no había combatido en el torneo, era el vencedor claro en aquel encuentro. Se sentía tocado por la diosa Fortuna, pues, debido a su aspecto, no estaba entre los favoritos de las damas.

Los clérigos de la mesa explicaron que sus dos matrimonios anteriores habían fracasado y se habían anulado, aunque no especificaron la razón. El nuevo compromiso los complacía y reconocían la habilidad de Ponce: Asbert de Santa Oliva tenía en el Garraf y el Penedés muchas tierras cercanas a las de los Corviu, además de varios castillos hasta el territorio de Tarragona, con numerosos hombres de armas. Hablaron incluso de dos galeras con las que pirateaba las costas de Mallorca. Al unirse con la *pubilla* de Corviu, el vizconde de Cabrera se granjeaba un acaudalado aliado que le sería fiel por pacto de vasallaje.

Ponce sonreía y exhibía orgulloso a su pupila. No le afectaban los rumores sobre sus actos con ella. Los Cabrera eran superiores a los Santa Oliva y los Corviu inferiores, eso compensaba la falta. Era la costumbre. Asbert, por su parte, parecía ansioso por meter en su lecho a una joven bella y hacendada, aunque no fuera virgen.

Al fin miré a Blanca, que sonreía comedida. Seguro que lo sabía de antes, pero no lo compartió conmigo. La última tarde, se había limitado a amarme con pasión, sin reparos, y a urdir un plan para sacarme de aquella ratonera. Dos lados de un alma, como muchas damas de su condición. Por eso amaba la poesía trovadoresca que tan bien reflejaba aquel dilema.

No contuve mi gesto de rechazo, y Martí de Ripoll me tocó el brazo.

—Si tanto la amas, bendice la unión. Conozco a Asbert. Es un caballero honorable y la tratará bien. No goza de grandes títulos, pero es inmensamente rico. Juntos aumentarán el honor de sus casas. Tus tierras están en buenas manos.

—Maestro, Blanca cree que esa riqueza financiará la rebelión —musité apocado.

Los ojos de Martí brillaron y me pidió cautela. Había demasiados oídos cerca.

Mientras se llenaban las copas del banquete, Blanca y Asbert, con Ponce y otros testigos, firmaron un extenso documento de esponsales que dos notarios habían preparado. Luego el ambiente se animó y llegó el turno de los trovadores. Los más reconocidos cantaron *tensons* y *sirventés* en occitano para elogiar a la dama inalcanzable.

Fue muy aplaudida la intervención de Beatriz de Blois, *trobairitz* que firmaba sus composiciones como Rosa Blanca. Exaltaba el *joy*, el sentimiento perfecto entre los amantes, con ciertas dosis de sensualidad. Me acordé de los susurros de Blanca y me estremecí. Ella escuchaba extasiada, unida a los versos. Todas aquellas nobles damas cumplían con sus votos de esposas y desposadas, pero no renunciaban al amor.

Poco a poco, los magnates de mayor edad se retiraron. Se apartaron las mesas y llegaron goliardos con sus instrumentos para comenzar las danzas, truhanes con dados de marfil y prostitutas que llenaron de risas cantarinas la noche.

Era el momento que habíamos acordado. Blanca se retiró a su tienda con dos damas. Arnulf de Corviu y su madre seguían en un extremo de la mesa principal, con otros vasallos. Me observaban a menudo, pero en aquel instante estaban distraídos, y aproveché.

—Es el momento, maestro.

—Que Dios nos proteja —convino sin disimular la inquietud. Le aterraba el riesgo.

Dejamos la mesa para retirarnos a descansar, pero al llegar al campamento nos desviamos hacia el campo en medio de la oscuridad. La celebración estaba en el punto álgido y nadie nos increpó. Bajo el cielo estrellado, llegamos a la primera casa de la aldea. Allí todo era silencio. Aguardamos hasta que por fin una silueta se recortó en la oscuridad.

—¡Rápido, debo volver enseguida! No se tarda tanto en vaciar el vientre.

—¿Blanca? —Martí me miró sorprendido—. ¿Cómo te has atrevido?

—No podía confiar en nadie para esto. Tomadlas.

Sacó de su manto dos capas plegadas. Tenían cosido el emblema de los Cabrera.

—En la oscuridad, si alguien os ve creerá que sois hombres del vizconde y os dejará pasar —explicó. Estaba nerviosa—. ¡Debéis marcharos ya!

—Al amanecer habremos cruzado a Aragón, maestro —dije para animar a Martí.

Blanca se acercó a mí y me besó.

—Espero que Dios nos conceda la oportunidad de vernos de nuevo. Alguna vez...

Ambos sabíamos que no iba a ocurrir y quise retener el cosquilleo de sus labios.

De pronto, una voz llena de odio quebró el silencio que nos rodeaba.

—¡No tendrás una nueva oportunidad para pagar tu deslealtad, Blanca!

Me recorrió un escalofrío. Era Ponce de Cabrera. Sin poder reaccionar, oímos el chasquido del pedernal y una llama prendió hasta convertirse en una espada en llamas. La sostenía el propio vizconde. Su cara era un rictus de cólera.

Saltaron más chispas y, una a una, aparecieron siete espadas flamígeras que iluminaron el campo. Tras los nobles que las empuñaban iban sus vasallos, silenciosos y con semblante grave. La visión me cortó el aliento.

—¿Me crees ahora, hermano? —dijo Saura, detrás del vizconde. Mostraba una sonrisa fiera. Era el momento ansiado—. ¡Tu pupila Blanca te ha sido desleal con ese payés! Sospeché de su amistad desde que supimos que él le entregó la cesión de

Tramontana, en Barcelona, pero esta vez ha surgido algo obsceno entre ellos.

Deduje que Arnulf no me había atacado por su cuenta, como supusimos, aunque en aquella casa en ruinas la ira se le fuera de las manos. Fue la bastarda quien provocó la situación dramática para que nos encontráramos en privado. Buscaba herir el orgullo y la virilidad de Ponce de Cabrera, envenenarlo de celos. Quizá nos habría denunciado en cualquier caso, pero no tuvo que mentir.

—Mis siervos los han visto esconderse hoy en una casa de Borza. ¡Me temo que Blanca se ha entregado de buena gana! —siguió Saura a voz en grito—. Te lo advertí, hermano. ¡Tu pupila ha arrastrado tu honor por el fango con un mísero payés! ¡No merece al noble Asbert ni Olèrdola!

Los ojos de Saura brillaban codiciosos. Esperaba obtener rédito de la caída de Blanca de Corviu. El vizconde ahora estaba en deuda con ella.

Ponce nos apuntó al maestro y a mí con la espada, cuyas llamas se extinguían.

—¡Sabíamos que trataríais de escapar antes de que terminara el torneo, pero no con esta vil traición! —Lo vi cegado por la cólera—. Escuchadme, Martí de Ripoll: estas espadas ardientes es lo que quiero que retengáis en vuestros ojos para describírselo con detalle al rey Alfonso. ¡Rechazamos la Paz y Tregua y su ley en nuestros dominios!

—¡Rebelión! —clamó el maestro, tenso a mi lado.

—Si no lo acepta, correrán el fuego y la sangre por toda la Corona. Del payés, quien me traiga su cabeza o la piel desollada recibirá media libra de plata. ¡Cazadlo!

La caza

El eco de la voz de Ponce III de Cabrera se perdió en la noche. Al menos veinte hombres se acercaron, dispuestos a atraparme. Estaba sentenciado a muerte. Martí de Ripoll se aproximó al vizconde con los brazos alzados.

—¡Dejad que el muchacho se marche!

—Ha yacido con mi pupila. Un simple *laborator*... —rezongó arrogante. Además de mancillado en su honor, se sentía despechado, incapaz de asumir que Blanca había conocido a otro hombre que no fuera él o quien él dictara—. Morirá en una lenta agonía.

Ramón de Blanes, con una sonrisa cruel, empujó a mi maestro, que cayó al suelo. Ya no lo vi más. El primero en alcanzarme fue Arnulf de Corviu, con una daga. Lo esquivé, y me serví de su impulso para empujarlo y que rodara lejos.

—¡Atrapad a la furcia y al payés! —gritó Saura despavorida.

Incapaz de pensar, arrastré a Blanca hacia la oscuridad en una absurda huida hacia ningún sitio. Los soldados nos perseguían con dificultad por culpa del vino y la opípara cena. Confiados, se lo tomaban como una diversión más del memorable torneo.

—¡Suéltame, Robert! —dijo Blanca entre jadeos. Había perdido las sandalias.

—¡No!

—¡Corre como hacías de niño en Tramontana! —insistió

atribulada. No podía ver su sonrisa triste—. Ponce me quitará mi herencia, pero sé que me perdonará la vida. Saldré adelante. Tú, en cambio, tendrás la peor muerte imaginable si te atrapan.

Desesperado, busqué algún accidente en el terreno donde ocultarnos, pero nos envolvía la oscuridad y las voces estaban cada vez más cerca. Entonces noté un fuerte dolor en la mano que asía la de Blanca. No pude evitar soltarla y se quedó atrás.

—¡Corre, Robert de Tramontana!

La sangre me resbalaba por los dedos. Ella me había cortado con un estilete. Antes de perderla de vista en la noche, creí atisbar el brillo de sus ojos claros, llenos de amor. Pensé en Fátima y su profecía: tras tocarnos, había sucedido la desgracia.

El perseguidor más próximo llegó casi a rozar mi túnica y entonces salí disparado. Ninguno de ellos estaba en condiciones, ni se movía en campo abierto como el niño solitario de Tramontana. Corría y saltaba con agilidad los pequeños desniveles guiado por un instinto que había afinado durante años. Los dejé atrás, pero al poco oí ladridos de perro. Llegué al arroyo junto al camino, manché una piedra con mi sangre y la hice rodar cuesta abajo para crear un rastro falso. Luego seguí por el agua. Estaba gélida y bajaba con mucha fuerza. Ascendí el curso luchando por mi vida mientras lloraba por lo ocurrido. Temía por Blanca y por mi maestro. Nada volvería a ser igual. Entumecido, perdí la noción del tiempo. Sólo oía el ensordecedor rumor de la corriente. Ignoraba si mis perseguidores estaban a una milla o justo detrás de mí, y ése fue mi último pensamiento antes de resbalar y golpearme con una roca.

—¡Está aquí! ¡Respira! ¡Venid rápido!

Los gritos me llegaban lejanos. Noté frío en la boca, me ahogué y tosí.

—Tranquilo, es agua...

Era la voz de mi compañero Rodrigo de Maza. Yo no sabía dónde estaba ni qué había pasado. Poco a poco, reaccioné. No podía moverme, el frío me lo impedía. Parpadeé y la luz me deslumbró: ya era de día. Cuando mis ojos se acostumbraron a la claridad, vi que estaba tendido en la hierba junto al riachuelo. No se veía nada más, pues nos envolvía una espesa niebla.

—¿Blanca? —pude mascullar.

De entre la bruma salieron dos soldados. Me asusté sin saber la razón.

—No temas. Son guardias del obispo de Jaca. Como no regresabais a la catedral, se mandaron partidas. Un pastor os vio camino de Somport con hombres armados y luego supimos lo del torneo. Creíamos que no volveríamos a veros.

—¡Va a estallar una rebelión, Rodrigo! —le informé. Lentamente regresaba a mí el recuerdo del horror vivido—. ¡Hay que encontrar al maestro!

—¿Puedes andar? —preguntó sombrío.

Había pasado la noche al raso y con las ropas húmedas. A pesar de que estábamos a finales de marzo, el frío me tenía paralizado y tuvieron que alzarme entre los tres. Rodrigo se colocó mi brazo en un hombro y me ayudó a caminar. Remontábamos el sendero hacia el paso de Somport, camino de Aragón. Volvía a casa, pensé con alivio inmenso.

El esfuerzo del ascenso me hizo entrar en calor. En medio de la bruma era difícil saber la hora, pero calculé que debía de ser pasado el mediodía.

—¿Qué ha ocurrido? —me decidí a preguntar, a pesar del temor que me provocaba el semblante grave de Rodrigo.

—Todo ha terminado. El séquito de Conrado de Hohenstaufen sigue su camino hacia Castilla. Están desmontando el campamento.

Ante mí apareció Artal, el estudiante más avanzado del maestro Martí.

—Dios mío... ¡Robert, cuánto lo lamento! —Me sostuvo por el otro brazo.

—¿No sabéis nada del maestro Martí de Ripoll? —demandé—. El vizconde Ponce de Cabrera habló de liberarlo.

—Concéntrate en el camino, Robert. Hablaremos luego de eso.

Tras una agónica caminata cuesta arriba, llegamos a una pequeña planicie. Allí se iban reuniendo los soldados jaqueses que habían estado buscándome. Me alivió ver varias mulas ensilladas, pues no tenía fuerzas para seguir a pie. Sobre una de ellas reconocí una silueta y mi corazón se llenó de dicha.

—¡Maestro!

Bajo la gruesa manta que lo cubría hasta la cabeza, se irguió al oír mi voz. Me solté y renqueé hacia él. Rodrigo y Artal se quedaron detrás, en silencio.

—¿Os han liberado? —pregunté.

—Así es, para que cuente al rey lo que he visto… Por suerte te han encontrado vivo.

Sentí un escalofrío. Su voz sonaba oscura y débil.

—¿Maestro?

No se movió. Con el corazón en un puño, me situé delante de él. Las crueles palabras del vizconde Ponce III de Cabrera cobraron un siniestro sentido. Martí de Ripoll podría describir bien lo que había visto, pues fue lo último: le habían quemado los ojos.

—Ponce cumplió: sigo vivo y libre… Pero se guardó de advertirme que se proponía dejarme en manos de Ramón de Blanes.

—¡No! —Desconsolado, toqué su pierna.

Me atrapó la mano. A pesar de su aspecto macilento y débil, la apretó con fuerza.

—No te desmorones, Robert. En esta guerra, ahora es tu turno.

Comencé a llorar como un niño desamparado mientras Martí, encorvado sobre la mula, me rozaba el pelo, sumido en su ya perpetua oscuridad.

El sendero de estrellas

El rey Alfonso de Aragón llegó a Jaca sólo dos semanas más tarde. Martí de Ripoll sirvió a los propósitos de los nobles y explicó la finalidad del torneo clandestino: forjar una alianza y alzarse en armas contra el rey para demostrar que no podía obligarlos a detener las cabalgadas y los saqueos. No se someterían a una Paz y Tregua, beneficiosa para los payeses y los siervos de la gleba, pues mermaba su fuente adicional de ingresos cuando faltaban grandes campañas bélicas como la conquista de Lleida o de Tortosa, que aportaban grandes beneficios, botín, honores y nuevas tierras.

La rebelión se extendió por los condados de Girona y Urgell, encabezada por Ponce III de Cabrera, así como por otro gran señor, Arnau de Castellbò, el barón trovador Guillem de Berguedà y varios nobles de renombre. Nadie supo decir si eran siete líderes, como las espadas flamígeras, pero tenían poderosos aliados entre otras casas nobles de Catalonia.

El monarca se tragó la cólera por lo del torneo e hizo que sus mejores caballeros interceptaran al séquito de Conrado de Hohenstaufen y lo escoltaran hasta la frontera con Castilla. Luego comenzó a reunir al ejército que recorrería Girona para aplastar a los nobles alzados en armas.

En cuanto a mí, la tragedia de Bearne me cambió. El muchacho ingenuo que despertaba a la vida quedó atrás. En mis recuerdos se mezclaban amor y odio, placer y dolor, vida y muerte. Igual que las quemaduras de Arnulf, el corte en la mano que Blanca me había provocado sanó y se convirtió en una cicatriz que me recordaría por siempre lo ocurrido. Estuve a punto de sumirme en un letargo de melancolía, como mi madre, pero Martí de Ripoll me sostuvo, a pesar de su estado.

El maestro seguía convencido de que, algún día, alguien como nosotros, sin linaje ni poder, lograría dominar la violencia de los poderosos. Antes de Bearne lo creí, pero luego ya no. Aun así, estaba decidido a convertirme en un buen juez. Se lo había prometido a Salomé: yo detendría al sádico Ramón de Blanes. Ahora tenía una razón más para hacer justicia.

A través de los contactos del padre de Rodrigo de Maza supimos que el vizconde de Cabrera había perdonado la vida a Blanca de Corviu. El desposorio con Asbert de Santa Oliva se había anulado. Se sabía que el vizconde se la había llevado a su castillo de Montsoriu, en el corazón de las tierras rebeldes, pero nada más.

A finales de abril llegó a Jaca el conde Ermengol VIII de Urgell. Tras reunirse en secreto con el maestro, decidieron que los acompañara en un largo viaje a través de la ruta jacobea. Martí estaba enfermo, y supuse que quería visitar la tumba del apóstol Santiago antes del final. Aunque se empeñaba en comportarse como el hombre de antes, e incluso nos impartió algunas lecciones en San Ginés, languidecía. Una venda cubría las úlceras alrededor de sus ojos, que no terminaban de sanar, y me convertí en su lazarillo. Me sentía culpable.

El camino hacia poniente fue tranquilo, aunque fatigoso. Dormíamos en hospederías o bajo la tienda que los hombres del conde de Urgell plantaban para nosotros. La salud del maestro se resintió aún más. Las llagas de sus ojos no se cerraban, pero no se quejaba. Pasamos por varias ciudades. Sentí que recobraba algo de mi ánimo mientras cruzábamos el Reino de Navarra. En una dovela de la parroquia de San Miguel de la ciudad de Estella vi representada la danza de Salomé. Era cierto lo que me dijo: mi admirada juglaresa bailaba para mí en algunas iglesias del camino.

«Que el sendero de estrellas te señale la ruta», ésas eran las palabras que Salomé decía siempre cuando se despedía de alguien por largo tiempo. La echaba de menos. La Compañía Roja estaba recorriendo aldeas y ciudades como todos los estíos.

Tras varias semanas de camino, el guía nos hizo salir de la carretera y ascendimos un promontorio. A nadie le extrañó; era la costumbre. Desde allí se veía una vasta llanura y a nuestros pies una gran ciudad amurallada.

—La ciudad de León, capital del reino que pisamos —murmuró Martí de Ripoll, nostálgico—. Lo que daría por volver a verla.

Aspiré impresionado. Jamás me había imaginado viajar hasta tan lejos.

—La muralla y las torres curvas me recuerdan a las de Barcelona.

—Eso es porque la ciudad también tuvo un pasado romano. León tiene cerca de setenta —comentó Martí—. Vine hace unos años a estudiar su fuero y ¡yo mismo las conté!

El conde Ermengol VIII de Urgell situó su caballo junto a nuestra mula.

—Ese lienzo fue una de las razones para convertirla en la capital del joven reino hace dos siglos —explicó—. Aquí, en el cerro, se detienen los peregrinos camino de Santiago para recuperar el aliento y ver la ciudad. Nosotros ya hemos concluido el viaje.

—¿Nuestro destino era León? —Estaba desconcertado.

—En tu viaje no hay destino, Robert, sólo lugares de paso —señaló Martí, enigmático.

La fila de jinetes tomó un ramal y se dirigió hacia la llanura. Mi maestro y yo, en la misma mula, seguimos inmóviles.

—En la ciudad de León se guarda una antigua semilla que puede cambiarlo todo.

—Lo habéis insinuado varias veces durante el viaje, maestro —repuse intrigado, aunque sin entusiasmo.

—Falta poco.

Chasqué la lengua y el dócil animal se puso en marcha para seguir a la comitiva. Nos entendíamos bien. Yo prefería la compañía de la bestia a la del conde de Urgell y sus hoscos soldados. Había perdido el deseo de conocer a gente. El silencio lo ocupaba el recuerdo de Blanca y su trágico destino. Tocarnos nos había traído la desgracia, sobre todo a ella, y eso me hacía sentir peor.

Por suerte, la ciudad de León me transportó a los años que pasé en Barcelona. Los alrededores estaban llenos de granjas y poblados. Mientras nos dirigíamos hacia la puerta del Obispo para acceder al recinto fortificado, atravesamos un burgo de artesanos donde se celebraba un populoso mercado. La algarabía de los comerciantes se fundió con los aromas y la polvareda que levantaban los transeúntes.

Llevaba la mula por el ronzal, con mi maestro a lomos, y oí el tintineo de muchos martillos.

—Hay una docena de escultores tallando pequeñas cruces, imágenes y amuletos en una piedra completamente negra —indiqué a mi maestro.

—Son azabacheros. León tiene los mejores tallistas. Ese mineral viene de las montañas astures, y los peregrinos que van a la tumba del apóstol las adquieren para protegerse del mal de ojo y los peligros del camino. Quizá deberías comprar una, Robert.

—¿Para qué hemos venido, maestro? —insistí una vez más.

—Puede que para cambiar la historia —dijo con una sonrisa enigmática.

Respetaba demasiado al maestro, pero temía que hubiera perdido el juicio. Éramos un clérigo tullido y un joven envenenado por la bilis negra.

A pesar de todo, tenía fe en él y no le hice más preguntas.

El alma de Berenguela

En la ciudad reinaba un gran bullicio. Habían acudido delegaciones y séquitos de todas las ciudades del Reino de León dado que el rey iba a celebrar su primera curia regia. Comencé a barruntar que también nosotros estábamos en la ciudad de León por esa razón. El ambiente era de expectación, pues de las decisiones que se tomaran dependía la prosperidad de los súbditos.

Sosteniendo del brazo a Martí de Ripoll, entramos en la majestuosa catedral de León junto con el conde de Urgell y su escolta, para dar gracias a Dios tras un viaje sin incidentes. Me quedé asombrado. Era el mayor templo que había visto jamás, con tres ciclópeas naves que acababan en ábsides semicirculares. Los muros y las bóvedas eran de ladrillos, ennegrecidos por el humo, con varios arcos de herradura al estilo antiguo. Mientras el conde daba instrucciones a sus siervos para anunciar nuestra llegada, me acerqué al ábside de la nave principal. En el centro colgaba una enorme cruz metálica y la imagen de una Virgen de rostro hierático sentada en un trono con el Niño en brazos.

—Santa María de la Regla —explicó un clérigo con ganas de conversar.

—¡Fue aquí! —dijo Martí de Ripoll, y se arrodilló en las gastadas losas del presbiterio. Su voz sonaba emocionada—. Aquí se plantó la semilla, Robert.

Se aferró a mi brazo para levantarse y fuimos recorriendo

la penumbra del templo. Temblaba, con la cara pálida y húmeda debido a la fiebre. Sin embargo, habló con entusiasmo.

—En este mismo lugar se alzaba antes otra catedral. Y fue aquí, en el año 1017, donde un rey que tenía pocos años más que tú, Alfonso V de León, aprobó ante la asamblea de nobles unas libertades para el pueblo llano jamás vistas hasta entonces. —Inspiró para tomar fuerzas—. Decretó que se protegiera a todas las personas y sus bienes, permitió heredar a las mujeres y declaró la inviolabilidad de las casas y sus huertos, incluso en caso de deudas. Lo hizo en tiempos de grandes violencias para evitar que las tierras se despoblaran, pero lo más importante es que ese poder regio no emanaba de Dios, ¡sino del pueblo!

Jamás había oído nada semejante.

—¿Eso es cierto?

—Así quedó escrito. ¡Ésa es la semilla que hay que recuperar para mejorar las leyes!

Las fuerzas le fallaron y lo senté con la espalda apoyada en una pilastra. Un levita de la catedral me ayudó a llevarlo a un aposento del palacio episcopal.

El juez Martí de Ripoll era conocido y respetado entre los maestrescuelas de Santa María de la Regla por sus viajes anteriores y lo atendería el médico judío del obispo Manrique de Lara.

Regresé al templo. Caminaba pensativo, pues las últimas palabras de Martí de Ripoll me habían impresionado, y no tenía claro si habían sido un destello de lucidez o un delirio. Todo el viaje me había resultado una especie de preparación y, aun así, me costaba entenderlo.

En otras circunstancias lo habría asaetado a preguntas, pero la terrible experiencia en Bearne lo devoraba todo. El maestro me empujaba a proseguir la búsqueda y no me sentía con fuerzas. Toqué la cicatriz de mi mano y, arrodillado, recé por los que habían quedado atrás. Con el rostro surcado de lágrimas, rogué por mi madre, el *iudex* Guillem Climent de Barcelona, Guisla, que se habría casado ya con algún aprendiz, y por Blanca, a la que no podría olvidar. Ya no volvería a verlos.

Llegué junto al conde de Urgell y su séquito. Se acercó un lacayo y me pidió que lo siguiera. El conde me conminó a hacerlo con una sonrisa enigmática. Cruzamos una red de calles tortuosas. El guía hablaba orgulloso del esplendor de la capital y me llevó hasta un sobrio edificio de piedra enclavado en el corazón de la ciudad.

—Éste es el palacio de la reina Berenguela de Barcelona, la esposa de Alfonso VII de León. Murió hace casi cuarenta años y su alma generosa y gentil aún recorre estos viejos muros. Fue una madre para este reino. Desde entonces, hay muchos nobles de tu tierra en León, como el conde de Urgell.

En las ventanas colgaban pendones con un león rampante de color púrpura. Los soldados de la puerta apenas me saludaron, y me intrigó. Aguardaban mi llegada. El lacayo me condujo a un salón con escudos y cerró la puerta tras de mí. Al fondo había alguien de espaldas, delante de un enorme hogar apagado. Su capa tenía un león púrpura bordado.

—Al final, Dios sí tenía planes para nosotros.

Me estremecí. Había pasado una eternidad desde que había oído esa voz.

—Tú eres el muchacho a quien ayudé en Barcelona. Te llamabas... ¡Alfonso!

Se volvió con una sonrisa. Era él. Estaba cambiado y con aquella ropa regia tenía un aspecto imponente. Parecía tener más de diecisiete años.

—Ahora me conocen como Alfonso IX de León.

—¿Salvé en la laguna Cagalell al futuro rey de León? —pregunté atónito.

Alfonso dejó escapar una carcajada que resonó en el amplio salón.

—¡Dios mío, estás igual de horrible que en la celda del veguer! —Al ver mi tibia sonrisa se acercó con los brazos abiertos—. Cuando me contaron tu historia y lo ocurrido en Bearne me impresioné y pedí a mi instructor, el conde de Urgell, que os mandara traer. Ermengol VIII es mi mentor y mi consejero de confianza.

—Lo sabéis todo de mí y yo no sé nada de vos —dije, aunque ignoraba cómo dirigirme a él.

Alfonso asintió.

—Soy hijo de Fernando II de León y de Urraca de Portugal, legítimo heredero por nacimiento. No obstante, cuando cumplí cuatro años, el Papa anuló el matrimonio de mis padres por estar emparentados. Su matrimonio no existía, y eso me convertía en un hijo bastardo del rey. Mi padre se casó de nuevo en busca de un heredero legítimo, pero no tuvo descendencia. Sin embargo, sí tuvo un hijo con su amante doña Urraca López de Haro, hija del señor de Vizcaya. Mi hermanastro se llama Sancho Fernández de León y tiene dos años. Ahí comenzaron mis problemas. —Torció el gesto con amargura—. Dos bastardos para un trono...

»El año pasado mi padre accedió a casarse con doña Urraca para legitimar al pequeño Sancho y que fuera el heredero al trono, pero la nobleza leonesa y los aliados de Portugal me consideraban a mí el futuro rey de León. Ese fue el inicio de las tensiones, pues a doña Urraca la apoya el rey de Castilla.

—Y vuestro padre ¿qué decía?

—Mi padre enfermó el año pasado y eso dio más poder a su nueva esposa. Su obsesión por hacer rey a su hijo puso mi vida en grave peligro, y mis mentores, Ermengol VIII de Urgell y Juan Arias de Noboa, decidieron llevarme a Urgell, donde estaría más seguro. Cerca de Barcelona, donde debíamos visitar en secreto al rey de Aragón, unos sicarios me capturaron.

—Mi rey estaba muy preocupado por la suerte de los reinos hispánicos.

—Y no erraba. Si yo hubiera muerto por orden de doña Urraca, se habría desatado una guerra de bandos nobiliarios en León, Portugal y Castilla. Con los almohades a las puertas, un conflicto entre reinos cristianos puede hacernos retroceder tres siglos. Tú evitaste la catástrofe, aunque lamento que fuera a un precio tan alto.

—Eso me convierte en un héroe —alegué cínico.

—Cuando dejé Barcelona, mi destino seguía tan turbio como el tuyo, Robert. Volví solamente para que mi padre me desterrara —señaló dolido—. Es terrible que el último acto de un padre sea alejar de sí a su hijo, pero así fue. El pasado enero murió, sin embargo los nobles me han apoyado a mí.

—¿Y vuestra madrastra, Urraca?

—Se ha refugiado en la corte de mi primo Alfonso VIII de Castilla y busca aliados. Sin embargo, lo que me preocupa ahora es la ruina del reino, por eso he convocado una curia regia. Con el vacío de poder que la enfermedad de mi padre causó y las intrigas de mi madrastra, las arcas están exhaustas y León está a merced de los lobos...

—¿Y qué pensáis hacer?

Alfonso ensanchó su sonrisa.

—Juraré los fueros y negociaré privilegios con los nobles para recomponer el reino.

—Dicen que han venido muchos delegados de vuestras ciudades, sin rango noble.

—Asisten como testigos a la curia.

Mi mente se trasladó a la catedral y a las atropelladas palabras de mi maestro.

—Y mi maestro estaba al tanto de todo...

—Tras hablar con el conde de Urgell, quería que estuvieras aquí en este momento especial; te debo la vida y quizá el trono. Además, Martí de Ripoll es conocido entre los juristas de León que preparan las cortes. Sois mis invitados de honor.

Apenas escuchaba sus palabras. La propuesta de viajar a León y cada palabra del maestro cobraba sentido. Yo era su instrumento. Aprovechando la gratitud que el joven Alfonso IX me profesaba, Martí quería hacerle llegar sus ideas, y hábilmente las había sembrado en mi mente, ansiosa de justicia. La vida me planteaba un nuevo reto.

—Tal vez ha llegado el momento de que la semilla de León germine —repetí.

—¿A qué te refieres?

Miré al joven monarca. Al igual que el rey de Aragón, Alfonso IX de León tenía un halo especial, fruto de su vieja estirpe regia. Habían sido educados para ello.

—Hace casi dos siglos, un antepasado vuestro ordenó unos fueros que establecían grandes libertades para los ciudadanos. Mi maestro dice que lo hizo porque el poder de un rey emana de su pueblo, como afirmaba hace siglos Isidoro de Sevilla. ¿Y si ha llegado el momento de devolvérselo? —Sonreí entusiasmado por primera vez en mucho tiempo—. Los ciudadanos os ayudarían a recuperar las finanzas a cambio de mejores derechos y de decidir su futuro a vuestro lado.

Alfonso frunció el ceño y comenzó a deambular alrededor de la tarima.

—Lo que sugieres es una vieja propuesta de mis magistrados: ofrecer voz y voto a las ciudades. Sería algo novedoso, inaudito, y no habría vuelta atrás.

—Alfonso —dije con impropia familiaridad—, en León nacieron valiosos derechos y en León podría nacer un nuevo modo de gobernar.

In primordio regni

La abadía de San Isidoro fue el lugar escogido para la curia plena.

Tras el solemne oficio religioso, el coro entonó el *Te Deum* y se formó una solemne procesión presidida por el arzobispo de Santiago y el obispo de León. Además, estaba presente una importante delegación papal, dirigida por el clérigo italiano Tommaso Lupo. Toda la ciudad se había congregado alrededor de la abadía para el histórico momento, pero el interior estaba ocupado por la nobleza.

La comitiva se detuvo en el panteón de los reyes de León. En medio de una bruma de incienso, el joven rey Alfonso IX entró y rezó en el altar de Santa Catalina. Luego, ajeno a la espera del séquito, pasó entre las columnas y tocó los sepulcros de piedra, como si pidiera permiso a sus ancestros para lo que pretendía jurar, sabedor de que el Reino de León ya no sería el mismo. Las bóvedas que se alzaban sobre su cabeza, profusamente decoradas con escenas bíblicas, atestiguaban que se hallaba en un lugar sagrado: las decisiones que allí tomaban los monarcas repercutían en esta vida y en la otra.

Su mirada se dirigió a un rincón sombrío que no podía verse desde la iglesia.

—Has cambiado durante estos días, Robert de Tramontana —susurró.

—Llegué muerto y ahora estoy vivo —dije emocionado.

El joven rey asintió y se volvió hacia Juan Arias.

—Abrid las puertas y que entre la ciudad.

—¿Estáis seguro?

Alfonso me miró de nuevo. Irradiaba belleza y fuerza.

—La ley de los tres órdenes se ha quebrado. Ya no hay sólo *laboratores*. Esto incumbe a los ciudadanos, y deseo que estén presentes.

Asentí orgulloso. El joven rey había estudiado bien lo que tenía que decir.

El noble se marchó para dar la orden. Hasta nosotros llegaron primero voces sorprendidas y luego el chirrido de las grandes puertas al abrirse de par en par. Un rumor de entusiasmo irrumpió desde el exterior. Mi corazón latía con fuerza. Todo era nuevo y brillante; había esperanza.

—Es la hora —dijo Alfonso con una sonrisa.

—Que Dios te guarde, rey.

El joven Alfonso IX de León se reunió de nuevo con el séquito. Caminó junto a su madre, doña Urraca de Portugal, llegada del monasterio de Santa María de Wamba. Detrás iban Ermengol VIII de Urgell y Juan Arias, maestros de armas y de vida de mi amigo el rey. Ellos fueron su pilar durante los amargos años de desprecio y humillación de Alfonso. Con paso solemne, el séquito se trasladó hasta el claustro de San Isidoro.

Sobre las galerías colgaban blasones con el león púrpura. Al dejar entrar a los sorprendidos ciudadanos, no quedaba ni un palmo libre, pero el silencio era absoluto. En el centro del patio claustral se había colocado una tarima. Alfonso subió y juró sobre una antigua Biblia y una cruz de plata.

—En el nombre de Dios. Yo, don Alfonso, rey de León y de Galicia, en esta curia, ante el arzobispo de Santiago, los obispos, los nobles y los representantes de las ciudades de cada rincón del reino, bajo juramento confirmo que a todos, clérigos y laicos, les serán respetadas las buenas costumbres establecidas por mis antecesores. Que ni yo ni otro cualquiera entre por la fuerza en casa de otro o le haga algún daño en ella o en sus bienes; y si lo hiciese, pague al dueño de la casa el doble de su valor. Que nadie que se considere ofendido ataque por su cuenta, sino que busque el amparo de la justicia. Que nadie haga asonadas en mi reino ni cause daño, sino que demande justicia ante mí.

Se refería a revueltas y venganzas privadas por alguna ofensa. Me estremecí. La voz de Alfonso IX resonaba en las arcadas del claustro de la abadía, entregando al pueblo sus derechos, rodeado del clero, la nobleza y enfrente, como iguales, los ciudadanos representantes de las ciudades del reino. Eran todos prohombres y burgueses.

Pero aquella declaración sólo era el principio. Todos éramos conscientes de que presenciábamos un acontecimiento histórico: por primera vez, los ciudadanos tendrían derecho a votar y a decidir las propuestas del rey en la curia, como iguales a los otros estamentos.

Aquel domingo de primavera del año 1188, en el claustro de San Isidoro de León, se celebraban las primeras cortes con la participación de tres estamentos. No se conocía algo así en ningún lugar de los reinos cristianos, y dábamos gracias a Dios por ello.

Martí de Ripoll y yo estábamos con otros juristas en un extremo del patio. Sostenía al maestro por el brazo. Enfermo y debilitado, vibraba con cada palabra del rey Alfonso. Tenía la boca abierta en una mueca contraída; lloraba, aunque sus ojos no podían derramar lágrimas. Me emocioné por él, puesto que parecía haber encontrado lo que tanto buscó. Durante días, había participado como juez invitado en los debates de los juristas de León hasta agotar sus fuerzas.

Se inclinó hacia mí y noté el calor que desprendía a causa de la fiebre.

—Aunque el rey tan sólo busque apoyo económico y los nobles mantengan privilegios, que los tres estamentos parlamenten es un principio. Es el único camino para lograr la paz.

Aquella curia era la conclusión de años de reflexión, de un arduo trabajo de la cancillería y de la necesidad de un rey joven, acuciado por la ruina de su reino. El pueblo había aprovechado la oportunidad histórica. En León vi que mi maestro tenía razón, algo estaba cambiando en el orbe; los ciudadanos eran conscientes de su importancia y querían participar en su destino.

El rey de León siguió leyendo los *Decreta*, las nuevas leyes inspiradas en el viejo Fuero de León pero renovadas. Protegían a todo súbdito de la violencia y del arbitrio de los poderosos. Los ciudadanos asentían con la cabeza. Recé con fervor para que, algún día, existiera tal protección en el mundo entero.

Alfonso detuvo un momento la lectura y alzó la vista. Recorrió a todos los presentes con la mirada hasta detenerse en mí. Sabía lo que iba a decir; lo habíamos hablado esos días y él era consciente de que para mí era lo más importante.

—Los tribunales deberán juzgar en consideración siempre a las pruebas precisas y bien fundadas, al testimonio de *hombres buenos* y a las averiguaciones de los pesquisidores que acusador y acusado nombren.

Me miré las manos mutiladas. Ni ordalías, ni juramentos ni batallas; sólo pruebas.

Noté que Martí me asía el brazo con fuerza. Al volverme, vi su cara grisácea y contraída.

—¡Maestro!

Sufrió un espasmo y se desplomó. Le ardía la piel y no reaccionó a mi llamada. Con discreción, para no interrumpir la asamblea, lo llevamos hasta una celda. Ya sabía que mi maestro se moría antes de que el galeno judío negara con la cabeza. La úlcera que tenía alrededor de los ojos se había infectado. Martí nunca había sido un hombre fuerte. Las fiebres, el viaje y la intensa actividad habían consumido sus últimas fuerzas.

El maestro había sido consciente en todo momento de que se aproximaba su final, pero con su tesón inquebrantable logró participar en los *Decreta*. Eso me consolaba. Fra Martí de Ripoll no había sido derrotado en Bearne; había triunfado, y lo avanzado en las Cortes de León sería trascendental para el orbe entero.

Esa tarde el propio rey lo visitó. Con los jueces y consejeros, rezó un responso y el obispo de León le dio el viático. Acudió incluso el delegado papal Tommaso Lupo, conmovido ante lo que le habían contado de Martí de Ripoll.

—Tengo algo que darte, Robert —me dijo el rey con una sonrisa de ánimo. Me tendió un libro—. Lo he mandado copiar para ti, como agradecimiento por lo que hiciste.

Era el primer libro que tenía. Las tapas eran de madera forrada de cuero rojo. Las páginas eran vitelas de ternero joven, finas y con una caligrafía excelente. Algunas estaban iluminadas con pequeñas miniaturas de colores vivos.

—Es un libro de fazañas. Se trata de pequeños relatos y consejos prácticos que en estas tierras usan los jueces para decidir sobre ciertas causas judiciales. Hay siglos de experiencia y sabiduría en ellas. Te serán útiles, pues con tu valor y el extraño destino que recorres llegarás a ser *iudex*.

Asentí agradecido, con el libro en las manos, a pesar de que me sentía muy lejos de aquel vaticinio. Ante nosotros, el hombre que me inspiraba agonizaba en el lecho. Sólo quedaba esperar a que Dios lo convocara a su juicio.

Bien entrada la noche, Martí de Ripoll recuperó la consciencia.

—Robert —susurró.

—Estoy aquí, maestro.

—¿Recuerdas aquello que me contaste de la *baraka*?

—Sí. Creo que esa fuerza existe y vos la teníais.

—Debes buscarla tú también y seguir por mí.

—Es mejor que descanséis, maestro.

—Quiero que regreses a Jaca y completes tus estudios. Cuando dictes tu primera sentencia, estarás listo para visitar el monasterio de Ripoll. Ése es el lugar al que quería llevaros antes de ocurrir lo de Bearne. Allí te aguarda fra Arnau de Mont para mostrarte el libro del poeta ciego, mi obra favorita. —Me cogió la mano y rozó con afecto los muñones de las falanges—. Ve en busca del origen. Todo empezó en esa vieja historia. Luego podrás recibir mi legado...

—¿De qué legado me habláis? —Lo veía apagarse y la angustia me invadía.

—Si en León ha sido posible superar la ley de los tres órdenes, el orbe está listo para un cambio mayor. —Se ahogó y le di un poco que agua, pero le resbaló por la barba canosa—. Se libra una cruzada mucho mayor que la de Tierra Santa y su lema no es *Deus vult*, sino *Pax et Lex*. Algún día temblarán los cimientos del mundo conocido. En Ripoll lo entenderás, y continuarás la labor que yo no he podido culminar. Que Dios te guarde, Robert de Tramontana.

Enmudeció. No tenía nada más que decir. Comencé a llorar al verlo agonizar. Una parte de mí rogaba que todo terminara. Cuando al cabo de un instante jadeó varias veces y dejó de respirar, sus rasgos se suavizaron, libre al fin del insoportable dolor que sentía en la cara.

El diplomático de Roma, Tommaso Lupo, le cerró los ojos.

—Lamento lo de tu maestro, Robert de Tramontana.

Lo miré al borde de las lágrimas. Tendría unos veinticinco años. Era joven para el importante cargo que ostentaba en la ruta jacobea como delegado papal, pero en el Vaticano las alianzas y los pactos generaban situaciones así.

—Vuelvo a Italia para seguir mis estudios. Si lo deseas, puedes regresar hasta Jaca con mi séquito.

Se lo agradecí, aunque la angustia no me permitía hablar.

Dos novicios comenzaron a rezar. Tomé las manos de Martí y se las puse sobre el pecho con una sencilla cruz de azabache. Tenía la piel fina, de intelectual. En realidad, apenas sabía nada de él, de su vida o de sus sentimientos. Salomé se había reído de mí al preguntarle si estaba enamorado de ella. Quizá aún descubriera la razón, pero ya era tarde para conocer quién se escondía detrás del carismático juez y forista.

De nuevo me sentía solo. Sin embargo, el viaje a León y todo lo vivido me habían insuflado nuevas fuerzas. El tesón de Martí de Ripoll a pesar de su grave estado me mostró el poder de la perseverancia y la fe. Fue su última lección: resistir y confiar, pues aún podía hallarse destellos de justicia. Poco a poco, mis temores remitieron. Le sería fiel, y cuando dictara mi primera sentencia, continuaría aquella extraña y silenciosa cruzada que él consideraba trascendental para el mundo.

TERCERA PARTE

UNA NUEVA LEY

[illegible]

Qui forçat per ello [illegible]

Jimena cumplía diecinueve [illegible] finales de [illegible]. Jimena había salido de la aldea de [illegible] de Jaca, pues su padre cultivaba las tierras del [illegible]. Durante [illegible] llevaba un año esperando su aniversario [illegible] ese día marcharía con sus padres a Huesca para [illegible] Felipe, un hortelano afincado [illegible]. Felipe tenía una frondosa melena [illegible] y aunque era un poco tímido le parecía el [illegible] del mundo. Ella cada día se escapaba un [illegible] Virgen de Arnués para [illegible] pelo, ya que la visita [illegible] ambos.

Felipe era zapatero [illegible] años para ser maestro [illegible] taller prosperaba, ya podía mantener una familia.

Jimena había cosido dos [illegible] y contaba con dos mantas y una sábana [illegible]. Sus padres tenían más hijas y no podían [illegible] como dote, pero ella tenía algo mucho [illegible] rada por el Fuero de Jaca [illegible] podía irse a Huesca con su esposo sin tener que [illegible] barón y esperar que la aceptara.

La víspera antes de partir [illegible]

Qui força puncella

Julio de 1191

Jimena cumplía diecinueve años a finales de julio. Jamás había salido de la aldea de Arbués, cerca de Jaca, pues su padre cultivaba las tierras del hidalgo Luis de Bailo. Llevaba un año esperando su aniversario, pues ese día marcharía con sus padres a Huesca para visitar a sus tíos. Con ellos vivía Felipe, un huérfano ahijado por ellos en edad casadera. Felipe tenía una frondosa melena dorada, como Jimena, y aunque era un poco tímido le parecía el chico más guapo del mundo. Ella cada día se escapaba un momento y rezaba ante la talla de la Virgen de Arbués para que sus hijos tuvieran el mismo color de pelo, ya que la visita era para acordar la fecha de la boda entre ambos.

Felipe era zapatero en el taller de sus tíos. Le faltaban dos años para ser maestro si superaba la prueba, pero como el taller prosperaba, ya podía mantener a una familia.

Jimena había cosido dos briales y varias camisas, y contaba con dos mantas y una sábana de lino para el ajuar. Sus padres tenían más hijas y no podían aportar nada más como dote, pero ella tenía algo mucho más valioso: era libre, al estar amparada por el Fuero de Jaca. Si era su voluntad, podía irse a Huesca con su esposo sin tener que implorar la redención a ningún barón y esperar que la aceptara.

La víspera antes de partir, sus padres bajaron a Jaca a por

provisiones y Jimena fue al barranco Fondo para lavarse. Era tanta la ilusión y el torbellino de pensamientos que no advirtió que unas figuras oscuras se recortaban sobre el borde de un risco.

Los vio cuando ya estaban en la orilla del arroyo junto a su sencilla túnica, que había dejado con cuidado sobre un junco. Uno de los hombres entró en el arroyo y la sacó del agua a rastras, ajeno a sus gritos. Eran tres, con petos de cuero claveteado sobre túnicas rojas y armas. Reconoció a uno de ellos: el caballero Ramón de Blanes. Su madre le había dicho mil veces que huyera si lo veía rondar por allí, pero ya era tarde.

—¡Os lo suplico, don Ramón! ¡Soy doncella!

—Lo sé, y por eso estamos aquí —se jactó, pues el miedo de ella lo enardecía más.

Los otros dos rieron cuando le propinó una bofetada. Jimena, cubierta sólo con la camisa húmeda, cayó al suelo con el labio partido. Imploró llorosa, pero el terror le impedía moverse. Como si fuera costumbre, Ramón de Blanes se desabrochó con calma el broche del cinto para liberar las calzas. Los otros esperaron su turno, vigilando, impasibles ante los gritos de la joven.

El sollozo de Jimena era lo único que se oía en la plaza de la catedral de Jaca. No era la primera vez que los vecinos escuchaban una historia como ésa. El alcaide, encargado de juzgar la agresión, estaba sentado debajo del pórtico y aún no había iniciado la deliberación con el *consilium* formado por *hombres buenos* y foristas.

A un lado, los caballeros Ramón de Blanes, Germain de Mourois y Arnau de Daroca esperaban de pie, con gesto aburrido. Era una situación conocida y aguardaban la decisión para poder irse a celebrarlo en las tabernas del Burnao.

El alcaide se dirigió al baile de la aldea de Arbués.

—Según el fuero, una mujer violada en descampado debe entrar ese mismo día en la aldea, lanzar al suelo su pañuelo, cubrirse la cabeza de tierra y gritar el crimen. Si pasa el día, pierde el derecho a denunciarlo.

—¡Jimena lo hizo esa misma noche! —aseguró el anciano. Estaba harto de las correrías de esos tres caballeros errabundos; eran saqueadores y espadas de alquiler—. Gritó que la habían deshonrado y nombró a los culpables, Dios la consuele. ¡Los cabeza de familia nos echamos al camino y los atrapamos!

—Sin embargo, los acusados aseguran que ella les ofreció yacer a cambio de unas monedas y que su pericia revelaba una larga experiencia. Siendo cierto que iba a marcharse a Huesca para casarse y que es pobre, pudo ser así, para engrosar la dote.

El comentario provocó risitas entre los implicados. Entonces Ramón de Blanes pidió la palabra:

—Son muchas las meretrices que ofrecen yacer y luego acusan para sonsacar en un tribunal más de lo que ellas valen. Las libertades que concede el Fuero de Jaca permiten que hasta un rústico haga escarnio de los buenos guerreros cristianos. Pero Dios está de nuestro lado, como bien sabe este tribunal. Todos recordarán que, hace tres años, el padre de la última joven que me acusó fue vencido en la ordalía del *ferre calt*.

—¿Y qué sugerís?

—Que esta furcia se aquiete y acepte la verdad. Que afronte la deshonra que buscó gustosa a cambio de dinero y no haga sufrir a nadie más.

Jimena se encogió con las manos en la cara. El baile de Arbués se enfureció.

—Alcaide, ¡si este caballero ya fue acusado, razón de más para dudar de su testimonio! Habéis oído a los *hombres buenos* de Arbués: Jimena es honesta y temerosa de Dios. Ingresará como sierva en el monasterio de Santa María de Santa Cruz de la Serós.

Tras un largo silencio, el alcaide suspiró y se pasó las manos por la calva.

—Recuerdo aquel turbio caso, lo juzgó el fallecido Martí de Ripoll. La niña tenía trece años y su padre perdió la mano por la quemadura. Ahora tenemos de nuevo dos juramentos contradictorios. —Dirigió una mirada grave al *consilium* de foristas y agregó—: Tales cuestiones sólo pueden resolverse mediante la ordalía.

Alcé la mirada del libro de fazañas. Sentado entre los foristas, observaba con atención, tal como había hecho durante los últimos años. Recordaba perfectamente la cara del caballero Ramón de Blanes, toda la escuela de foristas la recordaba. Me miraba con arrogancia. Era un depredador que conocía bien cómo burlar los fueros y las leyes inspiradas en Jaca.

No había vuelto a saber de él desde el torneo de Bearne. Probablemente ya no tenía relación con los Cabrera y dudaba que Ponce pagara la media libra de plata que ofreció por mi piel. El hecho de que la rebelión de los nobles se hubiera enquistado en las lejanas montañas del condado de Girona y tal vez contar con la estima de dos reyes llamados Alfonso hizo que se olvidaran de mí. Así pude seguir en paz mis estudios en Jaca.

El alcaide me miró impaciente. Era la primera vez que me permitían intervenir en el consejo de foristas ante un juicio. Se cumplía el deseo expreso de Martí de Ripoll. A mi lado estaba Rodrigo de Maza, quien me había ayudado a preparar el *consilium* para el alcaide de Jaca.

Vi a Salomé entre la gente. Sabía que asistiría. Bajo la capucha verde estaba más bella que nunca, a pesar del gesto de rabia al constatar que la situación se repetía. Pero yo ya no era el mismo. Habían ocurrido muchas cosas en los tres años que habían pasado desde que le hice una promesa junto a la cabaña de un pastor.

Me puse en pie para hablar. Ramón de Blanes me miró molesto y desdeñoso. El Fuero de Jaca me protegía, pero su semblante me advertía que no le causara problemas.

—Es obvio que los acusados están versados en nuestras leyes y se jactan de ello. Antes del fuero, nuestros antepasados juzgaban con leyes godas y se ayudaban de unos curiosos relatos llamados fazañas. —Mostré el libro que me regaló el rey de

León—. Son historias antiguas que compartimos con los jueces sarracenos; algunas vienen de Persia.

—No creo que al tribunal le interese una lección de historia —protestó el alcaide.

—Una de esas fazañas cuenta una historia que desearía relatar. Una mujer casada era deseada por su cuñado. Cuando su esposo partió de viaje quiso seducirla, pero ella se opuso. El cuñado, para evitar que lo denunciara, la acusó de adulterio con otro hombre. Logró que varios testigos dieran su versión y el tribunal la condenó al destierro. El juicio fue muy sonado y unos días después el juez, al pasar por una calle, vio a unos niños jugando a representarlo. El niño-juez cogió a uno de los niños-testigos, lo apartó del resto y le preguntó la edad del amante de la mujer. Dijo que era viejo. Luego separó a otro y a la misma pregunta éste le contestó que era joven. El juez se quedó estupefacto.

—¿Adónde quieres llegar, joven Robert?

—La fazaña nos dice que hasta un niño sabe que la verdad se busca en las pruebas. No hay otros caminos, ni siquiera las ordalías. Ramón de Blanes ha sido acusado demasiadas veces. ¡Dejemos esta vez las batallas judiciales y hagamos perquisición!

Mis palabras borraron de golpe las sardónicas sonrisas de los implicados.

—¿Qué propones? —demandó el alcaide.

—Deseo que los tres caballeros sean separados para hacerles una única pregunta.

—¡Esto es absurdo! —gritó el aludido—. ¡Sé quién eres! ¡Si no te protegiera la ley de Jaca, el vizconde de Cabrera ya te habría desollado!

—Haced entrar a la catedral a Germain de Mourois y Arnau de Daroca —pedí—. Que recen y se preparen para responder a la misma pregunta por separado.

Ramón de Blanes se quedó solo bajo el pórtico, ante el tribunal, y me miró feroz.

—¿Quién te crees que eres? ¡Payés condenado!

—Sólo un hombre que busca la verdad. —Sostuve la mirada del caballero. Estaba seguro de que él había cegado a Martí de Ripoll—. Alcaide, ordenad que traigan lo que he pedido.

—Cada vez me recuerdas más a tu antiguo maestro. ¡Traed el brasero!

La arrogancia de Ramón se tornó en inquietud. Miré a Salomé. Bajo el manto, su cara era de estupefacción, como la de la muchedumbre.

Entre dos siervos sacaron del templo un brasero del que sobresalía una barra gruesa. El pavor de Ramón era el que sentí yo al verlo calentarse bajo el olmo del cementerio.

—¿Qué es eso? —preguntó.

—Es el badajo de la campana de la catedral. Como ordena el Fuero de Jaca, el falso testimonio se pena marcando una cruz en la frente con su metal al rojo vivo. Lo calentamos por si erráis en la pregunta.

—¿Cuál? ¿Qué queréis? —demandó, por fin aterrado.

—Caballero Ramón de Blanes —dije elevando la voz para que resonara en la plaza y quedara para siempre en el recuerdo de Jaca—, ¿cuántas monedas exactamente pagasteis a la joven Jimena por sus servicios?

Los baños

En la taberna de la Estrella, siete aspirantes a foristas de la *schola* de la catedral de Jaca, los antiguos alumnos de Martí de Ripoll, celebramos la sentencia contra Ramón de Blanes y otros dos por *forçar puncella.* Los caballeros no se atrevieron a responder a la pregunta; prefirieron admitir el crimen antes que quedar marcados en la frente para siempre.

En cuanto llegó el *clam* de Jimena de Arbués y conocimos la identidad del agresor, propuse a mis compañeros acabar con el pérfido vicio de Ramón de Blanes y urdimos el *consilium* en la cripta de Santa María Baxo Tierra de la iglesia de San Ginés.

Precisamente el libro que me regaló Alfonso IX de León en el lecho de muerte de mi maestro Martí de Ripoll había sido la clave para lograr la sentencia que el maestro siempre buscó. Las fazañas habían inspirado la justicia durante siglos.

Mientras agotábamos las reservas del vino de la taberna, debatimos sobre el enfrentamiento que se avecinaba entre los foristas más puristas y una nueva generación que abogaba por la perquisición y las pruebas para evitar las batallas judiciales.

Esa noche alcé el cuenco de vino sin ocultar avergonzado mis dedos mutilados en una ordalía. Algún día nadie más se sometería a una. La emoción me humedeció los ojos.

Una de las sirvientas de la taberna me hizo un guiño pactado y me despedí del grupo, ajeno a las risas e insinuaciones. Era una noche cálida, y Jaca estaba tranquila. Un deseo irresistible me empujaba hasta cierta puerta pintada de azul en la aljama.

Di tres golpes fuertes y dos suaves. Tras una eternidad un siervo abrió, miró hacia ambos lados de la calle vacía y me hizo pasar. Le puse dos monedas de plata jaquesas en la palma, pues no tenía más, y bajé hacia los baños. La primera vez que entré era un muchacho asustado y perdido en Jaca. La cicatriz en mi mano me recordaba cuánto había cambiado.

El aire abajo era caliente y fétido, con cierto aroma a lavanda, pero pronto me acostumbraría. Las velas creaban un ambiente agradable, y un cosquilleo me subió del vientre al pecho al oír el chapoteo. Una sombra agitaba el agua.

Me quité la toga negra y entré desnudo. El agua seguía caliente, y disfrutando de la sensación vadeé hasta el otro extremo de la balsa.

Del agua brotaban burbujas. Salomé emergió y me rodeó la cintura con sus piernas. Sus ojos verdes me hechizaban en la penumbra. La piel le brillaba a la luz de las velas.

—Si llega a enfriarse el agua, te mato —bromeó ella con una sonrisa maliciosa.

Con el dedo, seguí una gota de agua que se deslizó de su nariz a sus labios carnosos. Luego busqué otra en su cuello que descendía hacia sus pechos colmados. Jugué a rozar cada gota y a besar el lugar donde se perdían hasta que noté que se le erizaba la piel. Salomé buscó mis labios y nos besamos en medio de volutas de vapor.

Durante aquellos tres años, Salomé y la Compañía Roja aparecían en Jaca al menos cada dos estaciones. Yo bebía de su entusiasmo. Natán, Valence, Ángela, los Siurana..., todos aquellos juglares se habían convertido en mi familia. Romea se había casado con un joven en Tudela, y en su lugar bailaba una joven de cabellos oscuros y sangre sarracena que se había criado en Sevilla. Salomé buscaba una gracia especial en ellas y, desde luego, verla danzar aceleraba el corazón.

La muerte de Martí de Ripoll había estrechado mi relación con Salomé. Yo conocía su secreto y no la juzgué. Nos unió el deseo de justicia contra Ramón de Blanes. La juglaresa no quería venganza; eso se lo habría proporcionado Valence sin dificultad. Quería infringirle una humillación, y para un caballero no había una mayor y más vergonzosa que sufrir una condena pública sentenciada por hombres de letras y no de armas. Por eso me impliqué; la humanidad vivía una renovación y quizá era posible al fin someter la violencia con la ley.

Además, la fascinación que sentía por la juglaresa me ayudó a dejar atrás el recuerdo de Blanca. Sin darnos cuenta, las confidencias se convirtieron en un flirteo que Salomé alentaba mientras me veía renacer y zafarme de la melancolía. Por mi parte, cada vez la deseaba más y lo disimulaba peor. Hacía un año que al fin me había abierto su puerta. Yo había dejado de ser un muchacho, y acudía raudo cuando me llamaba a sus baños nocturnos en la aljama. Encontrarnos allí era un raro capricho de Salomé y un sueño para cualquier amante.

Ágil, se alzó con los brazos y se sentó en el borde. Su cuerpo húmedo brillaba frente a mí. Había conocido a otras mujeres en Jaca, pero ninguna podía compararse ni en belleza ni en gracia a Salomé. Su cuerpo, ejercitado con la danza y la vida nómada, era firme pero voluptuoso. Acaricié la piel de su vientre y descendí hasta rozar el vello rojizo de su sexo. Se arqueó, con los ojos cerrados.

Nos amamos sin pensar en nada más. El chapoteo del agua caliente y nuestra respiración agitada se mezclaban bajo la bóveda, hasta quedarnos abrazados con fuerza. Luego le gustaba quedarse apoyada en mi pecho, como si buscara protección, algo insólito en la mujer más indómita de los reinos hispánicos.

Respiraba y se estremecía con los últimos reflujos de placer. Era su momento, y yo me sentía más cerca de ella. Al final se hundió en el agua y emergió con una sonrisa seductora, como si me viera de nuevo.

—¿Qué será de él? —preguntó.

—Ramón de Blanes deberá compensar a Jimena y a su familia. Volverá a los caminos pronto, en su condición es inevitable, pero otros tribunales lo tendrán más fácil para condenarlo.

—Podría dejar que Valence lo arregle de una vez por todas —adujo con disgusto.

Tras un largo silencio, le dije lo que pensaba.

—Ha sido señalado en público. Su deshonor y el desprecio de los de su clase es su verdadera condena.

Salomé se entretuvo acariciando mi fina barba cobriza.

—Me gusta el hombre en el que estás convirtiéndote, casi más que tus ojos. Ahora que has propuesto tu primera sentencia al alcaide de Jaca, ¿cumplirás la promesa que hiciste a Martí?

Se acordaba de todo lo que le había contado, de mis intenciones. Sonreí.

—Parto hacia el monasterio de Santa María de Ripoll dentro de una semana. Pedro de Isla y el consejo de los foristas me han dado el permiso. Pasaré allí el verano, en la hospedería, y regresaré en otoño.

—No regresarás —me dijo. Su nariz rozaba la mía.

Estábamos sumergidos hasta la barbilla, entrelazados. Sonrió enigmática y me besó suavemente los labios.

—Conocía mejor que tú a Martí de Ripoll. Para él, la vida era un viaje. Si sigues sus pasos, nunca volverás atrás.

—Yo quiero esta vida. Ser forista, ver a la Compañía Roja dos veces al año, bañarme contigo...

Me atrapó la cara para que la mirara.

—Debes hacerlo, Robert. Tienes cosas pendientes aún, por ejemplo, encontrarla...

En alguna ocasión hablábamos de Blanca, pero allí desnudos me incomodé. Salomé se echó a reír.

—¡A veces piensas en ella cuando estás conmigo! Nunca me ha importado. Me gusta la dulzura de un hombre enamorado.

—Sé que Blanca vive, pero se la ha tragado la tierra. Saura se lo quitó todo.

A pesar de la distancia, a través de los arrieros que llegaban del condado de Barcelona trataba de conocer la situación de Olèrdola y de Blanca. Tras lo sucedido en el torneo de Bearne, el vizconde obligó a su pupila a renunciar a todos sus derechos. La delatora, Saura, fue compensada con los bienes de Blanca.

Incluso se la desposó con Asbert de Santa Oliva. Juntos regían ahora los dominios de los Corviu y la castellanía de Olèrdola, pero Saura tenía cerca de cuarenta años y Asbert algunos más, y si no llegaba pronto el ansiado vástago, el noble la repudiaría y buscaría una esposa más joven.

—¿Y el hijo de la bastarda? —preguntó Salomé con desdén.

—Arnulf sigue con su madre en Olèrdola y recibe instrucción militar.

Torció el gesto, pues aquello le recordó la rebelión de los nobles.

—Hace años que la Compañía no visita el condado de Girona. Nadie tiene ánimos para juglares. El rey ha detenido la expansión de la revuelta, pero se han destruido muchos castillos y diezmado muchas aldeas en las montañas.

—Los únicos perdedores son los payeses, que renuncian a su libertad para lograr protección —alegué hastiado.

Tras un largo silencio lleno de sombras funestas y el recuerdo de Blanca de Corviu, Salomé me salpicó la cara y sonrió.

—Algún día sabrás de ella. Dios teje los destinos de un modo extraño a veces.

Le acaricié el pelo y cerró los ojos. Salomé era una criatura felina. Sin ataduras, tomaba lo que quería y te hacía sentir el hombre más especial. Sin embargo, sus sentimientos eran un misterio. A pesar de los años, no lograba atisbarlos. Si amaba a alguien, quizá a Valence, al *castlà* de Tárrega, a mí o a otro, lo ocultaba en lo más hondo de su alma.

—Si alguna vez te cruzas de nuevo con Blanca de Corviu, olvida las barreras que os separan, los votos o el linaje. Toma lo que Dios da por la ley del amor, como te he enseñado yo.

—No sé de dónde sacas esas cosas, Salomé —le dije divertido y fascinado.

—¡Así somos los juglares! —soltó entre risas—. Si escucharas más los poemas de la *trobairitz* Beatriz de Día lo entenderías.

—Hablando de juglares, ¿adónde iréis ahora?

—A León. El rey Alfonso se enorgullecerá de lo que has hecho aquí... Además, siempre se alegra de verme.

Nos miramos y estallamos en una sonora carcajada. Salomé había aprovechado mi amistad para extender hasta allí los lugares donde actuar.

—Sé que el conflicto con Castilla lo absorbe —indiqué—, pero recuerda al rey que aún espero que autorice trasladar los restos del maestro Martí al monasterio de Ripoll.

—¿Piensas a menudo en el juez?

—Tan sólo fue mi maestro durante unos meses, pero soy lo que soy por él. Me quedaba tanto que aprender...

—Lo harás, allá adonde vayas.

Salomé, como siempre, no se permitió ceder a la melancolía. Se acercó y comenzó a besarme lentamente, hasta que nuestras bocas se fundieron con pasión. Me aparté para decirle otra cosa:

—Me han contado que en el claustro de la catedral de Tudela han esculpido una Salomé ricamente ataviada con los brazos alzados tocando las castañuelas.

Ella imitó el gesto como si estuviera actuando y rio. Su cuerpo me incitaba.

—¿Qué pensarán de ti dentro de unos siglos? —le pregunté.

—Lo mismo que tú estás pensando.

Saltó sobre mí para reanudar nuestro juego.

—Sólo Dios sabe si volveremos a vernos, Robert de Tramontana. Allá adonde vayas ama, y que el sendero de estrellas te señale la ruta.

—¿Soy un buen amante? —lancé al vuelo, aunque enseguida me arrepentí.

Me besaba la piel, descendiendo lentamente.

—Eres el mejor —me susurró—. ¿Sabes por qué?

—Porque me has enseñado tú.

Siguió besándome, y nos libramos al amor para alejar la pena de aquella despedida.

Ripoll

Aunque nunca había estado allí, cuando crucé el puente de madera sobre el Ter y me detuve delante del monasterio de Santa María de Ripoll, las lágrimas resbalaron por mi rostro. Por alguna extraña razón, en aquel lugar en medio de las montañas me sentía en casa. El aire y el silencio me devolvían a la infancia en la lejana Tramontana.

Conocía bien la importancia del cenobio, pues mis maestros Guillem Climent y Martí elogiaban su biblioteca y la calificaban como una de las más importantes fuentes de conocimiento de los reinos cristianos.

Pero Ripoll era mucho más. En la piedra gris de sus muros latía el corazón de los condados catalanes. Fue el lugar que el primer conde de la dinastía de Barcelona, Guifré el Pilós, escogió para erigir el centro espiritual de la Marca Hispánica. Gracias a las concesiones regias y a la pericia de sus abates, era uno de los principales monasterios de la orden benedictina y sus monjes eran en su mayoría hijos de las casas nobles más antiguas.

Allí descansaban los restos de varios condes de Barcelona. Sin embargo, mi maestro Martí solía decir que no era ni en los huesos ni en las piedras donde residía su máximo valor, sino en su *scriptorium*. Durante siglos, su situación entre Al Ándalus y los reinos cristianos lo convirtió en un importante centro de traducción y custodia de libros. De Ripoll salían copias de textos clásicos hacia Cluny, Montecassino y otros cenobios europeos. Reyes y papas estuvieron en el monasterio para formarse.

Aprovechando la seguridad del espacio de la sagrera que lo rodeaba, había crecido una pequeña población que dependía del monasterio. Yo vestía con hábito de clérigo y los habitantes me saludaron sin prestarme atención. Las visitas y las peregrinaciones a aquel monasterio eran frecuentes.

Me dirigí a la iglesia para agradecer un viaje sin incidentes. Rodrigo de Maza y Artal me habían acompañado durante las dos primeras jornadas. Sabían que iba en pos del misterioso legado de Martí de Ripoll y, a pesar del vaticinio de Salomé, les prometí regresar a Jaca en otoño para compartir con ellos el secreto. Luego proseguí el camino con unos arrieros.

Cuando llegué frente al pórtico del templo me quedé sin aliento. Jamás había visto un conjunto tan rico en escenas bíblicas. Las Sagradas Escrituras en piedra. Era reciente y lucía en colores vivos, desde azules intensos hasta ocres y rojos vibrantes. El mensaje simbólico evocaba la santidad del lugar que estaba a punto de hollar.

—Por un pequeño donativo podemos explicarte el conjunto. No sois monje tonsurado; sin embargo, ese hábito es de...

—Estudiante —respondí—. Vengo de Jaca.

El monje que me hablaba era joven, y tan delgado que me parecía que sólo habría huesos bajo aquel negro hábito. Sonrió desdentado y se acercó. Un manojo de gruesas llaves anudado al cíngulo lo señalaba como el portero.

—Es una bendición recibir a un visitante de tan ilustre ciudad. Algunos de nuestros monjes fueron a estudiar los fueros de allí. En realidad, desde Santa María de Ripoll han salido hermanos que han llevado conocimientos a toda Europa.

—He venido para cumplir la última voluntad de un juez de Jaca que se educó aquí. Su nombre era Martí.

—¿Martí? Me suena haberlo oído, pero debió de marcharse hace mucho.

—Sí. Murió hace tres años, pero antes de fallecer me dijo que buscara al *frate* Arnau de Mont.

—¡Ése sí está aquí! —Frunció el ceño—. Es uno de los bibliotecarios, aunque es muy mayor y a veces desvaría.

La noticia me alegró. Había realizado aquel largo viaje con la incertidumbre de si lo encontraría allí o no.

—¿Quién pregunta por él?

—Mi nombre es Robert de Tramontana. ¿Puedo verlo? Aunque sea tan anciano como dices, seguro que se acordará de mi maestro Martí; no era un hombre corriente.

Le di el documento de acreditación firmado por el obispo de Jaca y entramos en la iglesia. El monje desapareció por una estrecha puerta y aguardé su regreso. El templo de Santa María de Ripoll era uno de los más grandes que había visto. Tenía cinco naves abovedadas de gran altura, una central y dos más estrechas a ambos lados. Pasó mucho tiempo, y la campana anunció la hora tercia.

Por una puerta lateral entraron dos filas de monjes con el hábito negro y cubiertos con la capucha. Me quedé en un sombrío rincón para observar y los vi situarse en orden en los sitiales del coro, delante del presbiterio. Conté hasta setenta *frates*, desde jóvenes casi imberbes hasta ancianos que apenas se sostenían en pie. Ripoll tenía una de las comunidades benedictinas más numerosas de toda la Corona de Aragón.

Las bóvedas reverberaron con el canto gregoriano y me dejé envolver por el misterio de sus notas y melismas. Jamás había oído tantas voces elevando un salmo de ese modo y me estremecí. El cansancio, el incienso y la vibración del canto me hicieron percibir la fuerza que emergía de las losas y ascendía hacia mí, elevando mi espíritu. Fue una experiencia extraña, maravillosa. Deseé quedarme allí para siempre.

Extasiado como estaba, cuando acabaron el rezo no reparé en el roce de unas sandalias que se aproximaban.

—Eso que has notado es el fluido que dejó Dios para que la tierra siguiera viva tras el séptimo día de la Creación. En algunos lugares, si eres sensible puedes percibirlo.

Ante mí se erguía un monje casi octogenario, de pelo blanco y barba larga. Se apoyaba en un rugoso bastón. Sus pequeños ojos azules me miraban con curiosidad.

—Jamás había visto una mirada tan clara —musitó intrigado.

—Mi madre decía que fue por el frío... Es una larga historia.

—Si Martí te escogió como discípulo, no dudo que será singular.

—Mi nombre es Robert de Tramontana. ¿Sois el *frate* Arnau de Mont?

—Mientras me acuerde lo seré. —Su rostro se ensombreció—. Nos dijeron que Martí murió en León hace tres años, justo el día en que el rey Alfonso IX permitió que los ciudadanos participaran en la curia regia. Así era él. Abandonó el monasterio y la orden para dejar su huella en la historia.

—Estuve con él hasta el final.

—Era brillante, aunque poco religioso. Que Dios le haya concedido el perdón.

—Antes de morir mencionó el libro del poeta ciego y un legado.

Las pobladas cejas de fra Arnau se juntaron en un gesto concentrado.

—Tuvo muchos alumnos, pero te eligió a ti, ¿por qué?

Me quedé en silencio bajo su mirada cautelosa. Si no era sincero o no acertaba, el monje me daría largas y se marcharía hacia las entrañas del monasterio. Le mostré las manos.

—Quizá fue porque mi historia era más singular que las demás.

Una sonrisa se formó en sus finos labios. No buscaba sabiduría, sino mi sinceridad.

—Acompáñame, Robert de Tramontana. Y verás algo maravilloso.

En cuanto entré en la clausura para visitar la biblioteca, mi nombre saltó de boca en boca y vi algún que otro gesto hostil. Me arrepentí de haber sido tan incauto. Bajo esos hábitos, había hijos de la nobleza más rancia del territorio, y tal vez más de un pariente de aquellos monjes asistió al torneo de Bearne y hasta alguno empuñó una espada de fuego ante mí. Bajé el rostro y seguí los pasos cansados de fra Arnau.

El *scriptorium*

Jamás me habría imaginado que existieran tantos libros en el orbe, y menos reunidos en una sola estancia. En Barcelona y en Jaca todos los volúmenes cabían en uno o dos armarios; la biblioteca de Ripoll, sin embargo, contaba con cientos de volúmenes.

—Muchos son textos píos, pero hay traducciones de escritores romanos e incluso de algún autor griego. Tenemos hasta un Corán traducido al latín.

—¿Todos se han copiado aquí?

Arnau me señaló con orgullo la sala del *scriptorium*. Sus grandes ventanales ojivales arrojaban luz sobre los pupitres y los bancos de madera. Cada uno tenía tarros con tinta, plumas de ganso y navajas para afilarles el cañón. Los monjes con mejor vista se entrenaban durante años para copiar e iluminar los libros. Otros, en un rincón, cortaban y cosían las vitelas con esmero, para después encuadernar los libros. Cada obra era una creación mimada, destinada a conservar el conocimiento durante siglos o a edificar el espíritu.

—El abad decide qué libros deben copiarse y cuáles deben ocultarse para evitar que los monjes se desvíen. Hay tratados de hechicería y nigromancia que se guardan bajo llave y so pena de excomunión. También los hay tan codiciados que están encadenados.

Arnau hablaba demasiado alto y sus palabras hicieron que varios monjes alzaran la vista de los pupitres para observarnos.

Ya se había corrido la voz acerca de quién era yo, y algunos querían comprobar si lo de mis manos mutiladas era invención de los juglares. Comencé a sentirme vigilado.

—¿Está aquí el libro de ese poeta ciego? —pregunté en voz baja, incómodo.

El anciano me miró ofendido.

—Un respeto, hijo, estás hablando del texto pagano más antiguo del mundo.

Abrió un armario y sacó un grueso libro. Tenía las tapas de cuero pardo cuarteadas y la humedad ya le había corroído los bordes.

—Deberíamos hacer una copia —rezongó disgustado, y supe quién había contagiado a Martí el amor por los libros.

—¿Qué obra es? —demandé intrigado—. ¿Un texto jurídico? ¿Un fuero?

—Es la *Ilíada* de Homero, el poeta ciego de la antigua Grecia. —Lo abrió con devoción y el crujido de las viejas vitelas lo estremeció—. Jamás se escribirá nada igual.

Me desconcertó. Me costaba creer que hubiera viajado hasta tan lejos por una obra pagana.

—¿Por qué Martí se acordó del poema a las puertas de la muerte? ¿Acaso deliraba?

—¡Tu ignorancia se convierte en necedad si hablas, Robert! Calla y lee.

Me mostró la primera página; y leí una frase:

> A mi discípulo Martí, pues la manera de sentir y obrar de los hombres puede cambiar.

—¡Es la caligrafía de Guillem Climent de Barcelona! —señalé conmovido.

El anciano monje habló con una lucidez inusitada:

—La *Ilíada* es un poema épico en el que participan dioses y héroes de la antigüedad griega. Narra la mítica guerra entre los griegos y los troyanos. Una parte importante del poema describe la furia y la venganza del griego Aquiles contra el príncipe

Héctor por haber matado a su amigo Patroclo. Al final, Aquiles mata a Héctor, y mata su alma al arrastrar su cuerpo ante la ciudad e impedir que se le dé una sepultura digna. —La voz de Arnau se quebró—. En esa orgía de violencia, Aquiles deja de ser humano y se convierte en un lobo sanguinario; la bestia incapaz por naturaleza de pactar con corderos.

—Como muchos nobles —añadí en voz baja, tratando de comprender el símil.

Arnau rozaba las páginas con aire pensativo. Algunos monjes nos miraban con disimulo.

—El poema sigue con el torneo fúnebre que Aquiles mandó celebrar en memoria de su amigo Patroclo. En la carrera de caballos, el héroe Antíoco adelanta con malas artes a Menelao y así logra el segundo premio: una yegua preñada de una mula. Hay una agria discusión entre ambos héroes por el premio y se produce algo histórico que contrasta con la venganza de Aquiles. Deciden dejar las amenazas y se someten a los otros héroes para que decidan con imparcialidad.

—¿El primer juicio?

—Quizá. Lo esencial es que dos guerreros renunciaron a la violencia para dirimir sus diferencias, ¿comprendes? Es un cambio en la manera de actuar de la humanidad: la justicia se emancipó de la fuerza bruta. Todo en la *Ilíada* son símbolos. Martí quería que entendieras antes que nada que la justicia requiere de un gran esfuerzo por parte de la humanidad. Es muy valiosa y frágil, y en épocas de oscuridad desaparece.

Tras un largo silencio, no pude reprimirme:

—¿Y quién ganó la yegua?

Fra Arnau soltó una carcajada que rompió la calma del *scriptorium*.

—¡Eres práctico como Martí! El héroe Antíoco reconoció su imprudencia y renunció al premio. El mal siempre existirá, pero hay que repararlo mediante la justicia.

Cogí el libro con cuidado antes de hablar.

—Éste fue el legado que Guillem Climent dejó a su discípulo Martí.

—Así es. Ahora te falta descubrir el que Martí dejó a su sucesor...

—¿De qué se trata? —La intriga me devoraba.

Fra Arnau iba a responder, pero el crujido de un pupitre cercano lo puso en alerta. Devolvió la *Ilíada* al anaquel y me llevó a la salida del *scriptorium*.

—Te quedarás en la hospedería y mañana iremos a una iglesia cercana para ver la misteriosa imagen que inspiró la búsqueda de Martí. Allí recibirás tu legado.

Un *frate* lego con aspecto rudo me guio por el claustro hacia la hospedería. Al doblar la esquina apareció una fila de monjes cubiertos en actitud recogida. El lego me empujó contra el muro para dejarles paso. Uno alzó ligeramente la cara y me dirigió una mirada siniestra.

—Robert el Condenado —susurró sin detenerse.

Doblaron la esquina y se alejaron.

—Continuemos —gruñó mi guía.

Lo seguí con el corazón lleno de inquietud.

Lo ocurrido me atormentó el resto del día. Para el rezo de vísperas me uní a los fieles que llegaron a la iglesia. Mientras cantaba, pensé en lo vulnerable que era; sólo un estudiante sin nada, un payés desterrado que había ofendido al vizconde de Cabrera al yacer con su pupila. Mis enemigos deseaban castigarme y algunos monjes me habían reconocido. Me había metido en la boca del lobo y ya deseaba volver a Jaca, donde la ley me protegía.

La hospedería estaba vacía y me acomodé al fondo. Era julio, pero al caer la noche refrescó y el *frate* encargado me ofreció vino caliente, especiado y áspero al paladar.

A media noche se levantó viento. Se oía el rumor de los abetos. Me embargó un extraño sopor mientras la lámpara se extinguía y las tinieblas lo engullían todo.

De pronto abrí los ojos, sin saber si estaba despierto o en medio de un sueño. Veía luces brillantes aproximarse hacia mí en la oscuridad. Traté de moverme, pero mi cuerpo no reaccionó y el pánico me invadió. Oí unos susurros, y acerté a distinguir que las luces eran velas. Entonces vi el contorno siniestro de unos monjes. Cuando se inclinaron sobre mí, quise gritar, pero tampoco pude. Sólo distinguí el rostro pálido de uno de ellos, con una sonrisa helada que me dejó sin aliento. Luché con todas mis fuerzas y cuando pude moverme me tapé con la manta y recé. En cuanto las palpitaciones remitieron, reuní el valor para asomar los ojos.

Todo estaba oscuro y en silencio. Fuera, el viento aún soplaba. Me convencí de que había sido una pesadilla, pero me sentía extraño, con la lengua dormida y embotado.

Por fin el cansancio se impuso a la tensión y el sueño me envolvió.

Pax et Lex

El toque regular de la campana del monasterio me despertó al filo del amanecer. Tenía la boca muy seca y miré con recelo el cuenco de vino áspero que me ofrecieron. Recordé la pesadilla. Noté algo duro entre los pliegues de la manta y hallé un pequeño libro totalmente quemado. Sin mirar qué obra era, lo lancé a un rincón como si fuera una alimaña venenosa.

Era una advertencia.

Llamaron a la puerta y salté de la estera con la daga en la mano, pero era fra Arnau de Mont. Llevaba una burra del ronzal, con la alforja llena de hogazas de pan.

—Vámonos ahora que los monjes están en laudes. Regresaremos al anochecer.

Ayudé al anciano a subir al animal y nos alejamos.

—¡Dios mío! Hacía años que no salía del monasterio. No recordaba el olor del bosque.

Al no responderle, quiso saber por qué estaba tan sombrío. Le revelé lo ocurrido y su semblante mudó en preocupación, aunque no parecía sorprendido.

—Algo me han dicho sobre ti, Robert, pero si Martí de Ripoll te escogió, yo también lo hago. Aunque está claro que la furia de Aquiles te persigue y debemos ser más discretos.

—¿Adónde vamos, fra Arnau?

—A la aldea de Ribes. Allí tu maestro tuvo una revelación —confesó enigmático.

Seguimos la vereda del río Freser hacia el norte entre montañas boscosas. En las escasas planicies se cultivaban frutales, hortalizas y también, aunque menos, cereales. Antes del mediodía, vimos la aldea en la confluencia del rio Freser con el Rigard.

Arnau repartió pan a los niños que salían de las humildes casas de piedra y regresaban gritando de júbilo, como si hubieran conseguido un tesoro.

—Yo era así —dije recordando mi infancia—. Para mí, a su edad, el mundo era cuanto alcanzaba a ver.

—Pasan hambre. La montaña es poco generosa y el monasterio rige como un señor feudal —se lamentó Arnau—, a menudo con impiedad. Que Dios nos perdone.

Tomamos la única calle de Ribes hasta la parroquia de Santa María, una pequeña iglesia de piedra y un cementerio lleno de maleza. El anciano habló de nuevo.

—Martí de Ripoll llegó desde Valltort siendo un muchacho. Pronto se convirtió en un novicio prometedor, despierto e inteligente. El abad lo asignó como ayudante en la biblioteca, a mi cargo y al de otro monje que dejó los hábitos cuando el conde Ramón Berenguer IV, el padre del actual rey de Aragón, le asignó el cargo de *iudex palatii* en Barcelona.

—Mi primer maestro y tutor, Guillem Climent.

El monje asintió distraído, perdido en sus pensamientos.

—Tanto Guillem como Martí descubrieron en la biblioteca de Ripoll el pensamiento de los filósofos antiguos que nos ha llegado a través de textos árabes. También las declaraciones de Paz y Tregua que auspició el abad Oliba hace dos siglos, cuando los condados estaban sumidos en el caos más terrible. Gracias a esas primitivas declaraciones eclesiásticas, renació la esperanza tras el cambio de milenio. Fue el primer tímido paso.

—Al maestro Martí le horrorizaba la violencia —indiqué.

—Así es. A menudo, masías y siervos que pertenecían al monasterio sufrían cabalgadas y secuestros de nobles. Fra Martí, entonces muy joven y sensible, no entendía por qué Dios permitía tanta infamia, y eso lo sumía en estados melancólicos, tanto que incluso enfermaba. En uno de esos episodios, Guillem Climent, que ya era sabio en leyes, lo hizo venir desde Ripoll hasta esta iglesia humilde de Ribes para que contemplara algo único en el orbe. Algo que, como supimos luego, simbolizaba el primer paso para un cambio universal.

Intrigado, lo seguí hasta el interior del pequeño templo. Costaba creer que un lugar tan alejado y pobre pudiera albergar algo de tanta importancia para el orbe.

Dentro reinaba la penumbra salvo por la luz del sagrario. Había un clérigo con aspecto de eremita, delgado y con una barba grisácea que le llegaba hasta el vientre. Se sorprendió al vernos.

—Fra Arnau, ha pasado mucho tiempo... ¿Quién os acompaña? —demandó mirándome con recelo.

—Fra Pere, me alegro de veros. Éste es Robert de Tramontana, discípulo de Martí.

El talante del clérigo cambió. Me miró de arriba abajo y sus ojos se emocionaron.

—Cuando supimos de la muerte de Martí, pensé que ya no vendría nadie, pero Dios no deja que esta senda se borre.

—Mostrádselo, fra Pere.

El escuálido monje tomó la luz del sagrario y con ella prendió una docena de velas repartidas en lampadarios. Como en la Vigilia Pascual, el templo pasó de ser un sepulcro oscuro a un mundo lleno de luz y color. Sobre mí lucían frescos con escenas bíblicas, bestiarios y cenefas. Colgado del ábside central, había un precioso baldaquino de madera.

Era una tabla de grandes dimensiones que cubría todo el altar. Con mano magistral se había pintado un Pantocrátor y su corte angelical. Las figuras se habían realizado con trazos firmes, y destacaban los tonos encarnados y azules intensos.

—Cuando Guillem Climent mostró el baldaquino al joven Martí, éste tuvo una revelación y su ánimo cambió para siempre. Se hizo el hombre que conociste en Jaca.

—Un Pantocrátor así aparece en muchos ábsides de iglesias —dije defraudado.

—Fíjate en el libro abierto que sostiene. Sólo hay dos palabras en él: *PAX* y *LEX*.

—*Pax et Lex*. ¡Son las palabras que el maestro Martí pronunció antes de morir!

En ese momento comencé a sentir que estaba en un lugar especial y me estremecí.

—Únicamente verás esa leyenda en el baldaquino de Ribes —afirmó Pere—. En las demás imágenes, el libro que Dios sostiene hace referencia a la Luz o al Rey del Mundo. Esta pintura es única. Mira el texto de la mandorla: «*Quisquis super astra levatur*». Podríamos decir que significa que la *Pax* y la *Lex* nos permitirán elevarnos por encima de los astros.

Me quedé en silencio. Conmovido. El baldaquino parecía una clave: un mensaje de Dios que pocos entendían; una invitación a la humanidad para lograr detener la furia de Aquiles, pero no con más violencia, sino con ley. Me sentí dichoso de verlo.

—Tras aquella primera visita, Martí se convirtió en discípulo de Guillem Climent, pues decidió ir en busca de este ideal. Pero Guillem era de la vieja escuela, y aunque quería controlar la furia de Aquiles, no se apartaba de la senda del derecho visigodo.

—Lo sé, pasé muchos años con él y el *Liber Iudiciorum* del rey Recesvinto.

—Martí pronto superó a Climent, pues, aunque el baldaquino se pintó hace cincuenta años en los talleres del monasterio, posee una historia oculta que llevó al joven mucho más allá de lo que su maestro y él habrían imaginado.

—Fra Arnau, ¿en aquel entonces estabais ya en el monasterio? —pregunté desconcertado.

—Esa misma pregunta me la hizo Martí hace más de veinte años —respondió con una sonrisa—. El baldaquino se encargó a unos artistas lombardos que el señor de Erill mandó traer para que pintaran la iglesia de Santa María de Tahull, en el condado de Pallars Jussà. También pintaron otros templos de los condados y en Aragón. En sus obras destaca la fuerza de los trazos y la intensidad de los pigmentos. El maestro de Tahull, así llamábamos al pintor, era capaz de sacar a Dios de la pintura.

Volví a mirar el baldaquino y me estremecí. De nuevo observé el gran libro abierto en el regazo del Pantocrátor y la expresión sobrecogedora de su rostro.

—Martí quería saber por qué el pintor no escribió en el libro la cita *EGO SUM LUX MUNDI*, como era costumbre, sino *PAX* y *LEX*. El abad conocía la explicación que dio el pintor, pero sólo Martí comprendió la importancia.

—¿Qué significa el baldaquino? —pregunté ansioso.

—El artista quiso recordar la devolución a la humanidad de uno de sus mayores tesoros perdidos; el único que puede traer paz y ley al mundo cristiano.

Fra Pere se paseó por el templo. Estaba deseoso de explicármelo.

—El baldaquino se pintó tras acontecer un hecho extraordinario cerca de la patria de los artistas. En torno al año 1135, un ejército pisano saqueó la ciudad costera de Amalfi, al sur de Nápoles, un puerto comercial que se abastece de Tierra Santa y Bizancio. En el registro de la casa de un rico magistrado se halló una arqueta de plata oculta. Supusieron que contendría joyas o algo valioso y sin abrirla la sumaron al botín. En Pisa se descubrió que en su interior sólo había un libro muy antiguo, escrito en un latín tan vetusto que resultaba incomprensible, de modo que se arrumbó en una biblioteca. Pero Dios ya había puesto en marcha los resortes del destino, y poco después lo encontró un clérigo, sabio en Derecho, llamado Irnerio. El libro era una copia del *Digestum*, esto es, parte de la colección de leyes que el emperador romano Justiniano hizo compilar en la escuela jurídica de Beirut para todo el Imperio romano, en el siglo VI. Se trataba de la mayor obra jurídica jamás escrita, la ley más perfecta y justa, que estaba perdida desde hacía siglos.

—Dios devolvía la *Lex* para lograr la *Pax* —añadió fra Arnau, emocionado—. Así lo interpretó Martí, y nunca volvió a ser el joven melancólico y pensativo de antes.

—Irnerio se lo mostró a la poderosa condesa Matilde de Canossa, señora de Lombardía y la Toscana. Ella comprendió antes que nadie la trascendencia del *Digesto*. No era letra muerta como otras obras clásicas, sino que regulaba problemas reales de los hombres, que iban desde su concepción hasta la muerte. Las leyes estaban concebidas de un modo distinto a la costumbre, y eran tan perfectas que podían aplicarse al presente y a multitud de supuestos. Era el derecho común de un imperio, el *ius commune*, y podía servir para armonizar las relaciones comerciales y diplomáticas entre los reinos que ocupaban el mismo territorio. Su calidad suplía las carencias de los derechos locales y los fueros. Y, sobre todo, guiaba a los jueces por la senda de la razón y no por la del ritual.

Me estremecí. Sentía el alma del maestro en cada palabra.

—Así hablaba a menudo Martí —musité impresionado.

—Aquí mismo el joven novicio emprendió una cruzada: traer a esta tierra esa ley.

Fra Pere siguió hablando, sin dejar de caminar.

—Irnerio creó en Bolonia una escuela de glosadores para interpretar el texto hallado y así nació el *studium* de Derecho Civil romano de esa ciudad, al que acuden estudiantes de todo el orbe. Martí obtuvo permiso y dinero del abad para ir hasta allí. Se marchó cuando tenía más o menos tu edad.

—Es uno de los pocos estudiosos de la Corona de Aragón que han ido al *scriptorium* de Bolonia —dije. Sabía que Martí había estudiado muy lejos, en una ciudad italiana, pero ignoraba aquella historia.

—Pasó allí cuatro años y comprendió que el sueño de la *Pax* y *Lex* no era posible. Tras hallarse el volumen de Amalfi aparecieron otras partes y copias, pero faltaban más de una docena de libros para completar el mítico *Corpus Iuris Civilis* de Justiniano. Seguían desaparecidas partes esenciales, como la tutela, y eso le restaba fuerza para implantarse en los tribunales. Entonces un grupo de estudiantes tomó una decisión…

—Buscar los libros que faltaban —deduje.

—Regresaron a sus reinos para revisar las bibliotecas y los

archivos de las abadías y fortalezas más antiguas. Martí recorrió los dominios bajo la influencia del rey Alfonso de Aragón desde la Provenza, y también los reinos hispánicos hasta Portugal. Halló fragmentos, pero al final cayó en la cuenta de que el lugar más probable para encontrar el viejo texto debía ser la ciudad donde se redactaban las copias para todo el imperio: Beirut.

—¿Viajó a Tierra Santa?

—Ya sabes cómo era. Con su carisma y gracias a la influencia de nuestro abad, acompañó como escribano al maestre de la Orden del Temple, Arnau de Torroja, en uno de sus viajes a las comandas de Tierra Santa. En Beirut aún encendían hornos de pan con fragmentos de pergaminos que extraían de las ruinas romanas. Junto a la iglesia ortodoxa de San Jorge estuvo la *Nutrix Legum*, la mayor escuela jurídica del orbe, y en el archivo de la iglesia donde se almacenan legajos sacados de esos restos, Martí halló lo que buscaba: una copia original del *Corpus Iuris Civilis* que Triboniano compiló para el emperador Justiniano. ¡Las vitelas resecas y quebradizas aún eran legibles, pues estaban escritas con la mejor tinta imperial!

Mientras me explicaban aquella gran aventura, fra Pere levantó una losa de la base del altar y extrajo una arqueta de madera engrasada para que no se deteriorara. Contenía un libro y un grueso legajo de pergaminos de color pardusco, protegido por planchas.

—¿Es el *Corpus*? —demandé sobrecogido.

—Es uno de los volúmenes que lo forman, el *Digesto*, pero es original del siglo VI e incluye toda la parte perdida. Este otro libro, reciente, es la *Summa*, el manual de estudio que Martí utilizó en Bolonia; reúne comentarios a las normas. Es lo primero que debes leer para empezar a entender el contenido del *Digesto* original.

—¿Por qué este tesoro está aquí y no lo llevó a Bolonia?

—Es un misterio. Tras desembarcar en Barcelona con los pergaminos de Beirut, Martí volvió a Ripoll —prosiguió fra Arnau—. Algo le impedía regresar al *studium* boloñés y presentar el histórico hallazgo. Lo guardó bajo el baldaquino y aceptó la propuesta del rey de convertirse en juez para la Corona de Aragón. Luego se instalaría en Jaca, pues consideraba que contaba con uno de los mejores fueros.

—No logro entenderlo —manifesté intrigado—. ¿Qué lo detuvo?

—Martí tenía secretos, como cualquier hombre, puede que más inconfesables —respondió fra Pere, enigmático—. Tal vez le ocurrió algo doloroso en Bolonia o quizá hay gente que no desea que se complete un cuerpo legal capaz de cambiar a toda la cristiandad.

Fra Arnau asintió.

—Martí decía que algún día elegiría a alguien para llevarlo a Bolonia y entregárselo a un glosador llamado Giovanni Bassiano, quien lo mostraría al mundo.

Noté que ambos habían discutido hasta la saciedad la extraña actitud del maestro.

—Cuando Martí se marchó del monasterio, hace quince años, prometió que volvería con discípulos. Nos pidió que cuidáramos este lugar, el baldaquino único y el legajo de Beirut. Ahora Martí está muerto, pero has venido tú, Robert, y eres el elegido.

Me tendieron la arqueta. Comencé a asustarme. El maestro no me había preparado para aquello, y Bolonia estaba muy lejos. Sobre mí, el Pantocrátor mostraba su libro abierto: *Pax et Lex*. Había vivido hechos terribles en mis veintidós años, pero de lo que me acordé en ese momento fue de Tramontana en llamas. Mi madre había combatido la injusticia con fuego: la furia de Aquiles.

—Coge la *Summa* y dejaremos aquí el *Digesto* original de Beirut —dijo Pere al ver que dudaba angustiado—. Dedica un tiempo a estudiar hospedado en el monasterio. Aunque Martí te escogiera, debes ser tú el que decidas con libertad.

—Reza a nuestra Virgen para que te ilumine —añadió fra Arnau.

Ambos sonreían comprensivos. Asentí, aún aturdido. Aunque Ripoll irradiaba paz, no podía olvidar que esa madrugada unas siniestras sombras me habían dejado un libro carbonizado en el lecho.

Inspiré hondo para apartar el miedo. La revelación de Ribes había hecho que de verdad me sintiera partícipe de algo trascendental, y no iba a permitir que el miedo escogiera por mí. Por eso decidí quedarme y descubrir aquel vasto universo.

La esposa de Pere de Mediona

A Blanca le gustaban los atardeceres de verano en el cerro de Olèrdola. Era julio, y cuando el cielo se tiñó de tonos anaranjados y el calor amainó, en vez de enviar a su esclava Jacina, cogió el cántaro y salió de la pequeña casa situada a los pies de la muralla.

Dejó el poblado que ocupaban las familias de los soldados y llegó a la planicie rocosa donde estaba la cisterna romana excavada en la roca viva. El aljibe era un prodigio. Dos acequias recogían el agua de lluvia y la conducían a una pequeña balsa de decantación y luego a la cisterna. En esa época el bajo nivel del agua permitía ver los primeros peldaños de la escalera tallada en la roca.

Blanca se quedó ensimismada. Le ocurría a menudo cuando contemplaba el profundo aljibe. Se lo habían explicado decenas de veces, pero le costaba imaginar la ordalía de *albats*, la ventisca, el séquito de monjes y los habitantes arracimados alrededor.

—¡Si vas a seguir ahí pasmada, apártate, Blanca de Mediona! —le espetó una mujer a su espalda—. Todas tenemos prisa esta tarde.

Era Joana, la esposa de otro de los soldados. Ése era el tono despectivo que algunas de ellas empleaban con la antigua *pubilla* de Olèrdola, pero Blanca no se amilanó. Llenó el cántaro y al salir le sorprendió ver una fila de mujeres esperando.

—¿Las casas de Olèrdola se han quedado sin agua esta tarde? —les preguntó.

—¿No te has enterado? —le respondió una joven sierva—. Algunos soldados salen esta noche de cabalgada. Hay que tener agua fresca para la vuelta. Es la costumbre.

—¡Yo la necesito para limpiarme, por si mi hombre llega con más ganas de acción! —se jactó una mujer casi anciana en medio de la fila.

Mientras las demás reían, Blanca se alejó con paso tranquilo. En casa cerró las ventanas y anduvo en círculos, nerviosa, hasta que la puerta se abrió. El hedor a cuero y sudor delató a su esposo. Pere era escolta de Asbert de Santa Oliva y pasaba el día en el castillo.

—¿Van a salir soldados de cabalgada esta noche? —demandó ella, expectante.

El hombre se sirvió un cuenco de vino en silencio, sombrío. Blanca aguardó. Hablaría.

Pere de Mediona no había sido un castigo para Blanca como pretendía su tutor Ponce de Cabrera, sino su salvación. Para un guerrero que iba camino de los cincuenta años, tomar una esposa sin dote era una carga, pues debía velar por ella sin compensación, pero aceptó a la *pubilla* de Corviu como otro servicio a su señor, Asbert de Santa Oliva. Lo que no esperaba era que, con el tiempo, la joven de cabellos trigueños y ojos claros le diera un motivo para vivir, una luz en medio de las brumas de su austera vida.

El de Mediona era rudo y poco dado a mostrar emociones, pero la respetaba y la dejaba moverse con libertad. Blanca era buena esposa, y cuando yacían y dejaba que sus manos ásperas la tocaran se sentía afortunado. Jamás la forzaba.

Poco a poco, Blanca comenzó a sentirse cómoda. Tenía techo, una sierva que la ayudaba, comida en abundancia y algunos pequeños lujos gracias al botín de guerra que él traía de las campañas militares. No era la vida que había deseado, pero era mejor de lo que llegó a esperar. El soldado Pere de Mediona y Blanca eran compañeros, y se apoyaban.

—Ha llegado un mensaje desde Montsoriu para Arnulf. Enseguida éste ha solicitado al señor Asbert salir con soldados a la aldea de Tramontana.

Blanca se estremeció. La presencia de los payeses en el pequeño poblado era lo poco que quedaba de los meses que ejerció como *pubilla* de Olèrdola.

—Muchas masías han sufrido cabalgadas y saqueos —dijo angustiada—. Era cuestión de tiempo que fueran a Tramontana, pero ¿por qué esta noche?

—Debe de ser por el mensaje del vizconde. Es cuanto sé.

—Deben la *iova* y otros derechos, pero no son siervos de la gleba.

—Quizá es lo que quieren cambiar de una vez —señaló el hombre, sombrío.

Pere posó sus ojos pardos en Blanca. Si bien era vasallo de la casa de Santa Oliva y debía fidelidad a Asbert, no le gustaba ver sufrir a su joven esposa. Admiraba su valor y su generosidad. Era como si se sintiera responsable de aquella gente y ayudaba a los payeses en todo lo que podía, incluso a escapar hacia la ciudad o a las tierras del sur, donde las condiciones para los campesinos eran menos rígidas.

Pere, conmovido, llenó él mismo un zurrón con embutido, quesos y varias copas de plata pequeñas y aplastadas. Era parte de un botín.

—Si quieren llegar al campo de Tarragona les espera un largo camino. Yo regresaré a la fortaleza para averiguar qué dice el mensaje de Ponce a su sobrino. Por favor, ten cuidado con Arnulf; cada día está peor. No quiero perderte, esposa.

Blanca tomó el pesado zurrón, agradecida. No amaba a Pere, ni lo deseaba, pero aquellos gestos en un hombre tan frío eran bocanadas de afecto, y la emocionaban.

Se cubrió con un manto y salió a la oscuridad de la noche. Las calles estaban tranquilas y el aire olía a carne asada. Para abandonar el castillo bajó por una pendiente rocosa que descendía hasta una fuente y que en tiempos de paz no estaba vigilada. Luego tomó la senda que atravesaba el barranco y seguía por la llanura del Penedés.

Se adentró en un encinar hasta que vio el tenue resplandor. Alguien le salió al paso.

—Si te has arriesgado a venir es porque ocurre algo grave, Blanca de Corviu.

—¡Hakim! —Sintió deseos de abrazarlo, pero se contuvo—. ¡Los hombres de Asbert esta vez van a Tramontana! ¡Hay que avisar a sus habitantes!

Fátima salió al oírlos y abrazó a Blanca. Los dos sarracenos envejecían, pero gozaban de buena salud. Para ella eran su familia. Habían vuelto a la cabaña del encinar para evitar que los convirtieran de nuevo en esclavos.

—Al final, van a echarlos —dijo Hakim, pensativo—. Eso significa que los señores han hallado la manera de hacerse con la propiedad.

—Algo le ha ocurrido a Robert —musitó Fátima, y la angustia le impidió seguir.

Los tres compartieron un silencio lleno de amargura y sueños truncados.

—¡Deben salir de allí! —insistió Blanca, cada vez más nerviosa—. ¡Vamos!

—Tú no, Blanca —le rogó Fátima—. Es demasiado peligroso.

—Yo los convencí para cultivar en Tramontana —repuso—. Les daré este zurrón.

En su aparente fragilidad, Blanca poseía la luz de Leonor de Corviu, y quería pedirles perdón antes de que se marcharan. Fátima miró a Hakim, y éste asintió.

La aldea estaba tranquila. Al ver a Blanca y a Hakim, los cabezas de familia se reunieron en la pequeña ermita. Su líder era Joan Margarit, el primer payés que la apoyó en la *iova*. La noticia los apenó, pero hacía tiempo que la esperaban. Habían sido años malos, con mayores exigencias y amenazas. Eran gentes acostumbradas a los reveses de la vida, y sin perder tiempo cada familia reunió sus pertenencias en hatillos y se congregaron en la plaza a oscuras.

La esposa de Joan Margarit, Dulce, se acercó a Blanca.

—Nos dirigiremos al sur. Cerca de la frontera dan tierras. Allí podríais rehacer vuestra vida.

A pesar de no tener nada, salvo un marido impuesto, Blanca no quería dejar Olèrdola. Tampoco a Pere de Mediona. Aún sentía que le quedaba algo que hacer allí, aunque sólo fuera ayudar a los que antaño la trataban como *pubilla*.

—No os demoréis —musitó con un nudo en la garganta.

—Muchos habríamos muerto de hambre de no ser por vos —añadió Dulce.

—¡Se ven antorchas en el camino! —anunció un niño desde la puerta de la ermita.

—Yo os guiaré esta noche. Pero sois demasiados —advirtió Hakim—. Si queréis pasar inadvertidos, no podéis seguir juntos hacia el sur.

El grupo salió por un viñedo y se perdió en la noche. Blanca, en la puerta de la ermita, pidió a la Virgen por ellos y corrió por un trigal para volver a Olèrdola.

—¡Allí! —gritó una voz—. ¡Hay uno!

Blanca se asustó. Estaba lejos, pero los jinetes la habían visto. Huyó cuando dos caballos enfilaron hacia su posición. Entonces se torció un tobillo y se golpeó la rodilla con un canto. Gimiendo, se arrastró hasta unos matorrales fuera del trigal. Los jinetes descabalgaron para buscar mejor. Oía sus botas pisando los tallos secos.

—La aldea está vacía y éste ha escapado por aquí.

—¡Buscadlo! Quiero saber quién los ha avisado.

Era la voz de Arnulf, muy cerca, y Blanca sintió pavor. Su hermanastro ya no era el muchacho de alma atormentada que saliera del monasterio de Valldemaría. Era un joven arrogante y agresivo que había recibido instrucción militar. Aunque pasaba épocas en Olèrdola con su madre, solía acompañar a su tío Ponce de Cabrera como portaestandarte.

Blanca percibió el siseo metálico de una espada. Se tocó la rodilla y casi aulló de dolor; no podía moverse, mucho menos correr.

—Sal, sé que estás ahí, payés —ordenó Arnulf casi detrás de ella.

La joven contuvo el aliento. Si la veía, podía matarla allí

mismo. No tenían ninguna relación, y ella prefería no cruzarse en su camino.

—¿Arnulf? —gritó una voz familiar para Blanca. Era su esposo—. ¿Dónde estáis, Arnulf?

El aludido silbó para indicar su posición.

—¿Qué haces tú aquí, Pere? —demandó su hermanastro con su habitual desprecio.

—Vuestra madre desea que volváis al castillo. Este lugar es peligroso mientras siga oculto ese infiel, Hakim. Reservad fuerzas para reuniros con vuestro tío el vizconde.

—¿Así que ya sabes la noticia? —dijo con goce—. ¿Os han leído la carta?

—Me han dicho que Ponce de Cabrera tiene planes para vos.

—Robert el Condenado, el antiguo *hereu* de todo esto, ¡ha abandonado por fin la protección de Jaca y está en el monasterio de Ripoll! Mi tío se propone cumplir lo que me prometió.

—Pues olvidad a estos míseros payeses. Preparaos para abatir una pieza mayor y pronto tendréis aquí vuestros propios siervos. Supongo que se trata de eso, ¿verdad?

Pere trataba de llevarse a Arnulf por temor a que su esposa estuviera cerca.

Cuando al fin retrocedieron, Blanca comenzó a llorar para dejar ir el dolor y la frustración. Robert había cometido un terrible error al abandonar la ciudad aragonesa. Imaginaba la propuesta que su antiguo tutor le había hecho a su sobrino; una oferta teñida de sangre.

La visita

A petición del *frate* bibliotecario Arnau de Mont, el abad del monasterio de Ripoll me permitió quedarme en la hospedería. Los primeros días fueron angustiosos; sin embargo, salvo alguna mirada maliciosa durante los rezos, no sufrí más amenazas. Mi condición me impedía acceder a la clausura, pero podía visitar la biblioteca con la supervisión de los encargados.

Descubrí el tesoro para la humanidad que suponía el *ius commune* en un pupitre en desuso, y pasé lo que quedaba de julio y dos semanas de agosto sumido en los comentarios de la *Summa* que me había dejado Martí. Explicaba leyes esculpidas por mil cinceles, retocadas y perfeccionadas una y otra vez hasta destilar la esencia de lo que era justo. No había conducta humana, loable o despreciable, que durante los mil años de imperio no se hubiera regulado para mejorar la convivencia de toda la comunidad.

Mientras tanto, absorbía el poder que irradiaba el antiguo cenobio. La paz descendía sobre mi alma como la bruma que se descolgaba de las montañas que dominaban el paisaje.

A mediados de agosto el tiempo cambió. Por las tardes el cielo se tornaba negro y los vetustos muros se estremecían con los truenos de las tormentas. El otoño se acercaba y yo debía tomar una decisión. Podía regresar a Jaca o podía intentar el viaje a Bolonia, como quiso mi maestro Martí. Sin embargo, era tal la serenidad que respiraba que llegué a plantearme solicitar mi ingreso como novicio en la comunidad benedictina de Ripoll.

Dejaría atrás los cálidos besos de mujer y la noble labor de forista, pero no concebía nada más sublime que envejecer en aquel ambiente, entregado a Dios entre el olor del pergamino y la tinta, sólo preocupado por que luciera el sol cada mañana para que los copistas sacaran el mayor partido a su labor.

El 19 de agosto, día de San Magno, amaneció nublado y fresco. Me había propuesto hablar de mi futuro con el abad y llegué animado a la biblioteca. Algo alteraba la rutina y los monjes jóvenes cuchicheaban, aun a riesgo de ser reprendidos. Me había ganado la amistad de algunos de ellos, y me disponía a abordarlos cuando apareció fra Arnau de Mont, como siempre, abstraído de lo que acontecía más allá de la biblioteca.

—No te despegas del libro, me recuerdas a Martí —dijo jovial—. ¿Comprendes su significado?

Pasé hojas de la *Summa* al azar, pensativo.

—Es complejo, pero las glosas son anotaciones que aclaran el sentido. En parte resulta familiar, pues el *Liber Iudiciorum* de los visigodos bebió del Derecho romano. Se basa en la razón y desconoce las batallas judiciales o los juramentos de los nobles.

—¿Ya has pensado qué hacer?

Antes de responder, los monjes copistas salieron todos en tropel.

—¿Qué ocurre, fra Arnau?

—No sé, creo que ha llegado un ejército y ha acampado junto al monasterio.

Me asusté. Entonces entró el abad, el noble Ramón de Berga. Desconcertado, me puse en pie; no solía verlo en el *scriptorium*. Estaba pálido y nervioso. Recorrió con la mirada la amplia estancia como si recordara tiempos felices y luego la detuvo en mí.

—El vizconde Ponce III de Cabrera está en el monasterio, con sus soldados. Ha realizado un generoso donativo y dice que ha venido para rezar a nuestra Virgen, pero ha pedido verte. No quiero que pase aquí más tiempo del imprescindible.

Me quedé sin aliento.

—¿Cómo sabía que me encuentro aquí?

—¡Al menos cinco de nuestros *frates* pertenecen al linaje de los Cabrera! Si se quiere rehuir a los nobles de Catalonia, este monasterio no es el mejor sitio. Pero no te inquietes, estás en sagrado y bajo mi autoridad. Vamos, os veréis en la iglesia.

Estaba tan confuso y aterrado que bajé la cabeza y salí con la *Summa* en las manos.

El vizconde aguardaba en el transepto de la iglesia, delante del sepulcro de Ramón Berenguer IV, conde de Barcelona y príncipe de Aragón. En la penumbra, no podía apreciar si le mostraba sus respetos o su desprecio por ser el padre de su enemigo el rey Alfonso. Ponce, a sus pocos más de treinta años, tenía un semblante más apuesto y varonil que nunca.

—Has cambiado, Robert de Tramontana —dijo al volverse.

—Vizconde... —Lo saludé con una leve inclinación, manteniéndome lejos de su espada.

—Lamento la muerte de Martí de Ripoll. No era mi intención que sufriera aquel castigo, pero entregárselo a Ramón de Blanes formaba parte del pago. Dicen que has logrado que lo condenen por violación, de un modo muy habilidoso. Me alegro, su conducta depravada es indigna de un caballero. Nunca más contaré con sus servicios.

—¿Qué queréis de mí? —solicité con cautela.

—No temas. He venido a perdonarte, Robert de Tramontana, con la Virgen de Ripoll como testigo. —Ante mi sorpresa, sonrió y sacó un pergamino—. ¿Lo recuerdas? Es el documento que entregaste en Barcelona a mi antigua pupila, Blanca de Corviu. No era válido sin la firma de tutores y testigos, pero le sirvió para convencer a esos labradores supersticiosos de Olèrdola y volvieron a la masía de tus ancestros. Este pergamino es una de las cosas que me quedé de ella.

Lo rasgó impasible y dejó caer los pedazos. Comencé a inquietarme.

—No os entiendo... —dije.

—Antes de nada, te informo de que el deshonor que causaste ya está restaurado. Blanca fue casada con un soldado y vive en Olèrdola. —Sonrió—. Pero no como *castlana.*

Sentí una punzada en la cicatriz de la mano; a veces me ocurría cuando pensaba en ella.

—¿Está bien? —me atreví a preguntar.

—Su vida es mucho peor de lo que sería si se hubiera mantenido fiel a mí. —Me miró con absoluto desprecio—. Aunque todavía tengo deseos de desollarte con mis propias manos, he decidido que de tus pecados sólo respondas ante Dios. Nadie te causará daño alguno desde hoy si firmas una cesión de Tramontana, esta vez válida, con testigos y notario —dijo con una sonrisa taimada—, a favor de mi sobrino Arnulf de Corviu.

—Queréis evitar que algún pariente mío reclame la propiedad familiar —deduje.

—Mi sobrina dejó que la ocuparan sin establecer su condición servil ni los malos usos. Ahora eso va a cambiar. Esas tierras financiarán el caballo y el equipo de Arnulf para ser armado caballero. Se lo prometí; un justo pago por lo que sufrió allí.

—Para eso no necesitáis de mí. ¿Quién lo impediría?

—No quiero que Arnulf sufra la resistencia de los siervos, como le ocurre a Saura. —Torció el gesto, asqueado—. Se los castiga, pero no escarmientan y cada vez hay menos.

—Según la ley, un hombre o una mujer pueden entregarse a un señor y convertirse en siervos de la gleba. —No estaba en condiciones de exigir, pero quise intentarlo—. Firmaré si Arnulf los deja marchar en caso de que pidan la redención.

La carcajada de Ponce resonó en las bóvedas, luego me agarró por el cuello del hábito y en sus ojos apareció un odio letal. Al fondo, varios monjes gritaron espantados.

—Tramontana pagará por el crimen de tu madre y los siervos entregarán hasta el último cahíz de trigo o probarán el *ius maletractandi.* ¡No cabe nada más!

—Mi tutor es Pedro de Isla, forista de Jaca. Deberá firmar también.

—¡Estoy en guerra con el rey y el conde de Urgell! No es

tiempo de sutilezas jurídicas. Es muy sencillo: si firmas vivirás, y si no, arrasaré tu masía, la aldea y salaré los campos. ¡Y que se la quede entonces el despreciable cambista Pere Moneder!

Echar a perder tierras como aquéllas era una aberración, pero en la mente de un *bellator* tenía sentido si no servían para nutrir a la nobleza.

El vizconde se inclinó sobre mí con una sonrisa retorcida.

—Y a ti te cazaré como a un corzo en cuanto pongas un pie fuera de Ripoll.

El abad habilitó una pequeña estancia junto a la sacristía. Un notario del vizconde presentó el documento de cesión que debía firmar. Estaban presentes como testigos dos vasallos de la casa de Cabrera, el abad y el bibliotecario Arnau de Mont. No tenía dudas de que, de un modo u otro, lograrían que Pedro de Isla firmara, pues aún era mi tutor.

Ya no consideraba Tramontana como mía; sin embargo, al leer la descripción de sus tierras, bosques y casas sentí un peso insoportable en el alma. En la ordalía de *albats*, Dios nos había dado la espalda, mi madre no lo aceptó y desde entonces todo había sido una cadena de infortunios. Era momento de terminar con esa condena. Cogí la pluma y firmé sin que me temblara el pulso. Esa vez sí estaba entregando las tierras ante la ley.

Ponce sonreía mientras derramaba el lacre y sellaba el pergamino con su anillo.

—Este documento debe partir hacia Olèrdola sin demora.

—El rey podría malinterpretar la presencia de vuestro ejército en el monasterio —señaló el abad, incómodo—, por eso os ruego que lo abandonéis mañana mismo.

Ponce efectuó una inclinación. No tenía ningún interés en quedarse. Luego me miró.

—Ahora que ya no tienes nada que temer, ¿adónde te dirigirás, Robert?

Miré a fra Arnau y al fin respondí.

—Seguiré con los foristas de Jaca, impartiendo justicia a todo aquel que la infrinja.

Nos sostuvimos la mirada. Yo no era nada para él, pero vi

un resquicio de duda, como si intuyera que, con el tiempo, mi cruzada podía calar en otros y ser una amenaza para el orden del que ellos se beneficiaban. Recuperó su aire arrogante y abrió las manos.

—Entonces ¡deberías empezar a llamarte Robert de Jaca!

Salí de la estancia oyendo las risas de sus dos vasallos. No me importaba. El atisbo de preocupación que había advertido en Ponce era suficiente para llenarme de convicción. Mi futuro no estaba en la paz de Ripoll, sino en la guerra de los tribunales. Algún día incluso los nobles estarían sometidos a la ley, y quizá los siervos lograrían ser libres.

La daga de jade

El abad permitió que me quedara en el recinto monástico hasta que el ejército de Ponce se hubiera marchado. Al atardecer, busqué sosiego en el claustro. Llevaba la *Summa* en las manos, pero no había luz para leer y me dediqué a admirar aquel patio interior porticado. Estaban haciendo obras de ampliación y la galería adosada a la iglesia ya estaba terminada. Se había cincelado la figura del abad en la columna norte para perpetuar su memoria. Me pareció un acto de vanidad impropio de un clérigo, si bien acorde con la sangre noble de Ramón de Berga.

Contemplar los capiteles me serenaba. Como en Barcelona y Jaca, cada imagen era la puerta a un universo de significados. Los monjes dedicaban toda la vida a desentrañarlos. Algunos eran relatos vivos, que avanzaban según el sol incidía en ellos a lo largo del día. Los bueyes salían al amanecer, los leones atacaban o descansaban a ciertas horas. La luz destacaba a grifos y sirenas, y luego a ángeles y personajes bíblicos. El bien y el mal, presentes, basculaban en el equilibrio del mundo.

Sin duda, relacionar imágenes e ideas ayudó al maestro Martí a interpretar el mensaje del baldaquino de Ribes.

Poco a poco, el crepúsculo envolvió el patio. Los monjes pasaron en filas hacia la iglesia para las vísperas. Me distancié. Quería despedirme en soledad de Ripoll antes de regresar a Jaca. Me animaba pensar en el entusiasmo de Rodrigo y los demás cuando les mostrara la *Summa*. Quizá pasados unos años regresaríamos a por el *Digesto* original guardado en Ribes.

Arrullado por el canto gregoriano que surgía de la iglesia, ignoré al grupo de monjes que venía por la galería. Al llegar a mi altura me agarraron con fuerza y uno me golpeó en el vientre.

Eran *frates*, pero entre ellos estaba Arnulf de Corviu. Oculto bajo el hábito, su cara marcada por el fuego rebosaba júbilo. Comprendí lo que ocurría. Ponce había logrado más tierras para su causa y me entregaba a la venganza de su sobrino.

—¿De verdad creías que te marcharías del monasterio?

—Si matas en sagrado serás excomulgado, Arnulf.

Me empujó contra el muro con la fuerza de un soldado. No tenía la mirada desquiciada como en el cobertizo de Borza; su expresión me heló la sangre.

—Te he odiado durante años pero estaba en un error. Prepararme para ser caballero le ha dado un sentido a mi vida. Ahora sé lo que quiero de ti.

—¡Quieres venganza!

—Te equivocas, Dios quiere que castigue el desafío de los Tramontana y que sus tierras mantengan mi caballo y espada para ponerme al servicio de la fe. ¡Tú y yo servimos a Sus planes!

—Eso cambiará algún día.

—¡Jamás veremos la espada sometida a la azada ni al libro!

Uno de los monjes que iban con Arnulf me quitó la *Summa*.

—¡Devolvédselo a fra Arnau de Mont! —rogué—. Sólo es un manual de leyes.

—Sé lo que es y a quién perteneció. Martí es una leyenda en Ripoll. —El monje, sin duda de sangre noble, agitó el libro—. Te amenazamos la primera noche, pero no has entendido que un payés no tiene más ley que su señor. ¡Este libro trata de igualarnos! ¡Es un agravio que sólo traerá perdición al mundo!

—Creíamos que con la marcha de Martí ya no debíamos preocuparnos, pero aquí estás tú —dijo otro monje que tendría unos cincuenta años—. Ahora verás arder el libro y luego te dejaremos en manos de nuestro invitado.

Me sostuvieron mientras envolvían la *Summa* en yesca para quemarla allí mismo. Pero tras lo ocurrido en Bearne no estaba dispuesto a someterme tan fácilmente. Creían que el miedo me mantenía dócil, y lentamente saqué la daga de jade de Hakim, que llevaba siempre oculta en una manga. Con un movimiento rápido, pinché la mano del que me sujetaba.

Arnulf se dio cuenta y se abalanzó sobre mí. Estaba oscuro y lancé una cuchillada. La hoja se hundió en su vientre y se quedó inmóvil, con una mirada de sorpresa y dolor. Mi mano se empapó de sangre. Manaba a borbotones. Arnulf cayó de rodillas gimiendo. Entonces advertí que la cuchillada había sido letal.

Para un payés, matar a un noble era cruzar un umbral del que ya no podría regresar. Lo había hecho con mis propias manos y ante testigos. Ningún tribunal del cielo o de la tierra borraría esa falta. Los monjes, confusos, se quedaron inmóviles. Me olvidé de la *Summa* de Martí y lancé cuchilladas a diestro y siniestro para abrirme paso.

Desesperado, hui hacia el huerto del monasterio y salté el muro. Veía las antorchas del campamento del vizconde y busqué refugio en un cobertizo de la aldea para serenarme y pensar.

Cundió la voz de alarma y comenzó la búsqueda. La mayor parte de los soldados se fueron por el camino del sur creyendo que huía a Jaca. Sólo los monjes Arnau y Pere sabían que contemplaba otra posibilidad, y confiaba en que no hablarían.

Con sigilo, enfilé hacia Ribes y llegué a la aldea casi a media noche, exhausto y tembloroso. La iglesia era tan pobre que no estaba cerrada. Dentro oí la respiración tranquila de fra Pere en la pequeña sacristía. Tomé la luz del sagrario y levanté la losa situada debajo del altar. Con cuidado, cogí la arqueta.

Bajo la exigua luz miré el Pantocrátor del baldaquino. Con su gesto severo me recordaba que era Robert el Condenado. Martín me había escogido para traer una nueva justicia a esas tierras y en vez de eso me había convertido en un fugitivo culpable de asesinato.

Estallé en un llanto amargo e incontenible. Una sombra se situó detrás de mí y di un respingo. Era fra Pere, y no ocultaba su desconcierto al verme allí.

—Una campana del monasterio tañe a media noche y llegas manchado de sangre, ¿qué ha ocurrido?

Entre sollozos e hipidos se lo conté. El monje palideció, pero se quedó conmigo.

—Te creo. Aun así, has pecado en la casa de Dios.

—¡Ayudadme, os lo imploro! —pedí desconsolado—. Si el vizconde me atrapa...

—Si quieres que toda esta tragedia no sea en balde, ya sabes lo que debes hacer. —Tocó la arqueta—. Recuerda, debes buscar al maestro Giovanni Bassiano.

—¿Cómo llegaré a Bolonia? —pregunté desesperado.

Como si hubiera estado esperando una situación así, hizo que me pusiera un viejo hábito de clérigo regular y me dio unas monedas. En un hatillo colocamos la arqueta. Luego me llevó a la casa de un pastor de Ribes. Lo despertó, y prometió pan y queso para su familia si me guiaba por un paso discreto hasta el otro lado de los Pirineos. Debía llegar a la carretera del río Tet, por donde iba la ruta de la sal desde Cardona hasta Perpiñán. Por allí pasaban numerosas caravanas que podrían llevar a un joven clérigo. Me pagaría el viaje como amanuense o sirviente. El resto estaba en manos de Dios.

Mientras subíamos por un escarpado paso de montaña volví la mirada. Dejaba atrás mi patria sin saber qué iba a ser de mí.

CUARTA PARTE

ALMA MATER STUDIORUM

El monje fra Pere de [illegible] que [illegible]
pensar la manera [illegible] monasterio de Ripoll, enclavado [illegible] Girona, hasta la humildad [illegible] con tanta [illegible]

Durante los primeros [illegible]
gustia y una sensación [illegible]
de mi vida: había matado [illegible]
era capaz de evocar el [illegible] manos.

En la vida se dan [illegible]
vacilantes. No sabía [illegible]
tan solo y adjudicarle [illegible]
ba la arboleda y [illegible]
desconocido. Yo [illegible]
diz de forista.

Tras varias jornadas [illegible]
del río Ter. Era un camino [illegible] y me uní a varias
caravanas que se dirigían [illegible] se apiadó de mi
alma perdida, y al día siguiente [illegible]
con un amplio séquito de [illegible] se llamaba
Arnaldo de Burdín. [illegible]
pidos en Flandes y [illegible] tras recorrer algunas
ciudades de Aquitania [illegible]
cuenta años y harto de [illegible]
prenda como garantía [illegible]

El genovés

El monje fra Pere de Ribes había dedicado mucho tiempo a pensar la manera en que un humilde monje viajara desde el monasterio de Ripoll, enclavado en el corazón del condado de Girona, hasta la luminosa Bolonia, en los condados italianos.

Durante los primeros días de marcha me devoraba la angustia y una sensación de ahogo que creí que sentiría el resto de mi vida: había matado a un hombre. Sin el menor esfuerzo, era capaz de evocar el calor y la viscosidad de su sangre en mis manos.

En la vida se dan infinidad de pasos, unos firmes y otros vacilantes. No sabía qué sería de mí, nunca me había sentido tan solo y vulnerable. Pero no me detuve ni miré atrás. Aferraba la arqueta y seguía al pastor por aquellas sendas hacia lo desconocido. Yo ya no era el mismo; no volvería a ser el aprendiz de forista.

Tras varias jornadas, el pastor me dejó junto a un recodo del río Tet. Era un camino muy transitado, y me ofrecí a varias caravanas que se dirigían a Perpiñán. Dios se apiadó de mi alma perdida, y al día siguiente llegó un mercader de Génova con un amplio séquito de siervos y varios guardias. Se llamaba Arnaldo de Burdín. Comerciaba con valiosos paños verdes tejidos en Flandes y regresaba a su ciudad tras recorrer algunas ciudades de Aquitania. Era un avezado hombre de unos cincuenta años y, harto de embaucadores y ladrones, me pidió una prenda como garantía si quería viajar bajo su protección. No tenía nada más que unas pocas monedas jaquesas de plata, así que me vi obligado a mostrarle lo que llevaba en la arqueta.

El genovés viajaba a veces a los reinos hispanos y me entendía. Abrió la cubierta. El legajo de Beirut eran pieles resecas sin encuadernar, protegidas por dos tablas.

—Dices que eres estudiante...

—Así es, mi señor. Es un texto legal, muy antiguo, llamado el *Digesto*.

Arnaldo me observó con ojos pequeños y vivaces, y su actitud desconfiada cambió. Para mi sorpresa, parecía saber lo que era.

—¿Sabes por qué Génova, Pisa o Venecia prosperan y rivalizan con puertos como Constantinopla o Acre? ¡Por esto! —Tocó las vetustas vitelas—. Los mercaderes somos cobardes y los cambistas aún más. Allí donde las leyes son iguales y se juzga con la cabeza, el comercio prospera. En cambio, donde los jueces se remiten a antiguas costumbres, batallas o rituales, sólo es un lugar de paso, ¿entiendes? ¿De dónde eres?

—De una masía al sur de Barcelona —dije cauto.

—Barcelona... He ido muchas veces; su costa es peligrosa por los bancos de arena.

—Allí estudié Artes. Después me fui a Jaca, para conocer su fuero. Mi maestro me dio el *Digesto* y deseo aprender en el *Studium* de Bolonia lo que llaman el *ius commune*, las leyes del Imperio romano.

Arnaldo vio que no mentía.

—Escúchame bien, joven. Tengo negocios en Bolonia y quizá podría ir antes de regresar a Génova. Te llevaré, será como una pequeña inversión. —Su sonrisa se ensanchó y me devolvió la arqueta—. A los mercaderes nos interesa que la justicia se imparta igual en todos los lugares, y en eso puede ayudar lo que aquí guardas. Recuerda lo que voy a decirte: el día que en Barcelona se juzgue con la misma equidad que en otros puertos del Mediterráneo, tendréis prosperidad.

—No os entiendo —reconocí. Era la primera vez que oía algo así.

—Se cuenta que a Bolonia van gentes de todas partes porque enseñan la manera de entender la justicia. Una cosa son las leyes y otra qué hacer con ellas. —Se echó a reír ante mi confusión—. Que Dios te permita regresar como *legum doctor* a tu tierra y llevar esta gran oportunidad.

Arnaldo intuyó las penalidades que había pasado hasta llegar allí y me palmeó el hombro al alejarse. En la orilla del río me lavé y dejé ir toda la tensión.

Jamás podría regresar. Entonces me vino a la mente el maestro Guillem Climent. En Ripoll me había enterado de que seguía vivo y ahora era el capellán de Berenguer de Vilademuls, el arzobispo de Tarragona. Pensé en Ernest de Calonge, de Barcelona, y en mis amigos de Jaca; ya no los vería más. No besaría a Salomé y mucho menos a Blanca de Corviu, a la que nunca dejaría de amar. Sin embargo, seguía vivo y tenía un nuevo destino.

O bien Dios se recreaba zarandeándome o me reservaba algo más. Ése fue el dilema que me rondaba durante las interminables jornadas de camino en las que recorrí Occitania hacia los reinos de Italia.

Poco a poco me reconcilié con la vida y con Dios. Apenas tenía veintidós años y ya había perdido mi herencia, a mi gente y a mi amada. Además, se me recordaría por asesinar a un joven de la nobleza. Lo que me daba fuerzas era buscar la respuesta a una única pregunta: ¿todo lo que me había ocurrido desde que nací era un destino inmutable o habría sido distinto con otras leyes y con otro modo de impartir justicia?

Sólo había un sitio en el orbe donde podía hallar la respuesta: Bolonia.

La tribulación comenzó a ceder a la emoción, incluso a la alegría. Notaba una sensación de vértigo en el estómago al emprender la singladura hacia un futuro incierto.

Bolonia

Había visto algunas ciudades en mi vida, pero el relieve de Bolonia, a media milla de distancia, me dejó boquiabierto. La ciudad amurallada tenía en su interior un gran número de torres estrechas y altísimas. Cada palacio parecía haber construido la suya y todo el centro estaba erizado de construcciones que se elevaban muy juntas y rivalizaban en verticalidad.

Pude contar cerca de un centenar, rematadas con almenas o matacanes de madera. Había varias con andamios y otras demasiado inclinadas, prueba de la premura y la desmedida ambición de sus propietarios.

—Simbolizan el estatus de la casa que las posee —me explicó Arnaldo de Burdín—. No hay noble o patricio en Bolonia que no tenga su torre con armas y aprovisionada para un largo asedio. Esta tierra lleva años sufriendo las guerras entre los partidarios del emperador del Sacro Imperio Romano Germánico y los de los Estados Pontificios.

—¿Cuál es la razón? —pregunté curioso. Aquél iba ser mi nuevo hogar.

—¡El *dominium mundi*! La eterna pugna entre el Papa y el emperador —dijo Arnaldo con hastío—. Luchan por determinar quién está por encima en el gobierno del mundo. Sus partidarios se dividen en güelfos, los que defienden la supremacía sagrada del Papa, y en gibelinos, que apoyan al emperador como la máxima autoridad terrenal. —Chascó la lengua con disgusto—. El conflicto dura décadas y se ha derramado mucha sangre. Ahora hay paz, pero ni la corona ni la tiara van a ceder. Hay demasiados intereses, alianzas y cuentas pendientes; por eso tememos que rebrote.

Para el genovés aquel conflicto era, en realidad, fruto de la soberbia y la ambición humanas; algo que a los campesinos, comerciantes y ciudadanos sólo traía miseria.

Gracias a Dios pasaríamos la noche en el interior de Bolonia. Inspiré hondo. Siempre me llenaba los pulmones de aire limpio antes de entrar en el infecto ambiente urbano.

Accedimos por la puerta de San Procolo. Me impresionó ver de cerca las esbeltas torres. Estaban unidas a palacios y grandes casas. Desde abajo, era como caminar por un bosque pétreo de altura inconcebible. Las calles tenían soportales que permitían que los jinetes pasaran por debajo en sus monturas y todo estaba lleno de puestos de mercaderes.

—En Bolonia llueve mucho y bajo los pórticos se hace vida con normalidad —dijo el genovés.

Me asombraba la prosperidad y el número de transeúntes con toga.

—Son estudiantes —siguió explicándome el mercader—. Como ves, los hay jóvenes y adultos. Muchos son clérigos, incluso altos dignatarios de la Iglesia. Mira el número de sirvientes que los acompañan.

Pero no todo eran piadosos hombres de Dios. En las calles reinaba un ambiente bullicioso. En cada esquina un goliardo cantaba o incitaba a los transeúntes a jugar a los dados.

—Bolonia es una república, con dos cónsules y un consejo comunal. Tras décadas de guerra entre los gibelinos del emperador y los güelfos del Papa, la ciudad se sumó al Tratado de Paz de Constanza en 1183. Hoy prospera gracias a su actividad mercantil y al numeroso gremio de estudiantes.

—En Barcelona y Jaca los estudiantes éramos unas decenas —indiqué sorprendido.

—Aquí cada año acuden cerca del millar, y la mayoría para cursar estudios de Derecho: unos las leyes civiles y otros las canónicas de la Iglesia. Pero no todos acceden a la *universitas scholarium*. Buena parte de ellos deben conformarse con educarse con maestros de segunda, que enseñan Derecho lombardo o anticuados formularios jurídicos.

Toda esa fuente de ingresos se notaba en las calles de la urbe. Estaba asombrado.

—¿Dónde está el *studium* de Derecho? —pregunté ansioso.

—Ven. La llaman *Alma Mater Studiorum*.

Llegamos a una plaza cercana al corazón de la ciudad. Delante se alzaba una muralla de época romana con una puerta de grandes sillares.

—Ésta es la puerta Ravegnana y en las casas que la rodean se lee el Derecho Civil.

—El *ius commune* —musité observando las ventanas. Había actividad dentro.

—El *studium* de Derecho Canónico no queda lejos, en el monasterio de los Santos Felice y Nabori.

Me fascinaba ver a cientos de estudiantes ir de un lado a otro. Eran de edades dispares, con togas nuevas o andrajosas. Muchos portaban libros atados con cuerdas y los había que se acompañaban de siervos. Bajo los porches había puestos donde se vendían utensilios de escritura y se ofrecían encuadernadores.

—Visten esas togas desde estudiantes pobres y goliardos hasta hijos de duques. Mientras estés aquí, no olvides que de Bolonia salen consejeros del Sacro Imperio, magistrados de las cortes europeas, jerarcas de la Iglesia y hasta papas. En esta urbe se aprende a gobernar el orbe, Robert.

—Debo buscar a un maestro en leyes llamado Giovanni Bassiano —dije emocionado. Era momento de volver a la realidad—. Es glosador.

El genovés no dio muestras de conocerlo; no obstante, le divertía mi ingenuidad.

—Eres despierto y saldrás adelante, pero te sugiero que empieces con algún maestro de segunda. Todos los estudiantes desean recibir las lecturas de los maestros glosadores, por eso unirte a la *universitas scholarium* de Derecho Civil es difícil sin padrinos.

—Debo intentarlo.

Arnaldo de Burdín sonrió y asintió. Durante el viaje lo había ayudado con algunos documentos y me había ganado su aprecio. Decidió que lo acompañara hasta la posada Di Reno, junto a un canal navegable que discurría entre las casas. La hospedería disponía de amplios establos y un almacén para las mercaderías, y Arnaldo permitió que me alojara con ellos a cambio de ayudar con las mulas hasta que partieran hacia Génova unos días más tarde.

Con cierta dificultad, me hacía entender con los siervos de la posada, pero cuando pude conversar en latín con dos estudiantes de Francia me enteré de que la *universitas scholarium* no se regía por las leyes de Bolonia.

La comunidad de estudiantes estaba amparada por privilegios e inmunidades concedidos por el emperador Federico Barbarroja, por los cuales velaba el obispo. Formaban una estructura compleja con muchos años de antigüedad. Los estudiantes se agrupaban en naciones según el lugar de origen, con un consiliario a la cabeza elegido de manera democrática. Debido a su número, se habían dividido en dos *universitae*: la cismontana, para los italianos, y la ultramontana, para los de más allá de los Alpes. Los consiliarios elegían a un estudiante como rector para gobernar cada universidad, y era éste quien contrataba a los maestros de cada materia y supervisaba que impartieran el temario pactado.

Escuché todo aquello fascinado a cambio de unas jarras de vino que pude costear sin problema, pero cuando me dijeron el montante de la *collecta* que el alumno debía pagar a los maestros me desalenté. No tenía recursos ni mecenas, sólo una turbulenta historia y una arqueta con viejos pergaminos sacados de Beirut.

El palacio de Canossa

El día siguiente a mi llegada a Bolonia, tras pasar la mañana atendiendo las tareas que los sirvientes de Arnaldo me asignaron, volví a la puerta Ravegnana con la arqueta donde guardaba el antiguo *Digesto* de Beirut. Pregunté a unos estudiantes que jugaban a los dados a la sombra de un soportal y me miraron con desprecio; mi túnica olía a establo.

—El maestro Bassiano lee sus *lectiones* en el palacio de Canossa. Es aquel de enfrente. La torre pertenece a los glosadores. Pero no te esfuerces, no pasarás de la puerta.

Me alejé, ajeno a las risas burlonas. El palacio era uno de los más suntuosos que había visto en Bolonia, y por el nombre sospeché que lo habría levantado décadas atrás la propia condesa Matilde de Canossa, la que fuera valedora del primer glosador del *ius commune*, Irnerio. Tenía tres plantas con ventanas arqueadas y detrás se alzaba la torre, a gran altura. Bajo el porche deambulaban numerosos estudiantes en grupos.

Al palacio se entraba por una enorme arcada en cuya clave lucía el escudo de Canossa: un perro braco plateado sobre fondo de gules. Desde la entrada se veía un atrio porticado, lleno también de estudiantes. Quise acceder, pero dos de ellos me salieron al paso con gesto severo. Tenían la función de vigilantes.

—No des un paso más, ratero.

—Estudio leyes en Aragón —informé en perfecto latín de la Iglesia—. Pido permiso para entrar, debo ver a alguien.

—Desde aquí se huele lo que eres. ¡No te busques problemas y lárgate!

Decidí insistir.

—Por favor... He recorrido miles de millas para ver al honorable *magister* Giovanni Bassiano. Traigo algo que puede interesar a la escuela de glosadores.

Uno asió una correa de cuero que colgaba de un clavo.

—¿Sabes cuántos goliardos y truhanes tratan de colarse a diario? —me espetó taimado.

Cuando se disponían a echarme a azotes, alcé la arqueta.

—¡Os ruego un momento! ¡Traigo una copia íntegra del *Digesto*! —revelé de manera precipitada, sin pensarlo.

—Seguro que sí...

—Los cincuenta libros de la compilación de Triboniano.

Se les borró la sonrisa sardónica; ese detalle no podía conocerlo cualquiera. Abrí la caja con cautela y les mostré las vitelas de Beirut atadas. Uno la tomó y despasó el cordón de cuero. Sacó al azar una de las pieles. Estaba parda y carcomida.

—¿Qué es esto? —dijo asqueado—. ¡Las páginas se quiebran y apenas se lee nada!

—Es muy antiguo. —Busqué una hoja concreta que tenía localizada—. Lee el título.

—*Liber vicesimus sextus. De tutelis.* —Se puso lívido—. ¡Dios mío!

—¡Imposible! La regulación de la tutela romana sigue perdida —repuso el otro.

—¡Pues está aquí, y también los siguientes! —respondió su compañero con ojos desorbitados revisando la arqueta—. ¡No hay glosas ni marcas! ¡Este texto no ha pasado por Bolonia! —Me miró receloso—. ¿De dónde lo has sacado?

Advertí el brillo de la codicia. No iba a devolvérmelo.

—Perteneció al maestro Martí de Ripoll —expliqué tratando de parecer tranquilo—. Fue encontrado en Beirut. Debo ver a Bassiano.

—No eres boloñés ni estudiante; tu palabra aquí no vale

nada. —Sacó una limosnera de debajo de la toga—. Toma esto en compensación y te librarás de la cárcel.

—Devuélveme el legajo —amenacé. La tensión me oprimió el pecho.

—¿Cómo has dicho, rata inmunda? —gritó iracundo.

Al notar el estallido de la correa apreté los dientes. Dolió, pero ya no era un muchacho ni aquello me resultaba desconocido. Sin esperar un nuevo golpe, le di un codazo en el vientre y le quité la arqueta, pero no pude recuperar la hoja que sostenía.

—¡Al ladrón! —gritó el otro, desconcertado ante mi rápida reacción.

Varios togados que holgazaneaban en la plaza salieron tras de mí, pero los despisté. En un callejón lleno de toneles y cajas, me levanté la ropa para ver la marca del latigazo sobre mis costillas. El escozor no era nada comparado con el miedo y la rabia que sentía. Había cometido un gran error. Aquellas resecas vitelas que en cualquier sitio tan sólo se empleaban para encender fuego, en Bolonia eran el más valioso de los tesoros.

La vitela que aquellos vigilantes se habían quedado serviría para que cientos de estudiantes se lanzaran a registrar la ciudad en busca de la parte perdida del *Digesto*. Debía entregarlo en mano al maestro Bassiano, en el interior del palacio de Canossa, o jamás me admitirían. Confiaba en que se acordara de Martí de Ripoll y pudiera dar crédito a mi versión.

Después de pensar en cómo franquear la puerta, convertí un aciago recuerdo en una posibilidad.

La toga

El mercader genovés Arnaldo de Burdín abandonó Bolonia tres días más tarde, tras cerrar varias comandas de paños de Flandes para la siguiente primavera. Fue generoso y pagó mi estancia en la posada un día más; incluso me dio varios nombres de talleres donde se copiaban colecciones y obras para estudiantes. Si iba de su parte, me dijo, encontraría trabajo, pues había comprobado mi pericia como calígrafo y amanuense.

Hasta entonces no llevé a cabo el plan que había urdido, ya que no quería que Arnaldo tuviera que responder de mí si me sorprendían.

La bóveda de ladrillos goteaba por el vaho. El hedor, la humedad y la niebla eran iguales que en cualquier otro baño público. Aquél era el más cercano al *studium* y entre la clientela se contaban muchos estudiantes.

Esperé en el agua hasta que elegí a una víctima, un estudiante de mi complexión que debía de tener mi edad. Se metió en la bañera y salí enseguida. Cuando sumergió la cabeza en el agua turbia cogí su toga de la bancada, dejé mi túnica y me marché con naturalidad.

El corazón me latía con rapidez cuando me acerqué al palacio de Canossa como un estudiante más. Había dejado la arqueta escondida en el establo de la posada; no quería arriesgarme a que me arrebataran el tesoro de mi maestro.

Por suerte, ese día vigilaban otros. Mi aspecto era similar al resto de los estudiantes, de modo que, pegado a un bullicioso grupo, me colé en el atrio porticado. Decenas de togados entraban y salían, pues todo el palacio era una gran *schola*, y sus estancias eran aulas donde los maestros leían partes del Derecho Civil. Fui preguntando, y así supe que en la parte trasera, junto a la capilla de la Virgen, estaba el aula del *magister* Giovanni Bassiano.

Ocupaba la sala una grada semicircular de madera negra con cuatro alturas. Estaba atestada de alumnos, pero reinaba el más absoluto silencio. La luz entraba por unas ventanas estrechas cubiertas con piel encerada. Eran al menos sesenta estudiantes y todos observaban absortos el estrado ante la grada, con un atril profusamente decorado.

Busqué un hueco entre los abigarrados estudiantes, pero no lo hallé. Sin duda era un privilegio asistir, y no cabía ni un alfiler. Deambulé por detrás de la grada y descubrí una portezuela para acceder bajo la estructura. No era el mejor sitio, pero al menos podría escuchar la lección y aguardar hasta el final para abordar al maestro glosador.

Al situarme debajo de la tribuna constaté que ya había alguien oculto.

—¡Qué haces! ¿Quién eres?

Estaba oscuro, pero sin duda era una voz de mujer joven. Cuando me adapté a la penumbra la vi. Vestía con ropas nobles y se cubría con un fino velo. Me miraba molesta. No había mucho espacio, por lo que casi nos tocábamos. Al ver que se disponía a delatarme, le imploré.

—¡Por favor, esperad! No había sitio arriba, lo siento.

—¡Sólo yo puedo estar aquí! Si no lo sabías es porque no eres estudiante.

Susurraba entre dientes para no ser oída. Le incomodaba mi intrusión. Sobre nuestras cabezas, la madera crujía bajo el peso de decenas de alumnos.

—Tenéis razón. Soy estudiante en el Reino de Aragón —confesé. Detectó mi angustia y me regaló algo más de tiempo—. Lo único que deseo es hablar un momento con el *magister* Giovanni Bassiano, pues conoció a mi maestro. Dejad que espere aquí y no volveré a molestaros.

Respiraba tan alterada como yo.

—Al menos no apestas como un ladrón de libros.

Ella olía a canela y hablaba como si formara parte de la *universitas*.

—¿Por qué os escondéis aquí? —pregunté intrigado.

—No me escondo. Los rectores no quieren que una mujer distraiga al resto de los alumnos —dijo desdeñosa—. Soy Novella Gozzadini, y he pagado la *collecta* como todos. ¿Y tú?

Esperaba que reconociera el apellido. Mi cara indiferente la decepcionó.

—No sabía que las mujeres pudieran asistir al *studium* —reconocí confuso.

—Mi familia siempre ha tenido una excelente relación con el obispo y los rectores. Somos importadores de especias de Oriente. —El olor lo confirmaba. Hablaba henchida de orgullo—. Tengo dos hermanos *legum doctor* en la corte del emperador Enrique VI y un permiso especial para asistir, aunque sin distraer a los alumnos, como te he dicho.

Contemplé su semblante. No la complacía estar allí oculta y decidí congraciarme.

—Y sin embargo fue una mujer, la duquesa Matilde de Canossa, la que alentó la escuela de glosadores. Conozco la historia del hallazgo de Amalfi y el jurista Irnerio.

En la penumbra sus ojos me miraron de otro modo, más sorprendidos que molestos.

—No soy la primera mujer que asiste en secreto a las *lectiones* de los glosadores, pero voy a ser la primera laureada con el grado de *legum doctor*.

—Pero no podréis ejercer como jurista.

—Ignoras quién soy, extranjero —me espetó, altiva y ofendida—. Dentro de unos años me casaré con el conde de Lindoni. Posee jurisdicción sobre sus vasallos y como esposa presidiré su tribunal.

—Conocí a una mujer con vuestro coraje —dije en un tono

nostálgico—. Ella tenía grandes proyectos para sus tierras. Espero que en vuestro caso salga bien…

Se había serenado. Estaba desconcertada conmigo.

—¿Cómo te llamas?

—Robert de Tramontana. A mí también me gustaría aprender *ius commune.*

—Pues ahora mira por esta rendija y escucha, Robert de Tramontana. Ahí delante está forjándose una nueva era.

Con los hombros pegados nos asomamos y pude ver el estrado de la sala.

Un artesano con delantal de cuero vigilaba un pequeño horno portátil en forma de cono truncado. Había visto esa forma en la ceca de Barcelona cuando en una ocasión acompañé a Guillem Climent. Se usaba para extraer la plata de las menas de plomo. Era insólito realizar la compleja operación en el aula de un glosador, pero todos los alumnos parecían igual de intrigados. El orfebre derramó el líquido humeante en el crisol y se elevó un rumor de aprobación cuando mostró la plata depurada.

Entonces subió a la palestra un clérigo nervudo que lucía una cabellera plateada hasta los hombros. Calculé que rondaría los cuarenta y cinco años. Era apuesto, de rasgos afilados y nariz recta. Sus ojos vivaces recorrieron la tribuna.

—Es Giovanni Bassiano —susurró Novella con un matiz de admiración.

—Si os habéis fijado, la plata no ha aparecido, estaba dentro de la mena, pero sólo un experto y la experiencia acumulada durante siglos puede extraerla. —La voz de Bassiano era modulada pero enérgica. Tenía el estilo de Martí de Ripoll—. Éste es el ejemplo que muestro todos los años para que los alumnos comprendáis que las antiguas leyes romanas no se inventaron de la nada, sino que surgieron al fundir la *aequitas rudis*, la equidad y el equilibrio que rige la naturaleza.

Novella y yo nos miramos sorprendidos.

—La justicia y la equidad no la crearon los hombres —siguió vehemente—. ¡Son parte de la naturaleza! ¡Son lo único que pudimos llevarnos del Edén, pero en nuestra necedad las perdimos!

—¿Cómo hallarlas, maestro? —demandó un estudiante.

—Es más fácil percibir su ausencia. Hasta un niño advierte mejor la injusticia y la crueldad que el trato justo. El *ius commune* es como la plata; es la esencia destilada del derecho natural. La cuestión es: ¿dónde encontrar la mena de plomo?

Novella susurró junto a mí:

—*Lex est commune praeceptum.*

Al cabo de un momento alguien en la tribuna gritó:

—*Lex est commune praeceptum!*

—¡Exacto! —Bassiano abrió los brazos—. La ley es la voluntad común del pueblo. ¡Del pueblo nacen las leyes! Los juristas romanos hablaban de la *translatio imperii*: significa que el pueblo cedió ese poder al emperador para que fuera garante de la *aequitas* y contuviera la violencia de los poderosos sobre los débiles. ¿Lo entendéis? Nuestros príncipes, barones y abates creen dictar leyes y juzgar por mandato divino, pero se equivocan. Hay derechos que pertenecen a los hombres por naturaleza, por eso es tan fácil perderlos en tiempos de oscuridad. Ésa es la difícil verdad que irradia del *ius commune*, la que debéis llevar a todos los confines del orden en cuanto completéis los estudios aquí.

Un nuevo rumor se extendió por las galerías. Yo tenía la piel de gallina. Pensaba en el maestro Martí y sentí ganas de llorar de emoción.

—Esa tarea es imposible, maestro —señaló con disgusto un estudiante.

—Hace un siglo, parecía imposible referirnos a Aristóteles, nadie araba con mulas ni se usaban las norias de agua para los molinos. Muchas verdades han estado perdidas durante siglos. En el *studium* se os enseñará el *ius commune* y las glosas, pero el valor para devolver la *iustitia* al orbe sólo puede brotar del interior de cada uno, de su ética.

Los estudiantes patalearon con entusiasmo y deseé unirme a ellos. En mi tierra nadie se preguntaba por qué Ramón de

Corviu o Ponce de Cabrera disponían de la vida y la muerte de la plebe a su capricho. Pensaban que era voluntad de Dios. Y no era cierto.

—Pareces afectado —indicó Novella mirándome con atención.

—Soy hijo de campesinos en Catalonia. Me lo quitaron todo por la fuerza, hasta el calor de una madre. —Le enseñé las manos y frunció el ceño, impresionada.

En el aula, el maestro impuso silencio, pues alguien pedía la palabra.

—Alabo su exposición, *magister* Bassiano, pero ya son tres generaciones de glosadores y la aceptación del *ius commune* es tímida en los reinos cristianos.

—Los juristas del rey de Francia admiten la superioridad técnica del Derecho romano, pero no ocupa un papel preeminente dado que está incompleto —añadió otro.

Eso levantó comentarios. Al fin un tercer estudiante, más joven, tomó la palabra:

—Maestro, hay rumores de que ha aparecido en Bolonia una copia completa del *Digesto*, pero el que la posee ha desaparecido. ¿Dais crédito?

—Si eso fuera cierto, en poco tiempo el orbe asistiría por fin a un cambio de era —aseguró el *magister*—. ¡Ésta es la guerra más épica y silenciosa de los últimos mil años!

—¿Y eso no sería una amenaza para la Iglesia? —preguntó con fuerza un alumno—. La pugna entre los gibelinos y los güelfos ha causado siglos de guerra y miseria. Si el *ius commune* se completara, su prestigio e influencia respaldarían a los gibelinos del emperador, pues éste emula a los emperadores romanos que promulgaron ese derecho. ¿No supondría un desequilibrio y de nuevo conllevaría la guerra?

Un rumor incómodo se adueñó del aula. Novella se inclinó más hacia la rejilla.

—El que ha hablado es Azzo Soldani, el rector de los cismontanos —señaló con un matiz de ansia—. Dicen que cuando se gradúe se unirá a los maestros glosadores.

—Espinoso asunto, Azzo —admitió Bassiano—. Hablamos del *dominium mundi*; nada hay más importante para los poderosos, pero ¿y para la humanidad en su conjunto? Me refiero a burgueses y campesinos, sean ricos o pobres... ¿No merecen la mejor justicia que haya concebido la humanidad en su historia?

—Tenéis razón, maestro —concluyó Azzo, pensativo.

—Me atrevo a afirmar esto: después de la Biblia y de la obra de Aristóteles, nada hay más trascendental para el pensamiento humano que el *Corpus Iuris Civilis*. La humanidad tiene derecho a recuperarlo para recuperar la igualdad ante la ley. ¡El riesgo vale la pena!

La conclusión del *magister* Bassiano arrancó una sonora ovación y temí que la grada se hundiera sobre nuestras cabezas. El corazón me latía con fuerza. Por fin entendía por qué el maestro Martí decía que Bolonia era el siguiente destino en mi iniciación como jurista.

—Ahora deberías explicarte —indicó Novella a mi lado—. ¿Qué haces aquí?

El profesor abandonó el aula por una puerta trasera, rodeado de alumnos. No tenía tiempo para responder a Novella, y salí con la intención de hablar con Bassiano. Pero me vieron.

—¡Ése! —gritó uno en la tribuna—. ¡Es el que me atacó! ¡Él llevaba el *Digesto*!

Me cercaron en el estrado. Saqué mi cuchillo de jade. Aún tenía fresco el recuerdo de Arnulf y los amenacé sin atacar; sólo pretendía ganar tiempo. De un golpe me arrebataron el arma y me arrinconaron. Estaba perdido, pensé angustiado. De pronto, sin embargo, vi que alguien apartaba a los estudiantes a empellones para abrirse paso.

—¡Deteneos! —gritaba feroz—. ¡Respondo por él!

Me costó reconocerlo. Tenía la tez más pálida de lo que recordaba y había ganado mucho peso.

—¿Tommaso Lupo?

—Bienvenido a Bolonia, Robert de Tramontana —dijo el diplomático del Papa que conocí en León y que asistió a Martí de Ripoll en el lecho de muerte—. Ya pensaba que no vendrías al *studium*.

—¿Quién es éste, rector Tommaso? —intervino uno de los estudiantes, confuso.

—Viene de la Corona de Aragón y estudia leyes en su tierra —declaró el rector con autoridad—. Hasta que se aclaren los hechos, queda bajo la custodia del estudio.

—¡Dios mío…! —Mis ojos se anegaron en lágrimas. Di gracias al Señor—. ¡No me acordaba de que dijisteis que veníais a estudiar! ¡Estáis en Bolonia!

—¡En el *Alma Mater Studiorum*! Me ha ido bien, Robert. Mantengo mis privilegios del Vaticano y desde hace un año soy el rector de la *universitas* cismontana. Estudio Derecho Civil y Canónico. La Iglesia también está muy interesada en el antiguo *Corpus Iuris Civilis*. Ya lo has oído, ¡el *dominium mundi* está en juego! —Sonrió enfático—. Vamos, ven conmigo.

Recogí la daga de Hakim. El estudiante al que había agredido me miró furioso y se alejó. El resto aguardó para esclarecer el misterio de los fragmentos del *Digesto* perdido.

—Tommaso, ayudadme —rogué—. Debo hablar con el *magister* Bassiano. Tengo…

—Aquí no —me advirtió, y me llevó del codo con él.

Miré la base de la tribuna. Estaba seguro de que Novella seguía atenta a mi conversación con el diplomático del Vaticano. Probablemente estaba boquiabierta.

—Es cierto, Tommaso —afirmé en voz baja, con una fuerte tensión en el estómago. Era la oportunidad que necesitaba—. Lo tengo… Es una larga historia.

—Si eso es verdad, te aseguro que tu historia aquí no ha hecho más que empezar.

Universitas scholarium

La suerte me había sonreído por fin. El clérigo Tommaso Lupo, rector de la universidad de los estudiantes de más acá de los Alpes, me alojó en la abadía de los Santos Felice y Nabori, sede del *studium* de Derecho Canónico.

Allí pude descansar en una celda limpia. El día siguiente me reuní con él en una austera estancia junto a las aulas del claustro. Lo acompañaba otro estudiante tonsurado. Era más joven, de cuerpo orondo y sonrisa afable. Se presentó como Bernardo Compostelano, era gallego y ostentaba el cargo de rector de la *universitas* ultramontana, para los estudiantes de más allá de los Alpes. Ambos eran los máximos dirigentes de la comunidad estudiantil por debajo del obispo de Bolonia y del Papa.

Las manos de Tommaso Lupo temblaron cuando sostuvo las vitelas de Beirut.

—¡Es un hallazgo histórico! —Examinaba hojas al azar—. Tienen siglos de antigüedad, y además del *Digesto* hay documentos sueltos, la mayoría en griego.

—Hará falta tiempo para conocer todo el contenido —reconoció Bernardo, igual de emocionado. Su acento me recordó mi fascinante viaje al Reino de León.

—Habría sido preferible realizar la traducción antes de hacer público el hallazgo —añadió Lupo—, pero en Bolonia no se habla de otra cosa. No debemos ocultarlo.

Era cierto, incluso los benedictinos de la abadía estaban

alterados. Los cónsules de la ciudad habían enviado una delegación al monasterio para enterarse de lo ocurrido.

—Dime, Robert —comenzó Bernardo Compostelano—, ¿qué deseas a cambio de ceder estos documentos al *studium*?

Sentí los nervios en el vientre. Durante semanas había esperado esa pregunta.

—Sois el rector de la nación Hispana. Deseo ser admitido como estudiante, como lo fue mi maestro Martí de Ripoll. No tengo modo de abonar la *collecta* por el momento.

Los dos rectores se miraron y asintieron. Lo tenían decidido desde el principio.

—Creo que es justo, Robert —terció el diplomático—. La Iglesia financia cada año a un grupo de estudiantes pobres. Te alojarás con ellos. En Bolonia hay trabajo para copistas y encuadernadores, como irás descubriendo. Ahora nos esperan en el palacio de Canossa. La reunión ya está convocada.

En el patio interior con arcadas se había reunido la asamblea de la *universitas scholarium* en pleno, además del claustro de maestros y el comunal de la ciudad de Bolonia. El lugar estaba abarrotado, y me recordó a las Cortes de León en San Isidoro.

En una bancada situada en el atrio se hallaban sentados los maestros glosadores. Era visible su agitación. La mayoría de ellos eran ancianos que no esperaban llegar a ver ese momento. También las galerías superiores estaban abarrotadas; los estudiantes no querían perderse la asamblea. Me dije que, en algún discreto rincón, podía hallarse Novella Gozzadini.

Tras una oración y el anuncio del hallazgo, el obispo de Bolonia, Gerardo de Gisla, máxima autoridad del *studium*, me observó con ojos astutos, de comerciante, y me cedió la palabra. Cientos de miradas se posaron en mí, y me roía el estómago. Con cierta torpeza relaté mi periplo hasta Bolonia; sólo omití la muerte de Arnulf.

Tommaso Lupo, rector y alumno preeminente y protegido por el Vaticano, asumió el protagonismo. Abrió la arqueta en medio de un silencio respetuoso, como si manipulara una reliquia. Los glosadores, todos maestros de gran fama y alma del *studium* de Derecho, pudieron examinar los pliegos por orden de antigüedad. A continuación siguieron los maestros de menor rango y los alumnos que estaban en el último año, como Azzo Soldani. Todos eran expertos en el *Corpus Iuris Civilis*, conocían las copias halladas después de la primera de Amalfi, entre otras, la llamada *Littera* de Nápoles.

Tras una deliberación, el *magister* Giovanni Bassiano, el más joven con rango de glosador del *ius commune*, recorrió con la mirada a los presentes. El silencio era total.

—¡Es auténtico! —declaró con firmeza.

El palacio casi se hunde por el estallido de júbilo. Las piernas se me aflojaron.

—¡El orbe entero conocerá el hallazgo, pero antes debemos preservarlo! —señaló el maestro cuando la euforia amainó.

El *magister* Bassiano tenía las mejillas encendidas como un muchacho con su primera amada, pero a pesar de lo extraordinario de la situación, no me había mirado siquiera, y eso me entristeció.

—Una parte importante es original de la *Nutrix Legum* de Beirut y está en griego antiguo —constató el rector Tommaso Lupo, que había tenido más tiempo para revisarlo—. Requiere de un buen traductor y los mejores copistas.

—La escuela de glosadores costeará la labor. Se dirigirá la traducción y las copias en el *scriptorium* del palacio de Canossa —señaló Giovanni Bassiano, con el asentimiento de los ancianos glosadores—. El original quedará custodiado en la torre.

A continuación se permitió a los asistentes acercarse para admirar aquel tesoro perdido, contemporáneo del emperador Justiniano y sus venerados juristas, entre ellos Triboniano, a quien se veneraba en el *studium* como un santo.

Todos eran más conscientes que yo del valor y la influencia que el hecho de haber completado el *Corpus Iuris Civilis* tendría en el orbe. Ahora todas las facetas de la vida humana estaban reguladas y primaba la equidad entre los hombres. Si las palabras que el *magister* Bassiano había pronunciado en su clase eran ciertas, el hallazgo podía redundar en un mundo más justo, y quizá derrocar la maldita ley de los tres órdenes que tanto dolor había causado a los Tramontana. Sólo ansiaba estudiar y descubrirlo.

Quise acercarme al prestigioso glosador, pero enseguida se vio rodeado de otros estudiantes y se alejó. Quizá no lo hiciera a propósito. Aun así, tuve una mala sensación; me evitaba, a pesar de ser yo quien había traído los libros perdidos. Martí de Ripoll me lo había recomendado, pero la inexplicable indiferencia de Giovanni Bassiano me decepcionaba.

En realidad, el protagonismo se lo llevaron Tommaso y el gallego Bernardo de Compostela. No conocía a nadie y deambulé por el patio un poco extraviado. Esperaba que acabara el acto para que alguien me indicara dónde instalarme. Entonces vi a Novella Gozzadini; estaba de pie junto a uno de los pilares. Me acerqué con la intención de verla a la luz vespertina. Me impuso su porte. Era más alta que yo, de rasgos bellos y marcados, con ojos oscuros, grandes y de mirada profunda. Me pareció más elegante que cualquiera de las nobles que había visto en Barcelona o en Jaca. Tenía el pelo negro trenzado en una gruesa cola bajo un velo transparente lleno de pequeñas perlas. Su brial de seda negro, una obra de arte, revelaba unas formas generosas. Ni las princesas de Aragón eran tan elegantes.

Le calculé mi edad, y en ese momento ya sabía que era hija de una de las familias de comerciantes más preeminentes de Bolonia. Los estudiantes no osaban acercarse a ella. Su postura y su semblante denotaban una enorme energía y carácter. Su feminidad cohibía. Reaccionó con sorpresa al ver mis ojos claros a la luz del día. Me acerqué, y se interpuso entre nosotros un siervo fornido. Novella le ordenó que dejara que me aproximara.

—Te felicito, Robert de Tramontana —dijo en un tono teñido de acritud que me desconcertó. No compartía la euforia general—. Tres generaciones de glosadores te felicitan, pero ya escuchaste ayer lo que se dijo en el aula acerca del problema del *dominium mundi*. Me temo que has traído la guerra.

Authentica habita

El legajo de Beirut fue mi *collecta* para pagar a los maestros del *studium* de Derecho Civil. Bolonia tenía escuelas de Artes y estudios de Medicina y Teología, pero los estudiantes acudían de todo el orbe, en especial atraídos por la ciencia jurídica que los maestros y los prestigiosos glosadores desarrollaban. Era el *Alma Mater Studiorum.*

Con mi experiencia como escriba y como un privilegio especial, se me asignó la tarea de ayudar en la escribanía del palacio de Canossa. Me alojaría en una celda común con los estudiantes pobres. Éramos una docena.

Puesto que procedía de un condado de Catalonia, me uní a la nación hispana de la universidad ultramontana. Mi rector era Bernardo Compostelano. Tommaso Lupo, que me tenía en gran estima, aceptó ser mi padrino. A mediados de septiembre de 1191 el obispo Gerardo de Gisla, cabeza del *Studium* de Bolonia, autorizó mi inscripción en el libro de registro.

Unas semanas más tarde, en la catedral de San Pedro, en un acto solemne con los consiliarios, la comunidad estudiantil y el consejo de la ciudad, treinta nuevos alumnos juramos fidelidad a la *universitas scholarium* y quedé amparado por la *Authentica habita*, el privilegio del emperador Federico Barbarroja que protegía la independencia de los estudiantes de Bolonia y la contratación de maestros. Éramos una sociedad con privilegios, gobierno y tribunales aparte.

En el patio del palacio de Canossa se comunicó a viva voz

mi estatus, y el corazón casi me estalla por la emoción. Lo había logrado. Asistiría al primer curso y sería testigo de cómo los glosadores, encerrados en aquella oscura torre que se erguía sobre nuestras cabezas, revelaban al mundo los secretos del *ius commune*.

Tras el descubrimiento de Amalfi, Irnerio y sus discípulos fueron recopilando todos los fragmentos y las partes perdidas del Derecho romano que pudieron encontrar y dedujeron las que faltaban. Se dividió el *Corpus* en cinco grandes partes. Las tres primeras eran el *Digesto*, con cincuenta libros, dividido en el *Digesto Viejo* y el *Digesto Nuevo*, pero faltaba la parte central, relativa a la tutela. Esos libros eran los hallados en Beirut y comenzaron a ser llamados *Digestum Infortiatum*, por la dificultad que había supuesto recuperarlos. Su valor simbólico era mayor de lo que yo imaginaba, pues, para los glosadores, todos los gobernantes ejercen la tutela sobre sus gobernados. Recuperar esa parte reforzaba a las coronas frente al papado y los señores feudales.

Las otras dos partes del *ius commune* eran el *Codex*, con edictos de numerosos emperadores, y las *Instituciones* y *Novelas* promulgadas durante el reinado de Justiniano.

El *Corpus* estaba encuadernado en cinco volúmenes. Suponían miles de normas que generaban glosas, breves anotaciones para explicar su oscuro contenido. Durante tres generaciones de glosadores, se habían recopilado en *summae* y tratados que pretendían una sola cosa: dar a cada uno lo suyo sin distinción. Ésa era la esencia de la justicia, lo que los siglos de violencia y férreo poder feudal habían arrebatado a la mayoría de la sociedad.

El *Studium* contrató al mejor traductor de griego de Bolonia, Jacopo de Verona, y llegaron cuatro monjes benedictinos del monasterio de Monreale, en la isla de Sicilia. La transcripción a vitelas del *Infortiatum* y las copias se realizaban en el *scriptorium* de la tercera planta del palacio, bajo la supervisión de los maestros glosadores.

Sin embargo, como había vaticinado Novella Gozzadini, mientras se acercaba el invierno comenzaron a vivirse momentos de tensión. Nos encontrábamos en una ciudad-estado de mayoría güelfa, partidaria del Papa, pero la extensa comunidad estudiantil apoyaba al emperador, pues él les había dado los privilegios.

La guerra había cesado once años atrás, pero aún latían viejos rencores y muchos temían que, a la larga, el emperador del Sacro Imperio invocara el *Corpus* completo para creerse heredero del Imperio romano y legitimar su supremacía en cuestiones terrenales. El equilibrio alcanzado con la paz era frágil, como muy pronto íbamos a descubrir.

Yo me mantenía ajeno al conflicto latente. Cada día subía a las gradas y atendía las *lectiones* de los maestros glosadores. Aquellos eruditos no eran legisladores ni filósofos; su labor era la alquimia: transmutaban textos muertos en conceptos vivos mediante glosas, que anotaban en los márgenes y entre líneas.

En el palacio de Canossa impartían Giovanni Bassiano y otros cuatro maestros más. El primer año se leía el *Digesto Viejo*. De pie, hacinados en la tribuna, escuchábamos el texto literal y luego el maestro presentaba casos prácticos que debíamos discutir. Completar el *Corpus* para convertirse en *legum doctor* podía durar unos seis años o más. Debíamos memorizar miles de pasajes que identificábamos por las tres primeras letras, como regla mnemotécnica para recordarlos. Pero lo fundamental para los glosadores era vislumbrar la *aequitas* y el derecho natural que ocultaba cada norma.

Si los usos, fueros y fazañas iban al caso concreto, en Bolonia nos elevábamos al mundo de las ideas mediante la Lógica y la Dialéctica. Eran normas abstractas, válidas para múltiples conflictos reales. Me parecía increíble que más de mil años atrás los juristas romanos fueran tan lúcidos y comprendieran tan bien las luces y sombras perennes en la naturaleza humana. Los maestros nos hacían correr tras los destellos de una justicia a la que toda la humanidad tenía derecho y se nos obligaba a razonar como aquellos preclaros hombres.

Giovanni Bassiano era brillante, con la misma fuerza e idéntico talante que Martí de Ripoll. Sin embargo, no había querido recibirme ni una sola vez, me rehuía en el atrio y en las clases me trataba con absoluta indiferencia. Resultaba frustrante y al final desistí. Sólo era un estudiante más, con un pasado al que nadie importaba, lo cual, cuando menos, me llenaba de paz.

Llegó el frío, pero en mi corazón ardía un fuego enorme y daba gracias a Dios por estar allí. Muchos de los que había dejado atrás estarían orgullosos.

Durante aquellas agotadoras clases buscaba a menudo atisbar un movimiento detrás de la rendija bajo la tribuna. Sabía que Novella participaba de las clases desde las sombras. Se movía discreta por el palacio de Canossa, con privilegios especiales. Después de su oscuro vaticinio no habíamos vuelto a hablar.

Sangre

Durante la madrugada del día 6 de diciembre, una fuerte nevada cubrió Bolonia, pero la ciudad despertó envuelta por algo más siniestro que un manto blanco.

A pesar de que una mano me zarandeaba, me costó abrir los ojos y salir de debajo de las mantas. La estancia que ocupábamos los estudiantes era el desván del palacio, bajo las enormes vigas, y era muy fría. Apenas entraba luz a través de las pieles enceradas de las ventanas; debía de ser temprano aún. Ante mí estaba el rector Bernardo Compostelano. Nunca lo había visto subir hasta el desván. Estaba pálido y ojeroso. Al momento percibí que algo grave ocurría. Los otros estudiantes iban levantándose de sus esteras, atribulados y confusos.

—¿Sabes manejar una espada? —me preguntó sin ambages el gallego—. Creo que mencionaste que un esclavo sarraceno te enseñó siendo niño.

No respondí enseguida, y me apremió con la mirada.

—Así es, Bernardo —contesté confuso—. ¿Qué ocurre? ¿Nos atacan?

Me dejó sobre la manta una vieja hoja oxidada. En Tramontana vivíamos con el miedo a las repentinas cabalgadas. Creía haber desterrado para siempre esa tensión en el vientre; sin embargo, allí estaba de nuevo.

—No —respondió con semblante grave—. Escóndetela debajo de la toga y ven conmigo.

—¿Qué ocurre, rector? —insistí estremecido.

—Esta noche ha aparecido un ciudadano de Bolonia degollado en medio de la plaza Mayor. Los güelfos más radicales acusan a los estudiantes. Dicen que es una provocación de los partidarios del emperador contra la ciudad.

Cada día se sentía más la tensión del conflicto. Me puse en pie de un salto y comencé a vestirme con el miedo tan pegado a la piel como el frío matutino. Bernardo se alejó hasta la puerta. El rector de Compostela tenía carisma y buenas dotes de mando. Dirigía bien las naciones ultramontanas. A él y a Tommaso Lupo les debía el hecho de estar allí. Tenía la obligación moral de ayudarlos.

—¿Es cierta la provocación, Bernardo? —me atreví a preguntar—. ¿Hemos sido los estudiantes?

—Me resulta difícil pensar que alguno haya sido tan inconsciente, al menos de la universidad ultramontana, pero no lo sé, Robert, y me preocupa.

—¿Qué debo hacer? —demandé, contagiado ya de su angustia.

—Los cónsules y el *podestà* de Bolonia están en la plaza Mayor de la ciudad. Reclaman la presencia de los rectores y los maestros. Estará lleno de ciudadanos, armados, y no podemos fiarnos de sus intenciones.

—Quieres que estemos preparados por si responden —deduje.

Advertí la preocupación en sus ojos. Decían que durante la guerra, hacía pocos años, el *Studium* de Bolonia decayó. Muchos profesores y estudiantes se marcharon, y además hubo saqueos e incendios en algunas casas donde se impartían lecciones. La guerra y el fuego eran malos para el intelecto y la pluma.

—Lleva la espada oculta bajo la toga, como te he pedido, pero sácala únicamente si Tommaso Lupo o yo os damos la orden —dijo sombrío. Luego alzó la voz para dirigirse a los demás—: ¡Nadie debe salir del palacio hasta que lo autoricemos, es peligroso!

El rector abandonó la estancia, y me pasé las manos frías

por la cara, desolado. Bolonia no era distinta de otros lugares; el final siempre era el mismo: las espadas salían de sus vainas y los débiles cedían su libertad para protegerse.

Una espesa niebla engullía la ciudad. Aún no era la hora tercia. Hacía mucho frío y la nieve era hielo bajo mis pies. Tenía un espesor de dos palmos, y agradecí los soportales. Al llegar a la plaza se me encogió el alma. Dos bandos de casi un centenar de miembros cada uno permanecían enfrentados y se acusaban a gritos. Apenas un tiro de piedra los separaba. No se veía ni un arma porque las ocultaban debajo de las capas.

Descubrí un rastro de sangre sobre la nieve que iba desde una de las casas bajo soportal hasta el propio centro de la plaza. Allí seguía la víctima degollada. Al lado, discutían los dos cónsules de Bolonia y el *podestà* con los rectores. Mediaba el maestro Giovanni Bassiano.

Entre la facción de los estudiantes vi a Nicolò Furioso, que asistía conmigo al primer año. Era un joven clérigo de Pisa y estudiaba en Bolonia desde niño. Era afable y servicial, y me había ayudado a adaptarme al *Studium* y a la vida en aquella animada ciudad. Sin dudar, pasé entre los congregados hasta situarme a su lado.

—¿Quién ha muerto? —pregunté mirando la casa de donde salía el reguero de sangre.

—Enrico de Volterra. —Se rascó la barba rojiza y rizada—. Era el mejor artesano de tintas de Bolonia. Hacía una con agallas de roble que la adquiría hasta el Vaticano. Nos acusan a los estudiantes de haberlo matado. Pero es absurdo... ¿Para qué íbamos a matar a un proveedor tan valioso como Enrico?

Dejé de prestarle atención. La puerta del taller de la víctima se había abierto y asomó una joven con tres pequeños agarrados a su falda. Su rostro era una máscara de miedo.

—Es la viuda —señaló Nicolò—. Qué tragedia...

Era joven, de una edad similar a la que tenía mi madre cuando quemó la masía y me dejó. El hijo mayor tendría diez años y su gesto me traía un doloroso recuerdo; yo también me agarraba así al vestido de mi madre cuando Ramón de Corviu y sus hombres aparecían por la masía de Tramontana. Verlos removió mi propio dolor.

—Que Dios se apiade de ella y sus hijos —se lamentó Nicolò, lóbrego—, pero me temo que no será la única viuda en los próximos meses.

En la plaza se cruzaban acusaciones a voz en grito. La furia de Aquiles, adherida al alma de los hombres desde la noche de los tiempos, impregnaba la ciudad donde se buscaba la Justicia como una ciencia.

Algún que otro estudiante veterano me miró como si haber traído el *Infortiatum* fuera la causa de la desgracia, pero no me amilané. El conflicto por el *dominium mundi* entre güelfos y gibelinos ocultaba, como cualquier guerra, rivalidades e intereses económicos entre grandes familias. Resultaba difícil saber en aquella miasma lo que escondía la muerte de un maestro de tintas.

En ese momento lo que me conmovía era aquella mujer. Dejé a los estudiantes y me dirigí hacia el soportal del taller. La viuda hizo amago de regresar al interior.

—¡No voy a haceros daño! —le dije con torpeza, pues aún no dominaba el habla de Bolonia—. Mi nombre es Robert, llegué hace unos meses. ¿Cómo te llamas?

—Carissia —respondió inquieta.

—¿Qué ha ocurrido? —En sus pupilas advertí mucho miedo—. ¿Viste algo?

No habló; no confiaba en mí. En la plaza los gritos aumentaron. Ambos bandos se preparaban para sacar las espadas. Los estudiantes me hacían señales para que regresara.

—Conozco a los rectores —aseguré a Carissia con calma—. Puedo pedirles que te ayuden, pero si sabes algo debes explicarlo ahora o tus hijos verán morir a muchos.

Al ver mi propio miedo se me acercó; temblaba.

—¡Todo es mentira! ¡Lo han matado por un maldito encargo!

—¿Un encargo? ¿Cuál?

—No lo sé... Mi esposo fabricaba tintas. Llevaba semanas

haciendo algo en secreto. Sólo me explicó que era su mejor obra y que ganaríamos mucho. Ayer por la noche iba a cobrar y se quedó en el taller, pero pasaban las horas y no subía a casa. Era de madrugada cuando vi su cuerpo en la plaza y avisé a la guardia.

Comenzó a sollozar con la cara entre las manos.

—¿Sospechas de alguien? —Me alarmé. No sabía si la había entendido bien.

—Ignoro qué ha pasado. ¡Ayudadme, os lo imploro! No tengo parientes ni ahorros.

Se abrazó a sus hijos. Mi madre nunca lo hacía; se limitaba a mirar el contorno gris de Montserrat en el horizonte con una expresión inerte que me desgarraba. Debía ayudar a aquella mujer, me dije.

—Lo intentaré, Carissia. Confía en mí.

Afectado pero con determinación, me dirigí hacia el centro de la plaza. Mi aparición sorprendió a ambos bandos y me increparon; aun así, no me detuve. Al llegar hasta los cónsules y los rectores vi al maestro tintero degollado en la nieve. Su cuerpo ya estaba congelado.

—¡Márchate, Robert! O serás disciplinado —me advirtió Tommaso Lupo muy serio.

—He hablado con la viuda. Pido ser escuchado por todos. Creo que es importante.

—¿La viuda? —dijo el *podestà*, molesto—. ¿En qué puede ayudar eso?

—Dada la gravedad, hay que conocer cualquier detalle —afirmó el maestro Giovanni Bassiano—. Habla, Robert.

Era tanta la indiferencia que Bassiano solía mostrarme que me extrañó su interés en escucharme. Nervioso, repetí las palabras de Carissia.

—¡Si eso fuera cierto, no sería una provocación a Bolonia! —señaló Bassiano, esperanzado—. Tal vez se trate de una simple cuestión de negocios...

—¿Vamos a creer la ensoñación de una mujer arrasada por el dolor? —opuso con acritud uno de los cónsules de Bolonia—. No nos perdamos.

—¡Morirán muchos inocentes! —grité alterado. No había hecho un viaje tan largo para ver que todo se desmoronaba.

No se toleró mi actitud, y los rectores me apartaron con brusquedad. Seguían discutiendo, pero mi relato había sembrado la duda. Eran responsables de miles de vidas. Al fin, el *podestà* habló un momento con los dos cónsules de Bolonia y tomó una decisión.

—La exigencia es clara: si como aseguráis no es una provocación por parte de la *universitas*, esperamos que capturéis sin demora al estudiante que ha causado la muerte de un ciudadano boloñés. Si no es así, el *Studium* deberá atenerse a las consecuencias.

No se planteaban otras posibilidades. Querían culpar a los estudiantes.

La decisión corrió de boca en boca entre ambos bandos. Las espadas siguieron ocultas, pero no la ira ni la desconfianza. La viuda ya se había encerrado en el taller; había sabido, mucho antes que yo, que su explicación no serviría de nada.

Los estudiantes seguimos como un ejército a los rectores hacia a la puerta Ravegnana. Como me temía, no hubo clases, y deambulé sombrío por el claustro del palacio de Canossa, como otros. Nicolò Furioso llegó con una piedra de agua y una expresión funesta en el rostro. Ese día, el trabajo no sería comprender glosas, sino afilar la hoja de la vieja espada.

La danza de los muertos

Tras el encuentro en la plaza Mayor de Bolonia, las horas pasaban angustiosas. No se sospechaba de nadie. Los rectores y los consiliarios de las naciones se encerraron para valorar la situación. Los más veteranos no dudaban que se cumpliría la amenaza.

En el palacio de Canossa, afilé y bruñí todo lo que pude la hoja de la vieja espada. Era de mala calidad y no resistiría tres o cuatro choques contra un buen acero. Nicolò se había hecho con un garrote con clavos. Me costaba creer que todo acabara así.

Repetí a quien quiso escucharme lo que Carissia me había dicho, pero después de tantas décadas de guerra, nadie parecía dispuesto a plantearse que aquel asesinato tuviera otra explicación que un rebrote del conflicto entre güelfos y gibelinos.

Al caer la tarde el frío se intensificó, y se nos ordenó cubrir con tablones las ventanas del palacio de Canossa. Ni Tommaso Lupo ni Bernardo Compostelano quisieron seguir escuchándome. Aporreé la puerta de la torre de los glosadores, llamando al *magister* Bassiano, pero fue inútil.

Tuve que asumir que la violencia regresaba a mi vida. Mientras recorría pensativo el pórtico del palacio, se me acercó un hombre fornido. Era el escolta de Novella.

—Acompáñame —dijo cáustico.

Su *domina* aguardaba en el aula de Bassiano. Varios velones iluminaban la sala y la grada vacía. Novella Gozzadini estaba en el estrado del centro. No llevaba velo y aprecié su rostro agraciado. Esa vez llevaba la larga melena oscura recogida en una red de hilos de oro. Su túnica azul, brillante, era de la mejor seda que había visto.

—He oído que tratas de convencer a todos para que den crédito a la viuda del taller. —Clavó sus grandes ojos negros en mí—. Trata de convencerme a mí ahora.

Le referí el breve encuentro con Carissia y escuchó con gravedad.

—Ahora entiendo por qué no se le da crédito. ¿Qué se puede sacar de esas palabras?

—Decía la verdad —insistí irritado—. Lo vi en sus ojos.

—En sus ojos... —dijo incrédula.

—Suelo captar mejor los pensamientos en ellos que escuchando las palabras. Quizá detrás de lo ocurrido y del rebrote de la tensión entre los defensores del Papa y del emperador se esconda otra cosa.

La sonrisa desdeñosa de Novella desapareció. Apenas me conocía y no tenía por qué confiar en mí, pero vaciló al verme convencido.

Me acerqué a ella. A su alrededor olía a canela. Era agradable.

—¡Vayamos al taller y escuchadla vos misma! —le propuse.

—¿De qué puede servir eso?

—No lo sé —repliqué. Era frustrante ver que todos aceptaban el conflicto como inevitable. Pero yo sabía que una joven que desafiaba su condición para estudiar Derecho tenía coraje, de modo que traté de provocarla—. ¡Dejad de esconderos bajo la tribuna y ayudadme a salvar el *Studium*!

Sus mejillas se encendieron. Nadie hablaba así a una Gozzadini en Bolonia, y temí que llamara a su escolta.

—Lo lamento —me disculpé—. Pero ahora que sé quién es vuestra familia, creo que si escucharais a la viuda os surgirían dudas. Con vuestra influencia podríamos convencer a las autoridades de que deben buscar otras razones a esa muerte.

Nos sostuvimos la mirada una eternidad. Sus ojos, de un

brillo intenso, eran en realidad de un marrón muy oscuro. Novella Gozzadini tenía la prestancia de Salomé, aunque era mucho más alta y robusta; su fuerza interior, sin embargo, me recordaba a Blanca. Su respiración denotaba que estaba agitada. Luchaba contra los miedos de cualquier boloñés que recordara la guerra y con los prejuicios de una dama con una reputación que mantener.

Alzó la mano a punto de abofetearme, pero apretó el puño y finalmente dejó caer el brazo.

—Esta noche —dijo al cabo con el ceño fruncido.

Cuando se alejó, me dejó con el corazón acelerado y envuelto en una suave fragancia.

El taller del maestro de tintas

Cuando la campana anunció el rezo de completas, crucé el oscuro patio del palacio de Canossa. Entre las sombras, protegidos debajo de la arcada, se hacinaban los estudiantes que habían dejado sus habitaciones y apartamentos alquilados por la ciudad.

En la plaza de la puerta Ravegnana las antorchas estaban apagadas; permanecía en silencio, pero bien vigilada. No se me impidió salir, pues a nadie le preocupaban las andanzas de un estudiante de primer curso.

Con la espada atada bajo la túnica, crucé los soportales hasta la plaza Mayor de Bolonia y fui al taller del maestro de tintas. Todo estaba tranquilo. Ante la puerta me esperaba Novella, envuelta en una valiosa capa de pieles. Su siervo la vigilaba a unos pasos.

Llamé a la puerta de Carissia. La viuda se asomó temerosa, reconoció a la hija de los Gozzadini y, aturdida, se inclinó. Novella le tendió una cesta con hogazas de pan blanco y compota de manzana, y cruzamos el umbral.

El oscuro interior del taller olía a las mezclas y los componentes de las tintas. Noté el aroma del ciprés y el del vinagre, así como otros que no logré identificar. Carissia volvió a relatar lo que ya me había explicado, pero ahora más serena, consciente de la inesperada oportunidad. Para ella, Enrico estaba muerto a causa de un misterioso encargo de su oficio. Ni siquiera había tomado partido en la guerra entre güelfos y gibelinos por uno u otro bando, pues, aunque era boloñés, vivía de los estudiantes.

—Deberíamos echar un vistazo en el taller —propuse—. Quizá encontremos algo.

Carissia encendió unas velas. El taller ocupaba toda la planta baja de la casa y un patio trasero. En las alacenas se almacenaban los componentes para elaborar varias clases de tinta: carbón, agallas de ciprés y roble, vitriolo, ácidos y goma arábiga.

—Cada copista tiene sus preferencias en cuanto a la espesura y el color —explicó la mujer, orgullosa de aquel conocimiento—. Enrico trabajaba con recetas antiguas. Su abuelo aprendió el arte en Constantinopla, e incluso trabajó en el archivo imperial.

Sonó a leyenda familiar, pero no dijimos nada.

—Hay un hedor particular en el ambiente —dijo Novella—. ¿Se utiliza pescado?

En ese momento fui consciente de que era cierto. Resultaba casi imperceptible, aunque muy desagradable. Carissia se encogió de hombros.

—Hace unos días era más fuerte. Enrico me decía que no me preocupara. Si tenía algo que ver con el misterioso encargo, lo ignoro.

—¿Cómo puede un encargo de tinta costar la vida de un hombre? —objeté desconcertado.

—Quizá era un encargo especial. ¿Sabía preparar tinta invisible? —quiso saber Novella.

—La hacía con vitriolo romano y carbón de sauce para escribir encima. Al frotar el texto visible con agalla de Istria, aparece el oculto. —Carissia miró a Novella—. Es muy demandada entre las damas...

—Útil para los amantes —señaló esta última, fingiendo indiferencia—. ¿Pudo cometer tu esposo alguna indiscreción?

—Enrico no era de esa clase de hombres —señaló la viuda, molesta.

Revisamos la mesa, llena de morteros y redomas donde realizaban las mezclas.

—¿Conoces sus fórmulas? —le pregunté con curiosidad. Estábamos perdidos.

—La mayoría sí. —Carissia observó el taller con nostalgia—. Lo ayudaba a menudo. Aunque desde que tuve a los pequeños bajaba menos.

—¿Y los siervos? —añadí—. En un taller así se suele contar con varios.

—Sólo tenemos dos y son de confianza. Duermen en el cobertizo del fondo. Podéis hablar con ellos, pero no saben nada. Enrico no los llamó para el enigmático encargo.

—¿Hay algún registro o contabilidad? —quiso saber Novella mirando cada rincón.

—¡No somos judíos! —Carissia la miró escandalizada—. Lo tenemos todo en la cabeza. Los pergaminos que hay aquí son para probar las tintas y los echamos a un arcón.

La Gozzadini torció el gesto, pero lo cierto era que un taller así no podía compararse con sus negocios de especias por todo el Mediterráneo. Carissia abrió el arca de las pruebas y se echó hacia atrás espantada. El fuerte hedor hizo que nos cubriéramos la nariz.

—¡Es el mismo olor! —reconoció Carissia, inquieta.

—¡A pescado podrido!

Cuando aquella pestilencia se disipó, revisamos el arca. Estaba llena de retales inservibles adquiridos a los encuadernadores para probar las tintas. Nada que justificara el hedor. Me demoré con los trozos buscando alguna palabra, pero sólo vi garabatos y rayas.

Entonces oímos el toque insistente de una campana y Novella se alarmó.

—Es un aviso para regresar a casa o buscar refugio. Debemos irnos. Te creo, Carissia, pero necesitamos alguna pista para saber qué le ocurrió a tu esposo. Te ruego que busques con atención. Si encuentras algo o necesitas comida, ven a mi palacio.

La joven viuda asintió desolada. Estaba tan decepcionada como nosotros.

—¿Qué harás ahora? —le pregunté apenado.

—Me llevaré a mis hijos a Florencia. Tengo parientes que sirven en una casa de curtidores, quizá me contraten.

—O podrías hacerte cargo del taller de tinta —le propuse—. En Barcelona muchas mujeres estaban al frente de sus negocios.

Ambas me miraron sorprendidas.

—Los demás artesanos no lo permitirían —reaccionó Carissia.

—Si conoces las fórmulas que tanto apreciaban los clientes, creo que seguirán viniendo. Según he oído, hasta prelados del Vaticano compraban las tintas de tu esposo.

Les extrañaba que hablara así. Carissia forzó una sonrisa. Sus rasgos se dulcificaron. Era muy guapa.

—Eso sería si la *universitas* resiste el conflicto —concluyó desanimada.

La campana tañía de manera insistente.

—Algo va a ocurrir, Robert. Debemos irnos —insistió Novella, cada vez más preocupada.

Sonreí afable a la viuda para darle ánimos. Fuera, el siervo de la dama aguardaba con la espada desenvainada y oteaba tenso en la oscuridad.

—¿Por qué le has hecho esa propuesta? —añadió Novella. A pesar de la situación, le interesaba saberlo—. Es una mujer.

Me volví y la miré.

—Porque creo que puede hacerlo, y muy bien. Yo era un niño que vivía en una rica propiedad, pero todo se desmoronó por culpa de la violencia de un noble. Con los años, he comprendido que de todas las desgracias es posible levantarse. En mi caso, el verdadero mal fue el desánimo de mi madre. Ella dejó que las fuerzas se le escaparan, y ése fue su error. —Se me empañaron los ojos—. No quiero que les pase eso a los hijos de esa mujer.

Novella me escudriñó pensativa. Su actitud fría cambió de pronto.

—¿Quién eres, Robert de Tramontana?

Iba a responderle, pero me fijé en una ventana alta de uno de los palacios de la plaza. Era la única con luz. Una niña se asomaba a ella con una vela en la mano. Nos había visto. Con gesto espantado, se pasó un dedo por el cuello. Me recorrió un escalofrío.

—Señora, debemos marcharnos sin demora —advirtió el siervo.

Apretamos el paso los tres, pero no habíamos recorrido aún ni media plaza cuando oímos un rumor sordo. Una de las calles se iluminó como si se aproximaran las llamas del infierno.

—¡Venid, *domina*! —gritó el siervo, y la arrastró en la dirección opuesta.

Una docena de jinetes con antorchas entró en la plaza al galope. Los cascos levantaban el hielo y la tierra tembló. Sus capas negras les conferían un aire siniestro, como las cabalgadas infernales que vagaban en ciertas noches, según algunas leyendas de mi tierra.

Un jinete me alcanzó y a duras penas esquivé la antorcha que usaba como maza. A la luz del fuego, reparé en que el atacante se cubría la cara con la parte frontal de una calavera. Había perdido de vista a Novella y a su siervo. Atenazado por la angustia, me interné en un pasadizo entre dos casas. En medio de las tinieblas tropezaba y me hería mientras, a mi espalda, los cascos destrozaban todo a su paso.

El callejón moría en un muro; estaba atrapado. El pánico me dominó. La negra sombra se acercaba agitando la antorcha y, como pude, saqué la espada. El jinete no lo esperaba, y le lancé una furiosa estocada que le hirió el muslo. El grito resonó en el callejón. Entonces tiré de su capa con todas mis fuerzas y logré derribarlo.

La calavera salió despedida. Era más joven que yo, de piel pálida y fina, quizá hijo de nobles o burgueses. Apestaba a vino. A pesar de la herida y la caída, se echó a reír, ebrio.

—Es vuestro final, malditos estudiantes. —Arrastraba las palabras—. Esta noche la *universitas* sufrirá tal castigo que no se recuperará jamás.

Su desprecio me enardeció. No le importaba la muerte del fabricante de tinta ni la compleja disputa por el *dominium mundi*. Era un niño cuando la guerra tuvo lugar y aprovechaba la impunidad de aquella escaramuza para dar rienda suelta a su agresividad. Se divertía. Me recordó a Ramón de Corviu, a su hijo Arnulf, a Ramón de Blanes y tantos otros que se habían cruzado en mi vida. Esa noche, la furia de Aquiles me poseyó a mí.

Comencé a golpearlo, una y otra vez. Su cara se transformaba en la de todos ellos y seguí hasta que unos brazos fuertes me separaron del muchacho. Me revolví, y al fin reconocí al escolta de Novella. Ella también estaba en el callejón, a unos pasos de distancia, horrorizada.

—Es más fácil destrozar un rostro que hacer justicia —musité ahogado por la vergüenza y con los puños en carne viva. La rabia aún me recorría.

La joven tardó en responder. Miraba el rostro ensangrentado del joven.

—Aún no has entendido lo que hacemos en el *Studium* de Bolonia. —A pesar de la situación, habló con tal serenidad que me sosegó—. No buscamos hacer justicia, sólo entenderla, mostrar a la humanidad lo que es justo y lo que no lo es. No hay peor oscuridad que dejar que cada uno lo decida por su cuenta, como acabas de hacer tú.

El joven balbuceaba en el suelo con la cara destrozada. Me aparté; estaba asqueado de mí mismo.

—Huele a humo —anunció el siervo, atento a lo que ocurría fuera del callejón.

—¡Debe de provenir del palacio Canossa o de una de las casas de estudiantes! —intuyó Novella, desolada—. No se ha respetado el pacto con los rectores.

Angustiado, salí corriendo hacia la puerta Ravegnana con la espada en la mano, sin atender a los gritos de Novella. Al llegar sentí una dolorosa punzada en el pecho. Durante un instante me vi en el burgo de los menestrales de Barcelona.

Ya ardían dos casas donde se impartían clases. Los jinetes

con sus horrendas máscaras y dos docenas de peones se enfrentaban a una horda de estudiantes armados con espadas y garrotes delante del palacio.

El estruendo y los gritos me sobrecogieron. Vi cuerpos inmóviles en la nieve pisoteada. Me zafé de un atacante demasiado bebido y me uní a los defensores bajo el pórtico. Nicolò Furioso se situó junto a mí. Tenía el garrote astillado y estaba cubierto de barro. Su rostro era una máscara de terror; jamás había luchado, pero el *Studium* era su única oportunidad en la vida. Mi alma lloraba.

—¡Quieren entrar en el palacio para destruir el *Infortiatum* antes de que se hayan confeccionado las copias! Es su venganza. ¡Si los dejamos cruzar esta puerta, el original se perderá!

El tiempo de razonar había pasado. Grité con fuerza para infectarme de ira y me uní a mis compañeros. Herí al menos a dos enmascarados, aunque mi intención era matarlos, como ellos a mí.

No sé cuánto duró la escaramuza, pero no fue larga. Un silbido recorrió la plaza y los atacantes huyeron llevándose a sus heridos. Enseguida apareció la guardia de la ciudad con el *podestà* a la cabeza. Sobre la nieve sucia de la plaza conté cinco caballos derribados, siete estudiantes muertos y una docena de heridos o mutilados.

Los que habíamos luchado nos miramos como si despertáramos de un mal sueño. Nicolò me saludó inclinando la cabeza. Sonreía agotado. Tenía la cara cubierta de sangre, pero me alegré de verlo vivo.

Jamás olvidaríamos esa noche, y un lazo de solidaridad unió a los que estuvimos allí. No habíamos recorrido miles de millas para luchar en Bolonia, pero lo habíamos hecho y era difícil evaluar las consecuencias que tendría para la *universitas*.

El escriba

Todo el grupo de estudiantes armados pasamos la noche vigilando el palacio de Canossa ante el temor a un nuevo ataque. El gélido amanecer me sorprendió sentado en la escalera del patio. Algunos de mis compañeros iban de un lado a otro clamando venganza.

Habíamos logrado proteger el palacio y la torre de los glosadores, pero habían muerto varios estudiantes, teníamos heridos y dos casas arrasadas con los armarios de los libros y el material de estudio destruido. Se habían perdido años de trabajo.

Miraba la empuñadura de mi vieja espada y pensaba en lo fácil que era vivir así. A golpe de acero, sin pensar. Tomar comida, bienes, mujeres... Me consternó ser consciente de que nunca había estado tan cerca de comprender a los Corviu como esa noche.

Bassiano y los maestros hablaban de un renacimiento alentado por una fuerza interior en cada uno de nosotros: la *curiositas*. Surgió tras el temor al cambio de milenio, y era la fuerza que impulsaba a los más osados y abiertos a comprender los secretos de la Creación. Las *scholae studiorum* de Bolonia, Oxford o París eran lucernas donde se leía a Aristóteles, se recuperaban saberes antiguos y se argumentaba mediante la retórica para salir de la oscuridad. Pero ese renacimiento únicamente culminaría si se dominaba la violencia.

Alcé la mirada hacia la torre de los glosadores; esa fría mañana aquel anhelo de los intelectuales parecía mucho más lejano.

Se acercaron Azzo Soldani y el rector Tommaso Lupo.

—Has luchado bien, Robert —dijo el primero, admirado.

—Me siento culpable. —Sonreí con amargura.

Era la primera vez que hablaba con el prestigioso alumno que había liderado a los estudiantes durante la defensa.

—Vamos, ven aquí —intervino Tommaso, y me abrazó con fuerza—. Sólo trajiste unos pergaminos resecos. El deseo de atacar ya estaba en esta ciudad de mucho antes.

—¿Qué ocurrirá ahora? —demandé. Temía saber la respuesta.

—Si no es Bolonia, será Montpellier o París —afirmó Azzo, con una determinación que logró levantarme el ánimo—. Completar el *Corpus* es una misión sagrada que nadie conseguirá detener. Ésta es una cruzada contra la violencia y la injusticia, de la que tú formas parte.

Asentí agradecido y me fui con ellos a la capilla para asistir al responso por los estudiantes caídos. En medio del murmullo de la oración y el incienso, llegó una noticia extraña y terrible.

—¡Hay otro cadáver, en el *scriptorium*! —avisó un estudiante.

Subimos en tropel, pero los siervos del palacio nos detuvieron al final de la escalera. Dado que era ayudante en la escribanía, me dejaron pasar y accedí al *scriptorium*. También vino Azzo Soldani. Los pupitres estaban movidos y todo por el suelo. Vi a tres monjes copistas de Monreale arrinconados con el terror en la cara. Faltaba el cuarto, el más joven: Adso de Reims. Se me cayó el alma a los pies.

Cerca de su pupitre hablaban Giovanni Bassiano, el traductor Jacopo, el rector Bernardo y un galeno del *studium* de Medicina. A ellos se unió Tommaso Lupo. El joven Adso yacía muerto no lejos de su pupitre de trabajo, en medio de un charco de sangre. Tenía los ojos abiertos y un profundo corte en el cuello, como Enrico de Volterra. Su rostro dulce, afeminado, era una horrible mueca. Sus cabellos rubios alrededor de la tonsura estaban apelmazados, lo que demostraba que llevaba horas muerto.

A su alrededor, esparcidos por el suelo, yacían sus tinteros, plumas y pergaminos.

—El cuerpo de un ciudadano degollado en el centro de Bolonia se consideró un desafío. Ahora la lógica invita a pensar que ésta es la venganza —explicaba Bassiano.

Su rostro era de pura desolación. Todos sabíamos que el *magister* apreciaba al joven Adso a pesar del poco tiempo que aquellos monjes llevaban en Bolonia, incluso corrían ciertos rumores incómodos sobre esa relación.

—El tajo es similar al del artesano de tintas —indicó el galeno—. Podría haberlo producido la misma daga, incluso la misma mano.

Me asaltó un temor que no pude contener.

—¿Y el *Infortiatum*? ¡Adso era el encargado de la copia principal!

—Los papeles originales están a buen recaudo en la torre —aseguró Bassiano—. Nunca se dejan aquí por la noche.

A todos les sorprendía el trato frío que me dispensaba, después de todo.

—Entonces ¿qué ha pasado? —demandé sin mirarlo, abrumado ante la escena.

—Mientras luchabais en la entrada, cuatro atacantes se colaron por la puerta trasera —explicó el gallego Bernardo—. Al final se los expulsó, pero quizá antes alguno logró entrar aquí buscando el legajo, se topó con Adso y, para evitar que éste lo delatara, lo degolló. No encontramos otra explicación. Han revuelto la estancia, pero no falta nada.

—¿Qué hacía aquí el copista en pleno ataque? —preguntó Azzo Soldani.

—Nadie lo sabe —contestó Jacopo, el traductor de griego—. Cuando se avisó del ataque, se desató el caos. Los monjes y yo nos refugiamos en el sótano del palacio. Estábamos todos tan alterados que tardamos en darnos cuenta de que Adso no estaba.

—Primero un maestro de tintas y ahora un copista. —Dudé un instante, pero al fin me atreví a hablar—. ¿Y si estamos haciendo una lectura equivocada?

—¿Cuestionas mi razonamiento? —me espetó Bassiano con acritud.

Tragué saliva. Azzo me indicó con un gesto que callara. De todos modos, proseguí.

—¿Y si provocar el conflicto sólo es una mascarada para encubrir otra cosa?

Se hizo un silencio incómodo. Giovanni me miraba con ojos ardientes. Sabía ocultar bien sus pensamientos, pero había algo en su actitud esquiva que me escamaba.

—Aunque fuera así, ya es tarde —señaló Tommaso Lupo—. Esto hará que se vuelvan las tornas y sean los estudiantes los que busquen venganza.

Me aparté de ellos. La tristeza me dominaba. No podía creer que Adso estuviera muerto. El monje era afable y humilde, de aspecto frágil y maneras suaves, pero tenía el mejor pulso que había visto nunca. Copiaba a la perfección un texto e iluminaba imágenes con una precisión pasmosa. No merecía aquella muerte. Su vida fueron los manuscritos y siempre se mantuvo ajeno a las intrigas políticas.

Me fijé en que en su pupitre había regueros de tinta reciente. Adso jamás habría derramado un tarro. Tal vez se enzarzaron allí. Alcé la tabla para examinar el cajón. Estaba vacío, pero se expandió un hedor a pescado podrido similar al que percibí en el taller del maestro tintas.

—¿A qué huele? —preguntó mi rector Bernardo—. ¿Qué hay ahí?

Bassiano corrió hasta mí. Se quedó mirando el cajón con el ceño fruncido.

—Ese olor lo noté en el taller de Enrico de Volterra, *magister* —le dije en voz baja.

Sus ojos destellaron y no me gustó.

—Hay pieles mal raspadas que se pudren —apuntó, molesto conmigo.

—Desde los doce años conozco bien el olor del pergamino.

—¡Olvídalo, Robert! Este asunto es demasiado grande para ti.

—¿Por qué me rehuís, maestro? —le pregunté dolido—. ¡Soy el discípulo de Martí de Ripoll! ¡Él siempre hablaba de su compañero de aulas con un profundo afecto!

Se inclinó hacia mí sin dejar que nadie viera su cara. Su expresión había cambiado totalmente. Los ojos le temblaban como si estuviera a punto de llorar.

—Por eso no quiero que indagues, Robert —susurró—. Eres lo único que me queda de él.

Me dejó sin aliento. Giovanni Bassiano salió del *scriptorium* cabizbajo, ajeno a las miradas inquisitivas. No habían oído lo que me había dicho. Me encogí de hombros.

Yo estaba en lo cierto, y el maestro glosador lo sabía, aunque callara. En Bolonia flotaba un misterio que poco a poco se teñía de sangre.

Venganza

La *universitas scholarium* vivía sus peores días desde su fundación, más de un siglo antes, y Bolonia también pasaba por momentos sombríos. La escaramuza nocturna había situado a las dos comunidades que compartían la ciudad en una peligrosa encrucijada.

Una parte de la *universitas* deseaba devolver el golpe. Los veteranos lanzaban consignas y formaban pequeñas asambleas en las aulas sin clase. Se hicieron máscaras de lona y cera blanca para los que sabíamos empuñar un arma. Nadie escuchaba mis dudas.

No obstante, tras unos días de tensa calma, los glosadores, dirigidos por el maestro Giovanni Bassiano, se sentaron en secreto con los cónsules y el obispo Gerardo de Gisla. Había muerto un hombre de Dios, un joven benedictino inocente. De seguir con aquella escalada, Bolonia vería cerradas las puertas del cielo. Era necesario alcanzar un acuerdo de paz antes de que el conflicto se extendiera e intervinieran fuerzas exteriores.

Nicolò Furioso y yo nos ofrecimos a Azzo Soldani y a varios consiliarios de las naciones estudiantiles. Por consejo de los glosadores, debíamos tratar de contener los ánimos de los más exaltados. Entre los estudiantes, muchos preferían la emoción de una reyerta al tedio de las lecturas y la memorización de pasajes.

En vísperas de Navidad se alcanzó un acuerdo de paz que se celebró dejando volar al tiempo todas las campanas de Bolonia. Ese día me reuní con Novella Gozzadini en el aula de Bassiano. Ambos sospechábamos que la situación escondía un misterio, pero ella respiraba aliviada. Para su familia de mercaderes, la guerra podía ser desastrosa.

El *podestà* de Bolonia, el obispo y los dos rectores de las *universitae* ultramontana y cismontana firmarían una concordia, con una serie de compensaciones por las bajas y los destrozos. El lugar acordado tenía un profundo significado para toda la cristiandad, sobre todo desde que los santos lugares del cristianismo en Tierra Santa cayeran en manos sarracenas cuatro años atrás. Se firmaría en la iglesia del Santo Sepulcro, en el monasterio benedictino de San Stefano, donde ya se había enterrado al desdichado Adso de Reims.

Una gran representación de la comunidad estudiantil acudió a la misa. El Santo Sepulcro de San Stefano era una de las siete iglesias que contenía el gran monasterio. Los estudiantes, casi todos clérigos, nos unimos al canto solemne de la comunidad benedictina, que resonó en aquel impresionante templo que era una réplica de la tumba de Jesucristo en Jerusalén. Envuelto en el aroma del incienso, recordé la paz del monasterio de Ripoll. El bibliotecario Arnau de Mont habría apreciado el talento de Adso de Reims y su alma pura. Me sentía apenado por aquel joven monje que sólo deseaba mejorar su arte y crear los libros mejor iluminados del mundo.

Con el acuerdo de tregua, su muerte y la del maestro tintero quedaban veladas. Yo dejé de insistir en mi duda. No tenía ninguna evidencia y deseaba regresar a las clases.

Pero el diablo seguía rondando la ciudad de Bolonia. Mientras se entonaba el último melisma del salmo, un grito desgarrador recorrió el templo. El canto quedó interrumpido y se elevó un rumor de desconcierto. Siguieron otros gritos y se desató el pánico. La muchedumbre comenzó a moverse hacia la puerta.

El corazón me dio un vuelco. Sin embargo, el revuelo no me sorprendió tanto como al resto. Una mano oscura nos empujaba hacia el caos, y aunque casi se había evitado, de nuevo caíamos al abismo.

Junto al templete que emulaba el Santo Sepulcro se formó un corro de estudiantes y ciudadanos. Llegaron Giovanni Bassiano y los rectores. Me abrí paso a empujones, con el alma en vilo. Algo horrible había ocurrido.

Jacopo de Verona, el traductor de griego que transcribía el *Infortiatum* al latín, se desangraba con la garganta abierta. Junto a él, habían dejado una flor.

—Es la rosa blanca —musitó alguien—, la elegida por los güelfos.

Me estremecí. Era tanta la rivalidad entre los güelfos del Papa y los gibelinos del emperador que si los primeros elegían rosas blancas, los segundos encarnadas. La flor era un mensaje: los güelfos de la ciudad contrarios a la *univertsitas* no querían la paz.

El traductor expiró sin remedio, y su asesino, que había logrado escabullirse entre la muchedumbre, dejó a Bolonia y a los estudiantes enfrentados de nuevo.

Se desató la indignación y el deseo de venganza contra la ciudad. El *magister* Bassiano se situó junto al cuerpo y, a gritos, pidió calma. A pesar de todo, las iras de los estudiantes se volvieron contra él. El glosador había tratado de impedir que respondieran a la agresión sufrida en la plaza Ravegnana, pero ahora el símbolo de la rosa blanca era una afrenta imperdonable. Los veteranos, furiosos, zarandearon al maestro glosador.

Uno sacó un cuchillo y me abalancé sobre él. Eso desató un tumulto violento y el obispo de Bolonia acabó en el suelo, con un fuerte golpe en la cara. Alguien me señaló como uno de los instigadores de la agresión y su guardia personal me apresó con brutalidad. A empellones, me arrastraron por el corazón de Bolonia hacia el palacio episcopal.

Una vez más, daba con los huesos en una sórdida mazmorra y el futuro se escurría entre mis dedos mutilados, los dedos de un condenado.

La mazmorra

La gélida celda estaba en los sótanos del palacio episcopal de Bolonia. Allí solían meter a los estudiantes que habían delinquido para que los rectores, y el obispo en última instancia, los juzgaran. El hedor a orines y la humedad aturdían. La paja del suelo estaba cubierta de moho y hacía un frío terrible.

Desanimado, me senté y traté de calmarme. Llegaron otros estudiantes y me enteré de que el *magister* Bassiano se había encerrado en la torre de los glosadores. Nada detendría la venganza de los estudiantes contra los güelfos de la ciudad.

A través de un ventanuco vi amanecer. Temblaba y maldecía el momento en el que decidí abandonar Jaca, pero al final mi desesperación se transformó en apatía.

Bien entrada la mañana trajeron a otro joven. Vestía una raída toga y apestaba a vino. Al empujarlo trastabilló y se le escapó el laúd que llevaba. Logré cogerlo al vuelo.

—Parece que la fiesta se ha alargado demasiado —le dije mientras le tendía el instrumento musical—. ¿Eres un goliardo?

El joven, con mirada errática, sonrió. Aquellos estudiantes inclinados por el canto y las tabernas eran inconfundibles. Los había visto incluso en Barcelona, pues muchos recorrían los reinos y actuaban como juglares para pagar a sus maestros.

—Paulo el Largo a tus pies, honorable cautivo. —Se levantó del suelo e hizo una torpe reverencia a la media docena de presos—. ¿Con quién tengo el placer de hablar?

—Nunca te he visto en el *Studium* —comenté sin responder a su pregunta.

—Prefiero las curvas del laúd y de las doncellas a los cantos angulosos del pupitre. ¿Y tú? ¿No prefieres la piel suave de una dama a la vitela de un becerro?

—Con ninguna de las dos me ha ido bien —dije sombrío.

—Un hombre atormentado. Interesante... ¿Puedo saber cuál es tu nombre?

—Robert —respondí al fin, sin demasiadas ganas de seguir hablando.

—¿Robert de Tramontana? ¡Te conozco! Eres el joven que ha traído esos viejos textos que parecen malditos.

—¿Malditos? —pregunté, y vi que los otros estudiantes presos asentían.

—Está claro que lo ignoras... —Empezó a reír a causa del vino—. Han causado esta desgracia, y van a desterrarte por agredir al obispo. ¿Te parece poco?

Las palabras me hirieron. A miles de millas no me liberaba del estigma.

—Espero que lo hagan —musité hastiado, pero el goliardo ya se había amodorrado.

A media tarde abrieron la puerta de nuevo. No me molesté en volverme. Miraba al goliardo, que dormía la mona abrazado al laúd. Deseé dormir así.

—¡Dios mío! Robert...

—¡Tommaso! —dije sorprendido al ver al rector de la cismontana.

—¡Esto es una desgracia terrible! —lamentó negando con el rostro.

A pesar de mi aspecto, me abrazó. Su presencia era un rayo de esperanza.

—¿Qué está pasando fuera? ¿Qué será de mí?

Me miró con gravedad y recordé lo que el goliardo había dicho.

—Si hubiera sabido que el legajo de Beirut nos llevaría a esta terrible situación, no habría dudado en quemarlo en cuanto lo vi. Quizá hasta que no se dirima si es el emperador o el Papa el custodio del *dominium mundi*, la humanidad no podrá asumir las ventajas del *ius commune* completo, pues una facción lo considera una amenaza.

—¡Todo es una conspiración, Tommaso! Estoy seguro de que alguien está provocando el enfrentamiento por algún oscuro motivo.

—Pues lo ha logrado. Los dos bandos están armándose y han solicitado ayuda a ciudades y nobles partidarios del Papa o del emperador, en cada caso. Las facciones más violentas de Bolonia amenazan con demoler la torre de los glosadores y nos preparamos para lo peor.

—¡Las muertes violentas del artesano de tintas, del copista y del traductor están relacionadas!

—¿Y qué importa? —exclamó, cansado de mi arenga—. ¿No ves lo que ocurre?

—Tommaso, os lo ruego —imploré angustiado—. Sois rector. Ayudadme a salir y encontraré la respuesta. Los monjes copistas sin duda saben algo... Creo que el propio Bassiano sabe más de lo que dice. ¡Si encontramos la verdad, evitaremos la guerra!

—No te rindes, ¿eh? —Me miraba con lástima.

—He sufrido mucho para llegar desde una masía perdida hasta Bolonia, y ya me desterraron una vez. Juro que si no encuentro alguna pista me iré por mi propio pie.

Tommaso Lupo me miró fijamente y al fin asintió. Sentí que renacía.

—Trataré de convencer al obispo de que te libere con fianza, pero más vale que olvides tus ideas y recuperes la espada; me temo que la necesitarás. Que Dios nos asista.

Cuando se marchó, experimenté una mezcla de sensaciones: quería continuar mis estudios en Bolonia, nunca había tenido nada tan claro, y, al mismo tiempo, jamás me había sentido tan perdido.

El goliardo

Tras la visita de Tommaso Lupo me sumí en un letargo que se prolongó hasta que el chirrido de la puerta me despertó. Había anochecido y la celda estaba a oscuras. Apareció alguien con un candil y cerré los ojos, deslumbrado. Al abrirlos se me erizó la piel. Ante mí se erguía un encapuchado con una de aquellas horribles calaveras en el rostro. Me hallaba entumecido por el frío y no logré reaccionar cuando atisbé la daga en su mano.

Esperé la muerte horrorizado, pero antes de asestarme la puñalada mortal, un seco golpe lo derribó. Detrás estaba el goliardo con los dedos aún entrelazados, sin el menor rastro de embriaguez en su cara. Me pidió silencio. Los otros presos dormían al fondo.

—Nos temíamos que esto iba a ocurrir —susurró enigmático—. Insistes demasiado en que esto es una conspiración

—¿Qué está ocurriendo? —demandé receloso—. ¿Quién eres tú?

—Chist.

Se inclinó sobre mi atacante para cogerle la capa y la máscara de calavera. Luego asió el laúd y dio unos golpes en la puerta. El carcelero se asomó para comprobar quién llamaba y abrió. El goliardo, sin dudar, destrozó el laúd en la cabeza del desprevenido centinela. El estallido despertó al resto de los presos y, mientras daban voces alarmados, mi extraño aliado le quitó la anilla de llaves al carcelero.

—Si no quieres morir aquí, sígueme.

—Espero la ayuda del rector Tommaso Lupo —repliqué desconfiado—. Él me sacará.

—Puede que para entonces sea tarde. —Señaló a mi agresor, tirado en el suelo. Aún tenía el puñal en la mano—. Yo me marcho y te aconsejo que vengas conmigo.

—¿Qué pretendes? —le solté confuso.

—Debes reunirte con alguien. Todos nos jugamos mucho en esto.

Los ojos bajo la máscara no mentían y me decidí. Por un acceso trasero abandonamos el palacio episcopal y al ver las estrellas me emocioné. Era una noche invernal y la ciudad estaba cubierta de nieve helada. Podía tratar de escabullirme por las callejuelas de alrededor del palacio episcopal, pero alguien se había tomado muchas molestias para sacarme de la celda y quería saber por qué. Decidí seguir al goliardo.

Estábamos en el centro de Bolonia. Por detrás de la plaza Mayor se alzaban las torres más esbeltas. Impresionaba su altura y lo próximas que estaban entre sí. Nos detuvimos delante de un palacio almenado como un castillo. La cúspide de su torre se perdía en la niebla nocturna y los muros eran de piedra, una obra formidable. Sin duda, el goliardo respondía ante alguien muy poderoso.

Entramos por una puerta elevada usando una escalera de mano. Dentro había toneles y sacos. Reinaba un olor a especias exóticas; me resultó muy familiar.

—Novella Gozzadini —susurré con alivio.

El interior era más amplio de lo que parecía desde fuera, y continuamos subiendo, esta vez por una escalera de madera adosada al muro como en la torre de Tramontana. Los tres primeros niveles eran almacenes de especias y pieles; una verdadera fortuna llegada de tierras ignotas. Vi siervos que dormían entre los toneles, con armas. La mercancía estaba bien protegida.

La parte central de la torre era hueca, pero en las plantas de arriba había actividad. Llegamos a una con leña apilada, tinajas de aceite, ballestas y arcones con saetas.

—Sube una planta más —me indicó el goliardo; acto seguido, hizo una reverencia y descendió.

Novella Gozzadini aguardaba en una estancia aislada del frío con alfombras y tapices. Había una mesa, varios arcones y un brasero donde se calentaba las manos.

Vestía un brial encarnado y su espesa melena se le derramada por la espalda. Me miró con sus grandes ojos y se cubrió la nariz con desagrado.

—¿Por qué estoy aquí? —dije directo.

—Todo a su tiempo, Robert de Tramontana. Primero aséate. Esperamos a alguien.

Se limitó a señalarme la escalera. Decidí hacerle caso. Arriba, una mujer calentaba agua en un balde de metal sobre un enorme hogar y la echaba en una bañera de cobre. El agua exhalaba una agradable fragancia que no identifiqué. A Salomé le habría encantado. Tal vez Novella tampoco soportaba el hedor de la suciedad.

La sierva me hizo un gesto con la cabeza. Me desnudé con cierta vergüenza y me metí en el agua. Quemaba, pero hacía mucho que no sentía una sensación tan agradable. Enseguida comenzó a frotarme la espalda con un paño. Me liberó de la mugre y de la angustia ante tanta incertidumbre. Luego acercó un taburete a la bañera y me despiojó con paciencia. Sus dedos eran un bálsamo. Me estremecía.

—Basta de sufrimientos esta noche, joven.

No habló más. Permanecí en el agua, renuente a salir, hasta que comenzó a enfriarse. La sierva, que aguardaba, me envolvió entonces en un paño de lino.

Me dirigí a la planta de abajo con una camisa nueva y una túnica parda de lana de buena calidad, la mejor que había vestido nunca; no podría pagarla. Enseguida advertí el rubor en las mejillas de Novella y sospeché que me había observado durante el baño. Al ver la mesa llena de viandas, me rugió el estómago y me olvidé de todo.

Luchaba contra el ansia mientras comía en silencio. Me sentía incómodo ante el escrutinio de mi anfitriona.

—No sé cómo agradeceros tanta generosidad, Novella —dije al fin.

—No me trates como a una señora. —Se acercó, cálida. Estaba imponente—. ¿Por qué tienes los ojos tan claros?

—Es una larga historia.

—Prometí a alguien que estarías aquí al amanecer y aún falta —indicó relajada—. Tenemos vino, y puede que no haya otra oportunidad de conocer la historia que hay detrás del hombre que recuperó el *Infortiatum* después de seiscientos años.

Novella era distinta a otras mujeres que había conocido. Era una joven patricia, rica y agraciada, que se pasaba los días encerrada en un oscuro hueco debajo de una grada. Aunque yo fuera alguien insignificante, le fascinaba de mí precisamente el hecho de que hubiera llegado hasta la grada del maestro Bassiano. Quería asomarse a mi alma.

Con ella no quise guardarme nada. Era la primera vez que abría mi corazón. El amanecer nos sorprendió sentados en una estera junto al brasero, inmersos en una larga conversación. Bebimos un vino dulce que sabía a gloria y que nos soltó la lengua poco a poco. Nadie se había interesado tanto por cada detalle de mi historia; sus ojos vibraban emocionados cuando yo revivía cada triunfo y fracaso. También le hablé de mujeres. Quiso parecer indiferente, pero le interesaba saber cómo había y me habían amado.

De sí misma no habló demasiado. Pertenecía a una de las cuatro familias pioneras de la burguesía boloñesa, con parientes en la curia vaticana. Era la cuarta hija, sus padres la habían educado para elevar la casa Gozzadini al rango de nobleza italiana. Tenía una dote suficiente para casarse en un futuro con el conde Renato de Lindoni, tío predilecto del emperador Enrique VI; un hombre que casi triplicaba su edad. Sería su tercera esposa y la madre del heredero, si era voluntad de Dios y las fuerzas acompañaban al conde Renato.

Novella asumía su obligación complacida, pero era joven y le ardía la sangre. La manera de mirarme y de tensarse cuando en el relato de mi historia yo deslizaba algún momento erótico me hizo entender que vivía otra vida, oculta en su imaginación. Llegué a sospechar que el baño lo había dispuesto para mirar y eso despertó mi deseo, pero me contuve.

Al fin oímos a alguien en la escalera, y los dos lamentamos que la noche acabara. Había sido un bálsamo antes de precipitarnos al abismo.

El cardenal

La luz grisácea se colaba por las aspilleras de la torre Gozzadini. Por el hueco de la escalera aparecieron Azzo Soldani y Nicolò Furioso. Me miraron tan sorprendidos como yo a ellos. No sabían que estaba allí. Nos abrazamos con fuerza y vi respeto en sus miradas: me habían apresado defendiendo al admirado maestro glosador Bassiano.

—¿Qué hacemos aquí, Novella? —preguntó Azzo.

Vi que entre ellos reinaba una confianza casi impropia entre géneros.

—Esperar a alguien que puede ayudarnos a resolver esta terrible situación.

Nos mantuvo a los tres en la ignorancia, pero no esperamos mucho más. Por el hueco apareció un hombre resoplando. Tendría algo más de treinta años. Era muy grueso e iba cubierto con una valiosa capa de pieles de conejo. Lucía tonsura, y me llamó la atención el grueso anillo de oro en la mano que apoyaba en la barandilla.

—¡Por fin estáis aquí, tío Lotario! —exclamó con alivio Novella.

—Ahí fuera, el día no invita a deambular —jadeó, ahogado por la ascensión—. Espero que sea importante, sobrina.

La joven se volvió hacia nosotros henchida de orgullo.

—Aunque no es mi tío carnal, mi familia lo considera como tal. Os presento al cardenal diácono Lotario, hijo del conde Trasmundo de Segni. A petición del obispo de Bolonia y de mi familia, ha venido desde Roma para intentar detener la guerra.

—¿Quiénes son éstos, Novella? —dijo receloso—. No me complace verte entre tantos hombres sin la compañía de tus sirvientas. Ya hemos hablado de ello.

Novella ignoró el comentario y nos presentó como alumnos del *studium* de Derecho Civil. Lotario nos examinó inquisitivo. No se explicaba por qué razón su sobrina se mezclaba con gente como nosotros. Me fijé en sus ojillos, rápidos y observadores, e intuí que era un hombre brillante, con astucia suficiente para que lo hubieran ordenado cardenal con treinta años. Sin duda era alguien que podía ayudarnos de verdad en aquel oscuro asunto.

—Recuerdo mis años de estudiante en Bolonia —dijo al fin para liberarse de sus propios prejuicios—. Se había firmado la tregua entre güelfos y gibelinos y reinaba la alegría en la ciudad, quizá demasiada.

—Esos tiempos están a punto de terminar, tío.

—La *universitas scholarium* debe apartarse de las cuestiones políticas —afirmó, pronunciando cada palabra con seguridad. El joven cardenal irradiaba carisma.

—Así ha sido hasta hace poco —señaló Azzo, un tanto comedido—. No sabemos la razón de las muertes, pero es absurdo que completar el *Corpus Iuris* suponga la guerra.

—No deberías subestimar la expansión del *ius commune* frente a los decretos de la Iglesia —adujo Lotario—. En Roma hay prelados que lo ven con gran preocupación.

—Vuestra sobrina y yo sospechamos que el estallido de violencia es una mascarada para ocultar la verdadera razón de las muertes —añadí un tanto cohibido.

—Para eso os he hecho venir a todos —terció Novella antes de que su tío se molestara con mi falta de decoro—. Hay algo que debéis saber y que lo cambia todo…

Se asomó a la escalera y apareció el goliardo Paulo acompañado de Carissia, la viuda del artesano de las tintas. Mientras Novella relataba nuestra visita al taller, la joven permaneció callada. Nos miramos y vi tensión en sus ojos; tenía algo que contar.

—Habla, hija —pidió el cardenal, amable con ella—. ¿Qué es eso tan importante?

—No podía soportar que la muerte de mi marido fuera la razón de tanta desgracia en la ciudad y revisé de nuevo el taller. Entonces encontré esto.

Carissia abrió la mano y nos enseñó la concha de un caracol marino, con puntas.

—Una cañadilla —dije—. En el mercado de pescado de Barcelona eran comunes.

—¡He encontrado al menos tres mil enterradas en el patio trasero del taller! —indicó ella—. De allí venía el hedor que olíamos, pues son bastante recientes.

Lotario tomó la concha entre los dedos y frunció el ceño, pensativo. Carissia siguió hablando:

—Deduje que Enrico pudo utilizarlas para elaborar alguna tinta especial, desconocida para mí, y volví a revisar el cajón de las pruebas desechadas. ¡El olor lo producía este fragmento!

Mostró un pergamino que sólo contenía rayas toscas, pero lo importante no eran los trazos, sino el color.

—¡La tinta! —exclamé—. ¡Es del mismo tono que la del legajo de Beirut!

El cardenal Lotario, sorprendido, examinó el pergamino a la luz de un cirio.

—¡Es púrpura de Tiro, el color reservado a los emperadores! ¡La tintura más difícil y cara que jamás ha existido! —Clavó su mirada incisiva en mí—. Si el *Digesto* se copió con esa tinta era para transferirle el *imperium* del emperador Justiniano.

—¿Eso qué significa? —intervino Nicolò, impresionado ante la reacción del cardenal.

—El *imperium* es la autoridad del emperador para hacer cumplir la ley. La recibió de su pueblo y la ostentaba sobre todos. El color púrpura era el símbolo de tal poder.

—He oído hablar de la púrpura de Tiro, pues aún la utilizan los emperadores bizantinos —apuntó Azzo, emocionado—. La valiosísima fórmula sólo se conserva en Constantinopla, pero se necesitan miles de *Murex brandaris*, cañadillas, para teñir un pañuelo o llenar un dedal de tinta.

—Quizá el encargo de la tinta era para un texto breve —sugirió Novella.

Volvimos a observar los trazos. Tenían reflejos azulados o rojizos según incidía la luz fluctuante del cirio. Era tinta mágica, fascinaba. La usada en Beirut tenía siglos de antigüedad y había perdido el brillo y la viveza del color, pero era púrpura, no había duda.

—Al final puede que la presencia del abuelo de mi esposo en la corte bizantina no fuera una invención —indicó Carissia, desconcertada, y formuló la pregunta que todos teníamos en mente—: ¿Para qué querría alguien imitar la tinta de los emperadores?

—¡Para hacer pasar un texto falso por un documento imperial! —El cardenal Lotario fue el primero en atar cabos—. ¡La púrpura era el elemento distintivo de la autoridad indiscutible del emperador! Me temo que no es la primera vez que se ha intentado una falsificación así.

Una hipótesis tomó forma en mi mente y la compartí:

—Jacopo de Verona podía trasladar al griego antiguo cualquier texto falso. Luego, Adso de Reims lo copiaba imitando la letra de la *Nutrix Legum* de Beirut, y para que el documento pareciera auténtico usó la tinta púrpura de Enrico.

—¡Tiene sentido! —dijo Novella—. Pero ¿quién está detrás? ¿Qué texto se pretende falsificar que valga una guerra?

Lotario no contuvo el orgullo que sentía por su ahijada. Novella había reunido a gente dispar en busca de una escurridiza verdad para salvar el *Studium* de Bolonia y la situación había dado un vuelco, aunque seguíamos lejos de evitar la terrible confrontación.

—No hay que olvidar que la púrpura de Tiro es extraordinariamente cara. Hay que conseguir los caracoles y traerlos en secreto a Bolonia, y además elaborarla. No es sencillo.

Novella frunció el ceño.

—Mi familia conoce a todos los cambistas. Indagaré si alguien ha solicitado un crédito de mucho importe en los últimos meses. Quizá nos llevemos alguna sorpresa.

—Yo iré al *scriptorium* —propuse—. Sospecho que los monjes saben algo. Vivían juntos y no es posible realizar algo tan complejo sin despertar sospechas. Además, habría que envejecer la tinta para hacer pasar el documento por una vitela de Beirut.

—Ahora eres un fugado de la justicia del obispo —me advirtió Novella—, pero Paulo, el goliardo, te ayudará a atravesar la ciudad sin ser descubierto.

Al fin habíamos dado unos pasos para esclarecer el misterio, y la reunión se disolvió con una mezcla de euforia y desconcierto. Habíamos hallado una senda, pero estaba envuelta en brumas y ocultaba peligros letales que no tardarían en desvelarse.

Interrogatorio

Paulo el Largo era un goliardo de verdad, un estudiante, llegado a Bolonia de San Gimignano, sin recursos y medio juglar. Los meses cálidos vivía del laúd y de sus canciones jocosas, pero en invierno hacía de correo y cumplía encargos discretos de casas pudientes; entre ellas, la de los Gozzadini.

Por toda Bolonia se había extendido la noticia de la fuga de estudiantes de la mazmorra del obispo. Los otros cautivos también habían aprovechado la situación y al menos la guardia no sólo me buscaba a mí. Paulo me ayudó a pasar inadvertido por las calles llamando él mismo la atención a voces y con salidas de tono, como si estuviera borracho de buena mañana.

En un descuido de los siervos, me colé por la puerta trasera del palacio de Canossa. Entré en el *scriptorium*, y lo primero que hice fue aspirar el aroma a tinta de escamas de ciprés, la preferida por los copistas de Sicilia.

Sentí nostalgia y recordé el singular sonido de las plumas al rasgar la piel y, sobre todo, el aire sereno de los copistas de Monreale. Como escribano, y por ser el estudiante que había traído los libros perdidos del *Digesto*, fui testigo de la resurrección del texto en nuevas vitelas, con pequeñas imágenes y filigranas.

En ese momento, los monjes, en silencio, limpiaban las plumas y las tablas. Se disponían a regresar a Sicilia antes de que el conflicto estallara. Al reparar en mi presencia, reaccionaron espantados, como si hubieran visto un espectro.

Los *frates* se llamaban Reginaldo, Salvatore y Guillermo.

Los tres tenían mal aspecto. Se miraron aterrados y cerré la puerta para impedir que huyeran.

—¿Qué haces, Robert? —bramó Reginaldo—. ¡Avisaremos a la guardia del obispo!

Sólo tenía un arma para usar con ellos: el miedo.

—Estáis aterrados, *frates*, y creo de verdad que tenéis motivos. —Mostré una mueca helada—. ¡No saldréis vivos de Bolonia, como Adso y Jacopo, por saber la verdad!

—¡No es cierto, no sabemos nada! —aseguró fra Reginaldo, malcarado.

En vez de achicarme, fui hasta su pupitre y examiné las últimas vitelas que había copiado. Tenía marcadas las dos columnas para colocar el texto, con espacio suficiente en los márgenes para las glosas, pero los últimos trazos eran vacilantes.

—Hay decenas de monasterios con *scriptorium* cerca de Bolonia, ¿para qué traer copistas de Sicilia? —Dejé que la pregunta impregnara sus ánimos como la oleosa tinta que usaban—. Vuestra comunidad está lejos. Nadie va a protegeros.

Se miraron entre ellos con inquietud. Reginaldo habló en nombre también de los otros dos.

—Los glosadores nos dejan regresar a Monreale, de donde nunca debimos salir.

—El diablo rige en todas partes y vuestro silencio os hace cómplices por callar lo que sabéis. ¡Tenéis las manos manchadas con la sangre pura de Adso!

Se acongojaron, pero el miedo contenía sus lenguas. Miraban la puerta con anhelo. No tenía mucho tiempo, pues podía entrar alguien. Desesperado, decidí arriesgarme:

—Una falsificación con tinta púrpura imperial bien vale la vida de cuatro pobres *frates* benedictinos. Es fácil deducir que para que el documento se convierta en verdadero es preciso que no quede ningún testigo vivo...

La reacción los delató.

—¡Lo sabe! —exclamó Salvatore con voz aguda de puro miedo.

—¡Cállate! —exigió Reginaldo, esa vez fuera de sí.

—¡No! ¡Robert tiene razón! ¡También acabaremos degollados como cerdos!

—¡Ata tu lengua, maldito seas!

Me acerqué a Salvatore. Olía a sudor y miedo. Sobre la madera del pupitre había escrito: *Is damnum dat, qui iubet dare; eius vero nulla culpa est, cui parere necesse sit.*

—«Causa un daño el que manda causarlo, y no tiene culpa ninguna el que tiene necesitad de obedecer.» —Mis ojos claros lo cohibían—. Esto es del libro L del *Digesto*, dije al reconocer el principio. Hablad sin miedo, fra Salvatore, y contaréis con la protección del cardenal Lotario de Segni. ¿Qué hizo Adso con la valiosa tinta púrpura?

El monje miró implorante a los otros dos *frates*. Fra Reginaldo negaba y fra Guillermo seguía en silencio, pávido. Eran hombres de Dios, por eso aquello les roía el alma. Toqué el hombro de Salvatore y clavé mi mirada en él. Incapaz de soportarla, se desmoronó:

—Fue Jacopo, el traductor, el que trajo el mal al *scriptorium*... Estaba metido en algo turbio. Tenía vicios inconfesables y muy costosos, por eso había aceptado una delicada falsificación, pero ignoramos para quién. Había trasladado al griego antiguo un breve texto y obligó a Adso a plasmarlo en tinta púrpura con la caligrafía de los juristas de Beirut.

—Lo hizo en pergaminos originales del antiguo legajo, que previamente raspó —añadió fra Guillermo. Hablaba para demostrar que también se arrepentía—. Debía parecer una hoja más entre la colección que trajiste de Ripoll.

—¿Por qué Adso aceptó colaborar en algo tan inmoral? —pregunté.

Los *frates* se miraron incómodos. Reginaldo tomó la palabra; ya no tenía sentido encubrir el secreto por más tiempo.

—Jacopo podía ser muy violento con nosotros. Tenía sometido al pobre Adso; se burlaba de sus maneras afeminadas y amenazaba con denunciarlo por sodomita.

Sentí una rabia visceral y me maldije por no haberme dado cuenta.

—¿Y cuál era el contenido del documento falso? —quise saber, ansioso.

—Jacopo y Adso iban de noche al *scriptorium*. Cuando el maestro de tintas Enrico de Volterra apareció muerto, Adso nos los confesó todo, pero él no sabía griego, sólo imitaba las letras griegas, consciente del pecado. Cuando se produjo el violento ataque al palacio ya no pudo más; los remordimientos lo atormentaban. Acordamos acudir al maestro Bassiano en cuanto cesara el combate esa noche. Adso fue al *scriptorium* para coger las pruebas y entregarlas, pero lo degollaron y se llevaron cualquier rastro... excepto el olor de la tinta púrpura.

—¿Pudo ser Jacopo?

—El traductor tenía pocos escrúpulos, pero no mató al copista, pues estuvo con nosotros. Al saber lo ocurrido también se asustó, y juramos guardar el secreto para protegernos. Al final lo eliminaron en San Stefano para avivar el conflicto que azota Bolonia.

—Tal vez el documento tiene algo que ver con el enfrentamiento entre los partidarios del Papa y los del emperador del Sacro Imperio —señaló Guillermo.

Nos quedamos mudos. La suposición era sobrecogedora.

—¿Dónde puede estar ahora esa falsificación? —demandé al fin.

—Adso nos explicó que, para que el texto en griego pasara por verdadero, iba a envejecerlo el mejor falsificador de Bolonia, un hombre turbio y misterioso, conocido en ciertos círculos pudientes como Milano.

Algo había oído contar de él. En una ciudad donde los escritos eran fundamentales, existía un activo comercio de escrituras y títulos falsos. Pensativo, dejé a los tres monjes recoger en paz. Antes de marcharme, Salvatore me cogió del brazo. Estaba pálido y lagrimoso.

—El remordimiento de Adso no sólo nacía de participar en una falsificación. De alguna forma, algo pudo entender del texto, pues lo último que nos dijo fue que el orbe se tambalearía cuando lo que había copiado viera la luz, y que ocurriría pronto.

Milano

Paulo, el goliardo, palideció en cuanto le nombré a Milano. Todos habían oído su nombre, pero nadie sabía quién era ni dónde estaba su taller clandestino. Se decía que había gran número de testamentos, prendas y reconocimientos de deuda en Bolonia obra del falsificador, casi todos hechos a petición de cambistas y especuladores.

Hicieron falta dos días para que, bajo la recia presión de la hija de Gozzadini, un banquero aceptara dar una consigna sobre cómo contactar con él. Explicó que Milano en ocasiones lanzaba el aviso a sus clientes de confianza de que buscaba manos hábiles en caligrafía para ponerlos a prueba. Me ofrecí a intentarlo, a pesar del espanto de Novella.

No había dejado de escribir desde que aprendí con el maestro Guillem Climent en Barcelona. Y en Bolonia, más allá del ambiente estudiantil, apenas se me conocía. Me presentaría ante el falsificador con la excusa de buscar dinero rápido para poder pagar la *collecta* del *Studium* y, si lograba entrar, intentaría hallar el documento falso.

Tras dos días de angustiosa espera oculto entre los siervos de la torre Gozzadini, el cambista recibió la respuesta a través de intermediarios diferentes. Debía ir de noche al barrio judío y aguardar a que alguien contactara conmigo. Era imposible hallar a Milano si él no se dejaba encontrar. Salí de la torre Gozzadini notando en la espalda los ojos castaños de Novella, húmedos y llenos de miedo.

La joven sentía algo por mí, podía notarlo cada vez con más intensidad, pero no se permitía un desliz. Los días que pasé en su torre habían transcurrido sin que se dejara llevar. Traté de estar tiempo con ella, de verla a solas. Confiaba en recibir una leve insinuación que me animara a lanzarme, pero siempre se dominaba en el último momento, tras eternos silencios y miradas profundas. La joven con el porte más elegante de la ciudad estaba destinada a ser la condesa de Lindoni; tenía valor para todo en la vida menos para ceder a los sentimientos escondidos, ni siquiera al deseo febril de un instante.

Con las indicaciones de Paulo el Largo, me interné por las arterias más oscuras de Bolonia, cubiertas de nieve sucia y desperdicios. El silencio que reinaba me sobrecogió. La ciudad aguardaba tensa el estallido del conflicto. Ya se habían producido algunas escaramuzas, sobre todo entre jóvenes de la nobleza y estudiantes exaltados.

La judería de Bolonia era más grande que el *call* de Barcelona, pero tenía el mismo entramado tortuoso y las fachadas decrépitas ocultaban la prosperidad de sus habitantes. Si desaparecía allí, temía que jamás me encontraran; aun así, no iba a echarme atrás.

Me adentré por callejones cuyas fachadas casi se tocaban. Se oía el maullido de algún que otro gato y sonidos incalificables que helaban la sangre. Durante mucho tiempo no me crucé con nadie. No tenía otra instrucción, tan solo deambular por la judería. Alguien me encontraría.

Comencé a pensar que tal vez el escurridizo Milano había cambiado de opinión, pues mi precipitada solicitud para la prueba podía resultar sospechosa. Decían que era muy peligroso tratar de acercarse a él, así que decidí regresar. Quizá había otro modo de descubrir la verdad, pues Novella seguía investigando, a través de los secretarios de su familia, posibles créditos sospechosos.

Enfilé el último callejón que me sacaría de aquella ratonera cuando una sombra me colocó el filo de una daga bajo la nuez. Me quedé inmóvil.

—Vengo de parte del cambista Ricardo el Pisano —dije enseguida. Era la consigna.

Podía ser un simple ladrón dispuesto a degollarme. Aguardé con angustia hasta la llegada de un segundo hombre. Se comunicaban con gruñidos. Me cubrieron la cabeza con un saco y, a empellones, me condujeron hacia el corazón de la judería, sin importar que tropezara y me diera de bruces contra el suelo fangoso. Tras varios giros me desorienté. Luego atravesamos un umbral y oí que la puerta se cerraba a mi espalda. Cuando me quitaron la capucha, parpadeé aturdido.

Estaba en un patio interior de azulejos, con una fuente central de mármol. Era más lujoso que el atrio del judío Benevist ben Abraim en Barcelona. Todo brillaba con el resplandor de varias lámparas con cristales tintados. Había estatuas de mujeres desnudas, recuperadas de las entrañas de la tierra. No vi mucho más, ya que me empujaron por una puerta hacia un sótano. Enseguida noté el aroma del pergamino y las tintas, pero la inquietud regresó al oír gritos y golpes en las paredes. Alguien pedía ayuda con desesperación y se me pusieron los pelos de punta.

—¿Dónde estoy? —me atreví a preguntar al fin—. ¿Y Milano?

Me llevaron hasta un pasillo de muros mohosos con una docena de puertas. De allí provenían los gritos. Un vigilante fornido abrió una de ellas y vi un cubículo estrecho, desnudo y sin ventilación. Antes de poder decir nada, me empujó dentro y cerró.

Me envolvía una oscuridad total. El cubículo no era mayor que una tumba y hacía un frío mortal. Las paredes tenían marcas de uñas y eso me causó un miedo cerval. Temí que no se hubieran creído mi excusa.

De ser así, no volvería a ver la luz del sol.

Dos veces me llevaron agua con vinagre y un mendrugo seco. Deduje, por los gritos que oía, que éramos varios prisioneros, pero poco a poco todos callamos. Perdí la noción del tiempo; debió de pasar tanto que me descubrí sentado sobre mi propia orina. Cuando al fin la puerta se abrió, me sacaron a rastras, pues las piernas entumecidas no me respondían. Me echaron cubos de agua y me dieron una camisa indigna hasta para un esclavo. Luego me condujeron a un amplio sótano de gruesos pilares y bóvedas de ladrillo. Había decenas de velones sobre unos pupitres. El olor a tinta y pergamino allí era intenso.

No estaba solo. Me pusieron con otros cuatro hombres. Habían estado cautivos y se veían tan aterrados como yo. Dos eran jóvenes, con togas de estudiante, el tercero lucía ropa de burgués y el otro era un clérigo tonsurado de cierta edad. Nos miramos sombríos.

Por un acceso apareció un hombre de mediana edad, de rostro redondo y piel amarillenta. Iba embutido en ampulosas ropas de seda, de colores vivos, que despedía un intenso olor a sudor. Sostenía un muslo de pollo en una mano y nos miró con desprecio.

—¿Ésta es la escoria que me han mandado estos días? —Mordió el muslo y sin tragar formó una mueca grasienta—. Ocupad los pupitres, os daré un tiempo para calentar las manos y empezaremos.

—Señor, yo...

Me cerró la boca de una bofetada y sonrió mostrando dos dientes de oro llenos de suciedad. Sus ojillos de roedor me causaron más inquietud que la situación en la que me hallaba.

Aturdido por el golpe, me limité a acercar las manos a las velas y palmeé para liberarme del entumecimiento. Delante tenía dos plumas de ganso y un tintero de arcilla.

—¡No quiero conocer vuestras miserias! —gruñó—. Todos estáis aquí por falta de dinero. Unos para vino y fulanas, otros para saldar deudas e incluso para la loable intención de estudiar. Bien, yo puedo avalar al que me resulte útil. Soy Milano. Lo que quiero es muy sencillo: tenéis que imitar el texto y las firmas que os daré.

Nos repartieron varios documentos, todos en latín. El mío

era la donación de un viñedo, y me impactó ver la compleja firma de un obispo. Deduje que cualquier cosa que hiciera allí abajo estaba penada con la muerte, pero si quería averiguar algo sobre el documento de Adso, debía ingresar en el taller clandestino de Milano.

Desde los doce años manejaba la pluma. Guillem Climent había sido muy exigente conmigo, y los foristas también. Podía hacerlo. Deseché las primeras pruebas y no paré hasta que todo mi cuerpo gritó de dolor por la tensión. Estaba hambriento y cansado, pero imité cada trazo y ribete lo mejor que pude. Nos habían maltratado durante muchas horas, quizá más de un día, para mermar nuestro aplomo, lo cual era parte de la prueba.

A mi lado uno de los jóvenes lloraba. Le temblaba el pulso y era incapaz de trazar las letras. El clérigo cayó de rodillas, exhausto.

La vela que marcaba el tiempo se apagó y llegó Milano con su vaharada fétida. Nos pusieron en fila junto al muro y comenzó a revisar nuestros respectivos trabajos.

—Cada día los que me traen son peores —rezongó—. ¡Hasta un niño detectaría la imitación!

Supuse que el resto había llegado como yo, realizando la petición a alguno de los clientes del falsificador y esperando que lo citaran de aquella forma. Nadie sabía dónde estábamos.

Cuando Milano terminó, nos miró con gravedad.

—Habéis hecho lo que habéis podido. Ahora ya sabéis qué clase de documentos elaboramos. —Sus ojos se tornaron gélidos—. Por desgracia para vosotros, me habéis visto la cara y en este mundo sólo pueden vivir dos clases de personas: las que no conocen a Milano y las que trabajan para mí.

Cruzó una mirada con el esbirro que hacía de capataz. Éste se acercó por detrás a uno de los estudiantes, le agarró la cabeza y se la retorció con un movimiento seco. El crujido del cuello me cortó el aliento, y el joven se desplomó, desnucado. Así preservaba Milano el secreto de su identidad.

Mientras los secuaces nos retenían a la fuerza, el implacable verdugo iba segando la vida de los candidatos sin manchar de sangre el sótano. Todo ante el impasible Milano.

Había pasado por muchas situaciones terribles en mi vida, pero en ese momento el miedo no me dejaba hilar ni siquiera una oración. Cuando cayó el pobre clérigo que se hallaba a mi lado, cerré los ojos. Todos estaban muertos. El poderoso brazo me rodeó el cuello.

Aguardé tenso mi destino, pero el giro fatal no llegó.

—Me han dicho que te ofreciste al cambista Ricardo para poder pagar el *Studium.*

Abrí los ojos. Milano tenía la mano suspendida en el aire, como mi vida.

—Así es. Mi nombre es Guillem —mentí—. Puedo mejorarlo, señor. Llevo copiando textos desde que tenía doce años.

—Lo he notado, por eso vives aún. Tu trabajo es bastante bueno. —Miró los cuerpos desnucados—. En esta remesa, al menos uno vale la pena. Si te esmeras puedes hacerme ganar dinero, y podrás estudiar. Si me defraudas, ya sabes lo que ocurrirá...

Descolgó un pequeño crucifijo de bronce de la pared y se lo acercó.

—Soy cristiano. Sólo vivo en una casa judía para eludir sospechas.

Besó la cruz con sentida devoción. Después de la carnicería cometida, me parecía una repugnante blasfemia. Luego me la ofreció y la besé también.

—Trabajaré a vuestro servicio y guardaré el secreto. Lo juro.

—Bien, empezarás mañana. Pronto habrá mucho trabajo. ¿Sabes? Se acerca una guerra y con ella el fuego. —Sonrió ladino—. El fuego me gusta; quema los textos viejos y da cabida a los nuevos, aunque nosotros hacemos que sean ligeramente diferentes...

Se echó a reír y sus hombres lo corearon, impasibles ante la matanza, como si fuera algo habitual en aquel terrible sótano.

—Arrojad esta escoria al canal y a éste llevadlo al desván

con los otros escribas —ordenó hosco—. Mañana que coma bien. Necesito que tenga el pulso firme. Estarás mucho tiempo sin salir de aquí, hasta que te considere alguien leal...

Asentí, si bien con la tensión agarrada al vientre. Todo eran incertezas salvo una: en los ojos de Milano, advertí con claridad que mentía. No tenía la menor intención de ayudar a un joven estudiante como yo a pagarse los estudios. Nadie salía vivo de allí abajo si no le había entregado su alma. Era el diablo, y yo estaba condenado en el averno.

El sótano

Me instalaron en la buhardilla situada debajo del tejado de aquel palacio oculto en la aljama judía de Bolonia. Dormía con los esclavos y cuatro hombres de edad. Tenían manchas de tinta en sus manos y grandes bolsas bajo sus ojos cansados de mirada inexpresiva; eran los copistas que Milano empleaba para su turbio negocio.

—Lo lamento, muchacho —dijo uno de ellos como un vaticinio, nada más verme.

A la luz de una vela de sebo me observaban como si fuera un cadáver en la flor de la juventud. Tuve una mala sensación. Los escribas también habían sido hombres llenos de vida, hasta que por alguna razón trataron de contactar con el misterioso Milano.

No me fiaba. Seguro que Milano me vigilaría con atención al principio, así que me limité a explicarles el mismo pretexto que había esgrimido desde el comienzo.

—Has cometido un terrible error —musitó otro de un modo que me descorazonó.

Apenas dormí, por culpa de los nervios y el frío. Jamás habría imaginado que buscar el documento falso entrañaría semejante peligro.

Al poco de amanecer, con un vaso de agua y unas galletas de cebada en el cuerpo, me bajaron al sótano sin luz natural. Comencé a imitar rúbricas simples y a tratar de copiar un breve documento de donación que no me salió bien. Probé el fuste y no me dieron más comida hasta que, al anochecer, Milano vio la última versión y le complació.

—He malgastado contigo tinta y pergamino. Si no lo haces mejor, no me sirves.

Los ancianos me miraron con aire funesto. Cada vez era más consciente de mi situación. La maraña de intermediarios que Milano empleaba impedía a Novella localizarme.

El negocio era sencillo: creábamos documentos que codiciosos clientes del falsificador, mercaderes y cambistas, presentaban ante los tribunales para reclamar un bien o una deuda. También se falsificaban testamentos y títulos de propiedad.

Debían ser tan perfectos que invalidaran otras pruebas en contra. En el taller clandestino se usaban técnicas refinadas para igualar el aspecto de las vitelas, la antigüedad de la tinta y el trazo. Los ancianos me explicaban en susurros cómo debía hacerlo.

Únicamente utilizaban la cara interna de la vitela, la que estaba en contacto con la grasa del animal, pues es la que envejece antes. Empleaban pergaminos sacados de monasterios mediante acuerdos clandestinos con ciertos abates. Las tintas usadas contenían un exceso de vitriolo para acelerar la oxidación. También disponíamos de cubículos con vaho, cajas de moho y de polillas, así como algunos productos llegados de Oriente.

El día siguiente mi pulso estaba más sereno y la copia me salió mejor. Sin más cardenales en mi espalda, examiné el taller. Éramos cinco escribas, y como trabajábamos juntos no era difícil saber en qué lo hacía cada uno. Hice preguntas discretas sobre documentos más antiguos, incluso en otros idiomas, y no noté el menor signo de sospecha en sus ojos. Sólo se ocupaban de textos relativamente recientes; sin embargo, sí logré saber que Milano había falsificado documentos antiguos, sobre todo bulas papales y certificados de reliquias. Esa noche, en el desván, uno de los escribas me dijo que existía un segundo taller, más pequeño, situado al otro lado de una puerta remachada al fondo del sótano.

El tercer día me fijé en aquella puerta. Parecía tan pesada como la de entrada de un castillo, con remaches de hierro oxidados por la humedad de un canal cercano. Tenía su propio escriba, que vivía separado de nosotros, en otro lugar de la casa. Lo veíamos entrar o salir, cabizbajo, sin mirarnos. Me contaron que era un judío llamado Dinai Jacob, que en su día había sido un gran amanuense y muy apreciado por los glosadores, pero que un mal negocio lo había convertido en esclavo de Milano. Dinai jamás hablaba porque no tenía lengua, añadieron, y saberlo me inquietó.

Siempre que podía vigilaba esa puerta. Milano entraba y salía con pergaminos de aspecto antiguo. Allí era donde se hacían los trabajos más delicados, falsificaciones secretas para gente importante, incluso cartas del emperador o bulas papales.

El documento de Adso debía de estar allí dentro, envejeciéndose, pero la puerta siempre estaba cerrada y el capataz no nos quitaba el ojo de encima. Sólo nos movíamos para ir a la letrina o a la buhardilla, el resto de la casa nos estaba prohibido.

El trabajo que hacíamos era delicado e ingrato. Milano y su subalterno nos fustigaban y abofeteaban por cualquier imperfección. Era cruel incluso con sus hombres. Pero cuando de verdad comprendí el terrible error que había cometido al adentrarme en ese sórdido mundo fue al quinto día, al ver dos manos clavadas en la puerta del sótano. La sangre aún no estaba seca del todo. Reconocí las manchas de tinta en los dedos.

—El tribunal donde se aportó la escritura descubrió que era falsa —nos explicó Milano a modo de advertencia—. ¡He perdido mucho dinero!

Faltaba uno de los ancianos y no volvimos a verlo. Los otros tres apenas reaccionaron, por lo que supe que no era la primera vez que ocurría. En cada documento nos jugábamos la vida. Lamentaba mi osadía; debía salir de allí cuando antes.

Los copistas éramos esclavos y teníamos prohibido hablar con el resto de los siervos de la casa. Ignorábamos lo que ocurría más allá del sótano. No obstante, el día siguiente del suceso de las manos pasó algo.

Se abrió la puerta y entró una joven de unos veinte años. Los ancianos desviaron el rostro, pero yo no pude. Era un ángel de cabellos castaños, esbelta y de rostro dulce. Tenía la piel muy blanca, salvo las mejillas, un poco sonrosadas. La acompañaban varias criadas. Fuera hacía tanto frío y tal humedad que habían bajado a tender ropa allí abajo.

—Es Arabella, la esposa del amo —me susurró un anciano—. La cuarta, creo. Dicen que la adquirió en un monasterio femenino de Nápoles. Aunque tus ojos y tus manos le hagan ganar mucho dinero a Milano, te los arrancará de cuajo si la miras siquiera; es su capricho.

Algo cambió en mi ánimo. Esa noche, en la buhardilla, cerraba los ojos y la veía pasar ante mí con aire serio, rodeada por sus silenciosas criadas. Tenía unos ojos grandes del color de la miel. Me parecía una joven que no encajaba en aquel sótano sórdido. Era absurdo, pero quizá podía ser mi esperanza.

Al día siguiente volvió a bajar. No reparaba en los copistas, o si lo hacía era con extrema cautela. Yo no podía parar de mirarla, si bien con disimulo. Buscaba su atención. El capataz me sorprendió y dejó impresos cuatro cardenales más en mi espalda. Por suerte, no se lo contó a Milano; ya se había perdido un copista y los documentos a falsear se acumulaban. Arabella lo vio todo, y aunque quizá se compadeció de mí, no reaccionó, lo cual me desalentó.

Esa tarde la joven bajó de nuevo al sótano, donde coincidió con su esposo. La vi sonreír, pero bajo el gesto dulce escondía el asco que le producía. No me sorprendió. Cuando Milano salió con un documento terminado, Arabella dejó a las criadas doblando sábanas y, distraída, se acercó a un pupitre vacío. Era la primera vez que la veía de cerca y su belleza me admiró aún más. Pasó los dedos por las plumas suaves y los tarros de tinta, quizá interesada en nuestro trabajo. Verla me aceleró el pulso: había algo en su expresión que me daba confianza. Quise que me mirara, pero ella rehuía mis ojos, prudente.

Al final se marchó sin cruzar ni una mirada conmigo, aunque se había dado cuenta de mi interés.

—Tu furor juvenil te costará la vida, joven —me advirtió el copista que tenía al lado—. No es que me importe, pero no des una excusa a Milano para maltratarla. Es la única luz que entra en este agujero. ¡Y no seas ingenuo! Si permite que Arabella vea a otros hombres es para ponerla a prueba.

Debía disimular mejor. Yo sabía que las mujeres se fijaban en mí. Las juglaresas me halagaban, y Salomé me enseñó a mostrarme seguro y a seducir. Necesitaba ganarme la confianza de Arabella; quizá me ayudaría.

Trabajé con esmero esperando que bajara. Pasaron dos días, y temí que mi intento la hubiera incomodado. Sin embargo, al fin apareció. Se había lavado y trenzado el pelo. Su aspecto deslumbraba.

Mientras las esclavas doblaban ropa y flirteaban con los dos hombres que vigilaban el sótano, Arabella volvió a pasearse distraída entre las mesas. Cogió una pluma y la observó con interés. Entonces se dignó mirarme, fugaz. Se me erizó el vello. Sus ojos de miel me revelaron que se había fijado en mí desde el principio. Sonreí y se ruborizó, pero debió de valorar el riesgo que corría y se marchó aprisa. Sus esclavas, confusas, la siguieron escalera arriba, y yo me zambullí en la copia, pero mi pecho seguía agitado.

Llevaba casi dos semanas preso en aquella casa perdida en la aljama, tan aislado de todo que incluso mi objetivo se diluía. Lo primordial para mí comenzó a ser regresar a la buhardilla sin nuevos cardenales en la espalda. Lo único que me daba aliento era intercambiar fugaces miradas con Arabella.

Pero la realidad regresó del modo más inesperado. Una mañana, el capataz salió del sótano mientras un sirviente cambiaba las velas. Con los vigilantes distraídos, lo increpé.

—¿Qué ocurre en la ciudad? —susurré—. Dímelo y la mitad de mi cena es tuya.

No se lo pensó mucho, pues los copistas comíamos estofados y sopas para combatir el frío y mejorar el pulso. Tras cerciorarse de que no corría riesgo, me habló en voz baja.

—Se dice que los estudiantes preparan un ataque para dentro de tres noches. Han entrado mercenarios en Bolonia, enviados por nobles gibelinos, pero los ciudadanos güelfos a favor del Papa también se arman. Están subastándose lealtades.

Fue un golpe de realidad. Había dejado que los días transcurrieran sin intentar nada.

—¿Y el obispo Gerardo de Gisla? —preguntó uno de los copistas, cerca.

—No ha logrado un acuerdo ni siquiera con la ayuda del cardenal de Roma Lotario de Segni. Muchos estudiantes ultramontanos se han marchado a París; esta guerra no va con ellos.

—¿Y los glosadores? —me atreví a preguntar.

—Ésos siguen en su torre. Los güelfos quieren quemarla hasta los cimientos.

Simulé indiferencia, pero las noticias me desalentaron y se notó en mi pulso. Ese día probé el fuste varias veces por estropear más pieles de lo debido.

Miré la puerta remachada del fondo, angustiado. Ni siquiera sabía si allí estaba lo que había ido a buscar, pero lo que deseaba era salir con vida de aquel infierno. Necesitaba ayuda, y a esas alturas sólo podía procurármela una persona, aunque fuera una locura suicida.

Arabella

—¿Quieres probar? —Le tendí la pluma.

Ocurrió al día siguiente de que el esclavo me diera noticias del exterior. Fue habilidad de Arabella.

El capataz no estaba en su silla plegable y las esclavas, charlando distraídas, se habían marchado con los cestos de la ropa sin advertir que la joven esposa no las seguía. Sólo quedaba un copista en el otro extremo del sótano, concentrado en su texto. Arabella miró a un lado y a otro, y se acercó a mi pupitre. Era la primera vez que estábamos solos y quizá fuera la única. Debía ganarme su confianza si quería salir de allí.

—Mi esposo dice que no es cosa de mujeres. —Su voz era dulce como ella.

—Muchas escriben. —Sonreí—. Los mejores códices salen de clausuras femeninas.

Me miró sorprendida. Volvió a recorrer el sótano con sus ojos melosos, grandes y expresivos. Para ella también era una oportunidad única. Todo estaba tranquilo y se colocó delante del pupitre. Le di la pluma y señalé las letras marcadas en la vitela con punzón.

—Desliza la punta con suavidad, siguiendo la marca —le indiqué.

Pensé en Salomé, en su gracia seductora. Estaba detrás de Arabella y me incliné sobre ella. Parecía concentrada. Se mordía con gracia el labio inferior mientras realizaba un trazo irregular. Estropeó la piel y eso me costaría unos azotes, pero no me importaba.

—No hagas tanta fuerza —musité con suavidad—. Así.

Me acerqué más a su espalda; cauto, como un cazador que cercara a una presa huidiza. Corría el riesgo de espantarla y que avisara a los vigilantes, pero no se movió y me dio esperanzas. El copista seguía sin reparar en lo que ocurría. Casi pegado a ella, dejó que posara mi mano sobre la suya y la guie con suavidad para trazar la letra, aunque no estábamos pendientes del pergamino. Respirábamos juntos y sentíamos el calor de nuestros cuerpos, tan juntos.

—Así está mejor —susurré junto a su oreja.

Noté cómo se estremecía. La situación me hizo olvidar mi objetivo. Deseé posar mis labios en su cuello.

—Eres el nuevo, el de los ojos de brujo, dicen las sirvientas... —musitó. Dejó que mis dedos mutilados siguieran acariciando la piel de su mano—. ¿Cómo te llamas?

—Guillem —mentí.

—Mi esposo te mataría por esto. —Podía ver su mejilla ruborizada—. No quiere que ningún hombre se me acerque a menos de tres pasos.

—¿Y tú? —le susurré sobre la nuca—. ¿Es lo que quieres?

Se le erizó el vello y salió disparada hacia la escalera. El hechizo se rompió. Me arrepentí. La desesperación me había llevado a ser demasiado directo. Pasé el resto de la tarde angustiado. No alcanzaba a concebir la horrible muerte que me esperaba si me delataba.

Pero tras el castigo por la vitela que Arabella rayó, subí a la buhardilla de una pieza. La joven se había guardado para sí el roce de nuestras manos.

El día siguiente simulé que no lograba terminar un testamento falso. Milano, furioso por desperdiciar pieles y tinta dos días seguidos, me golpeó hasta tenerme arrodillado delante de todos. Hube de implorar que me permitiera unas horas más de cera para intentarlo.

Toda la casa se enteró del incidente y al caer la tarde me

mostré igual de torpe. El capataz no lo entendía. Mi destreza les gustaba y creían que llegaría a ser el mejor falsificador de Milano. Me abofeteaba y yo arañaba más tiempo. Al llegar la medianoche, el hombre dejó el látigo colgado a la vista y me amenazó con despellejarme si la copia no estaba perfecta al amanecer. Salió del sótano para comer algo, rezongando blasfemias.

Cuando todo estuvo en silencio, copié sin dificultad el maldito documento y aguardé. Estaba solo en el sótano y me movía una simple corazonada. Si había logrado remover algo en Arabella, tal vez sintiera la necesidad de visitarme. Pasó el tiempo, y cuando ya comenzaba a amodorrarme sobre el pupitre, oí un crujido en la escalera.

Temí que fuera Milano o el capataz, pero apareció ella. Portaba un cirio y se protegía del frío con una pesada capa de lana. Le indiqué con un gesto que no había nadie. Nerviosa, Arabella se acercó sin dejar de vigilar los rincones del sótano. Corríamos un gran riesgo, pero en sus ojos de miel había tanto miedo como deseo; cruzaba una línea que había imaginado muchas veces.

Se situó delante de mi pupitre, como el día anterior. Le puse la pluma en la mano y, con mi respiración en su nuca, la ayudé a plasmar letras en un desecho de vitela. Su cuerpo, pegado al mío, olía a flores. Exhalé mi aliento sobre su cuello y cerró los ojos, estremecida, con los labios entreabiertos. Posé la mano en su cintura. Noté que se tensaba, pero no se apartó. Escribimos mientras mi mano recorría su figura sobre la túnica. Arabella era voluptuosa, con anchas caderas y senos firmes. Temblaba cuando alcancé la curva de sus pechos erguidos.

Ascendí hasta su cuello y comenzó a jadear entrecortada, con los sentidos puestos en mis caricias. Quería seducirla para que me ayudara, pero su atractivo me embrujó de un modo que no esperaba. Estábamos tan pegados que abrió los ojos de golpe al notar mi excitación en sus nalgas.

—¿Qué estamos haciendo, Ojos de Brujo? ¡Me has hechizado!

Ansioso, le levanté la túnica y la camisa y le acaricié la espalda. Era bella y sensual. Mis manos descendieron en busca del suave vello de su pubis. La pluma se le escapó de las manos y dejó una línea negra en el pupitre. Su respiración era agitada. Su rostro ruborizado brillaba por la excitación. La sangre nos ardía, y sin pensar me levanté la túnica. Ambos perdimos toda prudencia. Arabella tenía algo que me nublaba la razón.

De espaldas a mí, se inclinó sobre el pupitre. Notaba que su deseo era ya tan incontenible como el mío y la penetré con fuerza. La madera crujió. Estábamos en peligro de muerte, pero percibir el húmedo calor de su interior me enloqueció. Ella se sentía igual cuando se volvió para mirarme y pedirme que siguiera.

Asido a sus caderas, la embestía con ansia febril. Ella se aferró a los bordes de la mesa al tiempo que respiraba agitada y susurraba algo incomprensible para mí. Fue una locura transitoria, un celo desatado que la razón no podía traspasar. El clímax nos alcanzó muy pronto, potente como un rayo. Fue una explosión que nos hizo temblar conforme el viejo pupitre traqueteaba de manera peligrosa. Al fin me dejé caer sobre su espalda y la rodeé con fuerza mientras nos estremecíamos y nuestras respiraciones, ya profundas, se mezclaban.

Arabella fue la primera en recuperar la razón. Se separó de mí y, nerviosa, comenzó a arreglarse la túnica. Tenía las mejillas sonrojadas y relucientes. Se limpió el sudor con la tela y me miró, turbada y fascinada. Había cumplido una fantasía acariciada desde hacía tiempo. Quiso salir huyendo, pero la cogí de la mano.

—Espera.

—¡No puede volver a pasar!

En realidad, lo deseaba tanto como yo, y eso me brindaba la oportunidad esperada.

—La próxima vez podríamos escondernos. Allí hay una puerta. —Señalé el acceso cerrado del segundo *scriptorium*—. Si consiguieras la llave... Sería más seguro.

Ella frunció el ceño. Había sido demasiado directo, y receló.

—¿Te interesa ese sitio? —Me vio turbado y se escamó—. ¿Sabes lo que hay ahí?

Agobiado, la besé para evitar responder. Era imposible acceder sin la llave, y sólo Arabella podía cogerla del anillo que Milano llevaba encima. Por un momento lo vi posible, si bien, para mí, la esposa de mi captor era una completa desconocida.

Arabella, con mis labios en los suyos, miraba la puerta por encima de mi hombro, preguntándose la razón de mi propuesta.

Me asusté y le cogí el rostro para hablarle, pero oímos pasos en la escalera. La respiración fatigada delató al propio Milano. Fue como un mazazo. Arabella abrió los ojos aterrada y le señalé un rincón en sombras.

Cuando el falsificador apareció en el quicio de la puerta, me encontró concentrado en el pupitre. Me volví y vi su rostro iracundo. Estaba tan furioso que derramaba el aceite del candil. Tuve que esforzarme por parecer tranquilo.

—¿Qué haces aquí, Guillem? —inquirió receloso.

—El documento, ¿no lo recordáis? Está casi terminado.

Avanzó y se quedó plantado.

—¿Y el capataz?

—Ha subido —dije simulando indiferencia.

Sus ojos refulgieron de cólera. Respiraba ansioso.

—¿Ha estado aquí mi esposa? —Me miró fijamente.

—No. —Me enfrenté a su mirada—. Estoy solo, señor.

—¿Dónde estará esa furcia? La huelo... —rezongó. Parecía a punto de sufrir un ataque de ira—. Y tú... ¿no estás demasiado acalorado para el frío que hace aquí?

Me escudriñó, enfermo de celos. Arabella se hallaba justo detrás de Milano, pegada al muro, encogida de terror. Aprovechó para deslizarse hacia la puerta. Cometí el error de mover mis pupilas, y el hombre lo percibió. Comenzó a volverse. El miedo me hizo reaccionar y, sin pensarlo, le cogí el brazo.

—Mirad, Milano. ¡Contemplad el mejor trabajo de mi vida!

—¿Qué haces? —gritó hosco, y me apartó a golpes, iracundo.

—¡Es excelente! —insistí reclamando su atención.

Cuando se zafó de mí y se volvió, no había nadie a su espalda. Sentí que mi pecho se liberaba, y aguanté sus improperios y nuevos golpes. Estaba fuera de sí. Al final se marchó en busca de su bella esposa.

Me dejé caer en el suelo, exhausto y con el pulso acelerado. Me había arriesgado a seducir a Arabella y casi nos cuesta la vida. Ahora sólo esperaba que siguiera interesada por mí. Debía escapar de allí sin demora, con la falsificación o sin ella.

El día más oscuro

Pasaron tres días y llegó la fecha en la que los rumores vaticinaban la venganza de los estudiantes. Incluso en aquel agujero se notaba la tensión, y los esclavos no podían mantener la boca cerrada. Aunque no hubiera una declaración pública, dijeron, la actividad en los mercados de Bolonia había cesado, los cambistas no habían sacado los bancos a la plaza y los talleres sellaban puertas y ventanas con tablones para evitar el pillaje.

El enviado del Vaticano, el cardenal Lotario de Segni, había amenazado con la excomunión a cualquier estudiante que empuñara la espada, pero yo sabía que las facciones se atacarían con máscaras para evitar que los identificaran. La incertidumbre que corría por Bolonia era si el comunal intervendría y si el conflicto se extendería a otras ciudades.

Quien había sembrado el caos lo había hecho bien.

Poco después del amanecer, Milano reunió al servicio. Era la primera vez que yo salía al patio palaciego de la casa. A pesar del frío, me sentó bien respirar aire fresco. Una docena de hombres y mujeres nos colocamos en fila bajo la arcada. A la luz del día admiré la suntuosidad y el colorido de los azulejos. El agua de la fuente de mármol estaba congelada.

—Vamos a resguardar la casa por si los ataques llegan a la judería —anunció Milano, enfundado en una extraordinaria capa de pieles de zorro—. Sellad las ventanas y subid piedras al tejado para lanzarlas a quien intente entrar.

Siguió dando órdenes, pero apenas le presté atención. En la galería estaba Arabella, flanqueada por dos sirvientas. Aunque se mostraba indiferente, me dirigió un disimulado gesto de afirmación con la cabeza. Me pareció que quería verme. Sin embargo, no nos resultaría fácil vernos a solas.

Ese día los copistas cambiamos la pluma por el martillo y nos unimos a la pesada tarea de acarrear tablones y piedras. Moverme por la casa aumentó mi frustración. La puerta estaba cerrada a cal y canto; no había manera de escapar.

Fue una jornada extenuante, y al atardecer, cuando nos ordenaron regresar al desván y esperar, una sirvienta muy joven se me acercó. Parecía asustada.

—Por si alguien entrara en la casa esta noche, la *domina* ordena guardar las tintas y las vitelas al otro lado de la puerta remachada —me indicó con disimulo—. Bajad ahora.

Una vez que los ancianos subieron al desván, me precipité hacia el sótano sin que nadie me viera. Las velas estaban apagadas y reinaba la oscuridad, pero la puerta con los remaches oxidados tenía un resquicio del que surgía un tenue resplandor.

El taller prohibido estaba abierto y sin vigilancia. Avancé con el corazón desbocado. Podía ser una trampa, pero Milano no era tan sutil. Al llegar al quicio, una mano me atrajo hacia el interior.

Era una estancia pequeña y sin ventilación, con un único pupitre. Olía a pergamino viejo y a cera. Arabella cerró la puerta y se abalanzó sobre mí. A pesar del riesgo, sus besos apasionados encendieron mi deseo. Nos quitamos la ropa uno al otro excitados y nos amamos con ansia desatada, conteniendo con dificultad los jadeos. Fue un estallido de locura. Me arañó los hombros mientras cabalgaba sobre mí y me mordió el cuello para sofocar los gemidos finales.

Desnuda sobre mí, sonrió y sus ojos melosos brillaron de dicha.

—Mi esposo ha salido a cerrar un negocio, pero no tardará mucho. —Miró alrededor—. Esto es lo que querías, ¿no es así, Robert de Tramontana? Entrar aquí.

—Ya sabes mi nombre real —dije inquieto.

—Responde... —Sin rastro de candor, me miraba ceñuda.

Decidí no mentirle. Fue una intuición.

—Es cierto, Arabella. He arriesgado mi vida para entrar aquí, pues hay algo que podría poner fin al conflicto que sufre la ciudad ¿Cómo has sabido quién era?

—¡Todas las mujeres de Bolonia se han fijado en tus ojos! Fue fácil seguir tu rastro. De hecho, me extraña que Milano aún no lo sepa, puesto que indaga sobre su gente. —Sonrió ladina—. El viejo fofo está perdiendo facultades. Por cierto, mis preguntas me llevaron hasta una importante amiga tuya... ¿A ella también la sedujiste así?

La miré estupefacto. Arabella se comportaba en la casa con la timidez de una doncella sacada de un monasterio. No obstante, acababa de descubrir que no era una timorata atrapada en las garras de Milano. Engañaba para sobrevivir o para gozar, y lo hacía bien.

Estaba desconcertado. No sabía por dónde empezar a explicarme, pero no hizo falta.

—Novella Gozzadini me lo ha contado todo —dijo mientras nos vestíamos—. Creo que eres el hombre más audaz de toda la ciudad... o quizá el más inconsciente. A mi esposo matar no le supone más esfuerzo que escupir.

—Te lo agradezco, Arabella. —Le coloqué un mechón castaño detrás la oreja—. Busco un documento que debe de estar aquí.

—Si es así, resultará difícil encontrarlo. Y no pienses en poder sacarlo. Esta casa es peor que la cárcel del comunal.

Llevaba allí dos semanas y sabía que era cierto. Además, había miles de pergaminos apilados en montones y, encima, ignoraba el aspecto del pergamino falseado.

Arabella esperaba saber más de la locura que había cometido, bien para contárselo luego a Milano, bien para tomar una decisión. Decidí ser sincero.

—Creemos que el conflicto es una maniobra para esconder una falsificación que se redactó en el palacio de Canossa y se trajo aquí para oxidar la tinta y que pase por un texto antiguo. Vine para recuperarlo, pues tal vez eso podría delatar al culpable y detener la guerra. Muchas vidas están en juego, además de las universidades.

—¿Por qué te has arriesgado, Robert? Y no me digas que es por salvar Bolonia.

Me miraba con atención. Quería asomarse a mi interior, conocer mis heridas y mis sombras.

—Comencé este viaje viendo a mi madre morir en un incendio, y me ha costado mucho llegar hasta aquí. Sólo busco encontrar sentido a mi extraña vida.

Arabella acarició mi fina barba. Sus ojos temblaron emocionados. Hasta caer en las garras de Milano, no había tenido una vida fácil, lo intuía.

—¿Te gusta Novella Gozzadini? Yo creo que ella está enamorada de ti aunque no se permita ni pensarlo. Las ojeras de tanto llorar se ven a una milla. Cuando hablé con ella y supo que vivías, se hincó de rodillas ante mí para suplicarme por ti. ¡Imagínate!

La miré consternado. Me resultaba difícil imaginar así a la altiva Novella. La esperanza se abrió paso, y hablé con la sensación de que mi vida dependía de la respuesta que diera a Arabella.

—Novella es una estudiante de Derecho como yo, ¿no lo sabías? —Al ver un destello de interés en sus ojos seguí—. He conocido a otras mujeres en mi vida, y quizá es verdad lo que dices. Sin embargo, Novella jamás cederá al ruego de su corazón.

A Arabella le hizo gracia mi forma de expresarlo, aprendida de Salomé.

—Aún no has respondido a mi pregunta. Quiero saber a quién amas.

Le acaricié los hombros hasta el inicio de sus pechos generosos.

—En Bolonia sólo he conocido a una mujer, y eres tú. Deseo hacerlo mil veces más, pero mi corazón está lejos de aquí, en un lugar llamado Olèrdola, en Catalonia. Se llama Blanca, la casaron a la fuerza y ni siquiera sé si aún vive.

Decirlo en voz alta me emocionó más de lo que esperaba. Me dolió. Noté la mano de Arabella en mi mejilla. Había captado mi dolor.

—No sé qué me pasa contigo, Robert, pero no quiero renunciar a esto... —Pasó sus dedos por mis labios—. No tan pronto. Yo puedo curar esa herida...

—Eres la esposa de Milano.

—¡Un amante como tú debería conocer ya el secreto de las mujeres! —Su taimada sonrisa me animó—. ¡Está escrito hasta en las piedras de las iglesias!

Lo cierto era que Arabella no era una ignorante en el arte amatorio y dudaba que hubiera adquirido su experiencia con Milano.

—Desearía ser tu amante, pero necesito que hoy me ayudes —le ofrecí directo.

Tardó un tiempo en hablar.

—Prometí a Novella Gozzadini que os ayudaría. He estado haciendo discretas averiguaciones en la casa. Ese documento que buscas es el más importante que Milano ha tratado. Dicen que ni un experto copista podría negar que se escribió en el siglo VI.

—¡Dios mío! —Cada vez me sorprendía más esa joven.

—También sé que, debido a la gravedad de la situación, se ha acordado la entrega hoy a medianoche.

—¡Por eso me has hecho bajar con tanta urgencia!

—Ignoro qué contiene, pero Milano dice que su aparición dará un vuelco al conflicto entre el Papa y el emperador del Sacro Imperio y que cambiará el mundo. Sólo él y el capataz saben quién es el comprador, pero el precio son cuatro libras boloñesas de plata pura. ¡Una fortuna, al alcance de los reyes únicamente!

—¡Ayúdame a detener esto, Arabella! ¡Estoy en tus manos!

Me rodeó con los brazos y sonrió compasiva, casi maternal.

—No te inquietes, Robert de Tramontana. Novella y yo

hemos hablado hoy y tenemos un plan. Hemos previsto todo lo que ocurrirá desde que salgamos de esta cámara, pero es mejor que lo ignores, pues Milano sospecharía. Sólo tienes que hacer dos cosas.

—¿Qué cosas? —demandé ansioso y angustiado. No podía creerlo.

—Ahora amarme como si fuera la última vez y luego soportar lo que te pase; sea lo que sea. —Arabella me miró compasiva y no me gustó—. Debes resistir, Robert. Es el único modo de que mi asustadizo esposo no sospeche y haga algo imprevisto: eso sería un desastre para todos. Confía en nosotras y verás las luces tras la oscuridad...

Selló mis dudas con sus labios.

Cuando al fin nos dejamos caer exhaustos, insistí, pero no pude arrancarle ni un simple detalle del plan. La inquietud crecía en forma de tensión en mi vientre a medida que se acercaba la hora. Sabía que sería muy peligroso. La muerte rondaba la casa de Milano.

La noche de mi muerte

Estaba sentenciado a muerte. Lo vi poco antes de la medianoche en los ojos de Milano. Arabella había confesado a su esposo quién era yo en realidad y cuál era mi objetivo. Para cegar aún más su avezado instinto de comerciante, le dejó caer que había tratado de seducirla. Si hubiera sabido que unas horas antes había yacido con su esposa, yo no habría vivido ni un suspiro más.

El falsificador deseaba despellejarme vivo, pero Arabella le había explicado que los que me habían ayudado a infiltrarme eran los poderosos Gozzadini. Eso lo detuvo. Tener problemas con aquellos patricios podía ser muy malo para el negocio. No valía la pena arriesgarse por un habilidoso estudiante. Había otras maneras de deshacerse de mí eludiendo la culpa.

Me ataron a una viga del desván, y el capataz se dedicó a llenarme la espalda de cardenales. Luego, poco antes de la medianoche, supe que acompañaría a aquel hombre a una entrega. Ése era el terrible modo que Arabella había urdido para que pudiera salir de la casa. Milano dejaría mi suerte en manos del promotor de la falsificación, el mismo que había degollado a Enrico, Adso y Jacopo. Acabaría también conmigo por saber demasiado, y Milano se quitaría el problema de encima sin el menor riesgo.

Arabella me había pedido confianza, pero a esas alturas, con la espalda en carne viva, el horror me dominaba y ya dudaba de su sinceridad. Estaba mal y sin fuerzas para escabullirme en cuanto saliera de la casa. No veía la manera de evitar la muerte.

Me bajaron al patio a empellones. La oscuridad era total. Tirado sobre la nieve, comencé a temblar, agotado y desesperado. Al poco apareció Milano; sus ojos eran dos ascuas de ira cuando se asomaron a los míos para ver si ocultaba algo. Me tendió dos tablas atadas con cuero. Dentro estaba la falsificación que tantas desgracias había causado.

—Tú llevarás el documento, así me aseguro de que te maten. Lo único que lamento es no hacerlo con mis propias manos... He decidido que la entrega sea en el aula de Giovanni Bassiano del palacio de Canossa. Cuando aparezca tu cuerpo, sospecharán de alguien del *Studium*. —Su mirada era de hielo—. Si intentas huir, volverás aquí... y será mucho peor.

Se alejó unos pasos, pero regresó con la cara descompuesta. Sacó su daga y, mientras sus hombres me agarraban, me cortó el lóbulo de la oreja. Disfrutó al verme chillar de dolor. Caí de rodillas, mareado, y la sangre tiñó la nieve helada.

Los siervos me miraron aterrados. Entre lágrimas, vi al fondo a los ancianos copistas, que ya me consideraban muerto.

—Que el dolor no te impida acabar el trabajo —me espetó Milano—, aunque te llevarás este recuerdo de mí a la tumba.

Traté de detener la hemorragia con un puñado de nieve. Me obligaron a levantarme y caminé tras el capataz, que me vigilaba con la daga en la mano. Alcé la mirada hacia uno de los pequeños ventanucos del exterior de la casa y en uno creí ver el rostro angustiado de Arabella. Mi reacción fue escupir, pero el capataz me empujó.

El escozor de la herida me impedía pensar con claridad. Dado que no podría escapar y no llegaría a ver el nuevo amanecer, no se molestaron en cubrirme la cabeza para desorientarme.

Dejamos atrás el barrio judío. Había vuelto a nevar esos días y el hielo crujía bajo nuestros pies. Bolonia estaba desierta, pero se deslizaban sombras silenciosas por sus calles. El silencio era sepulcral, sólo roto de vez en cuando por algún relincho o unos tintineos de metal. Ninguno de los dos bandos se mostraba aún; sin embargo, estaban ahí, güelfos y gibelinos, apostados en las sombras de los soportales, tras las puertas de casas y talleres o vigilando desde las torres.

—Camina —gruñó el capataz.

Las gotas de sangre en la nieve pisoteada eran el rastro perfecto para encontrarme si trataba de huir.

La plaza Ravegnana estaba desierta. Alcé la mirada hacia la torre de los glosadores y me estremecí. Varias antorchas ardían en la cúspide. Luminarias que debían alumbrar al mundo en su búsqueda de justicia ardían para defenderse de un ataque. La humanidad se resistía a abandonar la senda de la sangre. En ese momento de desolación y miedo, si hubiera podido habría dejado la ciudad para siempre y con ella todos mis anhelos.

Llegamos a la puerta trasera del palacio de Canossa. Habrían pagado a algún siervo y estaba entornada. El capataz me puso la daga en un costado.

—Vamos hasta el aula del glosador. Si intentas algo, ya sabes lo que ocurrirá...

Seguí adelante, dócil. Ni siquiera pensé en gritar. Era mejor morir con el cuello abierto que sufrir la crueldad de Milano. El palacio parecía desierto, incluso abandonado. Desde que empezó la pesadilla, no se habían leído más lecciones. Oí rezos en la capilla cuando llegamos a la puerta del aula. Al verme allí de nuevo, se me aceleró el corazón. Reaccioné. Tenía que hacer algo, aunque ignoraba qué.

—Debes entrar y esperar a que llegue el comprador. Si intentas salir, te mataremos.

—¿Tú no vienes? —pregunté al capataz.

Me miró abyecto.

—Todos los que conocen la identidad del comprador han muerto y no tengo ningún interés en que sea mi hora. Me limitaré a vigilar por aquí.

Vacilé, y me pinchó con su daga para que avanzara hasta la puerta. Él mismo la abrió y, tras asegurarse de que tenía en mis manos la entrega, me empujó al interior.

El aula estaba totalmente a oscuras y en silencio; sin embargo, notaba el ambiente cargado y la intensa sensación de que me observaban, pero nadie se mostró. Aún no había llegado el misterioso comprador. Como pude, avancé en las tinieblas hasta la tarima central, rodeada por la grada. La tensión que sentía en el pecho y el dolor en la oreja eran insoportables. Desolado, caí de rodillas.

—¡Sólo deseaba salvar a mi madre! ¡Perdonadme! —grité a los espectros de generaciones de estudiantes que también soñaron en vano con mejorar el mundo—. ¿Queréis saber mi verdadero nombre? ¡Soy Robert el Condenado!

De pronto resonó un portazo. La luz trémula de un candil avanzó por el aula a oscuras. Lo sostenía una figura encapuchada. Debía de haber oído desde fuera mi lamento.

—Muy loable, mi querido Robert, pero en realidad se te recordará por ser quien recuperó un documento destinado a alterar el curso de la historia.

Presencias silenciosas

En el aula de Giovanni Bassiano contemplé sobrecogido aquella figura en medio de las tinieblas. Durante semanas, había especulado sobre el interés oculto de aquellos crímenes. No sólo habían muerto un artesano, un monje y un traductor, sino que, además, la noche del ataque al palacio cayeron siete estudiantes y hubo varios heridos. También los ciudadanos de Bolonia habían sufrido bajas.

Tanta sangre me había hecho pensar en la bestialidad del desconocido autor, en la negrura de su alma sin escrúpulos, sin duda preso de un furor infernal. Por eso, me quedé paralizado al reconocer la voz del recién llegado. Incluso me olvidé del dolor de mi oreja. No me había preparado para el zarpazo de la traición.

—Tommaso Lupo —lo nombré, sobrecogido.

La luz del candil reflejaba su mirada fría. Le disgustaba verme allí por lo que implicaba.

—Debiste morir en la cárcel del obispo. Tu insistencia resultaba incómoda, Robert. Al fin apareces y ahora lo entiendo todo. Me extrañó que Milano propusiera este lugar para la entrega. Supongo que te quiere muerto sin mancharse las manos. Un hombre astuto.

—¿Por qué vos? —Mi voz resonó temblorosa. Me costaba asumirlo.

Después de Novella, el rector de la cismontana y diplomático Tommaso Lupo era la persona en la que más confiaba. Había estado a mi lado en la muerte de Martí de Ripoll, y en Bolonia había sido mi padrino. Todo se lo debía a él.

—Te aseguro que habría preferido mil veces que no fueras tú, pero hay cosas que están por encima de nosotros, Robert.

—¿Para qué necesitáis esta falsificación? —Agité las tapas de madera.

—Es difícil explicar el alcance del documento que tienes en tus manos.

De pronto, una voz potente resonó en las tinieblas. No estábamos solos en el aula.

—¡Deberíais intentarlo, rector! Para que todos podamos oírlo.

Di un respingo y Tommaso también se sobresaltó. La sensación de opresión se hizo más intensa. El rector se olvidó de la entrega y de mí, apagó el candil de un soplido y retrocedió hasta la puerta. Entonces oí el siseo de unas espadas al abandonar la vaina.

—¡No podéis salir, rector Tommaso Lupo! —clamó una voz firme.

La tribuna ante mí crujió. El corazón me brincó. Había gente en ella.

—¿Qué es esto? —gritó Tommaso con voz atiplada—. ¿Quién está ahí?

—Bolonia.

En la grada apareció la luz de un pequeño farol que debía de haber estado cubierto hasta ese momento. Lo sostenía una figura oscura, con una máscara de calavera. Luego aparecieron más luces en los cuatro niveles. La escena me cortó el aliento. Toda la tribuna estaba llena de figuras encapuchadas, silenciosas como los espectros que había imaginado al entrar. La mitad de ellas portaban la siniestra máscara de los ciudadanos y la otra mitad llevaban las caretas de cera blanca que los estudiantes habían confeccionado unas semanas atrás. Las dos comunidades que compartían la ciudad de Bolonia ocupaban el graderío.

Entonces comprendí las palabras de Arabella: eran las luces tras la oscuridad. Ella y Novella habían urdido aquel extraño encuentro al que Milano me había conducido sin preverlo. Sentí que renacía la esperanza. La joven Gozzadini debía de ser uno de los enmascarados, pero todos permanecían inmóviles, como un implacable tribunal a la espera de conocer los hechos.

Alguien encendió un pebetero. Detrás de mí apareció un pequeño grupo que había estado oculto debajo de la grada. Eran el obispo de Bolonia, Gerardo de Gisla; el cardenal Lotario de Segni, a quien había conocido en la torre Gozzadini; los cónsules de Bolonia; mi rector, Bernardo Compostelano; y el *magister* Giovanni Bassiano. Las autoridades de la ciudad y de la *universitas* contemplaron con severidad al rector Tommaso Lupo.

—¿Qué diabólico ritual es éste? —clamó acorralado.

—El falsificador Milano también ha sido engañado, rector —señaló el maestro Bassiano con firmeza—. Habéis caído en una trampa.

—Es un juicio —terció el obispo, muy serio—. Se os acusa de tramar un ardid para aspirar a ser elegido Papa de la Iglesia.

La acusación me dejó desconcertado. Sin duda, en mi ausencia habían ido atando cabos. Tommaso era ambicioso, pero me costaba creer que hubiera cruzado todos los límites para alcanzar aquella meta. No era el hombre afable que conocí en León.

—¡Eso es absurdo! —gritó.

—Sois el predilecto del papa Celestino III y pronto se os nombrará cardenal —dijo Lotario de Segni—. Que aspiréis al solio papal no es reprochable, ¿qué prelado no lo desea? Pero es difícil sin las alianzas adecuadas, y los Lupo no las tienen en el seno de la Iglesia.

—Únicamente soy un clérigo estudiante sin más aspiración que servir a la Iglesia de Dios.

Se elevó un quedo rumor en la grada.

—Sois astuto —repuso Giovanni Bassiano—, y cuando aparecieron los originales de Beirut, visteis al fin la posibilidad de cumplir vuestras aspiraciones.

—¡Sólo son viejos pergaminos de Derecho! No es cosa de la Iglesia.

—Así es, pero las vitelas plasman la voluntad de un emperador romano escrita con tinta imperial. Nadie cuestiona la autenticidad de su contenido, sea el *Digesto* u otro documento que, oportunamente, aparezca entre las páginas del legajo…

—¿Qué estáis diciendo?

—Robert de Tramontana lleva entre las manos una vitela escrita en griego antiguo redactada por Jacopo de Verona y copiada por Adso de Reims al estilo del siglo VI, con tinta púrpura que Enrico de Volterra elaboró. Tras un proceso de envejecimiento de la tinta puede que parezca auténtico, pero no lo es. Su contenido es falso.

—Me temo que habéis perdido el juicio —replicó Tommaso, cada vez más nervioso.

—¡No mintáis más! —estalló Bassiano—. Conocemos al cambista de Bolonia que os ha financiado las cañadillas para elaborar la púrpura y las libras de plata con que pagar al falsificador. Estáis aquí para recoger el encargo, pero vais a responder por las muertes de inocentes que habéis causado.

A pesar de mi estado, apreté los puños para contener el ansia de abalanzarme sobre Tommaso. Si la acusación era cierta, su ambición había originado toda aquella tragedia. Los enmascarados pensaban como yo, y con los pies hicieron retumbar la grada. Tommaso se estremecía, pero la ira y la vanidad le impedían ceder.

—¡Si esto es un juicio, probad lo que decís, *magister* Bassiano!

—Con ayuda de algunos alumnos, he dedicado estos días a meditar la razón de los crímenes, aunque ha sido Novella Gozzadini quien ha sabido reunir las pruebas y disponer este juicio. Pensábamos que sólo pretendíais silenciar a los autores de la falsificación, pero la verdadera razón era avivar la llama del conflicto entre la Iglesia y el Sacro Imperio Romano Germánico, con asesinatos y provocaciones. En vuestra mente, toda esa sangre estaba justificada para mayor gloria de Dios…

—¡Absurdo!

—¡Tommaso Lupo, no lo neguéis! Vos solo o con ayuda de otros degollasteis a Enrico de Volterra y colocasteis el cuerpo en la plaza para provocar a los ciudadanos. Adso murió porque quería confesar. Quizá lo degollasteis vos mismo, durante la refriega aquella noche, y luego dejasteis entrar a varios atacantes para enardecer más a los estudiantes.

Me hervía la sangre, pero una mirada de Bassiano me detuvo. Era momento de mantener la calma para derribar al rector.

—La chispa para encender la guerra fue la muerte de Jacopo justo antes de firmar la concordia, con la rosa blanca de los güelfos —añadió el maestro glosador—. Una muerte que ordenasteis a algún esbirro para evitar que os relacionaran cuando el documento apareciera.

—¡Ya basta! —El miedo comenzaba a dominar al rector—. ¿Qué motivos tendría yo para desatar este caos?

—Uno muy loable. Detenerlo... Aparecer como el paladín de la Santa Sede y parar el conflicto en su punto álgido con el hallazgo de un documento. —Bassiano alzó la voz enfático, como hacía durante sus clases para grabar en nuestras mentes algún brocardo jurídico—. He meditado mucho y digo que sólo hay un texto que puede poner fin a esta guerra, para siempre. De hecho, salvo los Santos Evangelios, ¡no existe en el orbe otro escrito más trascendental que el que ahora sostiene Robert de Tramontana... si no fuera falso, claro está!

Aquello desató un clamor en toda la grada.

—¡Maldito seáis, Bassiano! —espetó Tommaso Lupo con una profunda cólera.

—Ha llegado el momento. Robert...

Aturdido por el giro de los acontecimientos, no me moví, pero Bassiano me arrebató las tablas y desató las cintas. El pergamino reescrito estaba protegido entre dos vitelas nuevas en blanco. El documento, reseco y quebradizo, con la grafía griega en tinta púrpura mortecina, resultaba difícil de leer. Era indistinguible, un trabajo perfecto.

Giovanni lo leyó en silencio. Dominaba el griego clásico.

—Pero ¿qué vale tantas muertes? —demandó el cardenal Lotario con impaciencia.

El maestro se tornó lívido. Me corroía el ansia por descubrir el secreto. Había sufrido mucho por aquello.

—Sólo una cosa. —Al fin Bassiano levantó la vitela para mostrarla a todos—: El poder absoluto, ¡el *dominium mundi* por el que compiten el Papa y el emperador! ¡Como me temía, este documento es la *Donación de Constantino*!

Se elevó un clamor de sorpresa e incredulidad al que me uní. Aunque fuera un payés, entendía la dimensión de la conjura. El relato sobre el misterioso documento era una leyenda conocida en todo el orbe. Los sacerdotes se referían a ella en homilías y concilios para reafirmar la supremacía de la Iglesia.

Cuando se logró imponer la calma, el maestro quiso recordarlo para todos:

—En el año 313, el emperador Constantino el Grande se curó de la lepra y se convirtió al cristianismo por intervención del papa Silvestre I. Según la leyenda, Constantino, movido por la fe, redactó un documento mediante el que le hacía donación al Papa de todas las iglesias de Oriente y Occidente, con las insignias y los honores imperiales. Además, le entregaba a perpetuidad la ciudad de Roma, todas las provincias de Italia y las regiones de Occidente, con sus lugares y ciudades. —Inspiró profundamente—. En definitiva, Constantino donó a la Iglesia el poder terrenal y todo su imperio, lo que ahora son los reinos de Europa. Según este documento, la Iglesia, con el Santo Padre a la cabeza, es la *domina* de todo el orbe y está por encima del emperador y de cualquier gobernante. ¡Sin embargo, es una falsificación!

—¡No tengo nada que ver con ese pergamino! —se excusó Tommaso.

Lotario de Segni tomó la palabra. Su rostro mostraba una gran consternación.

—Hay copias de la *Donatio Constantini* en el Vaticano, pero son dudosas. ¡Nadie habría discutido la autenticidad de una que proviniera de la *Nutrix Legum* imperial de Beirut! ¡La Iglesia habría estado por encima de cualquier Corona, para siempre!

Tras tanta vehemencia, noté que Lotario admiraba la idea de Tommaso y lamentaba que se hubiera hecho pública la falsificación, pues habría podido aprovecharse.

El obispo de Bolonia se acercó al acusado. Estaba decepcionado. Ambos eran amigos y cada semana se sentaban juntos a la mesa para despachar asuntos del *Studium*.

—Pretendías sacarlo a la luz en medio de un baño de sangre para aparecer como un elegido de Dios, y sólo era el principio, pues un privilegio así sin duda sería recompensado por la curia vaticana... ¡Quien posea ese documento será Papa!

Los enmascarados comenzaron a golpear la grada. El ruido resonó atronador y no cesó hasta que el cardenal Tommaso Lupo, abrumado, inclinó la cabeza.

—¡Basta! Que Dios me perdone...

—¿Reconocéis que todo es cierto? —demandó el cardenal Lotario, ansioso.

Tommaso cedió y asintió abatido. Fue como si la tensión acumulada me consumiera las fuerzas y estuve a punto de desplomarme. Sentía la amargura de la traición.

—Cuando Robert me mostró el legajo, Satán me tentó —confesó. Sus manos temblaban ante el esfuerzo—. ¡Era un milagro que aquellos pergaminos hubieran llegado hasta nosotros! ¡Muchos prelados temían que completar el *ius commune* perjudicara los intereses de la Iglesia, pero yo vi que era un regalo de Dios! Si hacía creer que también había aparecido la verdadera *Donatio Constantini*, traería la sumisión definitiva de todas las coronas a la mitra papal. Lamenté las muertes causadas, pero Dios me perdonaría si terminaba con una guerra que podría durar siglos —suspiró. Parecía sincero. Aun así, yo no iba a excusar sus crímenes—. La elección como Santo Padre ya es cosa de los cardenales; yo sólo quería el bien de la Iglesia.

—Os falta conocer mejor la naturaleza humana, Lupo —señaló Bassiano, conmovido—. Habríais sido Papa sin duda, pero no habríais traído la paz. La ambición es un fuego inextinguible. Intentar someter al emperador y a los reyes sería causa de más guerras y miseria. Sólo la *iustitia* y la *aequitas* pueden traer concordia.

Giovanni Bassiano guardó el documento falso entre las vitelas y me lo entregó.

—Quémalo todo, Robert de Tramontana. Tú trajiste el tesoro de Beirut y te corresponde liberarnos de esta conjura. Así dejarás de ser Robert el Condenado.

Él también había oído mi clamor en la oscuridad, pensé avergonzado. Me acerqué al pebetero con las hojas. Tuve un pálpito, y tomé una decisión arriesgada. Me coloqué de espaldas a la grada y dejé caer al suelo la *Donación de Constantino*. Después me aparté para que vieran las llamas. Las vitelas en blanco se redujeron a cenizas, mientras que el pergamino estaba oculto bajo mis pies.

—Tommaso Lupo —intervino el cardenal Lotario, afectado ante la pérdida—, seréis conducido al Vaticano y el Santo Padre os juzgará por este hecho incalificable.

Los soldados del obispo se llevaron al rector y los presentes vaciaron el aula sin desenmascararse. Aproveché para coger del suelo la falsa *Donación de Constantino* y la escondí debajo de mi camisa sin saber muy bien por qué lo hacía. Me había costado parte de la oreja.

Cuando el aula estuvo vacía, se aproximaron a mí Azzo Soldani y Nicolò Furioso, sin máscaras, y luego Bernardo Compostelano. Lamentaron hallarme en aquel estado, con el hombro cubierto de sangre, y, emocionado, los abracé con fuerza. Había llegado a pensar que no los vería de nuevo. Poco después apareció Novella, aún aturdida por todo lo vivido. Me ofreció la mano, comedida, y la abracé a pesar de lo tensa que se puso. Aun así, la oí suspirar aliviada.

Quizá Arabella tenía razón y Novella sentía por mí más que afecto; el tiempo lo diría.

—Gracias —le susurré al oído—. El plan era horrible, pero ha funcionado.

—Sospechamos que el responsable podía ser Tommaso Lupo al poco de que desaparecieras. Confiado, pidió varios préstamos a su propio nombre; una suma exorbitada. Han sido días angustiosos hasta que Arabella, que para todos es la esposa de un respetable librero llamado Luca de Nápoles, fue preguntando a otras damas por un joven de ojos muy claros. En Bolonia nos conocemos todas, y cuando una sierva me lo explicó, contacté con ella. ¡No podía creer que su esposo fuera Milano!

—Se lo contaste todo —indiqué emocionado.

—Intuí que la habías elegido para tratar de escapar. Arabella detesta que la engañen, le gusta que la respeten. Si nos ha ayudado ha sido por decir la verdad y porque has removido algo en ella. Sabía que Milano sólo te dejaría salir de la casa si estaba convencido de que morirías antes de poder delatarlo. Juntas decidimos cómo efectuar la entrega para detener al promotor y salvarte. Hacerlo ante testigos era la manera de parar la guerra, y fue ella la que se encargó de sugerir a Milano el lugar donde convenía que apareciera tu cuerpo. —En sus ojos vi un combate por dominar los celos—. Tuviste suerte de conocerla. ¡Habéis evitado una guerra!

Toda la emoción se agolpó en mi interior y rompí a llorar. Ellas dos me habían salvado, pero no sabía si volvería a ver a Arabella, y lo lamentaba. Novella pareció advertir aquel deseo y bajó el rostro.

La llegada del maestro Giovanni Bassiano me devolvió a la realidad. Me abrazó con fuerza. No esperaba aquel gesto. Era la primera vez que me mostraba afecto.

—En verdad eres un digno sucesor de Martí de Ripoll. Sólo él habría cometido las mismas locuras que tú.

Aunque agradecí las palabras, tenía una dolorosa espina clavada.

—¿Por qué me habéis rehuido todo este tiempo? —le pregunté afectado. Necesitaba saberlo y el dolor en la oreja me hacía perder las formas.

—Eres un recuerdo doloroso —dijo esquivo—. Algo olvidado.

—Martí siempre hablaba de vos como su amigo del *Studium*. Aseguraba que erais el mejor glosador de su segunda generación. Os veneraba. ¿Qué ocurrió?

Los ojos de Bassiano se llenaron de lágrimas y lo entendí todo. No podía cerrarme su alma por más tiempo, no después de todo lo que había sufrido, y me llevó aparte.

—Nos sorprendieron, en este mismo palacio —confesó apocado. Lo que había aprendido de ellos estaba por encima de cualquier prejuicio, y ante mi gesto comprensivo se atrevió a seguir—. Estuvimos en peligro de muerte por sodomitas. Cuando se marchó en busca del resto del *Digesto*, le rogué que regresara, pero me dijo no iba a hacerlo, que no podríamos refrenar lo que sentíamos y eso nos llevaría al final a la hoguera. Me prometió que, si lograba encontrar los libros perdidos, alguien los traería en su nombre. Han pasado muchos años... No obstante, tu inesperada llegada hizo renacer en mí, de golpe, todo el dolor de su ausencia. No podía mirarte sin verlo y revivir nuestra última discusión.

—Martí no os recordaba con dolor, al contrario.

—Era especial, de corazón bravo —dijo apocado—. Me contaron que murió muy lejos de aquí. ¿Lo hizo con dignidad?

Le expliqué lo ocurrido en la curia regia de León y se emocionó.

—Era nuestro sueño como futuros juristas, la participación del pueblo en sus leyes —adujo afectado—. Nos prometimos lograrlo en algún lugar, allá adonde fuéramos.

Bassiano me abrazó con fuerza otra vez. Abrazaba lo que veía en mí de Martí de Ripoll, y cuando se alejó intuí que se había liberado de un terrible peso. Me sequé las lágrimas y regresé con los demás.

Salimos del aula. El dolor de la oreja me resultaba ya insoportable y necesitaba curármela. En el patio me asaltaron Novella y su tío, el cardenal Lotario.

—No te preocupes por Milano —dijo Novella—. Mi padre llegará a un acuerdo con él. Le conviene dejarte en paz, pues sabes demasiado, pero tú has de mantener el secreto de sus actividades si no quieres aparecer flotando en un canal.

Asentí sin dudar. Durante mucho tiempo viviría vigilando mi espalda.

—Por cierto, ¿dónde lo tienes? —demandó con los ojos entornados.

—¿De qué hablas?

—No has quemado la *Donatio Constantini*... ¿Por qué te la has guardado?

Me quedé inmóvil. Nervioso. Veía los ojos codiciosos del cardenal Lotario detrás de Novella. En mi mente aparecieron más guerras y destrucción, como el maestro había insinuado. El mundo no necesitaba un único líder, sino un equilibrio de fuerzas.

—La penumbra os ha confundido. —Les mostré la oreja mutilada y la sangre sobre la capa—. Creedme, nadie más que yo deseaba reducir a cenizas esa falsificación.

Me escabullí con mi secreto hacia la buhardilla de los estudiantes pobres y oculté el pergamino debajo de unas tablas del suelo.

Las campanas anunciaban la tregua y me asomé a una ventana. Se encendieron hogueras, y grupos de estudiantes salieron a celebrar la paz. Pronto la celebración se extendió a otras partes de Bolonia.

Desde allí distinguí a Paulo el Largo, el goliardo, saltando en medio de un coro y reconocí muchos otros rostros. Grité, y Azzo y Nicolò Furioso alzaron sus jarras hacia mí. Si lograba que me vendaran la herida de la oreja y me dieran algún bebedizo de sauce para el dolor, tal vez me uniría a la celebración.

A pesar de todo el sufrimiento y el miedo pasado, me sentía jubiloso. Las clases se retomarían y seguiría mi periplo en el *studium* de Derecho Civil de Bolonia.

Por el camino habían quedado muertos, familias heridas, exaltados y violentos con deseos de venganza. Pero lo mismo ocurría en cualquier otra parte. La *Universitas scholarium* de Bolonia seguía en pie y, con el *Corpus Iuris Civilis* completo, su prestigio seduciría a reinos y ciudades.

Me sentía al borde de una nueva vida y salí a vivirla.

Legum doctor

Bolonia, día de la Natividad del Señor de 1195

A pesar del intenso frío invernal, cientos de curiosos llenaban la plaza Mayor de Bolonia. También el interior de la catedral estaba atestado de estudiantes y ciudadanos. Sobrecogido, observé la muchedumbre. Había sido espectador de aquel ritual los cuatro años anteriores. Pero ese día por fin era yo quien estaba sobre la palestra, delante del tribunal que presidían el obispo Gerardo de Gisla, los rectores y cuatro maestros glosadores, entre ellos Giovanni Bassiano y la última incorporación, mi amigo Azzo Soldani.

La muchedumbre escuchaba la declamación, las *quaestiones* y la *disputatio*. Eran conflictos teóricos para resolver conforme al *Corpus Iuris Civilis*, en los que me había dejado el alma y cuatro años de mi vida. A mi lado estaba Nicolò Furioso y el gallego Bernardo Compostelano, a quienes había alcanzado curso a curso. Éramos doce los estudiantes que habíamos superado los exámenes de la última parte del *ius commune* ante el claustro de maestros y ahora afrontábamos el examen público en la catedral.

Pensé en Novella Gozzadini, en sus lágrimas de pura rabia. Estaba en la grada lateral entre las damas jóvenes de la burguesía boloñesa, presenciando la prueba. Le habían permitido realizar el examen previo a puerta cerrada, sólo ante maestros glosadores. Su defensa había sido brillante, a la altura del propio Azzo y mucho mejor que la mía, pero una mujer no podía optar a la licencia. Ni siquiera su influyente padre logró eludir la prohibición para complacerla. Novella tenía vetada la prueba final ante el obispo y la ciudad de Bolonia. Para ella no había sido ninguna sorpresa, aunque no por ello disminuía su frustración.

Tras la defensa de cada uno, que duró horas, el tribunal debatió en voz baja. Habíamos estado horas de pie y el frío y la humedad nos calaban hasta los huesos, pero yo sentía el corazón a punto de estallar. El templo y la plaza permanecían en silencio cuando el obispo por fin habló:

—Robert de Tramontana.

Se me erizó el vello. Di un paso al frente y saludé con reverencia al tribunal. El obispo Gerardo de Gisla me miró profundamente. Conocía bien mi periplo y cuanto había vivido desde que salí de un remoto rincón del condado de Barcelona.

—*Legum doctor.*

Se me aflojaron las piernas. La plaza estalló en un potente vítor. Me tapé los ojos cuando afloraron las lágrimas y pensé en mi madre, Oria, en mis maestros Guillem Climent y Martí de Ripoll, en los foristas de Jaca y en todas las personas que había dejado atrás para estar allí.

Uno a uno, el obispo nombró a los demás. Queríamos dar vítores de alegría, pero aún faltaba una parte. Cuando, en pie, tomó la cruz de plata, todos los congregados inclinaron la cabeza.

—¿Jurisprudencia es...? —nos preguntó a voz en grito.

—El conocimiento de las cosas divinas y humanas, la ciencia de lo justo y de lo injusto —respondimos como uno solo.

—¿Los preceptos del Derecho son...?

—Vivir honestamente, no causar daño a otro y dar a cada uno lo suyo.

Gerardo de Gisla nos miró con expresión solemne y asintió.

—Estas palabras del libro I del *Digesto* las escribieron hace siglos sabios juristas. ¡Serán las que rijan vuestra vida a partir de hoy allá donde el oficio os lleve!

Uno a uno, juramos ante la cruz cumplir tales preceptos.

—Ahora se os otorgará la *licentia ubique docendi* de la Iglesia para que podáis enseñar estas materias en cualquier rincón del orbe cristiano.

Nuestra vida como estudiantes de la *Universitas scholarium* de Bolonia había concluido. La tensión acumulada durante los meses de preparación de las últimas pruebas se convirtió en un estallido de júbilo del que se contagió toda la comunidad de estudiantes y que duraría hasta el amanecer.

Aún con el corazón palpitante y ronco de cantar y gritar en la plaza Ravegnana, llegué a la tienda de sedas exóticas que estaba cerca de la puerta de San Cassiano. El tendero me miró artero cuando pasé entre las montañas de bellas telas, escandalosamente caras.

—Tenemos algo más exquisito en el interior. Por favor, entrad.

En cuanto crucé el dintel, unos brazos me rodearon. Le abrí la capa y contuve el aliento al ver su cuerpo desnudo. Le recorrí la espalda mientras nos besábamos y no tardé en sentirme tan excitado como ella. Arabella se había propuesto que tuviéramos un encuentro inolvidable.

El tendero echó a los siervos y cerró las puertas para que nadie entrara. Entre cojines de seda y velas nos amamos hasta el límite de nuestra imaginación febril.

Arabella no era la joven que había conocido durante los angustiosos días que había estado encerrado en la casa de Milano. Incapaz de dejar atrás lo ocurrido en el taller, seis meses más tarde contactó conmigo a través de una esclava. Cuando me citó en aquella tienda, no dudé en acudir, a pesar del riesgo; yo también la había anhelado más de lo que quería reconocer. Desde ese momento, habíamos sido amantes de manera esporádica, compartiendo el deseo y nuestros avances en la vida.

Arabella tenía dos hijos de los que nunca hablaba conmigo. Ni siquiera me permitía preguntarle si podían ser míos. Sabía muy bien cómo conducir su vida e iba camino de convertirse en una respetable matrona de Bolonia. Para todos, era la esposa fiel de una mole de carne que vendía manuscritos y breviarios. Milano el falsificador seguía siendo una incógnita en la ciudad. Novella y yo éramos los únicos, aparte de Arabella, que conocíamos su identidad, pero denunciarlo habría supuesto el fin para esta última, así que callábamos.

La bella esposa, aunque no tenía intención de renunciar a la vida regalada que Milano le proporcionaba, era apasionada y le gustaba vibrar con el placer de la carne. No era menos feliz que otras mujeres que habían podido casarse enamoradas. Manejaba a su detestable esposo y vivía con holgura. Me tenía a mí y había tenido otros amantes. También yo había conocido a otras jóvenes en esos intensos años, pero ninguna era como Arabella, y ella lo sabía.

Jamás hablábamos tampoco de amor. Arabella detestaba sufrir. Yo sentía por ella algo más que amistad, pero mi corazón seguía cerrado. En Bolonia, además del Derecho, descubrí que el sexo era una constante, pues implicaba insumisión y la Iglesia no lograba contenerlo. A miles de millas, entendí como nunca a la indómita Salomé.

Arabella ya sabía escribir, su segunda pasión, y a veces me leía sus poemas eróticos. Corrían de mano en mano entre las damas de Bolonia. En rincones solitarios, las curiosas lectoras aprendían el *ars amandi* y compartían fantasías irrenunciables, a pesar de las arengas lanzadas desde el púlpito. Conformaban un mundo dentro de otro mundo, y para un determinado grupo de estudiantes, eran una prueba más del renacimiento que estaba viviendo la humanidad.

No todo había sido dichoso. Habíamos sufrido epidemias, hambrunas y conflictos. Había visto morir a compañeros, otros habían renunciado o se habían visto obligados a regresar a su hogar por alguna desgracia familiar. Yo, no obstante, perseveraba sin desfallecer y, gracias a toda mi formación anterior en Barcelona y en Jaca, completé el estudio en cuatro años, aunque a veces con mucha dificultad.

Esa tarde de felicidad completa, acariciaba un pecho colmado de Arabella, que todavía daba de mamar a su segunda hija, mientras ella, con los ojos cerrados, disfrutaba del recorrido de mis dedos. Debíamos decidir si quedarnos un rato más, aun a riesgo de despertar las sospechas de Milano. Sin embargo, advertí en sus labios entreabiertos que la tarde se alargaría.

De los dedos pasé a la boca y comencé a descender besándola lentamente. A la altura del ombligo musitó:

—¿Cuándo te marchas a Barcelona, Robert?

Dudé un instante, pero Arabella detestaba los rodeos.

—Dentro de dos semanas.

—¿En pleno invierno?

No deseaba hablar de ello. Me dolía tener que decírselo, pero la decisión estaba tomada.

—Alfonso de Aragón sigue siendo mi rey y me lo ha ordenado.

—¿Y si es una trampa? Saliste huyendo de su reino.

Era extraño ver a Arabella sufrir por alguien, pero llevábamos muchos años viéndonos.

—Su carta menciona el incidente de Ripoll —le dije, pues ella ya conocía de mí incluso aquel terrible suceso—. La rebelión de los nobles terminó el año pasado y el documento considera la muerte de Arnulf de Corviu una consecuencia del conflicto. Me concede su perdón y protección, y ha levantado mi destierro. Además, ya no soy el mismo; mis conocimientos jurídicos le serán útiles.

Hacía tiempo que mantenía correspondencia con mis compañeros de Jaca, donde se sabía que estudiaba en Bolonia, pero jamás esperé recibir una carta de Barcelona. Había llegado a mediados de septiembre, en plena preparación de la prueba. La enviaba mi viejo amigo Ernest de Calonge. El muchacho del hospital de la Seu ya tenía veinticinco años. Era sacerdote y asistente del deán de la catedral.

Ernest, con su habitual sensibilidad, me informaba en aquella carta de que Blanca de Corviu estaba confinada por orden del rey en el monasterio de monjas benedictinas de Sant Pere de les Puelles, en Barcelona. Estaba muy enferma, afectada por la bilis negra. Ni las sangrías de los galenos ni las hierbas de las monjas remediaban su profunda melancolía.

El pasado regresó a mí con una rabia inesperada y me envolvió en sus sombras. Llegué a sentir de nuevo calambres en la cicatriz de la mano. Había encerrado mis sentimientos y gozado de una nueva vida en Bolonia, pero Blanca continuaba muy dentro de mí. El vínculo vital seguía firme, nacido al filo entre la vida y la muerte. La carta no decía si aún seguía casada. Ernest se había enterado de lo ocurrido entre ella y yo en el torneo de Bearne y, lejos de avergonzarse de mí, me lo comunicaba por piedad, para que rezara por ella.

Desde ese momento sentí que todo iba a cambiar. Aun así, me resistí. Tardé días en decidir si quemar la carta y permanecer tranquilo en Bolonia. Estaba a las puertas de la prueba final, había rehecho mi vida allí y me iba muy bien. Pero la angustia me devoraba y veía a Blanca en sueños. Pensé en mi maestro Guillem. Un día recibió la carta de mi madre desde Tramontana y aceptó con coraje que su vida diera un vuelco para concederme una oportunidad. Tal vez también yo podía ayudar a Blanca a quitarse el yugo que la hacía sufrir desde su nacimiento. Luego Dios dispondría de nuestras vidas.

En octubre respondí a Ernest y añadí una solicitud de perdón al rey Alfonso, con un detallado relato de lo ocurrido en el monasterio de Ripoll. Además, ofrecía a la Corona mi lealtad y mis conocimientos como *legum doctor* de Bolonia, lo que podía interesar mucho al monarca.

La respuesta llegó rápidamente, un mes y medio más tarde. Antes de romper el lacre sentí un miedo visceral. No sabía si desear el perdón o el rechazo del rey. Al final la abrí.

—¿Qué harás cuando veas a Blanca de Corviu? —Arabella me arrancó de mis pensamientos.

Le gustaba pronunciar su nombre completo y me miraba con atención. Ante mi gesto incómodo se echó a reír. Arabella era así, capaz de hablar de otros amores desnuda junto a mí.

—No sé qué puedo hacer por ella —dije con sinceridad.

—Es melancolía. —Me miró serena—. Y te equivocas: sólo tú puedes ayudarla. El amor cura. Además, conozco a una galena, Rebecca de Salerno, que estudió en la escuela de Medicina. Te preparará hierbas para que puedas llevártelas a Barcelona.

—¿Una galena? —Lo dije pensando que el mundo era amplio y extraordinario.

—En la *schola* de Salerno también las mujeres aprenden y enseñan. Sus conocimientos llegan de Europa y de tierras árabes. Tu amada se curará.

Arabella volvió la cara y fijó la mirada en las vigas del techo, pensativa. Luchaba por no mostrar la tristeza que iba adueñándose de su alma. A ambos se nos quedaría un gran vacío.

—Llevaré el *ius commune* a la Corona de Aragón —dije queriendo enfatizar mi decisión—. Es hora de desterrar usos caducos.

—Sé que harás grandes cosas, Robert, pero unas son más importantes que otras. —Sonrió burlona, con las mejillas sonrosadas—. A pesar de todo, me gusta que hables como un paladín. Echaré de menos tu idealismo… ¡Te echaré de menos de la cabeza a los pies!

Me atrajo hacia ella y ya no hubo más dilema; Milano debería esperar.

La promesa

Arabella me retrasó, y era ya medianoche cuando un novicio somnoliento me abrió la puerta trasera del monasterio de San Stefano. Crucé sigiloso los claustros del inmenso cenobio hasta una de las siete iglesias, la basílica del Santo Sepulcro, la misma que había visto morir al traductor Jacopo de Verona.

En la oscuridad, seis figuras cubiertas con capa y portando sendas velas encendidas susurraban ante la réplica del sepulcro de Jerusalén. Hacía ocho años que la verdadera tumba había sido arrebatada a los cristianos y aquel templo de Bolonia se había convertido en el *umbilicus mundi* para todo el norte de Italia.

Para nosotros, también era un lugar simbólico: allí estaba enterrado Adso de Reims.

Me uní a los maestros Giovanni Bassiano y Azzo Soldani, Bernardo Compostelano, Nicolò Furioso, un clérigo llamado Carlo de Tocco y Novella Gozzadini.

Cada uno debía pronunciar su máxima antes de unirse al círculo y no me demoré.

—*Libertas inaestimabilis res est* —dije con fuerza, para que resonara en el templo.

—La libertad es cosa inestimable —repitieron.

El brocardo tenía mil años de antigüedad, pero Tramontana era la última masía que había perdido su libertad y era mi lema. Luchar para que los payeses pudieran ser libres de nuevo constituiría mi gesta.

Encendí mi vela. Novella me miraba con una ceja arqueada.

—Ésta es la última reunión de los siete —dijo el maestro Bassiano—. Han pasado cuatro años desde el incidente de la *Donación de Constantino* y ha llegado el momento de que uno de nosotros emprenda el camino.

—Ya sabéis que regreso al Reino de Aragón —les recordé—. Prometo llevar conmigo la luz del *Corpus Iuris Civilis*.

—¿Conoces el secreto del *ius commune*? —me preguntó el maestro.

—No somos esclavos de las normas. Usamos la razón para interpretarlas y aplicarlas al supuesto con equidad.

—La *iustitia* debe ser ciega —añadió—. ¿Eso qué significa?

Estaba en un lugar sagrado, de modo que la fórmula quedaría grabada en el libro del cielo.

—No es cosa de Dios, sino de los hombres —respondí sin vacilar—. Nuestra ciencia consiste en buscar la verdad, reunir pruebas, igualar a las partes, abstraerse y aplicar los principios de justicia para, al final, juzgar con los ojos cerrados.

Giovanni Bassiano sonrió.

—Un proceso a veces más difícil que separar la plata del plomo.

—¿Confías en el rey Alfonso? —me preguntó Novella, muy seria—. ¿Te permitirá ejercer como juez con nuestros principios?

La noticia le había afectado mucho más de lo que trataba de aparentar.

—Siempre que respete los *Usatges de Barcelona*, creo que lo hará —expliqué—. Mi perdón le conviene tanto como a mí. A la ruina que ha supuesto la rebelión de los nobles se suma la amenaza almohade. El Derecho romano está ayudando a los reyes de todos los reinos a afianzar su poder sobre los nobles y promueve la prosperidad del comercio. Lo necesita si quiere que sus dominios avancen firmes hacia la nueva era.

Los aires de cambio se notaban cada vez más. El *ius commune* completo provocaba que las relaciones entre reinos fueran más complejas, y las ciudades se beneficiaban con la expansión del comercio gracias a la seguridad de unas normas que resolvían los conflictos, por complejos o novedosos que fueran. Resultaba extraordinario que las leyes capaces de lograrlo tuvieran miles de años, pero era así y cada uno de nosotros era *legum doctor*.

—El rey de Castilla sufrió el año pasado una terrible derrota contra los sarracenos en la batalla de Alarcos —señaló Bernardo Compostelano. Él también regresaría pronto al Reino de León—. El equilibrio se ha roto.

—Hace siglos que Hispania no vive una situación tan delicada —comencé a explicarles—. Los reinos fronterizos precisan recursos para preparar la defensa, pero los nobles malgastan demasiado y están arruinados. Sólo las ciudades pueden generar la riqueza necesaria para financiar grandes ejércitos. El rey Alfonso confía en Barcelona. Siempre ha ansiado que fuera un puerto comercial a la altura de Génova o Pisa, pero eso comporta admitir el *ius commune* como hacen en los puertos prósperos de Mediterráneo.

Nos miramos unos a otros. Teníamos claro que éramos una generación señalada para esa silenciosa cruzada. La humanidad había llegado a un momento en el que ya no podía regirse sólo por fueros locales, fazañas y usos seculares.

—Escuchadme bien —pidió Bassiano. Su rostro brillaba de emoción—. La mente es como un campo. La humanidad aún es incapaz de comprender la igualdad que existe entre todos los hombres libres. Los romanos la recogieron en sus leyes, pero nunca la alcanzaron. Sin embargo, cualquier idea que sembremos germinará en el momento propicio.

—¿Los siervos serán libres algún día? —estalló Novella con amargura. Allí podía hablar así, era nuestra norma—. ¿Una mujer llegará a leer un fragmento del *Digesto* en vuestro pupitre, *magister*?

Bassiano le dirigió una mirada compasiva.

—Lo hará. La humanidad pasó de levantar colosales templos romanos a erigir pequeñas y oscuras iglesias, y ahora se elevan catedrales más altas que montañas. El mundo renace.

¡La justicia lo hará, y la humanidad gozará de derechos inimaginables! —Nos miró a todos y nos contagió su entusiasmo. Pensé en Martí de Ripoll, y cuando sus pupilas se posaron en mí, él también lo hizo. Ambos nos emocionamos y su voz se quebró—. ¡Sembrad!

Hablamos todos a la vez. Era un gran día.

—¡Hagamos un juramento! —propuso al fin Novella—. Juremos que una noche como hoy, dentro de diez años, si Dios nos lo permite regresaremos a este Santo Sepulcro de San Stefano para compartir lo vivido. —Sonrió—. Yo seré la condesa de Lindoni, y juzgaré en los dominios de mi esposo. Vosotros seréis renombrados juristas y algunos glosadores. Así sabremos si nuestros esfuerzos han valido la pena.

Al juramento añadimos ayudarnos, aunque fuera en la distancia, allá adonde la voluntad divina nos llevara.

Cuando salí de San Stefano me invadía la pena, pues aquélla era mi familia. En esos años habíamos pasado muchas vicisitudes y nuestra amistad era profunda. Aun así, estaba decidido a volver a Barcelona ahora que me habían concedido el perdón real.

Aunque allí sólo había hablado como jurista, todos sabían qué había detrás de mis palabras. Ansiaba ver a Blanca, ayudarla a salir de su oscuridad, si aún vivía. Como decía Giovanni Bassiano, detrás de toda acción se esconden sólo sentimientos, impulsos humanos, bien de luz, bien de oscuridad.

Entré en mi taller, un local alquilado en un sórdido callejón detrás del palacio de Canossa, junto a uno de los canales de Bolonia. Era pequeño, pero contaba con un buen hogar y era cálido. Los muros de ladrillos mohosos estaban cubiertos de anaqueles y el centro lo ocupaba una mesa llena velones. Me toqué la media oreja, que ocultaba con la melena. Gracias a lo vivido en la casa de Milano, supe cómo me costearía mis estudios.

Dedicaba las noches al oficio de amanuense. Redactaba contratos, acuerdos y últimas voluntades para los que no podían permitirse un escriba. Mi clientela era humilde pero extensa, gente tanto de Bolonia como de otras poblaciones cercanas para quienes los elevados aranceles y tributos del comunal resultaban prohibitivos. Más adelante, no obstante, a medida que aprendía con los mejores maestros, comencé a redactar inventarios y demandas para abogados mal formados o demasiado holgazanes. Prosperé, y con el tiempo acumulé una pequeña fortuna que me había permitido pagar tres buenas copias de los cinco volúmenes del *Corpus Iuris Civilis*, que viajarían conmigo a Barcelona. En mis sueños imaginaba adquirir Tramontana. Tras la muerte de Arnulf de Corviu, la propiedad estaría en manos de su madre, Saura, y del esposo de ésta, pero ignoraba si la habían abandonado.

Alguien llamó a la puerta. Mientras entraba el intempestivo visitante, encendí algunas velas y comencé a ordenar las redomas de tinta. Las había muy valiosas, aunque ninguna era púrpura. Todas me las preparaban en el famoso taller de Carissia de Volterra.

—¿Por qué la elegiste a ella? —dijo la voz bajo la capucha de una capa de seda.

Se refería a Arabella. Había esperado cuatro años para abordarme con aquel asunto.

—Eres la persona con la que más he hablado en Bolonia, Novella —comencé con suavidad, sin mirarla—. No hay ni un rincón de mi alma que no conozcas, como tampoco yo de la tuya. ¿Ahora me preguntas eso?

La orgullosa Novella Gozzadini, futura condesa, altiva, respetada y admirada, me miraba como una muchacha enamorada. No pude hacer otra cosa que reír. Ella me había dado libertad para hablarle con franqueza, y lo hacía.

—¡Fue Arabella la que me eligió! Tú eres cobarde y prefieres guardarte para el viejo Renato de Lindoni. Sabes que desde aquella noche en la torre ambos lo deseábamos...

—¡Maldito seas, campesino!

Me acerqué a ella. Su olor a canela todavía me embriagaba. Aún estaba más imponente que cuando la conocí. Alcé la cara para mirarla a los ojos.

—¿Sabes por qué ni tú ni yo nos atrevimos a dar ese paso?

—¿Ahora también eres doctor en *ars amandi*? —me espetó. Siempre sacaba la ironía cuando se incomodaba.

A veces la esposa de Milano le hacía llegar alguno de sus poemas de amores ardientes. Novella se negaba a reconocer que los leía y releía en secreto. Yo la quería así, adusta, arrogante y perfecta.

—Lo que hay entre Arabella y yo es pasión. Entre tú y yo habría nacido algo más… o nos habríamos hecho daño. Ambos los sabemos y nos hemos protegido porque tenemos planes.

Novella sabía que era cierto. Un universo nos distanciaba. Sus ojos temblaron, y nos quedamos mirándonos con esa familiar tensión en el pecho. Al final, desvió el rostro.

—Temo por tu vida, Robert. Dejaste allí enemigos poderosos.

—Pero vuelvo como *legum doctor.*

Se paseó delante de los anaqueles y vio las cartas de Jaca y Barcelona. Ellas me habían arrastrado hacia el futuro. Novella también tenía un largo camino que emprender.

—En primavera me casaré con el conde de Lindoni —comentó como si nada—. Como he dicho en la reunión, me ha prometido el tribunal del territorio; él detesta juzgar.

Al contrario que Arabella, la hija de los Gozzadini tenía dificultad para hablar de sus sentimientos y deseos. Novella miraba mis cartas y quizá pensaba en Blanca. Sin embargo, no le salieron más palabras.

—Era lo que querías —respondí desenfadado—. Te has preparado a conciencia como ninguna otra mujer lo habría hecho, incluso has reservado tu virginidad al viejo conde…

—¡Si percibo en ti un atisbo de compasión, mando a mis siervos que te arrojen al canal!

Levanté las manos y le mostré una sonrisa beatífica. Luego me acerqué a una alacena de donde cogí unos pergaminos con notas. Se los tendí.

—Se trata de un *consilium* encargado por un viejo abogado de Deruta. Debe defender a un siervo de la gleba que abandonó sin permiso las tierras de su señor, en Umbría. El dueño pide la entrega del siervo, pero éste se resiste y ha acudido a los tribunales. Algo insólito. ¡No logro hallar el argumento legal para justificar la libertad del siervo, a pesar de que sé que ha de estar en el *ius commune*! —La miré—. Sé que tú serás capaz.

—¿Es importante para ti? —preguntó al ver que mi gesto había cambiado.

—Nada es más importante para mí. Eso podría cambiarlo todo en mi tierra, en el orbe entero. Hablamos de escoger ser libre. Mi madre murió por eso.

Se acercó emocionada. Primero me arregló los mechones que tapaban mi oreja cortada y acto seguido me abrazó con fuerza. La tuve entre mis brazos con el pecho acelerado. Aunque nuestra última oportunidad de abandonarnos al deseo había pasado, preservamos una lealtad inquebrantable que perduraría incluso en la distancia.

—Me espiaste mientras me bañaba en tu torre —la piqué para animarla.

—¡Eso vive en tu fantasía! —Me cogió la cara entre las manos. Nuestras narices casi se tocaban—. Las mujeres de Bolonia te echarán de menos, Ojos de Brujo.

—¿Y tú?

—Yo no.

—¿Crees que nos irá bien?

—Sé que sí, y nos lo contaremos. —Con una sonrisa dulce me tocó la cara; tenía los ojos húmedos—. ¡Y te conseguiré esa libertad que buscas para los tuyos!

QUINTA PARTE

EL REGRESO

Una barcaza de cabotaje surgió entre los jirones de [illegible] que cubrían esa tarde gris [illegible] na. A pesar de la escasa luz [illegible] burgo de los pescadores, [illegible] bar mercaderes y los barcos de [illegible] playa.

Los niños [illegible] arena, [illegible] concentraron justo [illegible] remeros bogaban con [illegible] vesta dura y [illegible] quedó clavada con [illegible] rodearon armados con [illegible] Mallorca. El marino [illegible] para que lo viesen desde la [illegible]

—¡Es Felipe de [illegible] dores.

El aludido saludó [illegible] lona. Bordeaba la [illegible] mala época para [illegible] si el pago no valía la [illegible]

Aparté la [illegible] puse en pie. Ver la ciudad [illegible] Quizá había unas pocas casas [illegible] ciudad y los burgos [illegible]

La ciudad coronada

Una barcaza de cabotaje surgió entre los jirones de bruma que cubrían esa tarde gris de enero la costa de Barcelona. A pesar de la escasa luz, enseguida la avistaron desde el burgo de los pescadores, pues durante el invierno no llegaban mercaderes y las barcas de pesca estaban volcadas en la playa.

Los niños fueron los primeros en correr hacia ella por la arena, curiosos, pero poco a poco también los pescadores se concentraron justo donde apuntaba la proa de la barcaza. Seis remeros bogaban con fuerza, ansiosos por llegar tras una travesía dura y arriesgada. Al fin, alcanzó la orilla, donde la quilla quedó clavada con firmeza. Varios pescadores, recelosos, la rodearon armados con arpones. Temían que fueran piratas de Mallorca. El marino que manejaba la espadilla se puso en pie para que lo vieran desde la arena.

—¡Es Felipe de Perpiñán! —lo reconoció uno de los pescadores.

El aludido saludó cansado. Aparecía a menudo por Barcelona. Bordeaba la costa desde Narbona, aunque jamás en esa mala época para navegar. Ningún marino se arriesgaba tanto si el pago no valía la pena.

Aparté la lona con la que me resguardaba del frío y me puse en pie. Ver la ciudad coronada y sus burgos me emocionó. Quizá había unas pocas casas más, pero el *territorium* con la ciudad y los burgos diseminados no debía de acoger ni doce mil almas. Ya no me parecía el lugar más populoso del mundo que creí de niño.

Un murmullo recorrió la playa. Especulaban sobre mi identidad. Oír el habla de Catalonia hizo que me sintiera en mi hogar. Miraban admirados mi túnica acolchada, de buena lana, y mi capa de pieles de conejo. Dudaban si era algún noble o un rico mercader.

Apoyé mi mano en la borda, sin esconderla, y salté a la arena. Habían pasado nueve años desde que me marché desterrado, tras recibir insultos y acusaciones, pero gracias a mi trabajo como redactor me había permitido regresar como un príncipe, por puro orgullo.

—Esas manos... —musitó una anciana—. Las recuerdo. Son las de aquel muchacho al que desterraron.

—¡Es cierto! —exclamó un pescador, asombrado—. El pupilo del viejo juez Guillem Climent. ¿Os acordáis del incendio del burgo? ¡Es Robert el Condenado!

El rumor se extendió. Los más jóvenes miraban sin saber, pero los mayores me observaban con atención. Recordaba rostros como aquéllos insultándome, echándome hortalizas podridas y cosas peores. Me erguí altivo.

—¡No puede ser...!

—¡Sí! ¡Mirad sus ojos! ¡Es él!

Mi regreso sería la gran noticia en la ciudad durante días. En casas y tabernas especularían sobre qué me había pasado durante esos años para haber regresado tan cambiado. Mis ojos claros, mi gesto tranquilo... Era un misterio.

De momento, habían visto que Dios me había dado otra oportunidad.

Llené los pulmones del familiar olor a salitre de la playa. Todo estaba como lo recordaba: la luz, los graznidos de las gaviotas, el toque de campanas, las voces en el mercado del pescado. Busqué en la arena la enorme barcaza volcada en la que fuera tan feliz con Guisla. No estaba, pero otras más nuevas ocupaban el lugar. Quizá eran refugio también para jóvenes amantes, pensé con nostalgia.

—¡Soy Robert de Tramontana! —anuncié en voz alta a los pescadores—. Estoy aquí a petición del rey de Aragón y conde de Barcelona, quien me ha indultado del destierro. Si Barcelona me perdona como nuestro monarca ha hecho, ocurrirán cosas extraordinarias y vosotros seréis testigos.

A una orden del marino Felipe de Perpiñán, dos de sus hombres descargaron mi arcón remachado con instrucciones claras de dónde dejarlo. Mientras pasaba entre los pescadores, repartí algunos florines de plata.

—¡Bienvenido! —dijo una anciana aceptando una moneda, con los ojos llenos de gratitud.

Noté un escozor en la garganta. La emoción se agolpaba con los recuerdos. Había vuelto a Barcelona, a casa.

El sueño de Alfonso

El primer lugar que visité fue la catedral de la Santa Cruz y Santa Eulalia. Los recuerdos se agolpaban en mí tanto como las emociones. En el pórtico principal de la *seu* reconocí a dos clérigos. Los saludé y se sorprendieron. Eran estudiantes de Artes cuando me marché. Enseguida corrieron a comunicar la noticia.

Cada sombrío rincón de la catedral me traída recuerdos. Oscura y fría, deambulé bajo sus frescos desconchados y sus arcos de medio punto. Veía a Guillem Climent entre las hileras de pilares. Debí hacerle más caso entonces, pensé, beber de su sabiduría y serenidad, y sobre todo respetarlo más, pero era muy joven en aquel entonces.

En la cripta de Santa Eulalia sentí una gran calma. Allí lloraba, aterrado, los primeros días tras mi llegada desde Tramontana. Era un niño asustado que no entendía nada ni sabía nada del mundo. Pedía a la joven mártir volver a mi masía con mi madre, Fátima y Hakim; que todo fuera un mal sueño. Aquella herida había sanado, pero la cicatriz que tenía en el alma me recordaba siempre mi origen.

Siempre sería un payés.

Toqué el sarcófago de piedra y, esa vez, le pedí que me protegiera.

—Sabía que el primer lugar que visitarías sería éste.

Mi corazón se colmó de dicha. Me volví hacia la escalera. Allí estaba Ernest de Calonge. A sus veinticinco años era un joven de facciones delicadas y maneras suaves. Me recordó a Giovanni Bassiano. Al acercarme a él, le vi las cicatrices de las heridas que había sufrido en el burgo de los menestrales. Me sentí culpable. Sin embargo, me abrazó con fuerza, sin rencor. La angustia dio paso al alivio, y la emoción me atenazó la garganta.

—No sabes cuánto he rezado para ver este momento —musité a punto de llorar.

—Bienvenido, amigo. Te he echado de menos, pero sabía que vendrías.

Le toqué la cabeza tonsurada y su gesto me hizo reír.

—¡Dios me ha dado una gran oportunidad junto al deán Ramón de Caldes! —explicó orgulloso. No olvidaba que lo habían recogido del fango de las calles siendo un niño—. He comenzado a estudiar los *Usatges*. ¡Quizá podría ir algún día a Bolonia, como tú!

Volví a abrazarlo. También él había tenido otra oportunidad.

—Te lo mereces —dije estremecido—. Perdóname, Ernest.

—Te lo debo todo a ti y a Miquel de Queralt. Tu valor a pesar de las circunstancias adversas me inspiraba, y él nunca se ha separado de mí. Es cierto que lo que pasó en el burgo nos cambió para siempre, pero ahora ¡míranos! Así son los caminos de Dios. ¡Quiero que me lo cuentes todo!

—¿Dónde está Miquel? —pregunté—. Él no me perdonó.

—Lo verás muy pronto. Ha asumido el papel que tenía Guillem Climent en la curia. Ya firma como *iudex palatii* y es el *caput* del consejo de jueces del veguer de Barcelona. —Me miró con expresión ceñuda—. Intenta llevarte bien con él o tendrás problemas.

—¿Y Blanca? —Temía hacer esa pregunta, pues habían pasado meses desde que tuviera noticias de ella por la carta de Ernest.

—Sigue igual —dijo sombrío—. La visito a menudo porque no tiene a nadie. —En su rostro apareció una sonrisa deslavazada—. Le gusta escuchar anécdotas divertidas de los años que pasaste aquí, pero no le he dicho que te escribí, porque dudaba si volverías y creo que ella te ama de verdad, Robert.

Eso me colmó de dicha y dolor. Yo había cerrado la puerta del pasado, ella no.

—Ansío verla —musité mirándome la larga cicatriz en la mano—. Y al mismo tiempo me da miedo. Han pasado más de veinticinco años desde la ordalía y creo que Dios no ha decidido aún qué hacer con nosotros.

—¡Ignoraré esa blasfemia, Robert de Tramontana! —se alzó una voz a nuestra espalda—. Pero tendrás que esperar para visitar a esa mujer.

Desde la escalera de la cripta nos miraba el deán de la *seu*, Ramón de Caldes. Sentí una tormenta de emociones. El mejor amigo de mi maestro Climent, además de maestro de Gramática y consejero real, se había convertido en un anciano de rostro seco. La tonsura era sólo un estrecho anillo blanco en su cabeza. Seguía vistiendo un hábito viejo, a pesar de su elevado cargo.

—Celebro veros, deán.

—No sé si decir lo mismo. —Sonrió mordaz—. ¡Cuánto has cambiado!

—Los años han pasado y Dios ha querido mostrarme muchas cosas de las que explicabais en el claustro. Lamento cada distracción.

—¿Quién no se distrae a los diecisiete años? ¡Tal vez Miquel de Queralt! —Rio con fuerza. Ya no le importaban las apariencias—. ¡Lo que me enorgullece es tener a un *legum doctor* de *ius commune* en Barcelona!

—El deán ha sido el artífice del perdón real —me explicó Ernest.

—Os lo agradezco de corazón. —Algo en la mirada de Ramón de Caldes captó mi atención. Tras aquel perdón había una razón aún no desvelada—. ¿Está el rey en Barcelona?

—Acompáñame al palacio, ya debe de saber que has llegado. Está muy cambiado desde el asesinato de su gran amigo Berenguer de Vilademuls, el arzobispo de Tarragona.

Me estremecí. Las cartas no hablaban de la tragedia.

—¿Vilademuls ha muerto? ¡Mi maestro Guillem Climent era su capellán!

—La tragedia sucedió hace un año y medio. El arzobispo iba con su séquito a Montcada para visitar a sus parientes cuando el noble Guillem de Montcada lo interceptó en un campo llamado Matabous. Allí apuñaló al prelado. Lo dejó moribundo para que el capellán lo confesara y atendiera sus últimas voluntades antes de rematarlo a sangre fría —explicó afectado—. Luego el de Montcada esparció su cerebro por el campo en un acto brutal.

Me estremecí. Los nobles eran capaces de llegar a tales extremos de violencia si veían una causa justificada, pero yo pensaba en mi viejo tutor, en medio de aquella horrible situación.

—Nunca me escribió ni se puso en contacto conmigo —lamenté. El deán calló, pero sus ojos esquivos delataban que sabía mucho más—. ¿Dónde está ahora el maestro?

—Nueve días después, Guillem Climent y el notario Ferrer firmaron una declaración de lo sucedido en Matabous ante los canónigos de la catedral de Tarragona, pero esa misma noche desaparecieron y nunca se ha sabido nada más de ellos.

—Es muy extraño —musité sobrecogido.

—El rey mandó buscarlo. Quizá se marchó por voluntad propia, como hizo aquí, o se lo llevaron porque sabía demasiado. Tras un año y medio, nadie espera encontrarlo.

—Que Dios lo proteja. —Miré apenado el sepulcro de santa Eulalia. Me había desentendido de Guillem Climent durante años y me sentía culpable—. Éste era su lugar preferido.

—Vamos, Robert, el rey te espera —dijo el deán.

Ernest me dejó con la promesa de que nos veríamos el día siguiente. Estaba anocheciendo cuando cruzamos la plaza frente al palacio condal. El mercado estaba vacío, pero muchas bancadas se veían abandonadas. Hasta la primavera no llegarían especias y paños. Los talleres de armas permanecían tranquilos. Cada rincón era un recuerdo. Me costaba creer que estaba de nuevo en Barcelona.

La sala Mayor del palacio estaba en penumbra. Lucía los mismos tapices, cornamentas, lámparas de hierro y escudos. Hacía frío, a pesar del hogar. Al fondo, estaba Alfonso, rey de Aragón y conde de Barcelona. Recostado en la vieja silla condal, pulsaba ensimismado su laúd. Solía distraerse componiendo trovas para su corte.

A su espalda colgaba el primer pendón real de rayas encarnadas, viejo y manchado tras incontables batallas. Estar allí era un imprevisible giro del destino, pensé.

Don Alfonso rondaba los cuarenta años, pero las tensiones y los conflictos le habían mermado la salud. Tenía la piel macilenta y una incipiente calvicie arrasaba la frondosa cabellera cobriza que lució siempre. Tras su mirada azul anidaban desvelos como el peligro almohade, el incesante conflicto con los nobles de Provenza y Occitania, y aquella herejía de los *bons homes*, a los que la Iglesia llamaba cátaros, que se extendía por sus dominios como un incendio de verano.

Su vigor y atractivo se consumían mientras recorría sus dominios sin descanso para recabar tributos y mantener lealtades. Me miró con gravedad. Quizá se sentía tan extraño como yo; tampoco esperaba volver a ver al asistente de su juez predilecto.

—Me pesa el corazón, Robert de Tramontana —dijo adivinando lo que pensaba.

—Mi rey... —Hinqué la rodilla. Temí haberlo ofendido con mi escrutinio.

—Celebro verte, a pesar de todo —señaló con voz cansada.

—Os agradezco vuestro perdón. Reitero mi sumisión y fidelidad, don Alfonso.

Sin dejar de puntear las cuerdas del laúd, me miraba con curiosidad.

—Caminemos. —Dejó el instrumento y me condujo por la sala—. Cuando era niño, el senescal de aquellos tiempos, Guillem Ramón de Montcada, me enseñó este palacio. Yo tendría once años. Había sido consejero de mi abuelo y de mi padre, ambos ya muertos por entonces. Me contó la historia del edificio y de sus propietarios, y me preguntó si quería reinar en una época gloriosa o calamitosa.

—Gloriosa, supongo que le responderíais.

—Así es. Y añadió que sólo lo lograría si dominaba la violencia de los barones.

—La paz da sed de futuro —indiqué, citando a Giovanni Bassiano.

—Me habló de las leyes de la Paz y Tregua de la Iglesia. Para él, había llegado el momento de que el rey asumiera la misión sagrada de extenderla a todos los súbditos. ¡Era algo novedoso, extraordinario y muy difícil, pero lo entendí a pesar de que era un niño!

—Lograsteis promulgar la Paz y Tregua de Fondarella en el año 1173.

—¡Tu maestro fue uno de los artífices! ¿Sabes por qué? Quería conjurar la tragedia que un noble había causado a tu familia por una ordalía que no tuvo el valor de detener.

—Fue un gran paso, mi rey. Muchos otros reinos lo han hecho.

—¿Y de qué ha servido? ¡Los nobles se rebelan ante esa paz y matan con brutalidad a los más leales a la Corona, como lo era el arzobispo Vilademuls! ¿Qué quiere Dios de mí?

Me quedé sobrecogido al percibir su angustia vital. Su dilema era seguir en su empeño de pacificar el reino o desistir. Al fin, me atreví a hablar.

—Creo que no es suficiente con declarar la paz. Muchos nobles no os consideran *primus inter pares*; se necesita una Corona fuerte para defenderla, sustentada en el pueblo.

Tras un silencio eterno, me atreví a formular la cuestión que me había intrigado durante años.

—Mi rey, ¿por qué se marchó el *iudex* Guillem Climent tras la tragedia del burgo?

—Ven, Robert, te mostraré la fuente de mi autoridad como conde de Barcelona.

No me atreví a insistir. Me llevó hasta una mesa arrinconada. Allí reposaba un bello libro al que llamaban cartulario por su contenido. Muchas páginas tenían coloridas láminas en las que el rey estaba representado mientras recibía homenaje de sus vasallos. Era una obra extraordinaria.

—Es el *Liber Feudorum Maior* —indicó—. El deán Ramón de Caldes lo ha terminado hace pocos meses. Es un inventario de los dominios, castillos y derechos que posee la familia condal, obtenidos a lo largo de los siglos mediante conquistas, donaciones y compras. También figuran las casas nobles que nos juraron lealtad a perpetuidad ante Dios y los hombres, aunque no todos cumplan su voto...

—El *Liber Feudorum* y los *Usatges de Barcelona* son los cimientos de Catalonia —afirmó el deán con orgullo a nuestra espalda—. El cartulario se concibió para unir los dominios feudales bajo el conde. Tu maestro Climent me ayudó. Él creía que eso podía traer la paz, pero los nobles se sintieron amenazados. Durante siglos, los linajes han mantenido sus privilegios con la espada y no están dispuestos a renunciar a ellos.

—En Bolonia conviví con estudiantes de muchos reinos de Europa —afirmé. Al ver su interés seguí—. Ninguno sufre un feudalismo tan vetusto como en estos condados.

—Esa es, en parte, la respuesta a tu pregunta, Robert. Climent investigaba ciertos rumores entre la nobleza cuando ocurrió el ataque al burgo. Tras la tragedia, Ponce de Cabrera pedía vuestras cabezas y Guillem pactó conmigo tu destierro para salvarte. Él se pondría bajo la protección del arzobispo Vilademuls para seguir con las pesquisas. Tu maestro creía que, si lograba demostrar la verdad de tales rumores, cambiaría el destino de mi reinado. Empeñó en eso sus últimos años, con discreción, hasta el asesinato del arzobispo y su inexplicable desaparición. ¡Ahora esa maldita verdad ha quedado oculta para siempre!

Noté su angustia. Alfonso tenía alma de caballero; se enfrentaba sin temor a los enemigos que actuaban de frente y odiaba la resistencia oculta. Quise explicarme:

—Mi rey, en este tiempo he aprendido que los monarcas europeos ya no obtienen su fuerza de los cartularios ni del homenaje de sus vasallos, sino de las ciudades. Sin el yugo de los barones, los menestrales y comerciantes crean riqueza, y la clave para mantener ese nuevo mundo es el *ius commune*, que garantiza justicia y derechos a todos los ciudadanos.

El rey contemplaba pensativo el *Liber Feudorum*.

—Háblame de ese *ius commune* que referías en tu carta.

La pregunta era inabarcable. Traté de hacerle entender que sus principios eran opuestos a los usos feudales.

—El *ius commune* no distingue entre *bellatores*, *oratores* y *laboratores*. Todos son tratados por igual —concluí tras una larga explicación—. Refuerza la potestad del rey, pues se lo equipara al emperador romano y es el garante de su aplicación.

Los ojos de don Alfonso refulgieron.

—Esas normas podrían completar las lagunas de los *Usatges* —señaló el deán, todavía a mi espalda—, pero encontraría la resistencia de los jueces de cada veguería y de los nobles.

—Autorizadme a intervenir como juez y demostraré a Barcelona que su aplicación puede traer bonanza sin perder nuestra ley particular.

—Grandes aspiraciones, Robert —señaló el rey Alfonso, pensativo—, pero si quiero un reino cohesionado necesito pacificarlo. Ahora que ha acabado la rebelión de Ponce de Cabrera, es el momento. —Volvió a mirarme con firmeza—. Por eso estás aquí. Te he perdonado el destierro a cambio de que te encargues de preparar un documento de Paz y Tregua, como jurista, y esta vez quiero que lo firmen un gran número de señores feudales.

Me estremecí ante el ruego. Era un honor que el rey me confiara un asunto vital como aquél, pero era extraño que no lo hubiera encomendado a consejeros de su confianza.

—Pondré todo mi empeño en ello —concluí sin mostrar mis dudas—. Cuando mi madre me encomendó a Guillem Climent, quería que algún día dejara de sentirme culpable. Será así, si cumplo esta misión. Por otro lado, os ruego que valoréis mi petición de unirme al consejo jurídico del veguer de Barcelona.

El rey miró al deán y asintió. Me estremecí de dicha. Lo había logrado. Mientras redactaba la Paz y Tregua, cumpliría el juramento de Bolonia.

Don Alfonso se encaminó hacia una puerta lateral, pero antes de salir me habló de nuevo.

—Supongo que verás a Blanca de Corviu. De todos tus pecados, quizá ése sea el más imperdonable.

Bajé el rostro y el rey abandonó la sala Mayor dejándome pensativo.

Sant Pere de les Puelles

La madre abadesa del mayor monasterio de sórores benedictinas de Barcelona se mostró reticente a dejarme visitar a Blanca de Corviu. Sin embargo, al saber que el rey estaba al corriente y después de entregarle un generoso donativo, aceptó. En silencio, recorrí el amplio claustro. La abadesa se detuvo ante una estrecha puerta que había al fondo de la galería. El corazón comenzó a latirme desbocado: dentro estaba Blanca.

Antes de cruzar el umbral, entregué a la religiosa el saquito de hierbas que la galena Rebecca de Salerno había preparado para ella por mediación de Arabella. Yo identificaba el olor de la hierba de San Juan, la borraja y la albahaca, pero la mezcla tenía muchas más plantas medicinales.

La celda de Blanca era un pequeño cubículo alejado de las celdas comunes. Saberlo me alivió, pues significaba que no había tomado los votos. Estaba caldeada gracias a un pequeño brasero y una vela ardía en una hornacina. Blanca dormía encogida en un pequeño jergón. Al verla, recordé a mi madre postrada en Tramontana y me conmoví. Pedí a las monjas que no la despertaran aún.

Estaba muy delgada, con la piel macilenta y profundas ojeras, pero era ella. Tenerla delante, oír su queda respiración, hizo renacer en mí un profundo sentimiento. Tras tantos sucesos y amantes, mi corazón había estado siempre allí. No le habían cortado el cabello y un mechón trigueño se le escapaba del pañuelo de lino. Me atreví a tomarlo entre los dedos a pesar del gesto réprobo de la monja.

Blanca abrió los ojos, parpadeó y volvió a cerrarlos creyendo que era un sueño. Pero algo pasó por su mente. Los abrió de nuevo y se quedó mirándome sorprendida.

—¿Eres tú, Robert?

—He vuelto, Blanca —respondí con suavidad—. He vuelto a por ti.

—No debiste hacerlo —replicó mientras una sóror la ayudaba a incorporarse.

Sus ojos claros, grandes y dulces, temblaban húmedos. No dejaba de mirarme y me emocioné. Fue en busca de mi mano y al ver la cicatriz sonrió con tristeza.

—Gracias a que te forcé a dejarme en Bearne, ahora pareces un príncipe. Mira esa capa... Habrás tenido una buena vida en Bolonia. —Luchaba por parecer animada—. Estás muy guapo.

Me moría de pena al verla así. Habría dado todo lo que tenía por abrazarla, pero las religiosas vigilaban con morboso interés.

—Te curarás, y te lo contaré todo, Blanca. Van a atenderte los mejores galenos y tengo planes para más adelante... Puede que la vida nos sonría.

Hizo un esfuerzo y sus labios grises sonrieron, pero advertí sombras en sus ojos claros.

—Lo único que me curaría es el olvido, pero no es posible.

—¿Qué te pasó? —pregunté afectado. Su pena era muy profunda, quizá incurable.

—Premiaron a Saura con la mano de mi prometido, Asbert de Santa Oliva. Ironías del destino. A mí me entregaron a Pere de Mediona, un rudo soldado vasallo de Asbert. Resultó ser un buen hombre. —Su mirada se perdió en amargos recuerdos—. Vivíamos en una pequeña casa dentro del recinto del castillo de Olèrdola. Él murió con su señor, Asbert, durante una cacería, hace poco más de un año. Y no mucho después... caí enferma

—¿Cómo acabaste aquí? —pregunté, pues noté que algo la desgarraba, que había mucho más que no me contaba.

Comenzó a temblar y las monjas se acercaron para sujetarla. Me asusté. Había removido algo horrible que la destrozaba.

—Saura, ya sin Asbert, se deshizo de mí y me entregó al rey —siguió—. Don Alfonso sabía lo que tú y yo hicimos en Bearne, algo indigno de una doncella noble. Avergonzado, ordenó que me trajeran aquí para morir.

Con los ojos me pedía que no indagara más y la respeté. Poco a poco se serenó.

—Si estás aquí es porque el rey te ha indultado —dijo cambiando de tema y mirándome a los ojos.

Le relaté mi encuentro con don Alfonso en el palacio condal. A pesar de su debilidad, Blanca reaccionó alarmada.

—Debes ser cauto y no olvides quién eres en realidad, Robert. El rey te ha encomendado redactar esa Paz y Tregua porque, tras el asesinato del arzobispo, ninguno de sus consejeros quiere asumir ese riesgo. Sus adversarios cada vez son más osados.

Aunque me resultó decepcionante, era lo que me temía. Para el rey, no dejaba de ser el pupilo de Guillem Climent, el niño huido de una masía.

—¿Y Tramontana? —Temía hacerle la pregunta, pero debía saberlo.

—Muchos campos estaban cultivados, pero los payeses huyeron una noche poco antes de la cosecha del trigo. —Su tristeza me conmovió—. Los *castlans* iban a poner siervos de la gleba, pero entonces llegó la noticia de la muerte de Arnulf. Saura enloqueció y Tramontana pagó por tu crimen, Robert. Quemó las cosechas, capturó a varios fugitivos y los colgó de los cipreses de la colina. —Las lágrimas rodaban por su cara—. Vuelve a ser una tierra baldía. El espectro de tu madre y dos ancianos sarracenos en el bosque vigilan el silencio.

—¿Y Olèrdola? —Casi no era capaz de hablar. Deseé no haber vuelto para seguir ignorando todo aquello.

—Asbert de Santa Oliva aportó enormes riquezas y el dominio prosperó. Ahora Saura, viuda, vive en la opulencia con la herencia de su hijo, Asbert II, que sólo tiene un año. Financió buena parte de la rebelión y ha ganado mucha influencia sobre los Cabrera, que también se benefician de lo obtenido.

Se le quebró la voz y una monja le dio a beber agua. Quise ofrecerle nuevos motivos para vivir.

—¡Deseo comprar la masía de Tramontana, Blanca! El rey no me lo negará si cumplo su ruego. —Apreté los puños—. Saura se tragará su orgullo.

—¿Estás seguro? —Los ojos de Blanca recuperaron un atisbo de vida. Allí estaba la mujer que amaba, agazapada.

—Traigo libras de plata y cartas de crédito de banqueros boloñeses. —Le cogí una mano, ajeno al carraspeo de una monja. De pronto, era lo que más deseaba en mi vida—. Pero necesitaré ayuda. Ni tú eres ya la *pubilla* de Corviu ni yo el *hereu* de Tramontana. Nos lo quitaron todo, pero ¿qué nos impide empezar una vida juntos?

—¿Qué pretendes decirme?

—Quizá el rey autorice que nos casemos... —La vi vibrar y luchar contra sus sombras—. He venido para ser juez en Barcelona, pero la masía Tramontana está a dos jornadas. ¡Tú la levantaste y debes sanar para hacerlo de nuevo!

—Y Saura la arrasará... —dijo con voz atiplada. Su alma se removía.

—¡No, si una nueva Paz y Tregua la protege!

Blanca bajó el rostro desconcertada. Nuestros dedos mutilados continuaban entrelazados.

—¡Qué cambiado estás! No sé si todo esto es un extraño sueño.

—Lo es —reconocí—. Quizá aún seguimos abrazados en el juicio del agua...

A veces me asaltaban pensamientos absurdos como aquél, pues el vínculo que nos unía era un misterio. Sus pupilas se movían mientras imaginaba el futuro que yo había deslizado en su légamo de oscuridad y pena. Arabella tenía razón: sólo yo podía ayudarla, pues era el único capaz de ofrecerle un rayo de esperanza.

Me convencí de que podíamos tener una segunda oportunidad, dado que ya no teníamos nada que perder.

—Es hora de dejar el convento —dijo la abadesa—. Blanca debe descansar.

Al soltarnos, Blanca se estremeció y me contempló con sus ojos pálidos, pero llenos de fuerza y belleza. Ya no era la misma mujer que amé en la pequeña aldea de Borza. Ocultaba heridas y secretos. Aun así, me amaba, y supe que sanaría.

—¡Hazlo, Robert! ¡Quiero tener tu mirada alegre y vivir por fin!

El veguer

El deán Ramón de Caldes me alojó en la austera celda que ocupara Guillem Climent en las dependencias del obispado. Me hospedaría allí hasta que estableciera mi residencia. Me hallaba exhausto, pero los recuerdos se agolpaban en mi mente y me costó conciliar el sueño.

A la mañana siguiente llegó el *saig* del veguer para acompañarme a su palacio, junto al Portal Vell. Había pasado allí días de angustia, encerrado en su mazmorra, y ahora regresaba como *iudex* por orden real.

El veguer era el encargado de administrar justicia en nombre del rey. Era un cargo temporal, y ese año lo ocupaba Joan de Cascai, del brazo noble. Me esperaba en la sala de audiencias con las insignias, el bastón de magistrado y un gesto severo. Con él estaba el consejo de sabios juristas. Eran seis, presididos por Miquel de Queralt. Ver a mi antiguo amigo me produjo sentimientos encontrados. Como anticipó Ernest, advertí en su mirada que aún no me había perdonado por lo ocurrido nueve años atrás.

—Robert de Tramontana, bienvenido a este consejo de jueces —me saludó el veguer Joan de Cascai tras mi reverencia.

—¡Qué extraños designios nos reserva Dios! —añadió Miquel—. ¿No es cierto?

Como siempre, su túnica era la más cara de toda la sala. Colocado detrás del veguer, con su porte altivo, recordaba que era el segundo hijo de los Queralt de Barcelona.

—El mismo rey que me desterró me ha concedido el perdón —objeté emulando su tono altanero—. Celebro tu nombramiento como *iudex palatii*, Miquel de Queralt. Es lo que siempre ansiaste.

No encajó bien mi respuesta.

—Dicen que en Bolonia eras un estudiante respetado. Resulta extraño que imploraras regresar. Aquí no gozas de tal fama; más bien, todo lo contrario.

Se hizo un silencio incómodo. Muchos jueces de la curia se habían renovado desde los tiempos de Climent, pero todos me conocían. Soporté sus miradas severas.

—Mi fama es algo efímero —repuse—. Lo que puedo ofrecer al tribunal es ciencia y principios jurídicos firmes y justos. Soy doctor en *ius commune.*

El veguer Joan de Cascai torció el gesto. Estaba informado.

—¿Qué te hace pensar que Barcelona necesita otras leyes? —demandó con tibieza.

—Lo que propongo es un modo nuevo de aplicar los *Usatges*: buscar la verdad de los hechos sólo con pruebas, la razón y los principios del antiguo Derecho romano.

—¡Pretendes desterrar los juramentos y las pruebas judiciales! —estalló Miquel—. A eso has venido. ¡Te recuerdo que están recogidas en nuestros *Usatges* y otros fueros!

—¿Todavía siguen siendo seis los consejeros de veguer? —pregunté adusto.

—Así es. ¿A qué viene la pregunta? —me espetó Joan de Cascai, molesto.

—Hay grandes puertos comerciales que hace unas décadas no eran más que poblados de pescadores. ¡Barcelona apenas ha crecido! Unos principios de justicia compartidos con otros pueblos nos brindarían grandes posibilidades.

—¿De verdad debemos soportar tanta arrogancia? —clamó Miquel.

—Es lo que el rey desea —lo desafié. Yo ya no era el muchacho que marchó de Barcelona humillado y desterrado—. Por eso estoy aquí.

Tras un momento de tensión, el veguer asintió conciliador.

—Las órdenes del rey son claras. Robert de Tramontana será el séptimo juez. Prestarás juramento en la *seu* y gozarás de los privilegios de tu cargo.

—El séptimo juez...

Disimulé la emoción. Mi primer recuerdo fue para mi madre, Oria de Tramontana. Ése había sido su último anhelo.

Me uní a la tediosa reunión sobre la administración del tribunal, el cobro de las caluñas y el tributo por recibir justicia del rey. Al finalizar, me acerqué a Miquel.

—Te agradezco que hayas cuidado de Ernest estos años —reconocí afable.

—Él no sabe quién eres... Yo sí —me dijo con aspereza—. Puede que la ciudad siga igual, pero no necesitamos ideas que sólo traerán desequilibrio y conflicto. La última vez que confiamos en ti, ya sabes cómo acabó.

—¡Éramos muchachos, Miquel! ¿Acaso lo impediste? Ambos sufrimos por Ernest.

—¡Veo que, en vez de aceptar tu sino, sigues desafiando a Dios! Ahora regresas de improviso para cambiar nuestra manera de juzgar. Ofenderás de nuevo a los que están por encima de ti y nos arrastrarás a la desgracia. ¡Vuelve a Bolonia!

—¡Ésta es mi patria y soy un ciudadano como tú! —repliqué furioso.

—Como yo no... ¡Eres un simple payés, un condenado, y Barcelona te lo recordará!

Abandoné el palacio del veguer encendido en ira. Miquel había hurgado en mis viejas heridas. En la plaza del palacio condal me alcanzó Ernest de Calonge. Al ver mi cara contraída, se le borró la sonrisa entusiasta. Noté su sufrimiento.

—¿Tienes algo que hacer? —Le pasé el brazo por los hombros—. Quiero ir a...

—¿Estás seguro? —preguntó. Sabía que me refería al burgo de los menestrales.

—Debo hacerlo. Lo necesito.

Sombras del pasado

Al recorrer las calles de Barcelona comprobé que la ciudad seguía tal como la dejé. Apenas había crecido fuera de las murallas. La antigua Paz y Tregua del rey no se respetaba, y durante la rebelión del vizconde de Cabrera y los nobles, los saqueos a masías y poblados del *territorium* continuaron. El miedo traída desidia, y la ciudad vivía aletargada, sin el menor recuerdo del ambicioso proyecto real de construir una gran flota mercante.

—La nueva Paz y Tregua debe proteger también a los ciudadanos y sus bienes —expliqué a Ernest después de contarle mi encuentro con el rey.

—¡Sería algo histórico, Robert! —Su entusiasmo era el de siempre. Me hacía feliz tenerlo junto a mí de nuevo.

En las calles, algunos me reconocieron. Se extrañaban de mi nuevo aspecto, observaban mi capa de pieles y se sorprendían, pero Miquel tenía razón: en la población había quedado el recuerdo de que fui yo quien causó la tragedia en el burgo por llevar allí a un misterioso personaje. Con esa sensación, cruzamos el barranco del *areny* hacia los poblados cercanos a la playa.

Las casas tenían un aspecto decrépito. En nueve años el burgo no se había recuperado del ataque de los que perseguían al infante de León. La calle estaba llena de escombros, con casas vacías y solares llenos de maleza. Los recuerdos de la fatídica noche arañaron mi alma.

—¿Qué pasó con Guisla tras mi marcha de Barcelona? Supe que se casó.

—Después de enterrar a la madre y al hermano, el padre enfermó, y para salvar el taller, o quizá como castigo, la casó con uno de sus oficiales, Pere Burget. Guisla no tuvo suerte... En cuanto el marido se hizo con el negocio, lo malogró en las tabernas y los prostíbulos. Guisla lo mantiene a duras penas ahora. Un tiempo después, el rey vendió por una miseria todo el burgo al mercader Bernat Durfort. Como los habitantes no pueden pagar, quiere echarlos para levantar almacenes. Es uno de los pleitos que han llegado hasta el veguer de Barcelona.

—Maldigo el momento en que tuve la idea de traer a Alfonso aquí —musité, consciente de la escalada de infortunios.

Siempre solía ser así. Los Durfort, Marcús, Lacera y Grony eran unas de las pocas familias que habían prosperado con el comercio en Barcelona. Financiaban al rey, junto con los judíos, y gozaban de amplios privilegios en la ciudad. Aquellos menestrales no tenían nada que hacer.

—¿Y Guisla cómo está? —pregunté intranquilo.

—No vas a ver a tu amor de juventud, Robert —concluyó Ernest, opaco.

Al llegar a la plaza del burgo, el silencio era sobrecogedor. Las casas incendiadas aún eran meras cáscaras ennegrecidas y cubiertas de maleza. Sólo quedaban unos pocos talleres abiertos que ofrecían velas latinas, sogas y otros aperos para los pescadores y marinos, pero todo era decrepitud y tristeza.

Una niña harapienta salió corriendo al vernos y se metió en la casa de Guisla. Junto a la puerta había cestos y esteras de esparto reseco. Llevaban demasiado sin venderse. Miré a Ernest y éste asintió en silencio.

El interior del taller estaba oscuro. Apestaba a vino y sudor. Sentado en un tocón, dormitaba un hombre de unos cuarenta años, delgado, con aspecto consumido. Entreabrió los párpados hinchados un instante y me miró con indiferencia. Alguien apareció tras una cortina del fondo.

A Guisla se le cayó el cesto de las manos al verme. Abrió los ojos, a punto de gritar. Entonces frunció el ceño y en su mirada apareció la sombra del rencor.

—Robert... Me dijeron que habías vuelto —dijo con frialdad, aunque noté que le temblaba la voz.

Un profundo sentimiento de culpa me arrasó. La niña se aferraba a su falda sucia y harapienta. Guisla estaba delgada y desmejorada por una vida de miseria. Me sobrecogió lo que entreví en sus ojos: tristeza y cansancio de vivir.

—Mira lo que dejaste atrás —añadió hosca.

El hombre del tocón se despertó. Me observó con desconfianza.

—Te conozco —graznó arrastrando las palabras—. ¡Robert el Condenado! ¿Vienes a por esta inútil? ¡Mira qué desastre! —Renqueó hasta Guisla y la cogió del pelo—. ¡Págame lo que vale una mula y llévatela con sus piojos! ¡A los niños también, hay un pequeño por ahí dentro!

Saqué mi daga de jade y fui a por él, pero huyó de la casa chillando como si lo atacara un ejército de demonios. Guisla bajó el rostro y acarició el pelo sucio de su hija.

—Márchate, Robert. En el burgo te odian.

—Lo lamento tanto, Guisla... —No esperaba encontrarla de ese modo—. ¡Quiero ayudarte!

Al ver una lágrima en su mejilla llena de hollín, me alivié. Aún tenía vida.

—Hubo doce muertos y cinco hombres quedaron tullidos —explicó como si yo se lo hubiera preguntado—. Luego llegaron los acreedores, la miseria y el hambre. Para muchos fue el final, pero para mí sólo el principio... —Me miró de arriba abajo con anhelo—. A ti, en cambio, parece que te ha ido muy bien.

Se volvió para meterse en la trastienda, pero me acerqué a ella y la detuve. Su hija se asustó y huyó hacia el corral trasero.

—¿Apareces nueve años después para remover el pasado? —me espetó con rabia.

—Me duele hallarte así —insistí afectado.

Ver mi gesto sincero la calmó. Me tocó la cara con una mano, sucia y callosa.

—He pensado muchas veces en ti, Robert, en cómo habría sido nuestra vida. Creo que no he tenido ni un instante de felicidad desde aquellos días. Me arrepiento tanto de haberte delatado... —De nuevo se le deslizó una lágrima—. Ahora tengo un hombre detestable y dos hijos que no puedo alimentar. Ya se me murió una hace años.

Eso me dejó sin aliento.

—Éramos demasiado jóvenes e insensatos. Estabas aterrada, como yo... Pero todo cambiará con mi ayuda, Guisla.

Mis palabras la devolvieron a la cruda realidad y su gesto se agrió.

—¡Eso prometió el *iudex* Guillem Climent cuando vino a interrogarnos tras el ataque, y no hizo nada! El burgo no ha levantado cabeza. Ya sabrás que el pasado otoño una riada del *areny* lo arrasó todo y Pere Durfort quiere echarnos por no pagar las rentas. —Me empujó hacia la puerta—. ¡Vete, Robert, no me traigas más problemas!

—¿Has dicho que mi maestro Guillem Climent vino a interrogaros? ¿Por qué?

—Se decían cosas sobre los atacantes... ¡Qué importa eso ya! Sal de mi casa, por favor, o mi esposo se pondrá peor y lo pagaremos mis hijos y yo.

Le entregué mi limosnera. Guisla me miró mal, pero la necesitaba de verdad.

En la plaza me rodeó un grupo de hombres, mujeres y niños, todos con gesto hostil. A muchos aún los recordaba. Una piedra me golpeó el brazo.

—¡Me ha amenazado con un puñal! —gritó el esposo de Guisla tras ellos. Sonreía con malicia.

—¡Largo malnacido! —espetó otro.

Siguieron insultos y salivazos. Otra piedra me dio en la pantorrilla y llovieron más. Ernest me arrastró hacia la calle que salía del burgo.

—¡Nos habrían matado! —exclamó mi amigo, colérico—. ¿Acaso no saben quiénes somos? Mandaremos a la guardia.

—¡Olvídalo! —dije desanimado. Me dolía más haber visto

cómo estaba Guisla que las pedradas—. Miquel ya lo dijo: Barcelona me recordaría quién era. —Entonces caí en un detalle de mi conversación con Guisla—. ¿Tú sabías que Guillem Climent vino a interrogarlos?

—Deberías hacer caso y olvidarte del pasado —advirtió Ernest, aún espantado.

Una duda comenzó a perseguirme, trazando un sutil camino hacia terribles secretos.

El *call*

Pasaron dos días, y mientras aguardaba la llamada del veguer me dediqué, con el deán Ramón de Caldes y su asistente Ernest, a examinar las antiguas constituciones de Paz y Tregua en la cancillería del palacio condal. La nueva debía ser más amplia.

No me habían permitido volver a visitar a Blanca, pero la abadesa aseguraba que se encontraba un poco mejor. Reconocía que las hierbas de Rebecca de Salerno ayudaban.

Esa mañana las calles estaban embarradas tras una jornada lluviosa y fría, pero ya era hora de ir al *call* judío. El corazón me latía con rapidez a medida que avanzaba por el sombrío callejón hasta la puerta del orfebre Benevist ben Abraim y su esposa, Abigail. Como en la vivienda de Milano, en Bolonia, la pobre fachada no se correspondía con la suntuosidad del interior.

Un esclavo abrió la puerta y enseguida me sonrió. Esperaban mi visita. Dentro, me detuve en la arcada del patio. El gorgoteo de la fuente central, la luz tenue, el silencio; todo estaba como recordaba, y seguía siendo el rincón de Barcelona donde más seguro me sentía.

Conocía bien la enorme casa y el taller. Abigail no tardó en bajar. Tenía más de sesenta años, como su esposo, Benevist. Para mí era como una abuela, lo mismo que Fátima.

—¡Robert! —Me atrapó la cara entre las manos. Aquel gesto tierno, maternal, me emocionó; lo echaba de menos—. No sabes cuánto he rezado por ti…

—Estoy aquí de nuevo, Abigail.

Lloraba de alegría, pero la noté débil y cansada.

—Has tardado en visitarnos. ¡Oh, te has convertido en un hombre muy guapo y elegante!

—¿Y Benevist?

—En sus negocios. Ya vendrá luego, así estaremos más tranquilos. Se ha vuelto un viejo cascarrabias. —Sonrió—. Ven.

Constaté que la prosperidad seguía sonriendo a la extensa familia judía de Benevist gracias a su esfuerzo y a su gran habilidad para los negocios. De allí partían hacía otros reinos de Hispania vajillas de oro llegadas desde Egipto, copas de plata de Germania y perlas adquiridas a los almorávides de Mallorca. Hombres jóvenes con ropa judía entraban y salían de los almacenes traseros con libros de cuentas.

Nada había cambiado. Me recibieron como un pariente, como siempre.

Lo primero que hice fue comprobar el arcón que había traído en la barcaza. Había mandado llevarlo allí, donde estaría bien protegido. Contenía las libras de plata con las que pretendía recuperar Tramontana, así como documentos, las tres copias completas del *Corpus Iuris Civilis* y otras obras como las *Decretales* de la Iglesia, la *Summa Codicis* y el *Arbor Actionum* de mi amigo Azzo Soldani. Aquellos libros por sí solos valían más que una casa.

Saludé a uno de los hijos de Abigail y Benevist. Era un niño cuando me marché y ahora manejaba el ábaco con rapidez y hacía anotaciones en un libro de cuentas. Eso me recordó la consigna del mercader.

—Ni un solo maravedí escapa al control de Benevist ben Abraim —recité.

—Perder uno es como perderlos todos —concluyó Abigail, y me guiñó el ojo.

—¿Aún financia al rey Alfonso? —quise saber, admirado.

—De momento, sigue en el consejo privado del monarca, aunque ya sabes que a muchos nobles y clérigos les molesta que un judío participe en las decisiones.

—¡Robert de Tramontana!

Por la galería asomó el mercader Benevist. Estaba más corpulento que antes. De niño ya me parecía un gigante; incluso me daba miedo durante las primeras semanas que pasé entre ellos, cosa que divertía a Abigail.

La estruendosa risa de Benevist retronó en el patio y paralizó la actividad.

—¡El *legum doctor* y séptimo juez de Barcelona nos honra con su visita! *Shalom!* Bienvenido a nuestra humilde morada.

A los siervos más nuevos les sorprendió el estallido de alegría. Ascendí la escalera de piedra.

—Únicamente he vuelto para beberme tu vino *kosher* —advertí—. ¡Si no, no me sacarás una palabra!

Me aplastó entre sus brazos y fuimos al salón principal, donde había estado con Blanca nueve años atrás. Benevist y Abigail miraban paternales en qué me había convertido.

—Si pudiera verte Guillem Climent... —comentó el judío con pena.

Nos acomodamos junto al hogar y nos pusimos al día. A Benevist le interesó especialmente lo que había aprendido de Milano; nada podía descartarse en el complejo mundo de los mercaderes. Abigail me tentó con adafina para no dejarme marchar. Era un cocido de garbanzos y cordero que en las casas judías se preparaba el viernes para comer el *sabbat*.

—Creo que, si de niño no me escapé de Barcelona, fue por este guiso —aseguré nada más oler el aroma especiado de la fuente de barro.

—Llegaste de Olèrdola lleno de ira y con el alma partida —recordó Abigail.

—Si no hubiera sido por vosotros, no lo habría soportado —afirmé, y mi sinceridad hizo que a la anciana judía se le saltaran las lágrimas.

—Guillem Climent sufrió mucho. Todo se lo debes a él —señaló—. Ya te habrán contado que desapareció tras la muerte de su arzobispo. Tememos que esté muerto.

Les detallé mi reunión con el rey, pero no hablamos más de

ello. No queríamos más penas. Fue una tarde agradable, en la que el tema principal acabó siendo el empeño de Abigail por casarme en Barcelona y hacerme prosperar en el *cursus honorum*. Les expliqué que había ido al monasterio para ver a Blanca y les conté mis planes. Ambos se miraron. Llevaban tantos años juntos que se hablaban sin palabras.

—Conozco la situación en Olèrdola a través de su administrador, Jacob de Girona. Olvídate de comprar tu masía mientras Saura permanezca al frente de la castellanía —afirmó Benevist, sombrío—. Mataste a Arnulf de Corviu, y aunque el rey te exculpe, si pueden te castigarán. Lo más seguro para ti es que no salgas de Barcelona.

—Por eso me ha pedido que redacte una nueva Paz y Tregua, más extensa.

—Pensaba en una dama de la familia Grony o de la Lacera... —señaló Abigail, que aún pensaba en casarme—. Pero ya veo que sigues unido a la joven Blanca de Corviu. Quizá ella también merece una segunda oportunidad.

Asentí agradecido. La judía era una matriarca que prefería las decisiones prácticas y convenientes, y Blanca no me convenía, a su juicio. Sin embargo, también conocía todas mis cicatrices. Era una mujer sensible, y no insistió. Quizá, debía de pensar, el tiempo y Dios colocarían cada cosa en su lugar.

Al caer la noche aún me hallaba en la casa judía. Abigail, pálida y cansada, me besó la frente y se retiró. Entonces apareció la congoja en el rostro de Benevist.

—Abigail se fatiga desde hace un tiempo. Los médicos dicen que es cosa de la edad, pero me temo que se apaga... Por eso no quiero darle más preocupaciones. ¿Qué necesitas?

Fui a mi arcón remachado y regresé con un cilindro de plata. Dentro estaba la falsificación de la *Donatio Constantini* más perfecta que había existido jamás. Seguía sin comprender por qué la había salvado del fuego, pero quizá me sería útil en el futuro.

—Benevist, te ruego que guardes este documento en el lugar más seguro de la casa. Es importante, y peligroso. Si se supiera que está aquí, vendrían de medio orbe a por él.

El judío me miró con intensidad. Yo ya no era un niño.

—Puesto que es la hora de las confidencias, te pido que me acompañes abajo.

La casa estaba tranquila y fuimos a los grandes sótanos. Él y Climent solían pasar horas allí, mientras yo jugaba con los muchachos de la familia en el patio o la calle.

Benevist desplazó una alacena corrediza y entramos en una estancia que me recordó el segundo taller de Milano, el que había al otro lado de la puerta remachada.

—No sabía de este lugar —dije asombrado.

—En eso consiste parte de nuestro oficio, en tener secretos.

Encendió unas velas. La estrecha cámara de muros de ladrillo parecía una sinagoga. Sobre un altar cubierto de lienzos blancos con letras hebreas, lucía un candelabro de siete brazos. Había dos armarios de madera negra con libros y rollos de pergamino.

Benevist se volvió hacia mí con expresión solemne.

—Durante la cena comentaste que en Bolonia se percibe un cambio en la mentalidad.

—Mi maestro Bassiano llamaba *curiositas* a ese impulso.

—También ocurre entre los judíos —señaló—. ¿Has oído hablar de la cábala?

—Dicen que es magia judía —respondí con cautela—, nigromancia.

—No hagas caso —aseguró sonriente—. Es una manera especial de estudiar las Sagradas Escrituras. Se ha fundado una escuela en Girona y me traen sus estudios. Buscamos a Dios profundizando en los libros de la Torá, leemos mensajes ocultos a la vista del no iniciado. Dios susurra a quien está atento.

Ignoraba que Benevist tuviera otros intereses además de sus negocios.

—En cierto modo, es como el trabajo de los glosadores con el *ius commune*.

—Quería que lo vieras así. Guillem Climent era un cristiano piadoso, pero admiraba este paciente trabajo. Además, en la Cábala todo tiene sentido aunque esté oculto, y tu llegada lo tiene. Creo que te impulsa el amor juvenil por Blanca, aunque intuyo que en verdad estás aquí para cambiar las cosas. Tu madre lo vio y tu maestro también... Igual que el rey.

—¿Por qué me dices eso? —Me desconcertaba oír hablar así al práctico Benevist.

—Los cristianos cada vez recelan más de los judíos... La brecha entre las dos comunidades crece. Por eso te propongo un acuerdo: yo lograré que el rey perdone a Blanca de Corviu y tú añadirás en la Paz y Tregua una protección específica para los judíos. —Me miró con gravedad—. Es vital para nuestra supervivencia. A cambio, tendrás nuestro apoyo.

—Benevist, conoces bien la situación —aduje, pues quería compartir con él mi mayor temor—. ¿Crees que esta nueva Paz y Tregua será aceptada?

—El rey ha sofocado una rebelión y quiere aprovechar su fortaleza actual, pero no le resultará fácil. También tú debes ser cauto, pues podrían ir a por ti para obstaculizar el proceso.

—Si fracaso, continuarán pensando de mí que sólo soy un simple payés —señalé con desdén.

—Siéntete orgulloso de tus orígenes, Robert. Y no temas; ahora eres un hombre con grandes conocimientos jurídicos, y presiento que van a cambiar muchas cosas.

Como cuando era un niño, las afirmaciones de Benevist me calaron muy hondo. El anciano tenía esa capacidad de persuadir y conmover. Así pues, salí de la casa judía con nuevo brío y un acuerdo que cumplir.

La curia

A principios de febrero el rey Alfonso de Aragón convocó de repente a la curia de Barcelona, compuesta de sus funcionarios, consejeros, recaudadores, magnates y miembros del clero. También hizo acudir al consejo de *honrats* de la ciudad. Yo asistí como juez del veguer. En el trono de la sala Mayor, el monarca lucía la túnica con las barras encarnadas de su casa, una esclavina de armiño y la diadema de conde de Barcelona.

Su senescal anunció que el rey Alfonso partía hacia Lleida, donde se reuniría con su esposa, la reina Sancha de Castilla, y cruzaría los Pirineos hacia Perpiñán para revalidar los pactos y vasallajes de sus feudos de Provenza.

Mientras se leían las disposiciones se abrió la puerta. Me impresionó ver a Blanca de Corviu con un brial verde. Seguía muy pálida y ojerosa, pero su aspecto había mejorado y había vida en sus ojos claros. Caminaba del brazo de una monja de hábito negro benedictino con el rostro oculto por un velo igual de oscuro. A mitad de la sala, Blanca se soltó. El rey aguardó paciente hasta que llegó a los pies del entarimado e hincó la rodilla.

—Blanca, se te despojó de todo título por tus pecados. Luego, cuando enfermaste, la *castlana* de Olèrdola, Saura de Cabrera, te entregó a mí, pues los Corviu fueron siempre fieles a mi casa, al contrario que tu tutor Ponce III de Cabrera. Los galenos pronosticaban tu muerte, y quise que te reconciliaras con Dios por tus pecados recluida en Sant Pere de les Puelles. Sin embargo, estás aquí.

Blanca alzó los ojos. Los tenía anegados en lágrimas debido a la humillación de aquellas palabras. Sentí una terrible vergüenza cuando muchos de los presentes me miraron: nuestro amor era el causante de su caída.

—Pagué ante los hombres con el castigo que me impuso mi tutor, y ante Dios con una melancolía que me llevó al borde de la muerte. Me queda pagar por vuestro perdón, para poder recuperar el nombre de mi linaje y su honor. Os lo ruego por la memoria de mi madre, Leonor de Corviu, y sus ascendientes.

—¿Deseas volver a ser nombrada Blanca de Corviu, hija noble de los antiguos *castlans* de Olèrdola y vasallos de Guillem de Santmartí?

—Nada más pido, mi señor. A cambio de mi fidelidad inquebrantable.

El rey se levantó. Tuve la sensación de que eran fórmulas ensayadas, un ritual de acercamiento cuya finalidad era restablecer el equilibrio roto.

—Deseo tener un gesto magnánimo antes de dejar Barcelona, Blanca de Corviu. Desde este momento, se te considera legítima heredera del nombre familiar. No obstante, dado que dicho honor no conlleva patrimonio y no puedes reunir una dote para casarte con alguien digno de tu linaje, profesarás como benedictina en Sant Pere de les Puelles y vivirás conforme a su regla, como una humilde sierva de Dios.

Don Alfonso me miró de soslayo y me quedé sin aliento. Confuso, busqué entre los presentes al judío Benevist. Lo hallé cabizbajo, no muy lejos de mí. Al verme se acercó.

—Me temo que el rey esperaba que regresaras de Bolonia con tonsura y voto de castidad. Te ve como al nuevo Guillem Climent y no quiere que nada interfiera en tu función, menos aún una relación impropia como la vuestra.

—No me dijo nada —musité engullendo la cólera.

—Un rey actúa a su conveniencia. Debéis aceptarlo, o de lo contrario el castigo que sufras será peor que el destierro.

El desánimo me invadió y tuve deseos de regresar a Bolonia. De nuevo perdía a Blanca. Seguía ante la tarima, con el gesto contrariado. Se sentía tan confundida como yo.

—Gracias, mi rey —logró decir sin derramar una lágrima—. En Sant Pere he hallado la paz. Rezaré por vos y por la prosperidad de estos condados.

Mi corazón lloraba cuando la sóror se acercó para llevársela. Me aproximé a ella y cruzamos una breve mirada llena de pena y frustración. Blanca también había comprendido las razones de Alfonso. Para el rey, permitir que recuperara el nombre de Corviu era suficiente generosidad. Blanca haría los votos religiosos como mujer noble.

Al final, en vez de abandonarme a la ira, me propuse ganarme la confianza del monarca para cambiar su decisión en cuanto se firmara la nueva Paz y Tregua. Debía visitar a Blanca para pedirle que mantuviera la fe en mí y no tomara los votos enseguida.

La audiencia terminó con una emocionada despedida del rey. Ensalzó a sus ancestros, los condes de Barcelona, guardianes de aquella tierra. Pidió lealtad a sus magistrados y funcionarios, y recordó a todos que los judíos seguían bajo su protección.

El obispo de Barcelona, Ramón de Castellvell, lo bendijo. Alfonso de Aragón se quitó él mismo la diadema y la guardó en el arca de hierro de los condes.

—Que Dios os bendiga a todos, hijos. —Me dirigió una leve mirada—. Si el Señor lo permite, en verano regresaré y celebraré una *curia regis* a la que asistirán magnates, miembros del clero y representantes de las ciudades. Es mi deseo firmar una gran Paz y Tregua que incluya las baronías, las tierras infeudadas a los nobles y las urbes bajo mi dominio.

La mirada del rey fue elocuente para todos. Yo sería el valedor, como lo fue mi maestro Guillem Climent en la Paz de Fondarella. Lo había dicho al final para evitar las objeciones de los nobles presentes, pero ya era oficial. Vi caras de inquietud y disgusto. La última vez que don Alfonso anunció una Paz y Tregua, estalló la rebelión que encabezó el vizconde de Cabrera y duró cinco años.

Salí en cuanto pude para visitar a Blanca, pero en la escalera de la entrada al palacio me detuvo Miquel de Queralt. Su expresión ladina no me gustó.

—Vengo a informarte de que mañana se celebrará el juicio que el burgués Bernat Durfort ha interpuesto contra el burgo de los menestrales. Pero quizá ya te has enterado...

—Sé que quiere desahuciarlos por no pagar las rentas —dije hosco.

—He convencido al veguer Joan de Cascai para que admita los principios del *ius commune* y confíe en tu criterio. —Sonrió ladino—. ¿No es lo que deseabas? Dado que fuiste tú el causante de la ruina de esos artesanos, es justo que seas quien termine con la agonía.

Era una encerrona. Si me inclinaba a favor del burgo, me enfrentaría a los poderosos Durfort y sus aliados, y si los favorecía, llevaría a la miseria a muchas familias.

—Supongo que para los otros seis jueces ese pleito ya tiene sentencia, ¿me equivoco?

—Tú eres el séptimo juez. Espero que sepas lo que haces.

Comenzó a alejarse. Era su manera de vengarse y la rabia me desató la lengua:

—Te has propuesto demostrar que el *ius commune* no puede cambiar nada, pero ¿y si finalmente el influyente Durfort no tuviera la razón?

Miquel profirió una carcajada que hizo volverse a los *honrats* que pasaban cerca.

—Llevas años fuera, pero no tantos como para ignorar que en Barcelona nadie se opone a la voluntad de esa familia. Si desafías a quien no debes, aparecerás flotando en el Cagalell. Dedícate a la Paz y Tregua que quiere el rey y no interfieras en nuestra justicia tradicional. Tienes a muchos en contra, más de los que te imaginas...

Me alejé en dirección a la *seu* con una sensación nefasta.

En la cripta de Santa Eulalia logré calmarme. Pospuse la visita al monasterio de Sant Pere de les Puelles y me encerré en la pequeña celda con los libros del *Corpus Iuris Civilis*. Debía recordar los pasajes y brocardos memorizados en el *Studium* de Bolonia. Ellos me ayudarían a inclinarme por lo más justo, no ante el poderoso. Ejercería la justicia con los ojos vendados. Así habíamos jurado hacerlo en el Santo Sepulcro de Bolonia.

El juicio del burgo

El día siguiente tomé asiento, junto al veguer y los otros seis jueces del tribunal, en el estrado situado sobre la escalera del palacio condal. Debido a la enorme cantidad de implicados, la audiencia se realizaba en la plaza, que estaba abarrotada.

El pleito había despertado mucha expectación, pues, aunque no era una causa de sangre, afectaba a muchas familias de artesanos. Otros burgos de la ciudad también se hallaban en una situación dramática y temían correr la misma suerte.

Antes de mi turno, se vieron pequeñas causas de hurtos y algún que otro pleito de lindes que el propio Joan de Cascai despachó sin recurrir a los jueces. A media mañana vi aparecer al elegante Bernat Durfort con su séquito, acompañado de miembros de las casas Lacera y Grony, sus socios en empresas mercantiles. Todos me miraron con curiosidad y desdén. Era Robert el Condenado, hijo de payeses y un desterrado. Para ellos, mi presencia era un absurdo capricho del rey, probablemente pasajero.

—Éste es el caso que deberás dirimir —me señaló el veguer, circunspecto.

Aparecieron en la plaza los cabezas de familia del burgo. Los que me habían apedreado. Entre ellos iba Guisla con su marido. Muchos me miraban apocados; otros, altivos, decididos a no mostrar flaqueza ni en ese momento.

—Actúa con cautela, Robert de Tramontana —me advirtió Joan de Cascai.

Los nervios comenzaron a devorarme.

Tras los juramentos y la imprecación para que Dios asistiera el pleito, un escriba del veguer clamó la demanda. Explicó que el consejero Bernat Durfort era propietario desde hacía dos años del burgo, tras comprárselo al rey. Cada casa le pagaba una renta anual. En otoño se habían producido lluvias torrenciales que habían desbordado el barranco del *areny* y arrasado los obradores. La ruina sobrevenida había impedido el pago de la renta, y Durfort solicitaba al tribunal el desahucio de todos los artesanos.

—¿Cómo responden al *clam* los demandados?

El abogado de los menestrales era un clérigo muy anciano que se acercó apoyado en un bastón. Vi el miedo en su rostro. El espinoso asunto lo superaba.

—Estos pobres menestrales son leales al rey y jamás han incumplido sus obligaciones con el fisco y sus acreedores —dijo con voz temblorosa—. Aseguran que después de la inundación imploraron al *honrat* Durfort un aplazamiento del pago y él aceptó por piedad. En ese plazo de gracia, han reunido, con mucha dificultad, la mitad del importe, pero el propietario lo considera insuficiente y exige que se marchen.

Joan de Cascai cedió la palabra al abogado de Durfort.

—El honorable Bernat Durfort no acepta esa cantidad. Si no pagan lo estipulado antes de terminar el plazo de gracia, deberán irse; de lo contrario, se los echará por la fuerza.

—¡Lo que desea es derrumbar las casas para levantar sus almacenes! —exclamó, como un lamento, el defensor de los menestrales—. ¿Qué será de estas pobres familias?

Apelar a la compasión era una táctica habitual de los clérigos que ejercían de abogados, pero con el poderoso Durfort en contra, nadie coreó la queja.

—Veamos las pruebas —dijo el veguer—. ¿Hay documentos?

—Son contratos orales —respondió el letrado de Durfort—. Pero hay testigos que jurarán a favor del propietario. Son *honrats* y, según nuestra costumbre, su palabra basta como prueba absoluta.

Pedí intervenir, y Joan de Cascai me autorizó.

—¿Esos testigos pueden asegurar que hubo un pacto tras la inundación?

—¡Eso es irrelevante cuando hablamos de los Grony y los Lacera! —repuso el letrado de Durfort, molesto—. Nadie cuestiona su palabra.

—El *ius commune* se vale de hechos probados —repliqué con sequedad.

Tras un tenso silencio, el veguer hizo jurar a los testigos. Todos avalaron la verdad de Durfort, pero se hizo evidente que no sabían nada del asunto. Joan de Cascai miró al apocado letrado de los menestrales.

—¿Tienen los demandados más y mejores pruebas?

El anciano abogado hizo pasar a sus testigos, un puñado de parientes y vecinos con poco que perder, pues nadie osaba enfrentarse a Bernat Durfort. Los relatos de los testigos fueron inconsistentes. Lo único que se sacó en claro fue el esfuerzo de los menestrales para reunir el pago, pero los destrozos de la riada habían impedido llegar a la cantidad adeudada.

Sólo quedaba oír la sentencia, que para todos era evidente.

—Conforme a la ley de los *Usatges*, los menestrales deben ser echados —señaló el veguer—. ¿Es así, *iudex* Robert de Tramontana? ¿Hay alguna especialidad en el *ius commune*?

Toda la plaza me miraba. Era el momento de cambiar el devenir de Barcelona. En otras ciudades todo había empezado con una simple sentencia, casi irrelevante, pero que proponía otro camino. Inspiré con fuerza y miré con atención a las dos partes para ganar tiempo, como hacía Giovanni Bassiano.

—No contradiré los *Usatges de Barcelona*, sólo mostraré el modo en el que los jueces romanos tomarían la decisión —comencé solemne.

Las partes asintieron. Estaban confundidos, pero yo era un hombre del rey.

—Tenemos, por un lado, unos arrendamientos y, por otro, el impago a causa de la inundación. Pero hay un tercer hecho:

los menestrales aún hoy habitan sus casas del burgo de manera pacífica.

—¿Y eso importa? —preguntó el veguer.

—Es importante porque refleja el *animus* de Bernat Durfort de respetarlos, por un plazo de gracia al menos. Tampoco hay duda en cuanto a que los demandados quieren pagar, aunque no tengan suficiente —indiqué—. Todos son indicios que los antiguos jueces tenían en cuenta para descubrir lo importante: la intención de cada parte.

—¡Pero lo que han ofrecido pagar es escaso! —replicó el letrado de Durfort, incómodo, pues no contaba con tener que defender nada.

—Ésa es la cuestión —afirmé. Era el momento—. ¡Es escaso por culpa de la catástrofe! Fue una desgracia que también afectó los demás burgos cercanos al *areny*, ¿no es cierto? Todos sabemos que los Durfort y otras familias son miembros del consejo de la ciudad. Una de sus obligaciones es mantener limpios los barrancos del *territorium* en otoño. ¿Estaba el Areny limpio, como suele hacerse? —Vi gestos de negación entre la muchedumbre—. ¿Pudo el consejo de la ciudad evitar los efectos de la riada?

Dejé que el rumor recorriera la plaza. El rostro de Bernat Durfort era una máscara de cólera. El letrado miraba al veguer y al resto de los jueces con estupor.

—¿Adónde quieres llegar, Robert? —demandó Miquel a mi lado, pávido.

Era la pregunta que esperaba. Había desmenuzado el problema en premisas simples con la lógica aristotélica y todas se habían admitido. Quedaba aplicar los principios romanos.

—Tenemos, por tanto, unos alquileres en vigor puesto que siguen en las casas, un impago y la causa de éste: una riada —señalé con determinación—. En estos casos, los jueces romanos aplicaban un principio llamado *rebus sic stantibus*. Si las condiciones han cambiado por una causa inevitable, las obligaciones deben adaptarse. Lo justo es que ambas partes compartan ahora la pérdida, y más teniendo en cuenta que tal vez la riada pudo evitarse. Los burgueses deben seguir en posesión de sus casas mientras exista *animus* de cumplir el pago, y la renta debe ser la mitad hasta que recuperen el negocio. Si no pagan, deberán irse.

La plaza quedó en silencio. Nadie esperaba mi propuesta. El patriciado murmuraba con disgusto, pero desde el otro extremo de la plaza llegaron aplausos. Miré a Guisla. Estaba con su malcarado esposo y se cubrió la boca con las manos, sorprendida. En ese momento me liberé de una pesada losa que arrastraba desde hacía años.

Por la escalera del palacio ascendió Durfort, sudando y con la cara encendida.

—¡No sabes lo que has hecho! —me gritó, sin el debido respeto al tribunal.

—Ésta es la decisión que se tomaría en Pisa o en Génova —repliqué sin ceder—. Pensadlo, honorable Bernat Durfort... Aquí poseéis poderosos aliados, pero en otros puertos seréis débil como estos menestrales. Si alguna vez en vuestros negocios os veis en una situación así, sabréis a qué ateneros. Por eso las grandes ciudades mercantiles buscan una justicia que sólo se fundamente en hechos y trate por igual a todos. No es malo; sencillamente, es justo.

Estaba rojo de cólera. Mis palabras lo confundieron. Era un comerciante experto y avezado. Yo sabía que las repasaría una y otra vez, y que, cuando se calmara, acabaría entendiéndolas. Apretó lo puños y bajó la escalera. Los jueces murmuraron preocupados. Joan de Cascai me miró, y me reafirmé.

—Mi sentencia es justa, pero vos sois el veguer; os corresponde dictarla o no.

El veguer se puso en pie y pidió silencio. Tenía más valor que los jueces.

—En nombre del rey Alfonso de Aragón, como veguer de Barcelona, sentencio el pleito tal como el *iudex* Robert de Tramontana ha declarado. Cada litigante pagará al tribunal una parte del impuesto por la justicia del rey y quedará archivado en la cancillería.

La plaza estalló en un clamor. Un burgo humilde se había salvado del ansia especuladora. Ernest subió la escalinata con los ojos como platos. Miquel, que seguía a mi lado, parecía confuso.

—La humanidad es capaz de percibir el derecho natural, aunque no lo haya presenciado antes —dije a Ernest, satisfecho—. Estamos hechos a semejanza de Dios.

—No todos los *honrats* de Barcelona serán como Bernat Durfort —me advirtió Miquel—. Te has ganado enemigos poderosos.

Era cierto. Entre las familias más pudientes que presenciaban el pleito vi gestos sombríos. Muchos basaban su poder en la ascendencia de sus linajes y la influencia. En realidad, imitaban a los nobles.

—La chispa ha saltado y un simple pleito puede desatar un incendio de proporciones incalculables —le respondí, emulando las palabras del *magister* Giovanni Bassiano—. Si no lo consigo yo, después vendrá otro, y luego otro...

La reacción

Desde los nobles hasta los esclavos de Barcelona, todos tenían una opinión al respecto de la sentencia del burgo de los menestrales. Esa misma tarde Bernat Durfort, alentado por varias familias patricias, fue hasta allí con su gente para amenazar a los menestrales. La intervención del *saig* y la guardia de la ciudad evitó un tumulto.

La situación era tensa y, debido a la ausencia del rey, fue el veguer Joan de Cascai quien reunió al consejo de prohombres de la ciudad en la sala Mayor del palacio condal. Reinaba el desconcierto, y los ancianos y *honrats* debatieron si convenía anular la sentencia y qué medidas tomar. Por mi cargo como juez de la curia debía asistir, pero el *saig* no me permitió entrar y tuve que aguardar la decisión ante las puertas cerradas.

Oía gritos y réplicas. Discutían si aquellos principios novedosos podían aplicarse con los *Usatges* y los usos. Eran conscientes de que el impacto sería irreversible. Creían que decidían mi futuro, pero Barcelona estaba decidiendo el suyo. Los guardias de la puerta me miraban con curiosidad. Uno de ellos era un veterano, me conocía de los tiempos en los que entraba en el palacio como asistente del maestro.

—El *iudex* Guillem Climent nunca se atrevió a algo semejante —dijo con voz grave.

—Sin embargo, me educó para que yo lo hiciera algún día —repliqué tenso. Mi precoz formación me había permitido alcanzar el nivel del *Studium* de Bolonia.

—Yo creo que ha sido una sentencia justa —aseguró, y me arrepentí de haber hablado así—. Te deseo suerte, Robert de Tramontana.

Cuando la puerta se abrió, me hice a un lado. Dos docenas de hombres, la mayoría camino de la vejez, salieron conversando en grupos. Conocía a muchos. Algunas de las miradas que me dirigieron fueron de respeto, otras querían recordarme que, a pesar de mi túnica elegante, no era más que el hijo de unos payeses acogido por un juez lleno de remordimientos. La decisión no había convencido a todos, pues varios salieron discutiendo. Bernat Durfort me hizo una leve inclinación y se marchó. Como buen mercader, sabía ocultar lo que pensaba; no obstante, advertí un cambio en su mirada.

La sala se vació y entonces me permitieron entrar. El veguer Joan de Cascai seguía sentado en la larga bancada del consejo adosada al muro, con aspecto cansado.

—La justicia es una potestad del conde y debe ser acatada —comenzó sin rodeos—. Por tanto, tu sentencia es válida. Bernat Durfort ha decidido aceptarla finalmente y no apelará ante el rey, pero otras familias influyentes han amenazado con retirar sus fondos y créditos a la ciudad si te mantenemos en el consejo del veguer. Has causado inquietud.

—Vais a retirarme —deduje, dejando traslucir que me decepcionaba como veguer.

—Hasta que el rey no dirima este conflicto, debo desposeerte de los atributos de *iudex*. Conservarás el estatus de ciudadano, pero se te retira la asignación y la inmunidad.

Seguía tenso; era una decisión que había tomado bajo una enorme presión.

—Las familias patricias temen que por mi origen humilde trate de perjudicarlas —repliqué con rabia y frustración—. ¡Os recuerdo que fue el rey quien me nombró juez!

—Se enviará a Su Majestad una carta con la decisión del consejo —me atajó molesto—. Que valore si le conviene incomodar a sus financieros de Barcelona.

Inspiré hondo para serenarme.

—Veguer, sois la justicia del rey aquí. ¿No os pareció equitativa la sentencia?

—Lo fue, sin duda. —Me miró sombrío—. Pero te enfrentas a un orden secular.

—¡Ese orden nació cuando esta tierra era la Marca, la peligrosa frontera del Reino Franco! —repliqué recordando los debates en la *schola* de Martí de Ripoll, en Jaca—. En tiempos de guerra, obligar a los campesinos a cultivar las tierras, requisar sus bienes o llevárselos por la fuerza es una cuestión de supervivencia, pero ¡en tiempos de paz es un abuso! No dejéis que los ciudadanos influyentes de Barcelona se amparen en esas leyes caducas para hacer lo mismo. Las comunidades que obran así languidecen.

—Tal vez no estemos preparados aún como en otros lugares.

—Era niño cuando llegué a Barcelona y desde el alba hasta la noche repicaban los martillos de los constructores. La ciudad crecía, mientras que ahora todo es silencio.

—¡Me consta que tuviste parte de culpa en ese cambio! —me espetó con acritud—. ¡Nadie desea ver que el fruto de su esfuerzo se pierde por culpa de un saqueo o una sentencia injusta!

—Quizá por eso Dios ha dispuesto mi regreso, para enmendarlo —añadí hosco.

—Puede ser, pero no será ahora, Robert de Tramontana. Márchate.

Salí del salón hecho una furia y en la escalera me topé con Ernest de Calonge.

—Ya me he enterado. ¿Cómo estás? —Su preocupación hizo que me sintiera peor.

—Sin prestigio, sin Blanca de Corviu y expulsado del consejo del veguer.

—¿Qué vas a hacer? —preguntó con tiento.

Entonces se me pasó algo por la mente. Sonreí y le revolví sus rizos negros.

—Beber.

Ignoramos el rezo de vísperas, y aunque a Ernest le supondría una reprimenda del deán, nos quedamos en una sórdida taberna con posada junto al castillo de Regomir en la que el vino no estaba agriado. Estaba atestada y el griterío hacía difícil hablar. Ernest aguantó mi desaliento con paciencia. Era un gran amigo.

De niños nos ayudamos. Él era un expósito recogido en un callejón, con maneras dulces que atraían las burlas de los chicos más crueles. Su primer tutor había sido un clérigo llamado Joan de Calonge, de quien conservaba el nombre. Yo era el inadaptado criado en los campos. Los dos teníamos algo en común: fortaleza y tesón. Quizá por eso nuestros mentores nos habían dado una oportunidad.

—Dios dará sentido a tu aventura, Robert, estoy seguro —casi gritó por encima del bullicio reinante, y entrechocó su jarra de madera con la mía.

—Ya he visto muchos espejismos. Cuando siento que estoy a punto de llegar a algún sitio, todo se desvanece —respondí. Acto seguido, le confesé mi decisión—: Prepararé en la cancillería el documento de Paz y Tregua, se lo llevaré al rey a Provenza y regresaré a Bolonia. Echo de menos mucho de lo que dejé allí.

Ernest bajó la cabeza, pero no dijo nada. Me entendía. No podía hacer nada más.

De repente sonó el trino de una flauta. Un juglar situado cerca del fuego marcaba el ritmo con un pie y todos lo imitamos golpeando las mesas. Me animé al pensar en la Compañía Roja. Me habría gustado verlos de nuevo, sobre todo a Salomé. La melodía era jovial y tuvo un efecto balsámico en mi alma. Por fin me olvidé de los problemas.

Los parroquianos cantamos y brindamos juntos. El juglar nos hacía reír con ocurrencias graciosas. Me reconocieron, pero nadie me interpeló y lo agradecí.

Sobre la medianoche llegaron cuatro payeses, el jolgorio amainó y el tabernero, malcarado, les hizo señas para que se marcharan. Aun así ocuparon una mesa. De pronto la música cesó. Ernest y yo nos miramos extrañados, pues el ambiente se había enrarecido.

—Esto acabará mal —intuí mientras sacaba unos maravedíes para pagar.

Ni siquiera nos dio tiempo a levantarnos antes de que el tabernero descolgara una maza de la pared y se acercara a ellos, desabrido. Cruzaron amenazas. Los recién llegados volcaron la mesa y lanzaron una banqueta con intención de destrozarla.

—¡Ya van tres veces con ésta! —bramó el tabernero—. ¡Malditos seáis!

Se desató el caos. Varios criados de la posada corrieron a ayudar a su señor. Entre insultos, volaban jarras y se astillaban bancos. El tabernero golpeó con la maza al cabecilla de los payeses y lo arrastró hasta un rincón.

—¡Vámonos, Robert! —dijo Ernest, y se levantó.

—¡Eh! ¡Es el juez del burgo! —gritó alguien cuando me puse en pie.

—Sí, Robert el Condenado —señaló otro—. ¡Juzga esto, que ya estamos hartos!

Otros me increparon y la pelea se detuvo. No me atreví a moverme. Los parroquianos coreaban la absurda propuesta nacida del vino.

—¡Sí! ¡O lo resuelve el juez o no volveremos por aquí! —advirtieron al tabernero.

El dueño del local y el payés se miraban furiosos.

—Estáis obligados a acudir al veguer —repliqué comedido. Entonces tuve una idea—. Salvo que elijáis a un árbitro y juréis acatar su decisión, sea yo u otro.

—¡Aceptaría cualquier decisión que no sea esa ordalía de meter el brazo en una olla de agua hirviendo, como quiere el maldito veguer! —voceó el tabernero, furioso.

Se hizo un silencio incómodo. Me estremecí al comprender lo que ocurría.

—¡Arreglad esto, juez! —me insistieron de nuevo.

—Deberéis respetar mi laudo —les advertí con voz firme.

Los dos hombres se miraron y al fin el posadero soltó la maza.

—Mi nombre es Ramón Roig —comenzó hosco—, y éste es Gerard de Santa Coloma. Lo conozco desde que era un niño, pues ya venía con su padre a vender cerdos al mercado de la carne de Barcelona y siempre se hospedaban aquí.

—¡En San Esteban me robaron en mi propio aposento! —gruñó Gerard—. Había vendido una piara de doce cochinos. ¡La ganancia de un año! Guardé las monedas de plata en el cuarto y bajé. ¡Después de cenar ya no estaban! ¡Sólo Ramón sabía de mis ganancias!

El tabernero negó gesticulando.

—¡Invitaste a toda la taberna por el éxito de la venta, Gerard! ¡Si eres un necio y un fanfarrón no me culpes! —Se volvió hacia mí—. El día siguiente mis criados hallaron el cofre del dinero roto y vacío en otra habitación.

—¿Quién se había hospedado allí? —pregunté.

—Un clérigo de Lleida..., o eso dijo.

—¡Ésa es tu excusa, embustero!

De nuevo tuvimos que separarlos. Ernest se apoderó de la maza y, de un golpe en el suelo, hizo que todos se callaran. Miré al porquero y al posadero. Parecía una de las acaloradas *quaestiones* que discutíamos en Bolonia.

—¿Cuál fue la decisión del veguer? —pregunté a Gerard.

—Dado que era una palabra contra otra, el *iudex* Miquel de Queralt ordenó resolverlo con la batalla del agua hirviendo.

—¡Tú sabes de eso, Robert! —gritó alguien, malintencionado.

Hubo risas, pero no escondí las manos como hacía de pequeño.

—¡Yo no robé el dinero y no tengo por qué quedarme lisiado para defenderme! —exclamó el posadero—. ¡Tengo siete hijos y necesito los brazos para alimentarlos!

—Dice eso porque no tiene razón y sabe que Dios no lo protegerá —señaló Gerard.

—¡Mete tú la mano en el caldero y te devolveré el importe! —lo retó Ramón.

Antes de que la discusión se recrudeciera, tomé la palabra.

—Para los romanos la justicia no era una guerra; hay que buscar la equidad.

No estaba seguro de que me hubieran entendido, pero asintieron. Me volví hacia el posadero. Mi suerte en Barcelona podía cambiar si era hábil.

—¿Deseas regentar un negocio próspero o te conformas con lo que haces?

—¿Quién no ansía mayores beneficios?

—Lo mismo decían en la antigua Roma. La clave está en saber por qué el ladrón estaba aquí.

—Se hospedó, pagó por adelantado y se llevó el dinero de Gerard. Eso es todo.

—Es suficiente —indiqué—. En la antigua Roma los posaderos asumían los *furtum*, ya fueran cometidos por su gente o por los hospedados. ¿Por qué? Para dar confianza a la clientela.

—¿Debo ser yo el que pague? —señaló incrédulo Ramón.

—Tú hospedaste al ladrón y perjudicaste a otro cliente. Aunque te parezca lo contrario, esta antigua norma te protege a ti, pues si respondes del robo, tu posada ganará fama de segura y prosperará. Si aceptas mi arbitrio, pagarás a Gerard lo que perdió.

A mis palabras siguió un silencio lleno de estupor. Ambos hombres se miraban ceñudos. Después, un rumor de aprobación se extendió por el local. Me reafirmé:

—Mientras los nobles se marchitan en sus oscuros castillos, las ciudades que se rigen por estos principios de justicia se llenan de dinero. Ramón Roig, repara primero el daño y después sal a perseguir al ladrón, pues de él podrás recuperar el pago. ¿Aceptas?

El tabernero apretó los puños, se estremeció, pero al fin bufó con fuerza.

—¡Pagaré! —clamó, y miró a Gerard—. ¡Pagaré, y nadie dirá que la mía es una posada de mala muerte! —Luego asió la maza—. ¡Ésta la guardo para el ladrón malnacido!

—Eso sí, se descontará el valor de los destrozos que el porquero ha cometido.

Ramón y el joven Gerard se dieron la mano, llenos de recelo pero aliviados. Los presentes estallaron en vítores de júbilo. Aún quedaba noche y ganas de diversión.

La noticia recorrió Barcelona y se abrió camino en la marisma de las viejas costumbres.

Serenidad

Los dos pleitos que había resuelto recorrían el mercado y las tabernas. A los pocos días algunos ciudadanos me pidieron resolver sus disputas privadas. Eran pequeños comerciantes de los mercados, artesanos y payeses de masías cercanas. Primero llegaban por parejas con algunos testigos, luego los grupos fueron más numerosos y las cuestiones más complejas. Buscaban una decisión equitativa que no implicara una batalla judicial o que la razón se diera al testimonio del linaje más prominente, sin importar lo que dijera.

Dado que me hospedaba en el obispado, regalé al obispo Ramón de Castellvell el precioso volumen de las *Decretales* de Derecho Canónico de Graciano y me permitió atender las cuestiones en el claustro de la catedral, siempre y cuando las partes ofrecieran una limosna. Bajo las miradas curiosas de los estudiantes y los clérigos, escuchaba por separado a los testigos y releía documentos antes de estudiar a la luz de los *Usatges* y del *Corpus Iuris Civilis* qué solución sería la más justa.

Aunque el veguer y el consejo habían rechazado el *ius commune*, la ciudad no.

A las pocas semanas, la curia elevó una queja al obispo. El problema era que aquellos arbitrajes no pagaban el impuesto ni las multas llamadas caluñas a las arcas reales. Ernest también estaba preocupado, y no sólo por la reacción que pudiera adoptar el consejo de la ciudad, sino también porque había incomodado a familias poderosas de Barcelona, algunas nobles, al no haber acatado la orden de dicho consejo. El joven clérigo se temía que urdieran mi caída de un modo cruel y ejemplar. Sin embargo, yo tenía un juramento y una misión que cumplir.

A principios de abril, llegó la noticia que tanto esperaba. Se me permitía visitar a Blanca de Corviu. El rey conocía mi carácter impetuoso y había dado orden de que se me impidiera verla para acelerar su integración en la rutina monástica, pero mi generosidad en forma de monedas venció la resistencia

Ésa sería mi última visita a Blanca. En unos días dejaría atrás el pasado, tomaría los votos de la orden de San Benito y se consagraría a Dios en la labor y la oración.

Cuando la vi me desarmé, y supe que dejaría en aquellos vetustos muros mi corazón. Sus ojos vibraban conteniendo la emoción que sentía. En la paz del claustro nos quedamos mirándonos una eternidad y caminamos juntos por la galería sin decirnos nada, con la vista puesta en los capiteles. Blanca vestía un hábito sencillo, aún no le habían cortado el cabello y lo ocultaba bajo un velo negro.

—Tal vez sea mejor así —dijo tratando de mostrarse serena—. El rey quiere que nada distraiga tu labor. Llegarás a ser uno de sus consejeros, quizá senescal.

Dicho por ella, aquel brillante *cursus honorum* me supo a pérdida y soledad. Mis compañeros de Bolonia me felicitarían, pero era un precio muy alto para mí.

—No vine para eso, Blanca —aduje con voz grave.

El sol incidía sobre la parte de la arcada en la que nos encontrábamos y nos movimos un poco, pues a los dos nos molestaba la luz brillante. Ya en la sombra, me regaló una bonita sonrisa. Estaba recuperada del todo y, a pesar del oscuro hábito, la veía más bella de lo que recordaba.

—Viniste para salvarme y lo has conseguido. —Blanca luchaba contra la tristeza y la vergüenza—. Tú estás llamado a grandes logros, pero a mí los magnates me recuerdan como el capricho del vizconde Ponce, y la que yació con un payés mientras se desposaba con el rico noble Asbert de Santa Oliva. He recuperado el nombre, pero no la honra.

—Entonces ¿tomarás los votos? —demandé abatido.

—Sólo tendré paz dentro de estos muros. —La angustia le quebró la voz—. El rey lo sabía y me lo concedió.

—¡No somos aquellos dos muchachos ingenuos de Bearne! Yo gozo de la protección real y tú vuelves a ser Blanca de Corviu. ¡Lograremos que el rey cambie de opinión! —Le cogí las manos y busqué su mirada esquiva—. ¡No te rindas, te lo ruego!

Me tocó la cara con ternura. Resultaba doloroso sentir nuestro vínculo tan fuerte cuando en realidad estaba allí para despedirme.

—Nada debe distraerte ahora, Robert. La labor que estás realizando para el monarca está inquietando a muchos magnates. Lo sé porque este convento está lleno de hijas de la nobleza, como pasaba en Ripoll. Temo que te perjudiquen a través de mí y que nos hagan sufrir de nuevo. Si mataron al arzobispo Vilademuls, ¿qué no harán con nosotros?

Su razonamiento me estremeció. Blanca conocía bien a la nobleza y veía más allá.

—Tengo redactada ya la constitución de Paz y Tregua del rey... —informé.

—Aquí no.

Algunas monjas deambulaban cerca, distraídas o rezando. Blanca no se fiaba y me llevó a una pequeña cámara anexa al claustro. Era una celda de retiro, con una cruz de madera y un banco de piedra adosado. En la penumbra, seguí hablando.

—Muy pronto partiré hacia Perpiñán para llevar el documento al rey. Está previsto que dentro de tres meses reúna a los magnates en la curia para firmarla. Ése será el momento en el que pediré que me readmitan como juez del veguer y solicitaré que me permita casarme conmigo.

Blanca se emocionó y mostró una tímida sonrisa.

—¿De dónde sacas tanta fuerza, Robert?

—Sólo soy un estudiante que quiere quitarse una culpa de encima. Fuiste tú quien levantó una masía de la ruina. Sé que éste no es tu lugar. Aquí has sanado tus heridas, pero tienes algo más que hacer ahí fuera.

—Hay heridas que no sanan, Robert —aventuró enigmática.

Estaba a punto de confesarme algo que le pesaba, pero se contuvo.

—¿Qué ocurre, Blanca? —Busqué sus ojos, pero me evitó—. Es como si tuvieras miedo y prefirieras quedarte aquí, y sé que no es por vergüenza. —Su silencio me desgarró—. ¿Qué te pasó, Blanca? ¿Qué fue lo que te hizo enfermar de melancolía?

De pronto se volvió hacia mí, las lágrimas cubrían sus mejillas. Quería compartir la carga, pero se secó el rostro con una manga, e inspiró y exhaló con fuerza para expulsar algo insoportable. Cuando me miró de nuevo, todo había pasado.

—Bésame, Robert de Tramontana.

Sonó a despedida. El corazón me latía desbocado cuando noté por fin la suavidad de sus labios.

—Lo sientes, ¿verdad? —dijo ella sin dejar de besarme. Volvía a sonreír como en Bearne—. Esto es el *joy d'amor* que cantan los trovadores occitanos.

—No tomes los votos —insistí excitándome.

—Créeme, Robert —musitó con dulzura—, Fátima tiene razón: cuanto más cerca estamos, más terrible es el castigo de Dios.

—¡Te amo, Blanca!

Como si fuéramos a perder la vida en el siguiente suspiro, nos fundimos en un largo beso. Estar con ella era sentir que había llegado a mi destino. Mientras nuestros cuerpos despertaban y los sentidos se agudizaban, nos sentíamos unidos de un modo especial.

Aún dudé, pues estábamos en un monasterio, pero ella me aflojó la túnica, ansiosa, y sonrió satisfecha al verme desnudo. No era el joven enclenque que acarició años atrás.

—Te anhelaba, Robert. No sabes cuánto he soñado con esto.

Era la única referencia a un pasado que no quería relatarme. Contuve el impulso inmediato de poseerla para regalarle un momento inolvidable. Reuní lo que había aprendido de mis amantes y llevé a Blanca por derroteros que ella ignoraba. La veía estremecerse y abrir los ojos, mirándome sorprendida.

Reíamos, y debimos esforzarnos para hacerlo en silencio. Profanamos un lugar sagrado con un acto que queríamos recordar: un amor imposible fundido en caricias y sexo que quizá nació en las aguas gélidas de una cisterna romana.

Al final, mientras los últimos jirones de placer se diluían, con la mirada en las vigas del techo, habría deseado detener el tiempo. Al ver que Blanca no decía nada, me apoyé en un codo y la miré. Sonreía con la respiración serena y las mejillas aún sonrosadas por la excitación. Me tocó la oreja cortada. Yo había hecho un largo camino para volver con ella, pero el suyo no debió de ser menos tortuoso, pensé. Ya no quise preguntar. No deseaba apagar su brillo radiante. Me sentí un hombre afortunado, a pesar de todo.

—No me arrepiento, Robert. Te amaré siempre entre estos muros, pero quiero que cumplas con tu deber. Debes casarte si quieres tener futuro en esta ciudad o en Bolonia. Y si en el camino descubres un nuevo amor, que Dios lo bendiga. —Entornó la mirada—. Será una mujer venturosa, pues has mejorado; sin duda, tienes mucha experiencia...

—Nunca te olvidaré, Blanca —afirmé mientras retenía su encantadora sonrisa maliciosa.

El último beso duró una eternidad. Sin embargo, temerosos de que nuestra ausencia hubiera llamado la atención de las monjas, regresamos a la realidad. Abandoné con discreción la celda y Blanca salió por el claustro en la dirección opuesta. Me crucé con una hermana que trató de disimular, pero no lo logró. Nos había vigilado. No obstante, me asediaba tal tormenta de sensaciones que no le di importancia. Era muy extraño: había perdido a Blanca de Corviu, pero en mi interior sentía que la había recuperado.

Regresé a la catedral revivido. En el pórtico de entrada me esperaba una enorme sorpresa. Allí estaba Ernest con un estudiante del último curso de la *schola* de Artes de la catedral llamado Feliu de Tortosa, y con ellos mi viejo amigo de Jaca, Rodrigo de Maza.

—¡Dios mío, has venido! —exclamé mientras abrazaba al jaqués con fuerza.

Había sido yo el que le había enviado una carta a los pocos días de desembarcar en Barcelona, pero no esperaba su visita.

—Ya no pareces el ingenuo payés al que le robé un puñado de monedas —señaló Rodrigo, tan emocionado como yo—. ¿Qué has hecho en Bolonia para parecer un mercader de paños?

—¡Escribir y estudiar, amigo!

—Pues no te ha servido de mucho. Ernest me ha dicho que el consejo de Barcelona te ha destituido como *iudex* de la curia. —La carcajada resonó en todo el claustro—. ¿Cuánto has durado? ¿Una sentencia?

Su ironía nos hizo reír. Ernest y Feliu nos miraban desconcertados.

—Tengo mucho que contarte, Rodrigo. Me alegro de la visita.

—En realidad, vengo a quedarme por un tiempo para estudiar. —Sus ojos oscuros brillaron—. ¡Para estudiar *ius commune* contigo, maestro! ¿No era eso lo que Martí iba a mostrarnos en Ripoll? ¡Lo has conseguido!

El estudiante Feliu de Tortosa se acercó un tanto cohibido.

—Yo también deseo saber más de esa ciencia. En la ciudad no se habla de otra cosa.

—¡Seremos los primeros alumnos de tu *schola* jurídica, Robert de Tramontana! —anunció Ernest con su entusiasmo de siempre.

—Venid —dije con los ojos húmedos por la alegría.

En mi austera celda les mostré el arcón reforzado que había traído desde Bolonia. Allí estaba el tesoro de Occidente: el *ius commune*, el derecho común.

Feliu tomó el primer volumen, que contenía el *Digesto Viejo*. Lo abrió al azar.

—*Omnes legibus legatum, etiam si ad divinam domun pertineat.*

—Todos deben regirse por las mismas leyes, incluso los de la divina casa —tradujo Ernest, y me miró desconcertado—. ¿Qué significa «la divina casa»?

—Hace mil años, en Roma, un jurista dijo que la ley es igual para todos, desde el último ciudadano hasta los miembros de la casa del emperador. ¿Comprendéis?

Sus rostros mostraron la misma sorpresa que sentí en Bolonia. Querían más.

—El *ius commune* es superior a toda ley porque no busca un culpable y un castigo, sino compensar y reparar el daño, y eso requiere razonar y ser ecuánime. No da la razón o la quita sólo por el prestigio de la parte implicada, sino por la verdad. Estos cinco tomos reúnen todo el *Corpus Iuris Civilis*, decenas de miles de líneas apretadas y glosadas, que regulan toda la vida humana, desde la concepción hasta después de la muerte.

—Parece complejo —señaló Rodrigo ante las miles de páginas.

—Es un desafío para la humanidad entera. Tres generaciones de glosadores no han culminado el proceso de comprensión. Os aseguro que llegaréis a odiar estos libros, pero Barcelona, Jaca, Zaragoza y todos los territorios los necesitan, pues todo está cambiando.

Se miraron y asintieron. Ernest tomó la palabra.

—Puesto que tienes la *licentia ubique docendi* de la Iglesia para ser maestro, deseamos que nos inicies, *magister* Robert. Te pagaremos la *collecta*.

Era repentino, pero así comenzaba la pequeña *schola* jurídica.

—Espero que en el futuro completéis vuestra formación en Bolonia.

Fue una tarde de confidencias y recuerdos entre la nostalgia y las risas. Sembré en ellos el deseo de saber, la *curiositas* que recorría el orbe en el final del siglo XII.

Guisla

Dos días después del encuentro con Blanca y del acuerdo con Ernest, Rodrigo y Feliu, paseaba por el claustro de la *seu* tras rezar vísperas. Había llegado el momento de partir a Perpiñán y presentar al rey mi propuesta de Paz y Tregua. Iba a interrumpir las primeras lecturas del *Digesto* que realizábamos bajo el capitel de Débora, pero estaba ansioso por partir.

Quería explicarle al rey las novedades, como la protección de la comunidad judía, pero también implorar que dejara salir del monasterio a Blanca. Seguía obstinado en lograrlo; además, muy pronto sabría, a través de los judíos, si Saura de Cabrera me permitiría recuperar Tramontana y a qué exorbitante precio.

Anocheció. La penumbra de las galerías y el silencio me serenaban y ayudaban a pensar. Sólo se oían voces quedas desde otras dependencias del obispado, pero no me molestaban.

Hasta mí llegó un novicio que parecía llevar prisa. Le di permiso para acerarse.

—Guisla Quirol desea hablar contigo —me susurró al oído.

—¿Es ella quién te envía? —demandé desconfiado—. Es tarde ya.

—Te espera en una de las barcas de la playa…

En cuanto se alejó, abandoné el claustro con el corazón en un puño. Después de que Durfort aceptara mi sentencia, los ánimos se habían calmado. El burgo trabajaba para mejorar su aspecto y atraer clientes, pero la situación personal de Guisla no había cambiado y eso hacía que mi sentimiento de culpa siguiera ahí. Sabía de ella por Ernest, y le había mandado tres limosneras con mallas de plata acuñadas en la ceca de Barcelona. La última me la devolvió. Yo necesitaba saber que estaba bien por fin.

Los vigilantes del portal del Bisbe abrían de noche el portillo a los clérigos a cambio de unas monedas. Me tomaron por uno de los que frecuentaban las tabernas y lupanares del burgo de Vilanova y salí sin problemas. Al llegar a la playa estaba nervioso. Sólo se oía el rumor quedo del mar. Había varias barcazas de buen tamaño volcadas sobre la arena y atisbé el resplandor que salía por debajo de una. Por un instante regresó aquella emoción juvenil tan intensa e ingenua.

La arena formaba un hueco por el que arrastrarse bajo el casco.

—¿Guisla? —pregunté al asomarme.

—Hola, Robert.

Con alivio, dejó el cuchillo que asía. El olor a pescado y el reducido espacio eran insoportables, y sin embargo, con diecisiete años estar allí me parecía el paraíso, pensé sorprendido. Guisla, junto a un candil, estaba distinta. Vestía una túnica verde en buen estado y tenía la piel limpia. A pesar de los estragos de una vida difícil, al fin vi a la muchacha que me robó el entendimiento diez años atrás. Habíamos cambiado mucho.

—Has salvado el burgo —me dijo con una tímida sonrisa. Después de verme actuar como *iudex*, parecía cohibida y admirada—. Quizá exista la justicia, después de todo.

—Estoy seguro de que Barcelona crecerá y hará falta mucho esparto —la animé.

—¡Qué distinto estás! —Me miró fijamente—. Eres el hombre con el que soñaba.

—He sufrido como todos, Guisla. Aún no sé si Dios me ha perdonado.

Se acercó y buscó mis labios, pero la aparté con suavidad. Eso la confundió.

—¡Olvidemos el pasado! —insistió; esperaba de mí otra cosa.

—Aquello terminó, Guisla. —Mi impulsividad ya le había acarreado la desgracia una vez. No volvería a ocurrir—. Tienes mi mano si la necesitas, pero ahora todo es distinto.

—No lo entiendo…

No sabía qué decir, apocada. Le cogí las manos y ella apretó las mías con anhelo. Entonces le hice la pregunta que me rondaba desde que hablamos en su casa meses atrás.

—Necesito saber algo, Guisla. Es muy importante. ¿A qué fue mi tutor Guillem Climent a vuestro burgo tras el ataque?

Se aferraba a mí con fuerza, y al final suspiró.

—Interrogó a los menestrales para comprobar si era cierto que los jinetes que arrasaron el burgo y buscaban al muchacho hablaban como nosotros…

La revelación me quitó el aliento.

—¿Estás segura? ¿No eran esbirros llegados de Castilla?

—Había mercenarios, sí, pero otros eran caballeros de nuestros condados, y por lo visto los menestrales reconocieron a algunos. A tu maestro se lo contaron los cabezas de familia en casa de Miró, el velero.

Caí en un detalle: el maestro se había enfurecido mucho cuando Miquel y yo fuimos a contarle lo que habíamos hecho. Ahora veía la razón: Climent sospechaba que el secuestro era cosa de nobles traidores a nuestro rey. Esa conspiración debía de ser el contenido de la *querimonia* que preparaba. En el burgo confirmó que no eran sicarios de la madrastra de Alfonso de León y se asustó o lo amenazaron.

—¿Por qué unos magnates de aquí se arriesgarían a destruir un burgo de Barcelona?

Guisla se encogió de hombros.

—Se dijo que al rescatar a aquel muchacho nos habíamos inmiscuido en un plan de los nobles y en represalia nos atacaron sin piedad.

Me hervía la sangre. Al rescatar al infante habíamos desbaratado un contubernio peligroso que dio un vuelco a nuestras vidas y a todo el reino. Luego don Alfonso quiso firmar una Paz y Tregua que acabó en una rebelión.

—¿En qué piensas, Robert? —quiso saber Guisla al verme ensimismado.

—Al final los agresores se salieron con la suya. Barcelona aún tiene miedo.

—Pero si se firma esa nueva Paz y Tregua de la que todos hablan, la ciudad habrá vencido. —Sonrió cálida—. Y quiero que sepas que yo te he perdonado.

—Necesitaba oírlo de tus labios y te agradezco que me hayas llamado.

Su sonrisa se desvaneció.

—Yo no te he pedido que vinieras, Robert. Un clérigo ha venido a mi casa de tu parte. Me ha dicho que te esperara en las barcas, que vendrías tras el rezo de vísperas.

Recordé al novicio en el claustro. El corazón me dio un vuelco ante la evidencia.

—¡Es una trampa! —Blanca me lo había advertido—. ¡Debemos irnos!

Me agaché para arrastrarme afuera, pero ante mí apareció el filo de una daga y retrocedí. Pere Burget, el esposo de Guisla, se metió bajo la barca. El hedor a sudor y a vino se mezcló con el del pescado.

Guisla chilló aterrada.

—¡Pere! ¿Qué haces? —lo increpó, y supe que ella no tenía nada que ver.

—¡Me lo han dicho en la taberna, puta! —Pere agitaba un cuchillo oxidado—. ¡Estabas aquí con este juez campesino hijo de perra!

—¡Pere! —imploró Guisla—. ¡Cálmate, te lo ruego!

A aquel desgraciado también lo habían hecho venir. Gateó hacia mí ciego de ira. Veía un anillo rojo alrededor de sus pupilas; los excesos lo habían enfermado. Gruñó cuando me lanzó una cuchillada. La esquivé y lo empujé con fuerza. Al atacarme de nuevo, le hice soltar el arma y le golpeé en la cara. En ese estado no era rival para nadie.

—A ella la mataré, ¿me oyes? —gritó con el labio partido—. ¡La mataré!

De pronto Guisla apareció a mi lado. Había recogido el cuchillo de la arena y se lo clavó en el vientre. Fue tan repentino que no pude impedirlo. Pere comenzó a chillar y su esposa, fuera de sí, le asestó dos puñaladas seguidas, hasta que conseguí detenerla.

—¡Guisla...! —le pedí a gritos forcejeando con ella—. ¡Mírame! ¡Mírame!

Al final soltó el arma y comenzó a llorar con una amargura nacida tras años de humillación y miseria. Sobre la arena, Pere la miraba aterrado y tosió sangre.

—¡Dios mío! —gimió Guisla con las manos sobre la boca, como si despertara.

Traté de taponar las heridas, pero Pere se desangraba con rapidez.

—¡Ayúdame! —le pedí desesperado.

Guisla estaba paralizada por el miedo. Pere Burget la miraba con odio. Quiso hablar y su boca derramó sangre. La arena de la playa se empapaba. Un instante después se agitó y expiró.

Nos quedamos en silencio. Esa muerte nos traería muchos problemas.

—Me ahorcarán —musitó Guisla con un hilo de voz—. Has dicho que me ayudarías. ¡Hazte cargo de mis hijos, que no mueran de hambre!

Su desesperación me dejó desolado. Había cometido un crimen, pero no podía abandonarla. Me asomé por debajo de la barca. La playa seguía en silencio. Aún no sabía cuál era el siguiente paso de aquella celada, pero iban a por mí.

—Es preciso que te marches de la ciudad, Guisla. ¿Tienes parientes fuera?

—Mi hermana pequeña, Joana. Padre la vendió a un arriero de Gavà, pero tuvo más suerte que yo.

—Gavà no está lejos. Coge a tus hijos ahora mismo y márchate. Intentaré aclarar lo ocurrido. Me han tendido una trampa.

—Ven conmigo, Robert. —Me abrazó con fuerza y comenzó a llorar.

Cogí su rostro entre las manos y le besé los labios con suavidad. Comprendió que era una despedida y bajó la mirada, apocada.

—Hazme caso, Guisla. Escóndete y reza para que Dios comprenda lo ocurrido. Eres joven y tendrás otra oportunidad allá adonde vayas, confía en mí.

Salió y esperé un instante junto al cuerpo de Pere Burget. Me miré las manos y la ropa. Estaba cubierto de sangre y alcancé a ver la dimensión de la tragedia. Oficialmente no era juez ni gozaba de inmunidad. Mi protector, el rey Alfonso, estaba a una semana de distancia. Debía actuar con rapidez antes de que mis enemigos cayeran sobre mí.

Salí con cuidado de debajo de la barca y oteé la oscuridad. A pesar de que todo seguía tranquilo, estaba seguro de que me observaban. Me cubrí con la capucha y me alejé.

Ernest y Blanca me lo habían advertido, pero mi arrogancia había provocado que me confiara en exceso. Lo que el consejo de Barcelona no había logrado hacer, lo haría el detestable Pere Burget. Me hallaba implicado en un asesinato, y eso significaba que mi cruzada en Barcelona había acabado.

Sangre

Contuve el aire cuando me hallé frente al portal del Bisbe. Aún no tenía claro qué debía hacer, pero pronto hallarían el cadáver. Si detenían a Guisla y confesaba, ambos acabaríamos en el cadalso. Al cruzar el arco suspiré; al menos, ya estaba dentro de la ciudad vieja.

—¡Eh, tú! —gritó uno de los vigilantes—. ¿Qué es esa sangre?

Me di la vuelta con los pelos de punta. Iba con la capa cerrada, pero el vigía señalaba unas manchas en los bajos.

—He tropezado y me he cortado —me excusé, contenido.

Con la antorcha me examinó y al poco sonrió ladino.

—Os reconozco, sois Robert de Tramontana. Deberíais evitar estas escapadas. El burgo de los pescadores no es seguro para los hombres de letras. No sé en qué lío os habéis metido, pero parece que sangráis como un cerdo.

Asentí, y enfilé por las calles oscuras del corazón de Barcelona. Tardé en orientarme y aclarar mis ideas. Deambulaba por los alrededores de la iglesia de los Santos Justo y Pastor y los callejones más antiguos. Atribulado, fui al único lugar donde me ayudarían sin dudarlo: la casa del judío Benevist ben Abraim.

El siervo que abrió la puerta se alarmó al ver la sangre, pero me reconoció y me hizo entrar tras asegurarse de que el callejón estaba vacío. Poco después, el orfebre bajó la escalera del patio, envuelto en un albornoz negro y con una expresión de extrema gravedad en el rostro.

—No es mía —aclaré—, pero un hombre ha muerto en la playa.

—¡Vamos al sótano! —dijo sin preguntar aún.

Allí abajo una sierva me lavó y me dio una túnica cristiana limpia. Mi mente era un torbellino. A medida que la sangre desaparecía de mis brazos, me calmé lo suficiente para ordenar mis ideas. Cuando nos quedamos a solas, relaté lo ocurrido al judío.

—¿Te ha visto alguien? —me preguntó muy preocupado.

—No lo sé, pero fue una trampa de alguien que conoce bien la relación que Guisla y yo mantuvimos en el pasado. Nos reunió debajo de una barca y avisó a Pere Burget. Quizá querían acusarme de adulterio... Fuera como fuese, ha acabado muy mal. Temo por Guisla.

—Esa mujer es más fuerte que tú —afirmó Benevist—. Muy pocos resistirían una vida como la que ese miserable le ha dado. Además, sus hijos dependen de su fortaleza. No la delatarás, ¿verdad?

—No —aseguré con firmeza—. ¿Qué crees que ocurrirá cuando se descubra el cuerpo?

—Pere Burget era un alma podrida, todos en Barcelona lo saben. Al final, para lo único que ha servido es para causar tu ruina.

—¡Debo irme a Perpiñán! —dije poniéndome en pie, nervioso.

Benevist me pidió calma, y su expresión grave me inquietó.

—Si huyes, habrás fracasado ante la ciudad aunque el rey te proteja. Nunca recuperarás tu reputación ni podrás impulsar el *ius commune*. Piénsalo.

—¿Qué me aconsejas, Benevist? —pedí desesperado.

—No debes ocultarte, puesto que tú no has matado a nadie. Enviaré una carta al rey en la que le solicitaré ayuda. Confío en que responderá sin demora y mediará en tu favor. —Frunció el ceño—. Él sabía desde el principio que confeccionar una nueva Paz y Tregua iba a ser peligroso.

Tenía razón. Me calmé, y entonces le relaté la conversación

con Guisla anterior a la tragedia. La reacción del judío me escamó; lo había sorprendido con la guardia baja.

—¿Tú sabías lo que Guillem Climent había descubierto? —le pregunté intrigado.

Tras un largo silencio, asintió con seriedad.

—Guillem Climent ansiaba un rey con fuerza suficiente para detener las violencias. Investigaba cada agravio, pero ahondó más de la cuenta y descubrió esa alianza que se atrevió a secuestrar a un infante que el conde de Urgell y el rey protegían. Jamás supo qué pretendían hacer con el cautivo, pues te inmiscuiste.

—¿Llegaste a ver la *querimonia* que preparaba?

—Sólo una vez, y estaba inacabada. En esa alianza hay nombres de la aristocracia que conoces bien, como Ponce III de Cabrera; su hermanastra, Saura de Cabrera; los Santmartí; los Santa Oliva; Ramón de Queralt; Arnau de Castellbò y su esposa, Arnalda de Caboet; Guillem de Berguedà; Guillem II de la Guardia; Guillem de Montcada, el asesino del arzobispo de Tarragona; Hug de Queralt, tío carnal del juez Miquel, y otros...

—Entonces ¿el rey Alfonso sabe quiénes son?

—Así es, pero simula ignorarlo. ¿Sabes por qué? Aunque pueda aplastar una rebelión, no hay forma de detenerlos. Esos linajes juntos tienen más ejércitos y recursos que el propio rey. La Paz y Tregua no sirve si no se respeta. Lo importante para tu tutor no eran los nombres. ¡Él buscaba algo que pudiera someterlos al fin! El secuestro del heredero al trono de León fue un asunto muy turbio, y Climent creyó que era una oportunidad histórica: si lograba pruebas y testimonios, ¡podría acusar a la alianza ante todos los reyes de Hispania!

—Por mi culpa acabó en una trágica cabalgada —indiqué—. ¡Fui un necio!

—Nunca se supo la intención de los nobles, pero ya no importa. Ahora van a por ti.

Desalentado, me levanté para recorrer la estancia del sótano.

—¡Es absurdo! ¡La nueva Paz y Tregua ahora sólo es una vitela sin firmas! No soy una amenaza...

Benevist asintió pensativo.

—Me temo que pretenden acabar contigo para demostrar que nada puede detener a la alianza. Quieren que el rey desista.

—Pase lo que pase, preservaré la Paz y Tregua hasta que pueda entregársela al rey —decidí—. Así demostraré mi lealtad. Don Alfonso es el único que puede protegerme.

—Me parece lo más sensato, pero debes ocultar el documento en un lugar seguro. Si aceptas mi consejo, el único sitio que respetarán es la Iglesia.

Una idea se me pasó por la mente.

—Ya sé quién podrá ayudarme.

El judío no necesitó explicaciones para entenderlo. Pensaba en Blanca y el monasterio de Sant Pere de les Puelles.

—Llévate a cuatro de mis siervos, por si acaso. Que Dios te proteja, Robert.

Lo abracé. Habría deseado quedarme en el sótano silencioso, donde sentía que nada podía pasarme, pero debía actuar. Querían que fracasara ante el rey y, sin su protección, mi vida ya no valdría nada ni fuera ni dentro de Barcelona.

La tela de araña

Salí del *call* con cuatro siervos armados. Eran hombres avezados en emboscadas, buenos guerreros que defendían los arcones llenos de objetos de oro y joyas que Benevist enviaba a Castilla y Navarra. Tal vez me traicionaban los nervios, pero estaba convencido de que nos seguían. Era cuestión de tiempo que se diera la voz de alarma por la muerte de Pere Burget. Se avecinaba un mal día.

Mis guardas se ocultaron y subí la escalera del palacio condal. Cuando llamé, los soldados que abrieron se extrañaron de mi llegada intempestiva, pero fui convincente. Conocían mi labor para el rey y mi aspecto aseado no levantó sospechas.

Reinaba el silencio cuando subí la escalinata hasta la cancillería del conde de Barcelona. De allí emanaba su autoridad. Era una amplia estancia en la primera planta del palacio, con ventanas geminadas que permitían una buena iluminación durante el día y que en invierno se cubrían con pieles enceradas que dejaban pasar la luz pero protegían del viento. Aspiré aquel olor tan familiar con la sombría sensación de que todo iba a cambiar.

Cogí la llave oculta en un alféizar y abrí el recio armario donde guardaba las copias definitivas de la Paz y Tregua más extensa que se había concebido. Esas frágiles vitelas podían ser más fuertes que un ejército si reunía las firmas de los magnates más poderosos y reacios. Debía protegerlas hasta que el rey pudiera promulgarlas como ley en su tierra. Quizá así mantendría mi prestigio.

Las enrollé entre dos retales de cuero grueso y salí sin mirar atrás.

Del palacio fuimos al Portal Vell amparados por las sombras, aunque por levante el cielo se teñía de añil. Soborné a los guardias y salimos al *territorium*, pero no lo hicimos solos. Nos seguían, y al llegar al descampado del monasterio de Sant Pere de les Puelles nos atacaron. Eran cinco embozados; parecían mercenarios. Uno de los siervos de Benevist, un sarraceno, desenvainó su alfanje curvo y me entregó otro que llevaba a la derecha del cinto. Me acordé de Hakim.

Los hombres de Benevist me cubrieron los flancos, pero tuve que defenderme de un ataque brutal. Iban a por mí. Me pasó igual que en la escaramuza que se produjo delante de la puerta Ravegnana de Bolonia: el miedo y el instinto de sobrevivir cegaron otros pensamientos. No importaba nada, sólo acuchillar y evitar la mordedura del acero contrario. Toda mi consciencia estaba en la aspereza del pomo, el movimiento del acero y la dolorosa vibración cuando golpeaba. Quería gritar, pero no lo hice. Únicamente veía los ojos de mi adversario. Su hoja me golpeó en el hombro y rugí de dolor; por suerte, no me hirió. Reaccioné, y lo ataqué por el costado con una estocada baja y directa. La hoja de mi alfanje rompió las anillas de hierro de la cota de mi adversario a la altura del vientre y hendió la carne.

Cayó malherido y lo vi morir mientras recuperaba el aliento con la mente en blanco. Así era el frío horror del combate.

Los siervos del judío habían abatido a otro de los embozados y los demás huyeron con heridas.

—Luchas bien, cristiano —observó el sarraceno—. Benevist dijo que durante tu infancia vivías con un hombre llamado Hakim, un antiguo guerrero.

—Él me enseñó lo poco que sé —afirmé, aún aturdido por lo ocurrido.

—Lo conocí. Serví con él en las fuerzas del Rey Lobo. Si algún día vuelves a verlo, salúdalo de parte de Abdel de Xàtiva.

Asentí ausente. Me habría gustado saber más, pero acababa de matar a un hombre y, aunque no era el primero, volvía a sentirme distinto; una parte de mi alma moría con cada crimen. Aun así, debía seguir adelante.

Llamé al portón del monasterio con insistencia mientras mis acompañantes lanzaban los cuerpos de los sicarios a una acequia del Rec Comtal. Estaba tan alterado que la portera no me entendía. Alarmada, cerró y fue a buscar a la abadesa. Ante la superiora, traté de calmarme y pedí ver a la novicia Blanca de Corviu apelando al perdón real concedido. Me dejó entrar cuando revelé que cumplía una misión vital para el rey don Alfonso.

Nos reunimos en un pequeño locutorio. Estaban presentes la abadesa y la sóror que hacía de guía espiritual. Blanca vestía el hábito negro de la orden y la esclavina de novicia. Verla así aumentó la sensación de lejanía.

—Como sabéis, don Alfonso de Aragón me ordenó redactar la nueva Paz y Tregua que firmará con la nobleza en la próxima curia de Barcelona. Necesito que se custodie el documento en lugar sagrado. Confío en tu lealtad a la Corona, Blanca.

—¿Por qué yo? —demandó. Miró a la abadesa y al fin tomó el rollo de cuero.

—Seguro que el rey Alfonso sabrá apreciar y recompensar el gesto. —Luego añadí más animado—: Quizá aún nos brinde una oportunidad.

—Don Alfonso no suele cambiar sus decisiones con facilidad —repuso la abadesa, que leía con claridad mis intenciones.

—¿Qué ha ocurrido? —quiso saber Blanca, pensativa.

La noticia llegaría muy pronto, así que conté lo sucedido bajo la barca de la playa.

—¡Dios mío! —exclamó la abadesa, y dio un paso atrás—. Quiero que abandones este lugar de inmediato. ¡Tus manos adúlteras están manchadas de sangre!

Ésa iba a ser la reacción de toda Barcelona, lamenté. La directora espiritual de Blanca se interpuso entre nosotros para protegerla de mi efluvio pecaminoso.

—Responderé ante Dios y la justicia humana —reaccioné con firmeza—, pero Sant Pere de les Puelles tiene ahora una misión mayor. ¡El rey lo agradecerá!

Blanca reaccionó de forma inesperada y me atrapó las manos. Aquello no gustó a las hermanas. Me estremecí. Me sentía tan unido a ella y a la vez tan lejos que dolía.

—Márchate a León, donde tu amigo el rey te protegerá, o a Bolonia...

—Nunca he estado tan cerca de reparar el daño que sufrió mi madre —aduje abatido—. Sería una vergüenza para el rey firmar un documento redactado por un fugitivo de su justicia. No se respetarían mis veredictos en ningún sitio. Además, soy inocente, Blanca. No he matado a Pere Burget, y lo demostraré.

Blanca asintió con tristeza. Me hallaba en un grave aprieto.

—Es la profecía de Fátima —me dijo apenada—. Otra vez ha ocurrido...

Apenas unas horas antes nos habíamos amado. Sentí un lóbrego peso en el pecho.

—Sé que al final eludiremos ese funesto destino, Blanca. Todo puede cambiarse.

Algo oscuro cruzó su mente. Lo noté en la sacudida de sus manos. Se soltó y me miró con los ojos llenos de sombras lóbregas.

—¿Qué ocurre? —pregunté intrigado.

—Va a amanecer y debes marcharte. —Vaciló un momento—. Perdóname.

Sin dejarme hablar, salió del locutorio con el documento. No entendía su reacción y me quedé con una mala sensación. Blanca era celosa de su pasado, pero quizá tenía secretos más oscuros de lo que yo creía. Las sórores me miraban ceñudas.

—Abandona Sant Pere y no vuelvas si no eres inocente —dijo la abadesa.

Regresé a Barcelona y me encerré en mi celda. Salió el sol y oí el repique de las campanas de la ciudad sin dejar de ir de un lado a otro en aquel estrecho cubículo. La incertidumbre me devoraba. Todo dependía de si Guisla había logrado escapar.

Al fin no pude esperar más y tras la hora tercia, cuando el sol ya brillaba alto, enfilé hacia el burgo. Como temía, alguien se había encargado de difundir la noticia de la muerte del espartero Pere Burget. Nadie lloraría a aquel detestable hombre, pero la ciudad quería saber quién lo había matado.

Cuando vi que la puerta del taller de Guisla estaba cerrada, disimulé aliviado.

—Se marchó antes del amanecer —explicó una anciana—, con sus dos pequeños.

—¿Dijo adónde iba?

—Tiene parientes en Girona.

La mujer mentía bien. Guisla era querida y su gente la protegía.

—¿Y su esposo? —pregunté con cautela.

—¡Que el diablo se lo lleve! —exclamó el tejedor de velas Miró, a mi espalda—. Te agradecemos tu sentencia, pero si Guisla aún te importa un poco, no la busques.

—Ya ha sufrido bastante —añadió la anciana.

Sabían lo ocurrido, lo advertí en sus ojos. Puede que lo dedujeran, o quizá Guisla lo confesó antes de partir para que la encubrieran. Yo tenía la protección del rey, pero ella no.

Había sido una trampa, y tarde o temprano alguien me relacionaría con la muerte de Burget. Era mejor que regresara a la *seu*.

Por la calle que salía del burgo vi que se acercaban el *saig* del veguer con varios hombres y el propio juez Miquel de Queralt. La situación empeoraba.

—Extraña casualidad encontrarte justo aquí, Robert —dijo Miquel, irónico.

—Es saludable respirar un poco de aire limpio al comenzar el día —repliqué.

—Se ha hallado el cadáver de Pere Burget apuñalado en una barca de la playa. Curioso, ¿verdad? A mí me trae recuerdos... Vamos a interrogar a su esposa, Guisla.

—No la encontrarás. Se ha marchado a Girona.

Entornó los ojos sin escamotearme el júbilo que sentía. Lo detesté y comencé a sospechar quién podía estar detrás de aquella celada.

—¿Para qué has ido a su taller? —me inquirió como si ya estuviéramos en el juicio.

—¿Acaso mi respuesta importa? —repliqué desafiante.

Aparenté indiferencia cuando rodeé el grupo, aunque la incertidumbre me devoraba. Lo que había visto en los ojos de Miquel no me gustaba nada.

Esa tarde me reuní con Ernest, Feliu y Rodrigo en el claustro de la *seu* para repasar el primer capítulo del *Digestum Vetus*. Sus preguntas me abrumaban y no era capaz de hilar argumentos convincentes.

—¿Qué te ocurre, Robert? —me atajó Ernest, preocupado.

Era absurdo disimular más, de modo que, en voz baja, les revelé lo ocurrido esa noche. Los tres creyeron mi palabra, y me invadió una oleada de alivio.

—Ese documento no está seguro en Sant Pere de les Puelles —comentó Ernest, ceñudo—. Allí dentro hay más sangre noble que en una curia regia.

—Alguien pudo verme salir de debajo de la barca, pero, sin el interrogatorio de Guisla Quirol, no hay pruebas en mi contra, y yo juraré sin temor de Dios que no lo maté. Confío en que el rey mande una orden de protección.

—Todo esto es muy turbio, Robert —indicó Rodrigo—. No se urde una tela de araña así para dejarte escapar tan fácilmente.

El aragonés era directo y, por desgracia para mí, también acertaba.

—A pesar de tus reticencias, creo que estamos de acuerdo en que deberías huir, Robert —propuso Ernest, sombrío—. ¿Qué hay más importante que la vida?

La conversación cesó cuando el *saig* del veguer apareció

por el claustro. En su cara vi que la hora fatídica había llegado. Varios clérigos lo seguían indignados por la intromisión de la justicia real en un lugar de la Iglesia.

—Robert de Tramontana, ¿eres clérigo o estás bajo jurisdicción canónica?

—Me amparan los *Usatges de Barcelona* y el monarca don Alfonso de Aragón.

—Se ha formulado un *clam* que te acusa de matar a Pere Burget, menestral de Barcelona, con la complicidad de su esposa, Guisla Quirol, que ha huido a Girona.

—Dios sabe que yo no he matado a ese hombre —afirmé con voz potente para que se oyera en todo el claustro, lleno de curiosos.

—En ese caso, pronto estarás de vuelta —repuso sardónico el oficial de la veguería.

La tela de araña me había atrapado.

Cárcel

Me habían encerrado, nueve años después, en la misma celda en la que me metieron tras el ataque al burgo de los menestrales. Recordaba el sótano del palacio del veguer más grande, si bien igual de sucio y hediondo. Me alimentaba con gachas de leche agria, aunque no me maltrataron. Con todo, los días pasaban sin recibir visitas ni poder ir a la audiencia a explicarme. Sólo sabía por el carcelero que trataban de encontrar a Guisla para juzgarnos a ambos.

Un día me dijo también que los menestrales del burgo habían pagado un sencillo sepelio a Pere Burget y lo habían enterrado en la fosa común de la parroquia de Santa María de las Arenas. Para todos, era un problema menos.

Llegué a marcar siete rayas en la mugre del muro cuando el centinela me lanzó una túnica de lana. Miré a través del ventanuco; por la luz que entraba, debía de ser la hora de audiencias.

—Esto cubrirá un poco el hedor de tu camisa. Arrastra los pies para conmover al tribunal, aunque, si eres juez, eso ya lo sabes.

Cuando me despejé, tuve ganas de romperle de un puñetazo los tres dientes amarillentos que le quedaban, pero no me convenían más problemas.

Como ocurrió la vez anterior, me llevaron a la sala de audiencias de la primera planta. Allí estaba el veguer Joan de Cascai con los seis jueces consultores. También vi al deán Ramón de Caldes, a Ernest, muy preocupado, y a varios representantes de los menestrales de la ciudad. Al fondo aguardaba un hombre desaliñado. Se parecía a Pere Burget, pero era mayor y deduje que se trataba de un pariente. Me miró con gesto ladino.

Tras una breve oración para bendecir la audiencia, un escriba tomó la palabra.

—El tribunal recibe el *clam* de Romeu Burget, ciudadano y pescador de Vilanova, hermano del fallecido, Pere Burget. Acusa a Robert de Tramontana del homicidio de su hermano con la ayuda de Guisla Quirol. Pide justicia al rey y que se le entreguen los bienes de los acusados por ser el único pariente de la víctima mientras no aparezcan los hijos.

Recorrí con la mirada a los seis jueces. En el lugar preeminente junto al veguer estaba Miquel de Queralt. Me miraba con los ojos entornados; me desafiaba a salir de aquel escabroso problema con la ley.

—¿Qué pruebas aportáis para dicha acusación? —demandó Joan de Cascai.

—Hay testigos, veguer —señaló el abogado del pescador, un hombre con mal aspecto y la toga raída.

Un siervo de la veguería hizo entrar a un anciano harapiento, que yo recordaba del burgo de los menestrales. Retorcía el birrete entre las manos mientras relataba mi enfrentamiento con Pere Burget en su taller y la posterior huida, cuando me apedrearon.

El anciano tergiversó lo que había ocurrido. El abogado del pescador me señaló.

—Cobra sentido que el *iudex* Robert de Tramontana quisiera matar a Burget, pues es sabido en Barcelona que, siendo joven, mantuvo una relación con Guisla Quirol.

No dije nada. Los jueces murmuraban. Miquel seguía atento. Ya no tenía dudas al respecto de que él era el responsable. Tal vez actuaba por orden de su familia, los Queralt, vinculados a muchas estirpes de la nobleza que se oponían a una nueva Paz y Tregua. O tal vez actuaba por su propio interés para no dejar que quebrara el orden secular que regía en los condados de Catalonia; eso cuestionaba su figura preeminente como *iudex palatii.*

Miquel no era tan frío como para pretender la muerte de Burget, me dije; sólo se había propuesto llevarme ante el tribunal por adulterio o lesiones.

—Hay otro testigo, ¿verdad? —quiso saber el veguer.

—Uno de los vigías del portal del Bisbe —explicó el abogado de Burget.

Me estremecí. Se me había escapado aquel incidente. El ambiente en la sala cambió cuando el soldado relató que aquella noche crucé la muralla cubierto de sangre. Eso me relacionaba con el apuñalamiento. El veguer Joan de Cascai, no quiso escuchar a más testigos. Entonces pedí la palabra:

—Veguer de Barcelona, aunque los testimonios sean ciertos, nada demuestran.

—Robert de Tramontana, ¿te declaras culpable o inocente?

—Juraré sobre los Evangelios que no maté a Pere Burget. Y también es falsa la acusación de adulterio vertida en mi contra. Se hirió él mismo, ebrio, y no pude hacer nada por salvarlo. Que Dios se apiade de su oscura alma. No hay pruebas directas en mi contra, y conforme a la tradición jurídica, en estos casos debe juzgarse al sospechoso con benevolencia.

Fue en ese momento cuando Miquel me miró satisfecho y le habló al veguer en susurros. Había hecho exactamente lo que esperaba de mí. Joan de Cascai asintió.

—Es cierto que nadie vio el crimen y que, sin pruebas más claras, estamos ante un difícil dilema. Por un lado, está la acusación de homicidio y adulterio y la sangre en la túnica; por otro, la declaración de inocencia de Robert de Tramontana.

El *iudex palatii* Miquel de Queralt se puso en pie.

—Conforme a nuestras leyes, se invoca el *Usatge Sacramenta burgensium*, que establece que los juramentos de los burgueses valen hasta cinco onzas de oro; de ahí en adelante, aunque juren, deben defenderlo en batalla de peón. Dado que los bienes de Robert de Tramontana que Romeu Burget pretende conseguir superan esa cantidad, cabe realizar esa batalla para que Dios revele a quién reconocer.

Me estremecí. La batalla de peón era un brutal combate con gruesos bastones al que se enfrentaban los hombres libres que carecían de rango para combatir con espadas. Había visto unas cuantas tras mi llegada a Barcelona. Era imposible olvidar los gritos, la tierra cubierta de sangre, las muelas esparcidas, los huesos rotos.

—¡No! —me opuse colérico—. El tribunal debe valorar sólo las pruebas.

—No son necesarias más pruebas, a la luz de los *Usatges* —insistió Miquel. Me tenía justo donde deseaba.

—¡Si desafías la justicia del rey, desafías al propio rey! —intervino otro juez.

—¡Desafías al propio Dios! —Miquel golpeó la mesa con vehemencia—. O te sometes a la batalla de peón o te confiesas homicida y adúltero ahora mismo.

Ése era el dilema. O el combate o el deshonor y el descrédito irreversibles. Una treta retorcida, pero eficaz para desprestigiarme ante el rey. Miquel no pretendía mi condena por homicida, sino someterme al viejo derecho con sus pruebas irracionales. Castigaba mi soberbia con la tradición más arraigada del viejo derecho.

—Si te niegas, serás culpable, pagarás la caluña de trescientos maravedíes y tus bienes y persona se entregarán al pariente de la víctima para que proceda al talión.

Romeu Burget haría conmigo lo mismo que, suponían, yo había hecho con su hermano, además de quedarse con todos mis libros, los créditos y las libras de plata con las que quería comprar Tramontana. Mi futuro y mi lucha se habían venido abajo, pero me mostré entero. Había una solución: todo pleito de relevancia podía apelarse ante el rey. Yo era su protegido. De ese modo, ganaría tiempo. Pedí la palabra:

—Ofrezco fianza para apelar ante el rey Alfonso y que juzgue la causa a su regreso a Barcelona. Como ciudadano, no podéis negármelo, veguer.

La sala se quedó en completo silencio y los rostros se tornaron graves y oscuros.

—Veo que no te has enterado de la terrible noticia —comenzó Joan de Cascai—. Don Alfonso de Aragón murió en Perpiñán el pasado 25 de abril. La desgraciada nueva llegó hace dos días, y hoy se ha confirmado. Que Dios lo tenga en el panteón de los santos.

—Ya no estás bajo la protección de nadie, Robert —señaló Miquel, impasible ante mi desánimo—. No habrá apelaciones en mucho tiempo. Se rechaza la fianza.

Soledad

El dilema era cargar con las consecuencias de ser un homicida y perder toda posibilidad de ser juez o someterme a un juicio de Dios. No tuve elección. El tribunal me liberó del cautiverio y me concedió tres días para que rezara y dispusiera mi alma para la batalla judicial. El siguiente domingo, en la playa frente a Vilanova, donde Pere Burget había muerto, se llevaría a cabo la batalla de peón entre las partes o los combatientes que éstos designaran. El vencedor tendría el favor de Dios en la causa.

Aunque sentía la misma desesperación que cuando vi a mi madre arder en la masía, había aprendido a tener esperanzas. Hablé con Ernest, Rodrigo y Feliu. El rey Alfonso de Aragón había muerto, pero habían informado del asunto a la reina Sancha de Castilla. Ella era la regente hasta que Pedro de Aragón, que tenía diecisiete años, cumpliera veinte.

La reina había participado en el gobierno con su esposo y estaba al corriente de las dificultades de cada territorio de la Corona de Aragón. Me conocía de los tiempos de Guillem Climent y sabía que estaba redactando una nueva Paz y Tregua. A su hijo le convenía para controlar Catalonia, pero pasarían meses hasta que viniera a Barcelona para recibir homenaje de los vasallos y jurar los privilegios de la ciudad. Hasta entonces, era difícil que atendiera asuntos como el mío.

Aun así, cada uno de esos tres días, Ernest subió al columbario del palacio condal por si la reina enviaba un indulto o una breve instrucción.

La víspera de la batalla la pasé en la cripta subterránea de Santa Eulalia, en el corazón de la catedral. Frente a la tumba de la mártir, rezaba para salir airoso del trance.

Al anochecer oí pasos en la escalinata de piedra. Eran Ernest de Calonge y Miquel de Queralt. Si no hubiera sido por nuestro amigo común, habría perdido el control.

—Robert, traigo ayuda. Escucha a Miquel, por favor —me suplicó Ernest, afectado—. Puedes marcharte esta noche con todos tus bienes.

—Muchos magnates pedían tu cabeza, pero no lo he permitido —explicó Miquel, sin rastro de pena, pero tampoco regodeo—. No me importa lo que hiciste con ese desgraciado de Burget, tampoco quiero que mueras o pierdas tus bienes; sólo deseo que dejes las cosas como están.

Escruté sus ojos y, conteniendo mi ira, lo miré con desdén.

—No quieres acabar conmigo, Miquel, sino con el espíritu que me alienta.

—Por insistencia de Ernest, voy a cubrir tu huida ante el veguer y la ciudad.

Inspiré, y poco a poco me calmé.

—Arrodillaos y recemos —les propuse.

Tras un largo silencio, Ernest, nervioso, se inclinó hacia mí.

—En el puerto te espera una barcaza de pescadores. En la puerta sólo hay dos vigías.

Ansiaba decirle que sí, pero me intrigaba la argucia de Miquel. Aquel interés en alejarme, además de erradicar mis propuestas novedosas, parecía albergar un interés más oscuro.

—Se me permite huir de Barcelona, pero tendrá un precio, ¿no es así, Miquel?

—Que entregues la constitución de Paz y Tregua que has preparado.

—¿Quién la quiere?

—Mi padre, Ramón de Queralt. —Lo pensó mejor y, por prudencia, añadió—: Lo hace en nombre de otros nobles. Quieren enviársela en pedazos al futuro rey Pedro, como mensaje claro.

—La alianza...

—¿Dónde está el documento? —exigió Miquel.

—¿Eso importa? No es más que una vitela.

—No. Ahora es la voluntad póstuma del rey Alfonso de Aragón. Su hijo y la reina Sancha comprenderán el sentido de su destrucción; deben respetar a su nobleza. ¿Dónde está?

—En la cancillería.

—No es cierto. —Sonrió—. La noche del asesinato lo llevaste a Sant Pere de les Puelles.

—Sabes que esa noche murieron dos hombres, ¿verdad? —rugí enfurecido—. ¿Quién responderá por sus almas, Miquel de Queralt?

Ernest nos miraba espantado. El juez permaneció sombrío, era absurdo fingir.

—Imaginaba que intentarías esconderlo —confesó—. Sólo debían arrebatártelo, pero apareciste con los sarracenos del judío Benevist.

No pude contenerme más. Me abalancé sobre él y lo empujé contra el muro con brutalidad. Miquel me miraba con ojos brillantes, pero no se defendió. Le puse el antebrazo en el cuello como me enseñó Hakim y vi que luchaba por respirar. Ernest me imploró con los ojos empañados, pero lo ignoré.

—Si sabes dónde lo dejé, ¿para qué me preguntas? ¡Maldito seas! —le espeté.

En su semblante advertí algo que me escamó. Aflojé la presión y comenzó a toser.

—¡Porque ya no está en el monasterio! —jadeó sin apenas voz—. La novicia Blanca de Corviu ha desaparecido. ¿No lo sabías? —Me miró incrédulo—. La abadesa no sabe si escapó o si se la llevaron por la fuerza. Hay muchos nobles implicados, y todos callan o mienten...

Lo solté y me alejé, profundamente confundido. Primero el rey y ahora Blanca.

—Podría haber abandonado Barcelona en secreto para llevárselo al rey —musité esperanzado—. Aunque Su Majestad haya muerto, la reina Sancha puede organizar la *curia regis*.

Ni siquiera yo creía mis palabras. Miquel dedujo de mi desolación que no tenía la respuesta y, por tanto, comprendió que no le era de ayuda. Vaciló al verme tan perdido, y quizá estuvo a punto de tener una palabra cálida por nuestra antigua amistad. Al final sus ojos se helaron de nuevo.

—Márchate, Robert. Sé prudente y regresa a Bolonia, donde te iba bien.

Abandonó la cripta y me dejé caer en el reclinatorio junto al sombrío Ernest. De pronto noté que todo perdía sentido. Estuve a punto de volverme y aceptar su ayuda, pero durante esos tres días había urdido una estrategia que nadie esperaba.

—Me enfrentaré a la batalla de peón, Ernest —dije—. Ya me marché una vez de Barcelona humillado. Es muy duro ver las miradas de desprecio de la gente.

Ernest asintió, sus ojos destilaban admiración.

—Sabía que te negarías a huir, pero debía intentarlo. Toda la ciudad está conmovida, y pase lo que pase mañana en la batalla de peón, tu honor y tu prestigio vencerán. La chispa ha prendido.

Rebuscó en un pequeño morral y me dio una ampolla de arcilla cocida.

—Es una cocción de la judía Abigail para darte energía. El combate de bastones es muy duro.

—Lo sé. No obstante, si Dios me asiste, será la ciudad la que se enfrente al dilema…

Ernest me miró atónito, sin entender mis crípticas palabras, pero ya no hablé más.

Iba a jugarme el alma de todos ellos, y si salía bien, todo cambiaría para siempre.

La batalla de peón

La batalla de peón se celebraría en la playa, cerca de las atarazanas. El día amaneció gris y ventoso, pero el lugar se llenó de cientos de curiosos. Los tres días en libertad me habían ayudado a recuperarme del encarcelamiento, y además desayuné bien en la *seu*. Aun así, aunque Hakim me había enseñado algunos rudimentos de combate con porra o bastón, estaba tenso y desanimado a causa de la misteriosa desaparición de Blanca. No entendía nada.

Tuve que hacer un gran esfuerzo para concentrarme. La batalla de peón causaba heridas terribles y a menudo tenía un final trágico.

Romeu Burget, mi acusador, se había acogido al derecho de nombrar a un tercero para la batalla judicial. Al ver a mi adversario me sobrecogí; era corpulento y tenía la cara cubierta de cicatrices. Me hizo un gesto obsceno que provocó risas entre algunos congregados.

El *saig* del veguer trazó dos marcas en la arena separadas por cuatro pasos. Cavaron sendos hoyos. Pusimos los pies dentro y nos los cubrieron con arena hasta las rodillas. Inmovilizados, sólo podíamos alcanzarnos con los bastones, sin posibilidad alguna de retroceder o huir.

El clérigo leyó los exorcismos para investir el combate de sacralidad, pues era un juicio, y nos roció con agua bendita para que Dios mostrara un claro ganador y fuera compasivo con el vencido.

Mi adversario jaleaba a los espectadores como si fuera un espectáculo organizado por juglares. Yo lo observaba con atención. Era una mole sin cintura, y no parecía muy ágil, aunque se le notaba que había combatido con anterioridad. Alguien le pasó una jarra de vino y la apuró, dejando que el líquido le chorreara por el pecho, sin apartar de mí la mirada.

Tras el ritual, nos dieron los bastones. Eran ramas de olivo, gruesas y pulidas, de cinco palmos y con un muñón en el extremo a modo de porra. De un solo golpe, podían quebrar un hueso.

En cuanto mi adversario tuvo el bastón en sus manos, me atacó a traición con todas sus fuerzas. Quería zanjar el combate sin demora, pero yo no había perdido mi instinto y lo paré sobre mi cabeza. La sacudida me dolió en las manos. No era un combate a muerte, pero vi su ansia homicida; quizá le habían pagado un poco más para no dejarme con vida.

Escupió con desprecio y comenzó a lanzarme golpes rápidos entre gritos potentes, para acongojarme. Yo me limitaba a desviarlos y reservaba fuerzas. El chasquido de los bastones resonaba en la playa con una cadencia siniestra. La muchedumbre sabía que era cosa de Dios, aunque miraban la destreza de cada uno y, en secreto, cruzaban apuestas.

Apreté los dientes y aguanté para cansarlo. Confiaba en que el vino enturbiara sus sentidos, pero entonces su bastón me alcanzó la cadera. El dolor hizo que me doblara y recibí otro golpe en la mejilla. La boca se me llenó de sangre y noté un zumbido en el oído. El tercer golpe iba a la sien, pero lo detuve de milagro.

Aturdido, traté de alcanzarlo y fallé. Me dio en la pierna y me hizo un corte con una astilla. Grité, pero la arena que me rodeaba los pies impidió que me desplomara. Volvió a herirme. La piel se me hinchaba con cada contusión; pronto se me pondría morada. El dolor era insoportable, y toda la arena a mi alrededor quedó salpicada de sangre. Comencé a sentirme mareado.

Mi adversario, seguro de su victoria, detuvo el ataque para

recuperar el aliento y asestarme el golpe definitivo. Iba a morir apaleado y el valor me abandonó. Vi a Ernest, Feliu y Rodrigo entre la muchedumbre, con cara de espanto. Algo apartado estaban Benevist y su esposa, Abigail. La anciana se abrazaba a él con la cara escondida.

Me pareció ver también a Hakim. Hacía mucho tiempo que no evocaba su rostro. Tal vez había venido desde Olèrdola, pues la noticia de mi juicio habría llegado hasta allí, o quizá era fruto de mi tribulación. Me notaba embotado. Hakim alzó la mano sin dejar de mirarme fijamente, la movió como una ola marina y de pronto cerró el puño como si hubiera atrapado algo en el aire.

Traté de pensar como el sarraceno. Despistar y atacar. Débil y malherido, mi única posibilidad era aprovechar la confianza de mi adversario en su victoria y sorprenderlo. El otro tenía el bastón cogido con ambas manos para darme el golpe de gracia, pero entonces miré de soslayo el mar. Su reacción involuntaria fue volver el rostro hacia esa misma dirección, y ataqué sin dudar. Mi rama tomó impulso trazando un amplio arco en el aire. El hombre se dio la vuelta, sorprendido. Su bastón estaba bajo y no pudo detener el golpe. El muñón le dio en la base del cuello y se oyó el crujido estremecedor de la nuez al romperse.

Tras el grito de la gente, la playa quedó en silencio.

Mi oponente perdió el bastón y se inclinó hacia atrás. Con las piernas enterradas, se mantuvo de pie, con el rostro abotargado hacia el cielo y los brazos colgando. Sus ojos se apagaron mirando las nubes.

Sólo se oían mis estertores y el rumor de las olas. Había matado a mi adversario.

Ya no vi a Hakim entre los rostros espantados. El dolor comenzó a incrementarse. Dos siervos del veguer corrieron para sacarme de la arena, y me desplomé. Estaba cubierto de hematomas y tenía dos cortes profundos en la pierna y el brazo. Escupí una muela. Por el dolor que sentía al respirar, intuí que debía de tener también dos costillas hundidas. El veguer Joan de Cascai se acercó, pálido y sobrecogido. Lo siervos me ayudaron a levantarme.

—Dios ha hablado y tu causa es la vencedora, Robert de Tramontana. Eres inocente —decretó, aún impresionado—. Únicamente resta encontrar a Guisla para probar su culpabilidad.

Con las escasas fuerzas que me quedaban lo agarré por el cuello de la túnica. Dos guardias y el *saig* se aproximaron, pero el veguer los detuvo con un gesto.

A pesar de la rabia, no pretendía golpearlo; sólo quería tener la atención de todo el mundo.

—¡Olvidaos todos de ella! —proferí a voz en grito, a pesar del dolor que sentía en la boca—. ¡Yo maté a Pere Burget! ¡Yo lo maté para defenderme cuando me atacó con una daga! ¿Entendéis? ¡En esta batalla judicial ha muerto un inocente!

Busqué entre los jueces a Miquel de Queralt. Me miraba espantado.

—¿Qué haréis ahora? —proseguí furioso—. ¡Si me culpáis, Dios ha mentido o se ha equivocado en la prueba! ¡Quiero que toda Barcelona lo sepa! ¡Ha sido una ordalía con un resultado injusto! ¿Veis? ¡No se puede jugar con Dios!

Me desplomé de nuevo, agotado. Sólo oía el rumor de la playa. En la cara de Joan de Cascai vi la duda, como mi madre la vio en Guillem Climent tras el juicio del agua. Ésa había sido mi intención al mentir: situarlos ante el dilema. Dudar de aquellos brutales métodos era el primer paso.

Benevist y su esposa llegaron hasta mí con un médico judío. También los acompañaban cuatro siervos con una camilla para transportarme. Como la batalla judicial era inapelable, pues era cosa de Dios, el veguer no me retuvo y permitió que me llevaran a la casa del judío en el *call*. La gente abrió un pasillo para dejar paso a la camilla. Detrás caminaban sombríos Ernest, Feliu y Rodrigo.

La ciudad me miraba sin saber si era inocente o no. Pero Dios no podía equivocarse.

La caja de metal

Algo cambió después de la batalla. A pesar de las heridas y el dolor, mi estado era menos grave del que todos, incluso yo, vaticinaban. Pasé varios días en una pequeña cámara bajo los cuidados del mejor galeno judío del condado de Barcelona. Benevist y su familia me visitaban y me contaban el desconcierto que lo ocurrido había causado.

Varias veces pregunté por el viejo sarraceno de Tramontana; lo describí, pero la gente se encogía de hombros, pues había cientos de personas presenciando la batalla. Al fin me convencí de que fue el antiguo recuerdo de Hakim lo que acudió a mi mente para ayudarme en el peor instante.

Comenzaron a llegar noticias que paliaron el dolor y la ira. El obispo Ramón de Castellvell había invocado el rechazo a las pruebas judiciales en su homilía del día siguiente. El Evangelio lo advertía: no debía tentarse a Dios. Los *Usatges* y el Derecho visigodo podían regir igualmente, pero usando otras pruebas para llegar al veredicto.

Sin embargo, a pesar de aquellas noticias alentadoras, el primer día de mayo comenzaron las caras sombrías. Los judíos me ocultaban algo y empecé a temer que tuviera algo que ver con Blanca. Como me conocían, esquivaban mi mirada y me pedían que descansara. No pude soportarlo más y me levanté, desoyendo los ruegos de los siervos.

Salí al patio y subí la escalera con dificultad. Varios criados quisieron detenerme y, alterado, me abrí paso con malas maneras hasta la puerta de la sala donde Benevist recibía a sus clientes. Al oír el escándalo, el judío se asomó al corredor, frunció el ceño y suspiró.

—Dejadlo pasar.

Me zafé y entré en la estancia que Benevist usaba como despacho. Era digna de un palacio, con sillas forradas con seda, buenos muebles y tapices en las paredes.

—¿Qué está ocurriendo, Benevist? ¿Qué me ocultáis todos?

El judío sabía que era inútil disimular. Verlo compungido aumentó mi angustia. Se sacó una llave del albornoz y, en silencio, abrió uno de sus arcones remachados. Extrajo de éste una arqueta de hierro pequeña y la dejó en el suelo. Tenía un escudo heráldico tallado: una cabra negra sobre fondo dorado. Reconocí el emblema de los Cabrera y me estremecí.

—Alguien la dejó hace dos días en la escalinata del palacio real.

La abrió y se esparció un hedor horrible. El interior contenía jirones de pergamino manchados y en medio un dedo amputado, negro e hinchado.

—¡Dios mío! —Al ver el gesto del judío, hice un esfuerzo y me fijé mejor.

El dedo estaba incompleto, le faltaba una falange, pero la mutilación era muy antigua. Yo había visto ese dedo antes; lo había tenido entre las manos y lo había besado. Era el dedo corazón de Blanca de Corviu.

—Esos pergaminos son parte del documento de Paz y Tregua —señaló el judío, apocado—. Así ha terminado todo. Lo lamento, Robert.

Sin fuerzas, me senté en una silla de tiras de cuero. Los ojos se me anegaron.

—¡Blanca...! ¿Qué te han hecho?

—Me temo que los Cabrera la retienen cautiva en su fortaleza de Montsoriu.

—Yo la impliqué al entregarle el documento para que lo

custodiara en Sant Pere de les Puelles. Quería que se ganara el favor del rey y han vuelto a castigarla por traidora.

Me faltaba el aire y abrí el ventanuco que daba a la calle. El sentimiento de culpa dolía más que los golpes de bastón. La profecía; cada vez que nuestras vidas se cruzaban, dábamos un paso hacia un destino fatal. Miré el emblema heráldico de la caja y tuve deseos de escupirlo.

—Es una advertencia para que cese cualquier intento de someter a los nobles... Ahora que don Alfonso no está, todo ha acabado; al menos hasta que el joven Pedro de Aragón llegue a la mayoría de edad y, si tiene fuerza suficiente, lo intente también él. En todo caso, eso será dentro de muchos años.

—¡No! ¡No ha acabado! —repliqué airado—. Blanca sólo es una religiosa de Barcelona a quien han atacado mientras servía al rey. ¡La curia regia no puede ignorar semejante crimen!

La tensión me agotó, y Benevist cerró la caja. Me miré la cicatriz de la mano. Blanca no tenía a nadie más que a mí, y yo no pensaba abandonarla.

—Si está cautiva en ese maldito castillo, la sacaré de allí.

—Entiendo tu dolor, Robert, pero eso es imposible. Hablamos de Montsoriu, la fortaleza más inexpugnable de todos los condados.

—Hablaré con el deán Ramón de Caldes —insistí.

—Aún estás débil. —Enseguida se dio cuenta de que no cedería, y suspiró—. Eres un maldito testarudo. Haré que te den una muleta.

La puerta se abrió y entró Abigail, pálida. El abrazo de la mujer me consoló, pero yo no podía apartar la mirada del siniestro cofre metálico.

No quise que nadie me acompañara, para que la ciudad me viera andar por mi propio pie. Paso a paso, con la muleta, enfilé desde el *call* hasta la catedral de Barcelona. Mientras pasaba por las estrechas calles, los transeúntes me miraban con reconocimiento. Noté que alguien me seguía, aunque toda mi atención estaba puesta en continuar caminando. No podía quitarme la imagen de aquel dedo amputado.

La noticia de mi llegada me precedió y en la puerta del claustro apareció Ernest. Emocionado, me abrazó con demasiada fuerza.

—¡El veguer ha decidido archivar el *clam* contra ti! —me informó exultante—. No hubo errores de forma ni en las bendiciones ni en el ritual de la batalla de peón; por tanto, el resultado no puede anularse. Es la voluntad de Dios. La queja de Romeu Burget ha sido rechazada.

Era lo que esperaba. Me había jugado la vida para demostrar el error de las ordalías y ya no habría vuelta atrás.

—En la curia del veguer hay un acalorado debate, incluso Miquel ha comenzado a dudar. El obispo ha propuesto al cabildo un sínodo para rechazar las pruebas de Dios.

—En muchos reinos es la Iglesia la que encabeza la lucha para erradicarlas —expliqué, tal como supe en Bolonia—. Acabarán proscritas en todo el orbe.

—¡Y hay más! El veguer Joan de Cascai ha propuesto tu regreso como séptimo juez de la curia. Van a enviar la petición a la reina regente, Sancha de Castilla.

Ante mi escaso entusiasmo, su sonrisa se desvaneció. Me así de su brazo y entré en el templo. Con su ayuda, bajé a la cripta de la santa mártir. Ernest encendió las lámparas colgantes. Eran de vidrios de colores y el ambiente que creaban me fascinaba. Pasé mucho tiempo en silencio y al final le pedí que avisara al deán.

Al momento, Ramón de Caldes se arrodilló a mi lado.

—¡Doy gracias a Dios por verte! Supongo que estás aquí por el cofre. Benevist pidió al consejo darte él la noticia. Pensaba que en casa lo encajarías con más serenidad. Todos sentimos la suerte de Blanca de Corviu. No está claro lo ocurrido ni cómo está.

—Blanca de Corviu se sometió al rey y, por tanto, la Corona debe protegerla.

El deán se levantó y deambuló por la cripta. La luz colorida incidía en su rostro enjuto.

—¿Qué es lo que quieres, Robert?

La cautela de su voz denotó que lo sabía: ambos habíamos estudiado el documento.

—Que se convoque el ejército de la Paz —respondí con voz firme.

La *curia regis*

El deán Ramón de Caldes, que también era consejero real, convocó para el día siguiente a la *curia regis* de Barcelona, el consejo del rey para las cuestiones de gobierno de la ciudad y el *territorium* de Barcelona. Como era costumbre, se celebraba en la sala Mayor del palacio condal.

Dado que yo era ciudadano libre de Barcelona, se me permitía estar presente, con la autorización del obispo Ramón de Castellvell. Ocupé un discreto lugar al fondo, junto al *saig* y sus soldados. En las bancadas adosadas al muro se sentaron el baile del rey, los *honrats* electos ese año, magnates con intereses en la ciudad y miembros del cabildo de la catedral, con el obispo a la cabeza. Uno de los ciudadanos del consejo era Bernat Durfort. Me miró con reconocimiento. Muchos habían cambiado su actitud hacia mí.

Sobre la tarima permanecían vacíos el trono y el puesto del senescal para recordar que cualquier decisión importante debía ser refrendada.

Hubo cierto revuelo ante mi presencia en la curia, pero les interesaba más conocer la razón de la precipitada convocatoria del deán.

El veguer acudió con Miquel de Queralt. El *iudex palatii* me miraba avergonzado. Antes de empezar quiso hablarme, pero lo rehuí. Únicamente sentía deseos de abalanzarme sobre él; aun así, no era el momento.

No hubo preámbulos, sólo una breve oración del obispo.

A continuación, el deán Ramón de Caldes recorrió el espacio central.

—*Honrats* y miembros del clero de la ciudad. He convocado esta reunión extraoficial para decidir cómo debe actuar Barcelona ante el ataque que ha sufrido Blanca de Corviu, novicia de Sant Pere de les Puelles, quien obtuvo el perdón real antes de que nuestro difunto rey Alfonso dejara Barcelona.

El veguer Joan de Cascai se removió incómodo. Yo buscaba su mirada con arrogancia, pero él la evitaba. El recuerdo de la ordalía flotaba en el tenso ambiente.

—A pesar de que esta curia lamenta lo ocurrido con esa joven novicia, la reparación debería plantearse a través de la Iglesia, dado que no tiene parientes y es una religiosa.

—Eso no es así del todo, veguer —replicó el deán, y me dirigió una mirada fugaz—. En 1188 el rey Alfonso firmó en Girona esta Paz y Tregua. —Señaló un pergamino que había dejado sobre la mesa de los escribas, a la vista de todos—. En ella se ordena por primera vez la creación de una milicia de la Paz para responder a los ataques y las cabalgadas en sus territorios; un ejército que se formaba cuando era necesario proteger caminos reales, sagreras y masías, así como los conventos y a los religiosos víctimas de la violencia...

Los miembros de la curia comenzaron a murmurar. No hacía tantos años de aquella decisión que había supuesto el levantamiento de la nobleza.

—La milicia debe ser convocada por el obispo y el veguer del lugar donde se ha vulnerado la paz —terció Ramón de Caldes—. El joven don Pedro aún no ha jurado los *Usatges* ni está en disposición de defender a sus ciudadanos, pero insto al veguer de Barcelona y al obispo Ramón de Castellvell a que cumplan la voluntad de su difunto predecesor.

Los presentes hablaron a la vez. El obispo miró a Joan de Cascai y éste, para eludir el asunto, señaló a Miquel de Queralt, el hombre más preparado del consejo. El juez leyó la Paz y Tregua sin prisas, y el gesto de descrédito que mostró me revolvió.

—Efectivamente, aquí consta la creación del ejército de la Paz, pero os habéis dejado un detalle, deán: sólo aparece la firma del rey. Resulta que ningún magnate firmó el documento. De hecho, se rebelaron contra don Alfonso, como todos sabemos. Eso significa que fue una constitución fallida. Además, no sabemos si Blanca de Corviu sufrió o no un ataque. Quizá se marchó del monasterio de manera voluntaria. Cabe la posibilidad de que ese dedo cortado responda a otra clase de falta o pecado.

—El rey debe proteger a sus súbditos desde Salses hasta Tortosa y Lleida. ¡Así aparece en la Paz y Tregua! —grité sin poder contenerme—. Los nobles no la firmaron, es cierto, pero sí vincula a los hombres del rey, ¡a esta curia! ¡Para los ciudadanos, es una ley válida!

—Tú no puedes intervenir en la *curia regis*, Robert —señaló—. No eres consejero.

—¿Y dónde está la novicia? —demandó el *honrat* Bernat Durfort.

—Todo indica que se encuentra en el castillo de Montsoriu —respondió el deán.

Se elevó un murmullo, y al ver los rostros preocupados, mi ánimo se ensombreció.

—Me temo que el difunto rey don Alfonso no pensaba en asediar la fortaleza más inexpugnable de toda Catalonia —añadió el mercader, sombrío.

Los miembros del consejo asintieron. Era un castillo construido en la cima de una montaña, en el corazón agreste de Girona. El obispo tomó la palabra y señaló el documento.

—Si no constan las firmas de la nobleza en esta Paz y Tregua, el ejército de la Paz sólo puede contar con un puñado de ciudadanos mal armados. La propuesta no es viable. Lo lamento.

—Soy consciente —señaló el deán Ramón de Caldes, como si esperara aquello—. Propongo que la curia asuma la función del ejército, pero en vez de soldados envíe misivas enérgicas para que el vizconde de Cabrera libere a la novicia.

Estuvieron de acuerdo. Una acción diplomática no los

comprometía y salvaban el juramento del rey al firmar la Paz de Girona. Intercambié una mirada con Ramón de Caldes y supe que jamás había contemplado otra opción. Al final asentí; comprendía la situación. La rabia me había hecho pecar de ingenuo.

La ciudad no tenía capacidad para sitiar una fortaleza como Montsoriu. Ni aunque Blanca hubiera sido una princesa.

El juez Miquel habló en privado con el veguer y el obispo antes de dirigirse a mí:

—¡Márchate, Robert! Nosotros hallaremos el modo de resolver este conflicto.

Él era quien controlaba las decisiones de la curia regia. Me sentí profundamente cansado. Mis victorias en Barcelona eran pírricas: su coste resultaba demasiado alto.

No tenía nada más que hacer allí. Apoyado en la muleta, salí del palacio condal hacia el *call* con la intención de no regresar nunca más. Ernest cruzó la plaza y se situó a mi lado. Ya sabía lo ocurrido, pero esperó a que yo hablara.

—Intentaré salvar a Blanca por mi cuenta y no volveré a Barcelona.

—¿Abandonas? —se alarmó—. ¿Y nuestra escuela jurídica?

—Dios no me ha elegido a mí para traer el *ius commune* a esta tierra. —Le sonreí para animarlo—. Será otro, quizá tú, Ernest. Por eso te dejaré una de las tres copias que traje del *Corpus*. Debes guardarlos bien y, cuando puedas, ve a Bolonia y busca al maestro glosador Giovanni Bassiano. Tal vez nos veamos allí.

Me conocía lo suficiente para saber que mi decisión estaba tomada.

—Primero fue el *iudex* Guillem, ahora tú… —Frunció el ceño—. ¡Juro por Dios que también lucharé para que esta tierra consiga dominar la violencia de los fuertes! Continuaré donde lo has dejado, Robert de Tramontana.

Lo abracé emocionado. Lo echaría de menos. Luego reanudé mi camino sin prisas. Quería despedirme de la ciudad. La gente me regalaba sonrisas y gestos de aprobación. De nuevo alguien comenzó a seguirme. Traté de ignorarlo, pero al fin, alertado, me volví.

—¿Qué buscas? —grité airado.

—Te has convertido en el hombre que Fátima y yo imaginábamos, Robert.

Ver a Hakim fue un rayo de esperanza en medio de las tinieblas. La visión en la playa no había sido tal; él me había inspirado la victoria de la batalla de peón.

Debía de estar enfermo, pues lo vi envejecido y delgado, con los ojos hundidos, aunque aún irradiaba ese carisma que antaño hiciera temblar a las huestes cristianas.

Caminé erguido hasta poder abrazarlo, sin reprimir el llanto.

—Te equivocas, he fracasado —repuse, aferrado a él como cuando era un niño.

—Eso sólo podrán juzgarlo los que visiten tu tumba. Tu camino sigue, por el momento.

—¡Te vi en el combate de bastones! Me salvaste la vida con un solo gesto.

—Siempre aprendiste con facilidad y tienes agallas. Combatiste torpemente, pero fue suficiente.

Ambos compartimos un instante de silencio, perdidos en recuerdos.

—Te he echado mucho de menos, Hakim. ¿Y Fátima? —pregunté ansioso.

—Está bien, mucho mejor que yo... Vivimos en el encinar próximo a la masía abandonada. Ella aún espera que ocurra un milagro, ya sabes cómo es. Cuando la noticia de la batalla judicial llegó a Olèrdola, me rogó que viniera, pues presentía algo malo... He estado estos días en Barcelona sin saber si contactar contigo o dejar que todo siguiera su curso. Sin embargo, al verte salir tan sombrío del palacio he comprendido que con la batalla de bastones no terminó todo, ¿verdad?

—Es Blanca —confesé con desánimo.

Me apoyé en su hombro y de camino al *call* conté a Hakim lo que sabía.

—¿Qué quieres hacer? —dijo al fin, ceñudo.

—Tengo que sacarla de un castillo infranqueable cuyo señor no dudará en clavar mi cabeza en una pica.

—¿Y sabes cómo hacerlo? —añadió, impasible—. Yo no te enseñé a cometer actos suicidas. Podrás liberarla sólo si trazas un plan que logre lo imposible.

Al contrario que los demás, Hakim no parecía espantado. Sus ojos profundos y sabios me daban el sosiego que tanto ansiaba. Su mirada era extraña, jubilosa, me pareció, como si Dios hubiera encomendado una misión al guerrero que aún llevaba dentro.

—Si lo deseas, este viejo sarraceno se unirá a tu destino —concluyó.

Volví a abrazarlo. Tenerlo a mi lado me confería seguridad, como cuando era un niño.

—Ven a la casa de Benevist ben Abraim. Te acogerán sin reservas. ¡Entre sus siervos hay moros que fueron guerreros en Xarq al Ándalus! Alguno te recuerda.

Abrió los ojos desmesuradamente al oír aquello y caminó junto a mí, ansioso por saber si eran viejos amigos.

Durante los días siguientes me sometí a los rigurosos cuidados de Abigail. Los galenos examinaron también a Hakim, y en sus gestos se intuía lo peor: la sombra de la muerte lo cercaba. Aun así, cada mañana entrenaba en el patio con un alfanje y dejaba boquiabiertos a los habitantes de la casa, sobre todo a los escoltas del judío.

Benevist tardó quince días en confirmar que los Cabrera tenían cautiva a Blanca, pero los arrieros no le informaron acerca de la situación en que se encontraba.

A mediados de mayo descubrí que el castillo de Montsoriu, a pesar de ser inexpugnable, tenía un punto débil: la poesía.

Reencuentro en Breda

Un mes y medio después de que el dedo corazón de Blanca de Corviu diera un vuelco a mi vida, me hallaba en medio de una muchedumbre congregada al anochecer ante la iglesia parroquial de Santa María de Breda, en el corazón del condado de Girona.

Sobre la aldea, perfilado por la claridad lunar en el relieve de la montaña, destacaba el contorno escarpado del castillo de Montsoriu. Allí comprendí que no tenía sentido enviar un ejército. Era imposible conquistar aquel baluarte sin una fuerza descomunal.

No había ido con soldados y espadas, sólo me acompañaban mi amigo Rodrigo de Maza y Hakim; además, el largo viaje había consumido las fuerzas del sarraceno, aunque trataba de ocultarlo. Ignorábamos qué nos aguardaba en los próximos días.

De repente, un tamboril atrajo mi atención. Los presentes comenzamos a aplaudir y a silbar. Allí estaban los Siurana con sus viejos instrumentos. Tres bailarinas aparecieron en la plaza portando antorchas. Iban cubiertas con capas del color distintivo de la Compañía Roja. El nerviosismo se apoderó de mí. Rodrigo sonrió, pues los había visto muchas veces en Jaca y estaba tan ansioso como yo. Hakim disfrutaba recordando pasadas mocedades.

Al son de la dulzaina formaron un corro. Otra encapuchada con un pandero en la mano se situó en el centro. La música cobró brío y las jóvenes dejaron caer las capas. Vestían velos vaporosos que les transparentaban el vientre y las piernas. Todas eran bellas y gráciles, ejercitadas en la danza y las acrobacias. De las tres reconocí a Ángela y a Maria Siurana, que ya no era una niña. Me alegró volver a verlas. Tras la primera sorpresa, la bailarina del centro dejó caer la tela, y la melena rojiza de Salomé se desparramó hasta su cintura.

Se me aceleró el corazón al contemplarla de nuevo, después de tantos años. Estaba igual de indómita y enigmática. Ya tenía más de treinta años, pero seguía siendo la mujer sensual que embelesaba tanto a hombres como a mujeres. Su vestido oscuro dejaba adivinar unas curvas más voluptuosas de lo que recordaba. Permaneció con los brazos en jarras, tal como la esculpían los canteros, hasta que la música la meció como un junco y hechizó a la plaza.

Los Siurana tocaban mejor que nunca y se habían incorporado más músicos. Se unió una cornamusa, y Salomé comenzó a bailar mientras buscaba con los ojos a los espectadores, como si el baile fuera un regalo íntimo para cada uno de los presentes.

Pasó ante mí y me vio. De cerca, el paso del tiempo resultaba evidente: se reflejaba en las hebras grises de su melena y las finas arrugas de su rostro. Arqueó la espalda hacia atrás y, cuando sus manos tocaron el suelo, hizo una graciosa voltereta que arrancó nuevos aplausos. Una vez en pie, me alzó una ceja. Me eché a reír y asentí a modo de disculpa; no le había gustado mi mirada juiciosa.

Tras la danza se produjo el reto de Valence, el cruzado, para batirse en fuerza o destreza con cualquier aguerrido joven de Breda. Todo seguía como siempre, pensé dichoso. Dejé a Rodrigo y a Hakim absortos en el espectáculo de los juglares y me acerqué al campamento. Llegué a ver a Salomé metiéndose en su tienda de lona roja, pero una mujer mayor se interpuso en mi camino cuando quise entrar.

—¡Robert!

Era Antiga, la madre de los Siurana. Soltó el cuenco de madera y me abrazó con lágrimas de dicha.

—¡Qué apuesto estás! Nos dejaste siendo un muchacho asustado y perdido y ahora cuentan tantas cosas sobre ti... Todos desean ver en qué te has convertido.

Semanas antes había mandado un mensajero a Jaca que logró hallar a la Compañía Roja en una aldea cercana. Salomé no dudó en aceptar mi petición, y allí estaban todos.

—Me alegro de volver a veros —le dije jovial—. No sabía que ahora erais más.

—Sí, nos va bien, Robert. Aunque a mí comienza a pesarme esta vida.

—¿Y Romea? Supe que se había casado.

—Es madre de cuatro hijos sanos. Una bendición. —Antiga me guiñó un ojo y atrajo a mi mente un viejo recuerdo—. Aunque apuesto que le habría encantado venir esta vez...

Asentí con una sonrisa. Jamás olvidaría la noche que pasé con Romea en su tienda.

—Tengo mucho que contaros —le dije emocionado.

—¡Mira quién viene por ahí! —exclamó la mujer.

Valence regresaba con los cuchillos del número de lanzamiento. Ya habría rebasado los cincuenta años, pero seguía en buena forma. Una de las dagas voló hacia mí de repente. La esquivé y se clavó en un roble, a mi lado. Antiga chilló espantada.

—¿Has perdido el juicio, cruzado? —le gritó la mujer, iracunda.

—Debía comprobar que era el mismo Robert que quería quedarse con la Compañía Roja y entrenar conmigo. —Desclavó la daga—. Veo que sí. Todavía podrías unirte a nosotros.

Ambos reímos, y me abrazó con la fuerza de un oso.

—He conseguido ser juez —dije con orgullo. Él me había empujado a seguir ese camino—. Aunque en Barcelona no me ha ido muy bien.

—No importa, tienes la *baraka* —añadió enigmático—. Lograrás tu propósito.

En la plaza, Gastó Siurana declamaba un poema épico con grandes aspavientos. Los demás juglares me rodearon. La joven Maria me miró cohibida; en sus recuerdos, era el apuesto muchacho que había compartido un viaje con ellos. Natán seguía frío y ajeno, pero también me brindó una sonrisa cortés y me saludó con una de sus ampulosas reverencias. Ángela, en cambio, se acercó resuelta. Tenía pocos años más que yo, y estaba tan bella como siempre.

—Me alegro de verte, Ojos de Brujo —dijo insinuante.

Aunque parecía que el tiempo no había pasado, todo era distinto. La bailarina se había casado con uno de los Siurana y ya tenían un hijo que dormía al cuidado de Antiga cuando actuaban. Los nuevos miembros de la compañía me miraban con curiosidad, pues yo era parte de las historias que se contaban junto al fuego.

Fue un encuentro breve pero emotivo. Sentí nostalgia. Los días que había pasado con ellos me marcaron. Había estado a punto de ser uno más... Quizá, pensé, me habría ido mejor.

Al fin entré en la tienda de Salomé. Vi las familiares lámparas con vidrios tintados que arrojaban luces de colores. Era espaciosa, y el suelo estaba cubierto con alfombras y cojines. El incienso impregnaba el ambiente, pues la anfitriona, recordé, no soportaba el mal olor. Salomé me esperaba con los brazos en jarras y lucía el vestido árabe que le dejaba al aire el vientre. No estaba tan firme, pero me atraía igual.

—Así que me ves vieja, ¿eh? ¡Maldito payés mutilado!

Dio unas zancadas y se abalanzó hacia mí. Perdí el equilibrio y caímos sobre unos cojines que olían a jazmín. Sentada a horcajadas, se dedicó a mirarme concentrada.

—Me alegro de verte, Salomé. En realidad, has bailado mejor que nunca.

—Te sacaría los ojos, Condenado, pero no quiero estropear esa bonita cara. ¿Aprendiste algo en Bolonia que yo no te enseñara?

—Muy poco. Sólo leyes.

Vi aún el atisbo de enamoramiento contra el que luchaba sin acabar de vencerlo.

—Antes ibas en busca de la justicia y ahora del amor. No sé si has perdido el juicio.

Sonrió con nostalgia y se sentó a mi lado.

—De modo que ha llegado el momento de saldar mi deuda, ¿eh?

En el silencio, apareció el recuerdo de su esposo, Ramón de Blanes. Tras el juicio, el violador había caído en desgracia ante el resto de los nobles y nada más se sabía de él.

—En el mensaje te explicaba lo sucedido —dije preocupado—. Sé que es mucho lo que os pido, pero necesito entrar en Montsoriu y no encuentro otra manera.

—Entrar será fácil, pero no tanto sacar de allí a Blanca de Corviu, si vive.

—Está viva, lo sé.

—Es afortunada de tenerte. —Salomé luchó por no parecer celosa—. La sacaremos.

—Ni siquiera el inexpugnable Montsoriu se resiste a la pecadora Salomé —añadí para hacerla sonreír. Me gustaba el brillo de su alegría.

—¡La que baila en los capiteles del camino de Santiago! —exclamó vanidosa.

Reímos juntos su desfachatez, como antaño.

—¿Cómo está el resto de la compañía? —quise saber—. Ha crecido…

—Somos catorce, y nos va bien. Digamos que tengo buenos benefactores.

Señaló uno de los cojines con un león rampante bordado. No me costó imaginar al rey Alfonso IX de León recostado allí. Embelesado como yo.

Salomé se echó a reír con descaro.

—Deberías unirte a nosotros —dijo jocosa—. Te divertirías más que en los juicios.

—Necesitaría aprender alguna destreza.

—Yo te enseñé algunas…

Oímos una ovación procedente del exterior de la tienda. Gastó Siurana había terminado de rimar. Como si fuera la señal, Salomé se puso en pie y comenzó a desnudarse. Traté de disimular, pero me resultaba difícil no mirarla. No estaba tan delgada como la recordaba, pero me pareció más esplendorosa que nunca. La halagaba, sin duda, que fuera incapaz de apartar los ojos de su cuerpo.

Turbado, decidí hablar:

—En Bolonia leíamos un antiguo brocardo romano que decía: «La libertad es cosa inestimable». Siempre me hacía pensar en ti, Salomé.

Simuló no afectarse, pero se emocionó. Se puso un vestido blanco con falda de vuelo para la siguiente actuación. Estaba radiante. Antes de salir de la tienda se volvió hacia mí.

—Dentro de dos días será la noche de San Juan. El castellano de Montsoriu ha aceptado que la Compañía Roja actúe en el patio de armas mientras arden las hogueras. Nos acompañará una muchacha de Breda que conoce el castillo, y tú entrarás como un esclavo sarraceno. Tendremos hasta la madrugada para intentarlo. Natán, el prestímano, está preparando un ardid.

—¡Sabía que lo lograrías! —exclamé entusiasmado.

—Como sugerías en el mensaje, propuse al *castlà* cantar el sirventés *Ensenhamen* de Guerau de Cabrera, el abuelo del vizconde, y enseguida aceptó. Será el momento.

—¡El poema que abrirá Montsoriu! —añadí ladino. Ésa había sido mi ocurrencia

—El joven Arnau Siurana hará el papel del juglar Cabra; declama muy bien en provenzal. ¡Los del castillo no lo olvidarán!

Allí estaba de nuevo la mujer.resuelta que tanto me gustaba. Salomé se atusó la melena, añadió tintura de geranio con cera a sus labios y me guiñó un ojo antes de salir.

La noche del fuego

En los púlpitos decían que, cuando nació Juan Bautista, su padre, Zacarías, mandó encender una gran hoguera para celebrar el milagroso hecho. Sin embargo, yo recordaba que las ancianas de la aldea de payeses en Tramontana afirmaban que el fuego era para ayudar al astro rey cuando los días empezaran a ser más cortos. De este modo, el sol, agradecido, brindaría buenas cosechas en verano.

En los territorios del vizcondado de Cabrera no era distinto. Era una noche de fuego y de largas celebraciones también en el castillo de Montsoriu.

Los dos días de espera con el grupo de Salomé fueron una buena distracción para mis ánimos, y mucho más para Rodrigo. La Compañía Roja era una familia extraña, escandalosa e irreverente, pero unos a otros se ayudaban a vivir. Durante ese tiempo, relaté a Salomé mis años en Bolonia, y le hablé de Novella Gozzadini y de mis estudios, aunque ella se interesó más por la terrible aventura en la casa del falsificador Milano y por Arabella, la amante que la sustituyó entre mis brazos. Salomé sabía escuchar historias y ahogaba un atisbo de celos con su sonrisa seductora. Ella, a su vez, me relató muchas aventuras y un sinfín de encuentros, especialmente con el apuesto rey de León.

Mientras tanto, trazamos también la mejor forma de entrar y salir del castillo.

Uno de los momentos más emocionantes fue un combate

entre Hakim y Valence. A pesar de que el sarraceno tenía más años y estaba débil, no hubo un claro vencedor. Sobrecogía verlos luchar con espada y escudo de madera. Un cruzado y un sarraceno, enfrentados por la fe pero con el mismo código de honor. Desde ese día no se separaron. Valence ansiaba aprender del que ya consideraba su último maestro.

Sin embargo, nadie olvidaba la razón del viaje a Breda. Salomé quería ayudarme, pues se sentía en deuda después de que yo condenara a su detestable esposo, pero el ardid era muy arriesgado. La víspera del día de San Juan volvió a preguntar a sus compañeros, y nadie se echó atrás.

Al amanecer, la Compañía Roja dejó el campamento montado en Breda. Allí se quedaron Antiga, Ángela con su hijo pequeño y Rodrigo. Habíamos traído en una mula el arcón con todos los libros de Bolonia. Si me ocurría algo, mi amigo los llevaría a los foristas de Jaca. Tal vez allí echaran raíces y medrara el *ius commune*.

Los demás cargamos los vestidos y los instrumentos de música para ascender a pie hasta el castillo. También llevábamos un cajón con aspecto de ataúd para el espectáculo de Natán. Era parte del imaginativo plan de fuga, dado que en el interior cabía una persona.

La subida hasta Montsoriu desde la aldea era agotadora y nos ocupó casi todo el día. Desde lo alto, el poderoso linaje de los Cabrera dominaba un vasto territorio que llegaba hasta el mar, mediante una compleja red de vasallos, *castlans* y bailes. El castillo comenzó siendo una torre sobre una escarpada roca en la cima de un monte, pero después de varias ampliaciones ya era una formidable fortaleza sobre un turón alargado. Las montañas circundantes eran un vasto robledal. En el camino adelantamos a yuntas de bueyes cargadas con piedras talladas, pues las obras de ampliación no cesaban.

Con nosotros venía la joven que nos haría de guía en el interior de la fortaleza; apareció en el campamento esa mañana. Salomé la había conocido en una taberna de Breda antes de mi llegada. Era una muchacha de unos dieciocho años llamada

Isabel y, según decía, había servido en el castillo hasta que tuvo nueve.

Sentía curiosidad por mí, por lo visto, y en el último trecho se situó a mi lado. Llevaba encima la capa roja de Ángela puesto que entraría con las otras dos bailarinas y Salomé. Tenía la frente perlada de sudor por el esfuerzo y se tocaba nerviosa el pelo negro, que lucía suelto y apelmazado. Le di las gracias por ayudarnos. Ruborizada, me devolvió una bonita sonrisa. Tenía los ojos pardos y unas facciones atractivas. Se notaba que no había tenido una vida fácil, tampoco ella. No obstante, desprendía encanto y sus ojos felinos me recordaban a los de Romea.

Atardecía cuando por fin arribamos, extenuados, a la primera poterna del castillo. Una vez conclusa la obra de ampliación, sería uno de los mejores castillos del reino. De allí manaba el poder y la arrogancia de Ponce III de Cabrera.

La joven Isabel seguía a mi lado. Una vez más, la sorprendí mirándome. Para disimular, señaló el promontorio de roca sobre el que la fortaleza se asentaba.

—El castillo tiene dos espacios —explicó—. La muralla exterior rodea la parte nueva alrededor del patio de armas. Se la conoce como el recinto *jussà*. Desde allí, por una puerta estrecha se accede al interior, al llamado recinto soberano, formado por esa gran torre circular y toda la parte alta del castillo. Cada recinto tiene cisternas y silos para resistir meses de asedio.

—Conoces bien la fortaleza —le dije interesado—. ¿Por qué nos ayudas?

Señaló una torreta circular que sobresalía de la muralla.

—Ahí estuvo mi padre colgado durante tres semanas. Era guardia. Yo tenía nueve años. Lo ajusticiaron después de acusarlo de robar un cahíz de trigo para una hermana enferma que vivía en Arbúcies.

Me estremecí ante la manera directa de contarlo y su dolor contenido. Aquel recuerdo la había marcado.

—Supongo que no hubo juicio —musité.

—¡Mi tía jamás probó ese trigo! —Noté que le agradaba que la escuchara—. Fue el castellano o el capitán de la guardia, nunca lo sabré. Mi madre servía en las cocinas y nos echaron. Casi morimos de hambre, pero nos pusimos a servir en la posada de Breda. Mi madre me dejó hace poco, y no puedo soportar alzar la vista y ver el castillo en la montaña. —Entornó los ojos—. Con lo que Salomé dice que me pagaréis, podré irme a Barcelona.

—Lo lamento, Isabel.

Me escrutó para decidir si confiar en mí. Noté que le gustaba y me sonrió con dulzura.

—Salomé me ha explicado que queréis sacar de la fortaleza a una mujer. Conozco a varios siervos del castillo, y no me resultará difícil saber dónde está. Pero es peligroso. —Dudó un instante antes de añadir—: Has de amarla mucho para arriesgarte tanto.

No respondí y bajé la mirada al suelo. Cuanto menos supiera, mejor.

La poterna exterior era estrecha y los hombres a caballo sólo podían entrar de uno en uno. A continuación venía una rampa excavada en la roca que subía entre dos murallas llenas de aspilleras, donde un asaltante podía ser asaetado con facilidad. Montsoriu era una obra maestra de la arquitectura militar.

Nos registraron a conciencia, e incluso requisaron hasta el momento de la función los cuchillos que Valence lanzaba durante el espectáculo. Hakim y yo éramos dos esclavos sarracenos de la compañía de juglares. Pasé cabizbajo, con el rostro tiznado. Me palparon el turbante y el viejo albornoz sin poner mucho interés y me empujaron hacia delante. La guardia ansiaba registrar a las risueñas juglaresas que venían detrás de nosotros.

Ni un guiño seductor había quedado al azar. Isabel iba con ellas y las imitaba en todo. Por suerte, nadie la reconoció. Salomé, la juglaresa esperada, iba la última. Para recibirla apareció el *castlà*, Guillem de Montsoriu, miembro de una línea secundaria de los Cabrera. Lucía una pelliza de cuero con el emblema de la casa. Su aspecto sucio y grasiento me causó rechazo y su cara lasciva hizo que me hirviera la sangre. Seguro que Salomé hacía esfuerzos para contener las arcadas mientras la palpaba impúdico, en busca de supuestas dagas ocultas. Jamás olvidaría lo que la soldadera estaba haciendo por mí.

Los habitantes del castillo estaban entusiasmados. Durante el verano siempre se recibían juglares, pues el abuelo del vizconde había sido trovador y le enorgullecía oír sus poemas cantados. Ese año, la Compañía Roja era la primera que visitaba Montsoriu. La función se realizaría al caer la noche en el patio de armas.

Mientras anochecía, las juglaresas conversaron con algunos soldados y así supimos que, entre la guardia, los siervos, los caballeros y la familia de los Cabrera, el castillo tenía unos cincuenta habitantes. También supe que Saura de Cabrera estaba en él. Eso me inquietó ya que, a pesar del tiempo transcurrido, podría reconocerme con facilidad.

Era un manojo de nervios, hasta que Salomé e Isabel de Breda llegaron.

—En las cocinas dicen que Blanca de Corviu está encerrada en la torre del homenaje —informó la joven—. Su salud es delicada por culpa de la amputación del dedo.

—Eso está en el recinto soberano —señalé intranquilo—. ¿Crees que estará vigilada?

—Siempre lo está —indicó Isabel, pendiente de cada una de mis reacciones—. Pero los vigilantes tendrán las mismas ganas que el resto de celebrar la noche de San Juan.

—Bueno, no será lo más difícil en esta noche mágica... —afirmó Salomé, animada—. Yo conseguiré la llave del *castlà*.

A mí, en cambio, me asaltaron las dudas. Habíamos imaginado muchas situaciones, pero estábamos en la boca del lobo. Si nos descubrían acabaríamos muy mal. La otra incógnita era Blanca. No sabía cómo reaccionaría ni si estaría en condiciones de venir con nosotros. Mi intención era llevármela a Bolonia, pero cabía la posibilidad de que ella deseara regresar a Sant Pere de les Puelles. Noté una mano en mi brazo.

Isabel, con la capa roja de juglaresa, me sonreía con calidez y un matiz sensual.

—No te angusties. Yo te llevaré con ella.

Cayó la noche y bajo el sereno manto de estrellas la tensión me devoraba. El patio de armas se iluminó con antorchas.

Se celebraron completas en la capilla del castillo consagrada a *sant* Pere, y los Cabrera y su curia de caballeros ocuparon la tribuna. Salvo una escasa guarnición, todo el castillo se reunió para la función. El vino corría con generosidad, y el ambiente era distendido, pues ningún peligro amenazaba la aislada fortaleza. San Juan era la única noche del año en la que era posible infiltrarse en Montsoriu.

Observé a los vizcondes. Ponce III de Cabrera, para mitigar las represalias de su rebelión fallida, se había casado no hacía demasiado con Marquesa de Urgell, hermana del conde de Urgell, y ya tenía un hijo recién nacido. Sin embargo, el vizconde no gozaba de buen aspecto. El rey había aplastado la rebelión y lo había obligado a arrodillarse y a recibir su beso de señor en el ritual de homenaje realizado en el monasterio de Poblet, en agosto de 1194, y la humillación había consumido su altanería. Lo odiaba, y me alegré.

Luego apareció Saura de Cabrera, delgada y nervuda, con su eterno brial oscuro. Ahora era la viuda de Asbert de Santa Oliva. Se situó junto a su hermanastro por delante de otros parientes y consejeros. Detrás de ella, una esclava sostenía un niño entre los brazos. Al preguntar, Gastó Siurana, buen conocedor de lo que ocurría entre la nobleza, me informó:

—Ese niño es Asbert II de Santa Oliva, el vástago de Saura y de su difunto marido. Es el *hereu* de la castellanía de Olèrdola y de los bienes que pertenecieron a los Santa Oliva y a los Corviu, una fortuna enorme en tierras, castillos y siervos de la gleba. Saura ha logrado que el vizconde sea el tutor del niño, así se han hecho con la administración de la herencia y han evitado la ruina tras la derrota. Ahora, la bastarda se coloca por delante de otros miembros del linaje.

Las tornas habían cambiado. Saura intervenía en los asuntos de los Cabrera y eso la hacía más peligrosa para mí.

Se prendió la hoguera de San Juan y el clérigo bendijo las llamas. Los músicos tocaron alegres melodías y los habitantes del castillo bailaron a la luz del fuego, animados por las juglaresas. Saltando las llamas se purificaban las penurias. Hakim y yo hicimos nuestro papel y comenzó la función de los juglares.

Esa noche Valence no retó al combate ya que los soldados tenían mal perder. En cambio, desató el entusiasmo al lanzar cuchillos a la risueña Maria Siurana. Hubo danzas y acrobacias, pero todos esperaban al mago Natán, quien no pensaba hacer juegos de naipes ni escamoteos. En el centro se colocó aquel ataúd lleno de símbolos, para mí desconocidos, que hicieron fruncir el ceño al sacerdote del castillo.

El prestímano, con túnica negra y el rostro empolvado con yeso, señaló a Salomé y anunció que la haría desaparecer. El público aplaudió entusiasmado. Yo había visto aquel número en Barcelona, pero el día anterior, con cierta decepción, había descubierto el sorprendente mecanismo del que se servía Natán. Una tabla caía al tocar un resorte y separaba el espacio interior de manera que la persona podía colocarse detrás. Al abrir la cara frontal, el público sólo veía la caja vacía. Una danza con antorchas y la música creaban la sensación de estar en presencia de un hechicero tan fabuloso como los de los relatos de caballería.

La de Natán era la mejor versión del truco que había visto, y en Montsoriu causaría sensación, por eso decidimos que sería el momento de entrar en el recinto soberano.

El recinto soberano

Salomé captó la atención de todos mientras se introducía en la caja mágica, e Isabel y yo aprovechamos para ir hasta la puerta del recinto interior del castillo. Se encontraba en un extremo del patio. Los soldados de guardia en la torre más cercana miraban el espectáculo.

Cuando la caja se abrió, todos los ojos del castillo estaban fijos en el hueco vacío, era inevitable, y entonces Isabel y yo entramos en el corazón de Montsoriu.

La joven temblaba por la tensión y le cogí la mano. Cruzamos juntos un espacio sin antorchas hasta la segunda puerta y accedimos a un patio interior angosto y alargado, con varias puertas y una escalera de piedra adosada al muro que conducía a la terraza almenada. A lo lejos, oíamos el rumor del espectáculo.

La torre del homenaje era circular y se alzaba en la parte más alta del cerro. Constituía el corazón de toda la fortaleza, antiguo, frío e incómodo, pero el lugar más seguro en tiempos de guerra. El portón estaba cerrado con llave, de modo que esperamos apostados en las sombras, pegados el uno al otro.

—Aún espero tu respuesta, Robert —adujo la joven, nerviosa.

—Es complicado de explicar. Blanca y yo compartimos un destino turbio y ella está aquí por mi culpa —dije con cierta desazón.

Mi tenacidad por una mujer, casi locura, la desconcertaba.

Isabel era una muchacha desvalida, sin nadie que la cuidara. Sus ojos brillaban cuando me miró.

—Maria Siurana dice que también fuisteis amante de Salomé.

—Ella me sacó de un pozo muy hondo —aclaré un tanto incómodo.

—Pues salisteis muy bien de él —dijo sin ocultar su fascinación.

No nos habíamos soltado las manos y noté el roce de sus dedos, pero simulé no darme cuenta. A lo lejos se oía ahora la voz de Arnau, el nuevo narrador de la compañía.

—Ya ha comenzado el sirventés. Si todo sale bien, Salomé no tardará.

Y, en efecto, no tardamos en oír la risa de la juglaresa y la voz ronca del castellano, a todas luces ebrio. Aparecieron en el patio sin luz como dos amantes furtivos en busca de un rincón tranquilo. Guillem de Montsoriu la seguía ansioso y ella lo atraía hacia nosotros. En mitad del patio la empujó contra el muro, incapaz de contenerse, y comenzó a manosearla.

Noté la angustia de Salomé. Lo hacía por mí. Surgí de las tinieblas armado con una piedra y lo golpeé sin piedad en la base del cráneo. Guillem de Montsoriu lanzó un jadeo y se desplomó. Al instante llegó Isabel, con una daga; sólo quería vengarse del hombre que colgó a su padre, pero la detuve a tiempo. Salomé se alisó el vestido. Aunque las estrellas reflejaron una lágrima en su rostro, enseguida recuperó el aplomo.

—Tiene las llaves en el cinto. ¡Vamos!

Isabel abrió el portón de la torre y arrastramos adentro al *castlà*. Subimos a la torre por una escalera de madera. El corazón me latía con rapidez. Había dedicado un mes a planificar mi asalto al castillo inexpugnable del vizconde, sin detenerme a pensar en lo que hallaría. Al llegar a la planta de arriba vi a Blanca ante una mesa con un cirio. Estaba leyendo un pequeño libro.

—¿Blanca?

Se estremeció al oír mi voz, pero tardó un instante en volverse. Cuando lo hizo, el alma se me encogió. Largas sombras asomaban tras sus pupilas claras. Había cambiado y no hallé ni rastro de alegría o esperanza en su semblante.

—Ya estás aquí, Robert el Condenado —musitó.

Llevaba puesto un raído albornoz de sierva. No parecía haber sufrido penurias, pero tenía un aspecto macilento. Miré el vendaje de su mano y me estremecí.

—Habré muerto, pues veo dos ángeles al fondo —dijo al ver a Salomé e Isabel.

La juglaresa se acercó, interesada en conocer a la mujer que poseía mi alma.

—Bienvenida a la vida, Blanca de Corviu. Es hora de marcharnos.

Blanca se acercó a mí sin prisas y me apartó con suavidad el pelo para ver mi oreja mutilada y luego alzó la mano vendada.

—Vamos perdiendo trozos. —Sonrió cansada—. ¿Te das cuenta?

—Siento haberte metido en mi lucha —le susurré, consternado ante su tristeza.

Su silencio fue peor; me desalentó.

—Esto es la fortaleza de Montsoriu—dijo por fin, pero mirando a Salomé—. Mucho debes querer tú también a Robert para cometer semejante locura.

La juglaresa no respondió y se volvió, molesta.

—Ahora saldremos al patio —indiqué a Blanca—. ¿Podrás?

—¿Cómo me sacaréis del castillo? —Por primera vez, vi un atisbo de interés.

—Dentro de una caja mágica —afirmó Salomé con una sonrisa enigmática.

—Escúchame, Robert —dijo Blanca con voz grave—. Aunque hace casi dos años que el rey Alfonso derrotó a los nobles rebelados en Bearne, con su muerte la alianza ha reverdecido, gracias a que los Cabrera controlan ahora la enorme fortuna del pequeño *hereu* Asbert II de Santa Oliva. Aquí mismo han jurado de nuevo defender el viejo orden y sus privilegios feudales sin aceptar ninguna Paz y Tregua.

—Eso quedó claro cuando llegó a Barcelona el documento

destrozado y tu dedo —aseguré con desprecio—. Pero ya no me importa, nos vamos lejos de todo esto.

—No era sólo eso lo que Saura pretendía al enviar el cofre. —Ante mi inquietud, concluyó—: Quería que vinieras al castillo de Montsoriu. Tú mataste a su hijo Arnulf...

Un escalofrío me recorrió el cuerpo y enseguida tuve un mal presentimiento.

—El tiempo se acaba —señaló Salomé mirándome con preocupación—. Si Saura esperaba tu llegada, debemos ser todavía más cautos de lo previsto. Quizá sospeche...

Dejamos encerrado al *castlà*, aún inconsciente, y salimos de la torre. La danza de las dos soldaderas jóvenes era la última parte de la función y tenían cautiva la atención de todos. Nadie descubrió a Blanca, pero la tensión me devoraba al reunirnos con los demás. No podía olvidar su advertencia y tenía una mala sensación.

La función acabó y los músicos tocaron alegres melodías para que los moradores de Montsoriu bailaran tomados de las manos alrededor de los rescoldos de la hoguera.

El *castlà* no aparecía, aunque nadie se extrañó dado que esa noche muchas parejas habían desaparecido. Fue el propio Ponce de Cabrera quien se acercó para felicitar a los juglares y despedirlos con un generoso donativo. Hakim y yo nos alejamos. Había siervos y soldados rondando a los juglares y temí que no pudieran meter a Blanca en la caja.

—Serénate. Se te nota a la legua el nerviosismo, Robert —me aconsejó Hakim—. Salomé logrará que Blanca salga de esta maldita ratonera.

Se anunció la marcha de la compañía y nos unimos a la comitiva. Los Siurana tocaban y las bailarinas, con sus capas rojas, se mecían sinuosas al compás. Hakim, Valence, Gastó hijo y yo cargábamos la pesada caja de Natán.

—¡Nos llevamos el invierno! —gritó Salomé, y levantó una ovación.

Llegamos al espacio que separaba las dos murallas; estaba iluminado con antorchas. Delante teníamos la poterna, custodiada por cuatro soldados. Estábamos a unos pasos de salir y seguía pensando en las inquietantes palabras de Blanca: Saura de Cabrera esperaba mi llegada.

El capitán de la guardia dio la orden de abrir para dejarnos partir. Mi corazón latía desbocado. Vivíamos esos últimos pasos con una tensión terrible.

Justo cuando estábamos ante la puerta, se oyó un silbido y se oyó un chasquido seco. Noté una vibración en la mano y, horrorizado, vi el asta de un dardo de ballesta clavado en la caja.

Al momento, una segunda saeta se clavó aún más al fondo, en el centro.

—¡Blanca! —musité aterrado.

El tiempo se detuvo para mí. Me quedé inmóvil, incapaz de reaccionar, aterrado.

La larga madrugada

Hakim, Valence, Gastó y yo mirábamos con impotencia las flechas hundidas en la caja de Natán. Alcé la vista, aturdido. En la rampa, un ballestero cargaba de nuevo su arma. A su lado, Saura de Cabrera nos observaba triunfal. Los soldados de la puerta parecían tan desconcertados como nosotros.

—¡Una buena función, pero el final será sublime! —exclamó la mujer—. Dejad el ataúd en el suelo, servirá para enterraros juntos, Robert el Condenado.

El ballestero me apuntó, pero la hermanastra del vizconde quería ver de cerca mi dolor y levantó la mano para detenerlo. Segura, bajó la rampa con una sonrisa que me revolvió las entrañas.

—Día y noche he estado en vela, esperando tu llegada. Has sido astuto al mezclarte con estos juglares, pero no lo suficiente para engañarme a mí.

—Si era yo tu objetivo, ¿por qué capturar a Blanca?

—Si hablas así es porque no te abrió su corazón al final y ahora se ha llevado sus terribles secretos a la tumba. Quizá os reunáis en el infierno, payés. —Se inclinó más sobre la caja y su cara siniestra me inquietó—. Me quitaste un hijo, pero Dios me ha bendecido con otro vástago y un gran futuro. Cuando mueras, el espectro de Arnulf descansará y yo cerraré la puerta a amargos recuerdos que aún me persiguen. Debiste morir en la cisterna.

—No tienes alma, Saura de Cabrera.

—Espera a que mi hermano Ponce se entere de esto. Aún se siente ofendido y celoso por lo ocurrido en Bearne —adujo despectiva—. Blanca era su capricho. Primero te desollará vivo y después te lanzará por la pendiente dentro de un tonel con sal.

Quise mantenerme ajeno a la amenaza, pero no lo logré. Saura decía la verdad.

—Algún día ni tú ni ningún noble podréis disponer así de la vida de otros. —En el fondo, mi rabia hablaba al fantasma de Ramón de Corviu, su primer esposo—. ¡Algún día los siervos tendrán libertad para marcharse y dejar de servir a los de tu calaña!

—Puede, pero eso ni tú ni yo lo veremos. —Se echó a reír con desprecio—. ¡Abrid la caja!

Un soldado empujó a Natán. El prestímano despasó un clavo y, mientras levantaba la tapa lentamente, el corazón se me paró en el pecho.

El ataúd sólo contenía piedras. Miré a Natán, y en su rostro oscuro relució una sonrisa afilada. En medio de la confusión, apareció Salomé por la espalda de Saura y le puso uno de los cuchillos de Valence debajo del cuello. Los soldados, que no lo esperaban, se miraron sin saber cómo actuar.

—¡Ordenad que dejen las armas y nos abran! —exigió la juglaresa, y apretó más.

Saura gimió, la rabia le contraía las facciones. Los soldados optaron por soltar sus armas y las tres bailarinas corrieron a por ellas. Hakim recibió una espada y Natán otra.

—¡No saldréis vivos de aquí! —graznó Saura, estirada por la presión de la hoja.

—Sí saldremos porque vais a acompañarnos un buen trecho, bastarda —aseguró Salomé, fría—. ¡Y si alguien da la voz de alarma o ataca, os mataré! ¡Valence, abre!

El antiguo cruzado desatrancó el portón. En cuanto estuvimos fuera, resonó un cuerno y la algarabía del festejo cesó allá arriba en el patio. Muy pronto las almenas se llenaron de luminarias. Los habitantes del castillo, aún enardecidos por la fiesta, miraban con estupor lo que ocurría en la poterna. Salomé y Valence mostraron a la cautiva y se oyeron gritos de alarma.

—Mi vida no vale tanto —siseó Saura—. Mi hermano no permitirá una fuga en su castillo.

Como para confirmar sus palabras, una flecha se clavó entre nosotros.

—¡Dispersaos! —gritó Valence—. Al amanecer nos reuniremos donde acordamos.

—¿Dónde está Blanca? —pregunté angustiado, pero no obtuve respuesta.

Éramos los mismos que habíamos entrado.

Debíamos descender un centenar de pasos por una pendiente abrupta hasta refugiarnos en el robledal de abajo. Las flechas llovían al azar en la oscuridad. Natán gritó cuando una le rozó el hombro, pero no se detuvo. Todos huían por sus vidas, salvo uno; Hakim seguía cerca de la puerta del castillo, con la espada en la mano.

—¡Vamos! —grité, adivinando su intención.

El esfuerzo y la tensión habían agravado su estado. Me miró con afecto paternal.

—Prometí proteger al hijo de Oria, y Alá me permite hacerlo como hombre libre. Sigue tu camino, Robert de Tramontana, yo os regalaré un poco de tiempo para escapar.

La puerta se abrió y Hakim corrió hacia ella. Con una inesperada fuerza tumbó al primer soldado de un pavoroso mandoble. Los otros dos tuvieron que detenerse. No volvería a ver al sarraceno y fui consciente de que me había protegido desde que nací. Era un guerrero que dejó atrás la fama y la gloria por cuidar de una familia desvalida y por amor a una mujer esclava: Fátima. Quizá algún día se cantarían sus gestas.

—Vámonos, Robert —dijo alguien a mi lado.

Blanca de Corviu me miraba con lágrimas en los ojos, cubierta con una de las capas rojas de juglaresa. El corazón se me disparó.

—¡Eres tú! —La oleada de alivio que sentí fue abrumadora.

—Tu amiga Salomé es sagaz —señaló admirada—. Al ver a

tantos siervos cerca, temió lo peor y decidió que saliera disfrazada. La caja los confundiría.

—Pero eso significa que alguien no ha salido... —Miré las sombras del castillo y caí en la cuenta. Sólo alguien que conocía la fortaleza y a algunos de sus siervos tenía posibilidades de ocultarse y escapar durante el día—. ¡Isabel de Breda!

Salomé era juglaresa, su vida era incierta y su instinto le hacía improvisar con eficacia. Di gracias a Dios, con un inmenso consuelo.

De la mano, Blanca y yo huimos cuesta abajo mientras las saetas se clavaban en el suelo con secos chasquidos. Ella estaba débil, pero resistió. Cuando quedamos a cubierto debajo de los primeros árboles de la ladera, me volví hacia el castillo. Cerca de la poterna vi caer a Hakim abatido por tres soldados. Se me partió el alma, pero mi protector había muerto con honor, como deseó, y no postrado en un jergón a causa de una maldita enfermedad.

El descenso de la fabulosa montaña de Montsoriu fue terrible. Blanca se agotó y al final apenas podía tenerse en pie. Aun así no la oí quejarse. Había logrado rescatarla, pero a qué precio. La muerte de Hakim se sumaba a otras que pesaban sobre mí y aún estaba demasiado ofuscado para medir las consecuencias de lo ocurrido. En mi cabeza retumbaban las palabras de Saura sobre Blanca y sus terribles secretos.

La despedida

Con las primeras luces del alba nos reencontramos en el lugar acordado, un solitario corral de piedra próximo al monasterio de San Salvador de Breda.

En cuanto Salomé me vio aparecer, se acercó y me abrazó. Estaba exhausta, pero con el fuego de la victoria en sus preciosos ojos verdes.

—Lo hemos logrado —dijo emocionada.

—Pero no estamos todos. Hakim ha caído —señalé desalentado. Pensaba en el dolor de Fátima. Inspiré con fuerza y cogí la mano de Salomé—. Fuiste hábil al decidir no meter a Blanca en la caja. Eres un ángel para mí.

—Lo sé —repuso un poco triste, lidiando con sus sentimientos—. En cuanto Blanca nos advirtió del peligro, supe que escapar no sería tan fácil como habíamos previsto. Temo por la joven Isabel... Pido a Dios que la proteja.

Asentí; debía mucho a la bonita joven y pensaba pagárselo.

—Antiga guarda una limosnera con cinco mancusos de oro. Si Isabel regresa, dáselos.

—¡Es casi una dote!

—Me ha devuelto una parte importante de mí mismo —dije lacónico.

Miramos a Blanca. Había un abrevadero y con la mano sana se limpiaba la cara, como si quisiera lavar algo adherido. Parecía ajena a todo, y me obligué a creer que su estado abatido se debía sólo al cansancio y al dolor de la mano.

En una esquina del cobertizo estaba Saura de Cabrera, encogida en el suelo, con el brial rasgado y la piel sucia y arañada. Atada de pies y manos, nos observaba sombría, sin asimilar lo ocurrido. Pero había algo más extraño: miraba de soslayo a Blanca, con miedo. No tenía sentido, pues la joven de Corviu ya no era nadie ante los Cabrera.

A cambio de un generoso donativo, los monjes del pequeño cenobio nos dieron un saco de hogazas de pan de cebada, tocino salado y vino dulce. Comimos en silencio sin salir de la cabaña de piedra. Así terminaba el plan de Salomé. Al día siguiente la Compañía Roja se dispersaría y saldría del vizcondado. Sus miembros sólo volverían a reunirse en el campamento de Jaca. De allí marcharían a tierras leonesas. La ira de Ponce III de Cabrera se dejaría notar pronto.

Yo ansiaba hablar con Blanca, pero se acurrucó sobre un montón de heno y se durmió enseguida. Se removía inquieta, con la frente perlada de sudor. El agotamiento nos venció a todos y me eché junto a Blanca, pero sentí la mirada fija de Salomé.

—Tu destino era ser juez —dijo la juglaresa con una expresión oscura, sin perder de vista el sueño inquieto de Blanca—. Algunas noches todavía me despierto creyendo que Ramón de Blanes está delante de mí para violarme. Te dejé marchar de los baños de Jaca para que trajeras la justicia. Ahora vas a marcharte para no volver.

—¡Mira dónde estoy! —exclamé pesaroso—. Los nobles desean mi muerte y ya no cuento con la protección del rey. Si vuelvo a Barcelona, Ponce y sus aliados acabarán conmigo de un modo u otro. ¿Qué puedo hacer? He fracasado, pero al menos la he salvado.

La juglaresa miró a Blanca y en sus ojos esmeralda leí lo que pensaba.

—Te preguntas por qué renuncio a todo por ella, qué tiene —dije—. Creo que aún seguimos abrazados en aquella cisterna de agua helada.

—¡Maldito mutilado!

Salomé se me acercó gateando y me atrapó la cara entre las manos. Poco a poco afloró una sonrisa en su semblante y me besó los labios con ternura una última vez.

—Tienes la *baraka*, Ojos de Brujo, y algún día volverás a ser el que eras, lo sé.

Luego se echó en el fondo de la cabaña. Agotado, me dejé caer de nuevo sobre el heno junto a Blanca. Contemplando su sueño intranquilo y las muecas que aparecían en su rostro dulce, el cansancio me venció. Yo sanaría su alma.

—¿Dónde está Saura? —gritó Valence.

Desperté sobresaltado. Fuera ya atardecía. Los juglares rodeaban a Blanca, que se hallaba delante de la puerta del cobertizo. Tenía un cuchillo en la mano y a sus pies las sogas cortadas de la cautiva. La había dejado escapar.

—He llegado a un pacto con Saura —respondió enfrentada a las miradas hostiles—. Regresa a Montsoriu. Aplacará la ira de Ponce, así podréis escapar del vizcondado con seguridad.

Valence estaba furioso, pero Salomé lo calmó. Las dos mujeres se miraron.

—Por tu bien, espero que esa bastarda cumpla —masculló la juglaresa.

—¡Ya os he dicho que lo hará! —replicó Blanca, fría—. Se juega mucho...

Blanca parecía estar mejor, aunque seguía pálida y con la frente perlada de sudor. La complicidad entre ambas mujeres denotaba que algo había ocurrido durante el tiempo que dormí. Percibí que compartían un secreto.

—De todas formas, es hora de desaparecer... —ordenó Salomé en tono apremiante.

Todos se mostraron de acuerdo. Mientras recogían, me llevé a Blanca afuera del cobertizo. Miré el vendaje sucio de su mano. Debía cambiarlo sin demora.

—¿Por qué te raptaron en Sant Pere de les Puelles? —Necesitaba saberlo.

Me abrazó y por fin me besó con dulzura. Incluso mi pena por Hakim remitió.

—Quiero que se cumpla aquel sueño que tuvimos en el monasterio —fue su inesperada respuesta—. ¿Te acuerdas? Regresar a Tramontana y vivir en paz es lo que deseábamos.

—Pero ¿qué ocurre? —demandé abrumado—. ¿Cómo vamos a volver? ¿De verdad crees que el vizconde y Saura respetarán un pacto contigo? ¡Ni siquiera se someten al rey de Aragón!

—Debes confiar en mí —aseguró tratando de parecer fuerte—. Lo harán, pero tan sólo si todos olvidamos lo ocurrido. —Sentí su angustia. Había pagado un alto precio, pero se negaba a revelármelo—. Si quieres que estemos juntos, no has de preguntarme jamás. —Se le quebró la voz—. Si no lo aceptas, deberé regresar a Montsoriu; no tengo más opciones.

—¿Fuiste al castillo por tu propia voluntad? —requerí desconcertado.

Sus ojos vibraron y no respondió. No hizo falta; me había traicionado en Sant Pere de les Puelles. Me invadieron las dudas mientras ella me rogaba con sus ojos que no insistiera.

—Deseo estar contigo, Robert, en Tramontana, y te seré leal siempre... Pero no debes insistir en este asunto, jamás. —Unas lágrimas resbalaron por su rostro—. Decide... Yo no puedo obligarte.

Me estremecí. Aunque Blanca propusiera dejar atrás el pasado, aquel secreto estaría siempre entre nosotros, agazapado. Sin embargo, al final asentí. Confiaba en ella. Me abrazó y lloró de puro alivio. Por alguna razón, sentí que justo en ese momento la había salvado de verdad de morir de pena y de la bilis negra. Blanca renacía.

—¿Cómo vamos a instalarnos en Tramontana? —pregunté—. No logré realizar la compra.

—En cuanto Saura pise Montsoriu, enviará a uno de sus siervos con el documento de cesión que firmaste en favor de su hijo Arnulf, en Ripoll. —Ante mi estupor, me pidió que la dejara terminar—. Sin ese documento, tú sigues siendo el *hereu* de Oria de Tramontana. Con el rey Alfonso muerto, a nadie importa si no regreso a Sant Pere de les Puelles. —Sus ojos destellaron con ánimo renovado—. Ya no somos nadie... No somos nada, Robert, ¡por eso el futuro es nuestro!

—¿Y si es una trampa? ¡Saura es aún la *castlana* de Olèrdola! —No podía comprenderlo—. ¿Y si aparecen soldados de Ponce?

Blanca asintió con tristeza, consciente de lo difícil que resultaba para mí aquel acto de amor.

—No aparecerán. Nos dejarán en paz. Confía en mí. Saura es una mujer taimada, pero esta vez cumplirá, te lo aseguro.

Estaba desconcertado. No alcanzaba a imaginar qué podía detener a la soberbia de Saura.

—Es cierto, Robert de Tramontana —afirmó Salomé a mi espalda. Se acercó con el semblante serio—. Las tres hemos hablado, y estoy segura de que la bastarda no hará nada.

—¿Qué me he perdido? —insistí molesto.

—Yo soy garante de ese secreto, Robert. Confía en Blanca. —La rotundidad de Salomé me dejó sin palabras, pero también confiaba en ella.

Al mirarla entendí que había llegado el momento de separarnos. Me abrazó con fuerza durante una eternidad, hasta que una lágrima surcó su bello rostro. Entonces se apartó y se la limpió como si le quemara.

—¡Allá adonde vayas, ama, Ojos de Brujo! ¡Y que el sendero de estrellas te señale la ruta!

Salomé no revelaría el secreto. Me devoraba la duda, pero desistí, cansado, y comencé a pensar en el futuro. Regresar a Tramontana me llenaba de dicha, pues su pérdida había pesado sobre mí durante años.

Poco después los juglares se despidieron uno a uno. Tuve palabras cálidas para todos; jamás olvidaría lo que habían hecho por mí. Los vi alejarse, emocionado, y confiaba en que pudiéramos reencontrarnos algún día, sobre todo ver de nuevo a Salomé.

Blanca estaba a mi espalda, respetando el torbellino de mis sentimientos. Al fin recordé una de las preguntas que deseaba hacerle desde hacía mucho tiempo.

—¿Descubriste quién deja lirios en las tumbas de nuestras madres?

Ella sonrió, esta vez animada. Renacía la luz en sus ojos claros.

—Sólo atisbé unas siluetas en la noche. Mujeres que se acuerdan de mujeres…

—Quizá lo averigüemos juntos —dije—. Volvamos a nuestro hogar, Blanca.

—Saldrá bien, Robert. —Aliviada ya, su voz sonó segura a pesar de la debilidad y la fiebre—. Esta vez nuestros intereses están unidos, y eso anulará la profecía. Además, nadie te impide que recibas a tus alumnos en Tramontana y leáis el *ius commune* a la sombra del emparrado.

Asentí con la cabeza y me abrazó con fuerza. Los ánimos regresaron. Una parte de mí lamentaba haber llegado a esa situación. Pedí perdón a mi madre con el pensamiento, pues no sería juez, pero desde Tramontana podría seguir inspirando mi ciencia a Ernest, Rodrigo y Feliu. Mi objetivo sería hallar el modo jurídico de que los siervos de la gleba lograran ser libres, como había encomendado a Novella Gozzadini. Recordarla me alegró.

Incumpliría el juramento de Bolonia, pero era mi vida y, como Blanca, aprendería a vivirla sin mirar atrás.

In facie ecclesiae

El día de San Miguel de 1196, tres meses después de haber escapado del castillo de Montsoriu, aguardaba nervioso debajo del pórtico de la iglesia de Santa María de Olèrdola. Situada fuera del recinto del castillo, en un extremo del cerro, el antiguo templo dominaba un vasto paisaje y se veían las tierras de Tramontana, al otro lado del barranco.

Una anciana con el rostro marcado por una cicatriz pasó ante mí, me miró y siguió adelante. Con ella iba una muchacha. Se alejaron entre las tumbas excavadas en el suelo de roca, el *pla dels Albats*, y en un instante desaparecieron de mi vista.

La campana de la espadaña tañía con insistencia en aquel caluroso día y su sonido me devolvió a la realidad. Los payeses acudían alegres, con guirnaldas trenzadas. Los más ancianos me miraban con emoción. Veintiséis años atrás, habían sido testigos de una terrible herida que iba a sanarse.

Durante las últimas semanas había hablado con muchos cabezas de familia que aún residían en la aldea de Olèrdola. Algunos vendrían a Tramontana para la siembra. Lo había autorizado Saura a través del judío Jacob de Girona, puesto que ella se hallaba en Montsoriu. No podía creerlo, pero Blanca tenía razón: los Cabrera nos habían dejado en paz.

Los payeses consideraban nuestra llegada un extraño milagro, y el peso de mi estirpe en aquella tierra se notó. Nos respetaban. También mi fama como sabio en Derecho era conocida, de modo que requirieron mi arbitraje en disputas de lindes y herencias entre payeses. Gracias a eso, pronto aparecieron brazos jóvenes para ayudarme a desbrozar la finca.

Esa mañana los habitantes de Olèrdola me miraban expectantes y, nervioso, me alisé la gonela de paño rojo. Me había encantado tener conmigo a Salomé y a la Compañía Roja, pero era más seguro que permanecieran lejos, en tierras de León. Además, la juglaresa detestaba las bodas; detestaba atarse. Eso me hizo pensar en su reverso, en Novella, la matriarca decente y perfecta, y también en la apasionada Arabella, quien, con su doble vida, no renunciaba a nada. La existencia humana podía verse desde muchos ángulos y ser igual de intensa desde todos ellos. Yo las amaba a todas.

A lo lejos se oyó una ovación y el son alegre de un flautín.

—¡Llega la novia! —anunciaron a coro varios de los congregados.

Ernest, vestido con ropas sacerdotales, se situó a mi lado en el portal de la iglesia, aunque la ceremonia la presidiría el deán de la catedral de Barcelona, Ramón de Caldes. Me alegré de tener allí a mi fiel amigo. Muy cerca estaban mis otros alumnos, Rodrigo y Feliu, así como los judíos Benevist ben Abraim y Abigail, y también Fátima. La sarracena había encajado con entereza la muerte de Hakim. Que hubiera fallecido con honor la llenaba de orgullo, a pesar del dolor. Había dejado la cabaña y vivía con nosotros.

Blanca venía por una calle del poblado externo de Olèrdola. El corazón se me aceleró al verla. Resplandecía. Llevaba un bonito brial azul, liso, con un cinto plateado. Sobre la cabeza lucía una diadema de plata y perlas, cedida por los judíos, con la melena trigueña recogida en una redecilla. Tenía la piel pálida y luminosa. Cuando la luz del sol se reflejó en sus ojos claros, apartó la cara. Era un gesto que compartíamos, para huir de la luz excesiva.

Al verme sonrió. Ya estábamos casados a furto, en secreto. Habíamos contraído matrimonio ante un clérigo de San Salvador de Breda, tres días después de la noche de San Juan. Allí había rasgado el documento de cesión que Saura había devuelto y volvía a ser el *hereu* de Tramontana. Con aquel gesto rompía con el pasado y dejaba encerrados demasiados secretos.

Fátima entregó a mi esposa una pequeña *jamsa* de plata. Blanca acarició el rostro de la anciana y sonrió, agradecida, dejando ver a todos sus maltrechas manos.

Ernest de Calonge pidió silencio y preguntó a voz en grito si alguien entre los presentes conocía algún impedimento por el cual Robert de Tramontana y Blanca de Corviu no pudieran casarse. Lo hizo en lengua vulgar y en latín. Sólo se oyó el susurro de la cálida brisa al mecer las encinas próximas a la iglesia.

—Como nuevos esposos, recibid el uno del otro el anillo que simboliza vuestro nuevo estado y la fidelidad mutua.

Una niña de Olèrdola acercó los anillos. Eran un regalo de Benevist y Abigail.

—¿Recordáis las palabras? —susurró Ernest—. Adelante.

—*Yo, Robert de Tramontana, do e liure a vos, na Blanca de Corviu, mon cors per leyal marit e reeb lu vostre per leyal muller.*

—*Yo, Blanca de Corviu, do e liure a vos, Robert de Tramontana mon cors per leyal muller e reeb lu vostre per leyal marit.*

Habíamos manifestado nuestro consentimiento y nuestro enlace ya era formal. El sacristán nos invitó a entrar en el templo y recorrimos la vía Sacra hasta el altar. Allí Ernest me besó y luego yo besé a Blanca, como estaba prescrito. El notario registró la ceremonia en un documento. El deán celebró una misa y, como era costumbre, recomendó moderación en el festejo de la boda.

Al salir del templo sonó una dulzaina y llovieron nueces como señal de buen augurio. Era mucho más que una boda, era una llamada de Tramontana para regresar a mis tierras; por eso, con parte de la plata que había traído desde Bolonia, organizamos un gran banquete frente a la iglesia, pues la masía aún no estaba en condiciones; de hecho, no lo estaría en mucho tiempo.

Las mesas se llenaron con fuentes de asado de corzo, faisanes, quesos y frutos secos. A media tarde comenzaron los bailes, pero al anochecer el ambiente se distendió aún más. Las danzas formales dieron paso a bailes gráciles entre saltos y vueltas que facilitaban las caricias furtivas. Mientras Blanca bailaba, me quedé sentado a la mesa solo, observando la diversión. Observar en soledad había sido mi mundo durante años y me sentía bien.

Vi a Feliu de Tortosa y Rodrigo de Maza mezclados con los payeses. Me vieron a su vez y alzaron sus cuencos hacia mí a modo de saludo. Respondí a su gesto, alegre de tenerlos allí. Había ideado planes para ellos. Si Tramontana recuperaba parte de la prosperidad, financiaría sus estudios en Bolonia. Quizá era la *baraka*, pero no estaba dispuesto a renunciar a mi propósito de implantar juntos el *ius commune* y la libertad para los siervos de nuestra tierra. Era necesario para la prosperidad.

Blanca giraba y giraba con otras mujeres. Me pidió con un gesto que me uniera al baile, y le sonreí mientras decidía si hacerlo. Cada día la amaba más. Era fuerte y audaz. Sacó adelante Tramontana siendo una muchacha, y volvería a hacerlo.

—Así que no has perdido el tiempo...

Di un respingo. Junto a mí estaba Fátima. Me alegraba tenerla a mi lado. Para Blanca y para mí era como un pariente muy próximo, casi de nuestra sangre.

—¿De qué hablas? —le pregunté, aunque sospechaba a qué se refería.

—Te hablo de lo que Blanca lleva en el vientre. ¡Serás un gran padre, Robert! Ojalá tu madre pudiera verlo.

Sonreí mientras ella me acariciaba el pelo en un tierno gesto maternal.

Era verdad. Blanca me lo había confesado días atrás; estaba encinta, no tenía la menor duda. Juntos habíamos vuelto al origen, pero no éramos los mismos. Por el camino habían quedado el miedo, la culpa y la perniciosa ley de los tres órdenes.

Mi esposa me reclamó de nuevo. A veces veía aquellas sombras en sus ojos que me hacían pensar en oscuros secretos, pero no era así esa noche. Me uní al corro de danzantes y aparté de mi mente aquellos pensamientos.

SEXTA PARTE

PAZ Y TREGUA

Leonor de Tramontana

Día de San Jorge de 1197

Robert! ¡Robert!

Dejé la azada hincada en la tierra y me alcé tan rápidamente que me dolió la espalda. Un muchacho se acercaba a la carrera por la linde del campo. Los demás campesinos también se detuvieron. Todos pertenecían a los Margarit, la última familia en abandonar Tramontana cuando yo era niño. Habían regresado con la *iova* que Blanca les propuso, pero poco después tuvieron que abandonarla para salvarse de la repentina cabalgada de Arnulf de Corviu. Tras malvivir en Vilafranca durante esos años, habían aceptado volver a la masía a cambio de la mitad de la *manedia*, que era la franja de terreno alrededor de la casa dedicada a la subsistencia de la familia. Los padres, Joan y Dulce, ya eran mayores, y de los siete hijos vivos, el primogénito era de mi edad y ya estaba casado; la pequeña, Guillema, aún no había cumplido quince años.

Tramontana era más que suficiente para todos los Margarit, quienes sentían devoción por Blanca por haber arriesgado la vida para salvarlos.

—¡Ya llega! —insistió el joven—. ¡Dicen que vayas corriendo!

Fui tras él, preso de la inquietud y la impaciencia.

La masía ya estaba rodeada por el verdor de la cebada y el trigo. Con la riqueza ganada en Bolonia pude saldar la hipoteca de Pere Moneder, la que financiara parte del torneo de Bearne, y firmé una nueva con Benevist para costear arados, cuatro mulas y simiente. Con las nuevas yuntas para mulas que Blanca había traído se había labrado ya una quinta parte de la extensión que aún poseía la masía.

Tramontana nunca sería la misma. En tiempos de Saura y Asbert se había invocado el mal uso de la *àrsia*, que obligaba a entregar al amo de las tierras un tercio de las mismas en caso de incendio de la masía. Entonces no había nadie para probar que Tramontana no estaba sometida al mismo. Los payeses colindantes habían movido los mojones y las lluvias habían arrastrado toda una colina de terrazas con vides. Sin embargo, no insté ningún pleito; habíamos dejado atrás el pasado y no quería que regresara. Por otra parte, aún era un predio enorme, con agua en sus pozos, capaz de sustentar a varias familias. El olivar y la viña producirían de nuevo, aunque necesitarían más tiempo.

Saura vivía en el castillo de Olèrdola con su hijo, el administrador Jacob de Girona, algunos siervos y un puñado de soldados, pero viajaba a menudo a Montsoriu. Decían que su hermanastro cada vez estaba más hundido y que ella controlaba sus decisiones. Jamás la vimos, y me costaba entender por qué no interfería y nos perjudicaba. Era como si ella y Blanca evitaran que sus caminos se cruzaran. Hasta el poderoso Ponce de Cabrera parecía habernos olvidado. Era un pacto sólido y, a pesar de que me resultaba intrigante, me acostumbré a convivir con el enigma.

Seguía en estrecho contacto con Ernest de Calonge, Rodrigo y Feliu y les daba lecciones. El asistente del deán me informó de que la reina regente, Sancha de Castilla, había desistido de invocar la nueva Paz y Tregua que su difunto esposo Alfonso deseaba, ante el temor a un nuevo alzamiento. En cambio, sí había aceptado mi vuelta a la curia del veguer de Barcelona. Aun así, renuncié; por fin había hallado la paz en Tramontana y estaba a punto de ser padre. Mis tres pupilos seguirían por mí, como yo lo hice por Martí de Ripoll.

Pasé por delante de la masía arruinada y me dirigí hacia el cobertizo reconstruido donde vivíamos con los Margarit y los animales. Antes de cruzar el umbral, un grito gutural de Blanca me encogió el estómago.

Choqué con Guillema, la hija menor de los Margarit. Era alegre y lenguaraz, y me recordaba a Maria Siurana de niña, aunque en ese momento lo miraba todo espantada. Llevaba una jofaina entre las manos y no sabía qué hacer con ella.

—¡Guillema! ¿A qué esperas? ¡Date prisa!

La voz imperiosa de Fátima le hizo dar un respingo y corrió hacia el pozo.

Blanca lanzó otro grito largo y profundo, de supremo esfuerzo, y llegó un silencio tan intenso que me cortó el aliento. Tramontana había presenciado el nacimiento y la muerte de generaciones. Las piedras guardaban sus historias, y a ellas supliqué. Al fin se oyó un débil llanto entrecortado. Una, dos, tres veces, hasta que estalló con fuerza. Sentí que las ruinas despertaban de su letargo. La vida regresaba a Tramontana.

Me quité el sombrero de paja y crucé la cortina de retales. Fátima se acercó con lágrimas en los ojos. Su alegría me desbordó. De la mano, me llevó hasta el lecho de paja. Dulce Margarit y su hija mayor, Maria, me miraron con una sonrisa enorme y se retiraron con las sábanas manchadas. Blanca yacía acostada, con la camisa empapada y llena de sangre. Estaba pálida y cubierta de sudor, pero su sonrisa orgullosa de madre me aceleró el corazón. Miré a la criatura que rezongaba sobre su pecho, buscando el pezón sin demasiado éxito. Ninguna victoria se asemejaba a aquélla.

—Es una niña —anunció Fátima.

Me acerqué, un tanto asustado.

—Mira sus manos, Robert —dijo Blanca colmada de dicha, entre lágrimas.

Dos manitas doblaban los dedos apresando el aire. Los tocamos con nuestras manos mutiladas. Siempre habíamos tenido la sensación de haber nacido así, por eso ver sus manos intactas nos liberaba de un amargo peso.

—Dios nos ha perdonado, Robert —indicó Blanca, cansada.

—Se llamará Leonor, como tu madre.

Guillema regresó con la jofaina y suspiró aliviada al ver que el parto había concluido. Cogí un paño de lana y refresqué la frente a mi esposa. La niña comenzó a llorar, con fuerza, y me estremecí.

Me entregaron la placenta en un paño y la enterré junto al viejo nogal que había detrás de la vivienda, muy cerca de la tumba de mi madre. En silencio, le pedí a ella y a mis ancestros fuerza y tesón para levantar de nuevo la casa familiar. Ya tenía una *pubilla*.

Me fijé en que había nuevos lirios sobre las piedras. Alguien los había dejado esa misma noche. El misterio seguía sin resolverse, si bien comenzaba a sospechar que en los últimos meses era la propia Blanca quien los ponía allí; no obstante, pensé, ese día no se había levantado del lecho. Se me erizó el vello de la nuca y miré hacia el encinar. El viento apenas movía las hojas con un murmullo quedo, pero noté la presencia de alguien, oculto. Podía sentir su atención puesta en mí.

Blanca solía adentrarse en el encinar para hacer sus necesidades, y a veces tardaba horas en regresar. Yo siempre había respetado su silencio. Amarla implicaba asumir sus secretos.

—¡Robert!

Di un respingo. Fátima me miraba ceñuda desde una esquina de la casa.

—¿No quieres ver a tu hija cogida al pecho? ¡Tiene ganas de vivir!

La vi mirar hacia el encinar con inquietud, luego agachó la cabeza y se alejó aprisa.

La noticia del parto se extendió, y esa misma tarde nos visitaron payeses de las masías vecinas con viandas, alguna gallina y vino. Mi madre había cortado los lazos con los fundos cercanos, pero la memoria de la tierra era fuerte y nos convenía retomarlos. También llegaron gentes de Olèrdola y Vilafranca, unidas a los Tramontana por generaciones.

Gracias a Dios, la pequeña Leonor se aferró a la vida, a pesar de que muchos niños murieron esa primavera y descansaban en las pequeñas tumbas excavadas en el *pla dels Albats* de Olèrdola. Las primeras semanas Leonor apenas nos dejó conciliar el sueño. Yo ansiaba reconstruir la masía, pues dormíamos con Fátima y los Margarit, que también sufrían el desvelo.

Dos meses después del parto, una noche me despertó el silencio. Imaginé que la niña estaba mamando, pero al volverme Blanca no estaba. Fui hacia la cuna de madera de la pequeña Leonor y la vi vacía. Intranquilo, me calcé las huesas y salí.

Era una noche serena de junio.

—¿Blanca? —la llamé inquieto.

Movido por la intuición, rodeé las ruinas de la masía. En la oscuridad resultaban sobrecogedoras. Los recuerdos de la noche del incendio me resultaban insoportables y a veces creía oír los alaridos de los que murieron quemados dentro.

—¿Blanca? —insistí.

Caminé sin hacer ruido hasta el nogal y desde allí vi un resplandor en el corazón del encinar. Intrigado, avancé por el sendero y, una vez en la linde, oí susurros y pisadas. No portaba mi daga, así que cogí una piedra.

De pronto, alguien apareció en el sendero, ante mí. Alcé el brazo. Pero entonces me habló.

—¡Robert, soy yo! —exclamó Blanca—. ¡Cuidado!

Llevaba a la niña en brazos y parecía molesta al verme allí.

—¿Dónde estabas? —le pregunté desconcertado.

—Mi vientre no aguantaba y no quería despertar a nadie.

Me había mentido. Estaba nerviosa e incómoda.

—¿Qué ocurre, Blanca? Desde que llegamos a Tramontana, ese bosque es algo más que la letrina…

Me entregó a Leonor para poder abrazarme y besarme. En sus ojos veía devoción, a pesar de todo.

—Tú y esta pequeña sois lo que más amo. Esto no tiene nada que ver con vosotros.

—¿Quién hay en el bosque? —insistí intranquilo—. ¿Es quien deja los lirios?

—No temas nada, esposo, confía en mí. Algún día lo sabrás.

Regresamos juntos al cobertizo y puso a la niña en la cuna sin que se despertara. En su rostro de belleza delicada apareció una sonrisa sugerente.

—¿No crees que hace una bonita noche para desperdiciarla con preguntas?

Fuera, bajo el soportal, nos amamos de nuevo por primera vez después del parto. Los besos y las caricias de Blanca borraron mis recelos, pero la semilla de la duda estaba sembrada en mi mente; temía que sus oscuros secretos germinaran y la desconfianza creciera hasta convertirse en un monstruo que lo devorara todo.

La pisada de la uva

Era el día de San Mateo. El verano acababa, y con él las interminables jornadas de siega y vendimia. Entre varios payeses volcamos en el lagar los cestos llenos de racimos. Miré aquellas uvas. No era una gran cosecha, dado que más de la mitad de las cepas se habían secado o no habían producido, ahogadas bajo la maleza; aun así, era el vino de Tramontana, antaño conocido hasta en la mesa del obispo de Barcelona. Los toneles centenarios del sótano se habían estropeado, pero teníamos tres nuevos de roble.

Mis recuerdos infantiles del proceso eran vagos, aunque por fortuna Fátima, la guardiana de Tramontana, se acordaba muy bien de nuestra particular manera de fermentar el vino, la clase de toneles que debíamos emplear y los tiempos adecuados.

La púber Guillema Margarit me miró nerviosa y sus padres asintieron. Luego señalé a Bertrán Or de la masía del Romaní, dos años mayor que ella. Ambos se ruborizaron mientras los aupábamos al lagar para que comenzaran la pisada de la uva.

La joven pareja se cogió por los hombros, frente a frente aunque rehuyendo mirarse. Los demás los observábamos divertidos y recordando las sensaciones a flor de piel que experimentábamos cuando teníamos esa edad. La vergüenza los paralizaba. Sonó la dulzaina y comenzaron la pisada al compás, de dentro a afuera, como marcaba la tradición. Los demás cantamos y aplaudimos, envueltos en un ambiente festivo.

Blanca, cogida a mi cintura, se echó a reír al ver a los muchachos tan azorados. Al fin se movieron con más soltura y empezaron a lanzarse miradas fugaces; la sensación húmeda en los pies, los roces y el ritmo del baile les hacía hervir la sangre.

—Hakim decía que el vigor juvenil debía mezclarse con el mosto de las viejas cepas para equilibrar el mejor vino —recordó Fátima con nostalgia.

—¿Siempre lo celebrabais así? —preguntó Blanca, entusiasmada.

—Los campesinos se reunían aquí, pero mi madre jamás estaba presente —indiqué, luchando para que tales recuerdos no me enturbiaran el momento.

Seguimos cantando. Uno de los clérigos de Olèrdola bendijo el primer mosto. Lo recogimos en un ánfora, pues lo llevaríamos en romería a la iglesia de Santa María, pero eso sería al final de la jornada. Ahora tocaba disponer la mesa frente a la masía para un humilde banquete. Nuestros corazones eran optimistas. Si a Dios le placía, en años venideros aquella vieja mesa se colmaría de viandas.

A modo de asientos, aprovechamos los troncos sin usar del andamio, una recia estructura de madera que cubría la cara este de la torre. Habíamos comenzado por remozar el lienzo de la torre con piedras de las casas abandonadas de la aldea y nuestra ilusión era abrir en la primera planta una ventana al uso de los tiempos que corrían, es decir, con forma geminada y una columnita central con capitel.

Mientras Fátima sostenía a la pequeña Leonor, Blanca organizaba la mesa. Daba órdenes con sus maneras afables y no paraba de entrar y salir de la casa con fuentes de barro. Aunque aún vivíamos en el cobertizo, habíamos reconstruido el hogar de piedra de la masía para cocinar.

Ya llevábamos casi un año y medio en Tramontana y la actividad era tanta que parecía toda una vida. Mientras tanto, Saura de Cabrera permanecía en el cercano castillo de Olèrdola, extrañamente ajena al reverdecer de Tramontana. Tan sólo el judío Jacob de Girona se acercaba hasta la masía para cobrar algunos tributos en especie y visitar a Blanca, a la que aún consideraba la auténtica *pubilla* del castillo.

Cada mes acudían a verme Ernest de Calonge y Feliu de Tortosa. Bajábamos al sótano y abríamos el arcón que había traído conmigo desde Bolonia. De las tres copias de cada uno de los cinco gruesos libros del *Corpus Iuris Civilis*, yo tenía una. Las otras las guardaban Ernest, en la catedral de Barcelona, y Rodrigo de Maza, que había regresado a Jaca y las había puesto a disposición de los foristas. A menudo me ocupaba de resolver conflictos entre payeses y habitantes de Olèrdola, y me sentía dichoso al hacerlo, como si mantuviera en parte mi promesa de ser juez. Blanca me apoyaba e incluso me aconsejaba, aunque los viejos usos y la ley de los tres órdenes impregnaban aún su interior.

Sólo una duda empañaba mi ánimo: la misteriosa luz del encinar.

Mi esposa se comportaba como siempre, cálida, con su habitual espíritu sereno y llena de vida. Desde que la sorprendí saliendo del encinar era más discreta, pero seguía ausentándose ciertas noches, cuando la luz de la luna permitía moverse en la oscuridad. Algunas mañanas me acercaba al encinar y veía restos de fuego y pisadas.

Éramos felices y confiaba en que me revelaría su secreto algún día, antes de que la desconfianza hiciera mella en nuestro vínculo.

Esa mañana estábamos disfrutando de la celebración cuando uno de los Margarit señaló el camino que descendía hasta la masía.

—Se acercan varios jinetes a caballo.

Al ver la polvareda, el corazón me dio un vuelco. Sólo los caballeros galopaban así. La música y las conversaciones en torno a la mesa se silenciaron y cundió la inquietud.

—¡Meted en la casa a los niños! —ordenó Blanca.

Las mujeres se llevaron a todas las criaturas. Fátima entró con la pequeña Leonor y Blanca se situó a mi lado. No temía correr mi suerte o una peor. El alfanje de Hakim seguía en el arcón donde guardaba los libros, pero decidí que era mejor esperar.

Los jinetes se acercaron al trote hasta la explanada frente a la masía.

Al detenerse, nos miramos en silencio, tensos. Portaban espadas, pero no vestían armadura de caballero. A uno, con un elegante peto de cuero remachado, lo reconocí al instante. Me estremecí: era Pere Durfort, el *hereu* de Bernat Durfort, a quien había condenado por el asunto del burgo de los menestrales. El joven, que tenía poco más de veinte años, se parecía mucho a su padre, enérgico y con una mirada penetrante.

—Pere Durfort, estás muy lejos de Barcelona —dije disimulando mi inquietud.

—¿Es aquí donde te escondes, *iudex*? —Miró la masía impresionado.

—Si traes paz, eres bienvenido a esta tierra que es libre.

Pere descabalgó mostrando una actitud de indiferencia mientras uno de sus hombres le sujetaba la brida del caballo. En vez de mirarnos, se volvió hacia los extensos campos verdes.

—¿Y la cosecha? Dicen que éstas son las mejores tierras al sur del Llobregat.

—De momento, todo lo que contemplas son deudas, Durfort. —No veía claras sus intenciones—. Si tu padre quiere resarcirse, ha elegido una mala época.

Supe por su nula reacción que no era eso. Su gesto era sombrío; auguraba algo peor. El joven Durfort se volvió y me dedicó una mirada grave.

—Lamento traer esta noticia, pero han asesinado a tu amigo el *iudex* Ernest de Calonge. Ha ocurrido hace tan sólo unos días. La ciudad necesita de tu ciencia, Robert.

Me quedé sin aliento mientras el dolor me desgarraba. Blanca me cogió la mano con fuerza, como si intuyera el abismo que se abría bajo mis pies. Poco a poco, los invitados se acercaron, intrigados. La noticia causó estupor y pena. Ernest había estado presente en nuestra boda y nos visitaba a menudo.

Con todos era amable y generoso. Los Margarit lo trataban como si fuera mi hermano. Sin embargo, Pere Durfort había hablado de asesinato.

Dos lágrimas rodaron por mi rostro. Blanca me abrazó, compartiendo la pena.

Nada sería igual a partir de ese momento.

Pere Durfort

Pere Durfort no se opuso a que nos acompañara mi esposa, Blanca de Corviu. Y mientras sus hombres se unían al desanimado banquete, nosotros nos alejamos hacia los olivares.

Puesto que me había formado en claustros, pensaba mejor en movimiento. Antes de hablar, me llené los pulmones de aire varias veces hasta que logré calmarme, aunque la sensación de pérdida por la muerte de mi amigo quizá no me abandonaría nunca.

—Supongo que sabes que hace un año se renovó el cargo de veguer de Barcelona —comenzó el joven Durfort—. Al noble Joan de Cascai lo sustituye ahora el ciudadano *honrat* Berenguer Tició, notario. Habían nombrado a Ernest de Calonge séptimo juez, en tu lugar.

—Lo sé —dije apocado—. Estaba orgulloso de él. ¿Cómo tuvo lugar su muerte?

—Lo asaltaron y degollaron en un callejón. No se sabe quién lo hizo ni por qué, pero muchos creemos que lo han matado por seguir tus pasos y buscar la paz para esta tierra.

La afirmación me hizo sentir peor. Pere Durfort prosiguió:

—Con un nuevo veguer, el *iudex* Ernest trajo cambios: se rechazaron las batallas judiciales y en los pleitos primaban las pruebas sobre el prestigio de los litigantes, como tú le enseñaste durante estos años. No es ningún secreto. Hasta el reticente Miquel de Queralt respetó las novedades, pues los ciudadanos comprendimos que las decisiones eran más justas y los comerciantes extranjeros las aceptaban de buen grado. Las perspectivas eran inmejorables... Sin embargo, la violencia lo ha truncado todo de nuevo. —Su voz se agrió—. Como el rey Pedro es demasiado joven, no hay campañas militares contra Al Ándalus y eso ha llevado al aumento de las cabalgadas y los saqueos en el *territorium* de Barcelona.

—A manos de nobles arruinados y caballeros jóvenes ociosos —dedujo Blanca.

—Cada vez que la ciudad trata de medrar, ellos la aplastan —declaró el joven.

—Las ciudades son aberraciones para su mentalidad —explicó mi esposa. Sabía bien de lo que hablaba—. El ciudadano no trabaja la tierra y, para ellos, viola la ley de los tres órdenes. El noble siente el poder emergente de estas gentes como un peligro.

—Muchos negocios se han cancelado —continuó Pere Durfort, ceñudo—. Algunas casas se han arruinado o lo han hipotecado todo a los judíos. Reina la desconfianza.

Tras un largo silencio, dije con amargura:

—Al fallecer el rey Alfonso se perdió la oportunidad de firmar una Paz y Tregua amplia con los barones violentos. Fracasé. ¿Qué queréis los Durfort de mí?

—Sabemos que la muerte de Ernest está relacionada con el duro azote que sufre nuestra tierra. El nuevo veguer, Berenguer Tició es íntimo amigo mío y de otros *hereus* como Bernat Marcús y su esposa, Sanceta, de Joana Grony y su hermano Pere. También de los hijos de Eimeric y de los Lanceta. Juntos hemos decidido pedirte ayuda, Robert.

—La siguiente generación de las familias más poderosas de Barcelona —comenté atónito.

—Los hijos no pensamos como los padres —dijo Durfort—. Queremos que Barcelona deje de ser una urbe de artesanos y lanzarnos a comerciar por el Mediterráneo como hacen desde otros puertos, pero para ello necesitamos paz y seguridad. Nuestra generación no va a conformarse y a asumir como inevitable el orden que imponen los nobles. Tú mostraste el camino y Ernest lo siguió... Y ahora su muerte puede acabar con el futuro de la ciudad.

Tal manifestación me impresionó. El cambio estaba produciéndose.

—Un juez no dirige el destino de un pueblo, sólo imparte justicia —señalé.

—Dentro de unas semanas llegará a Barcelona el nuevo rey, Pedro de Aragón —anunció—. Hay convocada una *curia regis* con los magnates para tratar de contenerlos. Ernest buscaba algo que pudiera ayudar al monarca a detener la violencia, para usarlo en esa reunión.

—Según me dijo hace meses, preparaba una *querimonia* que recopilaba las violencias de los últimos años y sus perpetradores, como ya lo intentó mi maestro Climent. Le advertí que era inútil con un rey tan joven y débil, y que debía esperar unos años.

—Ésa es la cuestión —afirmó Pere Durfort, enfático—. ¡Sospechamos que Ernest halló una manera de hacerlos claudicar, pero ha muerto antes de poder compartirla! Ése es el misterio. La *curia regis* será inútil.

Me recorrió un escalofrío. Más de una vez habíamos debatido aquella delicada cuestión sin hallar la solución y se había convertido en la ingenua obsesión de Ernest.

—Estuvo aquí hace tres semanas y no me contó nada —indiqué dudoso.

—La ciudad y el rey de Aragón te necesitan para descubrir quién lo ha matado y si de verdad es posible forzar la Paz y Tregua. Tal vez descubrirlo cambie el destino de Barcelona. El veguer Berenguer Tició y una nueva generación de mercaderes aguardan con esperanza el resultado de esta visita. Confiamos en ti, Robert de Tramontana.

Miré a Blanca, pálida y apocada. Mi fiel amigo de la infancia había muerto y eso lo cambiaba todo. Amaba a mi esposa y también mi tierra, pero no podía ignorar lo ocurrido. Sentía que me acercaba a la última batalla de una contienda que se había iniciado mucho tiempo atrás.

Esa noche, cuando todos dormían, bajé a la antigua bodega en el sótano de la torre y abrí el arcón de Bolonia. Los goznes chirriaron y el aire se impregnó del familiar olor del pergamino. Los cinco volúmenes del *Corpus* eran una joya. Nunca me cansaba de hojearlos. Cogí el segundo, que contenía el *Infortiatum*; parecía haber pasado una eternidad desde que hallara los pergaminos de Beirut. Ernest tenía una copia y lloré con amargura. Me sentía culpable: seguir mi estela era letal y no se lo impedí.

—Así que vas a ir...

Blanca se hallaba junto a la escalera de madera. Estaba descalza y únicamente llevaba puesta la fina camisa de dormir. Me recreé en su belleza. Pero al mirarla a los ojos vi miedo en ellos. Temía perder lo que tanto nos había costado. A pesar de mi desolación por Ernest, me acerqué y la cogí en brazos.

Mientras le quitaba la camisa y la recorría con mis besos, no abrió los ojos. Sus dedos me acariciaban el pelo al tiempo que emitía quedos jadeos. Era difícil vernos desnudos, pues compartíamos el cobertizo con los Margarit. Como cualquier pareja, nos amábamos debajo de la manta ignorando a los que teníamos cerca. Sin embargo, allí, en el sótano, bañados por la luz del candil, nos recreamos y, fundidos, olvidamos la tragedia.

Al fin nos quedamos tumbados sobre nuestras camisas arrugadas. Éramos felices compartiendo nuestras vidas truncadas.

—No vayas, Robert —me pidió de corazón.

—Debo hacerlo por Ernest. ¿Y si fuera cierto lo que ha dicho el joven Durfort y pudiera detenerse la violencia?

—Ambos sabemos quiénes están detrás de su muerte. Acuérdate de Bearne. Yo hice un pacto con Saura y ahora vivimos en paz. —Comenzó a alterarse y me angustié—. Si te inmiscuyes, lo romperá y sufriremos..., nosotros y otros que ni te imaginas.

Sus palabras me llenaron de dudas.

—¿Por qué no me lo explicas? —pregunté tras más de un año de silencio.

—¡No puedo! —Sus ojos se anegaron en lágrimas—. No me lo pidas... —Se puso nerviosa y me abrazó—. Esta vez no podré acompañarte si te marchas... —me susurró.

Nunca la había visto tan angustiada y quise calmarla.

—¿Te acuerdas de que la reina Sancha me autorizó a seguir siendo juez del veguer? Es momento de aceptar su propuesta. Gozaré de inmunidad y protección. No debes temer nada.

Blanca se puso en pie y comenzó a vestirse. Estaba disgustada. Sus ojos eran dos sombras. Me frustraba ser incapaz de vislumbrar en su alma lo que tanto la aterraba. La atraje hacia mí, pero se apartó y me enseñó la mano donde le faltaba el dedo que le cortaron en Montsoriu.

—¡Así terminó la última Paz y Tregua que quiso firmarse! ¿Cómo va a detener un payés la ley de los tres órdenes que ha imperado durante siglos? ¡No seas necio!

Blanca solía ser un mar de serenidad, por lo que su reacción airada me confundió.

—Ernest era un expósito criado en la *seu* y quizá llegó más lejos que nadie —insistí.

—Quieres ir porque te sientes culpable. ¿Por qué te empeñas en creer que todo gira en torno a ti? ¡Tú no lo mataste! ¿Entiendes eso, Robert?

Alterada, se pasó las manos mutiladas por la cara para enjugarse las lágrimas.

—Si supiera qué te angustia tanto... —comencé desolado—. ¿En qué piensas?

—En la profecía de Fátima. Sólo nos ha ido bien cuando hemos dejado todo atrás. Ahora tenemos una hija y debes proteger a tu familia. Piénsalo.

—¡Sé que cuidarás bien de ella! Serán unas semanas a lo sumo y, tenga éxito o no en las pesquisas, volveré. Hay mucho en juego: un futuro más seguro para nuestra Leonor.

Vi en sus ojos el mismo sufrimiento que en Sant Pere de les

Puelles y luego en la torre de Montsoriu. Con mi decisión, algo oscuro retornaba a su alma.

—¡No tienes ni idea de lo que nos ocurrirá si regresas a Barcelona! —musitó.

—¡Pues dímelo o confía en mí a ciegas, como hago yo contigo! —repliqué con brusquedad.

Blanca subió la escalera muy afectada. La frustración me devoraba y cerré de un manotazo la arqueta con los libros. Siempre con sus promesas secretas, las extrañas visitas al encinar, las advertencias... Me pedía demasiado.

Cuando llegué al cobertizo, Blanca no estaba y la pequeña Leonor dormía en la cuna al lado de Fátima. Incapaz de conciliar el sueño, me alejé por los campos, como cuando era un niño aislado en un mundo pequeño. Poco a poco me calmé. Sabía que me enfrentaba a un peligro siniestro, pero la muerte de Ernest me laceraba y la posibilidad de hallar la forma de detener los abusos que habían marcado mi vida me obsesionaba.

Cuando rayó el alba, Fátima me sorprendió cargando los libros en una mula.

—No debes marcharte sin hablar con ella —me advirtió—. No vayáis en direcciones distintas... Os los advertí cuando erais niños.

Me recorrió un escalofrío. Jamás desdeñaba las advertencias de la sarracena, pero esa vez iba a hacerlo.

—Lo hago por Blanca, por nuestra hija, por Hakim, por todos... Volveré pronto.

A pesar de mis palabras, Fátima me mostró su desaprobación y se alejó.

Dolido, me marché con el grupo de Bernat Durfort. Volví la cabeza varias veces para ver la masía en obras. Justo antes de doblar el último recodo, apareció una mujer en la ventana de la torre. Me estremecí: allí había visto por última vez a mi madre. No distinguía si era Blanca y temí que fuera un mal augurio.

—Aguarda mi regreso, esposa —musité sin que nadie me oyera.

Barcelona

Dos días después de dejar Tramontana, el 23 de septiembre, contemplé desde la *estrada* Moresca la corona de torres y los burgos circundantes de Barcelona. Tuve sentimientos encontrados: la ciudad me había moldeado, en ella había conocido la dicha y la crueldad, pero la amaba, a pesar de todo.

A medida que me acercaba, constaté lo que Pere Durfort me había explicado. Había sido un verano de cabalgadas y saqueos en poblados y masías cercanos a la ciudad. A las faldas de Montjuïc, varios cobertizos y corrales estaban arrasados. Las atarazanas de madera donde se construían las barcas y las naves mercantes seguían abandonadas, y vi asomar entre los juncos las cuadernas carbonizadas de una barcaza.

Mucha gente harapienta nos salió al paso. Sus expresiones abstraídas me recordaron a mi madre. Mi vida en Tramontana me había mantenido ajeno a aquellas tragedias.

Me pareció también que la ciudad estaba más vacía. Por el número de casas con aspecto abandonado, estimé que no llegarían a las diez mil almas. Al cruzar por el *maell* del pescado, vi que casi no había bancos con género. Tampoco en los puestos del Portal Vell. Los ataques habían desabastecido Barcelona y ese verano no habían atracado en el puerto más que unos cuantos mercaderes extranjeros.

—Avisa al veguer —ordenó Pere Durfort a uno de sus siervos—. Dile que hemos llegado.

El hijo del comerciante me acompañó hasta la casa de Benevist en el *call*, donde me alojaría. Dejé los libros a buen recaudo y saludé a la familia y criados del judío. Tras un sentido abrazo a Abigail, no me demoré más en visitar la tumba de Ernest.

En la catedral de Barcelona, el olor del incienso hizo que me sintiera en mi hogar. Contemplé un instante el impresionante Pantocrátor que me juzgaba severo desde el ábside central y descendí hasta la cripta de Santa Eulalia. Me emocionó ver de nuevo el sepulcro de la mártir, pero no me entretuve y fui hasta las losas sepulcrales. Me habían dicho que la más reciente era la de mi discípulo Ernest. Era una piedra lisa, humilde como él; la ciudad pronto lo olvidaría.

—¿Qué ocurrió? —musité al tocar la fría piedra.

Percibí que me observaban y me volví. La luz de las velas osciló bajo una repentina racha de aire. Alguien había desaparecido por la escalera. Inspiré hondo y recé.

En la puerta del palacio de la veguería de Barcelona me aguardaba Feliu de Tortosa. Todos sabían ya de mi llegada. Lo abracé con fuerza y nos emocionamos. Siempre venía a verme con Ernest. Eran buenos amigos. Feliu ya era maestro de Retórica en la escuela de la *seu*, y había decidido ir a Bolonia pronto.

—La ciudad te necesita, maestro —me dijo al fin—. Todo esto es muy extraño.

—¿Qué voy a encontrarme, Feliu? —demandé pesaroso.

—Muchos tememos que el asesinato de Ernest sea el principio de algo peor si no lo detenemos. El veguer Berenguer Tició te lo explicará.

Al ver las caras de las personas con las que iba cruzándome en el palacio del veguer, me di cuenta de que eran muchos los ciudadanos que esperaban mi llegada. Cuando la guardia me abrió la puerta de la sala de audiencias, el *saig* me saludó con una leve inclinación de la cabeza. Noté el ambiente menos hostil. El veguer Tició, notario e hijo de mercaderes, tendría apenas treinta años. Lo conocía de vista, pero nunca habíamos hablado. Sentado bajo el pendón de las cuatro barras rojas y fondo de oro, se pasó la mano por los cabellos ensortijados y me observó. A su lado, los seis jueces y los escribas me miraban expectantes. Miquel de Queralt, el *iudex palatii*, se encontraba en la misma posición privilegiada. Todavía era el más influyente, aunque el veguer Tició tuviera otro pensar que su antecesor.

Miquel me escudriñaba con cautela. Tenía ojeras, los hombros caídos y la mirada sin brillo. Parecía enfermo y hundido por la muerte de su amigo y protegido.

—Saludos, Robert de Tramontana —anunció el veguer con una amplia sonrisa de bienvenida—. Aún recuerdo el impacto de tus laudos. Ernest siguió tus pasos y se ganó el respeto de los mercaderes.

—Los negocios son miedosos —señalé grave—. El *ius commune* aporta seguridad.

—Como notario, reconozco que las fórmulas romanas son mucho más precisas.

—Lamento la muerte del séptimo juez —dije ansioso. Aún oía las advertencias de Blanca—. Era mi amigo, y deseo saber en qué circunstancias se produjo su muerte.

—Supongo que mi enviado te ha puesto al corriente. Sabemos que, ante la situación de la ciudad, Ernest buscaba con ahínco la forma de obligar a firmar la Paz y Tregua que preparaste para don Alfonso y que, debido a su fallecimiento, nunca firmó.

—¿Con un rey tan joven que aún no ha demostrado su valía y fortaleza? ¡Imposible!

Fui rotundo para valorar la reacción de la curia. Berenguer miró a los jueces.

—Quizá era más inteligente que tú, Robert —me espetó Miquel, con ojos ardientes—, pues debió de hallar la manera y quería proponérsela al rey y a la ciudad.

—Enseñádselo —ordenó Berenguer—. Lo tenía Ernest cuando apareció muerto.

El *saig* trajo un libro carbonizado y pensé en el que me dejaron ciertos monjes de la nobleza en Ripoll. Eran los restos de la *Summa* del maestro glosador Piacentino. Se lo había prestado en su última visita a Tramontana. Me invadió la desazón; podía ser una casualidad o una sutil advertencia dirigida a mí.

—No tenemos nada más de Ernest —añadió el veguer—. Mientras agonizaba en el callejón, alguien sustraía sus pertenencias de la celda que ocupaba en la *seu*. Te hemos hecho venir porque confiamos en tus capacidades. ¡Debemos descubrir qué ha ocurrido!

—Supongo que entendéis que no sólo será peligroso para mí... —repliqué—. Quizá también el *territorium* sufra las consecuencias.

—El rey y su madre están en Girona, conocen lo ocurrido y ansían saber la verdad de los trabajos de Ernest —repuso el veguer—. Podrían ser claves para el éxito de la curia que se celebrará en Barcelona en noviembre. ¿Aceptas ayudarnos?

Tras un largo silencio, lleno de preguntas que no tenían respuesta, asentí.

—Veguer Berenguer Tició, solicito que se me readmita como séptimo juez de vuestro consejo con sus privilegios e inmunidades, como aceptó la reina regente.

El hombre me miró con intensidad y admiración. Sabía mucho de mí.

—Te enfrentas al mayor reto de tu vida, Robert de Tramontana. Informaré a la reina. Si logramos resolverlo, Barcelona y la Corona podrían cambiar su futuro.

Cuando abandoné el palacio, sentía una fuerte presión en el pecho. Mi intuición me gritaba que me marchara de Barcelona antes de que fuera tarde. Tenía una esposa, una hija de pocos meses y unas tierras endeudadas que podían mantener a nuestra familia durante generaciones. Me reconcomía la discusión con Blanca y ni siquiera me había despedido de ella.

Quería esclarecer el misterio de la muerte de Ernest y hacer justicia, pero no sabía por dónde empezar.

—¿Robert? —llamó alguien a mi espalda—. ¿Eres tú?

Me detuve sorprendido. Mis pasos perdidos me habían llevado hasta los callejones sucios y oscuros de Regomir. Estaba junto a la iglesia de los Santos Justo y Pastor, y cuando me di la vuelta, vi detrás de mí a una mujer joven vestida con harapos.

—¿No me reconoces? —preguntó con un matiz de decepción en la voz.

A pesar de la ropa raída, recordé al momento aquella cara agraciada, de ojos felinos.

—¿Isabel de Breda? —pregunté, y por un instante viajé hasta Montsoriu.

—¡Dios mío, Robert...! ¡Es un milagro!

Se me acercó con los ojos húmedos y la estreché entre mis brazos. Olía mal y estaba sucia. Ansiosa, me apretaba con fuerza.

—Necesito comer —dijo un tanto avergonzada—. ¿Puedes darme algo, por caridad?

—Ven —dije con el alma encogida.

La llevé a una de las tabernas de Regomir donde servían un buen asado de cordero. Mientras comía la observé. Estaba nerviosa y feliz a la par por nuestro reencuentro inesperado. Yo no salía de mi asombro.

—No supe nada de ti después de que dejáramos el castillo —me excusé. Apenas había pensado en ella—. Creí que habías regresado a Breda.

—Cuando al día siguiente traté de salir con los siervos que bajan a la aldea, me descubrieron y me azotaron en el patio de armas. —Se contrajo—. Estuve muy mal y luego esa maldita mujer, Saura de Cabrera, me echó como a un perro apaleado.

Comenzó a llorar y se pasó las manos temblorosas por la cara.

—Lo lamento. —Me sentía culpable—. Dejé para ti unos mancusos de oro.

—Me habrían venido bien cuando llegué a Barcelona, hace un año... —Me miró como un animal acorralado—. Jamás creí que volvería a verte fuera de mis sueños. Estás tan... bien...

—Me observaba con atención para no perderse mis reacciones—. ¿Al final te casaste con esa joven, Blanca?

—Es mi esposa —respondí—. Tenemos una hija.

Una sombra de desilusión apareció fugaz en sus ojos, pero supo contenerla. Sonrió.

—Espero que sea digna de un hombre como tú. ¿Y dónde está?

—¿Tienes algún sitio adonde ir? —pregunté para desviar la conversación.

Negó cabizbaja. Volvió a parecerme vulnerable. Me había ayudado en un momento crucial de mi vida y le habían destrozado la suya. No podía abandonarla. Así pues, tomé una decisión. Saqué mi bolsa y dejé sobre la mesa varios óbolos de plata.

—No sufrirás más, Isabel, te lo debo. Soy tu amigo... Si entiendes eso, te ayudaré.

A pesar de los dientes sucios, apareció en su rostro la bonita sonrisa que recordaba.

—Ve a los baños y cómprate ropa —le indiqué—. Luego acude a la casa del judío Benevist ben Abraim, en el *call*. Me alojaré allí durante un tiempo. Les pediré que te acojan y te busquen un hogar honesto donde servir.

—Que Dios te bendiga, Robert de Tramontana. —Se limpió las lágrimas mientras cogía las monedas—. Creo que era voluntad divina que nos encontráramos de nuevo.

La vi marcharse sin pensar que era un encuentro extraño, incluso sospechoso, pero me sentía en deuda y me haría cargo de ella.

Cabalista

Al caer la noche, por fin pude reencontrarme con mi estimado Benevist. Encerrados en el sótano, me sentí dichoso entre sus rollos y pergaminos con diagramas cabalísticos.

—He visto a Abigail muy débil —comenté desanimado.

—Me temo que nos dará un disgusto cualquier día. No le ha gustado nada que hayas traído a esa cristiana. Dice que hay algo oscuro en ella.

—Le debo la vida de Blanca —dije incómodo—. Malvivía en las calles. Sólo serán unos días. Deberíamos buscarle una casa donde servir.

—Lo intentaré, pero vigílala. El olfato de Abigail con la gente es infalible.

—¿Qué piensas de todo lo que ha ocurrido? —le pregunté—. Dime la verdad.

El judío acarició con devoción los rollos del Talmud.

—El fallecido rey Alfonso aplastó la rebelión de Ponce de Cabrera con mano dura. Muchos nobles fueron humillados, perdieron castillos y bienes. Era el mejor momento para obligarlos a firmar la Paz y Tregua… Pero su muerte lo impidió. Ahora el joven rey Pedro debe resolver el dilema de basar su poder en las ciudades y tierras francas como trataron de hacer su padre y su abuelo, o someterse a los nobles.

—¿Y qué crees que encontraría Ernest para que lo asesinaran? ¡Todo son sospechas y vaguedades! En realidad, nadie sabe nada de lo que estaba haciendo.

El judío no respondió. Parecía ensimismado en un viejo pergamino lleno de círculos y símbolos hebreos. Aguardé paciente su respuesta. Benevist era miembro del consejo del rey en Barcelona y sabía todo lo que ocurría entre los magistrados de la ciudad.

—Ernest continuó la investigación de Guillem Climent. Me consta que en la cancillería del palacio condal revisaba cualquier denuncia o testimonio sobre acciones violentas de la nobleza. Habló con burgueses afectados, payeses y clérigos de monasterios que habían sido víctimas de cabalgadas no esclarecidas.

—Redactaba la *querimonia*, eso lo sabemos —añadí con pesar—. Todo se ha perdido.

El judío abrió los ojos. La conversación lo había ayudado a recordar un detalle.

—¡Un momento! Acabo de acordarme de que este verano le presté dinero para un viaje al castillo de Castellví de Rosanes. Iba a reunirse con la señora Guillema de Castellvell.

—¡Es verdad! —reconocí—. Me lo mencionó de pasada durante una visita a Tramontana.

—Pues podría ser un detalle interesante, dado que esa dama es la esposa del asesino del arzobispo de Tarragona, Berenguer de Vilademuls. Guillem de Montcada, el marido de Guillema, fue excomulgado por el Papa unos meses después de la muerte del arzobispo.

Se me erizó el vello. La visita de Ernest quizá guardara relación con el misterio.

—Ese crimen obsesionaba al rey Alfonso de Aragón. Sospechaba que el asesino no actuó solo, pero con la desaparición de tu maestro Guillem Climent, nunca se pudo aclarar.

—¿Y si Ernest descubrió algo más sobre el asesinato del arzobispo? —La idea me causó una profunda inquietud—. Quizá algo que desconocido y tan peligroso que decidieron eliminarlo…

—Por desgracia, todo su trabajo fue sustraído —comentó el judío, bien informado.

Me puse en pie.

—Tal vez no. Un juez hace siempre dos copias de sus sentencias. Si la *querimonia* era tan delicada, Ernest pudo ocultar una en la cancillería. Es lo que hice yo con la Paz y Tregua. —Me sentía más animado—. Benevist, quiero llamar a Rodrigo de Maza, que está en Jaca. Estimaba mucho a Ernest y necesito gente leal a mi lado.

Asintió. Para él era sencillo, pero le preocupaba otra cosa y me miraba con seriedad.

—Lo haré traer, ya que me lo pides... Sin embargo, creo que deberías volver a Tramontana. Si han matado a Ernest, pueden hacer lo mismo contigo. ¿Dejarás alguna vez de dar disgustos a mi esposa?

Lo dijo con una sonrisa, pero en el fondo era verdad y no respondí. Desde siempre había admirado el temple del judío, por eso me inquietaba verlo tan asustado.

Deambulé pensativo por la estancia. Al llegar al anaquel del fondo me estremecí y, distraído, me toqué la oreja cortada mientras los recuerdos se agolpaban en mi mente.

—¿Sigue ahí? —De manera inconsciente había bajado la voz.

—En el lugar más seguro de la casa.

Benevist utilizó una llave para sacar de un doble fondo el cilindro de plata. Al abrirlo noté aún el leve olor nauseabundo de la tinta púrpura.

—La *Donatio Constantini* —musitó Benevist—. Nadie diría que es falsa. Soy judío y, si no fuera tuya, la habría quemado. Aún no sé para qué quieres ese nefasto documento.

No respondí. Era absurdo, pero me sentía más seguro con el documento en mi poder.

Tras el discreto encuentro con Benevist, me dirigí a la planta superior, donde me habían habilitado un aposento y una estancia contigua. La casa estaba a oscuras y en silencio. Había sido un día largo, pero, incapaz de conciliar el sueño, me asomé a la galería que daba al patio.

—¿Nervioso?

Di un respingo. Isabel me sonreía desde la puerta del establo donde dormía. Vestía únicamente la camisa de lino recién adquirida, con el cuello abierto.

—¿Estás bien? —pregunté turbado—. ¿Necesitas algo?

Subió los peldaños descalza. La camisa dejaba al descubierto sus piernas hasta los muslos, pero no parecía importarle. Me sorprendió admirándola y se atusó la espesa melena. Me parecía muy distinta; irradiaba una enorme sensualidad, y quería despertar el deseo en mí.

—¿Estás cómoda? —insistí tratando de no mirar la abertura del cuello de la camisa.

—Los judíos han sido generosos conmigo —dijo con cierto desdén. No le gustaban.

—Pronto servirás en una casa cristiana.

No la entusiasmó. Se acercó a mí en la penumbra, sin pudor ni timidez.

—Robert, ¿dónde está tu esposa? ¿Por qué no está aquí?

—Hay demasiado que hacer en Tramontana —respondí incómodo.

—Yo jamás dejaría a mi esposo desatendido... —Se plantó ante mí. Olía a lavanda, tras el baño—. Gracias por ayudarme, Robert... ¿Cómo puedo agradecértelo?

La pregunta tenía un matiz sugerente que me turbó. Ella ensanchó su sonrisa. Le complacía mi desconcierto y se inclinó hacia mí.

—¿No es un poco tarde para confidencias? —interrumpió una voz fría.

Ambos dimos un respingo. Abigail nos miraba con severidad desde la galería.

Isabel bajó la escalera con gesto iracundo y se adentró en la oscuridad del establo. Avergonzado, me dirigí hacia mi aposento.

—Robert, ten cuidado con esa joven —me advirtió la judía.

—Sólo me mueve la caridad —aduje. Era cierto, pero tuve que reconocer para mis adentros que Isabel me había tentado.

Abigail me miró compasiva, como si viera algo que a mí se me pasaba por alto.

—Te equivocas si crees que lo único que quiere es retozar contigo. Es una superviviente en un mundo cruel, y si no la alejas de ti te hará daño..., más del que puedas imaginar.

Sus palabras me afectaron porque yo también lo había intuido. Pero se lo debía; intentaría ayudarla y luego seguiría mi camino.

La cancillería

Al frente de la cancillería del palacio condal seguía el deán de la catedral, Ramón de Caldes, el artífice del *Liber Feudorum Maior.* Me agradó volver a la gran sala iluminada de la planta superior. Allí había concebido la Paz y Tregua que nunca se firmó.

Casi una docena de escribas, notarios y siervos copiaban escrituras, *capbreus* y cuentas. Con el paso del tiempo, se habían acumulado en sus anaqueles miles de documentos administrativos y judiciales relativos a la ciudad o a la casa condal. Con la autorización del deán y del veguer Berenguer Tició, pasé varios días revisando todos los textos que hallábamos de Ernest.

A pesar del esfuerzo, no hallé nada que pudiera aclarar la muerte de mi amigo. Sus sentencias exhalaban sed de justicia y reflejaban la influencia del *ius commune.* Me sentí conmovido y admirado. Ernest había llegado a la curia condal desde lo más bajo, el hospital de la Seu, y había logrado mantenerse fiel al espíritu de Bolonia, a diferencia de mí, que había renunciado. Tal vez por su origen, demostró tener una paciencia infinita y la capacidad de resistir los ataques y las críticas de otros jueces, hasta que algunos magistrados veteranos se aventuraron a imitar sus argumentos. La semilla, al fin, comenzaba a germinar en mi tierra.

Casi tres semanas después de abandonar Tramontana, el día de san Dionisio, 9 de octubre, se anunció la llegada del joven rey Pedro a Barcelona. Tras pasar dos días instalado en el monasterio de Sant Pau del Camp, efectuó su entrada solemne. El primer lugar que visitó fue la catedral de la Santa Cruz y Santa Eulalia. Ya había estado allí el año anterior para jurar los *Usatges* y recibir la diadema de conde de Barcelona; ahora volvía con el consejo de regencia que presidía su madre, Sancha de Castilla, para reunirse en *curia regis* con los magnates de la nobleza. Por desgracia, no se había esclarecido la muerte de Ernest, y el rey no tendría pretextos ni fuerza para imponer sus condiciones.

Desde el Portal Vell hasta el palacio, las calles lucían limpias y engalanadas con guirnaldas vegetales. Los festejos durarían días, y reinaba una gran expectación por ver al monarca, que por entonces tenía diecinueve años.

En la cancillería reinaba una actividad frenética, pues los funcionarios del rey aprovechaban las visitas regias para revisar las cuentas de la bailía y recaudar impuestos. Gracias a eso, un siervo encontró unas vitelas enrolladas que nadie había visto aún y cuya letra redondeada era inconfundible.

—¡Son documentos de Ernest de Calonge! —exclamó uno de los escribas.

—¿Estás seguro? —dije desde mi mesa, sorprendido—. Tráemelos.

—Estaban debajo de un legajo antiguo, ocultos a propósito, por lo que parece… Podría ser un inventario.

Justo en ese momento las campanas comenzaron a tañer. El deán se levantó de su mesa y se acercó a las ventanas, todas orientadas a la plaza que se hallaba delante del palacio.

—El rey ha salido de la catedral y viene hacia aquí.

Escribas y siervos detuvieron sus labores y salieron en tropel hacia la plaza. La curiosidad me llevó a asomarme a una de las ventanas para presenciar el histórico momento. Abajo, la plaza estaba atestada. Resonaron tambores y apareció el séquito real, una treintena de jinetes con la armadura completa. Todos los dirigentes, *honrats* y funcionarios de Barcelona aguardaban engalanados sobre la escalinata de la entrada al palacio.

Precedidos por una gran ovación, llegaron Pedro de Aragón y su madre, Sancha de Castilla, en sendos caballos blancos. Los seguía el senescal de Catalonia, el mayordomo de Aragón y buena parte de la curia que acompañaba al monarca en sus desplazamientos.

El rey era un joven espigado, anguloso, de cabellos rojizos. Se parecía a su padre. Desde la ventana, advertí su sonrisa tensa. Le aguardaban jornadas complicadas. Se decía que en Huesca los nobles habían aprovechado su inexperiencia para sonsacar nuevos privilegios. En Barcelona no sería distinto. En pocos días llegarían los magnates de los principales vizcondados y baronías para renovar los juramentos de vasallaje y revisar las prebendas.

A pesar de que tenía la atención puesta en el impresionante espectáculo, me percaté de que alguien, a mi espalda, merodeaba por la cancillería. Era uno de los siervos que esa mañana nos había ayudado. Lo sorprendí cuando cogía de mi mesa las vitelas de Ernest que acabábamos de encontrar.

—¿Qué estás haciendo? —le increpé alarmado.

Al verse descubierto, huyó con los pergaminos. Salí tras él gritando. Bajó la escalera a la carrera, y en el corredor principal sus pasos se mezclaron con el ir y venir del personal de palacio. Justo entonces se abrieron las puertas para recibir al rey y lo perdí de vista. Golpeé la balaustrada, frustrado, y bajé saltando de dos en dos los peldaños.

En la puerta, cuando trataba de pasar entre los funcionarios, me vi ante la reina. Doña Sancha de Castilla me escudriñó a través del velo negro que la cubría.

—Me complace que estéis aquí, *iudex* Robert de Tramontana.

Desconcertado, hinqué la rodilla. Habían pasado muchos años desde los tiempos de Guillem Climent, pero me había reconocido. Tuve que aguardar.

—Mi reina —la saludé cortés—. Es un honor recibiros en

Barcelona. Aprovecho para agradeceros la gracia de autorizarme a seguir siendo juez tras la triste muerte del rey Alfonso, Dios lo tenga en Su gloria.

—No estás destinado a arar campos. —Inclinó la cabeza y bajó la voz—. El veguer nos ha informado de tu cometido especial... No falles a tu rey. El futuro está en juego.

—Pondré mi vida en ello, doña Sancha —dije tenso.

Entró en el palacio detrás de su hijo y al fin pude bajar la escalinata. El corazón me latía desbocado. Pregunté entre el gentío, hasta que unos hombres me respondieron que habían visto a un siervo que respondía a mi descripción corriendo hacia la catedral. Había perdido un tiempo precioso y entré en la *seu* alterado. Olía a incienso. Había aún muchos ciudadanos y miembros del clero, pero ni rastro del ladrón de las vitelas. Entonces vi la puerta del claustro entreabierta y probé.

Las galerías estaban vacías y en silencio. La luz bañaba la cara norte, donde Guillem Climent solía situarse en invierno para explicarnos las lecciones. Avancé escuchando atento.

En la esquina, asomaban unas piernas. Corrí hasta allí y hallé el cuerpo del siervo tendido en un charco de sangre. Me santigüé estremecido. La herida que tenía en la cabeza aún le sangraba. En el murete de la arcada vi una piedra suelta, manchada de sangre. El agresor estaría cerca, pero no vi a nadie. Cuando comprobé que ya no tenía las vitelas de Ernest, avisé y comenzaron a aparecer clérigos y alumnos.

—Se llamaba Joanet —me informó un levita—. Era un esclavo cedido por el obispo a la cancillería. ¡Un desgraciado accidente!

—¿Accidente? —demandé incrédulo.

—¿Qué podría ser, si no? Ésta es la casa de Dios. Debió de resbalar y golpearse.

Señalé la piedra con restos de sangre.

—¿No lo veis? ¡Alguien la ha usado para golpearlo! —exclamé despavorido—. ¡Este esclavo ha sustraído documentos de la cancillería condal hace un momento! —revelé con el propósito de observar las reacciones.

—Son días importantes para Barcelona, no los enturbiemos con vagas sospechas —dijo el levita.

Sentí un escalofrío al percatarme de que todos me miraban fijamente; era una advertencia. Si sabían algo, lo callaban. Se llevaron al muerto y me quedé ante el charco de sangre. Entonces vi que estaba debajo del capitel de la jueza judía Débora, el que mandó esculpir Guillem Climent. Era un lugar especial para los más cercanos al maestro, un punto de encuentro, y el criado se había reunido allí con su asesino.

Receloso, alcé la mirada hacia las ventanas sobre el claustro. El silencio me envolvía, pero no estaba solo.

Sangre en el sepulcro

Durante la tarde, la *curia regis* de Barcelona estuvo reunida con el joven monarca en la sala Mayor del palacio. Fue una asamblea tediosa que incluyó el juramento de nuevos funcionarios y cargos de la ciudad. Pedro II de Aragón firmaba cada documento con el mismo título que su padre y abuelo: *princeps* y conde de Barcelona.

Asistí como juez, pero sólo podía pensar en lo que el siervo Joanet se había llevado y el lugar donde lo habían asesinado. Me abrumaban las preguntas y la sensación de peligro, de modo que rechacé asistir al banquete que ofrecía el rey y al anochecer salí de las murallas.

Había pasado mucho tiempo desde mi última visita al burgo de los menestrales. Sabía que Guisla había regresado meses después de que se archivara el *clam* que su cuñado interpuso y que el veguer ni siquiera la interrogó, pues Joan de Cascai quería echar tierra sobre lo ocurrido. Fuera como fuese, no me había puesto en contacto con ella para evitar suspicacias.

La casa de la espartera tenía otro aspecto. La fachada estaba bien encalada y llena de clavos de los que, durante el día, debían de colgar alforjas, capazos y esteras.

La puerta no estaba cerrada y dentro las pilas de esparto llegaban hasta el techo. Guisla apareció con la misma sonrisa que me había encandilado tiempo atrás. Vestía un albornoz limpio y se cubría el pelo con un pañuelo azul, su color preferido desde siempre.

Se acercó a mí en silencio y, sin mostrar reparo alguno, tocó las cicatrices de mi cara; recuerdos de la batalla de bastones. Su tacto era áspero, de retorcer esparto.

—He pedido que me contaran tantas veces la batalla judicial que conozco cada una de estas marcas, y no hay día que no te agradezca lo que hiciste por mí, Robert. Ahora tienes una vida apacible y una bella esposa. Me habría gustado ser yo, Dios lo sabe, pero que Él os bendiga.

—Me alegro de verte, Guisla —dije emocionado. Su aire sereno me alivió—. Veo que aquí todo ha cambiado.

—Han sido años buenos. Todos hemos saldado la deuda con Bernat Durfort y no nos marcharemos. Además, su hijo Pere quiere comerciar con nuestros productos en otros puertos. Es un joven audaz. Y te admira mucho... —Clavó sus ojos en mí con devoción—. La sentencia que dictaste cambió muchas cosas, aunque aún hay miedo.

—He regresado para saber por qué asesinaron a Ernest.

Sus ojos se ensombrecieron.

—Me lo imaginaba —añadió preocupada—. He llorado mucho su muerte. Tras mi regreso de Gavà, me ayudó para que los menestrales me permitieran seguir sola con el taller de esparto. Su asesinato ha conmocionado Barcelona, pues el niño recogido en las calles era mucho más que un juez para la plebe; era como un símbolo. Su ascenso era modelo de esperanza para mucha gente humilde que busca una oportunidad.

—Guisla —comencé—, necesito saber qué se dice en los burgos de lo ocurrido. A veces los siervos ven cosas y las cuentan por ahí... ¡No sé dónde seguir buscando!

—Ya habrás constatado los efectos de las cabalgadas en el *territorium*... —Su semblante se agrió de pura rabia—. Tampoco el mar escapa a la rapiña, y eso afecta a nuestras ventas. Este verano, ni genoveses ni pisanos han atracado por culpa de la piratería de varios nobles que poseen barcos. Por eso muy pocas familias se dedican al comercio.

—Al llegar vi que las atarazanas del conde Ramón Berenguer IV siguen abandonadas. —La miré con nostalgia—. ¿Te acuerdas? Era un sueño de toda la comunidad.

—Lo que dicen es que el *iudex* Ernest llegó a descubrir la manera de detener a los nobles violentos y que por eso lo mataron.

—Pero ¿qué encontró que tuviera tanta fuerza sobre ellos? —me pregunté frustrado—. ¿Por qué no me lo explicó durante su última visita a Tramontana?

Guisla se mostró sorprendida, como si no diera crédito a lo que oía.

—¡Pero si la solución la sabe todo el mundo, Robert! —Ante mi mirada de estupor profirió una risa cristalina—. Los guerreros no temen la muerte, sólo los atemoriza perder su alma, por eso acaban donando parte del botín a la Iglesia.

La miré atónito. Con su naturalidad habitual había llegado más allá que yo, incluso que el sagaz Benevist.

—Perder el alma… —dije reflexivo—. ¡La excomunión!

—¡Claro! Algo debió de encontrar Ernest que podía usar para amenazarlos.

—Algo que dejó anotado. —Pensaba en voz alta—. ¡Eso es lo que buscaban!

Le conté el robo de la cancillería y la muerte del siervo en el claustro, justo donde Climent reunía a los alumnos.

Guisla se puso pálida y guardó silencio. Poco a poco, su gesto se dulcificó.

—Ha sido un mal día, Robert. Tengo un buen vino dulce… Quizá te haga falta.

Dejamos las preocupaciones a un lado y nos sentamos en la cocina. Sus hijos dormían y hablamos durante un buen rato sobre su vida como menestral en un mundo de varones. Me acordé de Carissia, la mejor artesana de tintas de Bolonia. Guisla era viuda y madre, pero su destreza y su tesón también habían vencido el recelo de los demás artesanos del burgo. Igual que Ernest, ella tampoco se había rendido. Deseé que mi madre hubiera hecho lo mismo.

Mientras me preguntaba cómo habría sido mi vida con ella

en el taller trenzando esparto, su hijo pequeño apareció llorando. Guisla lo consoló con ternura. Entonces pensé en mi hija Leonor y la añoré.

Llegado el momento de irme, ya en la puerta, Guisla me cogió el brazo y me obligó a mirarla. La preocupación había regresado a su rostro.

—Después de lo que ha ocurrido en la catedral, sabes tan bien como yo dónde están las respuestas. Nadie conocía más secretos de Ernest que su protector Miquel de Queralt, ¿verdad? Si buscas respuestas, enfréntate a él y véncelo de una vez.

Mi amor juvenil me conocía mejor que yo mismo. Guisla tenía razón: el lugar donde el siervo Joanet había muerto guardaba un significado especial para nosotros. Miquel no se escondía.

—Iré esta noche —le dije al fin.

Guisla miraba mis labios luchando para refrenar el deseo de besarme. Al cabo suspiró y dio un paso atrás.

—Ten mucho cuidado, Robert. Si son ciertas las habladurías, creo que el odio de Miquel nace en realidad del miedo; miedo a que sepas la verdad que ha querido ocultar siempre.

Mi honor como *iudex* me abría todas las puertas y casi a medianoche entré en el claustro de la *seu*. No hizo falta dar ninguna explicación. Aun así, el clérigo que me permitió la entrada salió disparado hacia el palacio episcopal para avisar de mi presencia.

Accedí a la catedral en tinieblas. Con dos velas prendidas en la lámpara del sagrario, bajé a la cripta de Santa Eulalia. Encendí un candelabro y aguardé rezando ante el altar. Algo iba a ocurrir en aquella cripta que, para bien o para mal, lo cambiaría todo.

Arriba, en el templo, resonó el estruendo de una puerta al cerrarse de golpe. Luego oí unos pasos rápidos que se aproximaban hacia la escalera de la cripta. De manera instintiva saqué mi cuchillo con el mango de jade, aunque me mantuve arrodillado delante del altar.

Por el rabillo del ojo vi una sombra que corría hacia mí y en el último momento me aparté. La daga hendió el aire. La segunda cuchillada me rasgó la manga de la túnica. Al fin atrapé la muñeca como me enseñó Hakim y la retorcí hasta que soltó el arma. Mi agresor gritó de dolor y lo golpeé con fuerza en el pecho.

La capucha que le cubría el rostro se movió. Miquel de Queralt tenía fuego en los ojos. Parecía enloquecido. Se abalanzó sobre mí y rodamos por el enlosado, aprovechando cualquier oportunidad para golpear. Aunque era un Queralt, su destino siempre fue el clero y jamás recibió instrucción militar. Peleaba movido por la furia de Aquiles, a ciegas. Me golpeó varias veces, pero logré colocarme sobre él. De un puñetazo le rompí el labio. Escupió, y salpicó de sangre el suelo.

Deseaba seguir golpeándolo por todo lo que me había hecho, pero ver la losa sepulcral de Ernest manchada me detuvo. Me quedé con el puño en alto.

—¿A qué esperas? ¡Maldito Condenado...! ¡Acaba de una vez con mi agonía!

El dolor bajo la cólera me conmovió. Me eché a un lado y nos quedamos en silencio, jadeando tras la pelea. Yo estaba seguro de que Miquel tenía el documento de Ernest y estaba allí para que me lo entregara, pero aún teníamos una cuenta pendiente desde hacía muchos años. Al asomarme a sus ojos supe que me había estado esperando.

Sobre el sepulcro de quien siempre trató de unirnos lo abordé.

—¿Por qué no me perdonaste? ¡Yo no podía saber que atacarían el burgo!

—¿Perdonarte? —Se limpió la sangre de la boca con la manga—. Mi maestro Climent me adoraba hasta que apareció el niño rudo que acabó siendo su asistente. Eras el preferido de todos los maestrescuela, y al final sólo trajiste dolor y muerte a la ciudad. Me vi señalado por haber participado y tardé años en recuperar la confianza del cabildo y de la curia.

—Queríamos salvar a un muchacho que resultó ser el futuro rey de León.

Me miró y negó asqueado.

—¡Ernest te adoraba incluso después de haber estado a punto de morir! Siempre que aparecías en nuestras vidas, él se alejaba de mí.

Una lágrima se mezcló con la sangre en su rostro. Entonces la verdad me traspasó. Los sentimientos agazapados en sus ojos colmados de dolor me estremecieron. Me conmoví, a pesar de haber sufrido tanto por su causa.

—Amabas a Ernest...

—¡Silencio! —dijo con una intensa amargura—. ¡No blasfemes ni me calumnies en la casa de Dios!

Comencé a encajar viejos recuerdos. Ernest, dulce y cálido; detrás Miquel, contenido, protector. Pensé en Martí de Ripoll y en Giovanni Bassiano. En un mundo vetado al amor y el deseo, los sentimientos, también los más inconfesables, se abrían camino por los resquicios. Por mi culpa, la persona que daba a Miquel la razón para vivir casi había muerto, y él jamás me perdonó. Y además Ernest siguió fiel a mí, incondicional.

Como decían los maestros, detrás de las acciones siempre había sentimientos que las impulsaban. A veces ocultos. No era el *ius commune* lo que me separaba de Miquel, sino los celos.

—Él siempre te prefería a ti —me dijo derrotado, con lágrimas desconsoladas—. Te admiraba y te seguía como un perro, pero era yo el que arrimaba el hombro luego, cuando sufría, y ahora lo he perdido por esa ansia suya de seguir tus pasos.

—Ernest era un alma blanca entre la podredumbre —repuse apenado—. Pero era valiente. Tomó el camino que eligió y no supimos protegerlo.

—¡Yo sí lo protegía! ¿Cómo crees que un niño abandonado llega a ser juez del veguer? ¡Los Queralt lo aupamos... y aun así ni un solo día dejó de mencionarte!

—¡Ernest me buscaba porque yo también era huérfano! —repliqué. También sentía el fuego de las lágrimas en mi cara—.

Lo ayudé a vencer la pena y a ignorar el desprecio del resto de los alumnos por su condición.

—¡A tu regreso volviste a seducirlo con ese maldito Derecho romano! —dijo con tono asqueado—. Creyó que podía existir justicia y equidad entre poderosos y débiles. ¡Se apartó de mí y ahora está ahí!

Contemplamos el sepulcro sobrecogidos. Miquel, el adusto *iudex palatii* que acongojaba en el tribunal, lloraba como un niño, un llanto que nacía de lo más hondo. Intuí que aún no se había permitido hacerlo desde la muerte de Ernest y lo miré compasivo. Deseé tocarle el hombro, darle ánimos, pero él no me lo habría permitido.

Cuando se calmó, traté de sonsacarle la verdad con sus propias armas.

—Sé que has matado al siervo que robó el documento de la cancillería.

—¡Sólo has visto un cuerpo tirado!

—Sí, pero no tengo ninguna duda..., ni tampoco ninguna prueba. No obstante, eres Miquel de Queralt, *iudex palatii*. Si formulo un *clam* y pido que jures sobre los Evangelios, tu fe y tu honor de noble te impedirán mentir. Aunque nada te ocurra por la muerte del siervo, en la curia se sabrá lo del robo en la cancillería, una grave irregularidad para un cargo como el tuyo.

Apretaba los puños, iracundo, pero no habló.

—¿Qué le ocurrió a nuestro amigo? —pregunté entonces para tratar de ablandarlo.

—Te habrán dicho que Ernest apareció degollado en un callejón detrás de la catedral... Pero quizá no sepas que era el mismo en el que sus padres lo abandonaron cuando tenía tres años. ¿Entiendes el perverso mensaje?

Se me erizó el vello de la nuca.

—¿Quién lo mató? —le exigí sin aliento.

—No importa la mano que empuñó la daga —respondió con gravedad. Clavó sus ojos fríos en mí—. Murió porque tenía en sus manos la manera de obligar a los nobles a firmar la Paz y Tregua que tú redactaste. ¡Se la sabía de memoria!

—Perder el alma... —musité recordando las palabras de Guisla—. ¡La excomunión!

—Ésa fue su idea, y se puso a investigar con discreción el asunto que obsesionó al rey Alfonso: el asesinato del arzobispo de Tarragona Berenguer de Vilademuls. Era un secreto a voces que había otros nobles detrás del autor confeso, Guillem de Montcada. El prelado era aliado del rey y partidario de limitar el poder de la nobleza mediante una Paz y Tregua firme y leyes. ¡Vilademuls amenazaba el orden, como tú! Ernest habló con clérigos, confesores y consejeros, y con mucha discreción elaboró una lista de cómplices del crimen. ¿Entiendes lo que eso implica?

Me estremecí ante la astucia de Ernest.

—¡Los cómplices de la muerte de un prelado de la Iglesia son reos de excomunión a perpetuidad! ¡Nuestro amigo los había descubierto!

—Así es. La amenaza de verse apartados del seno de la Iglesia y que se les cerraran las puertas del cielo podía doblegar hasta la voluntad más férrea. Por eso mataron a Ernest y sacaron el documento incriminatorio de su celda.

—Aun así, existía una copia oculta en la cancillería —añadí.

—Era lógico. Ernest, como buen juez, habría redactado la *querimonia* por duplicado. Encontrarla sería difícil, entre los miles de documentos acumulados, pero era cuestión de tiempo. La llegada del rey ha acelerado lo inevitable.

—¿Dónde la tienes, Miquel? —demandé ansioso.

—La he destruido.

—¡Mientes! —rugí colérico.

—¿Eso es lo que crees ver en mis ojos, payés? —se burló.

—No. Lo sé porque, aunque incrimine a los tuyos, eres incapaz de destruir algo tan importante para Ernest. Lo cuidas incluso ahora que él está muerto. —Ante el abismo de sus ojos, me arriesgué a añadir—: Como Queralt que eres, sientes la obligación de entregárselo a tu padre y a los mismos que quisieron acabar conmigo. ¡Lo harías si no fuera porque mataron a nuestro amigo, a tu amado Ernest, en un callejón como a un perro!

—¡Cállate, maldito seas! —me increpó fuera de sí. Mis palabras lo desgarraban.

—¡Les has sido fiel en la curia, has protegido el orden, te opusiste a mí con tesón, pero ahora tu sumisión te hace cómplice de la muerte de Ernest y no puedes soportarlo! —Lo señalé—. Por mi culpa, Ernest casi muere en el burgo, pero al final han sido los tuyos los que lo han matado, ¡y si callas eres tan culpable como ellos!

Saltó sobre mí y comenzó a golpearme. Sin embargo, aun con la boca llena de sangre, logré empujarlo y cayó a los pies del altar de piedra.

—¡Si no fueras tan cobarde, me ayudarías a hacer justicia! —jadeé escupiendo.

—¿Justicia? ¡Yo pensaba que lo justo era ayudar a un huérfano a ser juez y ha acabado muerto en el mismo fango del que salió! No es posible alterar lo que Dios dispone para cada uno desde que nacemos, ni con piedad ni con derechos.

—Así piensa un esclavo de la ley, pero la muerte de Ernest es un asesinato horrible e injusto. Sería así aunque lo hubiera matado el propio Papa.

—Ernest no dejaba de cacarear cosas como ésa. ¡Ingenuo!

—¿Consentirás que su muerte sea en vano? ¡Ayúdame! ¡El rey está en Barcelona y van a llegar los nobles para prestarle homenaje y celebrar la curia regia! Pueden pasar años hasta que se reúnan todos de nuevo. ¡No permitas que Ernest haya perdido la vida para nada!

Nos miramos durante una eternidad. Miquel era fuerte, sabio y honesto. Habría tenido en él un formidable aliado si no hubiera estado cautivo de sus prejuicios y celos.

—Si sigues adelante, te cambiará la vida, Robert.

Era la primera vez que me hablaba sin acritud desde hacía años y eso me inquietó todavía más. Aun así, asentí.

—Por Ernest de Calonge lo asumiré.

—Espera aquí.

Se marchó. Miré la sangre en el suelo. Temí que llegara la guardia del obispo o esbirros como los que me atacaron en

Sant Pere de les Puelles. Al fin regresó. Había claudicado, no por justicia, sino por amor. El huérfano del hospital de la Seu se había impuesto al poder de la sangre noble.

Me tendió los pergaminos. Estaban manchados con la sangre del siervo. Me estremecí al cogerlos.

—Ernest venía a Tramontana y jamás me reveló nada —dije pensativo.

—Puede que ahora entiendas la razón. Este texto se compuso para causar la perdición a los que figuran en él y su extravío te ha protegido hasta hoy. —La forma de mirarme me inquietó más que si me amenazara con un arma—. Te lo he advertido, Robert de Tramontana.

Miquel comenzó a limpiar las gotas de sangre de la tumba de Ernest con la manga de su hábito y yo me centré en la *querimonia*.

En la delación, primero se relataban con detalle los abusos y ataques en todo el *territorium* de Barcelona con inventario de daños y su valor. Luego seguía el relato del crimen del arzobispo de Tarragona con numerosos testimonios de alcurnia. El trabajo era exhaustivo y comprometedor.

El corazón me latía con fuerza. Allí estaba todo, pensé emocionado. Fui hasta Miquel y, con una sonrisa que pretendía animarlo, lo zarandeé por los hombros.

—¡Tú y yo haremos que la muerte de Ernest no sea en vano y firmarán la Paz y Tregua!

—¿No te parece demasiado para un clérigo y un payés? —señaló con hosquedad.

—Yo tampoco lo creía posible —Agité las vitelas—. ¡Hasta este momento!

—Hablas así porque no has terminado de leerlo.

Intrigado, volví la última página. Toda la cara de la vitela era una extensa relación de los nobles implicados en la muerte del prelado. Muchos eran viejos conocidos: el asesino del arzobispo Vilademuls, Guillem de Montcada; Ponce III de Cabrera; Asbert de Santa Oliva y su esposa, Saura de Cabrera; Alamanda de Castellvell, viuda de Guillem de Santmartí; Arnau de

Castellbò y su esposa, Arnalda de Caboet... Pero también había cómplices entre los Queralt y una veintena más de antiguos linajes que aparentaban lealtad al conde de Barcelona.

Seguía una lista de caballeros sin tierras y vasallos de los anteriores. Al llegar al final, el corazón se me detuvo.

—El caballero Pere de Mediona, vasallo de Asbert de Santa Oliva, y su esposa, Blanca de Corviu —dijo Miquel como si estuviera leyéndolo con mis ojos.

Velos y secretos

Al amanecer del día siguiente a mi encuentro con Miquel de Queralt, enfilé por la *estrada* Moresca a lomos de una mula de Benevist rumbo a Tramontana. No había podido conciliar el sueño: me atormentaba que mi esposa apareciera en la *querimonia* de Ernest destinada a solicitar la excomunión de varios nobles. Siempre había confiado en ella, respetado sus reservas y silencios, pero no debió ocultarme algo tan grave y espinoso. Ahora necesitaba mirar los ojos claros de Blanca y vislumbrar una explicación.

El documento quedó oculto en la casa del judío y viajé sin detenerme más que para descansar lo imprescindible. A media mañana del segundo día divisé al fin el contorno de la torre de la masía. Ni el hecho de estar en mi hogar serenó mi ánimo.

Apenas me paré a saludar a los Margarit y a los otros labradores que preparaban los trigales para la siembra. Cuando llegué a la explanada frente a la masía, Blanca estaba de pie en las arcadas del pórtico. Sus ojos azules, húmedos, desvelaban su tribulación.

—¿Participaste de alguna manera en la muerte del arzobispo de Tarragona? —le pregunté a bocajarro.

No se sorprendió. Verme aparecer así fue revelador para ella.

—Era la esposa de Pere de Mediona, soldado y vasallo de Asbert de Santa Oliva —respondió seria—. Cuando salieron de Olèrdola para reunirse con Guillem de Montcada y otros nobles, sabía que pretendían matar al prelado como venganza por su apoyo al rey y para asustar a otros partidarios de la Corona. No hice nada para evitarlo, sólo esperar el regreso de la comitiva y limpiar la sangre seca de la túnica de mi marido. Si eso es ser cómplice... —Me miró altanera—. Entonces lo soy.

Me estremecí, pero enseguida sentí una oleada de compasión.

—¡No me importa, Blanca! Te casaron a la fuerza... Quizá Ernest trató de protegernos y por eso no me lo contó; para mí, no eres culpable. Lo que me duele en el alma es que me lo ocultaras.

Blanca se echó a reír, y me pareció la risa más triste que le había oído nunca.

—¿De verdad crees que es eso lo que me he reservado todo este tiempo? —Su gesto desdeñoso me desconcertó—. ¡Desearía que mi pena naciera de ese crimen, incluso que me excomulgaran!

Aquella blasfemia en sus labios me inquietó. Blanca no era así. Estaba alterada.

—Entonces, si no era eso..., ¿qué te guardas?

Las pupilas le temblaban, tenía los labios fruncidos y los puños apretados. Parecía a punto de romperse, y me acerqué a ella, pero alzó las manos.

—Te lo ruego, esposo. Mi alma es tuya, pero no me pidas eso. Tú no podrías guardar el secreto y... —Se le quebró la voz—. Y yo no podría soportarlo. Por última vez, te pido que te quedes conmigo aquí y que me creas si te digo que algún día te lo contaré todo, Robert.

Me lo imploraba como nunca antes, con toda el alma. Sin embargo, el torbellino de hechos ocurridos en Barcelona había henchido mi vanidad.

Las autoridades y la propia reina Sancha dependían de mí para cambiar el futuro de la Ciudad Condal. Me sentía tan importante que nada de lo que Blanca me revelara me parecía tan trascendental como para perder esa oportunidad. No cedí; mi orgullo me lo impidió.

—No insistas, Blanca. Si no me explicas lo que te pasa, debo volver, es vital...

Se encogió como si hubiera recibido un terrible golpe. Se puso furiosa y empezó a llorar.

—¡Pues vete a por tu gloria, payés! ¡Salva Barcelona, sálvalos a todos y acaba conmigo!

Se alejó hacia el encinar desconsolada. Me quedé de pie sin saber qué hacer. Nuestro vínculo me hacía sentir su dolor, pero su resistencia me frustraba. Sin duda su miedo era exagerado, fruto de una época oscura en la que cayó presa de la bilis negra. Después estaban sus sospechosas visitas al encinar. Demasiados secretos.

Enfadado, entré en el cobertizo. La joven Guillema Margarit me miraba asustada mientras cuidaba de la pequeña Leonor. La niña estaba dormida y le di un beso en la frente. Luego, dolido y furioso, me marché sin refrescarme siquiera. Rechacé con malas maneras a todos los que se me acercaron. Ni siquiera quise escuchar a Fátima, que caminó un trecho detrás de mí insistiendo en que recapacitara.

Cuando llegué a la colina de los cipreses me había calmado un poco. Me apoyé en uno y suspiré. Sentí una emergente sensación de culpa por mi comportamiento, pero la sofoqué enseguida. Concluiría el trabajo de Ernest y volvería como séptimo juez a por Blanca de Corviu. Entonces ella me contaría toda la verdad y, de una manera u otra, restañaríamos las heridas.

La estrategia

Cuando llegué a la casa de Benevist, me encontré al jaqués Rodrigo de Maza. No había vuelto a verlo desde el verano y me alegró contar con él. Mientras nos poníamos al día, le pregunté por Salomé y la Compañía Roja.

—No sé dónde pasarán el invierno, pero seguro que aparecen pronto por Jaca. He dejado un mensaje para que sepan que has salido de tu escondite de Tramontana y que volvemos a las andadas. Esta vez vamos en busca de la paz.

Asentí con sorna. Echaba de menos caer en la mirada felina y segura de Salomé.

Aunque estaba agotado, nos encontramos con Feliu de Tortosa y los tres visitamos el sepulcro de Ernest. El joven juez había dejado un vacío irremplazable, pero llegaríamos hasta el final por él.

Esa tarde, en un despacho de la casa del judío, confié a mis alumnos el espinoso documento. Blanca aparecía en la delación, pero yo debía seguir adelante por Barcelona.

—Si los nobles supieran de esta copia, arrasarían el *call* —dijo Feliu, sobrecogido.

—El asesinato del arzobispo es parte de la secular lucha entre la Corona y la nobleza feudal —adujo Rodrigo—. No obstante, esta denuncia redactada por un magistrado del rey lo cambia todo. Hay nombres, fechas y testigos. ¿Creéis que Ernest pretendía su excomunión? —Me miró preocupado—. Blanca podría sufrir la condena eterna.

—Lo he meditado estos días y creo que nunca pretendió sacar a la luz la delación, por eso no me habló de ella. Sospecho que iba a compartirla con el círculo del rey y quizá con el obispo de Barcelona, para que la usaran como amenaza contra los implicados.

—¿Y cómo vamos a proceder? —demandó Rodrigo, ceñudo.

—Pediré audiencia con la reina y el obispo de Barcelona para mostrarles el documento y explicarles lo que Ernest pretendía hacer. Aún es posible.

—Es peligroso. —Feliu estaba inquieto—. Podemos acabar como él.

—Por eso les entregaré una copia —dije. Lo había decidido durante mi viaje de regreso a Barcelona—. Falsificaré la delación y ocultaremos el original. Aunque ocurra una desgracia, la verdad no se perderá y otro podrá tomar el relevo. ¡No cederemos!

—Este documento vale más que un ejército de diez mil hombres —afirmó Rodrigo.

—Cuando empecemos, ya no habrá vuelta atrás, amigos. Si sale mal, sufriremos una venganza inimaginable, por eso no puedo obligaros a seguirme en esto.

Tras un breve silencio habló Feliu, con determinación:

—Ésta es nuestra *schola* y tú el *magister.*

—En Jaca ya eras el de las grandes ideas —añadió Rodrigo—. Que Dios nos proteja.

Más tarde, ya en casa de Benevist, comencé la copia del documento para la reina. Pulí el latín imperfecto de Ernest y organicé mejor las relaciones entre los implicados. Al llegar al nombre de Blanca, vacilé. Cuando la devota reina leyera la delación, quizá se espantaría y exigiría a la Iglesia la excomunión inmediata de todos, y entonces Blanca vería cerradas las puertas del cielo por mi culpa. Pero si ocultaba su nombre y se descubría que había alterado el documento, perdería toda mi credibilidad ante los letrados y secretarios de la nobleza. Estaba muy cerca de lograr algo histórico. Al final, con pulso tembloroso terminé la frase.

Reconcomido por la culpa, no oí que la puerta se abría. Isabel se asomó y sonrió.

—No te he visto en días —me dijo—. Sé que te marchaste a tu masía. ¿Estás bien?

—Sí —mentí—. ¿Cómo te encuentras, Isabel? Tienes buen aspecto.

Su sonrisa iluminó el cuarto, pero enseguida se desvaneció.

—La judía me mantiene ocupada en el establo para que no te vea. Me detesta.

—No hables así de Abigail —le advertí, y al ver su anhelo la invité a entrar—. Muy pronto encontraremos para ti una buena casa cristiana y estarás más cómoda.

Se movía con aire seductor por el cuarto, y al llegar a la mesa tocó uno de los libros.

—Es la primera vez que veo uno —dijo distraída—. Es un objeto extraño.

—Son más fuertes que la espada. Quizá podrías aprender a leer.

Me miró y se quitó el pañuelo de la cabeza. Su espesa melena castaña se derramó por su espalda. Isabel era atractiva, sin duda; bien alimentada, su aspecto había mejorado desde que estaba en casa de mis amigos.

—Soy una mujer —afirmó incitante—, ¿para qué querría hacerlo?

—Alguno de esos libros me los regaló una mujer de Bolonia. Estudiaba en secreto.

—¿La conocías mucho? —dijo con una sonrisa maliciosa.

—No en el sentido que piensas…

—Te miro y sé que habrás tenido muchas amantes. Sería difícil resistirse… —Se acercó más, para incitarme—. Ahora, en cambio, estás solo. Creía que regresarías con tu esposa…

El comentario me incomodó.

Isabel se apoyó en la mesa y, al hacerlo, la túnica ceñida insinuó su figura, delgada y esbelta. Sin querer, la miré.

—Encontrarte ha sido como un milagro del que doy gracias cada día, Robert —afirmó complacida, y se inclinó sobre mí.

Su proximidad consiguió turbarme aún más. Isabel era sensual y cálida. La imaginé apasionada como Arabella.

—Es un mal momento, Isabel —mascullé al fin con el aliento entrecortado—. Por favor, márchate.

No sabría decir si salió avergonzada o decepcionada. Poco a poco, no obstante, remitió la tensión. Aun así, tardé mucho en volver a concentrarme.

El pacto de la torre

Envié la solicitud de audiencia a la reina y esperé. Los días pasaron, y los nobles y los barones convocados para la próxima curia real arribaban a la ciudad. Algunos acampaban con sus séquitos en los alrededores de Barcelona, otros se hospedaban en palacios de parientes o alquilaban casas grandes. En el palacio la actividad era intensa. Además de celebrar audiencias de apelaciones y pleitos entre nobles, que sólo el rey podía juzgar, los nobles recién llegados realizaban el solemne ritual de homenaje ante el joven Pedro de Aragón, con el beso ceremonial que sellaba el pacto de vasallaje.

Muchos de los que llegaban a Barcelona figuraban en la delación de Ernest. Así pues, me dije, no habría una oportunidad mejor.

El día de San Lucas, recibí la contestación de la reina. Lucía un sol espléndido, pero hacía frío. Llegué a la torre de la muralla en la que íbamos a vernos y esperé mirando el *territorium* de Barcelona: los burgos, los campos y los marjales.

Doña Sancha se asomó por la trampilla, sonrojada por el esfuerzo de la ascensión, aunque a sus pocos más de cuarenta años se mantenía ágil y rechazó mi ayuda. La seguían su confesor y el obispo de Barcelona, Ramón de Castellvell, pues la torre era del obispado y el asunto lo afectaba.

—Barcelona necesita una muralla nueva —señaló la reina oteando el paisaje—. Aunque imagino que no era eso lo que querías mostrarme, ¿verdad, juez?

—No, pero quizá apreciéis la expansión de la ciudad, doña Sancha.

—No ha cambiado mucho desde que estuve aquí siendo muy joven, recién casada con Alfonso.

—Así es. Pese al puerto, apenas ha crecido —manifesté—. Desde aquí arriba es más fácil imaginar que Barcelona podría ser como Génova o Pisa, si existiera paz y seguridad.

—¿Has averiguado qué le sucedió al joven juez Ernest de Calonge? Habla sin rodeos —ordenó impaciente. A las puertas de la curia, el asunto la angustiaba.

Mostré a doña Sancha el documento de Ernest y lo leyó. Poco a poco, su rostro palideció bajo el velo. Luego se lo pasó a su confesor y al obispo. El prelado, que sin duda conocía la caligrafía del joven juez, no advirtió que era una copia, y hube de reconocer para mí que me había esforzado y era esmerada; Milano habría estado satisfecho. De inmediato pensé en Blanca. Había puesto su destino en manos de sus verdugos.

—¡Esto es muy grave! —clamó Ramón de Castellvell.

Guillema de Castellvell, su sobrina, era la esposa del asesino confeso del arzobispo. Él mismo había anulado el matrimonio tras el crimen.

—Si estos testimonios y confesiones son ciertos, conforme al Derecho Canónico, la Iglesia podría excomulgar a todas estas personas. —Deslicé la treta de Ernest.

—Aquí también figura tu esposa, Robert —señaló el obispo, perplejo.

—Lo sé. Mi propuesta es destruir este documento si los implicados firman la Paz y Tregua que vuestro difunto esposo propuso, doña Sancha —expuse con voz firme.

Se quedaron consternados. Durante una eternidad, nadie pronunció una sola palabra.

—Podría ser el primer paso para pacificar toda la Corona —dijo con timidez el confesor.

La reina y el obispo se miraron en silencio, inquietos. Se debatían entre el deber de buenos cristianos y la estrategia política. Al fin, doña Sancha se volvió hacia mí.

—Y una vez firmado ese pacto de paz, ¿qué propones?

—Una nueva era, como en otros reinos —afirmé. Estaba cumpliendo el juramento de Bolonia—. Una que empiece por el *ius commune*: dar a cada uno lo suyo.

La reina y el obispo mantuvieron una larga conversación lejos de mí. Simulé que me abstraía contemplando el paisaje, pero esperaba ansioso la respuesta.

—Creo que puede ser el camino —afirmó la reina, al fin—. Tú te encargarás de negociar con los magnates en nombre de la Corona. Comenzarás por el vizconde Ponce de Cabrera y su hermanastra. —Ignoró mi incomodidad. Igual que antes su esposo, la reina me consideraba un instrumento para sus intereses, un peón prescindible—. Si ellos ceden, el resto lo hará. Tal vez ahora el vizconde entienda que las cosas van a cambiar.

—Así lo haré, mi reina —afirmé, si bien tuve un mal presentimiento—, pero solicito protección para mi esposa, Blanca de Corviu. Temo que sea ella quien sufra la ira de esa familia.

—Tráela a Barcelona. Y que se aloje en el palacio. —Sus ojos brillaban ambiciosos—. Si Dios lo permite, el próximo 30 de octubre celebraremos el entierro de santa Eulalia y firmaremos en la catedral la Paz y Tregua de Barcelona para todo el territorio condal.

Hice una profunda reverencia.

—Me habría gustado conocer a Oria de Tramontana —dijo entonces la reina, ya junto a la trampilla—. Un hijo tiene mucho de su madre, y tú tienes el arrojo de aquellos payeses que lograron convertir una frontera en un próspero hogar.

—De alguna manera, lo hago por ella —confesé emocionado—. Mi madre fue víctima de una injusticia, y ninguna ley ni Paz y Tregua la amparó. Ahora, por fin, eso puede cambiar.

—Estaría orgullosa de ti —señaló doña Sancha mientras bajaba, de nuevo sin ayuda.

Sant Pau del Camp

Isabel dejó que la camisa le resbalara hasta el suelo y se quedó desnuda delante de mi jergón. Yo también me hallaba desnudo. Gateó hacia mí y permitió que le besara los pechos. Luego se sentó a horcajadas sobre mí, y me deslicé en su cálido interior con un estallido de placer. Se movía sinuosa, repitiendo mi nombre sin cesar, y pronto comenzó a agitarse a un ritmo casi violento. En el momento del clímax se arqueó y se desplomó sobre mí. Entonces vi una silueta de pie a los pies del jergón. Blanca me miraba con lágrimas en los ojos.

Me desperté con el corazón desbocado y empapado en sudor, a pesar del frío y la oscuridad del aposento. Turbado, me levanté y me dirigí hacia la ventana. Fuera llovía, pero yo ardía. Isabel de Breda se había convertido en una tentación. Aprovechaba cualquier descuido de Abigail para salir del establo y subir a verme. Benevist le había buscado trabajo en un horno cristiano, pero la rechazaron pronto por causar problemas. Yo la protegía y ella, con sus risas y coqueteos, me ayudaba a soportar la tensión. Me negaba a creer a Abigail cuando me advertía que la joven se había propuesto ocupar el sitio de Blanca. Por si eso no bastara, la ausencia y el silencio de mi esposa suponían para mí una pesada losa.

Habían pasado ya cinco días desde mi reunión con la reina y envié un jinete a Tramontana para convencer a mi esposa de que estaría más segura en Barcelona. Blanca, sin embargo, no atendió mi ruego. A pesar de mi preocupación, la encomienda de la reina era inaplazable, de modo que tuve que encerrarme con Feliu y Rodrigo para preparar mi encuentro con Ponce de Cabrera. Si él cedía a la propuesta, los demás barones implicados también lo harían.

Me aparté de la ventana. Ya no me dormiría. A la hora tercia me vería con el vizconde y su hermana bastarda, Saura. Ignoraban el motivo del encuentro, y se habían ofendido al saber que se reunirían conmigo, pero no podían negarse puesto que la propia reina lo había ordenado. Si lograba que claudicaran, quizá su ejemplo cundiera entre los demás nobles de la alianza.

A la hora convenida salí por el Portal Nou. Había dejado de llover, pero era una mañana gris y desapacible. El camino estaba embarrado y enseguida se me empapó el calzado. Tuve que apartarme dos veces del camino para que no me arrollaran las partidas de jinetes, que me dejaron toda la capa salpicada de fango. Con la presencia de los barones para la curia regia, grupos de caballeros ociosos vagaban por el *territorium* de Barcelona. Se habían producido algunos saqueos y los ánimos en la ciudad se habían crispado.

Fui hasta el monasterio benedictino de Sant Pau del Camp, extramuros. Abrí la puerta de la iglesia y el chirrido avisó de mi llegada. En la nave lateral aguardaban, sin escolta, Ponce III y su hermanastra, Saura.

Durante años los había detestado tanto como temido. Aquella reunión era una aberración según la ley de los tres órdenes, pero allí estaba yo gracias al amparo de la reina. El vizconde tenía aspecto enfermizo, sin pelo y ojeroso. Era la sombra del gallardo caballero de Bearne. Sus ojos acuosos carecían de brillo, y eso me animó, pues, a pesar de todo, pesaban sobre mí siglos de sumisión y miedo a aquellos linajes. Saura, en cambio, me pareció más vigorosa que nunca, como si recogiera la vitalidad que su hermanastro perdía. Su cara huesuda y sus ojos negros aún me impresionaban. La fortuna de su hijo Asbert, que rondaría los tres años, era vital para las arcas de los Cabrera.

—Saludos, nobles del linaje Cabrera de Girona —dije haciendo un esfuerzo.

—Ésta no es la curia del veguer —me espetó Saura—. Ni tú eres digno de dirigirte así a nosotros.

Era evidente la dificultad que les suponía hablarme de igual a igual.

—¿Por qué te manda a ti doña Sancha? —repuso el vizconde con voz cascada, asqueado—. Aún deberás responder por entrar sin permiso en Montsoriu. Hasta hoy he sido magnánimo por complacer a mi hermana, pero este desafío resulta ya intolerable.

Saura le tocó el brazo y Ponce calló. Creí ver un atisbo de inquietud en ambos que me intrigó, pero tenía una misión.

—¿Quién de los dos ordenó la muerte del juez Ernest de Calonge? —demandé sin ambages; quería ver sus caras de sorpresa y que la verdad se me revelara.

—¿Qué estás diciendo? ¡Vuelve a tus campos, payés miserable e ignorante!

Saura, furiosa, se abalanzó hacia mí. Recordé cuando venía a Tramontana con su primer esposo, Ramón de Corviu. Paralizado por el recuerdo, encajé la primera bofetada y noté que la mejilla me ardía, pero detuve su mano antes de recibir la segunda. Saura abrió desmesuradamente los ojos, colérica. Le apreté con fuerza la muñeca, y el rostro se le contrajo y gritó. Quería verla doblegarse, caer de rodillas implorando que la soltara. Su hermanastro me colocó una daga en el costado.

—¡Basta! —ordenó contenido—. Dinos para qué estás aquí.

—Antes exijo saber la verdad —insistí, liberado del temor.

—Ese juez no era más que una rata sodomita que olvidó su posición y preguntó cosas que no merecía conocer —señaló con indiferencia Ponce.

—¿Cosas como vuestra implicación en la muerte del arzobispo Vilademuls?

El noble torció el gesto, despectivo, sin impresionarse.

—Ya has caído de pie en demasiadas ocasiones, Robert. Te aconsejo que te marches.

—¡Clávale ese maldito cuchillo de una vez! —gritó Saura.

Lo habría hecho de buena gana, pero era un caballero avezado en el combate y verme tan audaz lo intrigó.

—¿Qué sabes tú de eso? —indagó—. ¿Acaso Ernest de Calonge te reveló lo que había descubierto?

—Mejor aún: ha aparecido la delación en la que todo queda explicado —dije triunfal.

Todas las penurias sufridas valieron la pena sólo por ver sus rostros desencajados.

—¡Mientes, bellaco! La *querimonia* estaba en su celda y se destruyó, ¿no es así, Saura?

—¡Lo juro ante Dios! —respondió ella, confusa—. Yo la vi arder.

—¡Malditos seáis! —clamé. Ellos eran los responsables de la muerte de mi amigo—. ¡Se salvó una copia y la tiene el obispo de Barcelona! ¡Arderéis en el infierno!

Para demostrarlo, recité párrafos del texto que había memorizado esos días y palidecieron al oír ciertos datos y nombres.

—¡No puede ser! —Ponce retrocedió, aturdido.

—¡No lo creas, hermano! Es un manipulador. Lo negaremos.

—Vizconde, estáis enfermo. ¿Vais a añadir a vuestros delitos un falso juramento? ¿Queréis morir excomulgado? Yo fui condenado en vida y vos lo seréis a las puertas de la muerte.

Vaciló. Saura, aterrada ante la pesadumbre de su hermanastro, recogió del suelo el cuchillo y se abalanzó sobre mí de nuevo, pero el propio Ponce la detuvo.

—¡Maldita bastarda! ¿Osas desafiarme? —El vizconde la tiró al suelo. El miedo le había hecho reaccionar como antaño—. ¡No eres más que lo que yo te permito!

A pesar de la reacción violenta, Saura, en el suelo, sonreía con desprecio y eso me llenó de inquietud.

Las palabras de Ponce no eran ciertas: necesitaba la cuantiosa herencia del hijo de Saura y ella se aprovechaba. Todo giraba en torno a la riqueza y el poder entre ellos.

Yo no podía arrebatarles ningún bien, pero sí sus almas.

—No tienen por qué cerrarse las puertas del paraíso, vizconde —dije sosegado, disfrutando de aquel momento—. Depende de lo que le cuente al obispo de Barcelona tras esta reunión. Él es el custodio de la acusación de Ernest, que ya está lista para enviarse a Roma e iniciar así el proceso.

—¡Te arrepentirás, payés! Aún no sabes cuánto... —advirtió Saura, taimada.

—Habla, Robert de Tramontana —señaló Ponce con gravedad. Quería demostrar que aún era el cabeza de familia—. Al final, has conseguido que la casa de Cabrera te escuche.

Esa misma tarde, Benevist, Abigail, Feliu, Rodrigo y yo bebimos vino *kosher*, fermentado según el ritual judío, y celebramos aquel paso que podía cambiar el destino de Barcelona y de todo el reino. Ponce III de Cabrera había sido el primero que prefirió firmar la Paz y Tregua antes que sufrir un proceso de excomunión. En cuanto informé a la reina del resultado, envió mensajeros a otros nobles señalados en la denuncia de Ernest.

Casi a medianoche llegó un paje de doña Sancha: los nobles implicados iban a reunirse el día siguiente en el campamento de Ponce de Cabrera. Su decisión podía ser claudicar o quizá iniciar otra sangrienta rebelión, por eso la reina regente había buscado la protección de magnates leales a la casa condal como los Cardona y varias ramas de los Montcada, también presentes en la ciudad.

Doña Sancha me ordenaba no salir de la casa del *call*, pero yo estaba tranquilo; Benevist tenía muchos hombres armados. Mis alumnos tampoco se fueron.

Todo se resolvería en unas horas. Esperaba que los nobles aceptaran para poder quemar la delación y el original de Ernest que estaba oculto junto a la *Donatio Constantini*. La historia olvidaría los nombres, también el de Blanca, a la que sentía muy lejos.

Rodrigo y Feliu se retiraron a descansar. Me dirigía a mi alcoba cuando oí un chirrido en el patio. Era la puerta del establo, que se movía por la brisa nocturna. Abigail no quería que me acercara a Isabel, pero, animado por el vino, decidí compartir mi dicha con ella, ver su sonrisa y la admiración sin reservas en su mirada. Mi vanidad lo deseaba.

La joven estaba al fondo del establo cubierta sólo con la camisa y lavándose en una palangana de agua humeante. No podía ser casual. La luz de un candil situado un poco más allá hacía que se apreciara su cuerpo bajo la tela. Incapaz de evitarlo, me oculté tras un murete y miré. Se quitó la camisa y, sin prisa, comenzó a asearse con un paño. Luego, con el cuenco de las manos, dejó caer agua sobre sus pechos, menudos y erguidos por el frío. Continuó por el vientre y la curva de sus nalgas firmes. Respiraba agitada; se acariciaba para mí. La luz del candil arrancaba destellos de una piel que imaginaba suave. Atrapado por la sensualidad de sus movimientos, me excité como ella.

Me oyó y se volvió hacia donde estaba agazapado. No dijo nada, sólo esperaba. Mi cuerpo lo pedía a gritos, pero en el último momento retrocedí hasta el patio.

Al encerrarme en el aposento imaginé su cara de frustración; una parte de mí se sentía también así.

La Virgen de la Guía

Robert! ¿Vas a dormir todo el día? ¡En la Compañía Roja te habríamos dejado atrás!

La luz entraba a raudales en mi alcoba y cerré los ojos, dolido. La cabeza me palpitaba por el vino de la noche anterior. Mi mente voló hasta el establo y me sentí culpable. Cuando me acostumbré a la claridad parpadeé.

—¡Salomé!

—Me alegra verte de nuevo, Ojos de Brujo, aunque ahora en Barcelona eres el séptimo juez —añadió en todo burlón.

Salí del lecho y la abracé con fuerza. No lo hacía desde que nos despedimos en Breda. En sus cabellos de fuego, sueltos, cada vez había más hebras plateadas y tenía pequeñas arrugas en la cara, pero la juglaresa era suspicaz y no osé fijarme demasiado. Detrás estaba Rodrigo, que la miraba embelesado, como cualquier hombre.

—Las funciones por las aldeas han terminado hasta la primavera. Ha sido un buen año y el grupo descansa en el Burnao de Jaca. He venido con los arrieros. Quiero ver con mis propios ojos cómo se gana la paz, Robert.

La violencia de los nobles y caballeros había alterado nuestros destinos. Nos habíamos sostenido en los malos momentos y ahora Salomé estaba allí, a mi lado, para la victoria. Su fidelidad me conmovió.

—Quizá hoy sea el día —dijo Rodrigo buscando sus ojos.

Asentí. A esa hora los nobles estarían en asamblea para

decidir si aceptaban la Paz y Tregua a cambio de librarse de un proceso de excomunión por matar a un arzobispo.

—He visto en el patio a Isabel de Breda —indicó Salomé. Detectó mi turbación y torció el gesto—. No me ha gustado, la verdad. ¿Dónde está Blanca?

No le oculté el dolor y los recelos que habían ido infectándome esos días.

—Tú compartes su secreto —le eché en cara con desdén—. Quizá sepas por qué se aferra al pasado y me ha dejado solo en esta empresa tan importante.

—¡Te equivocas! —me espetó—. Tú la has abandonado a ella para remover el pasado. ¡Su silencio no es desconfianza, sino lo que os ha protegido del golpe más terrible!

Sus palabras me dolieron, pero la mirada de Salomé era aún más amarga.

—Tendréis que seguir en otro momento —señaló Rodrigo, turbado ante la discusión—. Alguien desea verte, Robert. Hay escoltas de Pere Durfort en la puerta.

—Perdóname, Salomé —dije al fin—. Es un momento muy tenso. Acompáñanos.

Aliviada, asintió. No quería hablar de ese asunto tan desolador para mí.

Por precaución, salimos con los cuatro hombres de Durfort ataviados como siervos. Era un día gris y desapacible. En cualquier momento comenzaría a llover.

Mientras conversábamos con mejor ánimo nos llevaron a la capilla del mercader Bernat Marcús, un pequeño templo consagrado a la Virgen de la Guía, fuera de las murallas romanas. Estaba junto al hospital del mismo hombre. Desde que era un muchacho que no la visitaba. Admiré su ornamentación, sólo superada por la de la *seu*.

La capilla era un símbolo para los comerciantes de Barcelona. De allí partía la red de correos que Bernat Marcús había creado para conectar varias ciudades de la Corona y los reinos vecinos. Además, se realizaban acuerdos comerciales y salían asimismo las caravanas.

Dentro se celebraba una misa, y vi a Bernat Marcús con su mujer, miembros de los Grony y los Lacera, Pere Durfort y el veguer Berenguer Tició, todos jóvenes y ávidos de prosperar.

Salomé salió a la calle para merodear por los puestos de telas. Rodrigo y yo nos arrodillamos al fondo. Recé a la talla de la Virgen. Todos pedíamos lo mismo. No lejos de allí, los nobles decidían el futuro de los condados.

Cuando la misa terminó, nos invitaron a acercarnos. Bernat Marcús sonrió al reconocerme.

—¡Eras el pupilo rebelde de Guillem Climent que quería ser espartero y ahora estás a punto de hacer historia! Creo que tendrás que vigilar tu espalda durante el resto de tu vida.

—Incluso los nobles saben cuándo se debe ceder —respondí con cautela.

El veguer Berenguer Tició me tocó el hombro obviando la formalidad de su cargo.

—Queremos proponerte algo. ¿Te acuerdas de los grandes sueños que el rey Alfonso abrigaba para Barcelona?

—Una flota mercante, agencias en otros puertos comerciales, nuevas rutas...

Se miraron entre ellos, vibrantes de ilusión.

—Pretendemos estrenar el siglo XIII con todo eso. No será fácil ni bastará con una Paz y Tregua, pero vamos a empeñar nuestras vidas y nuestras haciendas para dar ese paso. Hoy lo juraremos ante la Virgen de la Guía.

—Confío en que nos ayude a todos —añadí intrigado—. ¿Qué queréis de mí?

—Sabemos que en la Paz y Tregua que preparaste para don Alfonso figuraba una protección especial para los judíos. Deseamos que incluyas también a las ciudades; de ese modo, todo el *territorium* de Barcelona quedará protegido: las atarazanas y los talleres de los burgos, los mercados..., todo.

—Y también los caminos —apuntó Bernat Marcús, interesado en lo suyo.

—Eso es ir un paso más allá respecto a las anteriores constituciones de Paz y Tregua.

—Barcelona quiere dar ese paso, Robert —concluyó Berenguer Tició mirándome con admiración y orgullo.

Mostré mis dedos maltrechos. Era el payés condenado en una ordalía y el que cuestionó la vieja ley en una batalla de peón. No obstante, estaba a punto de alterar los tres órdenes, pues, por primera vez, los acuerdos de paz protegerían a los siervos y también a los hombres libres.

—Rezad para que lleguen buenas noticias y lo haré —dije rotundo.

A pesar de estar en sagrado, eran jóvenes y estallaron de júbilo.

Rodrigo y yo salimos llenos de dicha. Llovía a mares. Salomé se resguardaba en el voladizo, expectante. La emoción que sentía me desbordó y la abracé con los ojos llorosos.

—Es la *baraka*, Robert —dijo la juglaresa, emocionada—. ¡Valence no se equivocaba!

Pensé en Blanca: nada de todo aquello podía ser malo para ella.

Al llegar al mercado del Portal Vell, vacío por la lluvia, nos rodeó una docena de hombres. Iban armados y retuvieron a la fuerza a los hombres de Durfort y a mis amigos.

—¡Vuelve al fango, payés! —gritó uno, y entre varios me echaron a un charco.

—Un mísero ciudadano no puede doblegar a la nobleza. ¡Jamás! Lo verás pronto...

Comenzaron a darme patadas riendo. Eran muchachos, hijos de caballeros e hidalgos, ebrios ya a esa hora, rabiosos y vengativos como los enmascarados de Bolonia.

El barro me cegaba y no pude esquivar una patada en plena cara. Aturdido, me encogí indefenso bajo aquel aluvión de golpes. Oía los gritos y las amenazas de Salomé.

—¡Marchaos, malditos seáis! —chilló alguien a lo lejos.

Los golpes cesaron y, a pesar de que veía todo borroso, advertí que varios ciudadanos salían de sus casas y formaban un corro. Me arrastré como puede para alejarme. Una piedra golpeó a uno de los agresores, a la que siguió un terrible aguacero de pedradas. Los jóvenes huyeron entre insultos y amenazas. Cuando se perdieron por un callejón, la gente me ayudó a levantarme. También Salomé.

—¿Estáis bien, juez? —dijo una mujer. No la conocía, pero ella a mi sí, al parecer.

—Barcelona os protegerá —aseguró alguien a mi espalda, y asentí agradecido.

Me acompañaron hasta el *call* mientras se corría la voz. Sin embargo, lo ocurrido me llenó de inquietud. Salomé también intuyó lo peor. Se situó a mi lado y me susurró:

—Aunque los nobles acepten la Paz y Tregua, en el fondo no lo harán. A pesar de que tengas un documento acusatorio, el pergamino arde con facilidad, como las ilusiones de los débiles.

Era cierto. Debíamos prepararnos por si contraatacaban.

—Necesito tu ayuda, Salomé —musité tenso—. La delación de Ernest que tiene el obispo no es la auténtica. La original está oculta en la casa de Benevist.

—¿Has perdido el juicio? ¡Si lo descubren atacarán el *call*!

—Nadie sabe de su existencia. —Hice que Rodrigo se acercara—. Por si todo sale mal, quiero que saquéis el documento original de Barcelona.

—Puedo llevarlo conmigo a Jaca —propuso él.

—Es mejor mandarlo fuera de la Corona de Aragón.

—No olvidéis que muchos de estos nobles tienen parentela y vasallos en Aragón y en otros reinos hispánicos —terció Salomé—. Si llega a descubrirse, no estará seguro ni en el reino de León.

Era cierto. Existía una intrincada red de alianzas y relaciones, incluso con los mismos reyes. Era difícil encontrar un lugar fiable.

Entonces una idea se abrió paso en mi mente:

—¡Lo enviaremos a Bolonia en un correo de Bernat Marcús! Tengo buenos amigos que entenderán su valía y lo custodiarán. Puede que necesitemos el documento algún día.

—Ya imaginaba que necesitarías de tu ángel, Condenado

—dijo Salomé con sorna—. Nos encargaremos de buscarte ese correo.

Al llegar al callejón, vimos guardias en la puerta de Benevist. Dentro reinaba una gran tensión. Los judíos lucían sus mejores túnicas y el patio estaba impecable. Sin aclararme nada, me condujeron al salón principal.

La estancia estaba abarrotada. Además de la familia de la casa, estaban presentes otros judíos y *honrats* de la ciudad. Mi aspecto sucio me avergonzó. Al fondo, sentada en una silla tapizada, me miraba la reina Sancha de Castilla, con el senescal Ramón de Montcada al lado. Cerca de ellos vi a Feliu, que no cabía en sí de gozo. Sin duda tenían buenas noticias.

La reina aún no habló. Un siervo le llevó una jofaina, y doña Sancha se levantó. En medio del silencio, me limpió el rostro. Aquel gesto sería recordado durante mucho tiempo.

—Te felicito, Robert de Tramontana —dijo acto seguido—. Los nobles han decidido en asamblea firmar una nueva constitución de Paz y Tregua. Tendrá lugar en la cripta de Santa Eulalia dentro de seis días. ¡La primera Paz de mi hijo! —exclamó con orgullo. Escurrió el paño retorciéndolo hacia dentro, como cualquier mujer—. Además, quiero que te unas al consejo privado de mi hijo, don Pedro, como doctor en *ius commune*.

Me estremecí. Podría aportar mi ciencia a las disposiciones reales, ¡el sueño de Bolonia! Feliu de Tortosa aplaudió y la sala se unió. Mientras, con discreción, Rodrigo y Salomé hablaron con Benevist y los tres abandonaron la sala muy serios. Iban a preparar el traslado de la *querimonia* original.

La reina volvió a sentarse, y me miró severa.

—No obstante, la honorabilidad de un juez se fundamenta en una recta vida cristiana. Por esta razón, me he encargado de que esa joven de dudosa reputación llamada Isabel de Breda salga de esta casa —anunció. No moví ni un músculo ante la mirada escrutadora de la reina, que añadió con voz autoritaria—: Espero ver a tu esposa, Blanca de Corviu, en la firma de la Paz y Tregua. Si se niega, la repudiarás y se te dará una nueva mujer.

Sin admitir réplicas, la reina dejó el asunto zanjado.

El banquete

El 29 de octubre, la víspera del día de la firma de la Paz y Tregua, el veguer Berenguer Tició ofreció una cena para los jueces de su curia, los notarios, los escribas y los funcionarios de la cancillería de la casa condal. Yo asistía como invitado preeminente.

Reinaba una calma tensa en la ciudad. Jóvenes caballeros sin identificar habían protagonizado varios altercados y un molino del Rec Comtal había ardido, pero la reina y el veguer habían decidido contenerse. No entrarían en provocaciones en un momento tan delicado.

Me sentía aliviado al saber que el trabajo de Ernest estaba a salvo. Salomé y Rodrigo habían cerrado un trato con Bernat Marcús y se habían llevado la *querimonia* al puerto de Castelldefels, donde se realizaban embarques secretos para eludir impuestos. El otoño aún permitía la navegación de cabotaje. En unos días zarparía un *llaüt* y en tres semanas el documento estaría en el palacio de Canossa, en Bolonia.

Mis amigos partieron de Barcelona esa misma noche. Con ellos se marchó Isabel de Breda, humillada y furiosa. Aún me sentía en deuda y le había rogado a Salomé que, tras entregar el documento, se la llevara con la Compañía Roja. La juglaresa no se fiaba, pero aceptó para alejarla de mí. La reina había sido tajante.

Los días siguientes los consagré en cuerpo y alma a la redacción de la Paz y Tregua, en la cancillería. Mientras, aguardaba ansioso el regreso de Rodrigo con buenas noticias. Deseaba no volver a ver jamás esa *querimonia*.

Al ver la fachada del palacio del veguer con antorchas y pendones, aparté aquellos pensamientos e inspiré hondo. Ningún oficial del rey me había invitado jamás a una de sus recepciones. Por primera vez, me sentía parte de aquella élite que podía virar el rumbo de Barcelona. Al mismo tiempo, en el palacio condal se ofrecía un banquete a los nobles llegados de todos los condados con motivo de la firma del día siguiente. Se buscaba entendimiento y armonía.

Había estado media tarde en los llamados Baños Nuevos y estrenaba una túnica confeccionada para la ocasión. Sin embargo, todos notarían que faltaba algo. La ausencia de Blanca, a pesar de la orden que la reina le hizo llegar, pesaba en mí como una losa y era objeto de comentarios. Ni siquiera el deseo de doña Sancha había doblegado la obstinación de mi esposa y temí que me obligaran a repudiarla. Benevist, con ojos y oídos en el palacio condal, me había advertido que en el círculo de la reina ya se especulaba sobre la dama que me asignaría como nueva esposa, pues era habitual que el monarca arreglara los matrimonios de los funcionarios según su conveniencia.

No quería pensar en ello, pues me afligía. Tras la firma regresaría a Tramontana. O Blanca compartía al fin el secreto que tanto la atormentaba y lo sobrellevábamos juntos, o emprenderíamos caminos separados sin remedio.

Ante la puerta del veguer inspiré hondo, y cuando ya me disponía a entrar, una figura me hizo señas desde la esquina entre sombras. Reconocí el manto azul que Isabel se había comprado con mi dinero y me acerqué sorprendido.

—¡Robert!

Me arrastró hasta la oscuridad de un callejón y se abrazó a mí con fuerza. Olía a sudor y estaba cubierta de polvo del camino.

—¿Qué haces aquí? —Me alarmé—. ¿Dónde están Salomé y Rodrigo? ¿Ha ocurrido algo?

Negó cabizbaja.

—Estábamos ante Castelldefels cuando decidí dejar a Salomé y volver. No podía abandonarte así, Robert. ¡Lo que la reina hizo fue horrible!

Lloró sobre mi hombro desconsolada. Abigail, Salomé, Feliu..., todos me habían advertido sobre ella, pero lo que yo veía en sus ojos era dolor y miedo. Tras una vida de penurias, buscaba protección y yo representaba lo que tanto había anhelado.

—Siento lo ocurrido, Isabel.

—Eres un juez y yo no soy nada —musitó apenada—, pero me sacrifiqué por ti en Montsoriu, ¿recuerdas? —Me cogió la cara para mirarme—. Estoy aquí porque quiero estar contigo, y tú me deseas... ¡Podemos tener una vida juntos! —Sus ojos brillaban febriles—. ¡Repudia a tu esposa y serás libre!

—Isabel, no...

—Yo te sería leal siempre... ¡Me he arriesgado a venir para demostrártelo! —El tono de su voz me escamó—. Corren rumores. Los siervos de ciertos nobles dicen por las tabernas que la Paz y Tregua no se firmará y que los instigadores lo pagaréis caro. —Me miró angustiada—. Temo por ti... No soportaría que te pasara nada.

—Son habladurías, Isabel. Todo está a punto de acabar. —Disimulé mi inquietud. Los últimos días habían sido tranquilos, quizá demasiado. Traté de animarla—. ¡Vendrán buenos tiempos! Si no quieres unirte a los juglares, puedo costearte una buena dote para que te cases con un menestral de Barcelona, ¡como ciudadana libre!

—¡Lo que deseo es esto!

Me selló la boca con un beso. Sus labios desataron el deseo nacido en el establo de Benevist y no pude evitar corresponderla. Al fin me miró sin rastro de lágrimas.

—¡Sabía que me deseabas desde el primer momento! Soy joven y estoy sana. ¡Te haré más feliz que ella, te daré más hijos!

—No hables así, Isabel —le pedí, dolido por su propuesta.

—¿Por qué? Me has besado y quieres más... No entres en el palacio, ven conmigo.

Posó de nuevo sus labios en los míos, pero la rechacé. No lo esperaba y torció el gesto. De nuevo la apartaba de mí, y esta vez no era por la reina. Sus ojos destellaron. Eran dos pozos negros, abisales.

—Haré lo que te he prometido, Isabel, pero ahora debes marcharte.

—¡Estás ciego! —bramó rabiosa al ver que no estaba atrapado en su red—. Cuando ocurra la desgracia, recuerda que te lo advertí... ¡Pudiste tener otro futuro!

Me alejé confuso y arrepentido de haber dado pie a aquella situación. Pero algo más me escamaba. Salomé jamás la habría dejado volver, pues desconfiaba de ella. Me temí que hubiera ocurrido una desgracia.

En el salón principal del palacio éramos cerca de treinta comensales, sentados ante dos largas mesas. Ocupé un lugar de honor junto a los otros jueces. Faltaba Miquel, que por ser un Queralt asistiría al banquete del palacio condal. Deseaba verlo. Aún no habíamos hablado desde la noche de la cripta, pero todo se lo debíamos a él. La muerte de Ernest no había sido en vano y quizá, con el tiempo, llegaríamos a entendernos.

En el salón reinaba la alegría. Ya se rumoreaba que los Durfort y los Lacera pretendían financiar la ansiada flota mercante. Yo escuchaba ausente, con el cosquilleo en los labios de los besos de Isabel. Me había hablado de un siniestro rumor y había tratado de impedirme que entrara en el banquete. Era extraño. El cariño que le había profesado durante las últimas semanas había ofuscado mi intuición. En realidad, ignoraba quién era esa joven de Breda.

—¿Deseáis probar esta carne?

Un siervo me miraba con una bandeja con tapa. Habían colmado la mesa en dos ocasiones y no tenía hambre, pero los otros jueces se mostraron entusiasmados. Al levantar la campana de metal, me alcé tan aprisa que volqué la silla. Un grito silenció la sala.

La bandeja contenía la cabeza de Miquel de Queralt, con la piel azulada.

Se desató el pánico. Se abrieron las puertas y entraron hombres armados. Isabel lo sabía y quiso evitármelo, pensé aterrado. Era muy extraño.

—¡Estáis en el palacio del veguer! —gritó Berenguer Tició.

Lo derribaron de un puñetazo. Su esposa se interpuso e imploró piedad mientras nos arrinconaban a todos a punta de espada.

—¡Los nobles han quebrantado su promesa! —exclamé lleno de ira.

—La picadura de un alacrán nunca es a traición, es inherente a su naturaleza —respondió a mi lado Pere Roig, uno de los jueces más veteranos, de la época de Guillem Climent.

Un instante después apareció Saura de Cabrera, la artífice de aquel giro cruel que podía traer consecuencias desastrosas y duraderas para los condados. En realidad ella misma me lo había advertido en Sant Pau del Camp.

Saura miró a los ciudadanos reunidos con desprecio. Se sentía poderosa, una noble de sangre pura. Hizo un gesto y dos mercenarios me arrastraron hasta ella.

—¿Cuántas veces traerás vergüenza a esta tierra, Robert el Condenado?

—¡Se ha llegado a un pacto con los nobles, Saura! —repliqué con firmeza. No quería amilanarme—. ¿No temes ser excomulgada? ¡Es lo que ocurrirá!

Sin borrar su sonrisa abyecta, sacó la delación de Ernest que guardaba el obispo, la que yo había falsificado. Se me heló la sangre. A mi espalda, los *honrats* murmuraban confusos.

—¡Así acaban tus necias amenazas, juez! —afirmó la mujer.

—¿Qué habéis hecho? —demandé alarmado.

—Cuando el obispo Ramón de Castellvell nos ha visto llegar, ha preferido mantener la cabeza sobre los hombros y obtener unos viñedos de los Cabrera cerca de Blanes. Al fin y al cabo, ¡su sangre es tan noble como la nuestra! —Señaló la bandeja, asqueada—. A Miquel de Queralt lo ahorcamos antes de traerte su cabeza. Ha sido una manera de morir indigna para un noble, pero es la que merecía por ayudar a un payés e ir contra los de su sangre. Su amor sodomita lo perdió.

Lo sabían todo, pensé horrorizado. Saura disfrutaba agitando las vitelas.

—Ahora tengo el documento y el juego ha terminado.

Bajé la cara para esconder mis pensamientos. Saura me tomó de la barbilla y me obligó a mirarla. Sonreía triunfal.

—Sé que esto es una copia. La hiciste en casa de Benevist. Temías un contraataque y trataste de ocultar lejos de aquí el original de Ernest. Es lo que llevan tu amigo el jaqués y esa juglaresa, ¿verdad? ¡Lo sé todo! —Se regodeó en mi angustia—. Iban camino de Castelldefels cuando mandé a mis hombres en su busca. A estas horas ya deben estar muertos...

Sentí esa revelación como una cuchillada, y una evidencia se abrió paso en mi mente: Isabel. En casa de Benevist me había visto copiar el documento, y debió de escuchar tras la puerta las conversaciones que mantuve con Rodrigo y Feliu. Yo mismo la envié con Salomé, confiado en que no sabía nada. Al final, llena de remordimientos, trató de advertirme.

Saura se reía ante mi desconcierto mientras ataba cabos.

—Dios mío... —susurré, y se me quebró la voz.

—¡A pesar de tu astucia, te embelesó y la acogiste sin saber a quién metías en la casa del judío! ¡Necio!

Un mercenario me obligó a postrarme. Saura se inclinó sobre mí para que nadie más oyera sus palabras. Me restregó la copia de la delación por la cara.

—Primero mataré a tus amigos y arrasaré hasta los cimientos la casa de ese judío que te ayuda. Luego enviaré a mis hombres a Tramontana y será el turno de tu amada Blanca, tu hija Leonor y todos los que viven allí.

—Tú tienes un pacto con mi esposa —acerté a decir sobrecogido—. ¡Déjala en paz!

—Así es, y ella lo ha respetado no inmiscuyéndose, pero tú lo has roto. —La frialdad de sus ojos me estremeció—. Ahora Blanca sufrirá tu traición. ¡Sin piedad! A no ser que lo evites...

La desolación me dominó.

—¿Qué quieres de mí? —demandé derrotado.

—Únicamente que digas la verdad. —Sonrió ladina—. Quiero que esta misma noche, ante el rey, la reina regente, los magnates y la ciudad, jures sobre los Evangelios y la cruz que este documento que el obispo de Barcelona guardaba es una falsificación para obligarnos a firmar la Paz y Tregua. En realidad, no jurarás en falso. —Se acercó a mí aún más, artera—. Pronto tendré el original en mi poder y sólo tú pagarás por haber engañado a la reina regente y al obispo. Sufrirás una ejecución horrible, pero salvarás a los tuyos.

Me hundí. Saura me había ganado la partida en el último momento, como en Bearne, pero resultaba peor saber que los miedos de Blanca se habían convertido en reales por mi culpa. Incluso tras mi juramento, Saura podía llevar a cabo su amenaza como escarmiento. Sin embargo, no tenía otra opción para intentar salvar a mi esposa y a mi hija de la ira de Saura.

Me llevaron hasta el palacio condal sin maltratarme, para que no pareciera una extorsión. Se interrumpió el banquete e hicieron llamar a un clérigo con las Sagradas Escrituras y un crucifijo de plata. En medio del estupor de la curia real y los magnates, juré que la delación de Ernest era falsa.

Los nobles se miraron eufóricos, pero se contuvieron. La reina Sancha, mi valedora, no movió ni un músculo de la cara, pero en su mirada advertí que estaba condenado a muerte. Engañar a la Corona era traición. Un escriba veterano analizó la delación y determinó que la tinta usada era muy reciente. No hizo falta nada más.

En las mazmorras del palacio me dijeron que Ponce III de Cabrera y su perversa hermanastra, Saura, habían solicitado encargarse de mi castigo, uno acorde con la grave ofensa perpetrada. Me esperaba la peor de la muertes, una ejemplar y disuasoria. Era la furia desatada de los *bellatores*. Sólo rezaba para que dejaran a Blanca y a mi pequeña Leonor en paz.

Blanca y Feliu

Feliu bajó de la mula y estiró la espalda. Inspiró el aire limpio de Tramontana y exhaló con fuerza. Era el día de Todos los Santos y hacía mucho frío aunque el sol brillara en lo alto. Con la mano a modo de visera, admiró los campos. Los trigales de invierno comenzaban a teñirse de verde.

—¿Eres Feliu de Tortosa? —Fátima avanzaba hacia él cojeando—. Mi vista no es la de antes.

—Así es, Fátima. Me alegra verte. He venido para hablar con Blanca de Corviu.

La sarracena no necesitó más para interpretar que algo malo había ocurrido.

—¿Y Robert? —preguntó con un hilo de voz.

—Está preso en el palacio condal. Lo entregarán a los Cabrera para que lo ajusticien.

Fátima se echó a llorar. De la casa salió Blanca con su hija en brazos. Había oído la conversación y estaba tan pálida como la túnica que la cubría hasta los pies. Sin embargo, no parecía sorprendida; era evidente que esperaba recibir aquella noticia tarde o temprano. Intercambió una intensa mirada con el clérigo.

—¿Cuándo será? —demandó contenida.

—Dentro de cinco días. —Feliu la miró apenado—. No volverás a verlo si no vas ahora.

Blanca bajó la mirada hacia la pequeña Leonor, dormida en sus brazos. Sus ojos temblaban conmovidos. Entró y la dejó en la cuna. Fátima fue a buscar vino y poco después, sentados a la mesa, Feliu les relató con todo detalle lo acontecido en Barcelona durante las últimas semanas.

—Aún puedes hacer algo, Blanca —aseguró al final—. Eres descendiente de los Corviu, los antiguos *castlans* de Olèrdola, quizá la reina te escuche.

—Si Robert juró sobre los Evangelios, nada lo salvará —musitó ella, sombría.

—¡Inténtalo! Pide clemencia al rey. Puede que decida no entregarlo a los Cabrera. Tal vez se conforme con imponerle como pena azotes... o amputación y destierro.

Ninguno de los tres creía de verdad en esa posibilidad, dado que Robert había engañado a la reina regente. Blanca salió del cobertizo. Miró los campos de Tramontana, inspiró y expulsó el aire lentamente. Una lágrima rodó por su mejilla. Fátima, a su espalda, le rozó el brazo.

—Es tu esposo. Sé que le rogaste que no fuera a Barcelona, pero no puedes abandonarlo.

—Tampoco puedo ayudarlo...

Fátima entornó la mirada. Se negaba a aceptarlo.

—Tú sellaste un acuerdo con Saura. Si eso ha sido suficiente para contener incluso la ira de Ponce de Cabrera durante los últimos años, quizá sí puedas salvar la vida de Robert.

Blanca comenzó a llorar y cogió las manos de la sarracena.

—Si lo hago, se cumplirá tu vaticinio y será nuestro final. ¡No habrá consuelo ni redención!

Fátima quería a Blanca como a una hija. Levantó las manos, que cada vez le temblaban más, y las posó en su rostro. El gesto y los ojos profundos de la sarracena contuvieron por un instante la inquietud y desesperación de Blanca.

—Tal vez sea así, hija, o tal vez no. ¿Acaso crees que no podéis alterar vuestro destino? ¿Crees que Dios no es piadoso? —Le apretó el rostro suavemente—. ¡Olvida ahora aquella intuición que tuve! Tú te criaste entre las mentiras y los secretos de tu padre, Ramón de Corviu. ¿Eso es lo que quieres para tu pequeña Leonor? —Le limpió las lágrimas. Ambas lloraban—.

Es hora de enfrentarte a ti misma, Blanca. No guardes más ese peso que te corroe desde hace años y confía en ti. Hallarás la solución.

Blanca bajó la cara, y cuando Fátima la soltó, parecía a punto de desplomarse. Sin color en el rostro, retrocedió mientras su gesto mudaba.

—Lo haré... Y ya no habrá vuelta atrás —dijo para sí, críptica pero firme.

Se alejó para hablar con los hombres que trabajaban en el campo. Feliu, desde la puerta, la miraba desconcertado hasta que Fátima le tocó el brazo y le dirigió una sonrisa afable.

—Ven, Feliu, refréscate y come algo mientras Blanca lo dispone todo para la partida. Os espera un agotador viaje de regreso a Barcelona.

—¿Qué ocurre? —preguntó él, confundido—. ¿Qué se propone hacer?

Fátima miró el paisaje con las montañas de Montserrat al fondo y, guiada por su intuición especial, respondió:

—No lo sé, pero deberíais prepararos para el vértigo que la verdad os producirá.

El dilema

Encadenado en la mazmorra del palacio condal, me torturaba repasando los momentos en los que pude tomar una decisión distinta. El único consuelo eran las visitas de Benevist ben Abraim. Su posición como financiero de la Corona lo había preservado de la ira de doña Sancha de Castilla. Por él supe que Feliu había ido a Tramontana. La noticia desgarraría a Blanca. Me apenaba no poder despedirme de ella.

No se sabía nada de Rodrigo y Salomé, tampoco si habían logrado contactar con el correo de Marcús. Benevist era pesimista, pero yo no. La juglaresa era avezada en los peligros y emboscadas que acechaban en los caminos y el jaqués era hijo de ricos comerciantes. Podían haber huido a León para que el rey Alfonso les protegiera, pero, aunque estuvieran vivos, seguían estando en grave peligro. Saura, más influyente que nunca entre los nobles aliados, no cejaría en su empeño de destruir la delación, si aún no lo había hecho. La oportunidad había pasado, quizá para siempre.

La reina no quería saber nada de un embaucador y en unos días me entregaría a los Cabrera. La verdad sobre el crimen del arzobispo de Zaragoza y sus autores quedaría olvidada, quizá, con suerte, en algún anaquel del palacio de Canossa.

El quinto día apareció Isabel de Breda y, enfurecido, agité las argollas.

—No debí permitir que entraras en ese banquete —musitó ella con tristeza.

—¡Me traicionaste, Isabel! Te acogí en la casa de Benevist y te dedicaste a espiarme Me viste hacer la copia, vigilabas lo que hacía, lo que decía... De camino a Castelldefels te enteraste de la tarea de Salomé y Rodrigo y volviste para avisar, ¿no es cierto?

—¿Y qué podía hacer? —Su rostro se contrajo—. En Montsoriu me capturaron y casi me matan de hambre hasta que entregué mi alma a Saura. Me perdonó la vida y desde entonces he sido su esclava. Cuando mataron a tu amigo el juez, me llevó a Barcelona. Era cuestión de tiempo que aparecieras. Debía ganarme tu confianza, y luego... Pero ¡la atracción que sentimos aquella noche de San Juan en el castillo fue real! No he fingido nada.

Sentí deseos de gritarle que por mi parte no fue así, pero habría sido mentira. Allí, en Montsoriu, di pie a sus fantasías.

—Yo te acogí y confié en ti —dije desolado—. Y te habría ayudado, lo sabes.

—Ahora me odias, ¡pero yo trato de salvarte! Saura habría acabado contigo de un modo u otro, y sin piedad. —Su rostro se dulcificó—. Le he implorado por ti. Asegura que te perdonará si te conviertes en siervo de la gleba y le entregas tu fortuna.

Sentí una profunda congoja. Para Saura, la muerte no era el peor castigo. Quería rebajarme a la condición servil que mi madre evitó hasta la muerte. Novella nunca llegó a responderme si existía la posibilidad jurídica de lograr la libertad de los siervos. Quizá no. La redención era potestad única del señor, y Saura jamás me liberaría. El círculo se cerraba.

—No puedo aceptar tu propuesta, Isabel.

—¡No seas necio! ¡Es tu última oportunidad!

—Si lo hago, arrastraría a mi esposa y a mi hija a la miseria.

Isabel se contrarió y sus palabras me sonaron a amenaza:

—Mi señora te advierte que, si no aceptas, tu esposa y tu hija pagarán por ti mientras agonizas en la mazmorra de Montsoriu. —Me tendió una mano—. Piénsalo. Yo estaré a tu lado siempre, y puedo darte muchos hijos. Tú eres un gran jurista; seguro que lograrás convencerla para que nos redima y seamos libres. Quizá podríamos instalarnos en Castilla...

En su obsesión, Isabel había alimentado tanto ese sueño que estaba convencida de poder ocupar el lugar de Blanca en mi corazón. Bajé la mirada. La pena me arrasaba, pues sólo cabía una respuesta. Debía aceptarlo o morir. Ceder mi libertad, todo lo que tanto me había costado lograr.

Mi periplo de tantos años había concluido y al final los Tramontana también debíamos someternos al yugo feudal como siervos sin libertades.

—¡No accedas, Robert! —gritó una voz al fondo.

Erguí la cabeza, sorprendido. La cara de Isabel se retorció de odio ante la interrupción.

—¿Feliu? —exclamé—. ¡Has vuelto!

Isabel agitó los barrotes oxidados.

—¡Robert, escúchame! —imploró—. Es tu única oportunidad de seguir con vida.

—¡Blanca de Corviu ha venido conmigo a Barcelona! —gritó Feliu, alterado. Miró asqueado a Isabel y volvió el rostro hacia mí, asido como ella a la reja—. Ha pedido audiencia con el rey en su condición de hija de la nobleza.

Me estremecí. Un destello de esperanza brotó en mi interior, pero languideció enseguida.

—Ofendió a la reina al negarse a venir a Barcelona. No se la concederán.

—Te equivocas —replicó agitado—. ¡Ha jurado ante el veguer que puede dar una prueba definitiva de que lo que contenía la delación de Ernest es cierto!

—¿Estás seguro? —Me puse en pie. No podía dar crédito.

—Ha pedido que estés presente. Y hay más... —Miró a Isabel—. Se ha producido un revuelo entre la nobleza implicada en este turbio asunto porque Saura de Cabrera acaba de abandonar la ciudad, como si la llegada de tu esposa la hubiera hecho huir.

—¡Ojalá todo hubiera sido distinto, Robert de Tramontana! —dijo Isabel, y salió corriendo de la mazmorra entre sollozos.

La tensión me desbordó y mi mente se sumió en un oscuro torbellino. Era incapaz de prever las intenciones y fuerzas desatadas entre Saura de Cabrera y Blanca de Corviu.

La verdad

El día siguiente, al alba, un capellán me dio la comunión y me trajeron una túnica limpia para presentarme a la audiencia. Apenas había dormido de tan azorado como estaba.

A la hora tercia, me condujeron a la sala Mayor. Por una ventana vi que era un día gris y desapacible, con fuertes rachas de viento. Las caras de los presentes en el palacio eran de irritación, pues para todos era un falsario, por eso agaché la cabeza y me aislé de todo y todos cuanto pude.

La sala estaba abarrotada, con más de un centenar de asistentes entre magnates y ciudadanos. En un lugar destacado estaban Ponce III de Cabrera y su esposa, Marquesa de Urgell. La gran ausente era Saura, lo que era objeto de quedos comentarios. Desde que enviudó y tomó el control de la herencia de su hijo recién nacido, solía aparecer siempre junto a su hermanastro en las asambleas.

Me llevaron maniatado a una esquina desde donde podía ver la sala. Sobre el estrado estaban sentados el joven rey don Pedro y su madre, doña Sancha. Abajo aguardaba mi esposa, Blanca, con un vestido verde, erguida y altiva. Hacía casi un mes que no la veía, y me pareció otra. Intercambiamos una mirada fugaz y sentí la fuerza de nuestro vínculo en su momento más débil.

Los nervios me devoraban. Advertí su angustia, pero también su determinación. No iba a arredrarse y finalmente la verdad se conocería. Más allá, todo era oscuridad.

Blanca fue presentada como heredera de Leonor de Corviu y Tortosa, quien fuera *castlana* de Olèrdola y dama de la reina Petronila, la abuela del joven rey. El deán, Ramón de Caldes, le acercó los Evangelios para que posara una mano sobre ellos mientras juraba.

El senescal Ramón de Montcada tomó la palabra:

—Blanca de Corviu, compareces por voluntad propia en audiencia ante don Pedro, rey de Aragón, conde de Barcelona y señor de Provenza. Tras el juramento, si dices la verdad gozarás de la protección real, si no, no.

—Así debe ser y será. Lo juro. —Blanca se quitó los guantes para mostrar sus dedos mutilados. No quería esconder nada—. Mi padre, el caballero Ramón de Picalquers, tomó el nombre de Corviu porque mi madre, Leonor, era de mayor dignidad. Ella murió poco después de parirme y él se casó enseguida con Saura de Cabrera, hija natural del anterior vizconde de Cabrera. Cuando cumplí el año de vida, sin la menor piedad, me ofreció en una ordalía de *albats* para que Dios engrandeciera nuestra casa con mayores derechos sobre los payeses de nuestras tierras. Aunque el agua me abrazó, mi padre jamás me mostró su afecto y en casa se avergonzaban de estas secuelas, puesto que mis dedos mutilados disminuían mi valor como futura esposa. Mi madrastra, decepcionada porque yo había sobrevivido a las aguas gélidas, conspiraba para usurpar mis derechos de *pubilla* en favor del hijo que había tenido, mi hermanastro Arnulf.

Se oyó un rumor de protesta. Blanca hablaba sin rodeos, sin pena ni vergüenza. Me resultaba desconcertante; después de tantos años sin mencionar para nada el pasado, todo seguía grabado a fuego en su alma.

—¡Silencio! —cortó el joven rey—. He prometido escuchar el relato de Blanca de Corviu y sólo después atenderé las réplicas. Quien interrumpa será expulsado.

Blanca se volvió para mirarme y prosiguió. Sentí que cuanto iba a decir me lo revelaba a mí.

—Cuando yo tenía trece años, mi padre murió en un incendio en la masía de Tramontana cuyas causas jamás se aclararon. Sin embargo, justo antes de ocurrir la tragedia, ante la tumba de mi madre pronunció unas extrañas palabras que sembraron la duda en mí. Guardaba un terrible secreto y lo que siempre me había parecido desprecio no era sino una culpa insoportable. Después desvelaré la razón.

»A causa de ese incendio quedé huérfana. Mis tutores fueron el señor feudal de Olèrdola, Guillem de Santmartí, y su primo, presente en esta sala, el vizconde Ponce III de Cabrera, quien me llevó a su castillo de Montsoriu. El vizconde fue algo más que mi tutor. Fascinada por su gallardía y experiencia, me convertí en su capricho durante un breve tiempo, incluso en la alcoba. —Las protestas de los vasallos de Ponce resonaron en la sala, pero Blanca se mantuvo impasible—. Le entregué mi honra, pues me garantizó un compromiso con uno de sus vasallos más ricos.

Las miradas se dirigieron entonces hacia Marquesa de Urgell, la esposa del vizconde. Aquello había ocurrido antes de su boda, pero la dama se estremecía de vergüenza. A mí el corazón me latía desbocado, incapaz de comprender por qué motivo Blanca se mostraba tan audaz.

—Eso fue hace mucho y en nada ayuda a la situación actual —dijo el senescal, incómodo ante el descaro improcedente y ofensivo de Blanca.

—Os ruego que tengáis paciencia, ya que todo está relacionado.

—Seguid pues —pidió la reina.

—Con quince años vivía en el castillo de Montsoriu. Conocí a muchos nobles y el estilo de vida caballeresco que los inspira. En los banquetes y juegos corteses, los oía lamentarse ante los vientos de cambio que soplan en los reinos cristianos. Las ciudades crecen y los siervos de la gleba abandonan las tierras de las baronías. El dinero quiebra el sagrado orden, y los reyes prefieren a los cambistas y los mercaderes antes que a los caballeros. Ellos detestaban esa dependencia, pero al mismo tiempo debían cubrir sus elevados gastos, las armas, los torneos, los banquetes... No siempre las rentas y el botín de guerra eran suficientes y salían de cabalgada para saquear masías y aldeas. Lo consideraban justo puesto que eran *bellatores* y sus espadas estaban al servicio de Dios. Ponce y sus aliados eran jóvenes, aguerridos y ambiciosos, de modo que en el otoño de 1187 se atrevieron a llevar a cabo una acción de mayor envergadura: el secuestro del pupilo leonés del conde de Urgell.

La revelación conmocionó la sala. Un escalofrío me recorrió. Eso fue lo que investigó mi mentor Guillem Climent, y Blanca lo sabía.

—¿Os referís al incidente del príncipe Alfonso de León? —preguntó el senescal.

Contuve el aliento. Blanca asintió.

—Los Cabrera son vasallos del conde de Urgell, pero es bien conocida su enemistad secular. Con el secuestro del infante, además de humillar a su protector Ermengol VIII, pretendían obtener una suma enorme de dinero y bienes, de él y de los nobles leoneses. El rapto lo cometieron mercenarios, pero no llegaron de Castilla, sino por orden de Ponce de Cabrera y de otros nobles aquí presentes.

—¡Esta mujer deshonrada miente! —gritó el vizconde. Su rostro macilento era una antorcha de ira—. ¿Cómo podemos soportar tales injurias?

Blanca se volvió hacia su antiguo tutor sin el menor temor. Parecía serena. Había tomado una senda sin retorno.

—Yo estaba en el campamento, ¿os acordáis, tutor? En vuestra tienda... Todos simulaban ayudar al rey y al conde de Urgell, pero era una turbia mascarada.

—¡No deis crédito a esa mujer! —gritó otro barón desde el fondo.

—Si no puede demostrarlo, pagará por sus calumnias, pero quiero conocer el resto —señaló el joven don Pedro, intrigado.

—Sin embargo, es muy difícil ocultar un complot como ése entre la maraña de vasallos y siervos. Alguien cercano al rey descubrió que allí estaba ocurriendo algo oscuro: el astuto e influyente juez Guillem Climent. Pretendía sorprender a los implicados y recababa testimonios y pruebas, pero todo se truncó por la inesperada intervención de un muchacho que quería casarse con la hija de un espartero. —Me miró con intensidad, y me conmoví—. A veces Dios teje extraños destinos. En represalia por el fracaso, los cabecillas decidieron sobre la marcha arrasar el burgo de los menestrales y tomaron cuanto pudieron.

Los ciudadanos presentes estallaron. La tragedia había traído la ruina a la urbe. Blanca ni siquiera aguardó a que el ambiente se calmara. Temía no poder explicarlo todo.

—Guillem Climent perdió el favor del rey por haber encubierto a Robert de Tramontana, el muchacho que dio al traste con el secuestro. Renunció a su cargo y se rebajó a simple capellán, pero algo debió de revelar a don Alfonso antes de marcharse.

La reina doña Sancha tomó la palabra, tenía la mirada brillante.

—Eso explicaría por qué, justo después del incidente, mi esposo y el conde Ermengol VIII de Urgell se empeñaron en preparar una Paz y Tregua en la que querían obligar a firmar sobre todo al vizconde Ponce de Cabrera.

—Los nobles respondieron conspirando contra el rey. Se establecieron contactos entre linajes para iniciar una rebelión. Mi tutor, ocupado en liderar las negociaciones, no tenía tiempo para su capricho y me dejó volver al castillo de Olèrdola. Con ayuda del administrador judío Jacob de Girona, me hice cargo de mis posesiones, incluida la gran masía de Tramontana. Fue entonces cuando, al revisar el arcón que contenía los documentos familiares, descubrí que la prosperidad de mi casa era una farsa. Allí estaba la razón por la que mi padre vivía bajo el peso de la culpa.

—¿Qué encontrasteis? —demandó el senescal.

Tras un silencio en el que la noté combatir contra el dolor, Blanca respondió:

—Hallé el pago al galeno que atendió a mi madre enferma tras el parto. Figuraban los caros polvos de triaca usados para expulsar el veneno del beleño. —Un rumor se elevó en la sala—. Mi madre fue envenenada, sí. Pero eso no fue todo. Apareció una escritura de Tramontana. —La forma de mirarme me puso los pelos de punta—. Era una prueba para evitar la ordalía. Contenía una donación de unas jovadas de viña de la masía, hecha un año antes por Oria y su esposo, el padre de Robert, al monasterio de San Cugat del Vallés. El propio abad declaraba que no tenían carga alguna, ni pesaba ningún derecho. ¡Era falso que los Corviu tuviéramos derecho de hospedaje sobre la masía de Tramontana! ¡Mi madre Leonor jamás lo hubiera permitido pero había muerto envenenada!

—¿Insinuáis que la prueba de Dios fue por una causa falsa? —clamó el senescal.

—¡Afirmo que mi padre y Saura de Cabrera obligaron al juez Guillem Climent a someternos a una ordalía para inventarse un derecho! Así podrían ir apoderándose de las grandes riquezas de Tramontana. Puede que a mí me hicieran beber mucha agua antes, no lo sé, pero yo me hundí... —Me miró—. Y él no.

La ordalía fue una farsa... Miré mis manos, y sentí ganas de gritar de rabia y frustración.

—Pero es más fácil apoderarse de las tierras que mantenerlas —prosiguió Blanca sin mostrar dolor—. Un día llegó a Olèrdola Ponce de Cabrera para llevarme a un torneo en Bearne donde sería desposada como parte de una alianza para financiar la rebelión. Allí fue donde las espadas de fuego nos trajeron guerra y miseria durante seis años.

—¡Decid sus nombres! —exigió un *honrat* de la ciudad.

No obtuvo respuesta, dado que los ciudadanos no estaban autorizados a intervenir en la curia regia. Blanca, ajena a la ira de los nobles, pidió permiso para continuar. El *saig* situó a dos soldados cerca de mi esposa para protegerla mientras la reina tuviera interés en escucharla.

—En Bearne mi tutor iba a cumplir la promesa de desposarme con dignidad, pero caí en desgracia por mi debilidad. Así perdí mi condición de *pubilla*, el honor y la libertad.

Mi corazón latía desbocado. Muchas miradas de desprecio se clavaron sobre mí.

—Todos sabemos lo que ocurrió —intervino el joven rey Pedro.

—Por mi falta me entregaron a Pere de Mediona, un caballero segundón, vasallo de quien debería haber sido mi esposo, Asbert de Santa Oliva. Pere tenía casi cincuenta años y había pasado la mayoría sobre su caballo, guerreando. Era poco dado a hablar y de maneras rudas, pero fue honesto conmigo y nunca me trató mal. —Blanca buscó mi mirada, seguía hablando para mí—. Vivíamos en una casa de Olèrdola. Mi lugar como esposa, *domina* y *castlana* lo ocupó Saura de Cabrera. Acepté aquella vida, pues era la voluntad de Dios, pero todo cambió cuando llegó la noticia de la muerte de su hijo Arnulf en el monasterio de Santa María de Ripoll...

Me estremecí. Jamás había pensado en el alcance de las consecuencias de mis actos. Nuestras vidas siempre habían estado entrelazadas.

—Continuad, os lo ruego —solicitó el joven rey, absorto.

—Los *castlans* de Olèrdola no se comportaban de manera diferente a otros. Además de las rentas y el cobro de malos usos a los siervos de la gleba, con frecuencia realizaban cabalgadas y saqueos para mantener su vida de lujos y excesos. Mi esposo participaba y vivíamos bien gracias a su parte del botín. Al servicio de su señor, Asbert de Santa Oliva, acompañó a Guillem de Montcada cuando partió con el fin de perpetrar la muerte del arzobispo de Tarragona Berenguer de Vilademuls, en Matabous. —Recorrió la sala con una mirada desafiante—. Sé que nuestros nombres quedaron plasmados en una delación que el juez Ernest de Calonge escribió. Es cierto, y asumo mi culpa por callar lo que sabía del crimen, pero mi esposo era un simple soldado. Muchos de los presentes urdieron el crimen y lo celebraron después; a nosotros, en cambio, nos aguardaba una desgracia aún mayor.

El silencio era sepulcral en la sala. Mi esposa mudó el semblante. Allí estaban las sombras que tanto me habían hecho sufrir. Estaba a punto de confesar su mayor secreto y temía que ya nada fuera igual entre nosotros.

—¿Qué ocurrió? —insistió la reina, sobrecogida.

—Mi esposo, Pere de Mediona, reservaba su ira para el enemigo y no nos causábamos problemas. Yacíamos en muy pocas ocasiones, pero al final me quedé encinta. —Su tono se había tornado más sombrío—. Mi esposo, emocionado, se lo contó a su señor Asbert de Santa Oliva. Éste se lo reveló a su esposa Saura. Entonces, antes de que se me notara, la *castlana* mandó que me llevaran hasta el remoto castillo de Montsoriu. Su hermano me encerró en la que todos llaman *Torre de les Bruixes*, separada de la fortaleza. Estuve bien alimentada y asistida, pero la angustia crecía en mis entrañas tanto como el retoño que portaba en ellas.

»La única noticia que llegó del exterior fue la inesperada muerte de mi señor Asbert y otros soldados, incluido mi esposo, tras comer algo en mal estado durante una cacería. Lloré por aquel hombre bueno al que nunca amé. Saura volvía a ser viuda, y sé que ella fue la responsable de esas muertes por lo que voy a explicar...

—¡Mientes! —gritó el vizconde de Cabrera, fuera de sí.

La reina zanjó el revuelo. Blanca apenas era capaz de hablar. Yo contenía el aliento.

—Fue hace casi tres años. Parí a primeros de marzo... Desde las ventanas de la torre donde estaba oculta, veía las montañas del Montseny aún nevadas. El parto fue difícil, pero estuve bien asistida y el niño nació sano y fuerte. Mi primer hijo...

Me quedé paralizado por la impresión. Necesitaba que nos miráramos. No podía entender por qué me había ocultado algo así. Blanca rehuyó mis ojos.

—¡Seguid! —exigió la reina, consternada.

—A los pies del jergón donde parí esperaba Saura. Sólo pude tocar a mi hijo y oler su piel un instante antes de que me lo quitara. Mi verdadero amor, Robert, le había arrebatado a Arnulf y yo le devolvía otro hijo. Supe que ella también había estado oculta y había hecho creer en Olèrdola que, a sus cuarenta años, Dios le había concedido la dicha de un vástago de Asbert. Éste ya había muerto y por tanto el niño nacido póstumo era el *hereu* de una inmensa fortuna. Nadie dudó… o nadie se atrevió a hacerlo.

Las lágrimas rodaban por su rostro. Me sentí tan desgarrado como ella. Ése era el dolor que la torturaba desde que volví de Bolonia. Cada vez que la presionaba para hablar, le abría aquella herida insoportable. Me maldije.

La reina mordía nerviosa su pañuelo y no se oía ni una respiración.

—Saura fue implacable —añadió Blanca tras recuperar el aplomo—. Mi hijo tendría una vida mucho mejor de la que yo podría darle, pero si hablaba o trataba de recuperarlo, lo estrangularía con sus propias manos. En Olèrdola, se dio fe de la legitimidad del recién nacido en un acta notarial y se hicieron grandes festejos por Asbert II de Santa Oliva. Saura sería regente y *domina* hasta que el niño fuera mayor de edad. Los Cabrera pasaron a controlar la enorme fortuna y los vastos territorios de los Santa Oliva. Sé que fue un plan para recuperarse tras la ruina que les supuso perder la rebelión.

—¿Por qué os dejaron con vida? —quiso saber el rey, impresionado.

—Marquesa de Urgell, la esposa del Ponce de Cabrera, es una mujer bondadosa y temerosa de Dios. Costeó mi ingreso en Sant Pere de les Puelles. La abadesa y don Alfonso, vuestro padre, aceptaron, pero quedaría recluida en el monasterio para siempre. La pena me enfermó y todos creían que moriría pronto. Lo deseaba y quedé postrada en un jergón. Sin embargo, una noche apareció alguien especial y sentí en mi pecho que la vida regresaba: Robert de Tramontana había vuelto.

—¡Dios mío…! —exclamó la reina Sancha—. Si vuestro relato no resulta cierto al final, no habrá tormento suficiente para haceros pagar tanta calumnia.

La sala era ahora un rumor de voces, algunas exigiendo la cabeza de Blanca, otras interesadas en el relato.

—Continuad —demandó el rey.

—Pero sanar significó también recuperar el deseo de ver a mi hijo. Crecía como una obsesión y me ahogaba. No podía confiárselo a Robert ni a nadie, pues si se hacía público y se descubría el engaño de Saura, el pequeño Asbert no viviría. —Su cara estaba surcada de lágrimas—. Robert me ofrecía una nueva vida y me aferré a esa esperanza para combatir mi dolor. Entonces, una noche todo dio un vuelco. Él apareció en el monasterio y me pidió que ocultara un documento importante para la paz en toda Catalonia. Para mí podía ser la llave que me abriera la posibilidad de recuperar la confianza de mi antiguo tutor Ponce, y lograr que él obligara a su hermanastra a dejarme ver a mi hijo, aunque fuera en secreto.

—¿Te llevaste la Paz y Tregua de Sant Pere de les Puelles de manera voluntaria? —preguntó el senescal, incrédulo.

—Sí. Lo hice. Engañé al que sería mi esposo. —Cada palabra me hería como una daga—. Quizá las madres aquí presentes puedan entenderlo. Varias monjas hijas de la nobleza me ayudaron a escapar. Salí disfrazada y con dinero para llegar a Montsoriu. —Miró al vizconde con la furia de mil demonios—. Ponce de Cabrera rasgó la Paz y Tregua y aceptó traer a Saura con el pequeño Asbert. Ya no era el mismo hombre que conocí. El miedo y la vergüenza lo devoraban. Me encerró en la torre del homenaje y se desentendió.

Su voz se quebró por la amargura. A pesar de la traición, la lucha por recuperar a su hijo me conmovía. No había fuerza más imparable que el amor de una madre.

—Saura me visitó en la torre —prosiguió afectada—. Recuerdo sus ojos como dos pozos de oscuridad. En el castillo corrían rumores sobre su hijo Asbert II, pues ella es ya mayor y algunas siervas sabían que yo había parido allí un año y medio antes. Mi llegada había avivado esos rumores, de modo que Saura quiso zanjarlos. Se presentó en la torre con dos soldados. Mientras me sostenían, ella rodeó con las manos el cuello de mi hijo y apretó. Enloquecí al verlo amoratarse. Al fin lo soltó... El niño boqueó y comenzó a llorar con desesperación.

—¡Dios mío…! —volvió a exclamar la reina—. ¡Es espantoso!

Muchas mujeres y algún que otro noble dejaron escapar una lágrima sin osar mostrar en su rostro emoción alguna. Ponce de Cabrera tenía la piel cérea por el bochorno y la ira. Los hombres del *saig* tenían la mano en el pomo de la espada, listos para intervenir.

—Con aquel gesto quiso advertirme que, si el engaño se descubría por mi culpa, el pequeño ya no le serviría… —Blanca se deshacía en llanto—. ¡Renuncié a Asbert para preservar su vida! Luego el vizconde envió a Barcelona la Paz y Tregua hecha pedazos como rechazo a la voluntad del rey, que murió durante esos días en Perpiñán, pero Saura ya sabía que Robert de Tramontana había regresado y mandó mi dedo cortado para atraerlo y castigarlo por el asesinato de Arnulf.

—Sabemos que escapasteis de Montsoriu con la ayuda de unos juglares —dijo el senescal, espantado como todos ante la horrible acusación.

—Una mujer, Salomé, capturó a Saura de Cabrera mientras me sacaban en secreto. —Blanca volvió a mirarme—. Nos la llevamos, y esa vez yo impuse condiciones para no cortarle el cuello. Saura devolvería la masía de Tramontana a Robert y nos dejaría vivir en paz y sin que su hermanastro nos castigara. Yo jamás desvelaría que el *hereu* Asbert II de Santa Oliva es mi hijo, a cambio de poder verlo en secreto. La juglaresa Salomé amenazó con contar la impostura de Saura en cada castillo y aldea de Hispania por donde pasara. La deshonra de los Cabrera aparecería hasta en los cantares de gesta. Yo me jugaba la vida de mi hijo y Saura el honor familiar y la enorme herencia de Asbert de Santa Oliva. Junto al monasterio de San Salvador de Breda las tres sellamos un pacto.

Me pasé las manos por la cara, tardaría mucho tiempo en asimilar aquello.

—Mi hijo vive en el castillo de Olèrdola y estaba llamado hasta hoy a ser uno de vosotros —afirmó mirando a los espantados presentes—. Con cada cambio de luna, el judío Jacob de

Girona me trae al pequeño Asbert al encinar cercano a Tramontana, y puedo abrazarlo y besarlo, aunque sin decirle quién soy.

—¡Santo cielo...! —exclamó la reina, y se masajeó las sienes. Me lanzó una mirada fugaz—. ¿Cómo has podido vivir con esa carga, mujer?

—Rehíce mi vida cerrando con llave una historia con demasiados secretos —señaló Blanca, abatida—. El pasado verano, Jacob de Girona me habló de un rumor que corría en el castillo de Olèrdola y que preocupaba especialmente a Saura. El amigo de mi esposo, el juez Ernest de Calonge, husmeaba en la muerte del arzobispo de Tarragona. Cuando el mercader Pere Durfort nos comunicó su fallecimiento violento, tuve clara la razón de su asesinato. Ernest quería obligar a todos los nobles implicados en el crimen a firmar la Paz y Tregua.

—O a ser excomulgados —añadió la reina, sombría.

—Sí. Pero debéis saber que Ernest no murió por redactar la *querimonia*, sino por descubrir un secreto que muy pocos conocemos y tan irrefutable que podría cambiarlo todo.

Sus palabras me estremecieron. Pero no sólo a mí. Ponce de Cabrera había palidecido más aún.

—¿De qué hablas, Blanca?

Sus manos temblaban por la tensión. Al final miró a la reina, derrotada.

—Hasta hoy he rehusado venir a Barcelona para no provocar la ira de Saura y proteger a mi hijo. No obstante, cargar con tantos secretos y abandonar a mi esposo a una muerte injusta y deshonrosa es algo que no soportaría... ni mi hija me perdonaría jamás. Esto tiene que acabar y nuestro reino necesita paz, por eso voy a probar que la delación de Ernest de Calonge es cierta. Demostraré lo que él no consiguió probar.

Tras un rumor de desconcierto, la reina se levantó lentamente de su sitial.

—Una terrible historia que podríamos creer, pero vuestro esposo, Robert de Tramontana, juró que el documento de acusación de Ernest era falso. ¿Qué clase de prueba será capaz de contradecir eso? ¿Qué llevó al juez Ernest de Calonge a perder la vida en un callejón?

Blanca miró a los iracundos magnates hasta detenerse en Ponce III de Cabrera. La conocía bien, y vi el brillo audaz de la sinceridad en sus ojos claros: se disponía a desatar el caos y todos acabaríamos asumiendo las consecuencias.

—Como he dicho, mi anterior esposo, Pere de Mediona, participaba como soldado en las cabalgadas e intervino en el asesinato del arzobispo Berenguer de Vilademuls. Por él y por Jacob de Girona sé que, en la torre romana de la puerta de Olèrdola, Saura de Cabrera aún mantiene recluso al que confirmará el complot que descubrió Ernest de Calonge. Allí encontrareis a Guillem Climent, antiguo *iudex palatii* de Barcelona y capellán del arzobispo asesinado. ¡Es el hombre que conoce todos los crímenes de la alianza de nobles cometidos durante treinta años, incluso el secuestro de quien sería rey de León!

—¿Ernest de Calonge estaba al corriente? —quiso saber la reina. Un rumor de espanto recorrió la sala.

Blanca comenzó a llorar de nuevo y me miró directamente, desolada. Yo estaba sin aliento.

—La última vez que Ernest vino a Tramontana, me reveló en privado que había descubierto la implicación de mi primer marido en el asesinato del arzobispo de Tarragona. Le dije que le contaría la verdad, le daría nombres y detalles, lo ayudaría a traer la paz a los condados si nos mantenía ajenos a Robert y a mí. Quería proteger a mi hijo. ¡No pensé en lo que ocurriría... y me desgarra pensar que esa información lo mató! ¡Perdóname, esposo!

La revelación fue demoledora para mi ánimo. Blanca me suplicaba con la mirada, pero aparté la cara. En la sala estalló una terrible tormenta de indignación. La verdad debía demostrarse.

La cuna

El vizconde de Cabrera, furioso, abandonó el palacio con sus vasallos empuñando sus espadas y dejaron la ciudad para cabalgar hacia Olèrdola. La bastarda Saura de Cabrera tenía mucho que explicar. Veinte caballeros, con el rey a la cabeza, salieron poco después para perseguirlos, en medio de una tempestad de viento y lluvia.

Aquel caos dio más veracidad al terrible relato de Blanca de Corviu. Pero la ira no se había desatado contra ella. Querían hacer jurar a Saura, pues si era cierto que su hijo no era tal, habría deshonrado a los Cabrera y a los Santa Oliva. Todos estábamos seguros de que el vizconde Ponce de Cabrera lo sabía, pero ante la curia se comportó como el gran ofendido; él y Saura se habían beneficiado durante los últimos años de la fortuna del pequeño *hereu*. Por otro lado, yo comenzaba a comprender cómo había logrado Saura asumir su preeminente posición; tener cautivo a Guillem Climent le proporcionaba la mejor arma para extorsionar a otros magnates o protegerse si le convenía.

La reina no me concedió su perdón, pero, conmovida, nos permitió a Blanca y a mí dejar el palacio con la promesa de mi regreso cuando todo se esclareciera.

Con dos monturas de Benevist avanzamos por el camino, casi impracticable tras el paso de las huestes. Nuestras capas estaban empapadas a causa de la tormenta, pero era peor la que arreciaba en mi interior. Blanca no quería detenerse. Aún no habíamos cruzado palabra. Al fin, no pude resistirlo más, detuve su montura y nos refugiamos en un cobertizo vacío.

—¿Por qué tantos secretos? —estallé—. ¿Crees que no los habría soportado? No te culpo de lo de Ernest, yo también he cometido muchos errores, pero debiste contármelo todo.

—¡Desde que Saura casi estrangula al pequeño Asbert ante mí, tengo una daga en el pecho! Si te hubiera revelado mi secreto, ¿te habrías quedado con los brazos cruzados en Tramontana? Sé que no. Tenía miedo... Saura siempre nos ha vencido al final.

No supe qué replicar. Era cierto; yo habría intentado que recuperara a su hijo.

—Has confesado para salvarme —dije apesadumbrado—. ¿Qué será del niño?

Blanca cogió mis manos y me miró con sus ojos claros, bellos y profundos.

—¿Qué has hecho? —le pregunté al interpretar que había tomado una decisión.

—Antes de venir a Barcelona, encargué a Jacob de Girona que cogiera al pequeño Asbert y lo ocultara. Me esperan en el encinar. Me lo llevaré lejos, Robert. —Su mirada se empañó—. Me lo llevaré a algún lugar donde esa arpía o su hermanastro no puedan encontrarnos.

—¿Y qué pasa con nuestra hija, con Leonor? —repliqué espantado.

Las lágrimas rodaron por sus mejillas.

—Mi destino es incierto, amor. Ese niño ahora está en peligro de muerte y no tiene a nadie. Tú cuidarás de Leonor, le darás una educación y un futuro como hija de un juez de Barcelona. Es lo mejor que puedo ofrecerle, pues, mientras quede un Cabrera en los condados, ansiarán vengar esta humillación.

—¡Me marcharé contigo! —exclamé ofuscado.

—Tu camino es otro, *iudex* Robert —dijo apenada pero serena—. No te inquietes, sabrás de mí allá adonde vaya. Deberás repudiarme como quería la reina, pues necesitas estar casado para ejercer en la curia del veguer. —Tuve la sensación de que desde que la dejé en Tramontana, hacía más de un mes, rumiaba esa despedida—. Sólo te pido que no mientas a Leonor. Cuéntale toda la verdad sobre mí, incluso que me separé de ella para proteger a su hermanastro. —Se emocionó—. Si la educas bien, algún día lo entenderá.

—Blanca… —No pude continuar y la abracé.

En el fondo, sabía que no había otra solución para ella que huir, y no lo haría sin su hijo. Me sentía culpable, pues yo había provocado que nos dejara atrás a Leonor y a mí. Sin embargo, mi agitada vida me había demostrado que todo podía cambiar; quizá no fuera una despedida. Dejé de resistirme y me sorprendió la repentina sensación de paz que me embargó. Mi enfado también se desvanecía. Blanca lo captó y noté su alivio. Me besó con dulzura.

Estábamos ateridos de frío, pero el tiempo apremiaba.

—Saura ya debe de estar buscando al judío y al niño —le dije preocupado.

Ella se emocionó al ver que no le daba de lado.

—Llevo planeando esto desde que te marchaste a Barcelona con Pere Durfort. Te aseguro que no descubrirán el lugar que escogimos en el encinar donde Jacob de Girona me aguarda con mi hijo.

No me convenció. Yo había visto muchas veces sus huellas.

—No sabemos lo que ocurrirá en cuanto las huestes del vizconde y las del rey lleguen a Olèrdola. Debemos seguir, Blanca. Al amanecer estaremos en Tramontana.

Finalmente nos detuvimos en una masía que conocíamos durante el tiempo preciso para dejar nuestras monturas y aceptar un par de mantas con las que cubrirnos, pues, aunque la tormenta se calmó al caer la noche, el frío arreció tanto que hasta los charcos se helaron y la tierra se cubrió de escarcha.

Ya era de día cuando coronamos la colina de los dos cipreses. Caminábamos abrazados para combatir el helor. Los dientes nos castañeteaban.

—¿Qué habrá ocurrido en Olèrdola? —musitó Blanca, inquieta.

—Saura no se habrá enfrentado a su hermanastro. Habrá confesado y rendido el castillo. Supongo que Ponce la confinará en algún monasterio para olvidarse de ella.

—Sólo espero que no haya ejecutado al maestro Guillem Climent —deseó Blanca.

—Mi maestro estaba a unos pasos de la iglesia donde nos casamos y no dijiste nada. —No pude evitar el tono de reproche. Ella sabía cómo me sentía.

—Lo siento, Robert. Perdóname, pero lo único que quería era vivir en paz y ver a mi otro hijo de vez en cuando. —Frunció el ceño—. Hay algo que no conté en la audiencia pero a Ernest sí: aunque Climent sigue vivo, está muy enfermo. Eso sí, está bien cuidado. Incluso una mujer como Saura es capaz de sentir piedad por un anciano desvalido.

Al llegar a la explanada de la masía, Dulce Margarit vino a nuestro encuentro a paso largo y cayó de rodillas. Tenía la cara llena de hematomas y un ojo ensangrentado. Blanca y yo nos miramos aterrados.

—¡Se la han llevado, señora! ¡Esta noche!

—¿A Leonor? —gritó Blanca fuera de sí—. ¿Qué ha pasado?

—¡Venid, rápido!

Con el alma en vilo, entramos en el cobertizo. El esposo de Dulce, Joan Margarit, tenía la cara desfigurada por la paliza. A su lado yacía el judío con una herida vendada en el pecho.

—¡Jacob! —exclamó Blanca.

El hombre abrió los ojos. Al vernos, la pena lo arrasó.

—Blanca... Cogí a Asbert, pero los vigilantes me siguieron... Imagino que sospecharon de mí.

Mi esposa, desolada, acarició el cabello al anciano. Pensé en la profecía y en los golpes de la vida cada vez que volvíamos a estar juntos.

—Saura sabía que me eras leal, Jacob —musitó—. Debimos ser más cautos.

—¿Qué ha pasado aquí? —pregunté compungido.

—Unos mercenarios se llevaron a Leonor —respondió Joan con dificultad.

Ante la cuna vacía, Blanca enterró la cara en la manta de lana y lloró desconsolada. Había perdido a sus dos hijos. Mis lágrimas se unieron a las suyas, cargadas de rabia. Me maldije por tanto mal causado.

—¿Y Fátima? —demandé al notar su ausencia. Era muy extraño.

—También la golpearon —se lamentó Dulce—. No sabemos dónde está.

—¿Qué ha ocurrido en Barcelona? —dijo el judío con un hilo de voz.

Le explicamos la situación. El hombre cerró los ojos con preocupación y susurró:

—Saura vive consumida por la obsesión de ser una noble más. Sabed que no pedirá perdón. Se defenderá, y de la peor manera... Como lo hizo entonces.

Sus ojos inyectados en sangre se posaron en las manos mutiladas de Blanca. La angustia se apoderó de ambos. Sin dudar, bajé al sótano a por el viejo alfanje de Hakim.

Cuando salí, Blanca ya me esperaba en el camino que conducía a Olèrdola.

Olèrdola

El frío de ese día de noviembre era intenso. Envueltos de los más horribles presagios, Blanca y yo recorrimos las tres millas que distaban de la masía al cerro del castillo de Olèrdola. Ante las puertas de la muralla había dos campamentos separados, el de los vasallos y aliados de Ponce de Cabrera y el de los caballeros del rey, a un tiro de flecha del primero.

Deduje que habían llegado a algún tipo de acuerdo, pues no había señal alguna de enfrentamiento. Todo se resolvería en el interior de la fortaleza. En la población nos conocían y, mezclados con la gente, cruzamos la muralla. Pasamos por las casas de los soldados y subimos la cuesta hacia la solitaria iglesia parroquial de San Miguel. Su campana sobre la espadaña bandeaba insistentemente.

Ante la puerta se había congregado un nutrido grupo, formado por clérigos, soldados y habitantes de Olèrdola. Allí estaba el vizconde de Cabrera, con su escolta, y no muy lejos el joven rey Pedro de Aragón, con su guardia. Ambos tenían el semblante grave y parecían cansados.

Blanca se acercó a una anciana y se descubrió. La mujer abrió los ojos, sorprendida.

—¿Qué ocurre? —preguntó angustiada—. ¿Por qué el vizconde y el rey están esperando?

—Cuando Ponce de Cabrera llegó, Saura había cerrado la muralla y no lo dejó entrar —nos explicó—. Luego llegó el rey con sus caballeros. La *castlana* dijo que entregaría el castillo si le permitían defenderse como una noble: con un juicio de Dios.

—¿A qué se refería? —añadió Blanca, si bien se figuraba cuál iba a ser la respuesta.

—Me temo que la historia se repite, Blanca. Dios es severo con vuestra estirpe.

Jacob de Girona tenía razón al advertirnos que Saura, al verse acorralada, se defendería de la peor manera, sin miramientos.

Una comitiva de clérigos se hallaba delante de la iglesia. Salió Saura de Cabrera, ojerosa y pálida, pero erguida como siempre. La seguían dos jóvenes siervas que portaban a los niños. Una sostenía a Asbert II, que con casi tres años pataleaba y llamaba a Saura desesperado, y la otra a mi hija Leonor. Las rachas de viento hacían llorar a la pequeña Leonor. Los dos temblaban.

Blanca me apretó la mano. Habían pasado veintiocho años desde que nos sometieron a la terrible ordalía de *albats*. Miré el semblante altanero de Saura, enfrentada a todos los que la acusaban. La bastarda quería mostrarse tan noble como ellos, y eso la legitimaba, a su juicio, para invocar a Dios en su defensa. Quizá conocía el modo de vencer.

Para mi horror, tanto su hermanastro como el joven rey, imbuido por el ambiente caballeresco de sus consejeros, aguardaban expectantes el resultado de aquel atroz ritual. De haber podido, les habría cortado el cuello a todos allí mismo. Sin dudarlo.

La campana enmudeció. Se oyó el llanto de los niños y el gemido del viento entre las encinas. A mi lado, Blanca también gemía. Nunca podríamos recuperarnos de aquello.

Pasábamos entre la gente y la tensión me devoraba. Me habría gustado contar con Hakim o con Valence, incluso con los estudiantes de Bolonia, pero estaba solo y demasiado agitado. Intentar algo era un suicidio. Una docena de soldados vigilaban la comitiva, tan horrorizados como el resto de los presentes.

Llegamos a la explanada de roca desnuda donde estaba excavada la cisterna, casi llena tras la tormenta. Mientras oíamos el gorgoteo del agua al caer dentro, el vizconde Ponce de Cabrera se situó a un lado con sus vasallos y el joven rey al otro con su séquito.

—¡Robert! —sollozó Blanca, y se me quebró el alma.

La sensación de impotencia era insoportable. Si le hubiera hecho caso, nada de aquello estaría pasando. Pero una y otra vez caíamos bajo el orden implacable del mundo.

Delante de la escalera de roca que bajaba hasta el agua se colocaron los religiosos que iban a dirigir la ordalía de *albats*, Saura y las dos siervas con los niños. Una ráfaga fuerte de viento nos heló hasta el aliento.

Un religioso bajó los peldaños y realizó el exorcismo del agua. Luego, el clérigo que hacía de juez reclamó la atención de los presentes.

—Ayer, ante la curia de nuestro rey Pedro II de Aragón, la antigua *pubilla* del castillo de Olèrdola, Blanca de Corviu, efectuó graves acusaciones contra la *castlana* Saura de Cabrera, viuda de Asbert de Santa Oliva. Afirmó que Asbert II no es hijo de sus entrañas, sino de ella y del soldado Pere de Mediona. También juró que Saura se lo arrebató nada más nacer y que engañó a todos al hacer creer que era hijo póstumo de nuestro fallecido *castlà*. ¿Hay algo de cierto en ese testimonio, Saura de Cabrera?

—Igual que Blanca de Corviu, también yo he jurado mi inocencia sobre los Evangelios en la iglesia de San Miguel de Olèrdola, con el rey, el vizconde de Cabrera y otros magnates como testigos.

El juez asintió.

—Dos mujeres de sangre noble se increpan y oponen. Si una ha dicho verdad, la otra ha jurado en falso, y su alma ya está condenada a las penas del infierno. Invocamos a Dios para que en la ordalía de *albats* con los hijos de ambas revele cuál de las dos merece crédito. La criatura que se hunda probará la verdad de su madre.

No era cierto. Tanto Asbert como Leonor eran hijos de Blanca. En ese momento juré que mataría a Saura de Cabrera. Las siervas, espantadas, quitaron las camisas a los dos pequeños y los entregaron a los dos clérigos que debían sumergirlos al mismo tiempo en las gélidas aguas.

Ambos lloraban. Asbert chillaba aterrado, con el rostro cubierto de lágrimas y mocos. Saura lloraba, pero no se movió. El hecho de exponerlo a aquella crueldad hizo que nadie dudara de que no era su hijo. No obstante, para todos, era Dios el que lo decidiría, y sería una verdad incuestionable, pensé rabioso.

—Mira el vientre de Asbert —señaló Blanca con voz lúgubre—. Está hinchado de agua. Él se hundirá. Es el final.

Saqué el alfanje de debajo de la capa, pero, antes de que diera un solo paso, los soldados se abalanzaron sobre mí y me tiraron al suelo. Otros detuvieron a Blanca.

—¡Maldita seas, Saura! —gritó mientras la sujetaban con fuerza.

El ambiente se enrareció en cuanto la muchedumbre nos reconoció. Algunas voces pidieron al rey que detuviera aquella crueldad. Saura apremió con malas maneras a los clérigos y descendieron hasta el borde del agua. El frío había enrojecido la piel de ambos pequeños y los dos boqueaban.

Mientras mi esposa se revolvía furiosa, alguien, aprovechando la distracción, surgió de entre los habitantes y alcanzó a Saura. Reconocí su manto verde y supe que no vacilaría. Fue una cuchillada directa, en el vientre, con la hoja plana, como le había enseñado Hakim años atrás. Fátima sostuvo la mirada de la bastarda mientras le hundía la daga aún más y sellaba así su muerte. El tiempo se detuvo. Los clérigos aún no habían sumergido a los dos pequeños, que se agitaban en el aire, inquietos y ateridos. No sabían si seguir o no con la ordalía.

Saura contrajo el gesto, y sus ojos pasaron de la sorpresa al dolor de la herida. Dos soldados abatieron a espadazos a la anciana sarracena, pero ya estaba hecho. Fátima perdió la vida justo cuando nuestras miradas se cruzaron.

Blanca aprovechó la confusión para zafarse. Se asomó a la escalera y el clérigo le entregó a Leonor. El soldado que me sostenía se apiadó y me soltó. Yo recogí al hijo de Blanca. Nadie trató de detenernos. El pequeño Asbert no se movía y, angustiado, lo froté. Al fin gimió débilmente.

—¡Está vivo! —grité entre lágrimas.

Leonor berreaba con fuerza en los brazos de su madre. Los abrigamos entre nuestras ropas, pegados a nuestro pecho, y nos quedamos inmóviles, indefensos ante los soldados. La sangre de Fátima llegó a nuestros pies y comenzó a gotear dentro de la cisterna.

—¡No es un juicio de Dios! —grité furioso—. ¡Sólo son dos niños víctimas de la ignorancia humana! ¿Qué madre querría arriesgar así la vida de su propio hijo?

Tan sólo se oyó el silbido del viento helado; el mundo pareció detenerse. Era verdad, y todos lo sabían, desde el último esclavo hasta el rey de la Corona de Aragón. De pronto, la gente de Olèrdola reaccionó conmovida y nos rodeó. Los más ancianos lloraban; recordaban bien lo ocurrido veintiocho años atrás y no querían presenciar otro juicio del agua.

—Mira —me dijo Blanca.

Saura aún no había expirado. Se arrastraba hacia su hermanastro. Gemía y contemplaba aterrada la indiferencia de los suyos, como si estuviera maldita, condenada. Tras ella quedó una estela de sangre sobre la roca. Blanca se abrió paso y se plantó delante de la bastarda, erguida, inclemente. Saura la miró y se quedó inmóvil al llegar a sus pies, con la mejilla pegada a la roca y los ojos sin vida.

Una hora más tarde pude abrazar a mi antiguo maestro Guillem Climent, quien con casi setenta años vivía postrado en un lecho, encerrado en las entrañas de la torre circular de la muralla del castillo. Tenía un aspecto macilento, aunque todo indicaba que estaba bien atendido. Sus ojos eran dos costras blancas y tardó mucho tiempo en reaccionar a mi voz.

—Robert, muchacho…

—Soy *legum doctor* de Bolonia —fue lo primero que le dije, entre lágrimas, temiendo que de nuevo su mente se perdiera.

Asintió y enseguida cerró los ojos, agotado. Ésas fueron sus últimas palabras, aunque aún vivió unos meses más.

Dado que Guillem Climent no estaba en condiciones de dar testimonio y confirmar el contenido de la *querimonia* de Ernest, la honorabilidad de los nobles quedaba limpia y se negaron a someterse a la nueva Paz y Tregua. Todos querían marcharse y olvidar aquel turbio asunto. El rey aún era demasiado joven y no contaba con aliados para imponerse por la fuerza, y tampoco existían pruebas fehacientes para excomulgarlos. El sueño de un futuro en paz se desvanecía y se temía un rebrote de la violencia, más brutal que nunca.

Ponce, que hizo creer que su hermanastra lo había engañado, se desentendió del pequeño Asbert como si estuviera maldito, lo que confirmó la verdad. Tal vez seguirían años de pleitos entre los Cabrera y los Santa Oliva. Yo ya sabía que aquel niño arrastraría un estigma para siempre, pero lo acogí como a mi propio hijo, junto a Leonor.

En cuanto a la reina, ignoraba qué haría conmigo después de todo lo ocurrido.

La marcha

Era una noche muy oscura, pues las nubes cubrían el cielo. Hacía frío, y la joven Isabel de Breda temblaba detrás de un olivo centenario. Desde allí, observaba con ansia el acogedor resplandor anaranjado que surgía del cobertizo junto a la masía de Tramontana.

La cortina de la entrada se apartó y la mujer salió de la casa. Isabel, que llevaba días observando, reconoció a Blanca de Corviu. Sintió un acceso de celos y odio. La esposa de Robert se alejó hacia el encinar, como había hecho los dos días anteriores.

Ya no esperaría más, decidió Isabel, hastiada. Tenía hambre y estaba helada. Apretó el cuchillo oxidado que portaba en su mano y salió de su escondite. Estaba segura de que dentro del cobertizo todos dormían. Sólo tenía que entrar y romper el vínculo que unía a Robert con esa mujer de manos monstruosas: una niña de apenas siete meses llamada Leonor.

Blanca ya había desaparecido en el encinar. De la espesura surgía un resplandor, y la brisa traía susurros de vez en cuando. Isabel estaba segura de que Blanca engañaba a Robert, ahora que él había regresado a Barcelona para comparecer ante la reina.

Tenía que entrar en el cobertizo y llevarse a la niña al bosque. Había recogido un excremento de lobo para dejarlo cerca. Así nadie sospecharía, pues en ocasiones aquellas bestias atacaban en lugares aislados como Tramontana.

Cuando Robert regresara, ella le revelaría lo que hacía su esposa, y le diría que la desgracia había ocurrido porque Blanca había desatendido a su hija. Entonces Robert repudiaría a Blanca, e Isabel lo ayudaría a superar la terrible pérdida. Poco a poco surgiría el afecto en el corazón del hombre y ella le daría hijos que los unirían para siempre. Isabel ocuparía el lugar de Blanca en Tramontana y todo sería perfecto.

Avanzó con el aliento contenido. En el cobertizo, el fuego crepitaba en un rincón. La familia de payeses dormía bajo las mantas, en el suelo. La cuna estaba al fondo, e Isabel pasó con cuidado entre los bultos. Al asomarse se sorprendió: los pequeños no estaban.

Un crujido a su espalda la alertó. En las sombras, Joan Margarit la miraba amenazante con un hacha en la mano. Más allá, Dulce y su hija Guillema sostenían a los niños.

—Por fin te has decidido —dijo Joan.

Isabel lo esquivó y echó a correr hacia la puerta. No llegó a salir, pues se topó con Blanca. Tras ella aguardaban cuatro mujeres cubiertas con mantos y un hombre de pelo cano. Asustada, la muchacha soltó el cuchillo.

—Isabel de Breda —intervino Blanca con voz grave—, llevas tres días rondando esta casa. En Montsoriu ayudaste a salvar mi vida y ahora quieres arrebatármela. Tu *domina* Saura te enseñó bien.

—¿Qué sabes tú? —le espetó Isabel, rabiosa.

—No puedo culparte de que aceptaras servirla, yo también sufrí su crueldad. Sé que deseas a Robert, pero fuiste leal a Saura y lo traicionaste.

—¡El destino de Robert estaba sellado desde que puso un pie en Barcelona, pero mientras informaba me ganaba el favor de Saura para poder implorar por su vida! Lo protegía, ¡no me escondí como tú!

—¿Matar a su hija es tu modo de proteger a Robert ahora?

—¿Cuántos hijos podrás darle tú ya? ¿Por qué vas por las noches al encinar? ¡Quizá Leonor no es su hija realmente!

Blanca aguantó impasible el ataque de reproches.

—Hay secretos que Robert ignora, tienes razón. Ven.

El extraño grupo la obligó a ir con ellos. En silencio, rodearon la masía y se detuvieron delante del viejo nogal. Las mujeres dejaron lirios de invierno sobre unas lascas encaladas. Isabel, aterrada, no entendía nada.

—Ésta es la tumba de Oria de Tramontana. Durante años, alguien depositaba lirios, igual que en el sepulcro de mi madre en San Miguel de Olèrdola. Ambas fueron amigas. —Blanca se emocionó—. El misterio de las flores me acompañó durante años. Cuando regresé, tiempo después, humillada y convertida en la esposa de un soldado, aparecieron para ofrecerme consuelo.

—¿Quiénes?

—Miembros de esta comunidad de *bons homes*. Mi madre y Oria también lo eran. Ellos depositaban lirios en sus tumbas, la flor más pura. La flor del alma.

Isabel abrió los ojos, había oído hablar de ellos.

—¡Son cátaros! ¡Herejes! ¡El rey Alfonso los condenó!

—Son hombres y mujeres que han renunciado al mal y a la injusticia. Consolaron a mi madre ante los abusos de mi padre, luego a Oria tras la injusta ordalía y a mí cuando Saura me quitó a mi hijo. Robert no sabrá nunca que era con ellos con los que iba a marcharme a Carcasona cuando recuperara a mi hijo Asbert.

—¡Si en Barcelona se supiera que su esposa es una hereje, jamás volvería a ser juez! —exclamó Isabel, espantada. Luego esbozó una sonrisa maliciosa.

Blanca y los demás la miraban impasibles. Una anciana le cogió la mano, afable.

—Tus pensamientos son oscuros, emponzoñados por el miedo y la frustración. Has causado daño y mereces un castigo, pero Blanca no olvida que ayudaste a sacarla de Montsoriu. Nos ha pedido que te llevemos con nosotros para mostrarte la verdad.

—¿Qué verdad? —espetó la joven. La angustia la ahogaba.

—Nuestra comunidad cree que este mundo es malvado porque lo creó un falso dios para capturar nuestras almas. La maldad viene del cuerpo, no del alma. Incluso la tuya es tan pura como la de un *albat*.

—¿Una mujer que habla como un clérigo? —dijo horrorizada.

—Irás con ellos, Isabel —añadió Blanca firme.

—¡Quieres alejarme de Robert!

—Así es. Sé lo que pretendías y aun así dejaré que Robert crea que fuiste una víctima más de Saura. Si te quedas, sabrá que tu traición ha llegado al extremo de querer matar a su hija. Te espera la horca o las calles de Regomir, donde vivirás del sudor de los peores tipos de Barcelona.

La frialdad de Blanca aterró a Isabel. En ese momento fue consciente de que su idílico futuro sólo era una fantasía. Desolada, comenzó a llorar.

—Eres joven y estás sana —dijo el hombre canoso, con acento occitano—. Más allá de los Pirineos hay muchas comunidades que estarán encantadas de acogerte. Jamás pasarás hambre. Tendrás la oportunidad de limpiar tus faltas y encontrar un marido, o escoger el camino de perfección de lo puros.

—Espero que con ellos olvides para siempre esta pesadilla, Isabel, pero no regreses jamás a estas tierras, o no seré tan compasiva —concluyó Blanca.

Animus

Tras la tragedia de Olèrdola comparecí esperanzado ante la reina doña Sancha de Castilla. Comprendió que fui obligado por Saura a jurar, pero yo la había engañado con un documento falso y seguía ofendida. Además, mi maestro Guillem no pudo corroborar el relato de Blanca de Corviu, aunque todos sabían que era cierto, y los nobles se marcharon a sus dominios para no firmar la Paz y Tregua.

La curia había fracasado.

El senescal aconsejó olvidar el escabroso asunto, pero la orgullosa reina descargó su frustración sobre mí. No le importaron mis explicaciones ni saber que, tal vez, la delación original de Ernest quizá aún existía, a pesar de que no había sabido nada de Rodrigo o Salomé. Nunca contactaron con el correo de Bernat Marcús. La amenaza de Saura parecía haberse cumplido, aunque yo tenía esperanzas de que hubieran eludido a los mercenarios. Quizá estaban en León o en Jaca, pero no llegaban nuevas de ninguna parte.

Ni la reina ni su hijo quisieron atender las peticiones formales de Blanca y de los jóvenes mercaderes de la ciudad. Después de haber pasado casi un mes en la mazmorra esperando una condena a muerte o el destierro, la decisión de la reina fue un duro revés: puesto que mis conocimientos jurídicos eran útiles, me rebajaba a siervo de la cancillería. Perdí mi libertad y me requisaron la masía, así como mis valiosos libros de Derecho.

Volvía al principio, a la ordalía, cuando el agua me rechazó y los Tramontana dejamos de ser del todo libres. Al final, el sacrificio de mi madre había sido en vano. La reina lo había dispuesto así para humillarme. También se me prohibió ver a Blanca. A ella se le permitió continuar en Tramontana, pero como arrendataria de la Corona. Y para no rebajarla a mi condición, el obispo de Barcelona estaba ultimando la anulación de nuestro matrimonio.

El invierno enfriaba Barcelona mientras redactaba escrituras y ordenaba anaqueles en la cancillería, a las órdenes de Ramón de Caldes, a quien le costaba asumir mi condición. Ahora era yo el afectado por la melancolía y la vergüenza. El legado que me dejó Saura fue convencerme de que un payés jamás podría doblegar a los magnates.

El día de Santa Eugenia, a finales de diciembre, en la ciudad se produjo un gran revuelo. Poco después del amanecer, había aparecido frente a la costa una enorme galera de guerra. De ella partió un esquife con una delegación diplomática de la República de Génova. Los recién llegados exigían ver al rey, vestían como ricos mercaderes, pero los vigías del puerto habían advertido la presencia de soldados en la galera. Los desplazamientos por mar eran peligrosos en invierno, y eso hacía que aquel arribo resultara aún más inquietante.

Don Pedro y su madre, doña Sancha, se habían quedado en Barcelona para pasar la Navidad, y durante aquella mañana toda la ciudad contuvo el aliento esperando el resultado de la precipitada reunión del consejo del rey. Yo no compartía esa angustia. Si se iniciaban disturbios, quizá podría escapar de Barcelona. Soñaba con regresar a Bolonia, llevarme en secreto a Blanca y a los dos pequeños para no volver nunca más.

Ramón de Caldes subió a la cancillería resoplando y pálido. Los demás siervos y escribas se arremolinaron a su alrededor, pero yo seguí escribiendo en mi pupitre.

—¡Robert! —llamó el deán. En sus ojos advertí el miedo—. Coge los libros del *Corpus Iuris Civilis* y acompáñame.

—¿Qué ocurre? —demandé impasible con la pluma entre las manos.

—¡Rápido!

Se escurrió una gota de tinta que estropeó la vitela. Tuve la extraña sensación de que todo iba a cambiar, tal vez a peor. Fui hasta el anaquel y cogí la pila de pesados libros. Sentí una oleada de nostalgia. Ya nadie los ojeaba. Mi *schola* no existía y a Feliu de Tortosa, que seguía impartiendo Retórica en la *seu*, no le permitían verme.

La sala Mayor del palacio condal estaba atestada y se respiraba tensión. No quise mirar a nadie, me avergonzaba. Al fondo, en la bancada, estaban los seis jueces y el veguer. Presidían la audiencia los reyes en sendos tronos, con el senescal y el obispo de Barcelona. Me resultó curioso ver que estaban situados como un tribunal.

Bajo el estrado aguardaban ceñudos varios extranjeros con gonelas de buena factura y bonetes rojos. La reina me dirigió una mirada grave. Pasé cabizbajo por delante de ella y me situé detrás de los jueces. Al observar a los diplomáticos genoveses, me sorprendí, pues uno era Arnaldo de Burdín, el mercader que me había llevado a Bolonia para estudiar. Sus ojos refulgieron al reconocerme y no disimuló el disgusto al adivinar mi condición.

Vi al veguer Berenguer Tició atribulado; estaba en un serio aprieto. Toda la ciudad lo estaba, intuí, y tal vez por eso me habían llamado, como último recurso.

—Repasemos de nuevo los hechos juzgados hace un año y medio —comenzó Berenguer, tenso—. Aquella primavera un *llaüt* genovés cargado de paños de Flandes encalló en las *tasques*, los traicioneros bancos de arena frente a la playa de Barcelona. Los comerciantes y marinos tuvieron que abandonar la nave, pues quedó casi hundida. Cuando al día siguiente pudieron regresar en barcas de pescadores, la carga ya no estaba.

—¡La robó el mercader barcelonés Ricard Grony! —exclamó Arnaldo, que hacía de portavoz, pues conocía nuestra lengua. Quizá por eso lo habían enviado en la delegación.

—Se demostró que Grony halló el *llaüt* encallado y al creer que estaba abandonado se apoderó de la carga, de buena fe.

Varios *honrats* juraron en favor del mercader y se dictó que una carga sin vigilancia ni dueño visible equivale a un tesoro perdido. Por tanto, Ricard Grony podía quedarse la mercancía encontrada dentro.

—¡Vaciaron el *llaüt* mientras se contrataban barcas para ir a por la carga! ¡Vuestros juramentos han traído la ruina a muchos mercaderes de la República de Génova!

—¿Acaso la palabra de alguien honorable carece allí de valor? —estalló el joven rey, incauto—. ¿Esperáis ahora que os demos la razón? ¡Se abandonaron los paños para salvar la vida!

Los jueces, el veguer y el senescal se miraron tensos. La impaciencia del joven monarca podía costar muy cara a Barcelona.

—¡Quedaos entonces con vuestros juramentos y ordalías! Barcelona dejará de figurar en nuestras rutas —repuso Arnaldo, encendido de ira—. ¿Veis nuestra galera ante la costa? ¡Otras treinta pueden llegar en primavera para escarmentar a esta urbe decrépita!

Como buen mercader quizá exageraba, pero Génova tenía una enorme capacidad militar a disposición de sus patricios y mercaderes. Muchos *honrats* y comerciantes del condado murmuraban sombríos que no sería necesario el envío de una flota; si los mercaderes extranjeros dejaban de acudir, sería el golpe definitivo para la ciudad. Incluso los Grony parecían preocupados. Sin embargo, el asunto se había juzgado a la luz de los *Usatges* y la costumbre; el rey no podía retractarse ante una delegación extranjera.

Noté unos ojos puestos en mí: doña Sancha me observaba, muy preocupada. Hizo un gesto hacia la pesada pila de libros que había dejado en el suelo y me apremió con la mirada.

No rebusqué en las páginas. Era un asunto bien trabajado en el *Studium* de Bolonia. Quizá a mis paisanos no les gustara lo que iba a decir, pero ya no tenía nada que perder.

—*Animus* —pronuncié en voz alta

—¿Cómo? —El veguer se volvió hacia mí con una mezcla de alarma y ansia.

—*Animus*... Ésa es la clave para resolver este pleito en los grandes puertos comerciales del Mediterráneo.

La mirada de Arnaldo refulgió, y los demás genoveses le pidieron que tradujera mis palabras. En la sala cundió el desconcierto, a pesar de que ya estaban acostumbrados a mis extrañas intervenciones cuando era *iudex*.

—Hablad más claro, siervo —indicó la reina para recordarme mi condición—. ¿Cómo abordar este espinoso asunto sin contradecir nuestras leyes?

—Hay que saber primero si los paños eran o no un tesoro abandonado. Según el Derecho romano, si un propietario pierde un bien, mientras tenga el ánimo, el *animus*, de recuperarlo y lo busque, es como si aún lo poseyera, y no se le puede quitar, aunque parezca abandonado. Si los genoveses mandaron barcas en cuanto les fue posible, es porque tenían el *animus* de recuperar su carga; por tanto, los Grony no hallaron un tesoro olvidado, sino una carga ajena, de modo que deben devolver los paños o compensar su valor.

—Quizá no se aplicó el precepto correcto —indicó el veguer con alivio.

Los presentes se miraban desconcertados.

—Ahora bien —seguí firme—, dado que Ricard Grony sacó los delicados paños del agua y evitó que se deterioraran, tiene derecho a ser compensado generosamente. Propongo un tercio del valor de la carga. —Miré al rey, quizá con demasiada osadía—. La solución no es contraria a los *Usatges*, sino que proviene de una interpretación más profunda de los mismos. Sentenciad así y Barcelona no tendrá bastante costa para acoger a las flotas mercantes.

Arnaldo de Burdín, a los pies del estrado, asintió conforme y tradujo para los demás. Me retiré a mi posición discreta mientras el tribunal deliberaba. Ahora el rey tenía la solución sin necesidad de humillarse. El deán me hizo un gesto para que me retirara. No podría oír la sentencia a viva voz, pero me sentí orgulloso. La noticia llegaría lejos, y en muchos mapas los escribas anotarían Barcelona como puerto comercial.

Pasé entre los ciudadanos presentes y alguien me habló, no sin cierta sorna.

—Con esa explicación tan pobre, el *magister* Bassiano te habría echado del aula... Pero me alegro de que haya bastado.

Se me erizó el vello y alcé la mirada. Entre los asistentes, junto a varios genoveses de la delegación, vi a Novella Gozzadini.

Había estado allí durante toda la audiencia y no la había visto. Mi antigua compañera del *Studium* de Bolonia estaba imponente y causaba sensación por su altura y presencia. Lucía una túnica larga de seda carmesí con bordados de oro que ni la reina podía permitirse y que realzaba sus formas, aún más generosas que años atrás. Llevaba del brazo a un anciano menudo y encorvado que miraba la sala abarrotada y sonreía ausente. Por la rica gonela y los anillos de oro, deduje que era su opulento esposo, el conde Renato de Lindoni. Emocionado, vi tras ellos a Salomé y a Rodrigo de Maza. Todos tenían aspecto de haber hecho un largo viaje.

Aún sin aliento, quise decirles algo, pero entonces el deán tiró de mí para sacarme de la sala.

Libertas inaestimabilis res est

En la cancillería me vi incapaz de escribir una sola letra, pues era tanta la emoción que sentía que el pulso me temblaba. Novella había llegado en la galera genovesa, con mis amigos. Sólo había una explicación: Salomé y Rodrigo lograron embarcar en Castelldefels en algún barco distinto al correo de Marcús para eludir a los mercenarios de Saura. ¡No habían ido a León sino a Bolonia! Salomé tenía la iniciativa y Rodrigo los recursos financieros para costearlo.

Con los nervios a flor de piel, presentía que algo importante iba a ocurrir.

Fueron horas angustiosas, hasta que el deán me ordenó que regresara a la sala Mayor, sin darme detalles. Sus ojos irradiaban alegría, y por primera vez después de meses sentí un destello de ánimo.

La sala seguía atestada y el tribunal constituido. Estaban los genoveses con Arnaldo a la cabeza, Salomé y Rodrigo en una esquina, pero Novella Gozzadini se hallaba, erguida, delante del estrado, donde se colocaban los letrados. Yo no entendía nada y el ansia me devoraba.

—Robert de Tramontana fue rebajado a la condición de siervo por voluntad de doña Sancha de Castilla —comenzó a leer un escriba—. Éstos son los hechos.

—No es necesario —cortó la reina, incómoda, y clavó sus ojos en mí—. Parece que esa galera de Génova traía importantes amigos tuyos: Arnaldo de Burdín, los condes de Lindoni...

Me ruegan que te conceda de nuevo la libertad, algo en lo que no estoy de acuerdo. Aun así, en gratitud a tu ayuda de esta mañana, escucharé sus argumentos.

—Gracias, mi reina —acerté a decir, confuso.

—Dáselas a la condesa de Lindoni. —Doña Sancha no disimulaba su admiración por la imponente Novella—. Ha solicitado defenderte ante el tribunal. Es algo inaudito. No obstante, dado que preside a los jueces en su condado, se le ha concedido.

No cabía en mí de asombro. Imaginaba que la petición había sido aderezada con sacos de especias y otros regalos para los monarcas. El silencio fue total. Novella inspiró con fuerza. Efectuó una reverencia ante el embelesado joven don Pedro y miró a la reina.

—Antes de explicar por qué Robert de Tramontana puede ser liberado, os pregunto, doña Sancha de Castilla, ¿ofrecéis la redención a este siervo?

—Es muy útil en la cancillería, no tengo por qué prescindir de él.

No había nada más que decir. Sólo el señor tenía potestad para liberar al siervo. Novella esperó a que uno de sus lacayos le llevara un legajo de tapas de cuero. Asombrado, lo reconocí y ella me miró con orgullo.

—Este documento lo comenzó a redactar Robert hace años en Bolonia. Se trata de un *consilium*, un argumentario jurídico para un abogado de Deruta. Debía defender a un siervo de la gleba que quería liberarse contra la voluntad de su señor.

—Los siervos carecen de libertad. Así lo marca la ley en cualquier lugar —señaló el veguer.

—Robert no halló el modo de resolver la cuestión —continuó Novella— y me confió el *consilium* antes de partir hacia Barcelona. Para él era importante, puesto que su vida estaba marcada por un hecho similar. Por eso retomé su trabajo. —Agitó el legajo—. ¡Y he logrado resolverlo!

Su determinación y el carisma que su voz reflejaba tenían a la sala en silencio. A mí casi se me sale el corazón del pecho.

—¡Es imposible abandonar las tierras sin que su señor permita la redención! —exclamó disgustado uno de los jueces—. ¿También el *ius commune* va a variar eso?

Un murmullo recorrió la sala. Yo permanecía atento, estremecido. Novella prosiguió:

—En el *Studium* de Bolonia se aprende que la libertad es cosa inestimable, pero es algo que la humanidad descubre u olvida en ciertas épocas. El *ius commune* regía sobre libres y esclavos, desconocía la figura del siervo, esto es, el que cede su persona a otro. Sin embargo, el derecho natural, del que manan todas las leyes, sí aborda esta cuestión.

—La costumbre feudal establece que los siervos están unidos a la tierra de sus señores —afirmó el juez veterano Pere Roig—. Son una propiedad, y si huyen cabe exigir su devolución para castigarlos.

Todos asintieron, pues era así. Novella esperó a que callaran. Yo había estado años con ella y conocía cada uno de sus gestos. La vi concentrarse para contraargumentar; era una gran jurista.

—La cuestión es: ¿puede tenerse la propiedad de una persona? Según el derecho natural, no. ¡Un cristiano no puede ceder su libertad, como tampoco es legítimo que otro cristiano se la arrebate! Es una confusión que se produjo en una época oscura, cuando la violencia devoraba las libertades, y que perdura por error o por conveniencia de los señores.

—Entonces ¿cuál es la condición del siervo? —demandó el veguer.

—¡No ha entregado al señor feudal su persona, sólo su trabajo!

—¿Y adónde nos conduce eso? ¡Sigue obligado igualmente! —clamó otro juez.

Novella me miró con sus grandes ojos negros y brillantes, y sonrió.

—Dado que el siervo nunca ha dejado de ser libre, tiene derecho a recuperar su albedrío cuando lo desee. Tan sólo debe compensar a su señor por el trabajo que dejará de entregarle.

—Miró a la reina—. El señor puede negociar el precio de la redención, pero no puede negar la libertad, pues eso es contrario al derecho natural, el cual no es obra humana sino creación divina, como dejaron claro los grandes sabios y filósofos.

Los jueces comenzaron a hablar atropellados a mi lado. Novella y yo nos mirábamos como antaño, inmersos en aquel complejo cosmos para destilar la *aequitas*.

—Pero ¿cómo obligar al noble a redimir al siervo? —le pregunté mientras los jueces discutían—. ¿Qué vas a decirle a la reina?

—Piénsalo, Robert. Si la libertad está por encima de todo, el señor feudal que la impide lo hace de mala fe... —Su sonrisa se tornó triunfal—. ¿Recuerdas cómo nos protege el *ius commune* de la mala fe?

Me vi en las gradas del aula de Giovanni Bassiano meditando una de las cuestiones del *Digesto*. Ella, atenta desde su rendija, siempre adelantaba la solución. Me estremecí.

—¡La *exceptio doli*! ¡Ésa es la clave! —exclamé como si Novella y yo estuviéramos solos.

—¡Así es! —Alzó el legajo, exultante. De nuevo todos la escuchaban—. *Exceptio doli*. En un tribunal imparcial, si el señor no permite la redención, el siervo debería poder alegar la excepción por mala fe y los jueces paralizarían su entrega hasta que fije una redención.

—Y, únicamente en el caso de no pagarla, el siervo sería devuelto al señor —concluí.

—Eso es lo que invoqué a través del abogado de Deruta. ¡Y el tribunal lo admitió! —exclamó orgullosa—. ¡La historia lo recordará!

—¡Y debe ser así, pues la libertad es nuestro estado genuino por derecho natural!

Aquel argumento marcaba un punto de inflexión en una era de cambios, aunque Novella y yo éramos los únicos que lo comprendíamos entonces. Mi madre sólo vio un camino para liberarme: la violencia. Novella Gozzadini había dado con la clave jurídica para cambiar eso. En privado me aguardaba una compleja explicación técnica sobre las acciones petitorias y posesorias, la *servitia* y otros vericuetos jurídicos; aun así, lo fundamental era la nueva esperanza para los siervos de la gleba.

—¡Pero eso es alterar el orden! —exclamó la reina, aunque en el fondo estaba admirada ante la erudición de la condesa—. ¿Adónde nos llevará esta novedad?

—Acaba el siglo XII y todo está cambiando. Tan fundamental como la paz es la libertad —declaró Novella con voz segura—. Vuestras ciudades crecerán con los siervos redimidos, como París, Pisa o Génova. El *ius commune* es la justicia de dar a cada uno lo suyo, si bien para medrar se necesita mano de obra y comercio. Hoy reclamo la libertad de Robert de Tramontana, pero en el futuro serán miles los siervos que desearán un nuevo futuro, y eso traerá grandeza a vuestros territorios. —Miró al joven rey y todos lo vimos enrojecer—. Permitidlo, don Pedro. No lo dudéis, porque es la ley natural de Dios.

Los reyes, el veguer y los jueces permanecían absortos, arrastrados por el carisma de Novella, que vibraba emocionada. Quizá no volvería a tener la oportunidad de defender otra causa fuera de su condado, pero ésa había bastado para cambiarlo todo.

Tras una breve discusión entre la reina, su hijo y la curia, doña Sancha aceptó mi redención. El precio fue muy alto: un tercio de mis bienes. Era lo acostumbrado, no obstante. Tramontana perdía una parte importante, pero lo preferí a cambio de estar por fin con Blanca y recuperar los libros del *Corpus Iuris Civilis*. El escriba redactó un breve documento y, ante la severa mirada de la reina, firmé mi libertad.

Después de saludar a Arnaldo de Burdín, aguardé incapaz de contener mi dicha. La sala se vació y quedamos la reina, los recién llegados y yo. Abracé a Novella con fuerza, ajeno a la mirada recelosa de su anciano esposo; luego a Salomé, con lágrimas en los ojos, y al fin a mi amigo Rodrigo de Maza, que estaba tan exultante como yo.

—Ha sido un viaje terrible —dijo el jaqués, y realmente lo vi agotado—. Tu amiga la condesa tenía mucha prisa por venir.

—Aún no han terminado las sorpresas, Ojos de Brujo —dijo Salomé con una gran sonrisa.

—¡Quiero que me lo contéis todo! —exclamé.

—Lo haremos. Pero antes Novella y tú tenéis cosas más importantes de las que hablar.

Salomé cogió del brazo al conde de Lindoni y el anciano se marchó encantado, asido a la cintura de la bella juglaresa. Oímos las carcajadas alejarse por el palacio. Rodrigo también nos dejó, ansioso por acudir a los baños para asearse y relajarse. Tendríamos tiempo de hablar.

—Ignoraba que tuvieras amigas tan interesantes —afirmó Novella con una sonrisa maliciosa—. Salomé me fascina.

—¿Por qué has venido? —le pregunté, tan emocionado como lleno de dudas.

—En cuanto me comunicaron la llegada a Bolonia de tus amigos, hice que los condujeran a Lindoni. Portaban la denuncia de Ernest de Calonge, y cuando me explicaron tu plan, no podía creer que fueras tan ingenuo. ¿Cómo ibas a doblegar a los nobles con una delación y la amenaza de un simple obispo? Me sorprende verte vivo, Robert.

Miré a la reina y bajé el rostro.

—Sin embargo, la idea era acertada —admitió—, y éste es un puerto muy interesante para todos, de modo que fuimos a Roma para pedir consejo a mi tío el cardenal Lotario de Segni. Luego busqué la manera de venir y me informaron de que Génova preparaba una galera que zarpaba hacia Barcelona antes de Navidad. No lo dudé. ¡Resulta que el embajador te conocía!

—He visto a tu esposo —le lancé risueño—. Al final cumpliste tu compromiso.

—Me casé con Renato como mi familia había concertado —afirmó segura—. Lo atiendo con afecto en sus últimos años y ejerzo el gobierno en Lindoni. No me quejo.

Asentí. Hablábamos así ante la curiosa reina, pero tenía ganas de ponerme al día con Novella y con mis amigos. El ansia de sus ojos, no obstante, denotó que aún no era el momento.

Novella ordenó a uno de sus numerosos sirvientes que le llevara una caja de plata que despertó la avidez de doña Sancha. La abrió y nos mostró una pila de pergaminos. Todos tenían los sellos y lacres del Vaticano. El texto era idéntico, sólo cambiaba el nombre: Ponce de Cabrera, Guillem de Montcada, Arnau de Castellbò, Saura de Cabrera...

—¡Dios mío...! —La reina se cubrió la boca con las manos.

—El alacrán deja de ser peligroso cuando la bota lo aplasta —musité impresionado.

Eran bulas de excomunión firmadas por el Santo Padre. Si tres años atrás Celestino III había excomulgado a Guillem de Montcada, el asesino confeso del arzobispo Vilademuls, ahora toda la alianza estaba fuera de la Iglesia, incluso Blanca de Corviu.

—Las puertas del cielo ya están cerradas para todos estos nobles —dijo Novella implacable—. Las condiciones para regresar al seno de la Iglesia son humillantes y caras. Sólo falta un detalle: que se hagan públicas en todas las iglesias de la Corona de Aragón. Da igual que las destruyan, hay una copia en el archivo del Vaticano.

—¡No podrán negarse a negociar la Paz y Tregua! —exclamé consternado.

La reina se levantó espantada y salió de la sala hacia el oratorio del palacio. Novella y yo miramos la pila de documentos. Roma estaba muy lejos, y si los conjurados aceptaban firmar la Paz y Tregua, la bula papal no tenía por qué trascender, dado que cada noble se desharía de su excomunión.

—Por cierto, la tinta en la que están escritas es de Carissia. Fue un capricho —dijo Novella con una gran sonrisa—. Te manda recuerdos. Ha vuelto a casarse.

—Has logrado lo que yo jamás tuve al alcance de la mano —le susurré, y le cogí las suyas. Se estremeció. La conocía mejor que nadie—. Pero estas bulas podían viajar en correo o con mis amigos, no tenías por qué arriesgar la vida. Dime la verdad: ¿para qué has venido, condesa de Lindoni?

Sus ojos negros destellaron. Se acercó hasta que sus labios

casi rozaron los míos, un gesto desafiante y turbador para cualquier hombre y que tenía el sello de Salomé.

—Lo sabes muy bien...

Esa misma noche, mientras el conde Renato roncaba en el aposento de la mejor posada de la ciudad junto al palacio condal, Novella Gozzadini y Salomé entraban conmigo en una recóndita estancia del sótano de la casa de Benevist ben Abraim. El judío, incómodo ante la presencia de las dos mujeres en su santuario cabalístico, se acercó a la alacena y sacó el cilindro de metal que guardábamos con tanto celo.

Se lo entregué a la boloñesa. Como si fuera una reliquia, abrió la tapa y extrajo el documento.

—Huele mal —se quejó Salomé, desconcertada ante nuestro silencio.

—La *Donatio Constantini* —musitó Novella con voz temblorosa por la emoción—. Mi tío el cardenal y yo siempre supimos que te la habías llevado. Te lo permitió porque pensó que lejos estaría más segura.

—¿Por qué Lotario de Segni la quiere ahora? —pregunté con curiosidad.

Novella nos miró con sus grandes y profundos ojos oscuros, como si acabara de oír de mis labios algo absurdo, pero estábamos muy lejos de Roma y vivíamos ajenos a las pérfidas intrigas vaticanas.

—El papa Celestino III ha enfermado... Quizá ya esté muerto —afirmó impasible—. Comienza el complejo juego para ocupar la cátedra de san Pedro. Alguien lo dijo hace años en Bolonia, ¿recuerdas, Robert? ¡Quien posea la *Donatio* será papa! Un justo pago por lograr vuestra Paz y Tregua, y vuestra prosperidad, ¿no crees, Ojos de Brujo?

Epílogo

Novella Gozzadini se marchó unos días más tarde, cuando su esposo firmó con el baile de Barcelona una serie de acuerdos comerciales para traer cargamentos de especias y sedas durante la siguiente primavera. Con los condes de Lindoni partió Salomé, dejándome cierto vacío y una punzada de envidia. La juglaresa había decidido dejar por un tiempo la Compañía Roja, ansiosa por recorrer los estados italianos y vivir nuevas emociones.

Novella quería buscarle esposo, pero Salomé jamás cedería. La despedí en la vía Francisca con un nudo en la garganta, aunque convencido de que volveríamos a encontrarnos.

Novella y yo debíamos vernos a los diez años de salir de Bolonia. Aquel juramento seguía en pie. Faltaban siete, y si Dios me lo permitía, abrazaría a mis compañeros del *Studium* en el Santo Sepulcro de San Stefano.

A finales de febrero llegó la noticia: Lotario de Segni se había convertido en el papa Inocencio III y se anunciaban profundas reformas. Ningún vicario de Cristo había estado tan dispuesto a imponer la supremacía de la Iglesia sobre el poder temporal del emperador del Sacro Imperio Romano Germánico y otros reyes del orbe. Según el nuevo pontífice, era heredero del emperador Constantino el Grande

Mientras tanto, lejos de allí, en los condados de Catalonia, el joven rey Pedro II de Aragón enviaba con discreción mensajes a los barones implicados en la oscura alianza forjada por

Ponce III de Cabrera y otros nobles para frenar el poder de la Corona. La excomunión del Papa, como auguró la astuta Novella, fue demoledora para los ánimos.

Era momento de claudicar y salvar el alma, como habría dicho Guisla Quirol.

El 1 de abril de 1198, los habitantes de Barcelona se reunieron en la catedral. Magnates, prohombres y ciudadanos se ubicaron en las tres naves según su rango y el resto de la población aguardó en la explanada exterior, bajo un sol brillante de primavera.

El obispo bendijo el documento depositado sobre el altar y a continuación el deán Ramón de Caldes comenzó la lectura pública de la constitución de la primera Paz y Tregua del rey Pedro de Aragón que los nobles presentes se disponían a firmar.

Yo, ataviado con la toga negra, ciudadano libre, séptimo juez y *iudex palatii*, conocía el texto de memoria. Lo había redactado y depurado junto con mis principales alumnos, Feliu de Tortosa y Rodrigo de Maza, pero ya eran doce los estudiantes de la *schola* de *ius commune* y muchos de ellos viajarían pronto a Bolonia.

Mientras el deán leía en latín, miré a Blanca de Corviu, de nuevo *castlana* de Olèrdola por gracia del rey. Seguía la ceremonia con otras damas y *pubilles*. Sonrió. Aún era un enigma para mí, pero con su hijo ya con nosotros, había recuperado la paz y la alegría. Quizá algún día compartiera otros secretos conmigo.

Llegó el párrafo que esperaba y cerré los ojos.

—«El rey protege también a los ciudadanos, burgueses y hombres de las villas reales, con todos sus hombres y bienes; igualmente reciben salvaguardia los judíos, con todos sus bienes, los niños, las viudas y los huérfanos.»

Un rumor recorrió la catedral. Jamás se habían plasmado tales palabras en una Paz y Tregua. Era lo que Barcelona y otras urbes necesitaban para crecer. El texto seguía con la protección de los caminos, los trabajadores de la tierra, sus animales y herramientas, y luego el extenso calendario de fechas en las que no se debía combatir bajo pena de excomunión y fuertes sanciones. Me dije que también Bernat Marcús estaría complacido.

Una milicia de la paz velaría por que se cumpliera en todo el territorio, desde Salses hasta Tortosa y Lleida.

Miré los puestos de honor. Allí estaban los miembros de la alianza, todos excepto Ponce III de Cabrera, cuya salud se había deteriorado desde la humillación que Saura le había causado en Olèrdola. Estaba recluido en el monasterio de San Salvador de Breda y nadie de su curia, ni siquiera su esposa, Marquesa, pensaba que saldría vivo.

Tras una sonora ovación, la comitiva con el pendón de la casa condal salió para leer una versión en romance de la nueva Paz y Tregua del rey en cada plaza de la ciudad. Me uní a mi esposa y caminamos juntos.

A la altura del palacio del veguer, Blanca me apretó la mano. Habíamos comprado una de las casas de enfrente, junto a un taller de seda. En la puerta estaba Guillema Margarit y otra muchacha; ambas se encargaban de Leonor y Asbert. El niño corrió hacia nosotros riendo. Los dos habían sufrido una tragedia similar, pero no habían perdido ningún dedo, lo que hacía que tanto mi esposa como yo nos sintiéramos plenos.

No me resultaba fácil asumir la presencia de aquel niño ni la historia de Blanca, pero con el tiempo lo aceptaría. La masía quedaría a cargo de los Margarit, en arrendamiento, pues mi sitio estaba en la curia del veguer.

Salimos con la comitiva por el Portal Vell y visitamos varios burgos. Mientras el vocero leía la Paz y Tregua en la plaza de los menestrales, vi a Guisla Quirol y cruzamos una mirada cargada de significado para ambos. Una nueva historia para la ciudad despuntaba. El futuro dependía del tesón de los posaderos, comerciantes y de los talleres de abastos como el de Guisla. Con los años, serían muchos los siervos de la gleba que se redimirían y llegarían a la ciudad para prosperar.

Visitamos luego Vilanova y las dársenas, donde se planificaba por fin la construcción de naves de carga que darían el impulso definitivo a los mercaderes de Barcelona. Por alguna razón pensé en Isabel; no había vuelto a saber nada de ella. No le deseaba ningún mal, pero prefería no verla nunca más.

Una muchacha, casi una niña, se acercó y le dio un lirio a Blanca.

—¿Por qué lo habrá hecho? —pregunté mientras se perdía entre la gente.

—¡Quién sabe! Tal vez nos den así las gracias. Mira las caras a tu alrededor.

—Hemos logrado que esta tierra tenga esperanza —aseguré satisfecho.

—¿De verdad crees que los nobles respetarán la paz y aceptarán la obligación de redimir a sus siervos sin violencia?

—No —señalé sombrío—. Es sus baronías puede que todo empeore ahora, pero esta Paz y Tregua crea lugares libres como esta ciudad a los que poder ir. Hemos demostrado que los abusos y la violencia no responden a un orden divino; no son inapelables, como creímos durante siglos. Discernir qué es injusto y qué es inevitable es esencial para la humanidad, ahora que caminamos hacia una nueva era, según los sabios. Quizá hayamos vivido el albor de nuevos derechos y libertades para los hombres, impensables hoy.

Blanca me rozó la cara.

—Creo tienes eso que lo juglares te atribuían. Me lo dijiste, ¿cómo era?

—La *baraka* —musité pensando en el cruzado Valence.

Me sonrió. Siempre me escuchaba con atención, curiosa, pero su vida había sido muy distinta a la mía. Veía el amor en sus ojos y las sombras más allá de ellos.

—¿Te acuerdas de la profecía de Fátima?

—Aseguraba que el mundo se agrietó en el juicio del agua. Cada vez que nos tocáramos sufriríamos... Al final, se equivocó.

Blanca alzó mi mano. Observaba nuestros dedos entrelazados, maltrechos.

—La profecía se ha incumplido porque tú y yo hemos dejado de enfrentarnos. Serás un gran juez para Barcelona, Robert de Tramontana, y seguirás con tu escuela jurídica. Y yo estaré contigo, pero dejarás que explore mis propios caminos. —Levantó el lirio—. Éste es para la tumba de tu madre y tengo otras flores para la de Fátima. ¿Vendrás conmigo a llevárselas?

Deseaba preguntar y saber quién había dejaba aquellos lirios desde hacía tantos años, pero no lo hice. Había aprendido a amar a Blanca de Corviu con sus secretos, y debía seguir así si queríamos sobrevivir a la oscura profecía.

Nota del autor

La historia del Derecho es la gran ausente en los tratados generales de Historia. Sin embargo, muchos eruditos consideran que nada ha ejercido una influencia mayor en la civilización occidental que la Biblia, Aristóteles y el *Corpus Iuris Civilis*.

El juicio del agua tiene como trasfondo la recuperación del antiguo Derecho romano durante la Edad Media. Al principio, supuso un cambio en la manera de razonar durante los pleitos, pero después la humanidad volvió a inspirarse en la equidad como fuente de justicia. El paso de sentenciar invocando ordalías y costumbres a hacerlo con el intelecto y los principios del Derecho romano fue un hito mayor de lo que podamos imaginar: cambió la historia. La recuperación del *ius commune* junto con las declaraciones de Paz y Tregua son el embrión de los Derechos Humanos.

Una de mis intenciones era mostrar el tremendo esfuerzo que ha costado lograr ciertas libertades fundamentales que gozamos hoy en día en muchos países. Nos equivocamos al pensar que la justicia ha tenido una evolución lineal, y también al creer que discernir entre lo justo y lo injusto es innato en el ser humano. Más de una vez, la humanidad ha adoptado y ha despreciado los conceptos de justicia y equidad. Tras la caída del Imperio romano, se pasó de juzgar con las reflexiones de Cicerón a someter la decisión a un hierro candente o a un combate, y lo más grave es que se olvidó hacerlo de otro modo.

Cada uno de nuestros derechos y libertades ha sido cincelado durante siglos, y en ocasiones se ha reconstruido. Desde nuestra perspectiva, consideramos aberrante que se admitiera, por ejemplo, el derecho a maltratar (*ius maletractandi*). Sin embargo, para el siervo era una garantía, pues sabía a qué atenerse; incluso podía oponerse y denunciar otros abusos de su señor no contemplados. Ahora, saber lo que es justo o injusto nos parece simple, pero es pura ingeniería intelectual aprendida con el *ius commune*. Sin él, el mundo sería otra cosa.

En la actualidad manoseamos y retorcemos los conceptos de libertad y justicia creyendo que al ser fundamentales no se nos pueden arrebatar. Lo mismo pensaba un romano del siglo III. Nada hay más frágil que los Derechos Humanos y podríamos perderlos con facilidad, incluso olvidar que la justicia es dar a cada uno lo suyo. La libertad y la justicia sólo subsisten si la violencia está sometida, lo queramos o no.

Lo anterior no es una reflexión, es una advertencia para que no descuidemos el tesoro que nos legaron sabios en Derecho como el glosador Giovanni Bassiano o Bettisia Gozzadini, la jurista de Bolonia nacida en 1209 que me sirvió de inspiración para crear el personaje de Novella Gozzadini. Y por supuesto, el *consilium* de Deruta sobre la redención de los siervos.

La novela planea sobre hechos claves de los reinos cristianos hispánicos a finales del siglo XII como los problemas del futuro rey Alfonso IX de León y las Cortes de 1188 en León (reconocidas por la Unesco como el primer sistema parlamentario europeo documentado), la rebelión del vizconde Ponce III de Cabrera, la labor de los foristas de Jaca o los torneos de caballería clandestinos, pero, sobre todo, busca sumergir al lector en los profundos cambios jurídicos introducidos en esos años que, para algunos historiadores, constituyen el primer Renacimiento.

Por último, quiero agradecer la inspiración a muchos compañeros y compañeras juristas que viven envueltos en un mundo complejo, árido, invocando leyes que tienen miles de años de antigüedad y que sostienen nuestra sociedad. Por supuesto, deseo dar las gracias también a mi editora, Ana Liarás, por su paciencia, amor a la literatura y generosidad, así como a todos los miembros del excelente equipo de Grijalbo y Random House.

Como me sucede siempre que me aproximo a una época o un suceso histórico, me asalta la sensación de que, con seguridad, los hechos reales sepultados en las brumas del tiempo superan en épica las ficciones que hoy podemos concebir.

«**Para viajar lejos no hay mejor nave que un libro.**»

EMILY DICKINSON

[illegible] in presenti [illegible] in futurum prouide [illegible]

[illegible] Alberto pie memorie ecclesie Rigensis episcopo ipsi ecclesie et fratribus iure perpetuo in [illegible]

[illegible] sigilli nostri appensione [illegible] perpetuo confirma[illegible]

[illegible] libere ac pacifice [illegible] proprietatis [illegible]

[illegible] in qua parrochia hec continentur [illegible]

[illegible] parochie. [illegible] villis subsequentibus tantum decima. videli[illegible]

[illegible] in latitudine a [illegible] usque ad [illegible]. Item [illegible]

[illegible] predium [illegible] cum agris ibidem iacentibus. Predium in [illegible] lapidea cum [illegible]

[illegible] congregatione [illegible] bona villarum [illegible]

[illegible] beati Jacobi in ciuitate Rigensi. [illegible]

[illegible] per totam diocesim nostram [illegible] Livonia. Preterea [illegible]

[illegible] unde nobis [illegible] singulis annis [illegible] marca argenti annuatim [illegible]

[illegible] marcas argenti annuatim. [illegible] in predictis bonis [illegible]

[illegible] Petri et Pauli [illegible]